Petirrojo

Jo Nesbø

Traducción de
Carmen Montes Cano

R

ROJA Y NEGRA

Mas, poco a poco, se fue armando de valor, voló hasta él y extrajo con el pico una espina que se le había clavado al crucificado en la frente.

Sin embargo, al tiempo que lo hacía, una gota de la sangre del crucificado cayó sobre el pecho del ave. La gota se expandió enseguida y le bajó por el pecho tiñendo las plumas pequeñas y ligeras que lo cubrían.

El crucificado despegó los labios y le susurró al pajarillo:

–Gracias a la compasión que has mostrado, acabas de ganar para tu especie lo que esta venía deseando desde la creación del mundo.

SELMA LAGERLÖF,
Leyendas de Cristo

PARTE I
DE TIERRA

1

Estación de peaje de Alnabru, 1 de noviembre de 1999

Un pájaro de color gris entraba y salía planeando del campo de visión de Harry, que tamborileaba con los dedos en el volante. Tiempo lento. El día anterior, alguien había estado hablando en televisión de tiempo lento. Y aquello era tiempo lento. Como las horas que, en la Nochebuena, precedían a la llegada del duende de la Navidad. O el tiempo que transcurría en la silla eléctrica antes de que conectasen la corriente.

Harry tamborileó con los dedos con más fuerza.

Estaban detenidos en la explanada que se extendía detrás de las cabinas de la estación de peaje. Ellen elevó un punto el volumen de la radio. El reportero hablaba con solemnidad y respeto:

—Su avión aterrizó en nuestro país hace cincuenta minutos y, exactamente a las seis treinta y ocho, el presidente pisó suelo noruego. Le dio la bienvenida el presidente del gobierno municipal de Jevnaker. Hace un precioso día otoñal aquí, en Oslo, un hermoso marco noruego para esta cumbre. Oigamos de nuevo las declaraciones del presidente a los representantes de la prensa hace media hora.

Aquella era la tercera retransmisión. Harry volvió a ver ante sí el creciente grupo de periodistas que se agolpaban detrás de las barreras de control. Los hombres vestidos de gris que había al otro lado de los controles, y que solo a medias se esforzaban por no

11

parecer agentes de los servicios secretos mientras alzaban los hombros y los relajaban de nuevo, escrutaban a la multitud, comprobaban por duodécima vez que tenían el receptor bien fijado a la oreja, se encajaban las gafas de sol, volvían a escrutar a la multitud, detenían la mirada un par de segundos en un fotógrafo que llevaba un objetivo demasiado largo, volvían a escrutar a la gente, comprobaban, por decimotercera vez, que el receptor estuviera en su sitio. Alguien le dio al presidente la bienvenida en inglés, se hizo un silencio seguido de un carraspeo en el micrófono.

—*First let me say I'm delighted to be here...* —aseguró el presidente por cuarta vez con ese acento americano ronco y relajado.

—Según he leído hace poco, un célebre psicólogo estadounidense asegura que el presidente sufre TPM —observó Ellen.

—¿TPM?

—Trastorno de personalidad múltiple. El doctor Jekyll y Mr. Hyde. Según la opinión del psicólogo, su personalidad pública no sospechaba que la otra, la bestia del sexo, había mantenido relaciones sexuales con aquellas mujeres. Por esa razón, ningún tribunal pudo sentenciarlo por haber mentido al respecto bajo juramento.

—¡Dios! —exclamó Harry observando el helicóptero que sobrevolaba sus cabezas.

Una voz con acento noruego hablaba por la radio:

—Señor presidente, esta es la primera vez que un presidente americano viene a Noruega en visita oficial. ¿Cómo se siente?

Pausa.

—Es una gran satisfacción estar aquí otra vez. Y lo más importante es, en mi opinión, que los dirigentes del Estado de Israel y del pueblo palestino puedan reunirse aquí. La clave de...

—Señor presidente, ¿tiene algún recuerdo de su anterior visita a Noruega?

—Por supuesto. En las conversaciones de hoy, espero que podamos...

—Señor presidente, ¿qué importancia han tenido Oslo y Noruega para la paz mundial?

—Noruega ha desempeñado un papel importante.

Se oye preguntar a una voz sin acento noruego.

–¿Qué resultados concretos cree el presidente que pueden alcanzarse, desde un punto de vista realista?

La conexión se interrumpió y una voz intervino desde el estudio:

–¡Ya lo hemos oído! El presidente opina que Noruega ha representado un papel decisivo para... la paz en Oriente Medio. En estos momentos el presidente va camino de...

Harry lanzó un gruñido y apagó la radio.

–¿Qué es lo que le está pasando a este país, Ellen?

La joven se encogió de hombros.

–Punto veintisiete comprobado –resonó en el transmisor del salpicadero.

Él la miró.

–¿Todos listos en sus puestos? –preguntó.

Ellen asintió.

–Entonces, ya podemos empezar –sentenció Harry.

Ella alzó la vista al cielo: era la quinta vez que Harry decía lo mismo desde que el cortejo salió de Gardermoen. Desde el lugar donde estaban aparcados podían ver la autopista vacía extenderse desde la estación de peaje y discurrir subiendo hacia Trosterud y Furuset. Las luces azules del techo giraban sin cesar, lentamente. Harry bajó la ventanilla y sacó la mano para retirar una hoja mustia y amarillenta que se había quedado atascada bajo el limpiaparabrisas.

–Un petirrojo –dijo Ellen, y señaló con la mano–. Un ave rara a estas alturas del otoño.

–¿Dónde?

–Allí. En el techo de aquel expendedor de tíquets.

Harry se agachó para mirar al frente por la luna delantera.

–¡Ah, vaya! ¿Así que eso es un petirrojo?

–Pues sí. Claro que me imagino que tú no verás la diferencia entre un petirrojo y un tordo de alas rojas, ¿me equivoco?

–Correcto.

Harry entornó los ojos. ¿Estaría quedándose miope?

13

—Es un pájaro extraño, el petirrojo —dijo Ellen mientras volvía a enroscar el tapón del termo.

—No lo dudo —dijo Harry.

—El noventa por ciento se marcha al sur, pero unos cuantos se arriesgan y se quedan aquí.

—¿Cómo que se quedan aquí?

De nuevo se oyó el carraspeo de la radio:

—Puesto sesenta y dos al cuartel general. Hay un coche desconocido aparcado en el arcén, a doscientos metros de la salida hacia Lørenskog.

Una voz grave respondió desde el cuartel general en el dialecto de Bergen:

—Un segundo, sesenta y dos. Vamos a comprobarlo.

Silencio.

—¿Han comprobado los aseos? —preguntó Harry señalando con la cabeza hacia la estación de servicio de Esso.

—Sí, la gasolinera está vacía, no hay ni clientes ni empleados. Salvo el jefe. Lo tenemos encerrado en la oficina.

—¿Los expendedores de tíquets también?

—Comprobados. Relájate, Harry, ya hemos revisado todos los puntos de control. Bueno, pues eso, que los que se quedan prueban suerte por si se presenta un invierno suave, ¿entiendes? Puede que les vaya bien, pero si se equivocan, mueren. Así que, ¿por qué no partir hacia el sur por si acaso, te preguntarás tú? ¿Es simplemente porque los que se quedan son perezosos?

Harry miró en el espejo y vio a los vigilantes apostados a ambos lados del puente del ferrocarril. Iban vestidos de negro y llevaban casco y ametralladoras MP5 colgadas del cuello. Incluso desde donde estaba, Harry podía ver por sus gestos lo tensos que estaban.

—La historia es que si el invierno se presenta suave, podrán elegir los mejores lugares para anidar antes de que vuelvan los demás —explicó Ellen al tiempo que se esforzaba por encajar el termo en la guantera repleta—. Se trata de un riesgo calculado, ¿comprendes? Puedes ganar a la lotería o joderla del todo. Apostar o no apostar. Si apuestas, puede que una noche te caigas congelado de la rama y no te descongeles hasta la primavera. Si te rajas, puede que no folles cuando regreses. Vamos, ese tipo de dilemas eternos a los que siempre tenemos que enfrentarnos.

—Llevas el chaleco antibalas, ¿verdad? —preguntó Harry girando el cuello para mirar a Ellen.

Ella no respondió, se limitó a mover la cabeza de un lado a otro mientras contemplaba la autovía.

—¿Lo llevas o no lo llevas?

Ellen se golpeó los nudillos contra el pecho por toda respuesta.

—¿El ligero?

Ella asintió.

—¡Joder, Ellen! Di órdenes de llevar chaleco de plomo. No esos de juguete.

—¿Tú sabes lo que suele llevar aquí la gente del Servicio Secreto?

—Déjame adivinar: ¿chalecos ligeros?

—Exacto.

—¿Y sabes para quién trabajo yo?

—Déjame adivinar: ¿para el Servicio Secreto?

—Exacto.

Ella sonrió y también Harry estiró los labios en una sonrisa cuando se oyó el carraspeo de la radio.

—Cuartel general a puesto sesenta y dos. El Servicio Secreto dice que el que está aparcado en la salida a Lørenskog es uno de sus coches.

—Aquí puesto sesenta y dos. Recibido.

—¡Ahí lo tienes! —dijo Harry irritado, dando un puñetazo al volante—. Sin comunicación alguna, esa gente del Servicio Secreto va a lo suyo sin contar con nadie. ¿Qué hace allí ese coche sin que nosotros lo sepamos? ¿Eh?

—Controlar que nosotros hacemos nuestro trabajo —dijo Ellen.

—Según las directrices que ellos nos han dado.

—Bueno, de todos modos, algún poder de decisión sí que tienes, así que deja de quejarte —dijo ella—. Y deja de tamborilear con los dedos en el volante.

Los dedos de Harry cayeron obedientes en el regazo. Ella rió y él lanzó un largo silbido.

—¡Yayaya!

Sus dedos fueron a dar en la culata de su arma reglamentaria, un revólver Smith & Wesson, calibre 38, de seis proyectiles. En el cinturón llevaba además dos cargadores rápidos con seis balas cada uno. Acarició el revólver sabiendo que, en aquellos momentos, no estaba autorizado a llevar armas. Tal vez fuese cierto que se estaba quedando miope pues, tras el curso de cuarenta horas que había seguido aquel invierno, había fallado en las pruebas de tiro. Aunque aquello no era, desde luego, insólito, sí era la primera vez que le ocurría a él y no lo llevaba nada bien. En realidad, no tenía más que presentarse a las siguientes pruebas y eran muchos los que lo intentaban hasta cuatro y cinco veces pero, por alguna razón, Harry siempre se había librado de repetirla.

Un nuevo carraspeo: «Punto veintiocho, sobrepasado».

—Ese es el penúltimo punto del distrito policial de Romeriket —observó Harry—. El siguiente punto de paso es Karihaugen, y después son nuestros.

—¿Por qué no pueden hacer como hemos hecho siempre, simplemente decir por dónde está pasando el cortejo, en lugar de la pesadez de tanto número? —preguntó Ellen en tono quejumbroso.

—¡Adivínalo!

Ambos respondieron a coro: «¡Cosas del Servicio Secreto!». Y se echaron a reír.

—Punto veintinueve, sobrepasado.

Harry miró el reloj.

—Vale, los tendremos aquí dentro de tres minutos. Cambiaré la frecuencia del transmisor a la del distrito policial de Oslo. Haz el último control.

Un sonido áspero y disonante surgió de la radio mientras Ellen cerraba los ojos para concentrarse en las confirmaciones que se iban sucediendo. Finalmente, colgó el micrófono en su lugar.

—Todo el mundo listo y en su puesto.

—Gracias. Ponte el casco.

—¡¿Cómo?! De verdad, Harry…

—Ya me has oído. ¡Que te pongas el casco tú también!

—Es que me queda pequeño.

Otra voz se dejó oír: «Punto uno, superado».

—¡Joder! A veces eres tan… poco profesional.

Ellen se encajó el casco, ajustó la barbillera y cerró la hebilla.

—Yo también te quiero —declaró Harry mientras estudiaba con los prismáticos la carretera que tenían delante—. Ya los veo.

En la parte superior de la pendiente que conducía hacia Karihaugen se distinguían destellos de metal. Harry solo veía de momento el primer coche de la fila, pero conocía bien la continuación: seis motocicletas conducidas por agentes especialmente entrenados de la sección de escoltas de la policía noruega, dos coches de escolta noruegos, un coche del Servicio Secreto, dos Cadillac Fleetwood idénticos, vehículos especiales del Servicio Secreto, traídos en avión desde Estados Unidos, en uno de los cuales viajaba el presidente, aunque se mantenía en secreto en cuál. O tal vez iba en los dos, se dijo Harry. Uno para Jekyll y otro para Hyde. A continuación iban los vehículos de mayor tamaño, el coche del Servicio Médico, el de comunicaciones y varios del Servicio Secreto.

—Todo parece tranquilo —dijo Harry mientras movía los prismáticos despacio, de derecha a izquierda.

El aire reverberaba sobre el asfalto, pese a que hacía una fría mañana de noviembre.

Ellen vio la silueta del primer coche. Dentro de media hora habrían dejado atrás la estación de peaje y tendrían superada la mitad del trabajo. Y, dos días después, cuando los mismos coches pasaran ante la estación de peaje en sentido contrario, Harry y ella podrían volver a sus tareas policiales de siempre. Ella prefería vérselas con cadáveres en la sección de Delitos Violentos a tener que levantarse a las tres de la madrugada para sentarse en un Volvo helado con un Harry irascible, que, obviamente, se sentía presionado por la responsabilidad que había recaído sobre él.

A excepción de los resoplidos recurrentes de Harry, reinaba en el coche el silencio más absoluto. Ella comprobó que los indicadores de ambos aparatos de radio funcionaban perfectamente. La hilera de coches llegaba ya casi hasta el final. Decidió que, después del trabajo, se iría al Tørst y bebería hasta emborracharse. Había allí un tipo con el que había cruzado alguna mirada, tenía el cabello negro y rizado y ojos castaños de expresión algo desafiante. Delgado. Con un aire un tanto bohemio, intelectual. Tal vez…

—¡¿Qué co…?!

Harry ya se había hecho con el micrófono: «Hay una persona en la tercera cabina desde la izquierda. ¿Alguien puede identificarla?».

La radio respondió con un silencio crepitante mientras la mirada de Ellen pasaba rápida por la hilera de cabinas. ¡Allí! Vio la espalda de un hombre tras el cristal marrón de la ventanilla, a tan solo cuarenta y cinco metros de donde se encontraban. A contraluz, la sombra dibujaba una silueta muy clara. Al igual que la de la breve porción de un cañón que sobresalía por la espalda del individuo.

—¡Un arma! —gritó Ellen—. ¡Tiene una pistola automática!

—¡Mierda!

Harry abrió la puerta del coche de una patada, se agarró al marco con las dos manos y salió de un salto. Ellen miraba fijamente la fila de coches, que no podía estar a más de cien metros de allí. Harry asomó la cabeza al interior del vehículo.

—No es ninguno de los nuestros, pero puede ser alguien del Servicio Secreto —aseguró—. Llama al cuartel general —dijo con el revólver en la mano.

—Harry…

—¡Vamos! Y quédate donde estás hasta que el cuartel general te confirme que es uno de sus hombres.

Harry empezó a correr hacia la cabina y hacia aquella espalda que se adivinaba debajo del traje. Parecía el cañón de una ametralladora Uzi. El frío aire de la mañana le hería los pulmones.

—¡Policía! —gritó—. Police!

Ninguna reacción. Los gruesos cristales de las cabinas estaban pensados para aislar del ruido del tráfico. El hombre había girado la cabeza hacia la hilera de vehículos y Harry pudo ver los cristales

18

oscuros de las gafas de sol Ray-Ban. El Servicio Secreto. O alguien que quería hacerse pasar por uno de ellos.

Estaba a veinte metros.

¿Cómo se habría metido en aquella cabina cerrada, si no era uno de ellos? ¡Demonios! Harry oyó que las motos se acercaban. No alcanzaría la cabina a tiempo.

Quitó el seguro y apuntó mientras rogaba que el claxon del coche quebrantase la calma de aquella extraña mañana en una autopista cortada en la que él, desde luego, en ningún momento había sentido el menor deseo de encontrarse. Las instrucciones eran claras, pero no conseguía dejar de pensar:

«Chaleco ligero. Sin comunicación. Dispara, no es culpa tuya. ¿Tendrá familia?».

El cortejo aparecía justo detrás de la cabina y se acercaba con rapidez. En dos segundos, los Cadillac estarían a su altura. Por el rabillo del ojo izquierdo vio el leve movimiento de un pajarillo que alzó el vuelo desde el tejado.

«Apostar o no apostar… ese tipo de dilemas eternos.»

Pensó en el escaso espesor del chaleco, bajó el revólver un par de centímetros. El rugir de las motocicletas era ensordecedor.

2

Oslo, martes,
5 de octubre de 1999

–Esa es, precisamente, la gran traición –dijo aquel hombre bien afeitado mirando sus notas.

La cabeza, las cejas, los brazos musculosos, incluso las grandes manos que se aferraban a la tribuna: todo parecía recién afeitado y limpio. Se inclinó hacia el micrófono, antes de proseguir:

–Desde el año 1945, los enemigos del nacionalsocialismo han sentado las bases, han desarrollado y practicado sus principios democráticos y económicos. Como consecuencia de ello, el mundo no ha visto que el sol se ponga un solo día sin que se cometan actos bélicos. Incluso en Europa hemos vivido guerras y genocidios. En el tercer mundo, millones de personas mueren de hambre; y Europa se ve invadida por la inmigración masiva con el consiguiente caos y la necesidad de luchar por la vida.

En este punto se detuvo y echó una ojeada a su alrededor. En la sala reinaba un silencio sepulcral y tan solo uno de los oyentes que ocupaban los bancos a su espalda aplaudió tímidamente. Cuando, reavivado su entusiasmo, decidió continuar, la señal luminosa que había bajo el micrófono parpadeó en rojo, señal de que las ondas llegaban distorsionadas al receptor.

–Por otro lado, no es muy grande la distancia que separa el despreocupado bienestar en que nos hallamos inmersos del día en que nos veamos obligados a confiar en nosotros mismos y en la gente que nos rodea. Una guerra, una catástrofe económica o ecológica… y toda esa red de leyes y reglas que nos han convertido con tanta rapidez en clientes pasivos de los servicios sociales desaparecerá de un plumazo. La otra gran traición fue anterior, la del 9 de abril de 1940, cuando nuestros llamados dirigentes nacionales huyeron del enemigo para salvar el pellejo. Y se llevaron las reservas de oro, claro está, para así poder financiar la lujosa vida que pensaban llevar en Londres. Ahora volvemos a tener al enemigo en casa. Y aquellos que deberían defender nuestros intereses vuelven a traicionarnos. Permiten que el enemigo construya mezquitas entre nosotros, que robe a nuestros ancianos y que mezcle su sangre con la de nuestras mujeres. De modo que, simplemente, es nuestra obligación como noruegos defender nuestra raza y eliminar a los traidores.

Dicho esto, pasó a la página siguiente, pero un carraspeo procedente del podio que tenía delante lo hizo detenerse y alzar la vista.

—Gracias, creo que hemos oído suficiente —aseguró el juez mirando por encima de las gafas—. ¿Tiene el fiscal más preguntas que hacerle al acusado?

El sol entraba en diagonal por la ventana e inundaba la sala de vistas número 17 del tribunal de primera instancia de Oslo formando un ilusorio halo luminoso sobre la calva del sujeto. Llevaba una camisa blanca y una corbata muy estrecha, probablemente por consejo de su defensor, Johan Krohn, que precisamente estaba repantigado en la silla jugueteando con un bolígrafo que sostenía entre los dedos índice y corazón. A Krohn le disgustaba casi todo de aquella situación. Le disgustaba el curso que habían tomado las preguntas del fiscal, las declaraciones claramente programáticas de su cliente, Sverre Olsen, y el hecho de que a este le hubiese parecido oportuno arremangarse la camisa permitiendo así que tanto el juez como los dos ayudantes pudiesen contemplar los tatuajes en forma de tela de araña que lucía en ambos codos y la serie de cruces gamadas plasmadas en el brazo izquierdo. En el derecho tenía tatuada una cadena de símbolos nórdicos y la palabra VALKYRIA en letras góticas de color negro. Valkyria era el nombre de una de las bandas que había formado parte del entorno neonazi de Sæterkrysset, en Nordstrand.

Pero lo que más irritaba a Johan Krohn era algo que no concordaba, algo que había caracterizado el curso de todo el juicio, solo que no se le ocurría qué.

El fiscal, un hombre menudo llamado Herman Groth, se acercó el micrófono con el dedo meñique en el que lucía el sello con el símbolo del colegio de abogados.

—Tan solo un par de preguntas adicionales, señor juez —dijo en tono suave y contenido.

El micrófono mostró luz verde.

—Cuando, el 3 de enero, a las nueve de la noche, entraste en el establecimiento denominado Dennis Kebab, de la calle Dronningen, fue, pues, con la clara intención de cumplir con tu parte de ese deber que mencionas de defender, según dices, nuestra raza, ¿no es cierto?

Johan Krohn se lanzó sobre el micrófono:

—Mi cliente ya ha contestado a esa pregunta y ha aclarado que se produjo un altercado entre él y el dueño vietnamita del establecimiento. —Luz roja—. Lo provocaron —dijo Krohn—. No hay fundamento alguno que apoye la tesis de la premeditación.

Groth cerró los ojos.

—Si es cierto lo que dice tu defensor, Olsen, hemos de admitir que fue pura casualidad que llevases bajo el brazo un bate de béisbol, ¿cierto?

—Para defenderse —interrumpió Krohn mientras alzaba los brazos en gesto resignado—. Señor juez, mi cliente ya ha respondido a esas preguntas.

El juez se acariciaba la barbilla mientras observaba al abogado defensor. Todos sabían que Johan Krohn hijo estaba destinado a ser una estrella como abogado defensor; todos, incluido Johan Krohn padre, y, con toda probabilidad, esto fue lo que movió al juez a admitir, con cierto enojo:

—Estoy de acuerdo con la defensa. Si el fiscal no tiene apreciaciones nuevas que hacer, he de pedirle que continúe.

Groth abrió los ojos de modo que quedase una delgada línea blanca en las partes superior e inferior del iris. Después asintió y, con gesto cansado, alzó una mano en la que sostenía un periódico.

—Esto es un ejemplar del diario *Dagbladet*, del día 25 de enero. En la entrevista publicada en la página ocho, uno de los correligionarios del acusado dice…

—¡Protesto! —comenzó Krohn.

Groth lanzó un suspiro.

—Bien, permítanme que lo modifique sustituyéndolo por un varón que expresa opiniones racistas.

El juez asintió al tiempo que lanzaba a Krohn una mirada de advertencia. Groth prosiguió:

—Este hombre asegura en un comentario al acto de vandalismo sufrido por el establecimiento Dennis Kebab que necesitamos más racistas como Sverre Olsen para recuperar Noruega. En la entrevista se utiliza el término «racista» como si de un calificativo honorable se tratase. ¿Se considera el acusado a sí mismo un racista?

—Así es, soy racista —sostuvo Olsen antes de que Krohn tuviese tiempo de intervenir—. En el sentido que yo le atribuyo a la palabra.

—¿Y qué sentido es ese? —preguntó Groth con una sonrisa.

Krohn cerró los puños debajo de la mesa y miró hacia la tribuna, a las dos personas que constituían el jurado popular y que ocupaban sendos asientos a ambos lados del juez. Aquellas tres personas eran las que decidirían sobre el futuro de su cliente en los próximos años, así como sobre su propio estatus en el restaurante Tostrupkjelleren en los próximos meses. Dos representantes del pueblo llano, del sentido popular de la justicia. «Jueces legos», los llamaban, pero tal vez ellos considerasen que esa denominación recordaba demasiado a «jueces de juego». El jurado popular que estaba sentado a la derecha del juez era un joven que vestía un traje de chaqueta de aspecto barato y serio, y que apenas se atrevía a levantar la vista. La joven algo entrada en carnes que ocupaba el asiento de la izquierda, parecía fingir que seguía el juicio mientras aprovechaba para estirar el cuello de modo que desde las gradas de la sala no se le notara la papada incipiente. El noruego medio. ¿Qué sabían ellos de gente como Sverre Olsen? ¿Qué querían saber?

Ocho testigos habían visto a Sverre Olsen entrar en el restaurante con un bate de madera bajo el brazo y, tras un breve intercambio de improperios, golpear con él en la cabeza al propietario, Ho Dai, un vietnamita de cuarenta años que había llegado por mar a Noruega como refugiado allá por 1978. Y lo había golpeado con tal violencia que Ho Dai jamás pudo volver a caminar. Cuando Olsen empezó a hablar, Johan Krohn hijo había empezado a dar forma en la cabeza a la apelación en el tribunal de segunda instancia.

—«*Raz-ismo* —leyó Olsen una vez que hubo encontrado lo que quería en los documentos—. Es una lucha eterna contra las enfermedades graves, la degeneración y el exterminio, así como el sueño y la esperanza de una sociedad más sana con mejor calidad de vida. La mezcla de razas es una forma de genocidio bilateral. En un mundo en que se planifica la instauración de bancos de genes para conservar al más insignificante escarabajo, se acoge con general aceptación el que se mezclen y aniquilen razas humanas que llevan desarrollándose miles de años. En un artículo de 1971 publicado en la respetada revista *American Psychologist*, cincuenta científicos americanos y europeos advertían del peligro de silenciar la argumentación de la teoría de la herencia genética.»

Olsen se detuvo en este punto, paseó la mirada por toda la sala 17 y levantó el índice de la mano derecha. Se había vuelto hacia el fiscal, de modo que Krohn pudo ver el tatuaje desvaído del saludo nacionalsocialista que lucía en el pliegue rasurado que se le formaba entre la nuca y el cuello, un grito mudo y grotesco, en extraño contraste con la frialdad de su retórica. En el silencio que siguió, Krohn dedujo por el ruido del pasillo que la sala 18 estaba en el receso del almuerzo. Los segundos transcurrían. Krohn recordó algo que había leído sobre el hecho de que, con ocasión de grandes concentraciones, Adolf Hitler solía tomarse pausas artísticas de hasta tres minutos. Cuando Olsen retomó su declaración, empezó a marcar el ritmo con el dedo, como si quisiera grabar cada palabra y cada frase en el auditorio:

—Aquellos de ustedes que intenten fingir que no se está desarrollando una lucha de razas, o bien están ciegos o bien son unos traidores.

Bebió un trago del agua que el ujier le había puesto delante.

Entonces intervino el fiscal:

—Y en esa lucha de razas, tú y tus adeptos, algunos de los cuales están presentes hoy en la sala, sois los únicos que tenéis derecho a intervenir, ¿no es así?

Nuevos abucheos de los cabezas rapadas que ocupaban las gradas del público.

—Nosotros no intervenimos, nos defendemos —precisó Olsen—. Es derecho y obligación de cualquier raza.

Alguien de entre el público gritó algo que Olsen aprovechó y repitió con una sonrisa:

—En efecto, también en un miembro de otra raza podemos hallar la prueba viviente de un nacionalsocialista.

Risas y aplausos entre el público. El juez pidió silencio antes de mirar inquisitivo al fiscal.

—Eso es todo —aclaró Groth.

—¿Desea la defensa hacer alguna pregunta?

Krohn negó con un gesto.

—En ese caso, que pase el primer testigo de la acusación.

El fiscal le hizo una señal al ujier, que abrió la puerta del fondo de la sala, asomó la cabeza y dijo algo. Se oyó el crujido de una silla al otro lado, la puerta se abrió por completo y dio paso a un hombre bastante corpulento.

Krohn se percató de que el hombre llevaba una chaqueta que le venía algo pequeña, unos vaqueros negros y unas botas Dr. Martens enormes. La cabeza, casi rapada al cero, y la complexión atlética y delgada apuntaban a una edad que rondaba los treinta y tantos. Pero los ojos, enrojecidos y ojerosos, y la cara pálida surcada de venillas que, aquí y allá, se abrían en pequeños deltas, hacían pensar más bien en los cincuenta.

—¿Oficial de policía Harry Hole? —preguntó el juez, una vez que el hombre hubo tomado asiento en el estrado.

—Sí.

—No tenemos la dirección de su residencia, según veo.

—Es secreta —dijo Hole al tiempo que señalaba por encima del hombro con el pulgar—. Intentaron entrar en mi casa.

Más abucheos.

—¿Ha declarado usted con anterioridad, Hole? Que si ha prestado juramento, quiero decir.

—Sí.

La cabeza de Krohn se balanceaba de arriba abajo, como la de esos perritos de plástico que a algunos conductores les da por llevar en la bandeja del coche. Y empezó a hojear febrilmente los documentos.

—Veo que trabajas en la sección de Delitos Violentos, como investigador de homicidios —comenzó Groth—. ¿Por qué te asignaron este caso?

—Porque fallamos en nuestra valoración —respondió Hole.

—¿Y eso?

—No contábamos con que Ho sobreviviese. No es lo normal cuando te rompen el cráneo y se desparrama parte del contenido.

Krohn vio que las caras de los dos miembros del jurado popular se contraían involuntariamente en un gesto de repulsa. Pero aquello carecía ahora de importancia. Había encontrado el documento con sus nombres. Y allí estaba: el fallo que lo tenía contrariado.

3

Calle Karl Johan,
5 de octubre de 1999

«Vas a morir.»

Aquellas palabras seguían resonándole al anciano en los oídos cuando salió al rellano de la escalera y lo cegó el claro sol otoñal. Mientras las pupilas se le contraían poco a poco, permaneció agarrado a la barandilla respirando despacio y profundamente. Escuchó la cacofonía de los coches, los tranvías, los silbidos de los semáforos. Y las voces... voces alteradas y alegres que pasaban presurosas al ritmo de los pasos. Y la música, ¿acaso había oído antes tanta música? Pero nada conseguía acallar el rumor de aquellas palabras.

«Vas a morir.»

¿Cuántas veces había estado allí, en el descansillo de la consulta del doctor Buer? Dos veces al año durante cuarenta años. Ochenta días normales y corrientes, iguales que aquel, pero nunca, hasta ese momento, se había dado cuenta de la animación que había en aquellas calles, la felicidad, las ansias de vivir. Era octubre, pero parecía un día de mayo. El día en que «estalló» la paz. ¿Estaría exagerando? Podía oír la voz de ella, ver su silueta acercarse a la carrera como emanando del sol, surgiendo de una cara que desapareció en un halo de luz blanca.

«Vas a morir.»

Toda aquella blancura cobró color y se convirtió en la calle Karl Johan. Bajó los peldaños, se detuvo y miró a derecha e izquierda, como si no fuese capaz de decidir qué dirección tomar, y se quedó pensativo. De repente, se sobresaltó, como si alguien lo hubiese despertado, y echó a andar en dirección al palacio. Caminaba con paso vacilante y la mirada abatida, y con el cuerpo escuálido encogido en un abrigo de lana que le quedaba algo grande.

—El cáncer se ha extendido —le había anunciado el doctor Buer.

—Ya, bueno —respondió él mientras miraba a Buer, preguntándose si sería algo que les enseñaban en la facultad de medicina, aquel gesto de quitarse las gafas cuando iban a decir algo grave, o si era solo un ademán propio de los médicos miopes para no tener que ver la expresión de los ojos del paciente.

Había empezado a parecerse a su padre, el doctor Konrad Buer, ahora que el cuero cabelludo había emprendido la retirada y que las bolsas que le asomaban debajo de los ojos le otorgaban parte del aura de seriedad que tenía su progenitor.

—¿En pocas palabras? —le preguntó el anciano con una voz que llevaba cincuenta años sin oír, que surgió como el grito cavernoso y áspero de un hombre en cuyas cuerdas vocales resonaba la angustia.

—Bueno, verá, es una cuestión de…

—Se lo ruego, doctor. Yo ya he visto la muerte cara a cara.

Pronunció aquellas palabras reforzando la voz, eligió unos términos que obligasen a su voz a sonar segura, tal y como deseaba que la oyera el doctor Buer. Tal y como deseaba oírla él mismo.

La mirada del doctor huyó de la mesa, deslizándose por el parqué desgastado hasta la calle, a través del cristal sucio de la ventana. Se escondió allá fuera durante un instante antes de volver a encontrarse con la suya. Sus manos habían localizado un paño con el que limpiaba las gafas sin cesar.

—Ya sé que tú…

—Usted no sabe nada, doctor. —El anciano se oyó a sí mismo reír con una risa breve y seca—. No se lo tome a mal, se lo ruego, Buer, pero créame: usted no sabe nada.

Advirtió el desconcierto de Buer y, en aquel mismo instante, se dio cuenta de que el grifo del lavabo que había en la pared opuesta de la consulta goteaba persistente, un nuevo sonido, como si, de repente y de forma inexplicable, hubiese recuperado los sentidos de un joven de veinte años. Buer se puso por fin las gafas, cogió un papel, como si las palabras que iba a pronunciar estuviesen allí plasmadas, y carraspeó levemente antes de declarar:

—Vas a morir.

El anciano habría preferido que lo tratase de «usted».

Se detuvo ante una aglomeración de gente y oyó las notas de una guitarra y una voz que entonaba una canción sin duda antigua para todos los demás, salvo para él. Ya la había escuchado antes, desde luego; seguro que hacía cerca de medio siglo, pero él la sentía como si hubiese sido ayer. Y lo mismo le sucedía con todo: cuanto más lejano en el tiempo, más cercano y claro lo veía. Ahora era capaz de recordar cosas en las que no pensaba desde hacía años, o en las que no había pensado nunca. Aquello que, hasta entonces, se había visto obligado a leer en sus diarios de la guerra, podía evocarlo ahora con tan solo cerrar los ojos y verlo discurrir por la retina como una película.

—En cualquier caso, debe de quedarte al menos un año de vida.

Una primavera y un verano. Podía ver cada hoja amarillenta de los árboles del parque Studenterlunden como si le hubiesen puesto unas gafas nuevas, más potentes. Los mismos árboles de 1945, ¿o no eran los mismos? En aquella ocasión no los vio con demasiada claridad; aquel día nada se veía claro. Rostros sonrientes, rostros iracundos, gritos que apenas llegaban a donde él se encontraba, la puerta del coche que se cerró, si él tenía o no lágrimas en los ojos, pues cuando recordó las banderas con las que la gente corría por las aceras, las recordaba rojas y difusas. Sus vítores: «¡Ha vuelto el príncipe heredero!».

Subió la pendiente hasta el palacio, donde un grupo de personas se habían reunido para ver el cambio de guardia. El eco de las órdenes de la guardia real y los chasquidos de las culatas de las escopetas y de los tacones de las botas resonaban contra el muro amarillento de la fachada. Una joven pareja japonesa abrazada en medio de la gente contemplaba risueña el espectáculo. Él cerró los ojos, intentó evocar el olor de los uniformes y del lubricante de armas. Naderías y decoración, allí no había nada que oliera como olía su guerra.

Volvió a abrir los ojos. ¿Qué sabían ellos? ¿Qué sabían aquellos soldaditos vestidos de negro, simples figuras de desfile, de unos actos simbólicos que ellos eran demasiado inocentes para comprender y demasiado jóvenes para sentir? Pensó de nuevo en aquel día, en los jóvenes noruegos vestidos de soldados, o en los soldados suecos, como los llamaban. A sus ojos eran soldados de juguete que no sabían cómo llevar un uniforme y menos aún cómo tratar a un prisionero de guerra. Estaban asustados y mostraban una actitud brutal, y, con los pitillos entre los labios y con el aspecto atrevido que les prestaban las gorras ladeadas, se aferraban a sus recién adquiridas armas e intentaban sobreponerse al miedo apretando el cañón contra la espalda de los arrestados.

—¡Cerdo nazi! —decían mientras los golpeaban, como para obtener en un instante el perdón de sus pecados.

Respiró hondo, saboreó el cálido día otoñal pero, en ese mismo momento, apareció el dolor. Retrocedió un paso con pie vacilante. Agua en los pulmones. Dentro de doce meses, tal vez antes, la inflamación y el dolor harían salir el agua que luego se acumularía en los pulmones. Según decían, eso era lo peor.

«Vas a morir.»

Y entonces vino el ataque de tos, tan violento que quienes se hallaban a su lado se apartaron involuntariamente.

4

Ministerio de Asuntos Exteriores,
Victoria Terrasse, 5 de octubre de 1999

El ministro de Asuntos Exteriores Bernt Brandhaug atravesó el pasillo a grandes zancadas. Hacía treinta segundos que había dejado su despacho y tardaría otros cuarenta y cinco en llegar a la sala de reuniones. Alzó los hombros bajo la chaqueta y sintió que la rellenaban más que de sobra y que los músculos de la espalda se tensaban contra el tejido. *Latissimus dorsi*: musculatura de la espalda. Tenía sesenta años, pero no aparentaba más de cincuenta. No era él hombre que se preocupase por su aspecto, pero estaba convencido de que era un individuo agradable a la vista. Eso sí, sin haberse visto obligado a hacer mucho más que dedicarse al deporte que le gustaba, añadir un par de sesiones de rayos UVA en invierno y quitarse los cabellos grises que de vez en cuando le crecían en las cejas bien pobladas.

—¡Hola, Lise! —saludó en voz alta al pasar ante la fotocopiadora.

La joven de prácticas dio un respingo y solo tuvo tiempo de lanzarle una tímida sonrisa antes de que él desapareciese por la siguiente esquina. Lise acababa de terminar derecho y era hija de un compañero de carrera. Había empezado a trabajar allí hacía menos de tres semanas. Y, desde aquel instante, supo que el ministro, el más alto funcionario de aquella casa, la conocía. ¿Podría aquel hombre seducirla? Probablemente. No es que fuese a ocurrir. Necesariamente.

31

Antes de llegar a la puerta abierta, oyó el murmullo de las voces. Miró el reloj: setenta y cinco segundos. Y entró. Echó una rápida oejada a la sala y constató que habían acudido los representantes de todas las instancias convocadas.

—Tú debes de ser Bjarne Møller, ¿me equivoco? —preguntó al tiempo que, con una amplia sonrisa, le tendía la mano a un hombre alto y delgado que estaba sentado junto a la comisaria jefe Anne Størksen.

—Y eres JS, ¿verdad, Møller? Tengo entendido que participas en la carrera de relevos de Holmenkollen, ¿no?

Aquel era uno de los trucos de Brandhaug: conseguir cierta información sobre las personas a las que veía por primera vez, algún dato que no figurase en sus currículos. Aquello los hacía sentirse inseguros. El hecho de haber usado las siglas JS —la abreviatura de uso interno para referirse al jefe de sección— le había causado especial satisfacción. Brandhaug se sentó, le hizo un guiño a su viejo amigo Kurt Meirik, jefe de los servicios de inteligencia, y escrutó a los demás congregados en torno a la mesa.

Nadie sabía aún quién tomaría el mando, pues se trataba de una reunión de representantes del mismo nivel, al menos en teoría, procedentes del gabinete del primer ministro, el distrito policial de Oslo, el servicio secreto de Defensa, las tropas de la reserva militar y su propio gabinete del Ministerio de Asuntos Exteriores. La reunión la habían convocado desde el GPM —el gabinete del primer ministro—, pero no cabía duda de que serían el distrito policial de Oslo, representado por Anne Størksen, y los servicios de inteligencia, con Kurt Meirik al frente, quienes, llegado el momento, asumirían la responsabilidad operacional. El secretario del gabinete del primer ministro parecía dispuesto a tomar las riendas.

Brandhaug cerró los ojos dispuesto a escuchar.

Dejaron de hablar sobre la última vez que se vieron, el murmullo de voces fue silenciándose poco a poco, se oyó el chasquido de la pata de una mesa. Todavía no. Un papel que cruje, el clic de los bolígrafos... en reuniones importantes como aquella, la mayoría de los jefes tomaban sus propias notas como referencia, ante la eventualidad de que después, si algo salía mal, empezaran a culparse unos a otros. Alguien carraspeó, pero el sonido procedía del lado equivocado de la sala y, además, no había sonado como cuando uno se prepara para empezar a hablar. Alguien tomó aire.

—Bien, entonces, empezamos —declaró Bernt Brandhaug abriendo los ojos.

Todas las cabezas se volvieron hacia él. Siempre el mismo panorama. Una boca medio abierta, la del secretario del gabinete, una sonrisa forzada, la de la señora Størksen, que dio a entender que sabía lo que estaba sucediendo; pero, por lo demás, rostros vacíos que lo miraban sin sospechar que el asunto ya estaba zanjado.

—Bienvenidos a la primera reunión de coordinación. Nuestro trabajo consiste en conseguir que cuatro de los hombres más importantes del mundo entren y salgan de Noruega más o menos vivos.

Vehementes susurros en torno a la mesa.

—El lunes, 1 de noviembre, llegarán al país el líder de la OLP, Yasir Arafat, el primer ministro israelí, Edhu Barak, el primer ministro ruso, Vladímir Putin, y, finalmente, el broche de oro: a las seis y quince minutos, dentro de cincuenta y nueve días exactamente, aterrizará en Gardermoen, en el aeropuerto de Oslo, el presidente americano a bordo del Airforce One. —Brandhaug paseó la mirada por cada una de las caras que había alrededor de la mesa, para detenerse por fin ante el único nuevo, Bjarne Møller—. Si es que no hay niebla, claro está —añadió con una carcajada mientras notaba satisfecho que también Møller, por un instante, olvidaba la tensión y sonreía.

Brandhaug le devolvió la sonrisa y dejó ver una hilera de dientes que, tras la última sesión cosmética en el dentista, habían quedado más blancos.

—Aún ignoramos cuántas personas vendrán exactamente —dijo Brandhaug—. En Australia, el presidente se presentó con un séquito de dos mil personas; en Copenhague, eran mil setecientas.

Un rumor se extendió por toda la mesa.

—Pero la experiencia me dice que una estimación de unas setecientas será más realista.

Brandhaug dijo aquello con la certeza de que su «estimación» no tardaría en verse confirmada, puesto que una hora antes había recibido un fax con la lista de las setecientas doce personas que iban a acudir.

—Algunos de ustedes se preguntarán sin duda qué hará el presidente con un séquito tan numeroso en una cumbre de tan solo dos días. La respuesta es bien sencilla. Se trata de la consabida retórica del poder de toda la vida. Si no recuerdo mal, el káiser Federico III llevaba consigo exactamente setecientos hombres cuando visitó Roma en 1468, con la idea de hacerle ver al Papa quién era el hombre más poderoso del mundo.

Más risas de los congregados. Brandhaug le hizo un guiño a Anne Størksen. Había leído la frase en el diario vespertino *Aftenposten*. Con una palmada, añadió:

—No es necesario que os explique que dos meses es muy poco tiempo, pero sí que a partir de hoy celebraremos reuniones de coordinación todas las mañanas a las diez, en esta misma sala. Hasta que esos cuatro muchachos queden fuera de nuestra zona de responsabilidad, tendréis que dejar de lado todos los demás asuntos que os traigáis entre manos. Quedan prohibidas las vacaciones y los días de fiesta. Y también las bajas por enfermedad. ¿Alguna pregunta, antes de que sigamos adelante?

—Bueno, parece que… —comenzó el secretario del gabinete.

—Incluidas las depresiones —interrumpió Brandhaug provocando en Bjarne Møller una risa más sonora de lo que él habría querido.

—Bueno, nosotros… —volvió a empezar el secretario.

—Adelante, Meirik —gritó Brandhaug.

—¿Qué?

El jefe de los servicios de inteligencia levantó aquella cabeza poco poblada y miró a Brandhaug.

—Tú querías decir algo sobre la estimación del riesgo de amenazas de los servios de inteligencia, ¿no? —preguntó Brandhaug.

—¡Ah, eso! —recordó Meirik—. Sí, hemos traído unas copias.

Meirik era de Tromsø y hablaba en una curiosa e incoherente mezcla de su dialecto y el noruego estándar. Le hizo un gesto a una mujer que tenía a su lado. Brandhaug posó en ella la mirada. La mujer iba, constató, sin maquillar y llevaba una melena de color castaño oscuro, de corte recto, recogida con un pasador poco elegante. En cuanto al traje, una especie de saco azul de lana, era simplemente soso. Sin embargo, aunque la mujer había adoptado esa expresión exagerada que él tan a menudo había visto en las profesionales que temían que no se las tomara en serio, le gustó lo que veía. Tenía los ojos castaños y dulces, y los pómulos marcados le otorgaban un aspecto aristocrático, poco noruego. La había visto antes, pero con otro peinado. ¿Cómo se llamaba? Era un nombre bíblico, ¿Rakel, quizá? Tal vez acabara de separarse: el nuevo peinado podía ser indicio de ello. La mujer se inclinó sobre el maletín que había entre ella y Meirik y la mirada de Brandhaug buscó de forma mecánica el escote, pero la blusa estaba abotonada de modo que no podía mostrarle nada de interés. ¿Tendría hijos en edad escolar?

¿Tendría algún reparo en pasar unas horas del día en una habitación de algún hotel céntrico? ¿La excitaría el poder?

—Limítate a hacernos un resumen, Meirik —dijo Brandhaug.

—Bueno.

—Antes, quisiera señalar… —intervino una vez más el secretario.

—Dejemos que Meirik termine, Bjørn; después podrás decir todo lo que quieras.

Era la primera vez que Brandhaug llamaba al secretario por su nombre de pila.

—Inteligencia considera que existe peligro de atentado u otros daños —declaró Meirik.

Brandhaug sonrió. Con el rabillo del ojo, vio que la comisaria-jefe hacía lo mismo. Una joven inteligente, licenciada en derecho y con una hoja de servicios impecable. Tal vez debiera invitarlos a ella y a su marido a cenar trucha en casa alguna noche. Brandhaug y su mujer vivían en un espacioso chalé de madera en la frontera con Nordberg. No tenían más que ponerse los esquís en la puerta del garaje. Bernt Brandhaug adoraba su casa. A su esposa le parecía demasiado oscura y decía que aquellos maderos tan negruzcos la asustaban, y tampoco le gustaba verse rodeada de tanto bosque. Sí, una invitación a cenar. Sólidos maderos y truchas que hubiera pescado él mismo. Era la imagen adecuada.

–Me atrevo a recordarles que han sido cuatro los presidentes estadounidenses que han muerto víctimas de un atentado –continuó Meirik–. Abraham Lincoln, en 1865; James Garfield, en 1881; John F. Kennedy, en 1963, y... –Dirigió la mirada a la mujer de pómulos marcados, que le sopló el nombre–. ¡Ah, sí! William McKinley. En...

–En 1901 –completó Brandhaug con una cálida sonrisa, y miró el reloj.

–En fin. Sin embargo, ha habido muchos más atentados a lo largo de los años. Tanto Harry Truman como Gerald Ford y Ronald Reagan fueron víctimas de graves atentados mientras ocuparon el cargo.

Brandhaug se aclaró la garganta.

–Olvidas que el actual presidente fue víctima de espionaje hace unos años. O, al menos, su casa.

–Es verdad. Pero no contamos ese tipo de incidentes, porque entonces habría muchos. Estoy en condiciones de asegurar que ningún presidente americano de los últimos veinte años ha completado su mandato sin que se hayan descubierto como mínimo diez intentos de atentado y se haya detenido a los responsables antes de que el asunto llegara a los medios.

–¿Por qué no?

El jefe de sección Bjarne Møller creía que solo había pensado la pregunta y quedó tan sorprendido como los demás al oír su propia voz. Tragó saliva al notar que todos lo miraban y se esforzó por mantener la vista fija en Meirik, aunque no pudo evitar dirigirla a Brandhaug. El ministro de Exteriores le hizo un guiño reconfortante.

–Bueno, como usted sabe, es normal que los atentados cuya planificación se descubre se mantengan en secreto –observó Meirik quitándose las gafas. Eran unas Horst Tappert, ese tipo de gafas que tanto proliferaban en los catálogos de pedidos por correo, que se oscurecen cuando las expones al sol–. Puesto que los atentados han resultado ser tan contagiosos como los suicidios. Y, además, en esta profesión no tenemos el menor interés en desvelar nuestros métodos de trabajo.

–¿Cuáles son los planes de vigilancia? –interrumpió el secretario.

La mujer de los pómulos salientes le entregó un documento a Meirik, que volvió a ponerse las gafas antes de empezar a leer.

–El jueves llegarán ocho hombres del Servicio Secreto con los que comenzaremos a revisar los hoteles, las rutas, el control de seguridad de todos los que van a estar cerca del presidente, y a instruir a todos los policías con los que vamos a contar. Además, traeremos refuerzos de Romerike, Asker y Bærum.

–¿Y para qué van a usar esos servicios? –preguntó el secretario de Estado.

–Principalmente, para vigilancia. En torno a la embajada de Estados Unidos, al hotel en el que se alojará el séquito del presidente, al aparcamiento…

–En definitiva, la vigilancia de todos los lugares en los que no se encontrará el presidente.

–De eso nos encargamos nosotros mismos, los de Inteligencia. Y el Servicio Secreto, claro.

–Vaya, Kurt, yo creía que a vosotros no os gustaba montar guardia –dijo Brandhaug con una sonrisita.

El recuerdo provocó una mueca forzada en Kurt Meirik. Durante la conferencia sobre las minas antipersona, celebrada en Oslo en 1997, Inteligencia se negó a prestar servicios de vigilancia remitiendo a su propia valoración del riesgo, donde se concluía que «la amenaza para la seguridad era entre media y baja». El segundo día de la conferencia, la Oficina de Inmigración advirtió al Ministerio de Asuntos Exteriores que uno de los noruegos a los que Inteligencia había dado el visto bueno como chófer de la delegación croata era un musulmán bosnio que había llegado a Noruega en la década de los setenta y era ciudadano noruego desde hacía ya muchos años; pero en 1993, sus padres y cuatro de sus hermanos murieron ejecutados por los croatas en Mostar, en Bosnia-Herzegovina. Cuando revisaron el apartamento del sujeto, hallaron dos granadas de mano y una carta de despedida en la que explicaba los motivos de su suicidio. Ni que decir tiene que la prensa jamás tuvo la menor idea de aquel suceso, pero el fregado que generó salpicó a las más altas esferas del gobierno y la continuidad de la carrera de Kurt Meirik estuvo pendiente de un hilo hasta que Bernt Brandhaug intervino personalmente. Todo se acalló después de que uno de los funcionarios responsables del control de seguridad firmase su propio despido. Brandhaug había olvidado el nombre del funcionario, pero la colaboración con Meirik se había desarrollado sin contratiempos desde entonces.

—¡Bjørn! —gritó con una palmada—. Ahora sí que tenemos mucho interés en escuchar lo que tengas que decir. ¡Adelante!

La mirada de Brandhaug se deslizó fugaz hacia la ayudante de Meirik, pero no tan a la ligera que se le escapase el detalle de que también ella lo estaba mirando. O, más bien, ella dirigía la vista hacia él, aunque con ojos inexpresivos y ausentes. Sopesó la posibilidad de sostenerle la mirada, de ver qué tipo de expresión surgía de ellos cuando descubriera que él se fijaba en ella, pero desechó la idea. ¿No era Rakel su nombre?

5

Slottsparken,
5 de octubre de 1999

−¿Estás muerto?

El anciano abrió los ojos y contempló la silueta de la cabeza que lo observaba desde arriba, pero la cara desapareció en un halo de luz blanca. ¿Era ella? ¿Había acudido para llevárselo ya?

−¿Estás muerto? −volvió a preguntar la cabeza con voz clara.

Él no respondió, pues no sabía si tenía los ojos abiertos o si solo estaba soñando. O si, tal y como preguntaba la voz, ya estaba muerto.

−¿Cómo te llamas?

La cabeza se desplazó y, en su lugar, vio las copas de los árboles y un cielo azul. Había estado soñando. Algo que había leído en un poema. «Los bombarderos alemanes han pasado ya.» Nordahl Grieg. Sobre el rey que huyó a Inglaterra. Las pupilas empezaron a habituarse de nuevo a la luz y recordó que se había tendido sobre el césped del Slottsparken para descansar un poco. Y había debido de quedarse dormido. Sentado a su lado había un niño. Un par de ojos castaños lo contemplaban asomando entre un flequillo negro.

−Yo me llamo Ali −dijo el pequeño.

¿Sería un niño paquistaní? El chico tenía una nariz curiosamente respingona.

−Ali significa Dios −dijo el niño−. ¿Qué significa tu nombre?

−Yo me llamo Daniel −dijo el anciano con una sonrisa−. Es un nombre bíblico que significa «Dios es mi juez».

El pequeño lo miró fijamente.

—¿Así que tú eres Daniel?

—Así es —dijo el hombre.

El niño seguía mirándolo, y el anciano se sintió incómodo por si el niño creía que era un vagabundo, puesto que estaba allí tendido sobre el césped totalmente vestido, con su abrigo de lana a modo de manta, aunque estaba a pleno sol.

—¿Dónde está tu madre? —preguntó para esquivar la persistente mirada del pequeño.

—Allí —dijo el niño, y se giró para señalar.

Algo apartadas del lugar en que ellos se encontraban, había dos mujeres morenas y robustas sentadas en el césped; a su alrededor alborotaban cuatro niños.

—Pues entonces, yo soy tu juez —dijo el chico.

—¿Cómo?

—Ali es Dios, ¿verdad? Y Dios es juez de Daniel. Y yo me llamo Ali y tú te llamas...

Alargó la mano y le pellizcó la nariz a Ali. El niño chilló encantado. El anciano vio cómo las dos mujeres volvían la cabeza y una de ellas estaba ya levantándose cuando él soltó la nariz del pequeño.

—Ahí viene tu madre, Ali —dijo señalando a la mujer que se les acercaba.

—¡Mamá! —gritó el niño en urdu.

El viejo dedicó una sonrisa a la mujer, pero ella esquivó su mirada y, en cambio, miró con expresión severa a su hijo, que obedeció y se marchó trotando hacia ella. Cuando se volvieron, los ojos de la mujer pasaron sobre él como si fuera invisible. Le entraron ganas de explicarle que no era un vagabundo, que él había participado en la construcción de aquella sociedad. Que él había pagado, había despilfarrado, había entregado cuanto tenía hasta que ya no quedó más que entregar salvo su puesto, su renuncia, su esperanza. Pero no tuvo fuerzas, estaba tan cansado que solo quería llegar a casa. Descansar, y luego ya vería. Era hora de que otros empezasen a pagar.

Mientras se alejaba, no oyó que el pequeño lo llamaba a gritos.

6

Comisaría General de Policía, Grønland, 8 de octubre de 1999

Ellen Gjelten levantó la vista hacia el hombre que acababa de entrar por la puerta.

—Buenos días, Harry.

—¡Joder!

Harry le dio una patada a la papelera que había junto a su escritorio y la estrelló contra la pared contigua a la mesa de Ellen, desde donde salió despedida rodando mientras su contenido se esparcía sobre el suelo de linóleo: borradores desechados de informes (el caso de asesinato Ekeberg), un paquete de cigarrillos vacío (Camel, tax-free), un cartón de yogur con sabor a melón de la marca Go'morn, el diario *Dagsavisen*, una vieja entrada de cine (del cine Filmteateret, película *Miedo y asco en Las Vegas*), una quiniela sin rellenar, una piel de plátano, una revista de música (el número 69 de la revista *MOJO*, de febrero de 1999 con una foto del grupo Queen en la portada), una botella vacía de refresco de cola (de plástico, medio litro) y un post-it amarillo con un número de teléfono al que, durante un rato, había estado pensando si llamar o no.

Ellen apartó la vista del ordenador y examinó el contenido diseminado por el suelo.

—Pero, Harry, ¿has tirado el ejemplar de *MOJO*? —le preguntó.

—¡Joder! —repitió Harry mientras se quitaba de un tirón la ajustada chaqueta del traje y la arrojaba por los aires a través de los

41

veinte metros cuadrados de despacho que compartía con la oficial Ellen Gjelten.

La chaqueta alcanzó el perchero pero se deslizó y cayó al suelo.

—¿Cuál es el problema? —preguntó Ellen antes de extender el brazo para detener el balanceo del perchero.

—He encontrado esto en mi buzón.

Harry agitaba en la mano unos documentos.

—Parece una sentencia.

—Eso es.

—¿La causa de Dennis Kebab?

—Exacto.

—¿Y qué?

—A Sverre Olsen le ha caído un buen paquete. Tres años y medio.

—¡Vaya! En ese caso, deberías estar de un humor excelente.

—Y lo estuve, durante un minuto más o menos. Hasta que leí esto.

Harry le mostró un fax.

—¿Qué?

—Cuando Krohn recibió su copia de la sentencia esta mañana, respondió enviándonos una advertencia de que tenía intención de recurrirla por un defecto de forma.

Ellen puso cara de dolor de muelas.

—¡Vaya!

—Quiere que se revoque la sentencia. No te lo vas a creer, pero ese astuto de Krohn nos ha pillado en la prestación del juramento.

—¿En qué dices que os ha pillado?

Harry se acercó a la ventana.

—Los dos miembros del jurado popular solo tienen que prestar juramento la primera vez que hacen de jurado, pero han de hacerlo en la sala de vistas y antes de que comience el juicio. Krohn se dio cuenta de que uno de los miembros era nuevo. Y de que el juez no le había tomado juramento en la sala de vistas.

—Se dice «juramentado».

–Da igual. El caso es que ahora resulta que la sentencia dice que el juez había juramentado a la señora en la antesala de la sala de vistas, justo antes de que empezase el juicio. Atribuye la irregularidad a la falta de tiempo y a las nuevas reglas.

Harry arrugó y arrojó el fax, que describió un largo arco antes de caer a medio metro de la papelera de Ellen.

–¿En resumen? –preguntó Ellen al tiempo que, de una patada, enviaba el fax a la mitad del despacho que le correspondía a Harry.

–Que la sentencia se revocará como nula y que Sverre Olsen será un hombre libre durante medio año, como mínimo, hasta que se celebre un nuevo juicio. Y, en tales casos, suele aplicarse una pena mucho más suave en razón del perjuicio que el aplazamiento haya podido causar al enjuiciado, bla, bla, bla. Después de los ocho meses que ha pasado en prisión preventiva, es muy probable que Sverre Olsen sea, a estas alturas, un hombre libre.

En realidad, Harry no se dirigía a Ellen, que ya conocía todos aquellos detalles. Le hablaba a la imagen que de sí mismo le devolvía el cristal de la ventana; pronunciaba las palabras en voz alta para comprobar si así tenían más sentido. Se pasó las manos por la cabeza sudorosa que, no hacía mucho, cubría una capa de pelo rubio y corto. Que se lo hubiese cortado al cero se debía a una razón muy concreta: la semana anterior habían vuelto a reconocerlo. Un muchachote con una gorra de lana negra, zapatillas Nike y unos pantalones tan grandes que el tiro le llegaba por las rodillas se le había acercado mientras sus compañeros se agolpaban a unos pasos y le había preguntado a Harry si él era «el que hizo de Bruce Willis en Australia». Hacía ya tres años, ¡nada menos que tres!, desde que la fotografía de Harry salió ilustrando las primeras páginas de los periódicos, desde que Harry se puso en ridículo en los programas de televisión hablando acerca de los asesinatos en serie que había presenciado en Sidney. Harry fue y se rapó el pelo inmediatamente. Ellen le había sugerido que se lo afeitase.

–Lo peor de todo es que apuesto lo que quieras a que ese maldito abogado conocía la situación antes de que se hubiese dictado sentencia y pudo haber protestado para que la jurado pudiera prestar juramento en el momento y lugar adecuados. Pero se limitó a esperar sentado, frotándose las manos.

Ellen se encogió de hombros.

—Cosas que pasan. Un buen trabajo de la defensa, eso sí. Algo hay que sacrificar en el altar de la seguridad judicial. Venga, Harry, serénate.

La oficial pronunció aquellas palabras con una mezcla de sarcasmo y realismo.

Harry apoyó la frente en el cristal, que notó fresco. Hacía otro de aquellos días de octubre atípicos y calurosos. Se preguntaba dónde habría aprendido Ellen, aquella joven oficial de policía de cara pálida y bonita como la de una muñeca, de boca pequeña y ojos redondos, a hablar con tanto descaro. Era una niña bien que pertenecía a una familia burguesa, según ella misma confesaba, mimada como la hija única que era, hasta el punto de que había asistido a una escuela católica de Suiza, solo para niñas. Quién sabe, igual era una educación lo bastante dura.

Harry echó el cuello hacia atrás y respiró hondo al tiempo que se desabotonaba uno de los botones de la camisa.

—Más, más —susurró Ellen dando unas palmadas suaves, como marcando el paso.

—En los ambientes nazis se lo conoce como Batman.

—Perfecto. El bate de béisbol: «el hombre del bate».

—No, no me refiero al nazi, sino al abogado.

—Ah, vale. Muy interesante. ¿Quieres decir que es guapo, rico, un loco encantador con el abdomen como una tabla de lavar y que tiene un coche fantástico?

Harry sonrió.

—Deberías tener tu propio programa de televisión, Ellen. Es porque siempre que acepta la defensa de uno de ellos, gana. Además, está casado.

—¿Es ese su único punto negativo?

—No, también lo es que a nosotros siempre nos hunde —dijo Harry mientras se servía una taza del café casero que Ellen se llevaba al despacho desde el día en que empezó a trabajar hacía ya casi diez años allí.

Con la consecuencia negativa de que el paladar de Harry ya no soportaba el aguachirle normal.

—¿Llegará a juez del Tribunal Supremo?

—Antes de los cuarenta.

—¿Te apuestas mil coronas?

—Hecho.

Ambos brindaron con sus tazas de papel y una sonrisa en los labios.

—¿Puedo quedarme con el *MOJO*? —preguntó Ellen.

—En las páginas centrales hay fotografías de Freddy Mercury en las peores posturas imaginables. Con el torso desnudo, los brazos en jarras y los dientes salidos. Vamos, todo el paquete. En fin, es toda tuya.

—A mí me gusta Freddy Mercury. O me gustaba.

—Yo no he dicho que no me gustara.

Aquel sillón azul desfondado que llevaba años instalado en la posición más baja emitió un quejido de protesta cuando Harry se repantigó en él, reflexivo. Tomó un papel amarillo en el que Ellen había anotado algo antes de pegarlo al teléfono que Harry tenía delante.

—¿Qué es esto?

—¿No sabes leer? Møller quiere verte.

Harry atravesó diligente el pasillo mientras recreaba mentalmente la boca apretada y las dos arrugas de preocupación que aparecerían en la frente de su jefe cuando supiese que Sverre Olsen había quedado libre una vez más.

La joven de mejillas sonrosadas que estaba delante de la fotocopiadora levantó la vista de repente y sonrió cuando Harry pasó por su lado, pero él no se molestó en devolverle la sonrisa. Sería una de las nuevas administrativas. Su perfume era tan fuerte y especiado que lo llenó de irritación. Miró el segundero del reloj.

Así que empezaban a irritarle los perfumes; en fin. ¿Qué era lo que le estaba ocurriendo? Ellen decía que carecía de impulsos naturales, eso que hace que la gente vuelva a levantarse casi siempre. Cuando volvió de Bangkok se sentía tan hundido que contempló la posibilidad de renunciar a subir de nuevo a la superficie. Todo era frío y oscuro y todas las impresiones que recibía eran como «dejarse caer». Como si se encontrase bajo el agua, a mucha profundidad. Y sentía una paz tan benefactora... Cuando la gente le hablaba, las palabras se le antojaban burbujas de aire que surgían de sus bocas para subir a toda prisa y desaparecer. «De modo que así se siente uno cuando se ahoga», se decía mientras esperaba. Pero nada sucedió. Tan solo el vacío. De acuerdo. Se había librado.

Gracias a Ellen.

En efecto, durante las primeras semanas después de su vuelta a casa, fue ella quien lo animó cuando él empezó a pensar que debía tirar la toalla y marcharse. Y fue ella quien se ocupó de que no anduviese por los bares, quien le recomendaba que respirase hondo cuando llegaba tarde al trabajo y le decía si estaba o no en condiciones de enfrentarse a la jornada laboral. Quien lo había enviado a casa un par de veces sin reprocharle nunca nada. Le había llevado tiempo, pero Harry no tenía nada urgente que hacer. Y Ellen asintió satisfecha el primer viernes que ambos constataron que había pasado sobrio toda una semana, sin interrupción.

Al final, él le preguntó sin rodeos por qué una mujer como ella, con el título de la Escuela Superior de Policía y la licenciatura en derecho a su espalda y con todo un futuro de posibilidades por delante, se había atado al cuello aquella piedra voluntariamente. ¿Acaso ignoraba que él no podría aportarle nada positivo a su carrera? ¿O tenía problemas para ganarse amigos normales, gente de éxito?

Ella le dirigió una mirada grave antes de responder que solo lo hacía para sacar provecho de su experiencia, que él era el mejor investigador criminal de la sección de Delitos Violentos. Aquello no eran más que palabras, naturalmente, pero él se sintió halagado al comprobar que ella se atrevía a elogiarlo. Además, Ellen ponía tanto entusiasmo y ambición en su trabajo de investigadora criminal que habría sido imposible no contagiarse. Los últimos seis meses, Harry empezó incluso a volver a hacer un buen trabajo. En algunos casos, muy bueno. Como el que había llevado a cabo con Sverre Olsen.

Y allí estaba, ante la puerta de Møller. Harry le hizo un gesto de pasada a un oficial de uniforme que fingió no verlo.

Pensó que si hubiese participado en *Supervivientes*, no habrían necesitado más de un día para percibir su karma negativo y mandarlo a casa tras la primera reunión del consejo. ¿Reunión del consejo? ¡Dios santo! Empezaba a pensar en los términos que solían emplear en los programas de mierda de la cadena TV3. Claro, así terminaba uno cuando se pasaba cinco horas al día ante el televisor. El asunto era que, mientras permaneciera delante del televisor en la ratonera de la calle Sofie, no podía estar en el restaurante Schrøder.

Golpeó la puerta dos veces, justo debajo de la placa en la que estaba grabado el nombre de Bjarne Møller, JS.

—¡Adelante!

Harry echó un vistazo al reloj: setenta y cinco segundos.

7

Despacho de Møller,
8 de octubre de 1999

El inspector jefe Bjarne Møller estaba más tumbado que sentado en la silla, con aquellas piernas tan largas sobresaliendo por entre las patas de la mesa. Tenía las manos cruzadas por detrás de la cabeza, claro ejemplo de lo que los antiguos estudiosos de las razas llamaban «cabeza alargada», y el auricular del teléfono entre la oreja y el hombro. Llevaba el pelo corto al modo que Hole había visto recientemente en el peinado que Kevin Costner lucía en la película *El guardaespaldas*. Møller no había visto *El guardaespaldas*. En realidad, llevaba quince años sin ir al cine. En efecto, el destino lo había provisto de un sentido de la responsabilidad excesivo, unos días demasiado cortos, dos niños y una esposa que lo entendía solo a medias.

—Bien, quedamos en eso —aseguró Møller, concluyendo la conversación antes de mirar a Harry, del que lo separaba una mesa atestada de documentos, ceniceros a rebosar y vasos de papel.

La fotografía de dos pequeños pintados como indios salvajes marcaba una especie de centro lógico en medio del caos.

—¡Vaya! Aquí estás, Harry.

—Sí, jefe, aquí estoy.

—Acabo de llegar del Ministerio de Asuntos Exteriores, donde hemos celebrado una reunión sobre la cumbre que tendrá lugar en noviembre aquí, en Oslo. Va a venir el presidente de Estados Unidos y… bueno, tú también lees los periódicos, claro. ¿Un café, Harry?

Møller se había levantado y, con un par de pasos de gigante, alcanzó un armario sobre el que descansaba una pila de papeles coronada por una cafetera eléctrica cuyo contenido había adquirido una consistencia viscosa.

—Gracias, jefe, pero…

Pero ya era demasiado tarde, y Harry tomó la taza humeante que le ofrecía su superior.

—Tengo especial interés en la visita de la gente del Servicio Secreto. Estoy convencido de que terminaremos por entablar una cordial relación a medida que los vayamos conociendo.

No había el menor rastro de ironía en las palabras de Møller. Y aquella era solo una de las cualidades que Harry valoraba en su jefe.

Møller encogió las rodillas hasta que chocaron con la parte inferior de la mesa. Harry se irguió para sacar el paquete de Camel del bolsillo trasero del pantalón a la vez que enarcaba una ceja y preguntaba a Møller con la mirada. Su jefe asintió y le tendió un cenicero repleto de colillas.

—Yo seré el responsable de la seguridad en las carreteras desde y hacia Gardermoen. Además del presidente, vendrá también Barak…

—¿Barak? —interrumpió Harry.

—Sí, Edhu Barak. El primer ministro israelí.

—Madre mía, ¿es que están preparando otro acuerdo de Oslo?

Møller observaba descorazonado la nube de humo violáceo que ascendía hacia el techo.

—No me digas que no te has enterado, Harry, porque, en ese caso, mi preocupación por ti será mayor de lo que ya es. La semana pasada fue noticia de primera plana en todos los periódicos.

Harry se encogió de hombros.

—La información de la prensa no es de fiar. Me produce grandes lagunas en la cultura general. Una seria desventaja para la vida social. —Con todo el cuidado del mundo, Harry fue a tomar otro sorbo de café, pero desistió enseguida y lo dejó sobre la mesa—. Y para la vida amorosa —añadió.

—¿Ah, sí?

Møller miró a Harry con expresión de no saber si alegrarse u horrorizarse ante la apostilla.

—Lógico. ¿A quién va a parecerle sexy un hombre en la treintena que se sabe la vida de todos los participantes de *Supervivientes*, pero que apenas si conoce el nombre de un solo ministro? Ni el del presidente de Israel.

—Es primer ministro, no presidente.

—¿Entiendes lo que te quiero decir?

Møller se aguantaba la risa. Era muy propenso a la risa. Como lo era a sentir simpatía por aquel subordinado algo maltrecho cuyas orejas sobresalían de la calva como las alas vistosas de un pajarillo. Y eso, a pesar de que Harry le había reportado a Møller más pesares que alegrías. En cuanto llegó a los servicios de inteligencia aprendió que la regla número uno para un funcionario público que pretendía hacer carrera era cubrirse las espaldas. Møller carraspeó dispuesto a formular las preguntas un tanto delicadas que tenía en mente, aunque con cierto temor, y frunció el entrecejo para hacer ver a Harry que la preocupación era de naturaleza más profesional que amistosa.

—He oído que sigues pasando las horas en el Schrøder, ¿es cierto, Harry?

—Menos que nunca, jefe. ¡Con la de programas buenos que dan por la tele!

—Pero sigues pasando horas allí sentado, ¿no?

—Es que no les gusta que estés de pie.

—¡Venga ya! ¿Has vuelto a la bebida?

—Lo mínimo.

—¿Qué mínimo?

—Si bebiera menos, me echarían.

Esta vez, Møller fue incapaz de contener la risa.

—Necesito tres oficiales de enlace para proteger la carretera —explicó—. Cada uno de ellos colocará a diez hombres de diversos

distritos policiales en Akershus, además de a un par de cadetes del
último curso de la Escuela Superior de Policía. Había pensado en
Tom Waaler...

Waaler. Racista, un hijo de puta con el punto de mira en el
puesto de oficial que no tardaría en anunciarse. Harry había oído
hablar lo suficiente del comportamiento profesional de Waaler
como para saber que con él se confirmaban todos los prejuicios
que la gente tenía sobre la policía, y algunos más, salvo uno: por
desgracia, Waaler no era ningún idiota. Los resultados que había
obtenido como investigador eran tan notables que incluso Harry
se veía obligado a reconocer que se merecía aquel ascenso inevitable.

—... en Weber...

—¿Ese viejo cascarrabias?

—... y en ti, Harry.

—¿Puedes repetirlo?

—Has oído bien.

Harry hizo un mohín.

—¿Tienes alguna objeción? —dijo Møller.

—Por supuesto que tengo alguna objeción.

—¿Por qué? Se trata de una especie de misión honorable, Harry.
Una palmadita en el hombro.

—¿Estás seguro de que lo es? —Harry apagó el cigarrillo aplas-
tándolo con una fuerza excesiva en la montaña de cenizas—. ¿No
será solo un paso más en el proceso de rehabilitación?

—¿Qué quieres decir? —Bjarne Møller parecía dolido.

—Sé que, desoyendo los buenos consejos, te has indispuesto con
más de uno al acogerme de nuevo en el calor del hogar después de
lo de Bangkok. Y te estaré eternamente agradecido por ello. Pero
¿a qué viene esto ahora? ¿Oficial de enlace? Suena como un intento de demostrar a los incrédulos que tú tenías razón y que ellos
estaban equivocados. Que Hole está recuperado, que puede asumir
responsabilidades y esas cosas.

—¿Y qué?

Bjarne Møller había vuelto a cruzar las manos en la nuca.

51

–¿Y qué? –repitió Harry–. ¿De eso se trata? ¿Solo soy una pieza más?

Møller suspiró con resignación.

–Harry, todos somos eso, simples piezas. Siempre hay una agenda oculta. Esta no es peor que otras. Haz un buen trabajo y los dos sacaremos provecho. ¿Tan complicado es?

Harry resopló como si fuera a decir algo, se detuvo, quiso comenzar de nuevo, pero desistió. Echó mano del paquete y sacó otro cigarro.

–No, es que me siento como un puto caballo de carreras. Y también que no estoy en condiciones de asumir responsabilidades.

Harry dejó el cigarro entre los labios, sin encenderlo. Le debía aquel favor a Møller pero ¿qué pasaría si la cagaba? Oficial de enlace. Llevaba ya mucho tiempo sin beber, pero tenía que andarse con cuidado, ir paso a paso. ¡Joder! ¿No era esa la razón por la que se había convertido en investigador, para no trabajar con subordinados? Y con el mínimo de superiores. Harry mordió el filtro.

Desde el pasillo se oían voces al lado de la máquina del café, parecía Waaler. Después, estalló la risa refrescante de una mujer. «La nueva administrativa, seguramente.» Aún tenía el olor de su perfume en las fosas nasales.

–¡Joder! –exclamó Harry–. ¡Jo-der! –repitió separando las dos sílabas, así que el cigarro saltó dos veces en la boca.

Møller había mantenido los ojos cerrados durante la pausa que Harry se había tomado para la reflexión y ahora los entreabrió, antes de preguntar:

–¿Debo interpretarlo como un sí?

Harry se levantó y se marchó sin decir nada.

8

Estación de peaje de Alnabru,
1 de noviembre de 1999

El pájaro gris entró planeando en el campo de visión de Harry para desaparecer enseguida. Colocó el dedo en el gatillo del Smith & Wesson, calibre 38, sin dejar de mirar fijamente la espalda inmóvil que se veía detrás del cristal, sobre el borde de la mira. El día anterior alguien había hablado en la televisión de tiempo lento.

«El claxon, Ellen. Toca el puto claxon, puede que se trate de un agente del Servicio Secreto.»

Tiempo lento, como el de la Nochebuena, antes de que llegue el duende de la Navidad.

La primera moto había llegado a la altura de la cabina y el petirrojo no era ya más que una mancha negra en las inmediaciones de su campo de visión. El tiempo que transcurría en la silla eléctrica antes de que conectasen la corriente...

Harry apretó el gatillo. Una, dos, tres veces.

Y, de repente, el tiempo se aceleró con una violencia inusitada. Los cristales ahumados se volvieron blancos antes de caer hechos añicos sobre el asfalto en una lluvia de fragmentos de vidrio, y Harry tuvo el tiempo justo de ver desaparecer un brazo por debajo del borde de la cabina antes de que el sonido susurrante de los lujosos coches americanos apareciese para desaparecer enseguida.

Se quedó mirando fijamente la cabina. Un par de hojas amarillas se habían arremolinado surcando el aire al paso del cortejo, antes de volver a posarse sobre un seto de césped sucio y gris. Él seguía mirando la cabina. Volvía a reinar la calma y, por un instante, logró pensar simplemente que se encontraba en una estación de peaje noruega normal y corriente, en un día de otoño normal y corriente y que al fondo se veía una estación de servicio Esso normal y corriente. Incluso el frío aire matutino olía como siempre: a hojas marchitas y a gas de los coches. Y hasta se le ocurrió pensar: cabía la posibilidad de que nada de aquello hubiese sucedido.

Seguía con la mirada fija en la cabina cuando el tono quejumbroso y pertinaz de la bocina del Volvo que había a su espalda dividió el día en dos.

PARTE II

GÉNESIS

9

1942

Los destellos iluminaron el cielo de la noche, tan gris que parecía una lona sucia tensada sobre el paisaje desolado que los rodeaba. Puede que los rusos hubieran iniciado una ofensiva, puede que solo quisieran hacerles creer que esas cosas nunca se sabían hasta después. Gudbrand estaba echado sobre el borde de la trinchera con las piernas flexionadas debajo del cuerpo, agarraba el fusil con las dos manos y escuchaba el sordo estruendo a lo lejos, mientras veía caer lentamente los destellos. Sabía que no debía mirarlos, pues podían producir ceguera nocturna e impedirle así ver a los francotiradores rusos que se deslizaban por la nieve allí, en tierra de nadie. Pero de todos modos no los podía ver, nunca había visto ninguno, solamente había disparado por indicación de los otros. Como ahora.

—¡Allí está!

Era Daniel Gudeson, el único chico de ciudad del pelotón. Los otros procedían de sitios que terminaban en «-dal», es decir, valle. Unos eran valles anchos, otros eran profundos, sombríos y poco poblados, como el hogar de Gudbrand. Pero Daniel no. No Daniel Gudeson, con aquella frente alta y despejada, aquel brillo en los ojos azules y aquella sonrisa tan blanca. Daniel parecía recortado de uno de los carteles de captación. Procedía de un lugar con vistas.

—A las dos, a la izquierda de la maleza —dijo Daniel.

—¿Maleza?

No había un solo matojo en aquel paraje bombardeado. Sí, al parecer sí había maleza, ya que los demás empezaron a disparar. Pum, pum, pum. Cada bala corría como una luciérnaga describiendo una parábola. Un rastro de fuego. La bala salía disparada hacia la oscuridad pero, de repente, parecía cansarse, porque la velocidad disminuía y aterrizaba suavemente en algún lugar allí fuera. O al menos esa era la sensación que daba. Gudbrand pensaba que era imposible que una bala tan lenta pudiera matar a nadie.

—¡Se escapa! —se oyó gritar una voz en tono amargo y lleno de odio.

Era Sindre Fauke. Costaba distinguir la cara del uniforme de camuflaje, y los ojos pequeños y muy juntos miraban fijamente a la oscuridad. Procedía de una granja perdida al final del valle de Gudbrandsdalen, probablemente un lugar angosto donde nunca llegaba el sol, porque tenía la cara muy pálida. Gudbrand no sabía por qué se había alistado para luchar en el frente, pero había oído que sus padres y sus dos hermanos eran miembros de la Unión Nacional, que llevaban un brazalete y que delataban a los vecinos por la simple sospecha de ser patriotas normales. Daniel dijo que algún día probarían el látigo, los delatores y aquellos que aprovechaban la guerra para obtener ventajas.

—No —dijo Daniel en voz baja, con la mejilla pegada a la culata—. Aquí no se va a escapar ningún bolchevique de mierda.

—Él sabe que lo hemos visto —dijo Sindre—. Piensa meterse en ese hoyo.

—Ni hablar —dijo Daniel apuntando con el arma.

Gudbrand miró fijamente a la oscuridad blanquecina. Nieve blanca, trajes de camuflaje blancos, destellos blancos. El cielo se iluminó otra vez. Toda clase de sombras corrían por la nieve endurecida. Gudbrand volvió a mirar hacia arriba. Destellos amarillos y rojos sobre el fondo del horizonte, seguidos de varias detonaciones lejanas. Era tan irreal como en el cine, con la diferencia de que estaban a treinta grados bajo cero, y no había nadie a quien abrazar. ¿A lo mejor esta vez sí era una ofensiva?

—Eres demasiado lento, Gudeson, ha desaparecido.

Sindre escupió en la nieve.

—¡Qué va! —dijo Daniel, en voz más baja todavía, y apuntó.

Ya casi no le salía vaho de la boca.

Entonces, de repente, se oyó un agudo silbido, un grito de advertencia, y Gudbrand se lanzó al fondo helado de la trinchera con las manos sobre la cabeza. La tierra tembló. Llovían terrones congelados de color pardo, y uno dio en el casco de Gudbrand, que se le escurrió y le tapó los ojos. Esperó hasta estar seguro de que no le caería nada más del cielo y volvió a ajustarse el casco. Reinaba el silencio y un fino velo de partículas de nieve se le pegaba a la cara. Dicen que uno nunca oye la granada que lo alcanza, pero Gudbrand había visto el resultado del silbido de suficientes granadas como para saber que no era verdad. Un destello iluminó la trinchera y contempló las caras pálidas de los otros, y sus sombras, que parecían acercársele encorvadas, gateando pegadas a las paredes de la trinchera mientras caía la luz. Pero ¿dónde estaba Daniel? ¡Daniel!

—¡Daniel!

—Le he dado —dijo Daniel, todavía tumbado arriba, en el borde de la trinchera.

Gudbrand no podía creer lo que oía.

—¿Qué dices?

Daniel se deslizó dentro de la trinchera, sacudiéndose nieve y trozos de tierra. Y le dedicó una amplia sonrisa.

—Ningún ruso de mierda va a matar a nuestro guardia esta noche. He vengado a Tormod.

Clavó los talones en el borde de la trinchera para no resbalar por el hielo.

—Mierda —dijo Sindre—. No le has dado, Gudeson. He visto al ruso desaparecer dentro del hoyo.

Le bailaban los ojillos y saltaban de uno a otro como preguntando si alguno de ellos creía en la fanfarronería de Daniel.

—Correcto —dijo Daniel—. Pero dentro de dos horas será de día y él sabía que tenía que salir antes de ahí.

—Eso es, y lo ha intentado demasiado pronto —dijo Gudbrand rápidamente—. Ha salido por el otro lado. ¿No es verdad, Daniel?

—Pronto o no —sonrió Daniel—, el caso es que lo he alcanzado.

—Cierra esa bocaza, Gudeson —bufó Sindre.

Daniel se encogió de hombros, comprobó la recámara y volvió a cargar. Se dio la vuelta, se colgó el fusil al hombro, encajó la bota en la pared congelada y saltó otra vez al borde de la trinchera.

—Dame esa pala, Gudbrand.

Daniel cogió la pala y se levantó. Con el uniforme blanco de invierno, su silueta se recortaba sobre el fondo del cielo negro y el destello parecía suspendido como una aureola encima de la cabeza.

«Parece un ángel», pensó Gudbrand.

—¿Qué coño haces?

Quien gritaba era Edvard Mosken, el jefe del pelotón. Ese chico tan prudente del valle de Mjöndalen. Rara vez levantaba la voz a los veteranos del grupo, como Daniel, Sindre y Gudbrand. Normalmente, eran los recién llegados los que se llevaban las broncas cuando cometían algún error. Y esas broncas les habían salvado la vida a muchos de ellos. Ahora, Edvard Mosken miraba fijamente a Daniel con aquel ojo que siempre tenía abierto. Nunca lo cerraba, ni cuando dormía, eso lo había visto el propio Gudbrand.

—¡Ponte a cubierto, Gudeson! —gritó el jefe del pelotón.

Pero Daniel sonrió y no tardó ni un segundo en desaparecer; sobre ellos no quedó más que el vaho de su respiración suspendido durante un instante. Entonces, el destello descendió detrás del horizonte y otra vez se hizo la oscuridad.

—¡Gudeson! —gritó Edvard mientras escalaba hasta el borde—. ¡Mierda!

—¿Lo ves? —preguntó Gudbrand.

—Ni rastro.

—¿Para qué quería la pala? —dijo Sindre mirando a Gudbrand.

—No lo sé.

A Gudbrand no le gustaba esa mirada penetrante de Sindre, le recordaba a otro granjero que también estuvo allí. Se volvió loco, se meó en los zapatos una noche antes de hacer la guardia y después tuvieron que amputarle todos los dedos de los pies. Pero ahora estaba en Noruega, así que a lo mejor no estaba tan loco después de todo. En cualquier caso, tenía la misma mirada penetrante.

—Puede que solo quisiera dar una vuelta por tierra de nadie —dijo Gudbrand.

—Ya sé lo que hay al otro lado de la alambrada, solo pregunto qué es lo que va a hacer allí.

—Puede que la granada le diese en la cabeza —dijo Hallgrim Dale—. Quizá se haya vuelto loco.

Hallgrim Dale era el más joven del pelotón, solo tenía dieciocho años. Nadie sabía exactamente por qué se había alistado. Afán de aventuras, opinaba Gudbrand. Dale afirmaba que sentía admiración por Hitler, pero que no tenía ni idea de política. Daniel creía saber que Dale había querido escapar de una chica embarazada.

—Si el ruso está vivo, Gudeson recibirá un tiro antes de haber recorrido cincuenta metros —dijo Edvard Mosken.

—Daniel le dio —susurró Gudbrand.

—En ese caso, uno de los otros le pegará un tiro a Gudeson —dijo Edvard, metió la mano por dentro de la casaca de camuflaje y sacó un cigarrillo muy fino—. Hay muchos esta noche.

Mantuvo la cerilla escondida en la mano cuando la frotó con fuerza contra la caja húmeda. El azufre prendió al segundo intento, Edvard encendió el cigarrillo, dio una calada y lo pasó rápidamente al compañero que tenía al lado. Nadie decía una palabra, parecían ensimismados. Pero Gudbrand sabía que, como él, estaban alerta.

Pasaron diez minutos sin que oyesen nada.

—Parece que van a bombardear el lago Ladoga desde los aviones —dijo Hallgrim Dale.

Todos habían oído los rumores sobre los rusos que se escapaban de Leningrado cruzando el hielo del lago Ladoga. Pero lo peor era que el hielo también hacía posible que el general Zhúkov consiguiese provisiones para la ciudad sitiada.

—Parece que allí dentro se están desmayando de hambre por las calles —dijo Dale, indicando con la cabeza hacia el este.

Pero Gudbrand llevaba oyendo lo mismo desde que llegó, hacía casi un año, y todavía seguían allí fuera pegándote tiros en cuanto sacabas la cabeza por encima del borde de la trinchera. El invierno anterior llegaban a sus trincheras, todos los días, con las manos detrás de la cabeza: los desertores que ya estaban hartos y optaban por pasarse al otro bando a cambio de un poco de comida y algo de calor. Pero ya no acudían tan a menudo, y los dos desgraciados con los ojos hundidos que Gudbrand había visto la semana anterior los miraron incrédulos cuando vieron que ellos estaban igual de flacos.

—Veinte minutos. No viene —dijo Sindre—. Está muerto. Como un arenque en salmuera.

—¡Cierra la boca!

Gudbrand dio un paso hacia Sindre, que se puso firme enseguida. Sin embargo, a pesar de que Sindre le sacaba por lo menos una cuarta, era evidente que tenía muy pocas ganas de pelear. Probablemente se acordaba del ruso que Gudbrand había matado hacía unos meses. ¿Quién podría pensar que el bueno y precavido de Gudbrand fuese capaz de tal salvajismo? El ruso entró en la trinchera sin que nadie se percatara, entre dos puestos de escucha, y masacró a todos los que dormían en los dos búnkeres más cercanos, uno de holandeses y otro de australianos, antes de entrar en el suyo. Los salvaron los piojos.

Tenían piojos por todo el cuerpo, pero sobre todo en las zonas más calientes, como debajo de los brazos, debajo del cinturón, en la entrepierna y alrededor de los tobillos. Gudbrand era el que dormía más cerca de la puerta, no podía conciliar el sueño a causa de las picaduras que tenía en las pantorrillas, llagas que podían ser del tamaño de una moneda de cinco öre, alrededor de cuyo borde las pulgas se amontonaban para atiborrarse de sangre. Gudbrand había sacado la bayoneta en un frustrado intento de librarse de las pulgas, cuando el ruso se apostó a la puerta para empezar a tirar. Gudbrand solo vislumbró la silueta, pero enseguida comprendió que se trataba del enemigo, en cuanto vio en alto el contorno de un rifle Mosi-Nagant. Con la única ayuda de la bayoneta roma, Gudbrand hirió al ruso con tal eficacia que apenas tenía sangre cuando lo trasladaron hasta la nieve más tarde.

—Tranquilos, chicos —dijo Edvard llevándose a Gudbrand a un lado—. Deberías dormir un poco, Gudbrand, hace una hora que te relevaron.

—Voy a salir a ver si lo veo —dijo Gudbrand.

—¡No, de eso nada! —gritó Edvard.

—Sí, yo…

—¡Es una orden!

Edvard le zarandeó el hombro. Gudbrand intentó zafarse, pero el jefe del pelotón no lo soltaba.

La voz de Gudbrand se volvió clara y trémula de desesperación:

—¡Puede que esté herido! ¡Puede que se haya quedado atrapado en el alambre!

Edvard le dio unas palmaditas en el hombro.

—Pronto se hará de día —dijo—. Entonces podremos averiguar lo ocurrido.

Miró a los otros hombres que habían seguido el incidente en silencio. Empezaron a patear la nieve otra vez y a hablar en voz baja entre ellos. Gudbrand vio cómo Edvard se acercaba a Hallgrim Dale y le susurraba al oído. Dale escuchó y miró de reojo a Gudbrand, que sabía perfectamente lo que decía. Había orden de vigilarlo. Hacía tiempo que alguien había hecho circular el rumor de que él y Daniel eran algo más que buenos amigos. Y que no eran de fiar. Mosken les había preguntado directamente si tenían planeado desertar juntos. Ellos lo negaron, por supuesto, pero ahora Mosken pensaría seguramente que Daniel había aprovechado la ocasión para escapar. Y que Gudbrand iba a «buscar» al amigo como parte del plan para llegar al otro lado juntos. A Gudbrand le daban ganas de reír. Claro que era agradable soñar con las dulces promesas de comida, calor y mujeres que los altavoces rusos emitían sobre el árido campo de batalla en un alemán embaucador, pero ¿iban a creerlas?

—¿Qué apostamos a que vuelve? —dijo Sindre—. Tres raciones de comida, ¿qué dices?

Gudbrand estiró el brazo hacia abajo para asegurarse de que llevaba la bayoneta colgada del cinturón por dentro del uniforme.

–Nicht schiessen, bitte!

Gudbrand se giró y allí, encima de él, vio una cara rojiza bajo un gorro de uniforme ruso, que le sonreía desde el borde de la trinchera. El tipo saltó y aterrizó en el hielo al estilo de Telemark.

–¡Daniel! –gritó Gudbrand.

–¡Hola! –dijo Daniel levantando la gorra del uniforme–. *Dobry vécher.*

Los hombres lo miraban petrificados.

–Oye, Edvard –gritó Daniel–. Deberías llamarles la atención a esos holandeses. Tienen por lo menos cincuenta metros entre los puestos de escucha.

Edvard estaba tan callado e impresionado como los otros.

–¿Has enterrado al ruso, Daniel?

A Gudbrand le brillaba la cara de entusiasmo.

–¿Enterrarlo? –dijo Daniel–. Hasta le recé el padrenuestro y canté una canción. ¿Sois duros de oído? Estoy seguro de que lo oyeron al otro lado.

Se levantó de un salto en el borde de la trinchera, levantó las manos y empezó a cantar con voz cálida y grave:

–«Nuestro Dios es firme como una fortaleza.»

Los hombres gritaban de alegría. Y Gudbrand se rió tanto que se le saltaron las lágrimas.

–¡Eres un diablo, Daniel! –exclamó Dale.

–Daniel no. Llámame... –Daniel se quitó el gorro del uniforme ruso y leyó en el interior del forro–, llámame Urías. Vaya, también sabía escribir. Bueno, de todos modos, era un bolchevique.

Saltó desde el borde y miró a su alrededor.

–¿Nadie tiene nada en contra de un buen nombre judío?

Hubo un momento de silencio antes de que estallaran las risas. Y los primeros hombres se acercaron para darle a Urías unas palmaditas en la espalda.

10

Leningrado,
31 de diciembre de 1942

Hacía frío en el puesto de guardia de las ametralladoras. Gudbrand llevaba encima toda la ropa que tenía, pero aun así tiritaba y había perdido la sensibilidad en los dedos de manos y pies. Lo peor de todo eran las piernas. Se las había envuelto en los trapos nuevos que les habían dado para los pies, pero no eran de gran ayuda.

Miraba fijamente la oscuridad. No habían oído nada de Iván aquella noche, estaría festejando el fin de año. Quizá estuviera comiendo algo rico. Cordero con col o carne ahumada. Gudbrand sabía perfectamente que los rusos no tenían carne, pero no conseguía dejar de pensar en comida.

A ellos no les habían dado otra cosa que la ración habitual de pan y lentejas. El pan tenía un claro color verdoso, pero ya se habían acostumbrado. Y si llegaba a estar tan mohoso que se deshacía, lo echaban en la sopa.

—Por lo menos en Navidad nos dieron una salchicha —dijo Gudbrand.

—¡Cállate! —respondió Daniel.

—Esta noche no hay nadie fuera, Daniel. Están comiendo...

—No empieces otra vez con el tema de la comida. No te muevas y quédate atento por si ves algo.

—Pues yo no veo nada, Daniel. Nada.

Se acurrucaron uno al lado del otro, manteniendo la cabeza baja. Daniel llevaba el gorro del militar ruso. Tenía a su lado el casco de acero con la insignia de las Waffen-SS. Gudbrand entendía por qué. Debido a la forma del casco, el viento pasaba por debajo del borde delantero y producía en el interior un sonido continuo y enervante que resultaba muy molesto cuando estabas en un puesto de escucha.

—¿Qué te pasa en la vista? —preguntó Daniel.

—Nada, que no tengo muy buena visión nocturna.

—¿Eso es todo?

—Y también soy un poco daltónico.

—¿Un poco daltónico?

—Los rojos y los verdes. No los distingo bien, no sé cómo, los colores se mezclan. Por ejemplo, cuando íbamos al bosque a recoger arándanos rojos para el asado del domingo, yo no los veía…

—¡He dicho que no hables más de comida!

Se quedaron callados. A lo lejos se oyó una ráfaga de metralleta. El termómetro señalaba veinticinco grados bajo cero. El año pasado estuvieron a cuarenta y cinco bajo cero varias noches seguidas. Gudbrand se consolaba pensando en que, con ese frío, los piojos se quedarían paralizados, ya no sentiría la necesidad de estar rascándose hasta que terminase la guardia y se metiese bajo la manta de la litera. Pero aquellos bichos aguantaban el frío mejor que él. Una vez hizo un experimento, dejó la camiseta fuera, en la nieve, durante tres días seguidos. Cuando se llevó la camiseta dentro, estaba tiesa como un témpano de hielo, pero cuando la calentó delante de la estufa, volvió a despertar la vida en las costuras y la arrojó al fuego, de puro asco.

Daniel carraspeó.

—Por cierto, ¿cómo os comíais ese asado de los domingos?

Gudbrand no se hizo de rogar:

—Primero mi padre cortaba el asado, solemnemente, como un pastor, mientras nosotros, los niños, lo observábamos sentados sin movernos. Después mi madre servía dos lonchas en cada plato y las cubría con una salsa marrón tan espesa que tenías que removerla para que no se cuajara del todo. Y estaba aderezado con muchas coles de Bruselas, frescas y crujientes. Deberías ponerte el casco, Daniel. A ver si te va a alcanzar una ráfaga en la cabeza.

—O una granada. Venga, sigue.

Gudbrand cerró los ojos y empezó a sonreír.

—El postre era crema de ciruelas pasas. O pastel de chocolate. No era un postre corriente, era algo que mi madre había aprendido en Brooklyn.

Daniel escupió en la nieve. Normalmente, las guardias en invierno eran de una hora, pero tanto Sindre Fauke como Hallgrim Dale estaban en cama con fiebre, y Edvard Mosken, el jefe del pelotón, había decidido aumentarlas a dos horas hasta que pudieran contar con todos.

Daniel le puso a Gudbrand la mano en el hombro.

—La echas de menos, ¿verdad? A tu madre, digo.

Gudbrand se rió, escupió en la nieve en el mismo sitio que Daniel y miró las estrellas, que parecían congeladas allá en el cielo. La nieve crujía y Daniel levantó la cabeza.

—Un zorro —dijo.

Era increíble, pero incluso allí, donde habían bombardeado cada metro cuadrado y donde las minas estaban más incrustadas que los adoquines de la calle Karl Johan, había vida animal. No mucha, pero habían visto liebres y zorros. Y algún que otro hurón. Por supuesto, ellos intentaban cazar lo que veían, todo era bien recibido en la olla. Pero desde el día en que los rusos le pegaron un tiro a un alemán cuando intentaba dar caza a una liebre, los jefes creían que los rusos soltaban liebres delante de sus trincheras para que salieran a tierra de nadie. ¡Pensar que los rusos pudieran prescindir voluntariamente de una liebre!

Gudbrand se pasó la mano por los labios doloridos y miró el reloj. Quedaba una hora para el cambio de guardia. Sospechaba que Sindre se había metido tabaco por el ano para provocarse la fiebre, sería capaz.

—¿Por qué volvisteis de Estados Unidos? —preguntó Daniel.

—La caída de la Bolsa. Mi padre perdió el empleo en los astilleros.

—Ya ves —dijo Daniel—. Así es el capitalismo. La gente humilde trabaja duro, mientras los ricos siguen engordando, ya corran buenos o malos tiempos.

—Bueno, así son las cosas.

—Sí, hasta ahora ha sido así, pero habrá cambios. Cuando ganemos la guerra, Hitler le tiene reservada a esa gente una sorpresita. Y tu padre no tendrá que preocuparse por perder el trabajo. Deberías hacerte miembro de la Unión Nacional.

—¿De verdad te crees todo eso?

—¿Tú no?

A Gudbrand no le gustaba contradecir a Daniel, así que intentó salir del paso encogiéndose de hombros, pero Daniel repitió la pregunta.

—Por supuesto que lo creo —dijo Gudbrand—. Pero, sobre todo, pienso en Noruega, en que no se nos metan en el país los bolcheviques. Si entran, nosotros por lo menos, nos volveremos a América.

—¿A un país capitalista? —La voz de Daniel sonaba más incisiva—. Una democracia en manos de los ricos, abandonada al azar y a gobernantes corruptos.

—Mejor eso que el comunismo.

—Las democracias están acabadas, Gudbrand. Fíjate en Europa. Inglaterra y Francia estaban a punto de hundirse mucho antes del comienzo de la guerra, podridas de paro y explotación por todas partes. Solo hay dos personas lo bastante fuertes como para evitar el caos ahora: Hitler y Stalin. Esas son las opciones que tenemos. Un pueblo hermano, o unos bárbaros. Casi no hay nadie en Noruega que haya comprendido la suerte que supuso para nosotros que los primeros en llegar fuesen los alemanes y no los matarifes de Stalin.

Gudbrand asintió. No solo por lo que decía Daniel, sino por el modo en que lo decía, con aquel grado de convicción.

De repente, todo estalló y el cielo se inundó de un resplandor blanco, la pendiente se abrió en dos y los destellos amarillos se tornaron marrones y blancos por la mezcla de tierra y nieve que parecía alzarse del suelo por sí sola cada vez que caía una granada.

Gudbrand estaba en el fondo de la trinchera, cubriéndose la cabeza con las manos cuando el ataque terminó, tan pronto como había empezado. Asomó la cabeza y, a ras de tierra, detrás de la ametralladora, vio a Daniel tendido en el suelo y muerto de risa.

—Pero ¿qué haces? —le gritó Gudbrand—. ¡Toca la sirena, pon en alerta a todos los hombres!

Pero Daniel seguía riendo con más ganas.

—Mi querido amigo —gritó llorando de risa—. ¡Feliz Año Nuevo! Daniel señaló el reloj y Gudbrand empezó a comprender. Era obvio que Daniel sabía que se oiría la salva de Año Nuevo de los rusos pues, ya más tranquilo, metió la mano en la nieve que había amontonada frente al puesto de guardia para ocultar la metralleta.

—¡Coñac! —gritó levantando triunfal una botella con un poquito de líquido marrón—. Llevo más de tres meses guardándolo. Toma. Gudbrand se arrodilló y miró riendo a Daniel, que estaba de pie.

—¡Tú primero! —gritó Gudbrand.

—¿Seguro?

—Totalmente, amigo mío, tú eres el que lo ha guardado. ¡Pero no te lo bebas todo!

Daniel le dio un manotazo al corcho, haciéndolo saltar de la botella, y la empinó.

—¡Por Leningrado! En primavera, podremos brindar en el Palacio de Invierno —proclamó quitándose la gorra del uniforme ruso—. Y este verano, estaremos en casa y en nuestra querida Noruega nos recibirán entre vítores como a héroes.

Se acercó la botella a los labios y echó la cabeza hacia atrás mientras el líquido marrón bajaba bailoteando a borbotones. Los destellos de luz que descendían despacio se reflejaban en el cristal y, durante los años siguientes, Gudbrand se preguntaría una y otra vez si no sería aquello lo que vio el francotirador ruso: los destellos de luz en la botella. Un minuto después, Gudbrand oyó un sonido breve y sordo y la botella le explotó a Daniel en la mano. Llovieron trozos de cristal y gotas de coñac y Gudbrand cerró los ojos instintivamente. Notó que se le mojaba la cara, algo le chorreaba por las mejillas y, en un acto reflejo, sacó la lengua y paladeó unas gotas. No sabía prácticamente a nada, solo a alcohol y a algo más, algo dulce y metálico. Era viscoso, seguramente debido al frío, pensó Gudbrand abriendo los ojos. No podía ver a Daniel en el borde de la trinchera. Se habría agachado detrás de la ametralladora cuando comprendió que los habían visto, pensó Gudbrand. Pero enseguida notó que se le aceleraba el corazón.

–¡Daniel!

Ninguna respuesta.

–¡Daniel!

Gudbrand se levantó y fue gateando hasta el borde. Daniel estaba tumbado boca arriba con la cartuchera debajo de la cabeza y la gorra del uniforme sobre la cara. La nieve aparecía regada de sangre y de coñac. Gudbrand retiró la gorra. Daniel miraba el cielo estrellado fijamente y con los ojos abiertos de par en par. Tenía un agujero grande y negro en medio de la frente. Gudbrand aún conservaba el sabor dulce y metálico en la boca y sintió náuseas.

–Daniel.

Fue solo un susurro, que se le escapó entre los labios resecos. Pensó que Daniel parecía un niño pequeño que fuera a dibujar ángeles en la nieve pero que, de repente, se hubiera dormido. Dejó escapar un sollozo y empezó a tirar de la manivela de la sirena, y mientras los destellos caían despacio, el lamento chillón de la sirena se elevó hasta el cielo.

«Se suponía que no debía terminar así», fue cuanto acertó a pensar Gudbrand.

¡Uuuuuuuu-uuuuuuu!

Edvard y los otros habían salido y estaban ya detrás de él. Alguien gritaba su nombre, pero Gudbrand no lo oía, simplemente daba vueltas y más vueltas a la manivela. Al final, Edvard se acercó y la paró con la mano. Gudbrand la soltó sin volverse y se quedó mirando fijamente hacia el borde de la trinchera y hacia el cielo, mientras las lágrimas se le congelaban en las mejillas. El canto de la sirena fue disminuyendo hasta perderse.

–Se suponía que no debía terminar así –susurró.

11

Leningrado,
1 de enero de 1943

Cuando se llevaron a Daniel, tenía cristales de nieve debajo de la nariz, en la comisura de los ojos y en los labios. Muchas veces los dejaban hasta que estuviesen tiesos del todo, entonces eran más fáciles de transportar. Pero Daniel entorpecía el paso a los que tenían que manejar la metralleta, así que dos hombres lo arrastraron hasta un saliente de la trinchera, unos metros más allá, donde lo dejaron sobre dos cajas de munición vacías que habían guardado para hacer fuego. Hallgrim Dale le había puesto un saco de leña en la cabeza para no tener que ver la máscara de la muerte ni aquella espantosa mueca suya. Edvard había llamado a la fosa común del sector norte y les había explicado dónde se encontraba Daniel. Le prometieron que enviarían a dos enterradores durante la noche. Entonces el jefe del pelotón ordenó a Sindre que se levantara de la cama y se encargara del resto de la guardia junto con Gudbrand. Lo primero que tenían que hacer era limpiar el fusil manchado.

—Han bombardeado Colonia —dijo Sindre.

Estaban echados uno junto al otro en el borde de la trinchera, en aquel hueco minúsculo desde el que podían observar la tierra de nadie. Gudbrand se dio cuenta de que no le gustaba estar tan cerca de Sindre.

—Y Stalingrado se va a la mierda —continuó.

Gudbrand no notaba el frío, como si tuviera el cuerpo y la cabeza rellenos de algodón, como si ya nada le afectara. Todo lo que sentía era el metal helado que le quemaba el cuerpo y los dedos entumecidos que no querían obedecer. Lo intentó otra vez. La culata y el mecanismo del gatillo de la ametralladora estaban ya en la manta de lana que tenía al lado, en la nieve, pero lo peor era aflojar el cerrojo. En Sennheim se habían entrenado en desmontar y montar la metralleta con los ojos vendados. Sennheim, en la bella y cálida Alsacia alemana. Pero cuando no sentías los dedos era distinto.

—No lo has oído —dijo Sindre—. Los rusos nos van a pillar. Igual que pillaron a Gudeson.

Gudbrand se acordaba del capitán alemán de la Wehrmacht que tanto se había reído cuando Sindre le contó que procedía de una granja a las afueras de un lugar llamado Toten.

—*Toten? Wie im Totenreich?* —dijo entre risas.

Se le escapó el cerrojo.

—¡Mierda! —A Gudbrand le temblaba la voz—. Es toda esa sangre por eso se han congelado las piezas.

Se quitó las manoplas, puso la boca de la pequeña botella de lubricante en el cerrojo y apretó. El frío había vuelto el líquido viscoso y espeso, pero sabía que el aceite disolvería la sangre. Cuando se le inflamó el oído, también había utilizado lubricante.

Sindre se inclinó de repente hacia Gudbrand y hurgó en una de las balas con la uña.

—Vaya por Dios —dijo. Miró a Gudbrand y sonrió enseñando los dientes, afeados por unas manchas de color marrón. Tenía tan cerca aquella cara pálida y sin afeitar que Gudbrand notaba el olor a podrido del aliento que todos despedían después de llevar allí un tiempo. Sindre apartó el dedo—. ¿Quién iba a imaginar que Daniel tuviera tanto cerebro?

Gudbrand se volvió. Sindre se miraba la yema del dedo.

—Pero no lo utilizaba mucho —continuó—. Porque, de haberlo hecho, no habría vuelto de la tierra de nadie aquella noche. Os oí hablar de ir al otro lado. Sí, erais… en fin, bueno… muy buenos amigos, vosotros dos.

Al principio, Gudbrand no lo oía, las palabras parecían venir desde muy lejos. Pero después le llegó el eco y, de repente, sintió que el cuerpo volvía a entrar en calor.

–Los alemanes nunca permitirán que nos retiremos –dijo Sindre–. Vamos a morir aquí, como cabrones. Deberíais haberos marchado. Tengo entendido que los bolcheviques no son tan duros como Hitler con gente como tú y Daniel. Si tienes contactos, quiero decir.

Gudbrand no contestó. Sentía que el calor le llegaba hasta la punta de los dedos.

–Hemos pensado largarnos esta noche –dijo Sindre–. Hallgrim Dale y yo. Antes de que sea demasiado tarde.

Se dio la vuelta sobre la nieve y miró a Gudbrand.

–No pongas esa cara de susto, Johansen –dijo sonriente–. ¿Por qué crees que hemos dicho que estábamos enfermos?

Gudbrand encogió los dedos de los pies en las botas. Realmente podía sentirlos. Era una sensación caliente y agradable. También sentía otra cosa.

–¿Quieres acompañarnos, Johansen? –preguntó Sindre.

¡Los piojos! ¡Tenía calor, pero no podía sentir las pulgas! Hasta el zumbido del interior del casco había dejado de sonar.

–Así que fuiste tú quien difundió esos rumores –dijo Gudbrand.

–¿Qué? ¿Qué rumores?

–Daniel y yo hablábamos de ir a América, no de pasarnos al bando ruso. Y no ahora, sino después de la guerra.

Sindre se encogió de hombros, miró el reloj y se puso de rodillas.

–Si lo intentas, te pego un tiro –dijo Gudbrand.

–¿Con qué? –preguntó Sindre, haciendo un gesto hacia las piezas del arma que había sobre la manta.

Los rifles estaban en el habitáculo y ambos sabían que Gudbrand no tendría tiempo de ir y volver antes de que Sindre hubiese desaparecido.

–Quédate aquí y muere si quieres, Johansen. Dile a Dale que me siga.

Gudbrand metió la mano por dentro del uniforme y sacó la bayoneta. La luz de la luna brilló en la hoja mate de acero. Sindre negó con la cabeza.

—Tú y Gudeson y los hombres como vosotros sois unos soñadores. Es mejor que guardes el cuchillo y te vengas con nosotros. Los rusos recibirán nuevas provisiones por el lago Ladoga dentro de poco. Carne fresca.

—No soy un traidor —dijo Gudbrand.

Sindre se levantó.

—Si intentas matarme con esa bayoneta nos oirá el puesto de escucha de los holandeses y darán la alarma. Usa la cabeza. ¿Quién de los dos piensas que creerán que intentaba impedir que el otro huyera? ¿Tú, cuando ya han corrido rumores de que planeabas fugarte, o yo, que soy miembro del partido?

—Siéntate, Sindre Fauke.

Sindre se rió.

—Tú no eres un asesino, Gudbrand. Me largo; ahora. Dame cincuenta metros antes de dar la alarma, así no te podrán acusar de nada.

Se miraron el uno al otro. Unos copos de nieve ligeros y diminutos empezaron a caer entre los dos hombres. Sindre sonrió.

—La luz de la luna y nieve al mismo tiempo, no se ve muy a menudo, ¿verdad?

12

Leningrado,
2 de enero de 1943

La trinchera donde se encontraban los cuatro hombres estaba situada a dos kilómetros al norte de su propio pelotón, justo donde las trincheras serpenteaban hacia atrás formando algo parecido a un lazo. El hombre que ostentaba el grado de capitán estaba de pie delante de Gudbrand pateando la tierra. Nevaba y, encima de la gorra de oficial, se había acumulado una fina capa blanca. Edvard Mosken estaba al lado del capitán y miraba a Gudbrand, con un ojo muy abierto y el otro medio cerrado.

—*So* —dijo el capitán—. *Er ist hinüber zu den Russen geflohen?*

—*Ja* —afirmó Gudbrand.

—*Warum?*

—*Das weiss ich nicht.*

El capitán miraba al aire, se pasaba la lengua por los dientes y pateaba la tierra. Hizo un gesto afirmativo con la cabeza, murmuró unas palabras a su Rottenführer, el cabo alemán que iba con él, e hicieron el saludo militar. La nieve crujía bajo sus pies mientras se alejaban.

—Ya está —dijo Edvard, que seguía mirando a Gudbrand.

—Sí —dijo Gudbrand.

—No ha sido una investigación muy exhaustiva.

—No.

—Quién lo diría.

El ojo muy abierto seguía clavando aquella mirada huera en Gudbrand.

—Aquí los hombres desertan constantemente —dijo Gudbrand—. No podrían investigar a todos los que...

—Quiero decir, quién iba a pensar tal cosa de Sindre. Que sería capaz de algo así.

—Sí, quién lo iba a decir —dijo Gudbrand.

—Y de una forma tan poco astuta. Levantarse sin más y echar a correr.

—Sí.

—¡Qué pena lo de la metralleta! —La voz de Edvard resonaba fría y sarcástica.

—Sí.

—Y tampoco tuviste tiempo de alertar a los guardias de los holandeses.

—Grité, pero ya era tarde. Y estaba oscuro.

—Había luna —observó Edvard.

Se miraron fijamente.

—¿Sabes lo que creo? —dijo Edvard.

—No.

—Sí que lo sabes, lo veo. ¿Por qué, Gudbrand?

—Yo no lo he matado. —Gudbrand tenía la vista clavada en el ojo de cíclope de Edvard—. Intenté hablar con él. No quería escucharme. Se fue corriendo. ¿Qué podía hacer yo?

Ambos respiraban con dificultad, inclinados el uno hacia el otro, expuestos a un viento que no tardaba en borrar el vaho que echaban por la boca.

—Recuerdo la última vez que pusiste esa cara, Gudbrand. Fue la noche en que mataste a aquel ruso en el habitáculo.

Gudbrand se encogió de hombros. Edvard le puso en el brazo una manopla helada.

—Escucha. Sindre no es un buen soldado. Probablemente tampoco sea buena persona. Pero no somos unos inmorales y debemos intentar conservar cierta dignidad en medio de todo esto, ¿lo comprendes?

—¿Puedo irme ya?

Edvard miró a Gudbrand. Habían empezado a llegarles los rumores de que Hitler ya no estaba ganando en todos los frentes. Aun así, el flujo de voluntarios noruegos seguía aumentando, y Daniel y Sindre ya habían sido sustituidos por dos chicos de Tynset. Caras siempre nuevas y jóvenes. Algunos permanecerían en la memoria, otros serían olvidados en cuanto desapareciesen. Daniel era uno de los que Edvard recordaría, lo sabía. Como también sabía que, en poco tiempo, la cara de Sindre se le habría borrado de la memoria. Borrada. El pequeño Edvard cumpliría dos años dentro de unos días. Decidió no pensar en ello.

—Sí, puedes irte —le dijo—. Y mantén la cabeza baja.

—De acuerdo —contestó Gudbrand—. Doblaré la espalda.

—¿Te acuerdas de lo que dijo Daniel? —preguntó Edvard con algo parecido a una sonrisa—. Que aquí andamos siempre tan encorvados que, cuando volvamos a Noruega, pareceremos jorobados.

Una metralleta rió repiqueteando a lo lejos.

13

Leningrado,
3 de enero de 1943

Gudbrand se despertó bruscamente. Parpadeó en la oscuridad, pero solo vio las tablas de la litera de arriba. Olía a leña podrida y a tierra. ¿Había gritado? Los otros hombres aseguraban que ya no los despertaban sus gritos. Notó que recuperaba el pulso. Le picaba el costado, como si los piojos no durmieran nunca.

Era el mismo sueño que lo despertaba siempre y aún podía sentir las patas en el pecho, ver los ojos amarillos en la oscuridad, los dientes blancos de animal salvaje, sentir el olor a sangre y la baba que goteaba sin cesar. Y la respiración jadeante y aterrada. ¿Era la suya o la del animal? Así era el sueño: dormía y estaba despierto al mismo tiempo, pero no podía moverse. El animal cerraba las fauces alrededor del cuello cuando, desde la puerta, lo despertaban los disparos de una metralleta, llegaba justo a tiempo de ver cómo levantaban al animal en la manta y lo arrojaban contra la pared de tierra del habitáculo al tiempo que las balas lo hacían picadillo. Después, silencio, y allí, en el suelo, una masa de piel sangrienta, informe. Un hurón. Entonces el hombre que se escondía en el umbral salía y quedaba bajo el fino haz de luz de la luna, tan fino que solo le iluminaba la mitad de la cara. Pero esta noche el sueño había tenido un componente nuevo. Seguía saliendo humo de la boca del fusil y el hombre sonreía como siempre, pero tenía en la frente un agujero enorme de color negro. Y cuando se volvió, Gudbrand vio la luna a través de aquel agujero.

Al notar la corriente helada que entraba por la puerta abierta, Gudbrand giró la cabeza y sintió frío al ver la figura negra que llenaba el umbral. ¿Seguía soñando? La figura entró en la habitación, pero estaba demasiado oscuro para que Gudbrand pudiera ver quién era.

De pronto la figura se detuvo.

—¿Estás despierto, Gudbrand?

La voz era alta y clara. Era Edvard Mosken. Se oía un murmullo de descontento desde las otras literas. Edvard se acercó a la litera de Gudbrand.

—Tienes que levantarte —dijo.

Gudbrand suspiró.

—Te has equivocado al mirar la lista. Acabo de terminar la guardia. Es Dale…

—Ha vuelto.

—¿Qué quieres decir?

—Dale acaba de despertarme. Daniel ha vuelto.

Gudbrand no veía en la oscuridad más que la respiración blanca de Edvard. Bajó las piernas de la litera y sacó las botas de debajo de la manta. Solía guardarlas allí cuando dormía para que las suelas mojadas no se congelaran. Se puso el abrigo que estaba encima de la fina manta de lana, y siguió a Edvard. Las estrellas brillaban, pero el cielo nocturno había empezado a palidecer por el este. Oía unos sollozos de dolor procedentes de algún punto indefinido, pero al mismo tiempo notó un extraño silencio.

—Novatos holandeses —dijo Edvard—. Llegaron ayer, y acaban de regresar de su primera excursión a tierra de nadie.

Dale estaba en medio de la trinchera en una posición un tanto extraña: con la cabeza ladeada y los brazos separados del cuerpo. Se había atado la bufanda alrededor de la barbilla, y con la cara tan delgada y demacrada y los ojos cerrados y hundidos parecía un mendigo.

—¡Dale! —gritó Edvard.

Dale se despertó.

—Guíanos. Muéstranos el camino.

Dale iba delante. Gudbrand notó que se le aceleraba el corazón. El frío le pinchaba en las mejillas, pero todavía no había conseguido sacudirse el sueño que arrastraba desde la litera. La trinchera era tan estrecha que tenían que ir en fila, y sentía la mirada de Edvard en la nuca.

—Aquí —dijo Dale señalando el lugar.

El viento producía un silbido áspero al dar en el borde del casco. Encima de las cajas de munición había un cadáver con los miembros rígidos apuntando hacia los lados. Una fina capa de nieve que había caído en la trinchera le cubría el uniforme y tenía la cabeza tapada con un saco de leña.

—Joder —dijo Dale meneando la cabeza y pateando la tierra.

Edvard no dijo nada. Gudbrand comprendió que estaba esperando a que él dijera algo.

—¿Por qué no se lo han llevado los enterradores? —preguntó Gudbrand al fin.

—Lo recogieron —dijo Edvard—. Estuvieron aquí ayer por la tarde.

—Entonces ¿por qué lo han vuelto a traer?

Gudbrand se dio cuenta de que Edvard estaba mirándolo.

—Nadie en el Estado Mayor tiene conocimiento de que se haya dado la orden de que vuelvan a traerlo.

—¿Un malentendido, quizá? —sugirió Gudbrand.

—Puede ser.

Edvard sacó del bolsillo un cigarrillo que tenía a medio fumar y lo encendió con la cerilla que llevaba en la mano. Lo pasó después de dar un par de caladas y dijo:

—Los que lo recogieron afirman que lo echaron a una fosa común en el sector norte.

—Si eso es cierto, debería estar enterrado, ¿no?

Edvard negó con la cabeza.

—No los entierran hasta que no los han incinerado. Y solo incineran durante el día para que los rusos no tengan luz para apuntar. Además, durante la noche las fosas comunes nuevas están abiertas y sin vigilancia. Alguien debe de haber recogido a Daniel de allí esta noche.

—Joder —repitió Dale, cogió el cigarrillo y chupó con avidez.

—¿Así que es verdad que queman los cadáveres? —preguntó Gudbrand—. ¿Por qué, con este frío?

—Yo te lo puedo decir —dijo Dale—. La tierra está congelada. Y los cambios de temperatura hacen que los cadáveres emerjan de la tierra en primavera. —Pasó el cigarrillo a regañadientes—. Enterramos a Vorpenes justo detrás de nuestras líneas el invierno pasado. Esta primavera nos tropezamos con él otra vez. Bueno, al menos, con lo que los zorros habían dejado de él.

—La cuestión es —dijo Edvard—: ¿cómo ha venido Daniel a parar aquí?

Gudbrand se encogió de hombros.

—Tú hiciste la última guardia, Gudbrand.

Edvard había cerrado un ojo y lo miró con el otro, con el ojo de cíclope. Gudbrand se tomó su tiempo con el cigarrillo. Dale carraspeó.

—Pasé por aquí cuatro veces —dijo Gudbrand, y le pasó por fin el cigarrillo—. Y no estaba.

—Te pudo haber dado tiempo de ir hasta el sector norte durante la guardia. Y hay huellas de trineo en la nieve, por allí.

—Pueden ser de los portadores de cadáveres —dijo Gudbrand.

—Las huellas se superponen a las últimas huellas de botas. Y tú dices que has pasado por aquí cuatro veces.

—¡Demonios, Edvard, yo también veo que Daniel está aquí! —exclamó Gudbrand—. Por supuesto que ha tenido que traerlo alguien y lo más probable es que necesitaran un trineo. Pero si escucharas lo que digo… Tienes que entender que tuvieron que hacerlo después de que yo pasara por aquí la última vez.

Edvard no contestó pero, claramente irritado, le arrancó a Dale de un tirón lo que quedaba del cigarrillo y vio con disgusto que estaba mojado. Dale se quitó unas briznas de tabaco de la lengua y lo miró enfurruñado.

–Pero, por Dios, ¿por qué iba a hacer yo algo así? –preguntó Gudbrand–. ¿Y cómo iba a arrastrar un cadáver desde el sector norte hasta aquí en un trineo sin que me interceptaran los guardias?

–Podrías haber pasado por la tierra de nadie.

Gudbrand movió incrédulo la cabeza.

–¿Crees que me he vuelto loco, Edvard? ¿Para qué iba yo a querer el cadáver de Daniel?

Edvard dio las dos últimas caladas al cigarrillo, arrojó la colilla en la nieve y la aplastó con la bota. Siempre hacía lo mismo, no sabía por qué, pero no soportaba ver colillas humeantes. De la nieve se oyó como un lamento cuando la aplastó con el tacón.

–No, no creo que hayas arrastrado a Daniel hasta aquí –dijo Edvard–. Porque no creo que sea Daniel.

Dale y Gudbrand se sobresaltaron.

–Claro que es Daniel –dijo Gudbrand.

–O alguien que tiene una complexión parecida –dijo Edvard–. Y la misma identificación de pelotón en la casaca.

–El saco de leña… –adivinó Dale.

–¿Así que tú sabes distinguir los sacos de leña? –preguntó Edvard con desdén, aunque con la mirada puesta en Gudbrand.

–Es Daniel –afirmó Gudbrand tragando saliva–. Reconozco sus botas.

–Es decir, que, según tú, lo único que tenemos que hacer es llamar a los enterradores y pedirles que se lo vuelvan a llevar, ¿no es eso? –preguntó Edvard–. Sin detenernos a mirar. Eso es lo que esperabas que hiciéramos, ¿verdad?

–¡Vete al diablo, Edvard!

–No estoy tan seguro de que esta vez el diablo me quiera a mí, Gudbrand. Quítale el saco de la cara, Dale.

Dale observó sin comprender a los dos hombres, que se miraban como dos toros preparados para embestirse.

–¿Me oyes? –gritó Edvard–. ¡Quítale el saco!

–Prefiero no…

–Es una orden. ¡Ahora!

Dale seguía vacilando y mirando a Edvard, a Gudbrand y a la figura rígida que yacía sobre las cajas de munición. Se encogió de hombros, se desabotonó la casaca de camuflaje y metió la mano para buscar la navaja.

–¡Espera! –gritó Edvard–. Pregúntale a Gudbrand si puede prestarte su bayoneta.

Dale se quedó más perplejo si cabe. Miró inquisitivo a Gudbrand, que negó con la cabeza.

–¿Qué quieres decir? –preguntó Edvard, sin dejar de mirar a Gudbrand–. Tenemos orden de llevar siempre la bayoneta, ¿y tú no la llevas?

Gudbrand no contestó.

–Tú, que eres prácticamente una máquina de matar con esa bayoneta, Gudbrand, no la habrás perdido, ¿verdad?

Gudbrand seguía sin contestar.

–Vaya. Me imagino que entonces tendrás que usar la tuya, Dale.

A Gudbrand le entraron ganas de arrancarle al jefe de pelotón aquel ojo enorme de mirada pertinaz. ¡Un Rottenführer, eso es lo que era! Una rata con ojos de rata y cerebro de rata. ¿Es que no entendía nada?

Oyeron un desgarrón cuando la bayoneta cortó el saco de leña. Dale dio un respingo.

Ambos se dieron la vuelta rápidamente. Allí, a la luz roja del nuevo amanecer, una cara blanca con una mueca espantosa los miró con un tercer ojo negro en medio de la frente. Era Daniel, no cabía la menor duda.

14

Ministerio de Asuntos Exteriores,
4 de noviembre de 1999

Bernt Brandhaug miró el reloj y frunció el ceño: ochenta y dos segundos, dos más de lo previsto. Cruzó el umbral de la sala de reuniones, soltó un jovial «Buenos días» en el más puro estilo de Nordmarka y sonrió con su célebre y blanquísima sonrisa a las cuatro caras que se volvían hacia él.

A un extremo de la mesa estaba sentado Kurt Meirik, de los servicios de inteligencia junto a Rakel, que llevaba en el pelo un pasador nada vistoso, un traje que denotaba ambición y que lucía una expresión severa en el rostro. Brandhaug pensó que aquel traje parecía demasiado caro para una secretaria. Aún se fiaba de su intuición, y esta le decía que estaba divorciada, pero que tal vez su ex marido fuese un hombre bien situado. ¿O sería hija de padres ricos? El hecho de que apareciese en una reunión que, según Brandhaug había dado a entender, debía celebrarse con la más absoluta discreción, significaba sin duda que ocupaba en Inteligencia un puesto más importante de lo que él había imaginado en un principio. Decidió indagar más sobre ella.

Al otro lado de la mesa estaba sentada Anne Størksen, junto al jefe de sección, un tal no sé cuántos, un tipo alto y delgado. Para empezar, había tardado más de ochenta segundos en llegar a la sala de reuniones y ahora no se acordaba de los nombres, ¿se estaría haciendo mayor?

No acababa de formular aquel pensamiento cuando le vino a la cabeza lo sucedido la noche anterior. Había llevado a Lise, la joven aspirante de Exteriores, a lo que él llamaba una pequeña cena de horas extra. Después la había invitado a tomar una copa en el hotel Continental, donde Exteriores disponía de una sala destinada a reuniones que requerían especial discreción.

Lise no se había hecho de rogar, era una chica ambiciosa. Pero la tentativa terminó en fracaso. ¿Se estaría haciendo mayor? Bah, un hecho aislado, consecuencia tal vez de una copa de más, pero no porque fuera demasiado mayor. Brandhaug interiorizó esta última idea antes de tomar asiento.

—Gracias por venir a pesar de haberos convocado con tan poco margen —comenzó—. Doy por supuesto que no debo subrayar la naturaleza confidencial de esta reunión, pero aun así lo haré, ante la eventualidad de que no todos los presentes tengan la experiencia necesaria en este tipo de asuntos.

Miró fugazmente a todos los presentes, salvo a Rakel, indicando así que el aviso iba por ella. Luego se volvió hacia Anne Størksen.

—¿Qué tal va vuestro hombre?

La comisaria jefe lo miró algo desconcertada.

—¿Vuestro oficial de policía? —añadió rápidamente Brandhaug—. Se llama Hole, ¿no?

Ella hizo un gesto afirmativo hacia Møller, quien tuvo que carraspear dos veces antes de arrancar.

—Dadas las circunstancias, bien. Está muy afectado, por supuesto. Pero… sí.

Se encogió de hombros, en señal de que no tenía mucho más que añadir.

Brandhaug enarcó una ceja recién depilada.

—No tan afectado como para que podamos pensar que supone un peligro de filtración de información, espero.

—Bueno —dijo Møller. Con el rabillo del ojo vio que la comisaria jefe se volvía rápidamente hacia él—. No lo creo. Está al tanto del carácter delicado del asunto. Y, desde luego, le han informado de que debe mantener en secreto lo ocurrido.

—Otro tanto vale para los demás oficiales de policía que estaban presentes —se apresuró a observar Anne Størksen.

—Entonces, esperemos que todo esté bajo control —dijo Brandhaug—. Ahora, os haré un resumen del estado de la cuestión. Acabo de mantener una conversación con el embajador estadounidense y creo poder afirmar que nos hemos puesto de acuerdo en los puntos principales de este trágico asunto.

Miró a cada uno de ellos. Todos lo observaban intrigados, ansiosos de oír lo que Bernt Brandhaug tuviese que contarles. Era justo lo que necesitaba para aliviar la desazón que había sentido hacía unos segundos.

—El embajador me ha dicho que el estado del agente del Servicio Secreto a quien vuestro hombre —hizo un gesto hacia Møller y la comisaria jefe— pegó un tiro en la estación de peaje es estable y que se encuentra fuera de peligro. Sufrió lesiones en una vértebra y hemorragias internas, pero el chaleco antibalas lo salvó. Siento que no hayamos podido obtener antes esta información, pero, por razones obvias, hemos procurado reducir al mínimo el intercambio de comunicación al respecto. Solo la información estrictamente necesaria ha circulado entre los conocedores de la misión.

—¿Dónde está? —preguntó Møller.

—En realidad, Møller, eso es algo que no necesitas saber.

Observó que Møller adoptaba una expresión un tanto extraña. Un embarazoso silencio inundó la sala. Siempre resultaba embarazoso tener que recordarle a alguien que no recibiría más información que la estrictamente necesaria para realizar su trabajo. Brandhaug sonrió y se disculpó con un gesto, como queriendo decir: «Comprendo muy bien que preguntes, pero así son las cosas». Møller asintió con la cabeza y fijó la vista en la mesa.

—En fin —prosiguió Brandhaug—. Puedo deciros que, después de la intervención, lo llevaron en avión a un hospital militar de Alemania.

—Eso... eh... —Møller se rascó el cogote.

Brandhaug esperó.

—Supongo que no importará que Hole sepa que el agente del Servicio Secreto va a sobrevivir. La situación sería para él... más llevadera.

Brandhaug miró a Møller. Le costaba llegar a entender del todo al jefe de sección.

—De acuerdo —dijo.

—¿Qué acordasteis tú y el embajador? —preguntó Rakel.

—Enseguida llegaré a ese punto —aseguró Brandhaug. En realidad, era el siguiente de su lista, pero le disgustaba que lo interrumpiesen de esa forma—. En primer lugar, quiero felicitar a Møller y a la policía de Oslo por la rápida actuación en el lugar de los hechos. Si los informes son correctos, solo transcurrieron doce minutos hasta que el agente recibió los primeros cuidados médicos.

—Hole y su compañera Ellen Gjelten lo llevaron al hospital de Aker —explicó Anne Størksen.

—Una reacción de una rapidez admirable —observó Brandhaug—. Y el embajador de Estados Unidos comparte esta opinión.

Møller y la comisaria jefe intercambiaron una mirada elocuente.

—Además, el embajador ha hablado con el Servicio Secreto y se descarta de plano que vayan a presentar cargos. Por supuesto.

—Por supuesto —repitió Meirik.

—También estábamos de acuerdo en que el error fue, principalmente, de los americanos. El agente que estaba en la garita de peaje no debía haberse encontrado allí en ningún momento. Es decir, sí debía estar allí, pero el oficial de enlace noruego que vigilaba el lugar debía haber estado al corriente. El oficial de policía noruego que se encontraba en el puesto por el que el agente accedió al área, y que debía... perdón, podía, haber informado al oficial de enlace, solo tuvo en cuenta que el agente se había identificado. Había una orden permanente de que los agentes del SS tuviesen acceso a todas las áreas controladas, y el oficial de policía no vio ninguna razón para informar. A posteriori, se puede pensar que debería haberlo hecho.

Miró a Anne Størksen, que no hizo amago de querer protestar.

—Las buenas noticias son que, hasta el momento, el suceso no parece haberse difundido. De todos modos, no os he convocado para discutir lo que debemos hacer basándonos en una situación ideal, que sería no hacer nada. Lo más probable es que debamos olvidar las situaciones ideales, pues es una ingenuidad pensar que el tiroteo no salga a la luz tarde o temprano.

Bernt Brandhaug movió los dedos de arriba abajo como si quisiera cortar las frases en las porciones adecuadas.

–Además de la veintena de personas de Inteligencia, Exteriores y el grupo de coordinación que conocen el asunto, unos quince oficiales de policía presenciaron lo ocurrido en la estación de peaje. No tengo nada negativo que decir de ninguno de ellos, supongo que sabrán ser discretos, más o menos. Sin embargo, son oficiales de policía corrientes, sin experiencia alguna en el grado de confidencialidad que hay que observar en este caso. Además, no debemos olvidar al personal del Rikshospitalet, de la Aviación Civil, de Fjellinjen AS, la empresa encargada de la estación de peaje, y el personal del hotel Plaza; todos ellos tienen, en mayor o menor grado, razones para sospechar que pasó algo. Tampoco tenemos ninguna garantía de que nadie haya seguido el cortejo con prismáticos desde alguno de los edificios situados alrededor de la estación de peaje. Una sola palabra de alguno de los que han tenido algo que ver y…

En este punto, infló las mejillas, como para evocar la imagen de una explosión.

Todos guardaron silencio, hasta que Møller carraspeó:

–¿Y por qué es tan peligroso que se sepa?

Brandhaug hizo un gesto afirmativo, como para demostrar que no era la pregunta más tonta que había oído en su vida, lo que hizo pensar a Møller que, en efecto, sí lo era.

–Los Estados Unidos de América son algo más que un aliado –comenzó Brandhaug con una velada sonrisa. De hecho, lo dijo del mismo modo en que uno le explica a un extranjero que Noruega tiene un rey y que su capital se llama Oslo–. En 1920, Noruega era uno de los países más pobres de Europa y probablemente lo seguiríamos siendo sin la ayuda de Estados Unidos. Olvidad la retórica de los políticos. La emigración. La ayuda del Plan Marshall. Elvis y la financiación de la aventura del petróleo han hecho de Noruega la nación probablemente más proamericana del mundo. Los que estamos aquí hemos trabajado duro para llegar al lugar que hoy ocupamos. Pero si algún político se llegase a enterar de que cualquiera de los presentes en esta sala es el responsable de que la vida del presidente de Estados Unidos haya corrido peligro...

Brandhaug dejó la frase en el aire, mientras paseaba la mirada por los rostros de los congregados.

–Por suerte para nosotros –dijo–, los americanos prefieren admitir un fallo de uno de sus agentes del Servicio Secreto a reconocer un error básico en la cooperación con uno de sus mejores aliados.

–Eso quiere decir –dijo Rakel, sin levantar la vista del bloc que tenía delante– que no necesitamos ningún chivo expiatorio noruego. –Levantó la mirada y la clavó en Bernt Brandhaug–. Al contrario, lo que necesitamos es un héroe noruego, ¿no?

Brandhaug la miraba con sorpresa e interés. Sorpresa ante el hecho de que ella hubiese entendido sus intenciones con tanta rapidez; interés, porque comprendió que, decididamente, podrían contar con ella.

–Así es. El día que se sepa que un policía noruego le disparó a un agente del SS, tenemos que tener lista nuestra versión –explicó–. Y esa versión tiene que dejar claro que no se cometió ningún error por nuestra parte, que el enlace actuó según las instrucciones y que el único culpable fue el agente del SS. Esta es una versión aceptable tanto para nosotros como para los americanos. El desafío consiste en conseguir que los medios de comunicación se la crean. Y ahí es donde...

–... necesitamos un héroe –completó la comisaria jefe asintiendo con la cabeza, pues también había adivinado lo que él quería decir.

–*Sorry* –dijo Møller–. ¿Soy el único de los presentes que no entiende lo que está pasando? –Hizo un intento fallido de soltar una risita.

–El agente demostró capacidad de reacción en una situación de amenaza potencial para el presidente –dijo Brandhaug–. Si la persona que estaba en la cabina de peaje hubiese tenido la intención de cometer un atentado, tal y como él tenía el deber de suponer, según las instrucciones, le habría salvado la vida del presidente. Que la intención de esa persona no fuese la de atentar no altera ese hecho.

—Eso es cierto —convino Anne Størksen—. En una situación así las instrucciones están por encima de toda valoración personal.

Meirik no dijo nada, pero hizo un gesto de aprobación.

—Bien —concluyó Brandhaug—. «El asunto», como tú lo llamas, Bjarne, es convencer a la prensa, a nuestros superiores y a todos los que han tenido algo que ver con esto, de que ni por un momento dudamos de que nuestro oficial de enlace hiciera lo correcto. «El asunto» es que, desde este mismo instante, tenemos que actuar como si su intervención hubiese sido heroica.

Brandhaug se percató de la incredulidad de Møller.

—Si no premiamos al oficial, habremos reconocido que cometió un error al disparar y, en consecuencia, que las medidas de seguridad desplegadas con motivo de la visita del presidente fallaron.

Los presentes acogieron sus palabras con un gesto de aprobación.

—*Ergo*... —continuó Brandhaug. Le encantaba esa palabra. Parecía revestida de una armadura, una palabra casi invencible, porque exigía la autoridad propia de la lógica—. Por consiguiente... —tradujo.

—*Ergo*, ¿le damos una medalla? —terminó Rakel una vez más.

Brandhaug sintió una punzada de irritación. Había sido su forma de decir «medalla», como si estuvieran escribiendo el guión de una comedia y todas las propuestas chistosas fueran bien recibidas. Como si quisiera indicar que su guión era una comedia.

—No —enfatizó despacio—. Una medalla, no. Las medallas y las distinciones son un recurso demasiado fácil y no se traducen en la credibilidad que buscamos. —Se retrepó en la silla con las manos en la nuca—. Lo ascenderemos. Le concederemos el grado de comisario.

Se produjo un largo silencio.

—¿Comisario? —Bjarne Møller seguía mirando incrédulo a Brandhaug—. ¿Por haberle pegado un tiro a un agente del Servicio Secreto?

—Puede sonar algo morboso, pero piénsalo un momento.

—Es… —Møller parpadeó atónito y, aunque parecía querer decir mucho más, optó por cerrar la boca.

—Quizá no sea necesario otorgarle todas las competencias que normalmente corresponden a un comisario —oyó Brandhaug que decía la comisaria jefe.

Lo dijo con precaución. Como si estuviera enhebrando una aguja.

—En eso también hemos pensado, Anne —respondió Brandhaug, haciendo hincapié al pronunciar su nombre de pila, que utilizaba por primera vez al dirigirse a ella.

Anne enarcó una ceja pero, por lo demás, nada indicó que le molestase. De modo que Brandhaug continuó:

—El problema es que, si todos los colegas de este oficial de enlace aficionado al tiro ven raro el nombramiento y llegan a darse cuenta de que no es más que un arreglo, estaremos en las mismas. Es decir, estaremos peor. Si sospechan que es una operación de tapadera, cundirá el rumor y parecerá que, a sabiendas, intentamos encubrir el hecho de que nosotros (vosotros), ese oficial de policía, en definitiva, todos metimos la pata. En otras palabras: tenemos que darle un puesto en el que nadie sepa muy bien qué hace realmente. Dicho de otra manera: un ascenso combinado con un traslado a un lugar protegido.

—Un lugar protegido. Sin intromisiones. —Rakel sonrió a medias—. Parece que hayas pensado enviárnoslo a nosotros, Brandhaug.

—¿Tú qué dices, Kurt? —preguntó Brandhaug.

Kurt Meirik se rascó detrás de la oreja riendo entre dientes.

—Claro —dijo—. Seguro que encontramos una vacante para un comisario.

Brandhaug asintió con la cabeza.

—Sería de gran ayuda.

—Sí, debemos ayudarnos mutuamente siempre que podamos.

—Estupendo —dijo Brandhaug sonriendo, e indicó con una ojeada al reloj de la pared que la reunión había terminado.

Se oyó el ruido de las sillas cuando todos se levantaron.

15

Colina Sankthanshaugen,
4 de noviembre de 1999

—*Tonight we're gonna party like it's nineteen-ninety-nine!*

Ellen miró a Tom Waaler, que acababa de meter una cinta en el equipo y había subido tanto el volumen que se veía vibrar el salpicadero. El vocalista tenía una voz penetrante de falsete que le perforaba los tímpanos a Ellen.

—¿Está muy alto? —gritó él para hacerse oír por encima de la música.

Ellen no quería herir sus sentimientos, de modo que solo hizo un gesto afirmativo. No es que creyera que fuese fácil herir a Tom Waaler, pero había decidido hacerle la pelota todo el tiempo que fuera posible. O, por lo menos, hasta que se disolviese la pareja Tom Waaler-Ellen Gjelten. El jefe de sección Bjarne Møller había afirmado su carácter exclusivamente temporal. Todo el mundo sabía que, en primavera, el nuevo puesto de comisario sería para Tom.

—¡Negro marica! —gritó Tom.

Ellen no contestó. Llovía tan fuerte que, aunque los limpiaparabrisas trabajaban a toda pastilla, el agua se mantenía en el parabrisas del coche patrulla como una película, haciendo que los edificios de la calle Ullevål pareciesen redondeadas casas de cuento que ondulaban sin cesar. Aquella mañana, Møller les había encomendado que encontraran a Harry. Ya habían llamado a la puerta de su piso de la calle Sofie y habían comprobado que no estaba en casa. O que no quería abrirles. O que no estaba en condiciones de abrir. Ellen se temía lo peor. Miró a la gente que se apresuraba por las aceras. También sus caras se veían torcidas y con formas extrañas, como reflejadas en los espejos de una feria.

–Gira a la izquierda ahí y luego paras –dijo Ellen–. Puedes esperar en el coche mientras yo entro.

–Lo prefiero –contestó Waaler–. No me gustan los borrachos.

Lo miró de reojo, pero la expresión de Waaler no le reveló si se refería a la clientela matutina del restaurante Schrøder en general o a Harry en particular. Waaler aparcó el coche en la parada del autobús; al salir, Ellen vio que habían abierto un café nuevo al otro lado de la calle. A lo mejor ya llevaba tiempo allí y ella no se había dado cuenta. Estaba lleno de jóvenes con jerséis de cuello alto que estaban sentados en los taburetes que había detrás de los altos ventanales y leían periódicos extranjeros o simplemente contemplaban la lluvia, con grandes tazas blancas de café en las manos, pensando quizá si habían elegido la asignatura correcta, el sofá de diseño correcto, la pareja correcta, el club de lectura correcto o la ciudad europea correcta…

En la puerta del Schrøder estuvo a punto de chocar con un hombre que llevaba un jersey islandés. El alcohol le había empañado casi todo el azul del iris y tenía las manos tan grandes como sartenes, y muy sucias. Ellen notó el olor dulzón a sudor y a borrachera añeja cuando pasó a su lado. En el interior había un ambiente de silencio matinal. Solo cuatro de las mesas estaban ocupadas. Ellen había estado allí antes, hacía mucho tiempo, y, por lo que recordaba, nada había cambiado. Las mismas fotos antiguas de Oslo colgaban de las paredes de color ocre que, junto con el techo de cristal del centro, le daban al lugar cierto toque de pub inglés. Muy leve, en su opinión. Lo cierto era que, con las mesas y los asientos de aglomerado, más parecía el salón de fumar de uno de los ferrys de la costa de Møre. Al fondo de la barra fumaba una camarera con delantal que miró a Ellen con escaso interés. En el rincón del fondo, al lado de la ventana, estaba Harry, con la cabeza inclinada. Tenía encima de la mesa una pinta de cerveza vacía.

–Hola –dijo Ellen, y se sentó en la silla que había al otro lado. Harry levantó la cabeza e hizo un gesto de asentimiento, como si hubiera estado esperándola. Luego volvió a bajar la cabeza.

–Hemos intentado localizarte. Hemos estado en tu casa.

–¡Ajá! ¿Y estaba en casa? –Lo dijo sin sonreír.

–No lo sé. ¿Estás en casa, Harry? –preguntó ella a su vez, señalando el vaso.

Él se encogió de hombros.

–El agente sobrevivirá –le dijo.

–Sí, eso he oído. Møller me dejó un mensaje en el contestador. –Sorprendentemente, hablaba con claridad–. No dijo nada de la gravedad de la herida. En la espalda hay muchos nervios y esas cosas, ¿verdad?

Ladeó la cabeza, pero Ellen no contestó.

–A lo mejor solo se queda paralítico –dijo Harry, y dio un golpecito al vaso vacío–. ¡Salud!

–Tu baja por enfermedad termina mañana –le recordó Ellen–. Queremos verte de vuelta en el trabajo.

Harry levantó un poco la cabeza.

–¿Estoy de baja?

Ellen empujó una pequeña carpeta transparente que había puesto encima de la mesa y en cuyo interior se veía el reverso de un papel rosa.

–He hablado con Møller. Y con el doctor Aune. Llévale la copia de esta solicitud de baja. Møller dijo que era normal disfrutar de unos días libres para calmarse después de haber disparado a alguien durante un servicio. Pero ven mañana.

Vagó con la mirada hasta que la detuvo en la ventana, que tenía un cristal tintado y rugoso. Probablemente para evitar que se viese desde fuera a la gente que había dentro. «Al contrario que en la cafetería nueva», pensó Ellen.

–Entonces ¿piensas venir? –le preguntó a Harry.

–Bueno, verás… –dijo observándola con la misma mirada empañada que ella le recordaba de las mañanas después de que volviese de Bangkok–. Yo en tu lugar, no apostaría nada.

—Ven, hombre, te esperan un par de sorpresas.

—¿Sorpresas? —Harry rió por lo bajo—. ¿Qué será? ¿La jubilación anticipada? ¿Una despedida honrosa? ¿Me concederá el presidente el Corazón Púrpura?

Levantó la cabeza lo suficiente para que Ellen pudiera verle los ojos enrojecidos. Suspiró y se volvió otra vez a mirar la ventana. Al otro lado del cristal rugoso, los coches se veían informes, como en una película psicodélica.

—¿Por qué te haces esto, Harry? Tú sabes, yo sé, y todo el mundo sabe que no fue culpa tuya. Hasta el Servicio Secreto reconoce que fue culpa suya, que no estábamos informados. Y que nosotros… que tú reaccionaste correctamente.

Harry habló en voz baja, sin mirarla.

—¿Crees que su familia lo verá así cuando regrese a casa en una silla de ruedas?

—¡Por Dios, Harry!

Ellen levantó la voz y vio con el rabillo del ojo que la mujer que había a su lado en la barra los miraba con creciente interés, tal vez esperase presenciar una buena bronca.

—Siempre hay alguien que tiene mala suerte, que no se libra, Harry. Estas cosas son así, no es culpa de nadie. ¿Sabías que cada año muere el sesenta por ciento de la población del acentor común? ¡El sesenta por ciento! Si nos detuviésemos a pensar cuál es el sentido de tanta mortalidad, acabaríamos formando parte de ese sesenta por ciento antes de darnos cuenta, Harry.

Harry no contestó, solo movió la cabeza afirmativamente hacia el mantel de cuadros llenos de cercos negros de quemaduras de cigarrillos.

—Me odiaré a mí misma por decirte esto, Harry, pero si vienes mañana lo consideraré un favor personal. Preséntate, no te hablaré y no tendrás que echarme el aliento. ¿De acuerdo?

Harry metió el dedo meñique en uno de los agujeros negros del mantel. Movió el vaso vacío y lo puso encima de los otros agujeros, para taparlos. Ellen esperaba.

—¿Es Waaler el que está en el coche? —preguntó Harry.

Ellen asintió. Sabía perfectamente lo mal que se caían. Entonces tuvo una idea. Vaciló un instante, pero se animó:

—Por cierto, ha apostado dos de cien a que no vas a venir.

Harry rió otra vez con esa risa suave. Levantó la cabeza, la apoyó entre las manos y la miró.

—Eres realmente mala mintiendo, Ellen. Pero gracias por intentarlo.

—¡Vete a la mierda! —Ellen respiró hondo, estuvo a punto de decir algo, pero cambió de idea. Miró a Harry unos instantes. Respiró otra vez—. Está bien. En realidad, era Møller quien iba a comunicártelo, pero ahora te lo cuento yo: te quieren dar un puesto de comisario en Inteligencia.

La risa de Harry volvió a sonar suave, como el motor de un Cadillac Fleetwood.

—Bueno, con un poco de entrenamiento, a lo mejor aprendes a mentir bien, después de todo.

—¡Pero si es verdad!

—Es imposible.

Su mirada se perdió otra vez por la ventana.

—¿Por qué? Eres uno de nuestros mejores investigadores, acabas de demostrar que eres un oficial que no se arredra ante nada, has estudiado derecho, has…

—Te digo que es imposible. A pesar de que a alguien se le haya ocurrido esa idea descabellada.

—Pero ¿por qué?

—Por una razón muy sencilla. ¿Qué porcentaje de esos pájaros dijiste que moría anualmente? ¿El sesenta por ciento?

Tiró del mantel con el vaso encima.

—Se llama acentor común —dijo Ellen.

—Eso. ¿Y por qué se mueren?

—¿Adónde quieres ir a parar?

—Me figuro que no se echan a morir sin más, ¿no?

—De hambre. En las garras de los predadores. De frío. De agotamiento. Al chocar contra una ventana. Hay muchas razones.

—Muy bien. Porque supongo que a ninguno de ellos le habrá pegado un tiro un oficial de policía noruego que, al no haber pasado las pruebas de tiro, no tenía permiso de armas en ese momento. Un oficial al que, cuando eso se sepa, acusarán y probablemente condenarán a entre uno y tres años de prisión. Un candidato bastante malo para comisario, ¿no te parece?

Levantó el vaso y lo plantó en la mesa de golpe, al lado del mantel arrugado.

—¿Qué pruebas de tiro? —preguntó Ellen.

Él le dedicó una mirada penetrante que ella le sostuvo con tranquilidad.

—¿Qué quieres decir? —preguntó él.

—No sé de qué hablas, Harry.

—Sabes muy bien que...

—Por lo que yo sé, has pasado la prueba de tiro este año. Y lo mismo opina Møller. Hasta se dio una vuelta por la oficina esta mañana para comprobarlo con el instructor. Entraron en la base de datos y, según lo que pudieron averiguar, tus resultados fueron más que suficientes. Comprenderás que no ascienden a comisario de Inteligencia a alguien que le pega un tiro a un agente del Servicio Secreto sin tener permiso de armas.

Le sonrió ampliamente a Harry, que parecía ahora más confundido que bebido.

—¡Pero si yo no tengo permiso de armas!

—Que sí, hombre, lo único que pasa es que lo has perdido. Ya lo encontrarás, Harry, ya lo encontrarás.

—Escucha, yo...

De repente, guardó silencio y se quedó mirando la carpeta de plástico transparente que había encima de la mesa. Ellen se levantó.

—¿Nos vemos a las nueve, comisario?

A Harry no le quedó otra opción que asentir.

16

Hotel Radisson SAS, plaza Holberg, 5 de noviembre de 1999

Betty Andresen tenía, igual que Dolly Parton, el pelo rubio y rizado como el de una peluca. Pero no era una peluca, y a eso, a su cabellera, se reducía todo su parecido con Dolly Parton. Betty Andresen era alta y delgada, y cuando sonreía, como en ese momento, los labios formaban una abertura minúscula que apenas dejaba ver los dientes. Esa sonrisa tenía por destinatario al viejo que ahora aguardaba al otro lado del mostrador de la recepción del hotel Radisson SAS, situado en la plaza Holberg. No se trataba de un mostrador de recepción corriente, sino que era una de las varias «islitas» multifuncionales provistas de ordenador que permitían atender a varios clientes a la vez.

—Buena mañana —saludó Betty Andresen.

Era algo que había aprendido en la escuela de hostelería de Stavanger; sabía distinguir entre las diferentes partes del día cuando saludaba a los huéspedes. Así, hasta hacía una hora había dicho «Buenos días», dentro de una hora diría «Buen día», dentro de dos horas, «Buen mediodía», y al cabo de otras dos horas, empezaría a saludar con un «Buenas tardes». Al final de la jornada, se iría a su piso de dos habitaciones en Torshov, deseando que hubiera allí alguien a quien poder decirle «Buenas noches».

—Me gustaría ver una habitación situada en la planta más alta que pueda ofrecerme.

Betty Andresen miró el abrigo empapado del viejo. Fuera caía una lluvia torrencial. Una gota de agua se aferraba temblorosa al borde del ala de su sombrero.

—Perdón, ¿dice que quiere ver una habitación?

La sonrisa imperturbable de Betty Andresen no se desvanecía. Según ella, y conforme a lo que le habían enseñado, había que tratar a todo el mundo como cliente mientras no se demostrara irrevocablemente lo contrario. Pero, aun así, sabía que la persona que tenía delante era un ejemplar de la especie «viejo-visita-la-capital-quiere-contemplar-gratis-la-vista-desde-el-hotel-SAS». Venían a menudo, sobre todo en verano. Y no era solo para ver las vistas. En una ocasión, una señora preguntó si podía ver la suite Palace del piso vigésimo segundo para poder describírsela a sus amistades cuando les contase que se había alojado en ella. Incluso le ofreció a Betty cincuenta coronas por anotar su nombre en el libro de huéspedes, para poder utilizarlo después como prueba.

—¿Habitación sencilla o doble? —preguntó Betty—. ¿Fumador o no fumador?

La mayoría de los hombres mayores empezaban a titubear ante esas preguntas.

—No importa —contestó el viejo—. Lo importante son las vistas. Quisiera ver una que dé al sudoeste.

—Sí, desde ese lado puede verse toda la ciudad.

—Exacto. ¿Cuál es la mejor?

—La mejor es, por supuesto, la suite Palace; pero aguarde un momento y veré si tenemos disponible alguna habitación corriente.

Betty empezó a teclear veloz con la esperanza de que el hombre mordiese el anzuelo. Y, en efecto, no se hizo esperar.

—Me gustaría ver esa suite.

«Por supuesto que te gustaría», pensó la joven mirando al viejo. Betty Andresen no era una mujer poco razonable. Si el mayor deseo de aquel anciano era admirar las vistas desde el hotel SAS, no sería ella quien se lo negara.

—Vamos a echar un vistazo —dijo ofreciéndole su mejor sonrisa, la misma que, normalmente, reservaba para los clientes fijos.

—¿Está usted de visita en Oslo? —preguntó por cortesía, ya en el ascensor.

—No —contestó el viejo.

Tenía las cejas blancas y pobladas, igual que su padre, observó la joven. Pulsó el botón, las puertas se cerraron y el ascensor se puso en marcha. Betty no conseguía acostumbrarse a aquella experiencia: era como si la succionaran hacia el cielo. Luego las puertas volvían a abrirse y, como siempre, ella salía con la esperanza de hacerlo a un mundo nuevo y distinto, casi como en un cuento. Sin embargo, el mundo al que la devolvía el ascensor era siempre el mismo. Atravesaron el pasillo, cuyas paredes estaban cubiertas de un papel pintado que hacía juego con el color de la moqueta y adornadas con obras de arte caras y aburridas. Metió la tarjeta en la cerradura de la suite y lo invitó a pasar mientras sujetaba la puerta. El viejo entró en la suite con una expresión que ella interpretó como de expectación.

—La suite Palace tiene ciento cincuenta metros cuadrados —explicó Betty—, y consta de dos dormitorios con sendas camas dobles y otros tantos baños, ambos con jacuzzi y teléfono.

Entró en el salón, donde se encontró con que el viejo ya se había colocado ante las ventanas.

—Los muebles son del diseñador danés Poul Henriksen —continuó Betty pasando la mano por el finísimo cristal de la mesa—. Querrá usted ver los baños, ¿verdad?

El viejo no contestó. Aún llevaba puesto el sombrero empapado y, en el silencio reinante, Betty pudo oír el golpe seco de una gota al caer sobre el parqué de cerezo. Se acercó a su lado. Se veía desde allí cuanto había que ver: el Ayuntamiento, el Teatro Nacional, el palacio, el Parlamento y el fuerte de Akershus. A sus pies se extendía el parque del palacio, cuyos árboles apuntaban a un cielo gris acero con sus dedos de bruja nudosos y negruzcos.

—Debería usted venir un día de primavera —sugirió Betty.

El viejo se volvió y la miró sin comprenderla, y Betty cayó enseguida en la cuenta de lo que acababa de hacer. Era como si le hubiese dicho: «Ya que solo has venido para disfrutar de las vistas».

Intentó sonreír.

—En primavera la hierba está verde y las copas de los árboles del parque se cubren de hojas. La vista es entonces muy hermosa.

El viejo la miraba, pero daba la sensación de que sus pensamientos estaban en otro lugar.

—Tienes razón —admitió al fin—. Los árboles tendrán hojas, no había reparado en ese detalle.

Señaló la ventana.

—¿Se puede abrir?

—Solo un poco —contestó Betty, aliviada ante el cambio de tema—. Hay que girar la manilla.

—¿Por qué solo un poco?

—Por si a alguien se le ocurriese alguna tontería.

—¿Alguna tontería?

Lo miró fugazmente. ¿Estaría senil el viejo?

—Por si a alguien se le ocurriese saltar —aclaró—. Suicidarse. Hay mucha gente desgraciada que…

Hizo un gesto con el que pretendía explicar lo que la gente desgraciada podría hacer.

—¿Y eso os parece una mala idea? —preguntó el viejo frotándose la barbilla. A Betty le pareció ver un amago de sonrisa entre las arrugas—. ¿Aunque uno sea desgraciado?

—Sí —respondió Betty con énfasis—. Al menos, en mi hotel. Y, sobre todo, mientras estoy en mi puesto.

—«Mientras estoy en mi puesto» —repitió el viejo como en un relincho—. Bien dicho, Betty Andresen.

La joven se sobresaltó al oír su nombre. Claro, lo había leído en la chapa de identificación. Bueno, estaba claro que el viejo no tenía problemas de vista, pues las letras del nombre eran tan pequeñas como grandes eran las de su cargo de «recepcionista». Intentó mirar discretamente el reloj.

—Sí —adivinó el viejo—. Ya me figuro que tienes otras cosas que hacer que enseñar las vistas.

—Sí, así es —afirmó Betty.

—Me quedo con ella —declaró el viejo.

—¿Perdón?

—Que me quedo con la habitación. No para esta noche, pero…

—¿Quiere la habitación?

—Sí. Se puede reservar, ¿verdad?

—Bueno, sí, pero… es muy cara.

—Con mucho gusto pagaré por adelantado.

El viejo sacó una cartera del bolsillo interior del abrigo y extrajo un fajo de billetes.

—No, no quería decir eso, pero son siete mil coronas la noche. No quiere ver…

—Me gusta esta —insistió el viejo—. Te ruego que cuentes los billetes, para comprobar si está bien.

Betty miró los billetes de mil que le tendía el viejo.

—Será mejor que lo abone cuando venga —propuso—. Bien, ¿para cuándo querrá…?

—Seguiré tu recomendación, Betty —la interrumpió el viejo—. Vendré un día de primavera.

—Muy bien. ¿Alguna fecha en particular?

—Por supuesto.

17

Comisaría General de Policía, 5 de noviembre de 1999

Bjarne Møller suspiró y miró por la ventana. Últimamente, se le escapaban por allí los pensamientos con mucha frecuencia. La lluvia había cesado, pero el cielo que cubría la Comisaría General de Grønland conservaba un color grisáceo.

Vio un perro que cruzaba la hierba muerta allá fuera. En Bergen había un puesto vacante de jefe de sección. El plazo de presentación de solicitudes expiraba a finales de la próxima semana. Un colega de Bergen le había dicho que, por lo general, allí solo llovía dos veces cada otoño. Entre septiembre y noviembre y entre noviembre y Año Nuevo. Los de Bergen eran unos exagerados. Él había visitado la ciudad, y le gustaba. Estaba lejos de los políticos de Oslo, y era pequeña. A Møller le gustaba lo pequeño.

—¿Qué?

Møller se volvió sobresaltado y se encontró con la mirada abatida de Harry.

—Me estabas explicando que me vendría bien moverme un poco.

—¿Ah, sí?

—Eso es lo que me estabas diciendo, jefe.

—Ah, sí, eso es. Hay que procurar no anquilosarse en viejas costumbres y rutinas. Avanzar, progresar. Alejarse.

—Bueno, tanto como alejarse… Inteligencia está tres pisos más arriba, en este mismo edificio.

—Me refiero a alejarse de todo lo demás. Meirik, el jefe del CNI, opina que serías perfecto para el puesto vacante.

—¿No hay que convocar a concurso ese tipo de puestos?

—No pienses en eso, Harry.

—Bueno, pero ¿puedo preguntarme por qué demonios queréis que me incorpore a los servicios de inteligencia? ¿Tengo cara de espía?

—No, no.

—¿No?

—Quiero decir, sí. Quiero decir, no, pero... ¿por qué no?

—¿Por qué no?

Møller se rascó el cogote con vehemencia. Se le había borrado el color de la cara.

—Joder, Harry, te ofrecemos un trabajo de comisario, una subida salarial de cinco tramos, nada de guardias nocturnas y un poco de respeto por parte de los chicos. Esto es algo bueno, Harry.

—Me gustan las guardias nocturnas.

—A nadie le gustan las guardias nocturnas.

—¿Por qué no me ofrecéis el puesto vacante de comisario?

—¡Harry! Hazme un favor, simplemente, di que sí.

Harry jugueteaba con el vaso de cartón.

—Jefe —dijo al fin—. ¿Cuánto hace que nos conocemos?

Møller levantó el dedo índice en señal de advertencia.

—No empieces con esas. No me vengas con que hemos vivido de todo juntos...

—Siete años. Y durante esos siete años seguro que he interrogado a los que probablemente son los seres más idiotas que caminan a dos patas en esta ciudad; aun así, no me he topado con nadie que sea tan malo mintiendo como tú. Puede que sea tonto, pero todavía me quedan un par de neuronas que hacen lo que pueden. Y me están diciendo que es poco probable que mi hoja de servicios me haya hecho merecedor de este puesto. Como lo es que, de repente, tenga una de las mejores puntuaciones de la unidad en las pruebas de tiro de este año. Más bien tiene que ver con el hecho de que le pegué un tiro a un agente del Servicio Secreto. Y no hace falta que digas nada, jefe.

Møller abrió la boca, pero volvió a cerrarla y cruzó los brazos en un gesto elocuente. Harry continuó:

—Comprendo que no eres tú quien manda aquí. Y aunque no tenga todos los datos, sí tengo la suficiente imaginación para adivinar una parte. Y si tengo razón en lo que digo, significa que mis deseos en lo tocante a mi futuro profesional dentro de la policía no son relevantes. Así que contéstame solo a una pregunta: ¿tengo elección?

Møller parpadeaba sin cesar. Volvió a pensar en Bergen. En inviernos sin nieve. En paseos domingueros por el Fløyen con su mujer y sus hijos. Un lugar donde era posible crecer. Algunas gamberradas de críos y un poco de hachís, nada de bandas ni de niños de catorce años que se meten una sobredosis. La comisaría de Bergen. Buena cosa.

—No —contestó al fin.

—Bien —dijo Harry—. Eso era lo que yo pensaba. —Arrugó el vaso de cartón y apuntó a la papelera—. ¿Has dicho que la subida salarial era de cinco tramos?

—Y un despacho propio.

—Supongo que bien apartado de los demás, ¿no? —Lanzó el vaso arrugado con un movimiento del brazo lento y estudiado—. ¿Horas extra remuneradas?

—En esa categoría no, Harry.

—Entonces tendré que irme corriendo a casa a las cuatro en punto.

—Seguro que eso no será ningún problema —afirmó Møller con una sonrisa imperceptible.

18

Slottsparken,
10 de noviembre de 1999

Hacía una noche clara y fría. Lo primero que notó el viejo al salir de la estación de metro fue la cantidad de gente que aún andaba por las calles. Se había hecho a la idea de que el centro estaría casi vacío a una hora tan tardía, pero los taxis transitaban a la carrera por la calle Karl Johan, bajo las luces de neón, y la gente andaba de un lado a otro por las aceras. Se detuvo a esperar que apareciera el hombrecito verde del semáforo junto a un grupo de jóvenes que hablaban un idioma extraño y cacareante. Pensó que serían de Pakistán. O a lo mejor de Arabia. El cambio del semáforo interrumpió su elucubración y cruzó decidido la calle para seguir por la cuesta que conducía a la fachada iluminada del palacio. También allí había gente, la mayoría jóvenes, en constante ir y venir de quién sabía dónde. Paró para descansar un poco delante de la estatua de Karl Johan, que, a lomos de su caballo, miraba con expresión soñadora el edificio del Parlamento, el poder que este representaba y que él había intentado trasladar al palacio que se alzaba a su espalda. Hacía más de una semana que no llovía y las hojas secas crujieron cuando el viejo giró a la derecha entre los árboles del parque. Miró hacia arriba, por entre las ramas desnudas que se recortaban contra el cielo estrellado. Y recordó unos versos:

Olmo y álamo, roble y abedul,
muerto y pálido, abrigo negriazul.

Pensó que habría sido mejor que no hubiera habido luna llena aquella noche. Por otro lado, le resultaba más fácil encontrar lo que buscaba: el gran abedul contra el que había chocado el día en que le dijeron que se le acababa la vida. Lo recorrió con la vista de abajo arriba, del tronco a la copa. ¿Cuántos años tendría aquel árbol? ¿Doscientos? ¿Trescientos? Tal vez ya fuese adulto cuando Karl Johan se dejó vitorear como rey noruego. En cualquier caso, toda vida tiene un final. La suya, la del árbol y, sí, incluso la de los reyes. Se colocó detrás del tronco de modo que no lo viesen desde el sendero y se quitó la mochila. Luego se agachó, la abrió y sacó el contenido. Tres botellas de solución de fosfato de glicina de la marca Roundup que le había vendido el dependiente de Jernia, en la calle Kirkeveien, y una jeringa para caballerías con una gruesa aguja de acero que le habían proporcionado en la farmacia Sfinx. Dijo que iba a utilizar la jeringa para cocinar, para inyectarle grasa a la carne, pero fue una excusa innecesaria, porque el dependiente lo miró con desinterés y seguramente lo habría olvidado antes de que saliera por la puerta.

El anciano echó un vistazo a su alrededor antes de clavar la aguja en el corcho de una de las botellas y tirar despacio, hasta que la jeringa se llenó del líquido blanco. Tanteó el tronco con la mano hasta dar con una abertura en la corteza y clavó en ella la aguja. No resultó tan fácil como él había pensado y tuvo que empujar con fuerza para introducir bien la aguja en la recia madera. De lo contrario, no surtiría el efecto deseado. Tenía que llegar hasta el corazón del árbol, hasta sus órganos vitales. Dejó caer todo su peso sobre la jeringa y la aguja empezó a temblar. ¡Mierda! No podía partirse, era la única que tenía. La aguja comenzó a deslizarse despacio pero, después de unos centímetros, se paró por completo. Pese a que hacía fresco, empezó a sudar. Tomó un nuevo impulso, y ya estaba a punto de empujar de nuevo con más energía cuando oyó el crujir de hojas en el sendero. Soltó la jeringa. El ruido sonaba cada vez más cerca. Cerró los ojos y contuvo la respiración. Los pasos empezaron a alejarse y entonces abrió los ojos y vio a dos personas que desaparecían detrás de los arbustos en dirección a la calle Fredrik. Respiró aliviado y volvió a empuñar la jeringa. Decidió arriesgarse y empujó con todas sus fuerzas. Y cuando ya temía que se partiera la aguja, esta empezó a atravesar el tronco y se deslizó dentro. El viejo se secó el sudor. El resto fue muy fácil.

Diez minutos más tarde ya había inyectado dos de las botellas, y estaba a punto de terminar la tercera cuando oyó unas voces que se acercaban. Dos personas aparecieron de entre los arbustos y dedujo que debían de ser las mismas que había visto pasar antes.

−¡Hola! −dijo una voz masculina.

El viejo tuvo una reacción instintiva, se puso de pie y se colocó delante del árbol, de modo que su largo abrigo ocultara la jeringa que seguía incrustada en el tronco. Entonces lo cegó la luz. Levantó las manos y se cubrió los ojos.

−¡Aparta la linterna, Tom! −Una mujer.

El haz de luz cambió de dirección y el viejo lo vio bailotear entre los árboles del parque.

Los dos habían llegado ya a su altura y ella, una joven que rondaba la treintena, con rasgos bonitos aunque nada extraordinarios, le enseñó una tarjeta que le puso tan cerca de la cara que, incluso a la escasa luz de la luna, pudo ver su fotografía, en la que aparecía mucho más joven y muy seria. Y su nombre: Ellen no sé cuántos.

−Policía −dijo la mujer−. Sentimos haberlo asustado.

−¿Qué haces aquí a estas horas de la noche, buen hombre? −preguntó el hombre.

Los dos iban vestidos de civiles y debajo del flequillo negro del hombre vio a un joven bien parecido con un par de ojos de un azul frío que lo miraban fijamente.

−He salido a dar un paseo, simplemente −dijo el viejo confiando en que no notaran que le temblaba la voz.

−Ya −dijo el hombre llamado Tom−. Escondido detrás de un árbol del parque y con un abrigo tan largo, ¿qué te parece que podemos pensar?

—¡Venga ya, Tom! —exclamó la mujer—. Lo siento —dijo volviéndose hacia el anciano—. Se ha producido una agresión en el parque hace tan solo unas horas. Han apaleado a un joven. ¿Ha visto u oído algo?

—Yo acabo de llegar —dijo el viejo concentrándose en la mujer, para evitar la mirada penetrante del hombre—. No he visto nada. Solo la Osa Menor y la Osa Mayor —dijo señalando al cielo—. Lo siento por el chico. ¿Está malherido?

—Bastante. Disculpe las molestias —le sonrió la joven—. Que tenga una buena noche.

Los dos policías desaparecieron y el viejo cerró los ojos apoyado contra el árbol. De repente, alguien lo agarró de la solapa del abrigo y notó el calor del aliento en la oreja. Y la voz del joven:

—Si alguna vez te pillo con las manos en la masa, te rajo, ¿me has oído? Odio a los tipos como tú.

Después el policía soltó el abrigo y se esfumó.

El viejo se sentó en el suelo y notó en la ropa la humedad de la tierra. Una voz le resonaba en la cabeza, canturreando los mismos versos, una y otra vez:

Olmo y álamo, roble y abedul,
muerto y pálido, abrigo negriazul.

19

Pizzería Herbert, plaza Youngstorget, 12 de noviembre de 1999

Sverre Olsen entró, saludó con un gesto a los chicos de la mesa de la esquina, pidió una cerveza en la barra y se la llevó a la mesa. No a la mesa de la esquina, sino a la suya. A la que llevaba siendo su mesa más de un año, desde que le dio una paliza al tío amarillo del Dennis Kebab. Era pronto y todavía no había nadie más sentado allí, pero la pequeña pizzería de la esquina de la calle Torggata con la plaza Youngstorget no tardaría en llenarse. Hoy era el día del pago del subsidio. Miró a los chicos de la esquina. Tres de ellos formaban parte del núcleo, pero ya no se hablaba con ellos. Pertenecían al nuevo partido, Alianza Nacional, y podría decirse que se había producido un desacuerdo ideológico. Los conocía desde su participación en las Juventudes del Partido Patriótico, y eran muy patriotas, pero ahora estaban a punto de pasarse a las filas de los disidentes. Roy Kvinset, con la cabeza impecable recién afeitada, llevaba como siempre los vaqueros gastados y ajustados, botas y una camiseta blanca con el emblema de Alianza Nacional, en rojo, blanco y azul. Pero Halle era nuevo. Se había teñido el pelo de negro y utilizaba brillantina para alisar el flequillo y peinarlo pegado a la cabeza. Lo que más provocaba la reacción de la gente era el bigote, tipo cepillo, del mismo color negro y cuidadosamente recortado, una copia exacta del bigote del Führer. Había prescindido de los pantalones amplios y las botas de montar y se había puesto unos de camuflaje de color verde. Gregersen era el único que tenía pinta de ser un joven normal y corriente: chaqueta corta, perilla y gafas de sol en la cabeza. Era sin duda el más inteligente de los tres.

Sverre paseó la mirada por el resto del local. Una chica y un tipo estaban comiéndose una pizza con las manos. No los había visto antes, pero no parecían policías. Y tampoco periodistas. ¿Serían de la ONG Monitor? Había descubierto a un tío de Monitor ese invierno, un tipo de mirada temerosa que había entrado un par de veces de más fingiendo estar bebido para entablar conversación con algunos de ellos. Sverre se olió la trampa. Se lo llevaron fuera y le quitaron el jersey. Tenía un micrófono y una grabadora pegados al abdomen con cinta adhesiva. Confesó que era de Monitor antes de que le hubiesen puesto una mano encima. Un cagado. Los de Monitor eran unos imbéciles. Creían que esos juegos de niños, esa vigilancia voluntaria de los ambientes fascistas era algo importante y arriesgado, que eran agentes secretos en constante peligro de muerte. Aunque, en fin, tenía que reconocer que tal vez no fueran tan distintos de algunos de los miembros de sus propias filas. De todas formas, el tío estaba convencido de que iban a matarlo y tenía tanto miedo que se meó encima. Literalmente. Sverre se percató enseguida de la raya oscura que serpenteaba por el asfalto desde la pernera. Eso era lo que mejor recordaba de aquella noche. El riachuelo de orina que discurría hacia el punto más bajo del terreno brillaba en la penumbra del patio interior.

Sverre Olsen decidió que la pareja, efectivamente, eran dos jóvenes hambrientos que pasaron por allí y se pararon a comer al descubrir la pizzería. La velocidad con que comían indicaba que, a aquellas alturas, ya se habían percatado del tipo de clientela, y querían salir de allí lo antes posible. Había un señor mayor con abrigo y sombrero sentado al lado de la ventana. Un borracho, aunque su vestimenta indicaba otra cosa. Claro que ese era el aspecto que tenían los primeros días, después de que Elevator, la tienda de ropa de segunda mano del Ejército de Salvación, les hubiera proporcionado ropa, en general, abrigos de calidad y trajes usados pero cuidados. El

111

viejo levantó la vista y sus miradas se cruzaron. No era ningún borracho. El hombre tenía unos chispeantes ojos azules y Sverre apartó la vista enseguida. ¡Mierda, vaya forma de mirar la de ese viejo! Sverre se concentró en su pinta de cerveza. Ya era hora de ganar algo de dinero. Dejarse crecer el pelo para que cubriese los tatuajes del cogote, llevar camisa de manga larga y empezar la ronda. Había trabajos de sobra. Trabajos de mierda, eso sí. Los trabajos cómodos y bien pagados los habían cogido los maricones, los ateos y los putos negros de mierda.

—¿Me puedo sentar aquí?

Sverre levantó la vista. Era el viejo. Él ni siquiera se había dado cuenta de que se había acercado.

—Esta es mi mesa —dijo secamente.

—Solo quiero hablar un poco.

El viejo puso un periódico en el centro de la mesa. Y se le sentó enfrente. Sverre lo miró suspicaz.

—Tranquilízate, soy uno de vosotros —aseguró el viejo.

—¿Qué «vosotros»?

—Los que frecuentáis este sitio. Los nacionalsocialistas.

—¿Ah, sí?

Sverre se pasó la lengua por los labios y se llevó el vaso a la boca. El viejo lo miraba imperturbable. Tranquilo, como si tuviera todo el tiempo del mundo. Y seguro que así era. Tendría unos setenta años, como mínimo. ¿Sería uno de los pertenecientes al Zorn 88? ¿Uno de los cerebros inaccesibles de los que Sverre solo había oído hablar, pero a los que nunca había visto?

—Necesito un favor. —El viejo hablaba en voz baja.

—¿Ah, sí? —dijo Sverre.

Aunque ya había moderado esa actitud claramente condescendiente. Nunca se sabe.

—Armas —dijo el viejo.

—¿Qué armas?

—Necesito un arma. ¿Puedes ayudarme?

—¿Por qué iba a ayudarte yo?

—Echa una ojeada al periódico. Página veintiocho.

Sverre cogió el diario sin dejar de observar al viejo mientras pasaba las hojas. En la página veintiocho había un artículo sobre los neonazis en España. Escrito por el patriota Even Juul, cómo no. La foto grande en blanco y negro de un hombre joven que sostenía un cuadro del generalísimo Franco quedaba parcialmente cubierta por un billete de mil.

—Si me puedes ayudar... —dijo el viejo.

Sverre se encogió de hombros.

—... te daré nueve mil más.

—¿Ah, sí? —Sverre tomó otro trago.

Echó una ojeada al local. La pareja de jóvenes se había marchado, pero Halle, Gregersen y Kvinset seguían en la esquina. Y los demás no tardarían en llegar y resultaría imposible mantener una conversación medianamente discreta. ¡Diez mil coronas!

—¿Qué clase de arma?

—Un rifle.

—Se podría hacer.

El viejo negó con un gesto.

—Un rifle Märklin.

—¿Un Märklin?

El viejo asintió.

—¿Como las maquetas de trenes Märklin?

Una fisura se abrió entre los surcos de la cara del viejo, debajo del sombrero. Como si estuviese sonriendo.

—Si no me puedes ayudar, dímelo ahora. Puedes quedarte con el billete de mil, no hablamos más del tema, yo me largo y no volveremos a vernos nunca más.

Sverre notaba cómo le subía la adrenalina. Aquella no era una charla corriente sobre hachas, escopetas de caza y algún que otro paquete de dinamita, aquello era algo serio...

Ese era un tío serio.

Se abrió la puerta y Sverre miró por encima del hombro del viejo. No era ninguno de los colegas, solo el borracho del jersey islandés. Podía ponerse un poco pesado cuando quería que lo invitasen a una cerveza, pero por lo demás era inofensivo.

113

—Veré lo que puedo hacer —prometió Sverre, y fue a coger el billete de mil.

Pero, sin saber cómo, la mano del viejo, como la garra de un águila, atrapó la suya y se la clavó a la mesa.

—No es eso lo que te he preguntado —replicó con voz fría y crujiente como un témpano de hielo.

Sverre intentó liberar la mano, pero no lo consiguió. ¡No podía librarse de la garra de un viejo!

—Te he preguntado si me puedes ayudar y quiero un sí o un no. ¿Comprendes?

Sverre notó cómo se despertaba el monstruo del deseo de victoria, su viejo amigo, y también su enemigo. Pero, de momento, el monstruo no había superado la idea de las diez mil coronas. Y él conocía a un hombre que podría ayudarle, un hombre muy particular. No sería barato, pero tenía la sensación de que el viejo no iba a regatear con la comisión.

—Pues… sí, puedo ayudarte.

—¿Cuándo?

—Dentro de tres días. Aquí. A la misma hora.

—Tonterías. No conseguirás un rifle de ese tipo en tres días —dijo el viejo mientras le soltaba la mano—. Pero acude a toda prisa a la persona que puede ayudarte a encontrarlo y dile que acuda a toda prisa a la persona que puede ayudarle a él y después nos vemos aquí, dentro de tres días, para acordar dónde y cuándo se hará la entrega.

Sverre era capaz de levantar ciento veinte kilos. ¿Cómo era capaz aquel viejo escuálido…?

—Diles que el rifle se pagará al contado, en coronas noruegas, en el momento de la entrega. Tú recibirás el resto del dinero dentro de tres días.

—¿Ah, sí? ¿Y qué pasa si cojo la pasta y…?

—Entonces volveré y te mataré.

Sverre se frotó la muñeca. No pidió más explicaciones.

Un viento helado barría la acera delante de la cabina de teléfonos que había al lado de la piscina de la calle Torggata mientras Sverre Olsen marcaba el número con mano temblorosa. ¡Joder, qué frío! Además, tenía las botas agujereadas. Alguien contestó al teléfono.

—¿Sí?

—Soy yo, Olsen.

—Habla.

—Hay un tipo que quiere un rifle. Un Märklin.

Se hizo un silencio.

—Como las maquetas Märklin —explicó Sverre.

—Olsen, sé lo que es un Märklin.

La voz que surgía del auricular era plana y neutra, pero a Sverre no le pasó inadvertido el desprecio. Sin embargo, no dijo nada porque, a pesar de que odiaba a aquel hombre con todas sus fuerzas, el miedo que le infundía era mayor; y no lo avergonzaba reconocerlo. Tenía fama de ser peligroso. Solo unos pocos dentro del entorno habían oído hablar de él, y tampoco Sverre conocía su verdadero nombre. Pero, gracias a sus contactos, había sacado a Sverre y a sus colegas de algún que otro aprieto. Por supuesto que era por la causa, no porque a él le importara Sverre Olsen. Si Sverre hubiera conocido a otra persona capaz de proporcionarle lo que buscaba, habría preferido ese otro contacto.

La voz:

—¿Quién pregunta y para qué quiere el arma?

—Un tipo viejo, no lo había visto antes. Dice que es uno de los nuestros. Y no he preguntado a quién pensaba darle el paseo, por decirlo de alguna manera. A nadie, quizá. Tal vez solo lo quiera para…

—¡Cierra la boca, Olsen! ¿Tenía pinta de tener dinero?

—Iba bien vestido. Y me dio un billete de mil solo por contestarle si podía conseguírselo o no.

—Te dio un billete de mil para que cerrases el pico, no por contestar.

—Bueno, vale.

—Interesante.

—Volveremos a vernos dentro de tres días. Para entonces quiere saber si podemos arreglárselo.

—¿Podemos?

—Sí, bueno…

—Si yo lo puedo arreglar, quieres decir.

—Por supuesto. Pero…

—¿Cuánto te paga por el resto del trabajo?

Sverre vaciló, pero contestó al fin:

—Diez papeles.

—Yo te daré otro tanto. Diez. Si hay trato. ¿Comprendes?

—Comprendo.

—¿Por qué te doy los diez?

—Por mantener la boca cerrada.

Cuando por fin colgó el auricular, Sverre no sentía los dedos de los pies. Necesitaba un par de botas nuevas. Se quedó mirando una bolsa de patatas fritas vacía y mustia que el viento arrastraba entre los coches hacia la calle Storgata.

20

Pizzería Herbert,
15 de noviembre de 1999

El viejo dejó que la puerta de cristal de la pizzería Herbert se cerrase despacio a su espalda. Se quedó en la acera, esperando. Una mujer paquistaní con la cabeza cubierta por un pañuelo pasó con un cochecito de niño. Los coches circulaban por allí a toda prisa y, en las ventanillas laterales, veía el reflejo danzante de su figura y también el de los grandes ventanales de la pizzería que tenía detrás. A la izquierda de la entrada, el cristal estaba parcialmente cubierto por una cruz de cinta adhesiva blanca, reparación provisional de una rotura provocada, le pareció, por una patada. El dibujo que formaban las fisuras blancas parecía una telaraña.

Al otro lado del cristal se veía a Sverre Olsen, sentado a la misma mesa donde habían ultimado los detalles. El puerto de contenedores de Bjørvika, dentro de tres semanas. Muelle número 4. A las dos de la madrugada. Contraseña: «Voice of an Angel». Por lo visto, era el título de una canción moderna. No la conocía, pero el título le pareció muy apropiado. El precio, en cambio, no lo era tanto: setecientas cincuenta mil coronas. Claro que no iba a discutirlo. La cuestión ahora era si cumplirían su parte del trato o si lo asaltarían allí mismo, en el muelle. Invocó la lealtad y le contó al joven neonazi que había combatido en el frente, pero no estaba seguro de que lo hubiera creído. O de que le importara. Hasta se había inventado una historia sobre dónde

117

estuvo combatiendo, por si al joven se le ocurría hacer preguntas. Pero no.

Los coches pasaban. Sverre Olsen seguía sentado, pero otro tipo acababa de levantarse de una mesa y se dirigía a la puerta con paso inestable. El viejo lo recordaba, también estaba allí la última vez.

Y hoy no les había quitado la vista de encima ni un instante. Se abrió la puerta. Él seguía esperando. El tráfico cesó un instante y pudo oír que el hombre se había parado justo detrás. Y entonces lo dijo:

—¿Así que este es el tipo?

Era una de esas voces muy particulares y broncas, fruto del abuso del alcohol, de fumar mucho y dormir poco.

—¿Lo conozco? —dijo el viejo sin darse la vuelta.

—Me parece que sí.

El viejo volvió la cabeza, lo observó un segundo y luego apartó la vista de él.

—Lo siento, creo que no lo conozco.

—¡Pero bueno! ¿No reconoces a un viejo amigo de la guerra?

—¿Qué guerra?

—Tú y yo luchamos por la misma causa.

—Si tú lo dices. ¿Qué quieres?

—¿Qué? —preguntó el borracho poniendo una mano detrás de la oreja.

—Te digo que qué quieres —repitió el viejo más alto.

—Bueno, querer, lo que se dice querer… Es normal saludar a un viejo conocido, ¿no? Sobre todo, si no lo has visto en mucho tiempo. Y, más aún, si lo creías muerto.

El viejo se volvió.

—¿A ti te parece que estoy muerto?

El hombre del jersey islandés le clavó una mirada de un azul tan claro que sus ojos parecían canicas de color turquesa. Era completamente imposible determinar su edad. Podía tener cuarenta años u ochenta. Pero el viejo sabía la edad del borracho. Si se concentraba y hacía un esfuerzo de memoria, podría recordar hasta su

118

fecha de nacimiento. Durante la guerra, se habían preocupado de celebrar los cumpleaños.

El borracho se acercó.

–No, no pareces muerto. Enfermo, sí, pero no muerto.

Le tendió una mano enorme y sucia y el viejo notó enseguida el hedor dulzón, una mezcla de sudor, orina y alcohol.

–¿Qué pasa? ¿No quieres estrecharle la mano a un viejo amigo? –Su voz sonaba como un estertor de la muerte.

El viejo le estrechó la mano fugazmente, sin quitarse el guante.

–Muy bien –dijo–. Pues ya nos hemos dado la mano. Si no quieres nada más, tengo que seguir mi camino.

–Querer, lo que se dice querer... –dijo el borracho balanceándose de un lado a otro al tiempo que intentaba fijar la vista en el viejo–. Me preocupaba saber qué hace un hombre como tú en un agujero como este. Tal vez no sea tan raro, ¿verdad? La última vez que te vi aquí pensé: «Se habrá equivocado de sitio». Pero luego te vi hablando con ese tipo horrible que dicen que va por ahí matando a la gente con un bate. Y al verte hoy también...

–¿Sí?

–Pues pensé que debía preguntarle a alguno de los periodistas que vienen por aquí de vez en cuando, ¿sabes? Si saben lo que hace un tipo con una pinta tan respetable como la tuya en un lugar como este. Ellos están al tanto de todo, ¿sabes? Y si no, se enteran. Por ejemplo, ¿cómo es posible que un tío del que todo el mundo pensaba que había muerto durante la guerra, de repente, esté vivo? Ellos consiguen con la información con una rapidez de la hostia. Así.

Hizo un intento inútil de chasquear los dedos.

–Y entonces, ¿sabes?, van y lo cuentan en los periódicos.

El viejo suspiró.

–¿Puedo ayudarte en algo?

–¿Tú qué crees?

El borracho abrió los brazos y sonrió dejando ver su escasa dentadura.

—Entiendo —dijo el viejo echando una ojeada a su alrededor—. Demos una vuelta. No me gustan los espectadores.

—¿Qué?

—No me gustan los espectadores.

—No, claro, ¿y para qué los queremos?

El viejo le puso al otro la mano en el hombro.

—Podemos entrar aquí.

—«Show me the way», compañero —tarareó el borracho con voz ronca antes de soltar una risotada.

Se ocultaron en el callejón que había junto a la pizzería, donde se alineaban un montón de enormes contenedores de basura de plástico gris llenos a rebosar, y no se los veía desde la calle.

—¿No le habrás comentado a alguien que me has visto?

—¿Estás loco? Si al principio creía que estaba viendo visiones. ¡Un fantasma a plena luz del día! ¡En Herbert!

Rompió a reír a carcajadas que desembocaron en una tos honda y borboteante. Se inclinó hacia delante para apoyarse en la pared, hasta que se le pasó el ataque. Después, se incorporó de nuevo y se limpió la flema que le colgaba la barbilla.

—No, desde luego, no se lo he dicho a nadie; en ese caso, ya me habrían internado…

—¿Qué te parece si te ofrezco un precio justo por tu silencio?

—Justo, lo que se dice justo… Vi al malo coger ese billete de mil que habías ocultado en el periódico…

—¿Sí?

—Un par de ellos me durarían una temporada, eso está claro.

—¿Cuántos?

—¿Cuántos tienes?

El viejo lanzó un suspiro y miró a su alrededor para asegurarse de que no había testigos. Se desabotonó el abrigo y metió la mano dentro.

Sverre Olsen cruzó la plaza Youngstorget a grandes zancadas balanceando la bolsa de plástico verde que llevaba en la mano. Hacía veinte minutos se encontraba en la pizzería Herbert, sin blanca y con unas botas agujereadas; y ahora llevaba unas botas nuevas, unas Combat flamantes de caña alta y con doce pares de remaches, que se había comprado en Top Secret, en la calle Henrik Ibsen. Además, tenía un sobre en el que aún le quedaban ocho billetes de mil como ocho soles. Y diez mil más que estaban por llegar. Era extraño lo rápido que podían cambiar las cosas. Ese otoño estuvo a punto de pasar tres años en el talego, cuando su abogado se percató de pronto de que la mujer gorda que ayudaba al juez había prestado juramento en el sitio equivocado.

Sverre estaba de tan buen humor que consideró incluso la posibilidad de invitar a Halle, Gregersen y Kvinset a su mesa. Invitarlos a una cerveza. Solo para ver cómo reaccionaban. ¡Sí, coño, eso pensaba hacer!

Cruzó la calle Pløensgate y pasó delante de una mujer paquistaní con un cochecito de niño y le sonrió, de pura coña. Estaba llegando a la puerta de Herbert cuando pensó que no tenía sentido cargar con la bolsa de las botas viejas. Así que entró en el callejón, levantó la tapa de uno de los contenedores de basura y la tiró dentro. Cuando se iba descubrió un par de piernas que asomaban entre dos contendores. Miró a su alrededor. No había nadie en la calle. Ni tampoco en el patio trasero. ¿Quién sería? ¿Un borracho, un drogadicto? Se acercó un poco más. Los contenedores tenían ruedas y aquellos dos estaban totalmente juntos. Notó que se le aceleraba el pulso. Algunos drogadictos se cabreaban si ibas a importunarlos. Sverre se alejó un poco y le dio una patada a un cubo para apartarlo.

—¡Joder!

Era curioso pero Sverre Olsen, que había estado a punto de matar a un hombre, jamás había visto a ninguno muerto. Tan curioso como el hecho de que estuviera a punto de caerse de bruces al ver el que ahora tenía delante. El hombre tenía la espalda apoyada en la pared y los ojos desorbitados. Estaba tan muerto como se puede estar. La causa de la muerte era evidente. El corte del cuello indicaba por dónde le habían rajado la garganta. Aunque la sangre brotaba muy despacio, estaba claro que al principio lo había hecho a borbotones, pues el jersey islandés que llevaba parecía pegajoso y empapado de sangre. El hedor a basura y orina se volvió insoportable y Sverre tuvo el tiempo justo de notar el sabor a bilis antes de vomitar dos cervezas y una pizza. Después se quedó apoyado en el contenedor escupiendo una y otra vez sobre el asfalto. Las puntas de las botas se pusieron amarillas de vómito, pero él no se dio cuenta. Solo tenía ojos para el riachuelo rojo que, brillando a la tenue luz de las farolas, buscaba el punto más bajo del terreno.

21

Leningrado,
17 de enero de 1944

Un caza ruso YAK I tronaba sobre Edvard Mosken mientras él reptaba encorvado por la trinchera.

Esos cazas no solían causar muchos daños; parecía que a los rusos ya no les quedaban bombas. ¡Lo último que había oído era que los pilotos llevaban granadas de mano, con las que intentaban atacar los puestos enemigos cuando los sobrevolaban!

Edvard había estado en la región norte para recoger la correspondencia de sus hombres y enterarse de las últimas novedades. El otoño les había traído un sinfín de noticias deprimentes de pérdidas y retiradas a lo largo de todo el frente oriental. Ya en noviembre, los rusos habían recuperado Kiev, y en octubre el ejército del frente oriental había estado a punto de quedar sitiado al norte del mar Negro. El hecho de que Hitler hubiese logrado debilitar el frente oriental redirigiendo las fuerzas al occidental no mejoró la situación. Pero lo más inquietante era lo que Edvard había oído aquel día. Hacía dos días el teniente general Gúsev había iniciado una terrible ofensiva desde Oranienbaum, al sur del golfo de Finlandia. Edvard recordaba Oranienbaum porque era una pequeña cabeza de puente por la que pasaron durante la marcha hacia Leningrado. ¡Se la habían dejado a los rusos porque carecía de importancia estratégica! Ahora, en el más absoluto secreto, Iván había conseguido reunir un ejército en torno al fuerte de Kronstadt y los informes indicaban que los Katiuska bombardeaban sin tregua los puestos alemanes, y que el bosque de pinos, antaño tan frondoso, había quedado reducido a astillas. La verdad era que algunas noches oían la música de los órganos rusos a lo lejos, pero jamás imaginó que fuese tan horrible.

Edvard había aprovechado para ir al hospital de campaña y visitar a uno de sus chicos que había perdido un pie al estallar una mina en tierra de nadie, pero la enfermera, una mujer estonia pequeñísima de ojos tan tristes, hundidos y oscuros que parecía llevar una máscara, negó con un gesto al tiempo que pronunciaba una de las palabras alemanas que, seguramente, más había practicado: «Tot», muerto.

Edvard debió de dar la impresión de estar muy afectado, porque la mujer intentó animarlo señalándole una cama donde, al parecer, había otro noruego.

–*Leben* –le dijo con una sonrisa, aunque sin que se le borrara la tristeza de los ojos.

Edvard no conocía al hombre que descansaba en la cama, pero cuando vio el flamante abrigo de piel colgado de la silla comprendió quién era: ni más ni menos que el mismísimo jefe de compañía Lindvig, del regimiento Noruega. Toda una leyenda. ¡Y allí estaba, postrado! Decidió ahorrarles la noticia a sus compañeros.

Otro caza rugía por encima de sus cabezas. ¿De dónde salían, tan de repente, todos aquellos aviones? El otoño pasado tuvieron la impresión de que Iván se había quedado sin cazas.

Dobló por una esquina y se topó con la espalda encorvada de Dale.

–¡Dale!

Dale no se volvió. Desde el día de noviembre en que quedó aturdido por el estallido de una granada, ya no oía bien. Tampoco hablaba mucho y tenía la mirada vidriosa e introvertida de quienes habían sufrido la conmoción propia tras el estallido de una granada. Al principio, Dale se quejaba de dolor de cabeza, pero el oficial médico que lo examinó dijo que no se podría hacer mucho por él, que solo quedaba esperar y ver si se le pasaba. Acusaban demasiado la falta de combatientes y no iban a enviar al hospital a gente sana.

Edvard le puso el brazo en el hombro al compañero, que se dio la vuelta con brusquedad. Edvard patinó en el hielo, que estaba resbaladizo a causa del sol. «Por lo menos el invierno se presenta suave», pensó Edvard antes de echarse a reír al verse boca arriba en el suelo. Pero dejó de reír en cuanto se enfrentó a la boca del fusil que Dale sostenía.

—*Passwort!* —gritó Dale.

Edvard le veía el ojo muy abierto por encima de la mira del fusil.

—Eh, hola, que soy yo, Dale.

—*Passwort!*

—¿Cómo que la contraseña? ¡Aparta el fusil, Dale! Demonios, soy yo, Edvard.

—*Passwort!*

—*Gluthaufen.*

Edvard sintió que el miedo se apoderaba de él cuando vio que los dedos de Dale apretaban despacio el gatillo. ¿Acaso no lo había oído?

—*Gluthaufen* —gritó con todas sus fuerzas—. ¡*Gluthaufen*, demonios!

—*Fehl! Ich schiesse.*

¡Dios mío, iba a disparar! ¡Dale se había vuelto loco! De repente, Edvard recordó que habían cambiado la contraseña aquella misma mañana. Después de que él partiera para la región norte. El dedo de Dale apretaba el gatillo, aunque no del todo. Frunció el entrecejo. Soltó el seguro y volvió a colocar el dedo. ¿Así iba a terminar? ¿Después de todo lo que había superado, iba a morir por el disparo de un compatriota perturbado? Edvard clavó la mirada en la boca del fusil, esperando el estallido. ¿Le daría tiempo a verlo? Dios mío. Dirigió la vista desde la boca del arma hacia el cielo azul en el que se dibujaba la cruz negra de un caza ruso. Volaba a demasiada altura y no podían oírlo. Cerró los ojos.

—*Engelstimme!* —oyó a alguien gritar a su lado.

Dale bajó el fusil. Le sonrió a Edvard y asintió.

—La contraseña es *engelstimme* —repitió.

Edvard volvió a cerrar los ojos y respiró aliviado.

—¿Correspondencia? —preguntó Gudbrand.

Edvard se levantó y le entregó a Gudbrand los documentos. Dale seguía sonriendo, aunque con el mismo semblante inexpresivo. Edvard agarró con fuerza la boca del fusil de Dale y pegó la cara a la del compañero, antes de preguntar:

—¿Estás ahí, Dale?

Pretendía hacer la pregunta en un tono de voz normal, pero le salió un susurro bronco y áspero.

—No te oye —explicó Gudbrand mientras ojeaba las cartas.

—No sabía que estuviese tan mal —dijo Edvard agitando una mano delante de la cara de Dale.

—No debería estar aquí. Tiene carta de su familia. Enséñasela y comprenderás lo que quiero decir.

Edvard cogió la carta y se la acercó a Dale, pero este solo reaccionó con una fugaz sonrisa que tardó en desaparecer lo que Dale en volver a fijar la vista en la eternidad, o en lo que quiera que llamara su atención en el vacío.

—Tienes razón. Está acabado.

Gudbrand le dio una carta a Edvard.

—¿Qué tal por casa? —preguntó.

—Bueno, ya sabes —le dijo Edvard observando la carta un buen rato.

Pero Gudbrand no sabía nada, porque él y Edvard no habían hablado desde el invierno anterior. Era extraño, pero aun allí, en aquellas circunstancias, dos personas podían evitarse si de verdad lo deseaban. No era que a Gudbrand no le cayera bien Edvard, al contrario, respetaba al chico de Mjøndalen, al que consideraba un tipo sensato, un soldado valiente y un buen apoyo para los jóvenes y los nuevos del grupo. Aquel otoño, Edvard había ascendido a Scharführer, grado equivalente al de sargento en el ejército noruego, pero tenía las mismas responsabilidades que antes del ascenso. Edvard decía en broma que lo habían ascendido porque todos los demás sargentos habían muerto y les sobraban gorras de sargento.

Gudbrand había pensado muchas veces que, de ser otras las circunstancias, podrían haber llegado a ser buenos amigos. Pero lo que había ocurrido el invierno anterior, la desaparición de Sindre y la misteriosa reaparición del cuerpo de Daniel creó entre ellos una distancia insalvable.

El sonido sordo y remoto de una explosión, seguido del repiqueteo de un diálogo entre metralletas, rompió el silencio.

—¿Los ataques se recrudecen? —dijo Gudbrand más en tono interrogativo que de afirmación.

—Así es —dijo Edvard—. Es la dichosa subida de la temperatura. Nuestras provisiones se quedan atascadas en el barro.

—¿Tendremos que retirarnos?

Edvard se encogió de hombros.

—Puede que tengamos que retroceder unos kilómetros. Pero volveremos.

Gudbrand miró hacia el este. Se hizo sombra con la mano y oteó el horizonte... No sentía el menor deseo de volver. Quería irse a casa y ver si aún podía rehacer su vida.

—¿Has visto la señal de carreteras noruega que hay en el cruce, cerca del hospital de campaña, la de la cruz solar? —preguntó—. ¿Y la flecha que apunta hacia el este, donde pone «Leningrado 5 kilómetros»?

Edvard asintió.

—¿Te acuerdas de lo que dice la flecha que apunta hacia el oeste?

—¿Oslo? —dijo Edvard—. Sí, «Oslo 2.611 kilómetros».

—Esos son muchos kilómetros.

—Sí, muchos.

Dale le había dejado el fusil a Edvard y se había sentado en el suelo con las manos hundidas en la nieve. Tenía la cabeza ladeada entre los hombros escuálidos, como si fuera una flor con el tallo quebrado. Oyeron otra explosión, más cercana esta vez.

—Te agradezco...

—No hay de qué —lo interrumpió Gudbrand enseguida.

—He visto a Olaf Lindvig en el hospital de campaña —dijo Edvard, sin saber por qué.

Tal vez porque Gudbrand era, junto con Dale, el único del pelotón que llevaba allí tanto tiempo como él.

—¿Estaba…?

—Solo herido leve. He visto el capote blanco colgado de una silla.

—Dicen que es un buen hombre.

—Sí, tenemos muchos hombres buenos.

Ambos guardaron silencio.

Edvard carraspeó y se metió una mano en el bolsillo.

—He traído unos cigarrillos rusos del norte. Si tienes fuego…

Gudbrand asintió. Se desabotonó la casaca de camuflaje, encontró las cerillas y encendió una. Cuando levantó la vista, lo primero que se encontró fue el ojo de cíclope de Edvard, abierto de par en par. Miraba fijamente por encima de su hombro. Entonces oyó el silbido.

—¡A tierra! —gritó Edvard.

Se tumbaron a toda prisa sobre el hielo y el cielo se agrietó con un estruendo desgarrador. Gudbrand solo tuvo tiempo de ver el timón de cola del caza ruso que volaba en picado hacia sus trincheras y las sobrevolaba tan bajo que levantó una nube de nieve. Después desapareció y todo quedó en silencio.

—Ha estado cerca… —susurró Gudbrand.

—¡Dios mío! —suspiró Edvard con alivio mientras le sonreía a Gudbrand tumbado sobre el costado—. He podido ver la cara del piloto. Había retirado la campana de cristal para asomarse por la cabina. Iván se ha vuelto loco. —Se echó a reír de tal manera que empezó a jadear—. ¡Vaya día!

Gudbrand miró la cerilla que aún tenía en la mano. Y él también se echó a reír.

—¡Ja, ja! —dijo Dale observándolos desde el borde de la trinchera—. ¡Ja, ja!

Gudbrand miró fugazmente a Edvard y ambos se echaron a reír a carcajadas. Se rieron hasta perder el resuello y, al principio, no oyeron un ruido extraño que se les aproximaba.

Toc-toc.

Sonaba como si alguien estuviera dando toquecitos en el hielo, muy despacio.

Toc.

Entonces se oyó un golpe metálico. Gudbrand y Edvard se volvieron hacia Dale, que se desplomaba despacio sobre la nieve.

—Pero ¿qué...? —titubeó Gudbrand.

—¡Una granada! —gritó Edvard.

Gudbrand reaccionó instintivamente al grito de Edvard y se acurrucó enseguida; pero mientras estaba así, encogido, vio girar la varilla de la granada sobre el hielo, a solo un metro de donde él estaba. Con la sensación de que se le congelaba el cuerpo se congelaba poco a poco, comprendió lo que estaba a punto de pasar.

—¡Aléjate! —gritó Edvard a su espalda.

¡Era verdad! Los pilotos rusos tiraban granadas de mano desde los aviones. Edvard estaba de espaldas e intentó retirarse, pero se resbalaba en el hielo mojado.

—¡Gudbrand!

Aquel sonido tan extraño procedía de las granadas de mano que rebotaban sobre el hielo del fondo de la trinchera. ¡Habría alcanzado a Dale directamente en el casco!

—¡Gudbrand!

La granada giraba sin cesar, saltaba bailoteando sobre el hielo y Gudbrand no podía dejar de mirarla. Cuatro segundos desde que se tiraba de la anilla hasta la detonación, ¿no era eso lo que habían aprendido en Sennheim? Tal vez los rusos tuviesen otro tipo de granadas. ¿Serían seis segundos? ¿Y si eran ocho? La granada giraba y giraba, como uno de esos grandes trompos rojos que le hacía su padre cuando vivían en Brooklyn. Gudbrand lo hacía girar y Sonny y su hermano pequeño miraban y contaban el tiempo que se mantenía en pie. «Twenty-one-twenty-two...» Su madre los llamaba desde la ventana del tercero, la comida estaba lista, tenían que entrar, su padre llegaría en cualquier momento...

—Espera un poco —le gritaba él—. ¡El trompo sigue girando!

Pero ella no lo oía, ya había cerrado la ventana. Edvard había dejado de gritar y, de repente, todo quedó en silencio.

22

Sala de espera del doctor Buer,
22 de diciembre de 2000

El viejo miró el reloj. Llevaba quince minutos en la sala de espera. Antes, cuando estaba el doctor Konrad Buer, nunca había tenido que esperar. Konrad no habría aceptado más pacientes de los que podía atender.

Había otro hombre sentado al fondo de la sala. De piel oscura, africano. Estaba hojeando una revista y el viejo comprobó que, a pesar de la distancia, podía leer cada letra de la primera página. Algo sobre la familia real. ¿Era eso lo que leía el africano, un artículo sobre la familia real noruega? Se le antojó absurdo.

El africano pasó la página. Llevaba uno de esos bigotes que bajan por los extremos, igual que el mensajero que había visto aquella noche. El encuentro fue breve. El mensajero llegó al puerto de contenedores en un Volvo, probablemente alquilado. Se paró, bajó la ventanilla y dijo la contraseña: «Voice of an Angel». Ese sujeto tenía exactamente el mismo tipo de bigote. Y la mirada triste. Se apresuró a decirle que no llevaba el arma en el coche, por razones de seguridad, que irían a recogerla a otro sitio. El viejo dudó pero luego pensó que, si quisieran robarle, lo habrían hecho allí mismo, en el puerto de contenedores. De modo que subió al coche y se pusieron en marcha en dirección al hotel Radisson SAS de la plaza Holberg. ¡Qué casualidad! Vio a Betty Andresen detrás del mostrador cuando pasaron ante la recepción, pero ella no se dio cuenta.

El mensajero contó el dinero del maletín murmurando las cantidades en alemán. Así que el viejo le preguntó. Y el mensajero le contestó que sus padres procedían de Alsacia y el viejo tuvo la idea de decirle que había estado allí, en Sennheim. Vaya ocurrencia. Después de haber leído tanto sobre el rifle Märklin en internet, en la biblioteca de la universidad, el arma lo decepcionó un poco. Parecía una escopeta de caza corriente, solo que algo más grande. El mensajero le enseñó cómo montarlo y desmontarlo y lo llamó «señor Urías». Después, el viejo colocó el rifle desmontado en una bolsa grande y bajó a la recepción en el ascensor. Por un instante, se le pasó por la cabeza acercarse a Betty Andresen y decirle que le pidiera un taxi. Otra ocurrencia.

—¡Hola!

El viejo levantó la vista.

—Creo que tendré que hacerte también una prueba de audición.

El doctor Buer estaba en la puerta tratando de mirarlo con una sonrisa jovial. Lo condujo hasta la consulta. Las ojeras del doctor aparecían hoy más marcadas aún.

—He dicho tu nombre tres veces.

«Vaya, se me olvida hasta mi nombre —pensó el viejo—. Olvido todos mis nombres.»

De la calurosa palmadita del doctor, dedujo que tenía malas noticias.

—Sí, ya tengo los resultados de las pruebas —dijo en un tono como de pasada, antes de que él se hubiese acomodado del todo en la silla, como para terminar cuanto antes con las nuevas desagradables.

—Por desgracia, se ha extendido.

—Por supuesto que se ha extendido —dijo el viejo—. ¿No forma eso parte de la naturaleza del cáncer? ¿Extenderse?

—Bueno, sí —dijo Buer retirando una invisible mota de polvo del escritorio.

—El cáncer es como nosotros —dijo el viejo—. Hace lo que tiene que hacer.

–Sí –dijo el doctor Buer con esa apariencia de tranquilidad forzosa y una postura un tanto rígida.

–Uno hace siempre lo que tiene que hacer, doctor.

–Tienes razón –dijo el doctor sonriendo y colocándose las gafas–. Aún no hemos descartado la quimioterapia. Te debilitará, pero puede prolongar...

–¿La vida?

–Sí.

–¿Cuánto me queda sin la terapia?

La nuez de Buer se movía alterada.

–Algo menos de lo que habíamos pensado en un principio.

–¿Y eso significa?

–Significa que el cáncer se ha extendido desde el hígado a través de las vías sanguíneas hasta...

–Calla, y dime cuánto.

El doctor Buer lo miró inexpresivo.

–Odias esta parte del trabajo, ¿verdad? –dijo el viejo.

–¿Cómo dices?

–Nada. Una fecha, por favor.

–Es imposible de...

El doctor Buer se sobresaltó: el viejo dio un puñetazo en la mesa con tal violencia que se descolgó el auricular del teléfono. Abrió la boca para decir algo, pero se contuvo al ver el índice del viejo. Suspiró, se quitó las gafas y se pasó una mano por la cara con gesto cansino.

–Para el verano. Junio. Puede que antes. Como máximo, agosto.

–Bien –dijo el viejo–. Lo suficiente. ¿Qué me dices de los dolores?

–Pueden aparecer en cualquier momento. Pero te recetaré analgésicos.

–¿Podré llevar una vida normal?

–Resulta difícil de decir. Dependerá del dolor.

–Necesito una medicina que me permita llevar una vida normal. Es importante, ¿comprendes?

–Todos los analgésicos...

—Soporto bien el dolor. Solo necesito algo que me mantenga consciente, que me permita pensar, actuar racionalmente.

«Feliz Navidad.» Fue lo último que le dijo el doctor Buer. El viejo ya estaba en la escalera. Al principio no entendió por qué había tanta gente en la ciudad, pero ahora, al recordar que se acercaba la fecha de las fiestas, observó el pánico en los ojos de cuantos corrían por las aceras en busca de los últimos regalos de Navidad. La gente se había congregado en la plaza Egertorget, alrededor de una banda de música pop. Un hombre con el uniforme del Ejército de Salvación pasaba la hucha mientras un drogadicto pateaba la nieve con la mirada errante, como una vela cuya llama estuviese a punto de extinguirse. Dos muchachas cogidas del brazo pasaron a su lado, con las mejillas encendidas por la emoción de los secretos que intercambiaban sobre sus novios y sus esperanzas. Y las velas. Brillaba una vela en cada ventana. Levantó la vista hacia el cielo de Oslo, una cúpula cálida y amarilla por los reflejos de las luces de la ciudad. ¡Dios mío, cómo la echaba de menos! «La próxima Navidad —se dijo—. La próxima Navidad la celebraremos juntos, mi amor.»

PARTE III

URÍAS

23

Hospital Rudolph II,
Viena, 7 de junio de 1944

Helena Lang caminaba a buen paso mientras empujaba la mesita de ruedas hacia la sala 4. Las ventanas estaban abiertas y respiró para llenar los pulmones y la cabeza del fresco aroma a césped recién cortado. Ese día no había el más mínimo olor a muerte y destrucción. Hacía un año desde que bombardearon Viena por primera vez. Las últimas semanas la atacaron todas las noches en que el tiempo estuvo despejado. Aunque el hospital Rudolph II se encontraba a varios kilómetros del centro, muy por encima de las guerras, allá arriba, en la verde Wienerwald, el olor a humo de los incendios que estallaban en la ciudad había ahogado el perfume estival.

Helena dobló una esquina y le sonrió al doctor Brockhard, que parecía querer pararse a charlar, así que ella apremió el paso. Brockhard, con su mirada dura y penetrante tras las lentes, siempre la ponía nerviosa y la incomodaba estar a solas con él. De vez en cuando tenía la sensación de que esos encuentros con Brockhard en los pasillos no eran fortuitos. A su madre se le habría cortado la respiración si hubiera visto cómo Helena evitaba a un médico joven y prometedor, sobre todo porque Brockhard procedía de una muy buena familia vienesa. Pero a Helena no le gustaban ni Brockhard, ni su familia, ni los intentos de su madre de utilizarla como un salvoconducto para entrar en el seno de la buena sociedad. Su madre culpaba a la guerra de lo ocurrido. Ella era la culpable de que el padre de Helena, Henrik Lang, hubiese perdido a sus prestamistas judíos tan deprisa y no hubiese podido pagar a los prestatarios como tenía pensado. Pero la penuria económica lo había obligado a improvisar y había convencido a los banqueros judíos de que transfirieran las rentas de sus pagarés, que el Estado austriaco había confiscado, a nombre de Lang. Y allí estaba ahora Henrik Lang, en la cárcel, por haber conspirado con fuerzas judías enemigas del Estado.

Al contrario que su madre, Helena añoraba a su padre más que la posición social de la que había gozado la familia. Así, por ejemplo, no echaba de menos en absoluto los grandes banquetes que ofrecían, las conversaciones superficiales y casi infantiles y los continuos intentos de emparejarla con algún jovencito rico y mimado.

Miró el reloj y apremió aún más el paso. Al parecer, un pajarillo se había colado por una de las ventanas abiertas y había ido a posarse en la tulipa de la lámpara que colgaba del techo, desde donde cantaba despreocupado. Había días en que a Helena se le antojaba incomprensible que la guerra lo arrasara todo. Tal vez porque los bosques y las espesas hileras de abetos les ocultaban la visión de lo que no querían ver desde allá arriba. Pero, al entrar en una de las salas, comprobaba de inmediato que aquella paz era una ilusión. También allí llegaba la guerra, a través de los cuerpos mutilados y las almas destrozadas de los soldados. Para empezar, ella había escuchado sus historias, totalmente convencida de que con su fuerza y su fe podría ayudarles a salir de su desgracia. Sin embargo, todos parecían seguir narrando la misma aventura, como una pesadilla coherente, sobre lo que el hombre puede y se ve obligado a soportar en la vida terrenal, sobre las humillaciones que conlleva querer vivir. Que solo los muertos quedan ilesos. De modo que Helena había dejado de escuchar. Fingía hacerlo, mientras les cambiaba las vendas, les tomaba la temperatura, les administraba los medicamentos y les daba la comida. Y cuando dormía, intentaba dejar de verlos, porque sus rostros seguían hablando, incluso en sueños. Helena leía el sufrimiento en aquellos semblantes pálidos y adolescentes, la crueldad de rostros endurecidos, herméticos, y la añoranza de la muerte en los gestos de dolor de alguno que acababa de saber que tenían que amputarle el pie.

Pese a todo, ella caminaba hoy con paso ligero y presto. Tal vez porque era verano, o porque un médico acababa de decirle lo guapa que estaba aquella mañana. O tal vez a causa del paciente noruego de la sala 4 que no tardaría en decirle «Guten Morgen» con ese acento suyo tan gracioso y particular. Y se tomaría el desayuno sin quitarle la vista de encima mientras ella iba de una cama a otra sirviendo a los demás pacientes y animando a cada uno con algún comentario. Y, cada cinco o seis camas, ella lo miraría a él y, si le sonreía, ella le devolvería la sonrisa fugazmente y seguiría como si nada. Nada. Pues eso era todo. Era la idea de esos instantes lo que la hacía seguir adelante día tras día, lo que la hacía sonreír cuando el capitán Hadler, que yacía en la cama más próxima a la puerta con quemaduras graves, bromeaba preguntando si tardarían mucho aún en enviarle sus genitales desde el frente.

Abrió la puerta de la sala 4. La luz del sol que entró a raudales en la habitación hizo que el color blanco de paredes, techo y sábanas resplandeciese de pronto. Debía de ser como entrar en el paraíso, se decía Helena.

—*Guten Morgen*, Helena.

Ella le sonrió. Estaba sentado en una silla, junto a la cama, leyendo un libro.

—¿Has dormido bien, Urías? —le preguntó ella como si nada.

—Como un oso —respondió él.

—¿Como un oso?

—Sí, como un oso en… ¿cómo llamáis en alemán al lugar en que el oso pasa el invierno durmiendo?

—¡Ah, la guarida!

—Eso es, como un oso en su guarida.

Ambos se rieron. Helena sabía que los demás pacientes los seguían con la mirada, que Helena no podía dedicarle más tiempo a él que a los demás.

—¿Y la cabeza? Cada día mejor, ¿no?

—Sí, va mejorando. Un buen día estaré tan guapo como antes, ya verás.

Helena recordaba el día que lo llevaron al hospital. Parecía contravenir las leyes de la naturaleza que alguien hubiese sobrevivido con aquel agujero en la frente. Rozó con la tetera la taza de té que le había servido y estuvo a punto de volcarla.

—¡Cuidado! —dijo él entre risas—. Dime, no estarías bailando anoche hasta tarde, ¿verdad?

Ella levantó la vista y él le lanzó un guiño.

—Pues sí —respondió ella, perpleja al oírse mentir sobre algo tan ridículo.

—¡Ah! ¿Y qué bailáis aquí en Viena?

—Quiero decir, no. En realidad, yo no bailo. Simplemente me acosté tarde.

—Bueno, aquí seguro que bailáis el vals. El vals vienés.

—Sí, claro —respondió ella intentando concentrarse en el termómetro.

—Así —dijo él al tiempo que se levantaba de la cama y empezaba a cantar.

Los demás lo miraban sorprendidos desde sus camas. Cantaba en una lengua desconocida, pero con una voz cálida y hermosa. Y los pacientes que estaban en mejores condiciones empezaron a reír animándolo mientras él daba vueltas siguiendo los pasos delicados del vals, de modo que los lazos sueltos de la bata se abrieron.

—Vuelve aquí, Urías, o te mando al frente de inmediato —le gritó ella muy seria.

Él obedeció y se sentó. En realidad, no se llamaba Urías, pero era el nombre que él había insistido en que utilizaran para llamarlo.

—¿Sabes bailar el Rheinländer?

—¿Rheinländer?

—Es un baile que hemos tomado prestado de Renania. ¿Quieres que te lo enseñe?

—¡Tú te quedas ahí sentado hasta que te hayas curado!

—¡Sí, y entonces podré salir contigo por Viena y enseñarte a bailar el Rheinländer!

Las horas que Urías había pasado en el porche al sol estival los últimos días le habían dado un hermoso bronceado, y los dientes destacaban blancos en aquel semblante jovial.

—Me parece que ya estás lo suficientemente repuesto como para volver al frente —opinó Helena, que no pudo evitar ponerse colorada.

Estaba a punto de levantarse para seguir la ronda cuando sintió la mano de él en la suya.

—Di que sí —le susurró.

Ella lo apartó con una sonrisa y continuó hacia la cama siguiente con el corazón gorjeándole en el pecho como un pajarillo.

—¿Entonces? —dijo el doctor Brockhard, y levantó la vista de los papeles cuando la oyó entrar en la consulta.

Como de costumbre, Helena ignoraba si aquel «¿Entonces?» era una pregunta, la introducción a otra pregunta más larga, o simplemente una frase hecha. De modo que se quedó en la puerta, sin decir nada.

—¿Me ha mandado usted llamar?

—¿Por qué insistes en hablarme de usted, Helena? —suspiró el doctor con una sonrisa—. ¡Por Dios, si nos conocemos desde niños!

—¿Para qué quería verme?

—He decidido darle el alta al noruego de la sala 4.

—Muy bien.

Ella no hizo el menor gesto al oír la noticia. ¿Por qué? La gente estaba allí hasta que sanaba y después se marchaba. La alternativa era que muriesen antes. Así era la vida en el hospital.

—Di el aviso a la Wehrmacht hace cinco días. Y ya hemos recibido la notificación de su nuevo destino.

—¡Qué rapidez! —La voz de Helena sonó firme y tranquila.

—Sí, necesitan con urgencia más gente. Estamos en guerra, como ya sabes.

—Sí —dijo Helena.

No obstante, no expresó lo que pensaba: «Estamos en guerra y aquí, a mil kilómetros del frente, estás tú, a tus veintidós años, haciendo el mismo trabajo que podría realizar un hombre de setenta. Gracias al señor Brockhard sénior».

—Bueno, había pensado pedirte que le entregaras la notificación tú misma, puesto que parece que os lleváis muy bien.

Helena notó que el doctor estudiaba su reacción.

—Pero dime, ¿qué es lo que tanto te gusta de él precisamente, Helena? ¿Qué lo distingue de los otros cuatrocientos soldados que tenemos en el hospital?

Ella estaba a punto de protestar, pero él se le adelantó.

—Disculpa, Helena, naturalmente, eso no es de mi incumbencia. Es mi natural curioso. Yo... —haciendo rodar un bolígrafo entre los dedos, se volvió para mirar por la ventana— simplemente me preguntaba qué puedes ver tú en un oportunista extranjero que traiciona a su propio país para alcanzar el favor de los vencedores. ¿Comprendes lo que quiero decirte? Por cierto, ¿qué tal sigue tu madre?

Helena tragó saliva antes de responder:

—No tiene usted por qué preocuparse por mi madre, doctor. Si me da la notificación, se la haré llegar al interesado.

Brockhard se volvió hacia ella y le tendió una carta que tenía encima del escritorio.

—Lo mandan a la Tercera División Acorazada en Hungría. ¿Sabes lo que significa eso?

Ella frunció el entrecejo.

—¿La tercera división de infantería? Pero si él es voluntario de las Waffen-SS. ¿Por qué iban a incorporarlo al ejército regular de la Wehrmacht?

Brockhard se encogió de hombros.

—En los tiempos que corren, uno debe esforzarse al máximo y enfrentarse a las misiones que se le encomiendan. ¿No estás de acuerdo conmigo en eso, Helena?

—¿Qué quiere decir?

—Él es soldado de infantería, ¿no? Y eso quiere decir que estará detrás de los tanques en lugar de ir dentro. Un amigo mío que ha estado en Ucrania me contó que allí les disparan a los rusos todos los días hasta que las ametralladoras se recalientan, que los cadáveres se amontonan, pero que ellos siguen disparando, que no tiene fin.

Helena apenas pudo contener el deseo de arrancarle a Brockhard la carta y romperla en pedazos.

—A una mujer joven como tú más le valdría ser un poco realista y no ligarse demasiado a un hombre al que, con toda probabilidad, no volverá a ver en su vida. Por cierto, ese pañuelo te sienta de maravilla, Helena. ¿Es una prenda de la familia?

—Me sorprenden y me satisfacen sus desvelos, doctor, pero le aseguro que son innecesarios. No siento nada especial por ese paciente. Es hora de servir la cena, así que, si me disculpa...

—Helena, Helena... —Brockhard meneó la cabeza sonriendo—. ¿De verdad crees que soy ciego? ¿Crees que no me rompe el corazón ver el dolor que esto te causa? La amistad que se profesan nuestras familias me hace sentir que hay unos lazos que nos unen, Helena. De lo contrario, no te hablaría con tanta confianza. Puedes confiar en mí, pero supongo que ya habrás notado que abrigo ciertos sentimientos por ti y...

—¡Basta!

—¿Cómo?

Helena cerró la puerta antes de levantar la voz.

—Estoy aquí como voluntaria, Brockhard, no soy ninguna de sus enfermeras contratadas con las que puede jugar como quiera. Así que deme la carta y diga lo que tenga que decir, de lo contrario, me iré ahora mismo.

—Pero, querida Helena... —Brockhard adoptó un gesto de preocupación—. ¿No sabes que esto es algo que está en tus manos?

—¿En mis manos?

—Un alta es algo muy subjetivo. Sobre todo, tratándose de semejante herida en la cabeza.

—Lo sé.

—Podría prolongarle la baja por tres meses más y, quién sabe, tal vez el frente oriental haya dejado de existir una vez transcurrido ese plazo.

Ella lo miró sin comprender.

—Tú sueles leer la Biblia, Helena. Y conoces la historia de cómo el rey David desea a Betsabé, aunque sabe que ella está casada con uno de sus soldados, ¿no es cierto? Así que les ordena a sus generales que lo pongan en primera línea de fuego, para que muera en la guerra. De ese modo, el rey David podía cortejarla a su antojo.

—¿Y qué tiene eso que ver con este asunto?

—Nada, nada, Helena. Yo no enviaría a tu amado al frente si no se hubiera recuperado del todo. Ni a ningún otro, desde luego, por semejante motivo. Eso es exactamente lo que quiero decir. Y puesto que tú conoces el estado de salud de ese paciente, como mínimo, tan bien como yo, he pensado que sería bueno oír tu opinión antes de tomar una decisión. Si tú consideras que no está recuperado, tal vez deba enviar otra solicitud de baja a la Wehrmacht.

Poco a poco, Helena empezó a verlo claro.

—¿O no, Helena?

Apenas podía creerlo: Brockhard pretendía utilizar a Urías como una especie de rehén para conseguirla a ella. ¿Tuvo que pensar mucho para concebir semejante plan? ¿Se habría pasado semanas esperando a que se presentara el momento idóneo? ¿Y para qué la quería a ella, en realidad? ¿Como esposa o como amante?

—¿Entonces? —preguntó Brockhard.

Helena no paraba de darle vueltas a la cabeza, mientras intentaba hallar una salida del laberinto. Pero él le había cerrado todas las salidas. Como era de esperar. No era ningún necio. Mientras Brockhard retuviese a Urías de baja en el hospital a petición suya, ella debería satisfacer sus deseos en todo. Simplemente, el nuevo destino quedaría aplazado. Y Brockhard seguiría teniendo poder sobre ella mientras Urías no se marchase. ¿Poder? Dios, si ella apenas conocía al noruego. Y tampoco sabía lo que él sentiría por ella.

—Yo… —balbució Helena.

—¿Sí?

Brockhard se inclinó sobre ella como con mucho interés. Helena quería continuar, quería decirle lo que sabía que tenía que decirle para liberarse, pero algo se lo impedía. Le llevó un instante comprender qué era. Eran las mentiras. Era mentira que ella quisiera verse libre, mentira que ignorase lo que Urías sentía por ella, mentira que la gente tuviese que someterse y humillarse siempre para sobrevivir, todo mentira. Se mordió el labio, porque notó que había empezado a temblarle.

24

Bislett,
fin de año de 1999

Eran las doce cuando Harry Hole se bajó del tranvía delante del hotel Radisson SAS en la plaza Holberg y notó que el sol de la mañana se reflejaba por un instante en las ventanas de las plantas de enfermos del Rikshospitalet, antes de volver a ocultarse tras las nubes. Había estado en su despacho una última vez, para hacer limpieza, para comprobar que se lo había llevado todo, se decía a sí mismo. Pero sus escasas pertenencias habían cabido sin problemas en la bolsa de plástico que se había llevado de casa el día anterior. Los pasillos estaban desiertos. Los compañeros que no estaban de guardia se encontraban en casa preparando la última fiesta del milenio. Una serpentina colgaba aún del respaldo de su silla, como único recuerdo de la pequeña fiesta de despedida del día anterior, organizada por Ellen, naturalmente. Las sobrias palabras de despedida que pronunció Bjarne Møller no estuvieron en consonancia con los globos azules y la colorida decoración de la tarta de crema con velas que había llevado su colega, pero aquel breve discurso fue más que suficiente. Probablemente, su jefe de sección sabía que Harry jamás le habría permitido que se hubiese expresado en términos grandilocuentes o sentimentales. Y Harry tenía que reconocer que jamás se había sentido tan orgulloso como cuando Møller lo felicitó aludiendo a él con su título de comisario y le deseó suerte en los servicios de inteligencia. Ni siquiera la sonrisa sarcástica y los leves movimientos de cabeza que Tom Waaler hacía desde su puesto de espectador junto al dintel de la puerta lograron estropearlo.

La vuelta que se daba por el despacho aquel día era más bien para sentarse allí por última vez, en aquella silla chirriante y estropeada de la oficina en la que había pasado casi siete años. Harry desechó la idea.

Tanta sensiblería, ¿no sería un indicio más de que se estaba haciendo viejo?

Harry subió la calle Holberg y giró a la izquierda por Sofie. La mayoría de las casas que había en aquella estrecha calleja eran edificios de finales del siglo anterior habitados por obreros y no se contaban precisamente entre los mejor conservados. Pero, desde que subieron los precios de la vivienda y la juventud de clase media, que no podía permitirse vivir en Majorstua, se había mudado allí, el tramo había adquirido un aspecto muy mejorado. Ahora, tan solo un edificio seguía con la fachada sin reformar: el del número 83. El de Harry. Pero a Harry no le importaba.

Entró en el portal y abrió el buzón que había en la entrada, al pie de la escalera. Una oferta de una pizzería y un sobre de la agencia tributaria de Oslo que, con toda certeza, contenía una reclamación de pago de la multa que le habían puesto el mes anterior. Soltó un taco mientras subía las escaleras. Le había comprado un Ford Escort de quince años de antigüedad a un tío al que se podía decir que no conocía. Un poco oxidado y con el embrague algo desgastado, sí, pero con un fantástico techo descapotable. De momento, le había acarreado más multas y reparaciones en el taller que paseos con la melena al viento. Además, aquella porquería de coche no arrancaba, así que tenía que procurar aparcar cuesta abajo para poder ponerlo en marcha.

Entró en su casa. Era un apartamento de dos habitaciones con decoración espartana. Ordenado, limpio y sin alfombras sobre el parqué reluciente. El único adorno que se veía en las paredes era una fotografía de su madre y de Søs y un póster de *El Padrino* que había robado del cine Symra cuando tenía dieciséis años. No había

147

plantas, velas ni figurillas. En una ocasión colgó un corcho sobre el que pensaba fijar tarjetas postales, fotografías y frases de esas que uno encuentra. Los había visto en las casas de la gente. Pero cuando descubrió que jamás recibía postales y que, en general, nunca hacía fotos, recortó una cita de Bjørneboe:

Y esta aceleración de la producción de caballos de vapor no es más que una expresión de la aceleración de nuestro conocimiento de las llamadas leyes naturales. Dicho conocimiento = angustia.

Harry constató de una ojeada que no había mensajes en el contestador (otra inversión innecesaria), se desabotonó la camisa, que dejó en el cesto de la ropa sucia, y cogió una limpia del ordenado montón que tenía en el armario.

Harry dejó puesto el contestador automático (por si lo llamaban de la agencia de estudios de opinión Norsk Gallup) y volvió a salir.

Sin ningún tipo de sentimentalismo, compró los últimos diarios del milenio en la tienda de Ali, antes de tomar la calle Dovregata. En la de Waldemar Thrane la gente se apresuraba hacia sus hogares después de haber hecho las últimas compras de la gran noche. Harry tiritaba, a pesar del abrigo, hasta que cruzó el umbral de la puerta del Schrøder y recibió como una oleada el calor húmedo que despedían los clientes. Parecía bastante lleno, pero vio que su mesa favorita estaba a punto de quedarse libre, de modo que se encaminó hacia ella. El hombre de edad que acababa de levantarse se caló el sombrero, lanzó a Harry una mirada enmarcada por unas cejas canosas y pobladas y asintió levemente antes de marcharse. La mesa estaba al lado de la ventana y, durante el día, era una de las pocas que tenía luz suficiente para leer el periódico en el penumbroso local. Acababa de sentarse cuando apareció Maja.

—Hola, Harry. —Limpió el mantel con un paño gris—. ¿El menú del día?

—Si el cocinero está sobrio hoy...

—Sí. ¿De beber?

—Bueno, a ver —dijo levantando la vista—. ¿Qué me recomiendas hoy?

—Veamos. —La camarera se puso las manos en las caderas y proclamó en voz alta y clara—: En contra de lo que la gente cree, esta ciudad tiene el agua más pura del país. Y las tuberías menos tóxicas se encuentran precisamente en las casas de principios de siglo, como esta.

—¿Y quién te ha contado tal cosa, Maja?

—Pues fuiste tú, Harry. —La camarera lanzó una risotada bronca y franca—. Por cierto, te sienta bien la abstinencia.

Hizo aquel comentario en voz baja, tomó nota del pedido y se marchó.

La mayoría de los periódicos estaban llenos de reportajes sobre el fin del milenio, así que Harry leyó el *Dagsavisen*. En la página seis, se fijó en una gran fotografía de un indicador viario sencillo, hecho de madera y con una cruz solar dibujada en el centro. «Oslo 2.611 km», decía en una de las flechas; «Leningrado 5 km», indicaba la otra.

El artículo que ilustraba la imagen llevaba la firma de Even Juul, catedrático de historia. La entradilla era breve: «La situación del fascismo a la luz del creciente desempleo en Europa Occidental».

Harry había visto el nombre de Juul con anterioridad en la prensa, era una especie de eminencia en todo lo relacionado con la historia de la ocupación en Noruega y el partido Unión Nacional. Harry hojeó el resto del diario, aunque sin hallar nada de interés, de modo que volvió al artículo de Juul. Era un comentario sobre un artículo anterior acerca de la fuerte posición de que gozaba el fenómeno neonazi en Suecia. Juul describía cómo los movimientos neonazis, que se habían debilitado claramente con el alza económica de los noventa, resurgían ahora con renovado vigor. Mencionaba además que una de las características de la nueva oleada era el hecho de que contaba con un fundamento ideológico más consistente. Mientras que el neonazismo de los ochenta se manifestaba básicamente en la moda y en el sentimiento de grupo, con el uniforme como indumentaria, las cabezas rapadas y el hecho de recurrir a expresiones anticuadas como «Sieg Heil», la nueva corriente gozaba de una organización más sólida. Contaba con un aparato de apoyo económico, en lugar de basarse en líderes con grandes recursos y patrocinadores individuales. Además, el nuevo movimiento no era solo una reacción a ciertos aspectos de la sociedad, como el desempleo o la inmigración, escribía Juul, sino que pretendía también constituirse en alternativa a la socialdemocracia. Su consigna era el rearme: moral, militar y racial. El retroceso del cristianismo se señalaba como una evidencia de la ruina moral, junto con el sida y el creciente abuso de las drogas. Y la imagen del enemigo era también parcialmente nueva: los partidarios de la UE, que desdibujaban los límites nacionales y raciales, la OTAN, que le tendía la mano a los subhombres rusos y eslavos, y los nuevos capitales asiáticos, que ahora desempeñaban el papel de los judíos como banqueros del mundo.

Maja se acercó con el almuerzo.

—¿Albóndigas de patata y cordero? —preguntó Harry sin apartar la vista de las bolas grisáceas con guarnición de col china bañada en salsa rosa.

—Al estilo Schrøder —dijo Maja—. Son los restos de ayer. Feliz Año Nuevo.

Harry sostuvo el diario en alto para poder comer al mismo tiempo, y no había tomado aún el primer bocado de aquella bola de plástico cuando oyó una voz que le hablaba desde el otro lado del diario.

—¡Vaya, no puede ser!

Harry miró por encima del periódico. En la mesa contigua estaba sentado el Mohicano, que lo miraba fijamente. Cabía la posibilidad de que llevase allí sentado todo el rato; en cualquier caso, Harry no lo había visto entrar. Lo llamaban el Mohicano porque, probablemente, era el último de su clase. Había sido marino de guerra, torpedeado en dos ocasiones, y todos sus compañeros llevaban ya muertos muchos años, según Maja le había contado a Harry. El hombre llevaba una barba larga y rala cuyo extremo flotaba en el vaso de cerveza y se había sentado, como solía, ya fuese invierno o verano, con el abrigo puesto. Una red de venillas tan rojas como los rayos de una tormenta le cruzaba la cara, tan escuálida que se adivinaba el cráneo debajo de la piel. Los ojos enrojecidos e hinchados y cubiertos por una flácida capa de piel miraban fijamente a Harry.

—¡No puede ser! —repitió.

Harry había oído a bastantes borrachos en su vida como para no prestar demasiada atención a lo que aquel cliente fijo del Schrøder tuviera que decir, pero en esta ocasión era muy distinto. En efecto, aquellas eran las primeras palabras inteligibles que le había oído decir al Mohicano en todos los años que llevaba visitando el restaurante. Ni siquiera después de aquella noche del invierno pasado en que lo encontró durmiendo en la calle Dovregata y, obviamente, lo salvó de morir congelado, lo obsequió el Mohicano con nada más que un saludo cuando se veían. Y ahora parecía que el Mohicano ya había dicho lo que tenía que decir pues, con los labios muy apretados, pasó a concentrarse de nuevo en la jarra que tenía delante. Harry miró a su alrededor antes de inclinarse hacia la mesa del Mohicano.

—¿Te acuerdas de mí, Konrad Åsnes?

El viejo lanzó un gruñido y dejó vagar la mirada por el local, sin responder palabra.

—El año pasado te encontré durmiendo en la calle encima de un montón de nieve. Estábamos a dieciocho grados bajo cero.

El Mohicano levantó la vista al cielo.

—Allí no hay farolas y a punto estuve de no verte. Podías haber muerto, Åsnes.

El Mohicano cerró el ojo enrojecido y miró a Harry con encono, antes de echar mano a la pinta de cerveza.

—Vale, pues te doy todas las gracias habidas y por haber.

El hombre bebió despacio. Después, dejó la jarra en la mesa afinando la puntería, como si fuera importante dejarla en un lugar concreto.

—Deberían haber fusilado a esos sinvergüenzas —declaró.

—¿Ah, sí? ¿A quiénes?

El Mohicano señaló el periódico de Harry con aquel índice huesudo. Harry le dio la vuelta. En la portada se veía una gran fotografía de un neonazi sueco con la cabeza rapada.

—¡Al paredón con ellos!

El Mohicano dio un golpe en la mesa con la palma de la mano, y un par de caras se volvieron a mirarlo. Harry le indicó con la mano que más le valdría calmarse.

—Pero, Åsnes, si no son más que jóvenes. Intenta pasarlo bien, que es fin de año.

—¿Jóvenes? ¿Y qué te crees que éramos nosotros? Eso no detuvo a los alemanes. Kjell tenía diecinueve. Oscar, veintidós. Pégales un tiro antes de que se multipliquen, es mi consejo. Es una enfermedad, hay que atajarlo desde el principio. —Hablaba señalando a Harry con el dedo tembloroso—. Antes había uno sentado donde tú estás. ¡No hay cojones de que se mueran! Tú que eres policía, deberías echarte a la calle y cogerlos.

—¿Y tú cómo sabes que soy policía? —le preguntó Harry perplejo.

—Porque leo los periódicos. Tú le disparaste a un tipo en el sur del país. No está mal, pero ¿qué tal si hicieses lo mismo con un par de ellos aquí también?

—¡Sí que estás hablador hoy, Åsnes!

El Mohicano cerró la boca, le dedicó a Harry una última mirada hostil antes de volverse hacia la pared y se puso a estudiar la pintura de la plaza Youngstorget. Harry sabía que la conversación había terminado, le indicó a Maja que le trajese el café y miró el reloj. El nuevo milenio estaba a la vuelta de la esquina. El restaurante Schrøder cerraría a las cuatro, «Cierre por preparativos de fin de año», según rezaba el cartel que habían colgado en la puerta. Harry miró a su alrededor, tantas caras conocidas. Por lo que veía, habían acudido todos los habituales.

25

Hospital Rudolph II,
Viena, 8 de junio de 1944

Los sonidos propios del sueño inundaban la sala 4. Aquella noche estaba más tranquila que de costumbre, nadie se quejaba de dolor ni despertaba gritando de una pesadilla. Helena tampoco había oído las alarmas desde Viena. Si no bombardeaban aquella noche, todo sería más sencillo. Se escabulló hacia el interior de la sala y se quedó a los pies de la cama. Allí estaba él, bajo el resplandor del flexo, tan absorto en el libro que estaba leyendo que no advirtió su presencia. Y allí estaba ella, en la oscuridad. Con todo lo que ella sabía sobre la oscuridad.

Cuando iba a pasar la página, Urías la vio. Le sonrió y dejó el libro enseguida.

—Buenas noches, Helena. Creía que esta noche no tenías guardia.

Ella se llevó el dedo a los labios, para indicarle que hablara más bajo, y se le acercó.

—¿Así que sabes quién tiene guardia? —dijo en un susurro.

Él sonrió.

—De los demás no sé nada. Solo sé cuándo tienes guardia tú.

—Conque sí, ¿eh?

—Miércoles, viernes y domingo, y luego martes y jueves. Después miércoles, viernes y domingo otra vez. No te asustes, es un cumplido. Y aquí no hay mucho más en lo que ocupar el cerebro. También sé cuándo le toca a Hadler la lavativa.

Ella rió por lo bajo.

—Lo que no sabes es que te han dado el alta, ¿a que no?

Él la miró atónito.

—Te han destinado a Hungría —susurró—. A la Tercera División Acorazada.

—¿A la División Acorazada? Pero si eso es la Wehrmacht. No pueden mandarme allí, soy noruego.

—Lo sé.

—¿Y qué voy a hacer en Hungría, yo…?

—¡Chsss! Vas a despertar a los demás, Urías. He leído la orden de destino. Y me temo que no hay mucho que hacer al respecto.

—Pero debe de tratarse de un error. Es…

Sin darse cuenta, tiró el libro de la cama, que cayó al suelo con un golpe seco. Helena se agachó a recogerlo. En la portada, bajo el título *Las aventuras de Huckleberry Finn*, había dibujado un niño harapiento sobre una balsa de madera. Urías estaba visiblemente indignado.

—Esta no es mi guerra —dijo con un gesto de exasperación.

—Ya lo sé —le susurró ella mientras se guardaba el libro en la bolsa, debajo de la silla.

—¿Qué haces? —preguntó él en voz baja.

—Tienes que escucharme, Urías, no hay tiempo.

—¿Tiempo?

—La enfermera de guardia vendrá a hacer la ronda dentro de media hora. Para entonces, tendrás que haber tomado una decisión.

Urías bajó la pantalla del flexo para poder verla mejor en la oscuridad.

—¿Qué está pasando, Helena?

Ella tragó saliva.

—¿Y por qué no llevas el uniforme? —insistió Urías.

Eso era lo que más la angustiaba. No haberle mentido a su madre diciéndole que iba a Salzburgo a pasar un par de días con su hermana. Ni tampoco haber convencido al hijo del guarda forestal para que la llevara en coche al hospital y pedirle que esperase delante de la puerta. Ni siquiera despedirse de sus cosas, de la iglesia y de una vida segura en Wienerwald. Lo que la angustiaba era que llegara ese momento, la hora de contárselo todo, de decirle que lo quería y que estaba dispuesta a arriesgar su vida y su futuro. Porque podía estar equivocada. No con respecto a lo que él sentía por ella, de eso estaba segura. Sino con respecto a la forma de ser de Urías. ¿Tendría el joven el valor y la capacidad suficientes para hacer lo que ella iba a proponerle? Al menos, él tenía claro que no era su contienda la que se libraba en el sur contra el Ejército Rojo.

—En realidad, deberíamos haber tenido tiempo de conocernos mejor —dijo cogiéndole la mano.

Urías retuvo la suya con firmeza.

—Pero ese es un lujo que no podemos permitirnos —continuó Helena, apretando también su mano—. Dentro de una hora sale un tren con destino a París. He sacado dos billetes. Allí vive mi profesor.

—¿Tu profesor?

—Es una historia larga y complicada, pero él nos dará cobijo en su casa.

—¿Qué quieres decir con que nos dará cobijo?

—Podemos vivir en su casa. Vive solo y, por lo que yo sé, no sale ni recibe visitas de amigos. ¿Tienes pasaporte?

—¿Cómo? Sí…

Urías parecía desconcertado, como si pensara que se había quedado dormido leyendo el libro sobre el pobre Huckleberry Finn y que estaba soñando aquella conversación.

—Sí, tengo pasaporte.

—Bien. El viaje nos llevará dos días, tenemos billetes numerados y he preparado comida suficiente.

Urías respiró hondo:

—¿Por qué París?

—Es una gran ciudad, una ciudad en la que es posible perderse. Verás, tengo en el coche algunas prendas que pertenecieron a mi padre, así que puedes cambiar el uniforme por ropa de civil. Él calza un…

—No. —Urías levantó la mano e interrumpió aquel susurrar enardecido.

Ella contuvo la respiración y observó su expresión pensativa.

—No —repitió a media voz—. Eso es un error.

—Pero...

Helena sintió de pronto un nudo en la garganta.

—Es mejor que viaje de uniforme —dijo Urías al fin—. Un hombre joven vestido de civil despertaría sospechas.

Helena se sentía tan feliz que no fue capaz de añadir una sola palabra; simplemente le apretó la mano aún más. El corazón le latía tan rápido que se obligó a serenarse.

—Y una cosa más —añadió él balanceando las piernas.

—¿Sí?

—¿Me quieres?

—Sí.

—Bien.

Urías ya se había puesto la chaqueta.

26

Servicios de Inteligencia, Comisaría General de Policía, 21 de febrero de 2000

Harry miró a su alrededor. Las estanterías ordenadas y bien dispuestas, llenas de archivadores cuidadosamente colocados por orden cronológico. Las paredes, adornadas con diplomas y distinciones a una carrera en progreso constante. Una fotografía en blanco y negro, donde un Kurt Meirik algo más joven, luciendo el uniforme del ejército con galones de mayor, saludara al rey Olav, colgaba justo detrás del escritorio, bien a la vista de cualquiera que entrara. Y era aquella fotografía la que Harry estudiaba desde su silla cuando se abrió la puerta a sus espaldas.

—Siento que hayas tenido que esperar, Hole. No te levantes.

Era Meirik. Harry no había hecho amago de levantarse.

—Bien —dijo Meirik, y se sentó a su mesa—. ¿Qué tal ha sido tu primera semana con nosotros?

Meirik mantenía la espalda recta y mostró una hilera de dientes grandes y amarillentos de un modo que hacía sospechar que sonreír no era un deporte que hubiera practicado mucho en la vida.

—Bastante aburrida —confesó Harry.

—Venga, hombre. —Meirik parecía sorprendido—. No te habrá ido tan mal, ¿verdad?

—Bueno, vuestra máquina de café es mejor que la nuestra.

—¿Te refieres a la de la sección de Delitos Violentos?

—Lo siento —se excusó Harry—. Me cuesta acostumbrarme a que ahora Inteligencia sea «nosotros».

—Claro, claro, hay que tener paciencia, como pasa con todo, ¿verdad, Hole?

Harry asintió. No había motivo para ponerse a luchar contra molinos de viento. Al menos cuando solo llevaba un mes. Tal y como esperaba, le habían asignado un despacho al fondo de un largo pasillo, lo que le permitía no ver a ninguno de sus compañeros más de lo estrictamente necesario. Su cometido consistía en leer los informes de las oficinas regionales de los servicios de inteligencia y, simplemente, valorar si los asuntos que abordaban deberían remitirse a un nivel superior en el sistema. Y las instrucciones de Meirik habían sido bastante claras al respecto: a menos que fuesen auténticos absurdos, todo debía pasar a las instancias superiores. En otras palabras, el trabajo de Harry consistía en actuar de filtro de la basura. Aquella semana habían entrado tres informes. Había intentado leerlos despacio, pero no le fue fácil detenerse en ellos el tiempo necesario. Uno de los informes venía de Trondheim y trataba del nuevo equipo de escuchas, cuyo funcionamiento nadie entendía después de que el experto en escuchas se hubiera despedido. Harry lo pasó a la instancia superior. El segundo trataba de un hombre de negocios alemán, al que habían declarado como no sospechoso puesto que ya había entregado la partida de barras de cortina por la que se justificaba su presencia en el país. Harry lo pasó igualmente a la instancia superior. El tercer informe era de la región de Østlandet, de la jefatura de policía de Skien. Habían recibido quejas del propietario de una cabaña de Siljan, que había oído disparos el fin de semana anterior. Puesto que no era época de caza, un agente había ido a inspeccionar el terreno y, durante su reconocimiento, encontró en el bosque varios casquillos de bala de marca desconocida. Enviaron los casquillos al departamento de la policía judicial KRIPOS, que los devolvió con la explicación de que probablemente se tratase de la munición utilizada para un rifle Märklin, un arma bastante rara.

Harry pasó el informe a la instancia superior, pero se quedó con una copia.

—Verás, quería hablar contigo de un panfleto que hemos interceptado. Los neonazis están planeando alborotar en las mezquitas de Oslo el Diecisiete de Mayo. Uno de esos días festivos móviles de los musulmanes coincide este año con esa fecha y algunos padres extranjeros se niegan a que sus hijos salgan en el desfile infantil del Día Nacional de Noruega porque tienen que ir a la mezquita.

—Eid.

—¿Cómo?

—Eid, así se llama esa fiesta. Es la Nochebuena de los musulmanes.

—¡Vaya! ¿Así que estás metido en esas cosas?

—No. Pero mi vecino me invitó a cenar el año pasado. Son paquistaníes. Les parecía muy triste que tuviese que cenar solo la noche del Eid.

—¡Ajá! Ya.

Meirik se encajó las gafas, unas Horst Tappert.

—Bueno, aquí tengo el panfleto. En él dicen que es un desprecio hacia su país de acogida celebrar otra festividad que no sea la del Día Nacional justo el Diecisiete de Mayo. Y que los inmigrantes gozan aquí de seguridad, pero se libran de las obligaciones de cualquier ciudadano noruego.

—Como lo es gritar sumisos «¡Viva Noruega!» en el desfile —apuntó Harry al tiempo que echaba mano del paquete de tabaco.

Había visto el cenicero en el último estante de la librería, y Meirik asintió con un gesto cuando él le preguntó con la mirada. Harry encendió un cigarro, aspiró el humo e intentó imaginarse cómo los capilares sanguíneos de las paredes pulmonares absorbían la nicotina con avidez. Cada vez le quedaban menos años de vida y la idea de que jamás dejaría de fumar lo llenaba de una extraña satisfacción. Obviar las advertencias impresas en el paquete de cigarrillos tal vez no fuese la rebelión más radical a la que un ser humano podía recurrir, pero al menos era un tipo de rebelión que él se podía permitir.

—En fin, a ver qué puedes averiguar —dijo Meirik.

—De acuerdo. Pero te advierto que, cuando se trata de los cabezas rapadas, me cuesta controlar mis impulsos.

—Vamos, vamos.

Meirik volvió a mostrar aquellos dientes amarillos y Harry cayó en la cuenta de a qué le recordaba: el hocico de un caballo bien adiestrado.

—Vamos, vamos.

—Hay algo más —observó Harry—. Se trata del informe sobre la munición hallada en Siljan. La del rifle Märklin.

—Sí, tengo la impresión de que he oído hablar de ello.

—He estado haciendo comprobaciones por mi cuenta.

—¿Y?

A Harry no le pasó inadvertido el tono indiferente de Meirik.

—He comprobado el registro de armas del último año. No hay ningún Märklin registrado en Noruega.

—Bueno, no me sorprende. Lo más probable es que algún otro oficial de Inteligencia haya comprobado ya ese registro, después de recibir tu informe, Hole. Ese no es tu trabajo, ¿sabes?

—Puede que no. Pero quería estar seguro de que el responsable lo haya contrastado con los informes de contrabando de armas de la Interpol.

—¿La Interpol? ¿Por qué íbamos a hacer algo así?

—Nadie importa ese tipo de rifles a Noruega. De modo que tiene que haber entrado de contrabando.

Harry sacó del bolsillo una copia de la impresora.

—Esta es la lista de envíos que la Interpol encontró en una redada en casa de un comprador de armas ilegal de Johannesburgo este mes de noviembre. Fíjate. Rifles Märklin. Y también figura el destino: Oslo.

—Ya, ¿de dónde has sacado esto?

—Del archivo digital que la Interpol publica en internet. Accesible para todos los miembros de los servicios de inteligencia. Para todos los que se molesten en buscarlo.

—¿Ah, sí?

Meirik miró a Harry fijamente un instante, antes de ponerse a estudiar el documento con atención.

—Ya, bueno, esto está muy bien, pero el contrabando de armas no es de nuestra competencia, Hole. Si supieras cuántas armas ilegales decomisa la sección de armas a lo largo de un año...

—Seiscientas once —declaró Harry.

—¿Seiscientas once?

—En lo que va de año. Y eso solo en el distrito policial de Oslo. Dos de cada tres procedentes de delincuentes, principalmente armas cortas, escopetas de repetición y de cañón recortado. Se incauta una media de un arma al día. La cantidad casi se duplica en los noventa.

—Estupendo, en ese caso sabrás que aquí, en Inteligencia, no podemos dar prioridad a un rifle ilegal de Buskerud.

Meirik hablaba con una calma forzada. Harry dejó escapar el humo por la boca y se puso a estudiar su ascenso hacia el techo.

—Siljan está en Telemark —señaló.

Meirik tensó los músculos de las mandíbulas.

—¿Has llamado a Aduanas, Hole?

—No.

Meirik echó una ojeada al reloj, una pieza de acero tosca y poco elegante que Harry adivinó que habría recibido como premio a sus muchos años de fiel servicio.

—En ese caso, te sugiero que lo hagas. Esto es cosa suya. En estos momentos, tengo asuntos más urgentes...

—Meirik, ¿tú sabes qué es un rifle Märklin?

Harry vio cómo se disparaban las cejas del jefe y se preguntó si no sería ya demasiado tarde. En efecto, sentía el soplo de los molinos de viento.

—Pues verás, tampoco eso es competencia mía, Hole. Es algo que tendrás que tratar con...

Se diría que Kurt Meirik acabara de caer en la cuenta de que él era el único superior de Hole.

—El Märklin —comenzó Harry— es un rifle de caza de fabricación alemana, semiautomático, con munición de 16 mm de diáme-

161

tro, es decir, de mayor calibre que ningún otro rifle. Está pensado para la caza mayor de, por ejemplo, hipopótamos y elefantes. El primero se fabricó en 1970, pero solo se produjeron unos trescientos ejemplares, hasta que las autoridades alemanas prohibieron su venta en 1973. La razón de tal prohibición fue que, con un par de ajustes y una mirilla Märklin, ese rifle resulta una excelente herramienta de asesinar para profesionales, y en 1973 se convirtió en el arma para atentados más codiciada. En cualquier caso, de esos trescientos rifles, unos cien se encontraban en manos de asesinos a sueldo y de organizaciones terroristas como Baader-Meinhof o las Brigadas Rojas.

—¡Vaya! ¿Has dicho cien? —Meirik le devolvió a Harry la copia—. Eso significa que dos de cada tres propietarios lo utilizan para lo que se fabricó: para la caza.

—No es un arma para cazar alces ni ningún otro tipo de animal de los que tenemos en Noruega, Meirik.

—¿Ah, no? ¿Por qué no?

Harry se preguntaba qué era lo que movía a Meirik a contenerse, a no pedirle que se fuese al cuerno. Y por qué él mismo ponía tanto empeño en provocar semejante reacción. Tal vez no fuese por nada en particular, tal vez solo fuese que estaba convirtiéndose en un viejo cascarrabias. Tanto daba; Meirik se conducía como una niñera bien pagada que no se atreviese a regañar a aquel diablo de niño. Harry observaba la ceniza del cigarro, que ya apuntaba hacia la alfombra.

—En primer lugar, en Noruega la caza no es ni ha sido nunca un deporte de ricos. Un rifle Märklin con mirilla incluida cuesta en torno a los ciento cincuenta mil marcos alemanes, es decir, tanto como un Mercedes. Y cada proyectil vale noventa marcos alemanes. En segundo lugar, un alce alcanzado por una bala de 16 mm de diámetro quedaría como si lo hubiese atropellado un tren. Una porquería, vamos.

—Vaya, vaya.

Era evidente que Meirik había resuelto cambiar de táctica, de modo que ahora se retrepó en la silla y cruzó las manos por detrás de la nuca, sobre la reluciente calva, como para hacer ver que no

162

tenía nada en contra de que Harry siguiera entreteniéndolo un rato más. Harry se levantó, alcanzó el cenicero que había en la estantería y volvió a sentarse.

—Naturalmente, siempre es posible que los proyectiles procedan de algún fanático coleccionista de armas cuya única intención fuera probar su nuevo rifle, ahora colgado en la vitrina de su chalé en algún lugar de Noruega, de donde no volverá a salir jamás. Pero ¿es sensato darlo por supuesto?

Meirik ladeó la cabeza.

—En otras palabras, propones que partamos de la base de que en estos momentos tenemos en Noruega a un asesino profesional.

Harry negó con un gesto.

—Lo que propongo es ir yo mismo a dar una vuelta por Skien y echarle un vistazo a ese lugar. Además, dudo mucho de que el que ha estado allí sea un profesional.

—¿Y eso?

—Los profesionales no dejan huellas. No retirar los casquillos de bala es como dejar una tarjeta de visita. Pero si el que tiene el Märklin es un aficionado, tampoco me quedo mucho más tranquilo.

Meirik dudó unos instantes. Hasta que asintió al fin.

—Hecho. Y mantenme informado si averiguas algo sobre los planes de nuestros neonazis.

Harry apagó la colilla. En un lateral del cenicero, que tenía forma de góndola, se leía «Venice, Italy».

27

Linz,
9 de junio de 1944

Los cinco miembros de la familia bajaron del tren y, de repente, se quedaron solos en el compartimento. Cuando el tren reemprendió la marcha despacio, Helena se sentó junto a la ventana, aunque no veía gran cosa en la oscuridad, solo la silueta de las casas que se alineaban junto a la vía. Él estaba sentado enfrente y estudiaba su rostro con una sonrisa en los labios.

—Se os da bien en Austria lo de cegar las ventanas —comentó Urías—. No veo ni una sola luz encendida.

Ella suspiró.

—Se nos da bien obedecer.

Helena miró el reloj. Pronto serían las dos.

—La próxima ciudad es Salzburgo —dijo—. Está junto a la frontera con Alemania. Y después...

—Munich, Zurich, Basilea, Francia y París. Ya lo has dicho tres veces.

Él se inclinó y le cogió la mano.

—Todo va a salir bien, ya lo verás. Siéntate aquí conmigo.

Ella se cambió de sitio sin soltarle la mano y apoyó la cabeza en su hombro. Tenía un aspecto muy distinto con el uniforme.

—De modo que ese tal Brockhard ha enviado una nueva orden de baja para una semana, ¿no es eso?

—Sí, me dijo que iba a enviarla por correo ayer tarde.

—¿Por qué prolongar la baja solo una semana?

—Pues porque así podría controlar mejor la situación. Y a mí también. Cada semana me habría visto obligada a darle motivos para prolongar tu baja, ¿comprendes?

—Sí, lo comprendo —contestó Urías mientras ella sentía cómo apretaba los dientes.

—Pero no hablemos más de Brockhard —rogó Helena—. Mejor cuéntame un cuento.

Helena le acarició la mejilla y él dejó escapar un suspiro.

—¿Cuál quieres que te cuente?

—Uno cualquiera.

Los cuentos... Así era como él había captado su interés en el hospital Rudolph II. Eran muy diferentes de las historias de los demás soldados. Los cuentos de Urías trataban de valor, camaradería y esperanza. Como aquella vez que volvía de hacer la guardia y descubrió un hurón sobre el pecho de su mejor amigo, dispuesto a arrancarle la garganta de un bocado mientras el joven dormía. Él estaba a una distancia de casi diez metros y las oscuras paredes de tierra del búnker se veían negras como boca de lobo. Pero no tuvo elección, de modo que se apoyó el fusil en la mejilla y disparó hasta vaciar el cargador. Al día siguiente, almorzaron hurón.

Había contado varias historias de ese estilo. Helena no las recordaba todas, pero sí recordaba cómo empezó a prestarles atención. Eran detalladas y entretenidas y había algunas de cuya veracidad dudaba. Pero deseaba creerlas, porque eran como un antídoto contra las otras historias, las que trataban de destinos desafortunados y de muertes absurdas.

Mientras el tren avanzaba oscuro y lento traqueteando a través de la noche por los raíles recién reparados, Urías le refirió la historia de aquella ocasión en que había matado a un francotirador ruso en tierra de nadie, y fue a darle cristiana sepultura a aquel bolchevique ateo, con canto de salmos y todo.

—Pude oír los aplausos del lado ruso —aseguró Urías—. Tan hermoso fue mi canto aquella noche.

—¿De verdad? —preguntó ella sonriendo.

—Más hermoso que ninguno que hayas podido oír en la ópera Staatsoper.

—Mentiroso.

Urías la abrazó y le cantó en voz muy baja, al oído:

Aquí en el campamento entra en el círculo, de la hoguera; las llamas de
[oro y rojas
mira. Fidelidad o muerte exige quien hacia la victoria nos transporta.
Verás nuestra Noruega inveterada en el llamear claro de la hoguera.
Verás el pueblo en marcha y a tu gente que a pelear y a trabajar se entrega.

Verás que hombres y mujeres deben afrontar de esa lucha el compromiso
y que miles y miles consagraron a ese combate vida y sacrificio.
Verás en este crudo país del norte a los hombres bregar todos los días
y, para proteger la tierra patria, crecer así en fuerza y en valía,

Verás a los noruegos cuyos nombres conservan en la historia eco potente,
hombres cuya memoria aún perdura, de norte a sur, a siglos de su muerte.
Pero es, de entre los grandes, el más grande el que alzó, roja y de oro,
[la bandera,
Quisling. Por eso el fuego de la hoguera a nuestro líder siempre nos recuerda.

Urías guardó silencio con la mirada perdida en el paisaje que se veía a través de la ventana. Helena comprendió que sus pensamientos estaban lejos y decidió dejarlo allí, no distraerlo. Pero le rodeó el pecho con el brazo.

Tacata-tacata-tacata.

Sonaba como si alguien estuviese corriendo tras ellos por las vías, como si quisiera darles alcance.

Helena sintió miedo. No tanto a lo desconocido, a lo que los aguardaba, como al hombre, también desconocido, al que estaba abrazada. Ahora que lo tenía tan cerca, sentía como si todo lo que había visto y a lo que se había habituado a distancia hubiera desaparecido.

Intentó escuchar los latidos de su corazón, pero el ruido del tren rodando por las vías era demasiado fuerte, así que tuvo que dar por supuesto que aquel pecho encerraba un corazón. Sonrió ante sus propios pensamientos y se estremeció de gozo. ¡Qué locura tan encantadora! No sabía absolutamente nada de él, que apenas hablaba de sí mismo, salvo lo que desvelaba en aquellas historias suyas.

El uniforme le olía a tierra húmeda y de pronto se le ocurrió que así debía de oler el uniforme de un soldado que hubiese yacido muerto durante días en el campo de batalla. O de un soldado que hubiese estado enterrado. Pero ¿de dónde surgían aquellas ideas? Llevaba tantos días de tensión acumulada que no se había dado cuenta de lo cansada que estaba.

—Duerme —le dijo, como respondiendo a sus pensamientos.

—Sí —dijo ella.

Le pareció oír a lo lejos una alarma aérea, mientras el mundo se esfumaba a su alrededor.

—¿Qué?

Oyó su propia voz, notó que Urías la zarandeaba, y se puso de pie. Lo primero que pensó al ver al hombre uniformado en el umbral de la puerta fue que los habían descubierto, que habían conseguido dar con ellos.

—Los billetes, por favor.

—¡Ah! —se oyó decir Helena.

Intentaba serenarse, pero no le pasó inadvertida la mirada escrutadora del revisor mientras ella rebuscaba febrilmente en el bolso. Por fin encontró los billetes de color amarillo que había comprado en la estación de Viena y se los entregó al revisor. El hombre los estudió con atención mientras se balanceaba hacia delante y hacia atrás al ritmo del traqueteo del tren. Y, en opinión de Helena, le llevó más tiempo del necesario.

—¿Van ustedes a París? —preguntó el revisor—. ¿Van juntos?

—Así es —dijo Urías.

El revisor era un hombre entrado en años que los observaba con curiosidad.

–Deduzco por su acento que no es usted austriaco, ¿verdad?

–No. Soy noruego.

–¡Ah, Noruega! Dicen que es un país muy hermoso.

–Sí, gracias, lo es.

–Así que se ha presentado usted voluntario para luchar por Hitler, ¿no es así?

–Sí. He estado en el frente oriental. Al norte.

–¿Ah, sí? ¿Dónde exactamente?

–En Leningrado.

–Ajá. ¿Y ahora va usted a París en compañía de su…?

–Amiga.

–Amiga, eso es. ¿De permiso, quizá?

–Sí.

El revisor picó los billetes.

–¿De Viena? –preguntó dirigiéndose a Helena al tiempo que le devolvía los billetes.

La joven asintió.

–Veo que es usted católica –comentó el revisor señalando el crucifijo que Helena llevaba sobre la camisa, colgado de una cadena–. Mi mujer también lo es.

El hombre se echó hacia atrás y miró a ambos lados del pasillo, antes de preguntarle al noruego:

–¿Le ha enseñado su amiga la catedral de San Esteban, en Viena?

–No. Estuve en el hospital, así que, por desgracia, no he visto casi nada de la ciudad.

–Entiendo. ¿Un hospital católico, quizá?

–Sí, Rudo…

–Sí –interrumpió Helena–. Un hospital católico.

–Ajá.

¿Por qué no se iba ya el revisor?, se preguntaba Helena.

El hombre carraspeó un poco.

–Eso es –dijo Urías.

–No es asunto mío, pero espero que se haya acordado de traer los documentos del permiso.

168

—¿Los documentos? —preguntó Helena.

Ella había estado de viaje en Francia con su padre en dos ocasiones anteriores y no se le había pasado por la cabeza pensar que necesitarían otra documentación que el pasaporte.

—Sí, claro, en su caso no hay ningún problema, Fräulein, pero en el de su amigo, que va uniformado, es esencial que lleve la documentación que indique dónde está destinado y adónde se dirige.

—¡Pues claro que tenemos esos papeles! —exclamó Helena—. ¿No creerá usted que hemos salido de viaje sin ellos?

—No, no, desde luego —se apresuró a contestar el revisor—. Solo quería recordárselo. Hace solo unos días…

Se interrumpió para centrar la mirada en el noruego.

—… se llevaron a un joven que, al parecer, no tenía permiso para ir a donde se dirigía, por lo que podía considerarse un traidor. Lo sacaron al andén y lo fusilaron en el acto.

—¿Bromea usted?

—Por desgracia, no. No es mi intención asustarlo, pero la guerra es la guerra. Y usted lo tiene todo en orden, de modo que, cuando lleguemos a la frontera con Alemania, justo después de Salzburgo, no tendrá por qué preocuparse.

El vagón se bamboleó y el revisor tuvo que agarrarse bien al marco de la puerta. Los tres se miraron en silencio.

—¿Ese es el primer control? —preguntó Urías—. ¿Después de Salzburgo?

El revisor asintió.

—Gracias —dijo Urías.

El revisor se aclaró la garganta una vez más.

—Yo tenía un hijo de su edad. Cayó en el frente oriental, en el Dniéper.

—Lo siento.

—En fin. Siento haberla despertado, Fräulein. Mein Herr…

Se tocó la gorra, imitando el saludo militar, y se marchó.

Helena comprobó que la puerta estuviese bien cerrada. Después se sentó cubriéndose la cara con las manos.

—¿Cómo he podido ser tan ingenua? —sollozó.

—Vamos, vamos —la tranquilizó él rodeándola con sus brazos—. Yo debería haber pensado en la documentación. Sé que no puedo desplazarme a mi antojo.

—Pero ¿y si les dices que estás de baja y que quieres ir a París? París forma parte del Tercer Reich, es un...

—Entonces llamarán al hospital y Brockhard les dirá que me he escapado.

Ella se apoyó llorando en su regazo mientras él le acariciaba el suave cabello castaño.

—Además, debí imaginar que era demasiado bueno para ser cierto —añadió Urías—. Quiero decir... ¿la enfermera Helena y yo en París?

La joven sabía que estaba bromeando.

—No, lo más seguro es que me despierte de pronto en mi cama del hospital pensando: ¡vaya sueño! Y me alegraré cuando vengas con el desayuno. Además, mañana por la noche tienes guardia, no lo habrás olvidado, ¿verdad? Entonces te contaré el día en que Daniel robó veinte raciones de comida de un campamento sueco.

Ella levantó la cara, con las mejillas cubiertas de lágrimas.

—Bésame, Urías.

28

Siljan, Telemark,
22 de febrero de 2000

Harry volvió a echar un vistazo al reloj y aceleró un poco. Tenía la cita a las cuatro, es decir, hacía media hora. Si llegaba después del crepúsculo, habría malgastado el viaje. Lo que quedaba de los clavos de los neumáticos se hundía en el hielo con un crujido. Aunque no había recorrido más de cuarenta kilómetros por los meandros del camino forestal cubierto de hielo, Harry tenía la sensación de que hacía ya varias horas que había dejado la carretera principal. Las gafas de sol baratas que se había comprado en la estación de servicio Shell no le eran de gran ayuda y el reflejo del sol en la nieve le dañaba los ojos.

De pronto, vio a un lado de la carretera el coche de policía con la placa de Skien. Frenó con cuidado, aparcó justo detrás y bajó los esquís de la baca. Eran de un fabricante de Trøndelag que había quebrado hacía ya quince años, aproximadamente cuando él los enceró por última vez, pues la cera se había convertido en una masa pastosa y gris bajo los esquís. Halló la pista que iba desde el camino hasta la cabaña, según le habían explicado. Los esquís se agarraban como adheridos a la pista; no habría resbalado ni aunque lo hubiese intentado. Cuando encontró la cabaña, el sol ya estaba bajo en el horizonte. En la escalera que subía hacia la cabaña de madera tratada con impermeabilizante de color negro había dos hombres sentados con el anorak puesto y, a su lado, un muchacho que Harry, que no conocía a ningún adolescente, calculó que tendría entre doce y dieciséis años.

—¿Ove Bertelsen? —preguntó apoyándose en los bastones mientras recobraba el aliento.

—Soy yo —dijo uno de los hombres, que se levantó y le dio la mano—. Y este es el oficial Folldal.

El otro hombre asintió discretamente.

Harry se figuró que el jovencito debía de ser quien había encontrado los casquillos vacíos.

—Me imagino que es una maravilla dejar el aire de Oslo —dijo Bertelsen.

Harry sacó el paquete de tabaco.

—Más maravilla aún debe de ser dejar el aire de Skien, creo yo.

Folldal se quitó la gorra de policía y enderezó la espalda.

Bertelsen sonrió.

—Diga lo que diga la gente, el aire de Skien es más puro que el de ninguna otra ciudad de Noruega.

Harry protegió la cerilla con los dedos y encendió el cigarrillo.

—¿Ah, sí? Pues lo recordaré para la próxima. ¿Habéis encontrado algo?

—Está por aquí.

Los tres se ajustaron los esquís y, con Folldal al frente, formaron una fila y pusieron rumbo a una pista que desembocaba en un claro del bosque. Folldal señaló con el bastón una piedra negra que sobresalía veinte centímetros de la delgada capa de nieve.

—El chico encontró los casquillos vacíos en la nieve, junto a la roca. Lo más seguro es que se trate de un tirador que ha estado practicando. Ahí se ven las huellas de los esquís. Lleva más de una semana sin nevar, así que pueden ser suyas. Parece que ha utilizado esquís anchos, típicos de Telemark.

Harry se acuclilló. Pasó un dedo por la piedra hasta tocar el borde exterior de la ancha huella del esquí.

—Sí… o unos esquís viejos de madera.

—¿Ah, sí?

Harry sostenía en la mano una pequeñísima astilla de madera de color claro.

—¡Qué más da! —dijo Folldal mirando a Bertelsen.

Harry se volvió hacia el muchacho, que llevaba unos pantalones anchos de tela recia con bolsillos por todas partes y un gorro de lana calado hasta las orejas.

—¿En qué lado de la roca encontraste los casquillos?

El chico señaló el lugar. Harry se quitó los esquís, rodeó la piedra y se tumbó boca arriba en la nieve. El cielo se había vuelto de un color azul claro, como suele ocurrir antes del ocaso en los días claros de invierno. Después se puso de lado y oteó por encima de la roca el lugar por el que habían llegado. En la abertura del claro había cuatro troncos de madera.

—¿Habéis encontrado las balas o marcas de disparos?

Folldal se rascó la nuca.

—¿Quieres decir que si hemos inspeccionado todos los troncos de madera en medio kilómetro a la redonda?

Bertelsen se tapó la boca discretamente con la manopla. Harry sacudió la ceniza del cigarro y observó la punta incandescente.

—No, quiero decir que si habéis comprobado esos tocones de ahí.

—¿Y por qué íbamos a comprobar esos, precisamente? —preguntó Folldal.

—Porque el Märklin es uno de los rifles más pesados del mundo. Un arma de quince kilos no está pensada para disparar de pie, así que es lógico suponer que hayan utilizado esta piedra para apoyar la culata. Los casquillos de un Märklin caen por la derecha. Puesto que los casquillos están a este lado de la piedra, el individuo habrá disparado hacia el lugar por el que vinimos. En tal caso, no sería ilógico que hubiese apuntado un par de tiros a uno de los troncos, ¿o sí?

Bertelsen y Folldal se miraron.

—Muy bien, pues los miraremos —dijo Bertelsen.

—A menos que eso sea un escarabajo gigante —dijo Bertelsen tres minutos después—, yo creo que es un agujero de bala gigante.

Apoyó las rodillas en la nieve y metió el dedo en uno de los troncos.

—¡Joder! La bala ha entrado muy adentro, no llego a tocarla.

—Mira por el agujero —sugirió Harry.

—¿Para qué?

—Para ver si lo ha atravesado —explicó Harry.

—¿Atravesar este pedazo de tronco de abeto?

—Tú mira si ves la luz del día.

Harry oyó que Folldal resoplaba a su espalda. Bertelsen pegó el ojo al agujero.

—¡Pero, por Dios bendito...!

—¿Ves algo? —gritó Folldal.

—¡Lo creas o no, veo la mitad del río Siljan!

Harry se volvió hacia Folldal, que a su vez se había girado para escupir.

Bertelsen se puso de pie.

—¿De qué sirve un chaleco antibalas si te disparan con uno de esos? —se lamentó.

—De nada —dijo Harry—. Lo único que sirve es una coraza. —Aplastó la colilla contra el tronco seco—. Una coraza muy gruesa —se corrigió.

Permaneció de pie frotando los esquís con la nieve.

—Vamos a tener una conversación con la gente de las cabañas vecinas —dijo Bertelsen—. Puede que alguien haya visto algo. O que se les ocurra confesar que alguno de ellos es propietario de ese rifle del demonio.

—Desde que concedimos el permiso general de armas el año pasado... —comenzó Folldal, que, no obstante, calló enseguida, al ver la mirada de Bertelsen.

—¿Hay algo más que podamos hacer? —le preguntó Bertelsen a Harry.

—Bueno —dijo Harry con una mirada sombría a la carretera—. ¿Qué os parece si empujáis un poco mi coche?

29

Hospital Rudolph II,
Viena, 23 de junio de 1944

Helena Lang tuvo una sensación de *déjà-vu*. Las ventanas estaban abiertas y el calor de la mañana estival llenaba el pasillo con el aroma a césped recién cortado. Las dos últimas semanas se habían producido bombardeos todas las noches, pero ella no prestó atención al olor a humo. Llevaba una carta en la mano. ¡Una carta maravillosa! Incluso la jefa de las enfermeras, siempre tan huraña, se rió cuando oyó el alegre «Guten Morgen» de Helena.

El doctor Brockhard levantó la vista de sus papeles, sorprendido cuando Helena entró en el despacho sin llamar siquiera.

—¿Y bien? —preguntó el doctor.

Se quitó las gafas y clavó en ella una fría mirada. Helena atisbó una pizca de su lengua, con la que sujetaba la patilla de las gafas. La joven se sentó.

—Christopher —comenzó, aunque no lo llamaba por su nombre de pila desde que eran niños—. Tengo que decirte una cosa.

—Bien —dijo el doctor—. Era precisamente lo que esperaba.

Ella sabía muy bien a qué se refería: esperaba una explicación de por qué no había acudido aún a su apartamento, situado en el edificio principal del recinto hospitalario, pese a que él ya había prolongado dos veces la baja de Urías. Helena había aducido los bombardeos como excusa, asegurando que no se atrevía a salir.

De modo que él se había ofrecido a visitarla en la casa de veraneo de su madre, algo que ella había rechazado de plano.

—Te lo contaré todo —dijo ella.

—¿Todo? —preguntó él con una sonrisa.

«No, casi todo», se dijo.

—La mañana en que Urías...

—Helena, no se llama Urías.

—La mañana en que se fue y vosotros disteis la alarma, ¿recuerdas?

—Por supuesto. —Brockhard dejó las gafas junto al documento que tenía delante de modo que la patilla quedó paralela al borde del folio—. Sí, yo estaba pensando en denunciar su desaparición a la policía militar, pero entonces apareció contando aquella historia de que había pasado media noche perdido en el bosque.

—Pues no fue así. Vino de Salzburgo en el tren nocturno.

—¿Ah, sí?

Brockhard se acomodó en la silla con la mirada serena; obviamente, no era hombre al que le gustase dejar traslucir su sorpresa.

—Tomó el tren nocturno desde Viena antes de la medianoche, se bajó en Salzburgo, donde aguardó hora y media la salida del tren nocturno en el sentido contrario. A las nueve ya estaba en Hauptbahnhof.

—Vaya... —Brockhard concentró la mirada en el bolígrafo que sostenía—. ¿Y qué explicación ha dado a tan absurdo viaje?

—Pues verás —dijo Helena sin darse cuenta de que sonreía—. Tal vez recuerdes que yo también llegué tarde aquella mañana.

—Sí...

—Es que yo también venía de Salzburgo.

—¿Ah, sí?

—Sí.

—Eso deberías explicármelo, Helena.

Y ella se lo explicó, con la vista clavada en la yema del dedo de Brockhard. Justo debajo de la punta del bolígrafo se había formado una gota de sangre.

—Entiendo —dijo Brockhard una vez que ella hubo terminado—. Pensabais ir a París. ¿Y cuánto tiempo creíais poder esconderos allí?

—Bueno, ha quedado claro que no lo pensamos muy bien. Pero según Urías, deberíamos irnos a América, a Nueva York.

Brockhard soltó una risa seca.

—Eres una chica muy lista, Helena. Comprendo que ese traidor a la patria te haya cegado con sus dulces mentiras sobre América, pero ¿sabes qué?

—No.

—Te perdono. —Y, al ver la expresión estupefacta de Helena, prosiguió—: Sí, te perdono. Tal vez debiera castigarte, pero sé bien las locuras que puede llegar a hacer una joven enamorada.

—No es perdón lo que...

—¿Qué tal está tu madre? No debe de ser fácil, ahora que se ha quedado sola. A tu padre le cayeron tres años, ¿no es así?

—Cuatro. ¿Quieres hacerme el favor de escuchar, Christopher?

—Te ruego que no hagas ni digas nada de lo que puedas arrepentirte después, Helena. Lo que has dicho hasta ahora no cambia nada, nuestro acuerdo sigue como antes.

—¡No!

Helena se había levantado tan aprisa que volcó la silla, y, ya de pie, dejó encima del escritorio la carta que llevaba en la mano.

—¡Léelo tú mismo! Ya no tienes poder sobre mí. Ni sobre Urías.

Brockhard miró la carta. Aquel sobre marrón abierto no le decía nada. Sacó el folio, se puso las gafas y empezó a leer:

Waffen-SS
Berlín, 21 de junio
Hemos recibido una petición del jefe superior de la policía noruega, Jonas Lie, de que sea usted reenviado a la policía de Oslo para prestar servicio. Dado que es usted ciudadano noruego, no hallamos razón alguna para no satisfacer este deseo. En consecuencia, esta orden anula cualesquiera órdenes anteriores sobre su destino a la Wehrmacht.

177

La jefatura superior de la policía noruega le hará llegar los datos exactos de día, hora y lugar.

Jefe superior de Schutzstaffel (SS)

Brockhard tuvo que mirar la firma dos veces. ¡El mismísimo Heinrich Himmler! Se fue a mirar la carta a contraluz. Helena le advirtió:

—Puedes llamar e indagar si quieres, pero créeme, es auténtica.

Desde la ventana abierta se oía el canto de los pájaros en el jardín.

Brockhard carraspeó un par de veces antes de hablar.

—De modo que le escribiste al jefe de la policía noruega, ¿no?

—No, yo no, fue Urías. Yo solo busqué la dirección y eché la carta al correo.

—¿La echaste al correo?

—Sí. Bueno, no, en realidad no. La telegrafié.

—¿Toda la solicitud?

—Sí.

—Vaya, debió de costar... mucho dinero.

—Pues así fue, pero era urgente.

—Heinrich Himmler... —dijo el doctor, más para sus adentros que para Helena.

—Lo siento, Christopher.

El doctor volvió a reír secamente.

—¿Seguro? ¿No has conseguido lo que querías?

Ella obvió la pregunta y se esforzó por dedicarle una sonrisa amable.

—Tengo que pedirte un favor, Christopher.

—¿Ah, sí?

—Urías quiere que me vaya con él a Noruega. Necesito una recomendación del hospital que me permita obtener un permiso para salir del país.

—¿Y ahora temes que le ponga trabas a esa recomendación?

—Tu padre es miembro del equipo directivo.

—Pues sí, en realidad, yo podría crearte problemas —dijo acariciándose la barbilla con la mirada fija en la frente de Helena.

—De todos modos, no puedes detenernos, Christopher. Urías y yo nos queremos. ¿Lo entiendes?

—¿Por qué iba a hacerle favores a la puta de un soldado?

Helena se quedó boquiabierta. Pese a que venía de alguien a quien despreciaba y que, sin lugar a dudas, estaba muy alterado, la palabra la alcanzó como una bofetada. Sin embargo, antes de haber tenido tiempo de responder, a Brockhard le cambió la expresión de la cara, como si el golpe lo hubiese alcanzado a él.

—Perdóname, Helena. Yo… ¡mierda! —dijo volviéndole rápidamente la espalda.

Helena solo quería levantarse y marcharse, pero no encontraba las palabras que la liberasen de aquel estado de conmoción. El doctor prosiguió con voz cansada:

—No era mi intención herirte, Helena.

—Christopher…

—No lo entiendes. No creas que soy un pretencioso, pero tengo cualidades que sé que llegarías a valorar con el tiempo. Puede que haya ido demasiado lejos, pero piensa que siempre he tenido en mente tu propio bien.

Helena le miraba fijamente la espalda. La bata le quedaba grande sobre aquellos hombros estrechos y caídos. De pronto, pensó en el Christopher al que había conocido de niña. Tenía el pelo oscuro y rizado y llevaba un traje de hombre, pese a que solo tenía doce años. Creyó recordar que un verano incluso estuvo enamorada de él.

Respiraba tembloroso y con dificultad. Helena dio un paso vacilante hacia él. ¿Por qué sentía compasión por aquel hombre? Sí, ella sabía por qué. Porque su corazón rebosaba de felicidad, sin que ella hubiese hecho gran cosa para que así fuera. Mientras que Christopher Brockhard, que se esforzaba por ser feliz todos los días de su vida, sería siempre un hombre solitario.

—Christopher, tengo que irme.

—Sí, claro. Tú tienes que cumplir con tu deber, Helena.

La joven se levantó y se encaminó a la puerta.

—Y yo con el mío.

30

Comisaría General de Policía, 24 de febrero de 2000

Wright lanzó una maldición. Había probado todos los interruptores del proyector para que la imagen se viese más definida, pero sin resultado.

Una voz bronca observó:

—Creo que es la imagen la que no está definida, Wright. O sea, que no es fallo del proyector.

—Bien, de todos modos, este es Andreas Hochner —dijo Wright haciéndose sombra con la mano para ver a los presentes.

La habitación no tenía ventanas y, cuando se apagó la luz, quedó totalmente a oscuras. Según había oído Wright, también era segura contra las escuchas, aunque a saber lo que aquello significaba.

Además de Andreas Wright, teniente de los servicios de información del Ministerio de Defensa, solo había en la sala tres personas: el mayor Bård Ovesen, de los servicios de información de Defensa, Harry Hole, el nuevo de los servicios de inteligencia, y el propio jefe de Inteligencia, Kurt Meirik. Fue Hole quien le envió por fax el nombre del traficante de armas de Johannesburgo. Y, desde entonces, no había dejado de reclamar información sobre él ni un solo día. De hecho, algunos miembros de Inteligencia parecían creer que los servicios de información de Defensa no eran sino una subsección de los servicios de inteligencia, pero era evidente que no habían leído las disposiciones en las que se señalaba claramente que ambas eran instituciones colaboradoras con el mismo estatus. Wright, en cambio, sí las había leído. De modo que, finalmente, le explicó al nuevo de Inteligencia que aquello que no tenía prioridad debía esperar. Media hora más tarde, el propio Meirik lo llamó por teléfono asegurándole que el asunto tenía prioridad. ¿Por qué no lo habrían dicho desde un principio?

Aquella imagen borrosa en blanco y negro mostraba a un hombre que salía de un restaurante y parecía tomada a través de la ventanilla de un coche. El hombre tenía la cara ancha y tosca, los ojos oscuros y una gran nariz poco definida por encima de un espeso bigote negro.

—«Andreas Hochner, nacido en Zimbabue en 1954 de padres alemanes» —leyó Wright en voz alta, en los documentos que llevaba consigo—. Antiguo mercenario en el Congo y Sudáfrica, se dedica al tráfico de armas desde mediados de los ochenta, probablemente. A los diecinueve años lo acusaron, junto con otras seis personas, del asesinato de un muchacho negro en Kinshasa, pero lo absolvieron por falta de pruebas. Casado y divorciado dos veces. El tipo para el que trabajaba en Johannesburgo era sospechoso de vender armamento antiaéreo a Siria y de comprar armas químicas a Irak. Se dice que le vendió a Karadžić rifles especiales durante la guerra de Bosnia y que entrenó a francotiradores durante el sitio de Sarajevo. Esta última información no está confirmada.

—Ahórranos los detalles, por favor —dijo Meirik al tiempo que miraba su reloj, que, aunque iba con retraso, llevaba en el dorso una inscripción preciosa del Estado Mayor del ejército.

—Muy bien —aceptó Wright antes de pasar unas cuantas hojas—. Andreas Hochner fue una de las cuatro personas detenidas en diciembre, durante una redada realizada en Johannesburgo en el domicilio de un traficante de armas. En relación con dicha redada encontraron una lista codificada donde uno de los pedidos, un rifle de la marca Märklin, iba señalado con la palabra «Oslo» y la fecha «21 de diciembre». Y eso es todo.

Se hizo un silencio solo interrumpido por el ronroneo del ventilador del proyector. Alguien, tal vez Bård Ovesen, se aclaró la garganta. Wright se hizo sombra con la mano.

—¿Cómo sabemos que es Hochner precisamente la persona clave en este asunto? —preguntó Ovesen.

Entonces se oyó la voz de Harry Hole:

—Yo estuve hablando con Esaias Burne, un inspector de policía de Hillbrow, Johannesburgo. Me dijo que, después de la detención, registraron los apartamentos de los implicados, y que en el de Hochner encontraron un pasaporte interesante, con su foto, pero con otro nombre.

—Un traficante de armas con pasaporte falso no tiene nada de… sensacional —observó Ovesen.

—Estaba pensando más bien en uno de los sellos del pasaporte. Oslo, Noruega, 10 de diciembre.

—Es decir, que ha estado en Oslo —concluyó Meirik—. En la lista de clientes figura un nombre noruego y hemos encontrado casquillos de bala vacíos de ese superrifle. De modo que podemos suponer que Andreas Hochner ha estado en Noruega y que participó en una compraventa. Pero ¿quién es el noruego de la lista?

—Por desgracia, esa lista no es una relación normal de pedidos, con el nombre y la dirección de los clientes —se oyó la voz de Harry—. El cliente de Oslo figura con el nombre de Urías, que, seguramente, será un nombre en clave. Y según Burne, el inspector de Johannesburgo, Hochner no tiene el menor interés en hablar.

—Yo creía que los métodos que la policía de Johannesburgo aplica en los interrogatorios eran absolutamente eficaces —dijo Ovesen.

—Seguro que sí pero, al parecer, Hochner corre un riesgo mayor si habla que si calla. La lista de clientes es larga…

—He oído que en Sudáfrica utilizan corriente eléctrica —apuntó Wright—. En la planta de los pies, en los pezones y… bueno, muy doloroso. Por cierto, ¿no podría alguien encender la luz?

—En un asunto que incluye la compra de armas químicas a

Sadam, un viaje de negocios a Oslo con un solo rifle resulta bastante insignificante. Además, creo que los sudafricanos se guardan la electricidad para cuestiones más importantes, por así decirlo. Por otro lado, no es seguro que Hochner sepa quién es Urías. Y mientras nosotros tampoco lo sepamos, hemos de formularnos la siguiente pregunta: ¿cuáles son sus planes? ¿Un atentado? ¿Un ataque terrorista? –señaló Harry.

–O un robo –apuntó Meirik.

–¿Con un rifle Märklin? –preguntó Ovesen–. Eso es matar hormigas a cañonazos.

–Un atentado relacionado con el narcotráfico, tal vez –propuso Wright.

–Bueno –intervino Harry–. Una pistola bastó para asesinar a Olof Palme, el hombre más protegido de Suecia. Y jamás encontraron al asesino. De modo que ¿por qué usar un arma de más de medio millón de coronas para matar a alguien aquí?

–¿Qué sugieres tú, Harry?

–Tal vez el objetivo no sea un noruego, sino alguien de fuera. Alguien que constituya un objetivo constante para los terroristas, pero demasiado bien protegido para asesinarlo en un atentado en su país. Alguien que les parezca más fácil de asesinar en un país pequeño y pacífico donde cuentan con que la seguridad será la mínima.

–¿Quién? –preguntó Ovesen–. Ahora mismo, no hay en Noruega ningún dignatario extranjero susceptible de amenaza de asesinato.

–Ni ninguno que vaya a venir –añadió Meirik.

–Tal vez sea un plan más a largo plazo –observó Harry.

–Pero el arma llegó hace un mes –objetó Ovesen–. No es lógico que unos terroristas extranjeros vengan a Noruega un mes antes de que tenga lugar la operación.

–Es posible que no sea un extranjero, sino un noruego.

–No hay nadie en Noruega capaz de realizar una misión de esa envergadura –aseguró Wright buscando a tientas el interruptor de la luz.

—Exacto —convino Harry—. Esa es la cuestión.

—¿La cuestión?

—Suponed que un conocido terrorista extranjero quiere asesinar a alguien de su propio país y que esa persona va a viajar a Noruega. El despliegue de vigilancia policial de su país sigue cada paso de su objetivo de modo que, en lugar de arriesgarse a cruzar la frontera, se pone en contacto con gente de un entorno noruego que pueda tener los mismos motivos que él mismo para cometer el crimen. Que dicho entorno esté compuesto de aficionados es, en realidad, una ventaja, pues eso le garantiza que la vigilancia policial no se centrará en ellos.

—Sí, los casquillos de bala vacíos pueden indicar que se trata de aficionados —observó Meirik.

—El terrorista y el aficionado acuerdan que el terrorista financia la compra de un arma muy cara y después cortarán todo contacto, no habrá nada que pueda conducirnos hasta el terrorista. Así, él habrá puesto en marcha un proceso sin tener que correr ningún riesgo, salvo el financiero.

—Pero ¿qué ocurrirá si el aficionado no es capaz de llevar a cabo la misión? —preguntó Ovesen—. ¿O si decide vender el arma y largarse con el dinero?

—Naturalmente, ese peligro existe, pero debemos dar por sentado que el terrorista considera que el aficionado está muy motivado. Incluso puede que tenga un motivo personal que lo impulse a estar dispuesto a arriesgar su vida para conseguir el objetivo.

—Es una hipótesis divertida —declaró Ovesen—. ¿Cómo has pensado ponerla a prueba?

—No es posible. Estoy hablando de un hombre del que lo ignoramos todo, no sabemos cómo piensa ni podemos estar seguros de que vaya a actuar de un modo racional.

—Excelente —sentenció Meirik—. ¿Tenemos alguna otra teoría sobre por qué ha venido a parar a Noruega esa arma?

—Montones —dijo Harry—. Pero esta es la peor que se pueda imaginar.

—Bueno, bueno —suspiró Meirik—. Nuestro trabajo consiste en

cazar fantasmas, así que no nos queda otro remedio que intentar tener una charla con ese Hochner. Haré un par de llamadas telefónicas a... ¡Vaya!

Wright acababa de encontrar el interruptor y una luz blanca e intensa inundó la habitación.

31

Residencia de verano de la familia Lang, Viena, 25 de junio de 1944

Helena estaba en el dormitorio mirándose al espejo con atención. Habría preferido tener la ventana abierta, para poder oír los pasos en el césped si alguien se aproximaba a la casa, pero su madre era muy estricta con eso de cegar las ventanas. Miró la fotografía de su padre que estaba en la cómoda, delante del espejo. Siempre le llamaba la atención lo joven e inocente que parecía en ella.

Se había recogido el pelo como solía, con un sencillo pasador. ¿Debería peinarse de otro modo? Beatrice le había arreglado un vestido de muselina roja de su madre, que ahora se ajustaba bien a la figura delgada y esbelta de Helena. Su madre lo llevaba puesto cuando conoció a su padre. Se le hacía extraña la idea, lejana y, en cierto modo, un tanto dolorosa. Tal vez porque, cuando su madre le habló de aquel día, le dio la sensación de que estuviera hablándole de dos personas distintas, dos personas que creían saber lo que perseguían.

Se quitó el pasador y agitó la cabeza, y el pelo castaño le cubrió la cara. Sonó el timbre de la puerta y oyó los pasos de Beatrice en el vestíbulo. Se tumbó boca arriba en la cama y notó un cosquilleo en el estómago. No podía evitarlo, era como volver a estar enamorada a los catorce años. Oyó el sonido sordo de la conversación en la planta baja, la voz clara y nasal de su madre, el tintineo de la percha cuando Beatrice colgaba el abrigo en el ropero del vestíbulo. «¡Un abrigo!», pensó Helena. Urías se había puesto abrigo, pese a que hacía una de esas tardes calurosas de verano de las que, por lo general, no solían poder disfrutar hasta el mes de agosto.

Ella esperaba y esperaba... hasta que oyó la voz de su madre:

—¡Helena!

Se levantó de la cama, se puso el pasador, se miró las manos repitiendo: «No tengo las manos demasiado grandes, no las tengo demasiado grandes». Echó un último vistazo al espejo: ¡estaba preciosa! Suspiró temblando y cruzó la puerta.

—¡Hele...!

Su madre dejó el nombre a medias cuando la vio al final de la escalera. Helena colocó un pie en el primer peldaño, con mucho cuidado: los altos tacones con los que solía bajar las escaleras a la carrera le parecían de pronto inseguros e inestables.

—Ha llegado tu invitado —anunció su madre.

«Tu invitado.» En otras circunstancias, Helena tal vez se hubiera irritado por el modo en que su madre subrayaba su postura de no considerar al extranjero, un simple soldado, como un invitado de la casa. Pero aquellas eran circunstancias excepcionales y Helena habría sido capaz de besar a su madre por no haberse portado peor aún y porque, al menos, había salido a recibirlo antes de que bajara ella.

Miró a Beatrice. La vieja criada sonreía, pero tenía la misma mirada melancólica que su madre. Y entonces volvió la vista hacia él. Le brillaban tanto los ojos que podía sentir su calor quemándole la piel, y se vio obligada a bajar la vista hacia el cuello, recién afeitado y bronceado por el sol, el cuello con la insignia de las dos eses y el uniforme verde que tan arrugado llevaba durante el viaje en tren, pero que ahora lucía recién planchado. Llevaba en la mano un ramo de rosas. Helena sabía que Beatrice le habría ofrecido colocarlas en un jarrón, pero él le habría dado las gracias y le habría dicho que prefería esperar a que Helena las viese.

Dio un paso más. Con la mano apoyada en la barandilla de la escalera. Empezaba a sentirse más segura. Levantó la vista y los miró a los tres. Y sintió enseguida que, por alguna razón inexplicable, aquel era el instante más hermoso de su vida. Pues sabía qué era lo que veían los demás, se reflejaba en sus miradas.

Su madre se veía a sí misma bajando los peldaños, su propio sueño malogrado y su juventud perdida; Beatrice, por su parte, veía a aquella pequeña a la que ella había criado como a su propia hija, y él, a la mujer a la que quería tanto que no podía disimular sus sentimientos detrás de la timidez escandinava y los buenos modales.

—Estás preciosa —le dijo Beatrice solo moviendo los labios.

Helena le contestó con un guiño. Y bajó el último peldaño hasta el vestíbulo.

—¿Así que has encontrado el camino en medio de la oscuridad? —le preguntó a Urías con una sonrisa.

—Sí —respondió él con voz sonora y clara, que retumbó como en una iglesia en el amplio vestíbulo de techo alto.

Su madre hablaba con aquella voz aguda un tanto chillona mientras Beatrice entraba y salía del comedor como un fantasma amable. Helena no podía apartar la vista de la gargantilla de diamantes que su madre llevaba puesta, su joya más preciada, que solo lucía en momentos especiales.

En esta ocasión, la mujer había hecho una excepción y había dejado entreabierta la puerta del jardín. La capa de nubes flotaba tan baja que cabía la posibilidad de que aquella noche se libraran de los bombardeos. La corriente que entraba por la puerta hacía vacilar las llamas de las velas y las sombras danzaban reflejándose sobre los retratos de tantos hombres y tantas mujeres de expresión grave que habían llevado el apellido Lang. Su madre le explicó a Urías quién era cada uno, a qué se había dedicado y en el seno de qué familias eligieron a sus cónyuges. Urías la escuchaba con una sonrisa que Helena interpretó como algo sarcástica, aunque no podía distinguirlo bien en la semipenumbra. Su madre dijo que sentían tener que ahorrar energía eléctrica a causa de la guerra, pero no le reveló, desde luego, la nueva situación económica de la familia, ni que Beatrice era la única criada que les quedaba del servicio doméstico habitual, compuesto por cuatro.

Urías dejó el tenedor y se aclaró la garganta. Su madre había colocado a los dos jóvenes uno frente a otro, en tanto que ella misma se había sentado en un extremo, presidiendo la mesa.

—Esto está realmente bueno, señora Lang.

Era una cena sencilla. No tanto que pudiese considerarse insultante, pero en modo alguno extraordinaria, de modo que Urías no tuviese motivo para sentirse un huésped de honor.

—Es cosa de Beatriz —intervino Helena ansiosa—. Prepara el mejor *Wienerschnitzel* de toda Austria. ¿Lo habías probado ya?

—Solo una vez, creo. Y no puede compararse con este.

—*Schwein* —dijo la madre de Helena—. Lo que usted ha comido antes estaría preparado con carne de cerdo. Pero en nuestra casa lo cocinamos siempre con carne de ternera. O, a lo sumo, de pavo.

—Lo cierto es que no recuerdo que aquel tuviese carne —aseguró él con una sonrisa—. Creo que solo tenía huevo y miga de pan.

Helena soltó una risita que mereció una mirada displicente de su madre.

La conversación decayó un par de veces a lo largo de la cena pero, tras las largas pausas, tanto Urías como Helena o su madre conseguían reanudarla. Antes de invitarlo a cenar, Helena había decidido no preocuparse por lo que pensara su madre. Urías era educado, procedía de un sencillo entorno campesino, sin ese modo de ser y esas maneras refinadas de quienes se educan en el seno de una familia de abolengo. Pero comprobó que no tenía por qué preocuparse. Estaba admirada de lo relajado y desenvuelto que parecía Urías.

—¿Piensa buscar trabajo cuando termine la guerra? —preguntó la madre antes de llevarse a la boca el último trozo de patata.

Urías asintió y aguardó paciente la que debía ser, por lógica, la siguiente pregunta de la señora Lang, mientras esta terminaba de masticar.

—Y, si me permite la pregunta, ¿qué trabajo sería ese?

—Cartero. Al menos, antes de que estallase la guerra, me habían prometido un puesto de cartero.

—¿Para llevar el correo? ¿No son terriblemente grandes las distancias en su país?

—Bueno, no tanto. Vivimos donde es posible vivir. Junto a los fiordos, en los valles y en otros lugares protegidos. Y, además, también tenemos algunos pueblos y ciudades grandes.

—Vaya, ¿conque sí? Interesante. Permítame que le pregunte, ¿tiene usted algún capital?

—¡Madre! —gritó Helena mirándola sin poder dar crédito.

—¿Sí, querida? —preguntó limpiándose los labios con la servilleta antes de indicarle a Beatrice que podía retirar los platos.

—¡Haces que esto parezca un interrogatorio!

En la frente blanca de Helena se enarcaron las cejas oscuras.

—En efecto —contestó su madre al tiempo que levantaba una copa mirando a Urías—. Es un interrogatorio.

Urías alzó también la copa y le devolvió la sonrisa.

—La comprendo, señora Lang. Ella es su única hija. Está usted en su derecho, es más, diría que es su deber averiguar a qué clase de hombre piensa unirse.

Los labios finos de la señora Lang habían adoptado la postura idónea para beber, formando un pequeño aro, pero la mujer detuvo de pronto la copa en el aire.

—Yo no soy rico —prosiguió Urías—. Pero soy trabajador, no soy un necio y me las arreglaré para mantenerme a mí mismo, a Helena y seguramente a alguno más. Le prometo que la cuidaré lo mejor que pueda, señora Lang.

Helena sentía unas ganas tremendas de reír y, al mismo tiempo, un extraño nerviosismo.

—¡Por Dios! —exclamó entonces la madre volviendo a dejar la copa en la mesa—. ¿No va usted demasiado rápido, joven?

—Sí —afirmó Urías antes de tomar un trago y quedarse un rato mirando la copa—. Y he de insistir en que este es, en verdad, un vino excelente, señora Lang.

Helena intentó darle con el pie bajo la robusta mesa de roble, pero no llegaba.

—Pero resulta que este tiempo que nos ha tocado vivir es un

tanto extraño. Y bastante escaso, además. –Dejó la copa, pero sin apartar la vista de ella. Del pequeño atisbo de sonrisa que Helena había creído advertir antes no quedaba ya ni rastro–. He pasado muchas noches como esta, señora Lang, hablando con mis compañeros acerca de todo lo que pensábamos hacer en el futuro, sobre cómo sería la nueva Noruega y sobre todos los sueños que deseábamos hacer realidad. Unos, grandes; otros, pequeños. Y, pocas horas más tarde, estaban muertos y su futuro, desvanecido en el campo de batalla.

Levantó la vista, que clavó en la señora Lang.

–Voy demasiado rápido porque he encontrado a una mujer a la que quiero y que me quiere a mí. Estamos en guerra, y todo lo que puedo decirle de mis planes de futuro son invenciones. No dispongo más que de una hora para vivir mi vida, señora Lang. Y quizás usted tampoco tenga mucho más tiempo.

Helena lanzó una mirada fugaz a su madre, que parecía petrificada.

–He recibido una carta de la Dirección General de la Policía noruega. Debo presentarme en el hospital de guerra de la escuela de Sinsen, en Oslo, para someterme a un reconocimiento médico. Partiré dentro de tres días. Y tengo pensado llevarme a su hija conmigo.

Helena contuvo la respiración. El tictac del reloj de pared inundaba la habitación con su estruendo. Los diamantes de la madre despedían destellos mientras los músculos se tensaban y distendían bajo la arrugada piel del cuello. Un soplo repentino de aire procedente de la puerta del jardín abatió las llamas de las velas y, sobre el papel plateado de las paredes, las sombras bailotearon entre los muebles oscuros. Tan solo la sombra de Beatrice junto a la puerta de la cocina parecía totalmente inmóvil.

–*Strudel* –dijo la madre haciéndole una seña a Beatrice–. Una especialidad vienesa.

–Solo quiero que sepa que tengo muchísimas ganas –dijo Urías.

–Hace usted bien –respondió la señora Lang con una sonrisa sardónica algo forzada–. La preparamos con manzanas de nuestra propia cosecha.

32

Johannesburgo,
28 de febrero de 2000

La Comisaría General de Policía de Hillbrow estaba en el centro de Johannesburgo y el muro, que remataba una alambrada, y las rejas de acero que protegían unas ventanas tan pequeñas que parecían saeteras, le otorgaban el aspecto de una pequeña fortaleza.

—Dos hombres, los dos negros, asesinados anoche, tan solo en este distrito policial —dijo el oficial Esaias Burne mientras guiaba a Harry a través de un laberinto de pasillos de suelos de linóleo desgastado, en cuyas robustas paredes la pintura blanca empezaba a resquebrajarse—. ¿Has visto el inmenso hotel Carlton? Cerrado. Los blancos se fueron ya hace tiempo a las afueras, así que ahora solo podemos dispararnos entre nosotros.

Esaias se subió los pantalones caídos. Era negro, alto, patizambo y realmente obeso. La camisa blanca de nailon que llevaba tenía dos círculos negros de sudor bajo los brazos.

—Andreas Hochner está en una prisión situada a las afueras de la ciudad, un lugar que llamamos Sin City —dijo—. Pero hoy lo hemos traído hasta aquí para los interrogatorios.

—¿Es que habrá más, aparte del mío? —preguntó Harry.

—Es aquí —dijo Esaias al tiempo que abría la puerta.

Entraron en una habitación donde dos hombres con los brazos cruzados miraban a través de una ventana de color marrón que había en la pared.

—Una sola dirección —susurró Esaias—. Él no puede vernos.

Los dos hombres que había delante de la ventana saludaron a Esaias y a Harry con un gesto y se apartaron.

Era una sala no muy grande escasamente iluminada en cuyo centro había una silla y una mesita. Encima de la mesa había un cenicero lleno de colillas y un micrófono en un soporte. El hombre que ocupaba la silla tenía los ojos oscuros y un espeso bigote negro que le colgaba por las comisuras de los labios. Harry reconoció enseguida al hombre de la fotografía borrosa de Wright.

—¿El noruego? —murmuró uno de los dos hombres señalando a Harry.

Esaias asintió.

—Ok —dijo el hombre dirigiéndose a Harry pero sin perder de vista ni por un instante al que estaba en la habitación—. Amigo noruego, ahí lo tienes, es tuyo. Dispones de veinte minutos.

—En el fax decía…

—Olvídate del fax, noruego. ¿Sabes cuántos países quieren interrogar a este sujeto? ¿O, directamente, que se lo enviemos?

—Pues no.

—Date por satisfecho con poder hablar con él —dijo el hombre.

—¿Por qué ha aceptado hablar conmigo?

—¿Cómo vamos a saberlo nosotros? Pregúntaselo a él.

Harry intentó respirar con el estómago cuando entró en aquella sala de interrogatorios tan diminuta. En la pared, donde unos chorreones rojos de óxido habían compuesto una especie de dibujo, colgaba un reloj que indicaba las once y media. Harry pensó en los policías que lo vigilaban con los ojos atentos, lo que tal vez fuese la causa de que le sudaran tanto las palmas de las manos. El individuo estaba encogido en la silla y tenía los ojos entrecerrados.

—¿Andreas Hochner?

—¿Andreas Hochner? —repitió el hombre de la silla con voz bronca y susurrante, levantó la vista y lo miró como si tuviera ganas de aplastar con el pie lo que veía—. No, está en casa follándose a tu madre.

Harry se sentó despacio. Le parecía oír las carcajadas al otro lado del espejo negro.

—Soy Harry Hole, de la policía noruega —dijo en voz baja—. Has accedido a hablar con nosotros.

—¿Noruega? —preguntó Hochner escéptico.

Se inclinó hacia delante, estudió detenidamente el carné que Harry le mostraba y dibujó una sonrisa bobalicona.

—Perdona, Hole. No me habían dicho que hoy tocaba Noruega, ¿entiendes? Os estaba esperando.

—¿Dónde está tu abogado?

Harry dejó sobre la mesa una carpeta, la abrió y sacó un folio con una serie de preguntas y un bloc de notas.

—Olvídalo, no me fío de ese tipo. ¿Está enchufado el micrófono?

—No lo sé. ¿Tienes algo en contra?

—No quiero que esos negros me oigan. Estoy interesado en hacer un trato. Contigo. Con Noruega.

Harry levantó la vista del folio. Las manecillas del reloj avanzaban a la espalda de Hochner. Ya habían pasado tres minutos. Algo le decía que no le permitirían agotar el tiempo acordado.

—¿Qué clase de trato?

—¿Está enchufado el micrófono? —dijo Hochner entre dientes.

—¿Qué clase de trato?

Hochner levantó la vista con expresión inquisitiva. Después se inclinó por encima de la mesa y susurró apresuradamente:

—Los crímenes de los que me acusan se castigan con la pena de muerte en Sudáfrica. ¿Entiendes adónde quiero ir a parar?

—Puede ser. Continúa.

—Puedo contarte algunas cosas del hombre de Oslo si tú me garantizas que tu gobierno le pedirá mi indulto a este gobierno de negros. Porque yo os habré ayudado, ¿verdad? Vuestra primera ministra estuvo aquí; ella y Mandela iban por ahí dándose abrazos. A los caciques del CNA que gobiernan ahora les gusta Noruega. Vosotros los apoyáis, nos boicoteasteis cuando los comunistas negros así lo quisieron. A vosotros os escucharán, ¿comprendes?

—¿Por qué no puedes hacer ese trato ayudando a la policía de aquí?

—¡Joder! —El puño de Hochner cayó sobre la mesa de modo que el cenicero saltó por los aires y las colillas cayeron al suelo—. ¿Es que no entiendes nada, poli de mierda? Ellos creen que he matado a niños negros.

Se aferraba con ambas manos al borde de la mesa y miraba a Harry con los ojos desorbitados. Hasta que de pronto fue como si se le hubiera desinflado la cara, se vino abajo, como un balón pinchado, y la ocultó entre las manos.

—Ellos solo quieren verme colgado, ¿no es así?

Se oyó un sollozo terrible. Harry lo observaba. A saber cuántas horas habrían tenido a Hochner despierto en los interrogatorios aquellos dos policías, antes de que él llegase. Respiró hondo y se inclinó sobre la mesa, tomó el micrófono con una mano mientras lo desconectaba con la otra.

—*Deal*, Hochner. Nos quedan diez segundos. ¿Quién es Urías?

Hochner lo miraba por entre los dedos.

—¿Qué?

—Rápido, Hochner, no tardarán en entrar.

—Es… es un viejo, seguro que pasa de los setenta. Yo solo lo vi una vez, en la entrega.

—¿Cómo es?

—Viejo, ya te digo…

—¡Dame una descripción!

—Llevaba abrigo y sombrero. Y fue en plena noche en un almacén de contenedores mal iluminado. Ojos azules, creo, estatura media… en fin.

—¿De qué hablasteis? ¡Rápido!

—De todo un poco. Al principio hablamos en inglés, pero cambiamos cuando se enteró de que yo hablaba alemán. Le conté que mis padres eran de Lesas. Y él me dijo que había estado allí una vez, en una ciudad llamada Sennheim.

—¿Cuál es su misión?

—No lo sé. Pero es un aficionado. Hablaba mucho y cuando le

di el rifle me dijo que era la primera vez en más de cincuenta años que sostenía un arma en sus manos. Me dijo que odia...

En ese momento se abrió la puerta de la sala.

—¿Que odia qué? —gritó Harry.

Al mismo tiempo, sintió un puño que le apretaba la clavícula. Una voz masculló en su oído:

—¿Qué coño estás haciendo, Harry?

Harry no dejó de mirar a Hochner mientras ellos se lo llevaban arrastrando hacia la puerta. Hochner tenía la mirada vidriosa y las venas del cuello a flor de piel. Harry veía que estaba diciendo algo, pero no pudo oírlo.

Y la puerta se cerró en sus narices.

Harry se frotaba la nuca mientras Esaias lo conducía al aeropuerto. Tras unos veinte minutos de trayecto, Esaias rompió el silencio.

—Llevamos seis años trabajando en este caso. La lista de entregas de armas abarca más de veinte países. Y en todo momento nos ha preocupado precisamente lo que ha ocurrido hoy, que alguien viniese a tentarlo con ayuda diplomática para obtener información.

Harry se encogió de hombros.

—¿Y qué pasa? Vosotros lo habéis atrapado y habéis hecho vuestro trabajo, Esaias, no tenéis más que recoger las medallas. Los acuerdos a los que cualquiera llegue con Hochner y con el gobierno no son cosa vuestra.

—Eres policía, Harry, sabes lo que se siente al ver libre a un criminal, a gente que sacrifica vidas humanas sin pestañear y que sabes que lo retomarán donde lo dejaron tan pronto como se vean otra vez en la calle.

Harry no respondió.

—Lo sabes, ¿verdad? Estupendo. Pues entonces tengo una propuesta que hacerte. Parece que obtuviste tu parte del trato con Hochner. Lo que significa que tú eliges si cumplir la suya o no. *Understand, -izzist?*

—Yo solo hago mi trabajo, Esaias, y Hochner puede serme útil más adelante, como testigo. Lo siento.

Esaias aporreó el volante con tal fuerza que Harry dio un respingo.

–Voy a decirte una cosa, Harry. Antes de las elecciones de 1994, mientras aún nos gobernaba la minoría blanca, Hochner disparó a dos niñas negras, de once años, desde un depósito de agua que había a las afueras del jardín del colegio, en un *township* negro llamado Alexandra. Creemos que detrás del crimen había alguien del Afrikaner Volkswag, el partido del apartheid. Se trataba de un colegio controvertido, pues asistían a él tres alumnos blancos. Utilizó balas Singapore, del mismo tipo que las empleadas en Bosnia. Se abren a los cien metros y perforan como un taladro todo lo que encuentran. A las dos las alcanzó en la garganta, así que, por una vez, no tuvo la menor importancia que la ambulancia llegase, como de costumbre en los barrios negros, una hora después de haber llamado.

Harry no respondió.

–Pero te equivocas si crees que es venganza lo que buscamos, Harry. Ya sabemos que no es posible construir una sociedad sobre la base de la venganza. De ahí que el primer gobierno negro mayoritario instituyese una comisión para esclarecer los abusos cometidos durante la época del apartheid. No se trata de venganza, sino de reconocimiento y perdón. Eso ha curado muchas heridas y solo le ha reportado beneficios a la sociedad. Pero, al mismo tiempo, estamos perdiendo la batalla contra el crimen, y en especial aquí en Joeburg, donde las cosas están totalmente fuera de control. Somos una nación joven y vulnerable, Harry, y si queremos progresar, hemos de demostrar que la ley y el orden son importantes, que el crimen no puede recurrir al pretexto del caos. Todos recuerdan los asesinatos de 1994, todos siguen el caso en la prensa. De ahí que esto sea más importante que tu agenda personal, o que la mía, Harry. –Cerró el puño y volvió a golpear el volante–. No se trata de convertirnos en jueces sobre la vida y la muerte, sino de devolverle a la gente corriente la fe en la justicia. Y, a veces, es necesaria la pena de muerte para conseguirlo.

Harry sacó un cigarrillo del paquete, abrió un poco la ventanilla y contempló los montículos de residuos de las minas, que rompían la monotonía del paisaje reseco.

—En fin, Harry, ¿qué me dices?

—Que si no aceleras, voy a perder el avión, Esaias.

Esaias volvió a aporrear el volante con tal violencia que a Harry le sorprendió que el eje aguantara.

33

Parque zoológico Lainzer, Viena, 27 de junio de 1944

Helena estaba sola en el asiento trasero del Mercedes negro de André Brockhard. El coche se deslizaba despacio entre los castaños de altas copas que flanqueaban el camino. Iban a los establos del parque zoológico Lainzer.

Contemplaba el verdor claro del bosque. Detrás del vehículo se levantó un remolino de polvo del firme de grava reseco, e incluso con la ventanilla abierta hacía un calor insoportable en el interior del coche.

Una manada de caballos que pacían a la sombra, donde comenzaba el hayedo, levantaron la cabeza al paso del vehículo.

Helena adoraba el parque Lainzer. Antes de que estallase la guerra, pasaba muchos domingos en aquella inmensa zona boscosa al sur de Wienerwald, de picnic con sus padres, sus tíos y tías, o dando un paseo a caballo con sus amigos.

Se había preparado mentalmente para cualquier cosa cuando, aquella mañana, la gobernanta del hospital le había avisado de que André Brockhard quería tener una conversación con ella y que enviaría un coche a buscarla a lo largo de la mañana. Desde que recibió la recomendación de la dirección del hospital, junto con el permiso de salida, estaba encantada, y lo primero que pensó fue que aprovecharía la ocasión para darle las gracias al padre de Christopher por haber intervenido en su ayuda. Lo segundo que

199

pensó fue que no era verosímil que André Brockhard la hubiese convocado para que ella tuviese oportunidad de darle las gracias. «Tranquila, Helena —se decía—. Ahora ya no pueden pararnos. Mañana temprano estaremos lejos de aquí.»

El día anterior había preparado dos maletas con ropa y sus objetos personales más queridos. El crucifijo que colgaba sobre el cabecero de la cama fue lo último que guardó. La caja de música que le había regalado su padre seguía en el tocador. Objetos de los que nunca creyó que se separaría voluntariamente, y que, por extraño que pudiera parecer, no tenían ya mucho significado para ella. Beatrice le había ayudado y habían hablado de los viejos tiempos mientras escuchaban los pasos de su madre, que trajinaba en la planta baja. Sería una despedida dura y triste. Pero, en esos momentos, ella solo se regocijaba ante la perspectiva de aquella tarde. Urías se había quejado de que era una vergüenza no haber visto nada de Viena antes de marcharse, de modo que la invitó a cenar fuera. Helena no sabía dónde, pues él le lanzó un guiño misterioso por respuesta y le preguntó si creía que podrían tomar prestado el coche del guarda forestal.

—Ya hemos llegado, Fräulein Lang —dijo el chófer al tiempo que señalaba el final del paseo, que terminaba delante de una fuente.

En medio del agua, un Cupido dorado hacía equilibrio sobre un pie en la cima de una esfera de esteatita. Detrás de la fuente se alzaba una casa señorial construida en piedra gris. A cada lado de la casa había sendos edificios de madera pintada de rojo, alargados y de techo bajo, que junto con una pequeña construcción de piedra delimitaban un jardín situado detrás del edificio principal.

El chófer detuvo el coche, salió y le abrió la puerta a Helena.

André Brockhard estaba ante la puerta de la casa y se les acercó. Sus botas de montar brillaban relucientes al sol. Brockhard tenía algo más de cincuenta años pero caminaba con la agilidad de un joven. Puesto que hacía calor, se había desabotonado la chaqueta de lana roja, consciente de que así luciría mejor su atlético torso. Los pantalones de montar se ajustaban a unas piernas musculosas. El señor Brockhard no podía parecerse menos a su hijo.

—¡Helena!

La saludó con una voz tan sincera y cálida como suelen usar los hombres que se saben capaces de decidir cuándo una situación ha de ser sincera y cálida. Hacía mucho tiempo que ella no lo veía, pero le pareció que tenía el mismo aspecto de siempre: el cabello blanco, la frente despejada y un par de ojos azules que la miraban desde ambos lados de una gran nariz majestuosa. La boca, en forma de corazón, desvelaba cierta dulzura de carácter, aunque este era un rasgo que muchos no habían experimentado aún.

—¿Qué tal está tu madre? Espero no haberme excedido recogiéndote del trabajo de este modo —dijo mientras le daba un breve y seco apretón de manos antes de proseguir, sin esperar respuesta—. Tengo que hablar contigo y me temo que el asunto no puede esperar. Bueno, tú has estado aquí antes —comentó señalando con la mano el conjunto de edificios.

—No —corrigió Helena con una sonrisa.

—¿Ah, no? Di por supuesto que Christopher te habría traído aquí alguna vez; de jóvenes erais uña y carne.

—Creo que lo engaña la memoria, Herr Brockhard. Christopher y yo nos conocíamos, eso es cierto, pero...

—¡Vaya, no me digas! En tal caso, te lo enseñaré. Bajemos primero a los establos.

Con delicadeza, le puso la mano en la espalda para conducirla hacia los edificios de madera. La grava crujía bajo sus pies.

—Es triste lo que le ha sucedido a tu padre, Helena. Una verdadera lástima. Me gustaría poder hacer algo por tu madre y por ti.

«Podrías habernos invitado a la cena de Navidad este invierno, como solías», pensó Helena, pero no dijo nada. Además, mejor así, pues no había tenido que sufrir los nervios y el ajetreo de su madre ante la invitación.

—¡Janjić! —gritó Brockhard a un mozo de cabello negro que lustraba la montura delante del muro soleado—. Saca a Venezia.

El mozo entró en los establos mientras Brockhard esperaba dándose ligeros golpes con la fusta en la rodilla al tiempo que subía y bajaba los talones. Helena echó una ojeada al reloj.

—Me temo que no podré quedarme mucho tiempo, Herr Brockhard. Mi guardia...

—No, claro, lo comprendo. Bien, vayamos al grano.

Desde los establos oyeron los relinchos iracundos y el pataleo del caballo contra el suelo de madera.

—Resulta que tu padre y yo hicimos algunos negocios juntos. Antes de la quiebra, claro está.

—Lo sé.

—Ya. Y sabrás también que tu padre tenía muchas deudas. Fue una causa indirecta de que pasara lo que pasó. Quiero decir que esa lamentable... —se detuvo buscando el término adecuado, hasta que lo encontró—... afinidad con los prestamistas judíos resultó muy perjudicial para él.

—¿Se refiere usted a Joseph Bernstein?

—Ya no recuerdo los nombres de aquellas personas.

—Pues debería: estaba entre sus invitados a la cena de Navidad.

—¿Joseph Bernstein? —André Brockhard rió, pero su risa no se reflejó en sus ojos—. Debe de hacer ya muchos años.

—La Navidad de 1938. Antes de la guerra.

Brockhard asintió y miró con impaciencia hacia la puerta del establo.

—Tienes buena memoria, Helena. Eso está bien. Christopher debe estar con alguien que tenga buena cabeza. Puesto que él pierde la suya de vez en cuando. Por lo demás, es un buen chico, ya lo verás.

Helena sintió que el corazón empezaba a latirle con fuerza. Allí estaba pasando algo. El señor Brockhard le hablaba como a su futura nuera. Pero, en lugar de invadirla el miedo, fue la cólera lo que se impuso. Cuando volvió a tomar la palabra, ella pretendía hacerlo con voz amable, pero la furia se le había adherido al cuello como una soga, otorgándole un tono duro y metálico:

—No quisiera que hubiera malentendidos, Herr Brockhard.

Brockhard debió de notar el timbre de su voz, pues no quedaba ya, cuando le contestó, ni rastro del gesto cálido con que la había acogido al principio.

—En tal caso, hemos de aclarar esos malentendidos. Quiero que veas esto.

Sacó un documento que tenía en el bolsillo de la chaqueta roja, lo desdobló y se lo dio a leer.

«Bürgschaft», se leía en el encabezado del documento, que parecía un contrato. Helena ojeó el escrito sin comprender la mayoría de lo que allí se decía, salvo que mencionaba la casa de Wienerwald y que los nombres de su padre y de André Brockhard figuraban bajo sus respectivas firmas. La joven lo miró inquisitiva.

—Parece un aval —dijo al fin.

—Es un aval —confirmó él—. Cuando tu padre comprendió que se iban a anular los créditos de los judíos y, por tanto, también los suyos, acudió a mí para pedirme que le avalase un crédito considerable para la refinanciación en Alemania. Algo a lo que yo, por desgracia, no tuve la suficiente entereza de negarme. Tu padre era un hombre orgulloso y, para que el aval no pareciese pura beneficencia, insistió en que la casa en la que tú y tu madre vivís ahora sirviese de garantía.

—¿Por qué del aval y no del préstamo?

Brockhard la miró sorprendido.

—Buena pregunta. La respuesta es que el valor de la casa no era suficiente para cubrir el crédito que necesitaba tu padre.

—Pero la firma de André Brockhard sí era suficiente, ¿no?

El hombre sonrió y se pasó una mano por la nuca, robusta como la de un toro y cubierta de sudor por el calor del sol.

—Bueno, tengo alguna que otra propiedad en Viena.

Aquello era quedarse corto, cuando menos. Todos sabían que André Brockhard tenía grandes paquetes de acciones en las dos principales compañías industriales austriacas. Después de la Anschluss, la ocupación de Hitler en 1938, las compañías habían sustituido la producción de herramientas y maquinaria por la de armamento para las fuerzas del Eje, y Brockhard se había hecho multimillonario. Ahora Helena acababa de enterarse de que tam-

203

bién era propietario de la casa en la que ella vivía. Y sintió un nudo en el estómago.

—Pero no te preocupes, querida Helena —la animó Brockhard recuperando su tono cálido del principio—. No tengo intención de arrebatarle a tu madre la casa, como comprenderás.

El nudo que Helena tenía en el estómago seguía creciendo, pues comprendió que habría podido añadir: «Ni tampoco pienso arrebatársela a mi futura nuera».

—¡Venezia! —exclamó Brockhard.

Helena se volvió hacia la puerta del establo por donde el mozo salía de entre las sombras guiando un caballo de un blanco espléndido. Aunque le cruzaba por la cabeza un torbellino de ideas, aquella visión la hizo olvidarlo todo por un instante. Era el caballo más hermoso que había visto en su vida, como si tuviese delante una creación sobrenatural.

—Un lipizzano —dijo Brockhard—. La raza mejor amaestrada del mundo. Importada de España en 1562 por Maximiliano II. Naturalmente, tú y tu madre habréis visto sus exhibiciones en el pueblo, en la Escuela Española de Equitación de Viena.

—Naturalmente.

—Es como un espectáculo de ballet, ¿verdad?

Helena asintió, sin poder apartar la vista del animal.

—Tienen vacaciones de verano hasta finales de agosto aquí en el parque. Por desgracia, nadie salvo los jinetes de la Escuela Española pueden montarlos. Un jinete inexperto podría hacerles adquirir malas costumbres y echar por tierra años de entrenamiento.

El caballo estaba ensillado. Brockhard tomó las riendas y el mozo se hizo a un lado. El animal se quedó totalmente inmóvil.

—Hay quien dice que es una crueldad enseñar a los caballos a danzar, que el animal sufre al tener que hacer cosas que van contra su naturaleza. Pero quienes así piensan no han visto entrenar a estos caballos. Yo, en cambio, sí los he visto. Y, créeme, les encanta. ¿Sabes por qué?

Calló un instante durante el cual acarició el hocico del animal.

—Porque obedece al orden de la naturaleza. Dios, en su sabiduría, ha organizado el mundo de modo que las criaturas inferiores sean más felices cuando pueden servir y obedecer a las superiores. No hay más que observar la relación entre niños y adultos. O entre hombre y mujer. Incluso en los llamados países democráticos, los débiles ceden voluntariamente el poder a la élite, más fuerte e inteligente que ellos mismos. Así son las cosas. Y, puesto que todos somos criaturas de Dios, es responsabilidad de todo ser superior procurar que los inferiores se sometan.

—¿Para que puedan ser felices?

—Exacto, Helena. Eres muy inteligente, para ser una… mujer tan joven.

Helena no habría sabido decir en cuál de las dos últimas palabras había puesto más énfasis.

—Es importante saber cuál es nuestro lugar, tanto para unos como para otros. Si oponemos resistencia, nunca seremos felices a la larga.

Palmeó el cuello de Venezia mientras contemplaba los grandes ojos castaños del animal.

—Tú no eres de los que oponen resistencia, ¿verdad?

Helena sabía que era a ella a quien dirigía la pregunta, y cerró los ojos al tiempo que intentaba respirar hondo, con ritmo pausado. Comprendía que lo que dijese en aquel momento podía resultar decisivo para el resto de su vida, que no podía permitirse ceder a la ira del momento.

—¿Verdad?

De repente, Venezia relinchó y cabeceó hacia un lado, de modo que Brockhard resbaló sobre la gravilla, perdió el equilibrio y quedó suspendido de las riendas bajo el cuello del caballo. El mozo acudió corriendo pero, antes de que llegase, Brockhard ya había conseguido ponerse de pie, con el rostro enrojecido y sudoroso por el esfuerzo, y despachó airado al muchacho. Helena no pudo contener una sonrisa que, probablemente, no pasó inadvertida a Brockhard. El hombre levantó la fusta contra el caballo, pero se contuvo y la bajó de nuevo. Pronunció en silencio, con sus labios en forma de corazón, unas palabras que divirtieron aún más a

Helena. Y entonces se acercó hasta ella, con la mano solícita de nuevo en su espalda.

—Bien, ya hemos visto bastante y tienes un trabajo que atender, Helena. Permíteme que te acompañe hasta el coche.

Se detuvieron junto a la escalera mientras el chófer se sentaba al volante para conducir el vehículo hasta donde ellos estaban.

—Espero y cuento con que te veremos por aquí muy pronto, Helena —le dijo al tiempo que le estrechaba la mano—. Por cierto, mi esposa me pidió que te diese saludos para tu madre. Creo incluso que dijo que quería invitaros a cenar una noche de estas. No recuerdo cuándo dijo, pero ya os avisará.

Helena aguardó a que el chófer le hubiese abierto la puerta, antes de preguntar:

—¿Sabe usted por qué el caballo amaestrado ha estado a punto de derribarlo, Herr Brockhard? —La joven vio cómo la calidez de sus ojos volvía a enfriarse—. Porque lo ha mirado directamente a los ojos, Herr Brockhard. Los caballos interpretan la mirada directa como un desafío, como un indicio de que no se los respeta, ni se respeta su rango en la manada. Puesto que no soporta la mirada directa, puede reaccionar rebelándose, por ejemplo. Y sin respeto, tampoco se dejan amaestrar, con independencia de cuán superior sea su especie, Herr Brockhard. Cualquier domador de animales puede decírselo, señor. Hay especies para las que resulta intolerable que no se las respete. En el altiplano de Argentina hay una especie de caballo salvaje que se arroja por el precipicio más cercano antes de consentir que lo monte un ser humano. Adiós, Herr Brockhard.

Helena volvió a sentarse en el asiento trasero del Mercedes y respiró temblorosa cuando la puerta del coche se cerró suavemente. Mientras recorrían el paseo del parque Lainzer, cerró los ojos y recreó la figura petrificada de André Brockhard perdiéndose a sus espaldas, en la polvareda.

34

Viena,
28 de junio de 1944

–Buenas noches, meine Herrschaften.

El maître pequeño y escuálido hizo una profunda reverencia mientras Helena pellizcaba en el brazo a Urías, que no pudo evitar reírse. No habían dejado de reír en todo el camino desde el hospital, a causa del caos que habían originado. En efecto, al comprobar que Urías era un pésimo conductor, Helena le exigió que detuviera el coche cada vez que se encontraran con otro vehículo en la angosta carretera hacia Hauptstrasse.

Pero, en lugar de seguir su sugerencia, Urías se puso a tocar la bocina, con lo que los coches con que se iban cruzando se apartaban a un lado de la carretera, cuando no se detenían totalmente. Por suerte, no eran muchos los vehículos que aún circulaban por Viena, así que lograron llegar sanos y salvos a Weihburggasse, en el centro, antes de las siete y media.

El camarero miró fugazmente el uniforme de Urías antes de comprobar el libro de reservas, con el entrecejo fruncido. Helena leía por encima de su hombro. La música de la orquesta apenas se superponía al bullicio de la conversación y de las risas que se elevaban bajo las arañas de cristal suspendidas de las arcadas de los techos dorados que sustentaban blancas columnas corintias.

«Así que este es el restaurante Drei Husaren», se dijo satisfecha. Era como si los tres peldaños de la entrada los hubieran trasladado como por encanto de una ciudad en guerra a un mundo en que las bombas y demás contratiempos carecieran de importancia. Se decía que Richard Strauss y Arnold Schönberg habían sido clientes habituales de aquel establecimiento, puesto que aquel era el lugar donde se reunían los vieneses adinerados, cultos y tolerantes. Tan tolerantes que a su padre nunca se le ocurrió llevar allí a la familia.

El encargado carraspeó. Helena notó que los galones de cabo de Urías no lo habían impresionado, aunque puede que sí lo hiciese el extraño nombre extranjero que tenía anotado en el libro de reservas.

—Su mesa está lista. Por aquí, si son tan amables —dijo el hombre al tiempo que cogía dos cartas, les dedicaba una sonrisa insulsa y se adelantaba por el local, que estaba lleno.

—Señores —dijo el encargado, y les indicó el lugar.

Urías miró a Helena con una sonrisa resignada. Les habían dado una mesa aún por preparar, situada junto a la puerta giratoria de la cocina.

—Su camarero vendrá enseguida —dijo el maître antes de esfumarse.

Helena miró a su alrededor y se echó a reír.

—¡Mira! —exclamó—. Esa era nuestra mesa.

Urías volvió a mirar. Y, en efecto: ante el escenario de la orquesta, un camarero se afanaba en recoger una mesa para dos que tenían preparada.

—Lo siento —se lamentó Urías—. Se me escapó poner el grado de «mayor» delante de mi nombre cuando llamé para reservar. Supongo que confié en que tu belleza compensaría mi falta de galones de oficial.

Ella le tomó la mano y, en ese preciso momento, la orquesta comenzó a entonar un *csardas*.

—Tocan para nosotros —dijo Urías.

—Es posible —dijo ella bajando la vista—. Y si no, no importa. La música que estás escuchando es música de gitanos. Es hermosa cuando son los gitanos quienes la interpretan. Pero ¿tú ves alguno por aquí?

Él movió la cabeza, pero sin apartar la vista de ella, estudiando su rostro como si fuera importante grabar en la retina cada rasgo, cada pliegue de su piel, cada cabello.

–Han desaparecido todos. Y los judíos también. ¿Tú crees que son ciertos los rumores?

–¿Qué rumores?

–Sobre los campos de concentración.

Él se encogió de hombros.

–En tiempos de guerra, circulan todo tipo de rumores. Yo, por mi parte, me sentiría bastante seguro como prisionero de Hitler.

La orquesta empezó a entonar una pieza a tres voces en una lengua extranjera, y algunos de los huéspedes corearon la canción.

–¿Qué es eso? –preguntó Urías.

–Un *Verbunkos* –aclaró Helena–. Una especie de canción militar, igual que la canción noruega que me cantaste en el tren. Los compusieron para reclutar jóvenes húngaros para las guerras de los Rákóczi. ¿De qué te ríes?

–De todas las cosas raras que sabes. ¿Entiendes lo que cantan?

–Un poco. ¡Deja de reír! –le recriminó ella con una sonrisa–. Beatrice es húngara y ella solía cantarme, así que aprendí alguna que otra palabra en húngaro. Trata de héroes olvidados y de ideales y cosas así.

–Olvidados –repitió él, y le cogió la mano–. Igual que lo será un día esta guerra.

El camarero se había acercado a la mesa sin que ellos lo notaran, y carraspeó discretamente para que advirtieran su presencia.

–¿Desean pedir ya, meine Herrschaften?

–Sí –dijo Urías–. ¿Qué nos recomienda hoy?

–*Hähnchen.*

–¿Pollo? Suena bien. Quizá pueda usted elegirnos un buen vino, ¿verdad, Helena?

Los ojos de Helena recorrían la carta.

–¿Por qué no figuran los precios?

–La guerra, Fräulein. Cambian de un día para otro.

–¿Y cuánto cuesta el pollo?

—Cincuenta chelines.

Helena vio palidecer a Urías con el rabillo del ojo.

—Sopa *gulasch* —declaró la joven—. No hace mucho que hemos comido y tengo entendido que aquí son expertos en platos húngaros. ¿No quieres probarla, Urías? Cenar dos veces al día no es nada saludable.

—Yo… —comenzó Urías.

—Y un vino ligero —lo interrumpió Helena.

—¿Dos sopas *gulasch* y un vino ligero? —preguntó el camarero enarcando una ceja.

—Creo que me ha entendido perfectamente, camarero —dijo Helena con una esplendorosa sonrisa.

Los dos jóvenes no dejaron de mirarse hasta que el camarero hubo desaparecido por la puerta de la cocina, y se echaron a reír.

—¡Estás loca! —la acusó él entre risas.

—¿Yo? ¡No he sido yo quien te ha invitado al Drei Husaren con menos de cincuenta chelines en la cartera!

Urías sacó un pañuelo del bolsillo y se inclinó hacia ella.

—¿Sabe usted una cosa, Fräulein Lang? —dijo mientras le secaba las lágrimas que le habían provocado tantas risas—. La quiero. La quiero de todo corazón.

En ese preciso instante, sonó la alarma.

Cuando Helena evocaba aquella noche, se veía siempre obligada a preguntarse hasta qué punto la rememoraba como había sido, si las bombas cayeron tan seguidas como ella lo recordaba, si después, cuando entraron en la nave central de la catedral de San Esteban, todos se volvieron de verdad a mirar… Pero aunque la última noche que pasaron juntos en Viena quedara envuelta en un velo de irrealidad, se le reconfortaba el corazón con su recuerdo en los fríos días de invierno. Y cuando pensaba en ese mismo instante de aquella noche de verano, había días que reía y días que lloraba, sin saber por qué.

Cuando sonó la alarma, el ruido cesó de inmediato. Por un segundo, todo el restaurante quedó como en una foto fija, todos quietos y en silencio, hasta que se oyeron las primeras maldiciones que retumbaron bajo los dorados techos del establecimiento.

—*Hunde!*

—*Schesse!* ¡Si no son más que las ocho!

Urías meneó la cabeza.

—Los ingleses deben de estar locos —comentó—. Ni siquiera ha anochecido aún.

De repente, todos los camareros corrían de una mesa a otra mientras el maître les gritaba las instrucciones.

—¡Fíjate! —observó Helena—. Es posible que el restaurante quede en ruinas dentro de unos minutos, y lo único en lo que piensan es en cobrar las notas de todos los comensales antes de que se marchen.

Un hombre con un traje oscuro saltó al escenario, donde los miembros de la orquesta ya recogían sus instrumentos.

—¡Escuchen! —dijo a voz en grito—. Rogamos a todos aquellos que hayan pagado que se dirijan al refugio más próximo, que se encuentra en el subterráneo de Weihburggasse 20. Por favor, vayan en silencio y presten atención. Cuando salgan, giren a la derecha y caminen unos doscientos metros calle abajo. Busquen a los hombres que llevan brazalete rojo, ellos les indicarán adónde tienen que dirigirse. Y tómenselo con calma, aún tienen tiempo hasta que lleguen los aviones.

En ese mismo instante se oyó el estruendo del primer bombardeo. El hombre que hablaba desde el escenario intentaba decir algo más, pero las voces y los gritos del restaurante ahogaron sus palabras y al final desistió, se persignó, bajó del escenario y desapareció.

La gente se apresuraba hacia la salida, donde ya se agolpaba un montón de personas aterrorizadas. Una mujer gritaba en el guardarropa: «Mein regenschirm!», ¡mi paraguas!, pero no había nadie en el servicio de guardarropa. Un nuevo estruendo, más cerca en esta ocasión. Helena miró la mesa vecina abandonada, donde dos copas medio vacías tintineaban una contra otra debido a las vibraciones de la sala, emitiendo un sonido como un canto a dos voces. Dos mujeres jóvenes transportaban a un hombre muy borracho, tan grande como una morsa, hacia la puerta de salida. Llevaba por fuera el faldón de la camisa y tenía una sonrisa bobalicona.

En no más de dos minutos, el restaurante quedó totalmente vacío y una extraña calma se adueñó del lugar. Lo único que se oía era un leve sollozo procedente del guardarropa, donde la mujer había dejado de gritar pidiendo su paraguas y, rendida, apoyaba la frente sobre el mostrador. Los platos seguían medio vacíos sobre los manteles blancos, al igual que las botellas abiertas. Urías le había cogido la mano a Helena. Un nuevo estruendo hizo vibrar las arañas de cristal despertando de su letargo a la mujer del guardarropa, que echó a correr entre gritos.

—Al fin solos —dijo Urías.

La tierra se estremeció bajo sus pies y un montón de partículas doradas llovieron del techo centelleando en el aire. Urías se levantó y le ofreció el brazo.

—Nuestra mejor mesa acaba de quedar libre, Fräulein. Si me permite…

Ella tomó su brazo, se levantó y avanzó hacia el escenario. Apenas percibió el penetrante silbido. El fragor de la explosión fue ensordecedor e hizo que el polvo quedara suspendido en el aire, como una tormenta de arena procedente de las paredes, abriendo incluso las ventanas que daban a la calle Weihburggasse. Se produjo un apagón.

Urías encendió las velas del candelabro que había en la mesa, acercó una silla, tomó una servilleta entre el pulgar y el índice, y la desplegó en el aire para después dejarla aterrizar en el regazo de Helena.

—*Hähnchen und Prädikatswein?* —preguntó mientras retiraba discretamente los restos de cristal que había esparcidos sobre la mesa, los platos y el cabello de Helena.

Tal vez fuesen las velas y el polvo dorado que brillaba en el aire mientras fuera caía la noche, tal vez el aire refrescante que entraba por las ventanas abiertas ofreciéndoles un respiro en el caluroso estío. O tal vez fuese solo su propio corazón, la sangre que parecía precipitarse por sus venas para vivir aquel instante con más intensidad. Porque ella lo recordaba con música, pero no era posible, pues la orquesta ya se había marchado. ¿Habría sido la música solo un sueño?

Muchos años después, cuando estaba a punto de tener a su hija, cayó en la cuenta, por casualidad, de qué fue lo que la hizo pensar en aquella música imposible. Sobre la cuna recién comprada, el padre de su hija había colgado un juguete con unas bolas de cristal de distintos colores, y una noche en que lo vio agitarlo, ella reconoció enseguida la música. Y comprendió.

Fueron las grandes arañas de cristal del restaurante Drei Husaren las que tocaron para ellos. Un hermoso tañer como de campanas mientras ellos se mecían al ritmo de las sacudidas de la tierra y Urías entraba en la cocina y salía con una fuente de *Salzburger Nockerl* y tres botellas de Heuriger de la bodega, donde encontró a uno de los camareros sentado en un rincón con una botella en la mano. El hombre no hizo nada por detener a Urías, sino que, al contrario, asintió animándolo cuando él le mostró las botellas que había elegido.

Después, dejó sus cuarenta chelines debajo del candelabro y ambos salieron a la cálida noche de junio.

En Weihburgasse reinaba el más completo silencio, pero el aire estaba cargado del olor a humo, polvo y tierra.

—Demos un paseo —propuso Urías.

Sin que ninguno de los dos hiciese el menor comentario sobre hacia dónde irían, giraron a la derecha por la calle Kärntner y, de pronto, se vieron en una plaza de San Esteban totalmente desolada.

—¡Dios santo! —exclamó Urías.

La enorme catedral que tenían ante sí se alzaba imponente en la madrugada.

—¿Es la catedral de San Esteban? —preguntó atónito.

—Sí.

Helena miró hacia arriba y siguió con la vista la *Südturm*, la altísima aguja que se elevaba alta hacia un cielo donde empezaban a brillar las primeras estrellas.

Lo siguiente que recordaba Helena era la imagen de ellos dos dentro de la catedral, las caras pálidas de la gente que había buscado refugio allí, el sonido del llanto de los niños y de la música del órgano. Avanzaron hacia el altar, cogidos del brazo, ¿o tal vez eso también fue un sueño? ¿No había sucedido aquello, no la abrazó y le dijo de repente que ella tenía que ser suya, y ella le susurró que «sí, sí, sí», mientras la gran nave de la iglesia se apoderaba de sus palabras y las elevaba hacia la amplia cúpula, hacia la imagen de la paloma y el crucificado, y que allí esas palabras se repetían una y otra vez hasta que parecía que tenían que ser ciertas? Hubiese ocurrido o no, aquellas palabras fueron más ciertas que las que había estado meditando desde su conversación con André Brockhard:

—No puedo irme contigo.

Eso también lo dijo, pero ¿cuándo?, ¿dónde?

Ella se lo había dicho a su madre aquella misma tarde, que no se marcharía; pero no llegó a explicarle la razón. La mujer había intentado consolarla, pero Helena no soportaba su voz, su tono chillón y autosuficiente, y se encerró en el dormitorio. Entonces llegó Urías, llamó a la puerta y ella decidió dejar de pensar, abandonarse sin temor, sin imaginar nada más que un abismo infinito. Puede que él se percatara en cuanto ella le abrió la puerta, tal vez alcanzaran un acuerdo tácito allí mismo, en el umbral, un acuerdo según el cual vivirían el resto de sus vidas en las horas que les quedaban hasta que partiese el tren.

—No puedo irme contigo.

El nombre de André Brockhard le había dejado un sabor a hiel en la lengua. Ella lo escupió. También le contó todo lo demás: el documento del aval, el riesgo que corría su madre de quedarse en la calle, la imposibilidad de su padre de volver a una vida decente, Beatrice, que no tenía ninguna familia a la que acudir. Sí, lo dijo todo, pero ¿cuándo? ¿Se lo había dicho allí, en la catedral? ¿O después, cuando recorrieron las calles hasta llegar a Filharmonikerstrasse, cuyas aceras aparecían cubiertas de cascotes y de vidrios rotos?

Las llamas rojizas que salían por las ventanas del viejo edificio de la pastelería les iluminaron el camino cuando entraron corriendo en la suntuosa recepción del hotel, ahora desierto y sumido en la oscuridad. Encendieron una cerilla, tomaron una llave cualquiera de las que colgaban en la pared y subieron a toda prisa las escaleras, cuya moqueta era tan gruesa que amortiguaba el menor ruido, y pudieron avanzar como espectros revoloteando por los pasillos en busca de la habitación 342. Una vez allí, fueron arrancándose la ropa abrazados, como si estuviese también en llamas, y luego, cuando sintió su aliento quemándole la piel, ella lo arañó hasta ver brotar la sangre, para después besarle las heridas. Helena repitió aquellas palabras hasta que empezaron a sonar como un conjuro: «No puedo irme contigo».

Cuando volvió a sonar la alarma, anunciando que el bombardeo había terminado por esta vez, vio que estaban abrazados sobre las sábanas ensangrentadas y no podía dejar de llorar.

Después, todo se confundió en un torbellino de cuerpos, sueño y ensoñaciones. No sabía cuándo habían estado amándose de verdad y cuándo había sido un sueño. La despertó a media noche el ruido de la lluvia y la intuición instintiva de que él se había marchado; se dirigió a la ventana y contempló la calle, que la lluvia limpiaba de los restos de tierra y cenizas.

El agua corría por las aceras y un paraguas abierto y sin dueño planeaba en dirección al Danubio. Volvió a la cama y se tumbó de nuevo. Cuando se despertó, ya era de día, las calles estaban secas y él estaba a su lado conteniendo la respiración. Helena miró el reloj que había en la mesilla de noche. Aún faltaban dos horas para que saliera el tren. Le acarició la frente.

—¿Por qué no respiras? —le susurró.

—Acabo de despertarme. Tú tampoco respiras.

Ella se acurrucó muy cerca de su cuerpo desnudo pero cálido y sudoroso.

—Entonces, estaremos muertos.

—Sí —contestó él.

—Antes no estabas.

—Así es.

Lo sintió estremecerse.

—Pero ya has vuelto —dijo Helena.

PARTE IV

EL PURGATORIO

35

Muelle de contenedores de Bjørvika,
29 de febrero de 2000

Harry aparcó a un lado de un barracón prefabricado Moelven, en el único lugar en pendiente que encontró en la zona casi totalmente plana del muelle de Bjørvika. Una repentina subida de la temperatura había derretido la nieve, el sol brillaba y, simplemente, hacía un día precioso. Fue caminando entre los contenedores apilados unos sobre otros como piezas de Lego gigantes que, expuestas al sol, proyectaban grandes sombras recortadas sobre el asfalto. Las letras y los signos escritos sobre ellos indicaban que procedían de tierras remotas como Taiwán, Buenos Aires y Ciudad del Cabo. Harry cerró los ojos, de pie al borde del muelle, y se imaginó en esos lugares mientras inspiraba la mezcla de agua salada, diésel y brea calentada por el sol. Justo cuando volvió a abrirlos, el barco danés entró en su campo de visión. Parecía un frigorífico gigante. Un frigorífico que transportara a las mismas personas de un lado a otro, en medio del tráfico de un pasatiempo absurdo.

Sabía que era demasiado tarde para encontrar el rastro del encuentro entre Hochner y Urías, ni siquiera era seguro que se hubiera producido en aquel muelle de contenedores. Podían haberse visto en Filipstad. Sin embargo, él había ido allí con la esperanza de que el lugar le dijese algo, de que le diese el empujón que su fantasía necesitaba.

Le dio una patada a un neumático que sobresalía del borde del muelle. Tal vez debería haberse comprado un barco, para poder llevar de paseo en verano a su padre y a Søs.

Su padre necesitaba salir, aquel hombre tan sociable se había convertido en un ser solitario desde la muerte de su madre hacía ya ocho años. Y Søs no se las arreglaba bien sola, aunque resultara fácil olvidar que tenía síndrome de Down.

Un pájaro se zambulló entusiasmado entre dos contenedores. El herrerillo era capaz de volar a una velocidad de veintiocho kilómetros por hora. Se lo había dicho Ellen. El pato silvestre a setenta y dos. Los dos se las arreglaban más o menos igual de bien. No, Søs no era el problema. Su padre, en cambio, le preocupaba más.

Harry intentó concentrarse. Había escrito en el informe todo lo que le dijo Hochner, palabra por palabra, pero ahora se esforzaba por recordar su cara, por ver si detectaba en su expresión qué era lo que no había dicho. ¿Qué aspecto tenía Urías? No fue mucho lo que Hochner alcanzó a decir, pero cuando uno se dispone a describir a alguien, comienza generalmente por lo más llamativo de su persona, por aquello que es distinto. Y lo primero que Hochner había dicho de Urías era que tenía los ojos azules. A menos que Hochner pensase que tener los ojos azules era algo extraordinario, aquello podría indicar que Urías no sufría ninguna minusvalía evidente y que no hablaba ni caminaba de un modo especial. Hablaba tanto alemán como inglés y había estado en algún lugar de Alemania llamado Sennheim. Harry siguió con la mirada el barco danés, que se deslizaba por la superficie rumbo a Drøbak. Era un tipo muy viajado. ¿Habría sido Urías marinero, quizás? Harry miró un atlas, incluso uno específicamente de Alemania, pero no había encontrado Sennheim. Tal vez Hochner se lo hubiese inventado. Al parecer no tenía importancia.

Hochner le había dicho que Urías sentía odio. De modo que tal vez fuese cierto lo que ellos habían supuesto, que la persona que buscaban tenía un motivo personal. Pero ¿qué era lo que odiaba?

El sol se perdió tras la isla de Hovedøya y la brisa del fiordo de Oslo no tardó en resultar gélida. Harry se envolvió mejor en el abrigo y empezó a caminar en dirección al coche. Y aquel medio millón de coronas… ¿lo habría recibido Urías de quien lo contrató o se trataría de una carrera en solitario financiada con su propio dinero?

Sacó el móvil, un Nokia diminuto que no tenía más de dos semanas. Se había resistido durante mucho tiempo, pero Ellen terminó por convencerlo de que debía comprarse uno nuevo.

Harry marcó su número.

—Hola, Ellen, soy Harry. ¿Estás sola? De acuerdo. Verás, quiero que te concentres. Vamos a jugar un poco. ¿Estás lista?

Ya habían hecho aquello muchas veces. «El juego» consistía en que él le proporcionaba claves, ninguna información básica, ninguna indicación de dónde se había atascado él, tan solo breves fragmentos de información de una a cinco palabras en orden aleatorio. Con el tiempo, habían desarrollado el método. La regla más importante era que debía haber un mínimo de cinco fragmentos, pero nunca más de diez. La idea se le había ocurrido a Harry después de haberse apostado con Ellen una guardia nocturna cuando ella aseguró que era capaz de recordar la posición de las cartas de un castillo formado con una baraja después de haberlas estado observando durante tan solo dos minutos, es decir, diez segundos por carta. Perdió tres noches de guardia hasta que se dio por vencido. Después, ella le desveló cuál era el método que utilizaba para recordar. No pensaba en las cartas como tales, sino que, de antemano, las había asociado a distintas personas o sucesos y, a medida que iban apareciendo las cartas, iba confeccionando una historia con sus asociaciones. Él había intentado utilizar en el trabajo su capacidad combinatoria. Y, en algunas ocasiones, el resultado había sido espectacular.

—Hombre, setenta años —dijo Harry despacio—. Noruego. Medio millón de coronas. Amargado. Ojos azules. Rifle Märklin. Habla alemán. Sin defectos físicos. Contrabando de armas en muelle de carga. Prácticas de tiro en Skien. Eso es todo.

Se sentó en el coche.

—¿Nada? Lo suponía. En fin. Pensé que valía la pena intentarlo. Gracias de todos modos. Hasta luego.

Harry había llegado al cruce que había antes del edificio de Correos cuando, de repente, recordó algo más y volvió a llamar.

—¿Ellen? Soy yo otra vez. Oye, se me había olvidado una cosa. ¿Estás ahí? Lleva cincuenta años sin tocar un arma. Lo repito. Lleva cincuenta años sin... Sí, ya lo sé, son más de cuatro palabras. ¿Nada? ¡Mierda!, ya se me ha pasado la salida que tenía que coger. Bueno, luego hablamos.

Dejó el móvil en el asiento del acompañante y se concentró en la conducción. Acababa de salir de la rotonda cuando sonó el móvil.

—Aquí Harry. ¿Cómo? ¿Cómo se te ha podido ocurrir una cosa así? Vale, no te enfades, Ellen, de vez en cuando se me olvida que no sabes lo que sucede en tu propia pelota. En tu cerebro. Tu brillante y maravilloso cerebro, tu gran cerebro, Ellen. Y, sí, ahora que lo dices, es obvio. Gracias.

Colgó y recordó que aún le debía aquellas tres noches de guardia que perdió en la apuesta. Ahora que ya no estaba en la sección de Delitos Violentos, tenía que encontrar otro modo de compensarla. Y durante tres segundos más o menos, estuvo intentando hallar ese otro modo.

36

Calle Irisveien,
1 de marzo de 2000

Se abrió la puerta y Harry se vio mirando un par de ojos azules en una cara arrugada.

—Harry Hole, policía —se presentó—. He sido yo quien ha llamado esta mañana.

—Muy bien.

El anciano llevaba el cabello gris plateado peinado hacia atrás, tenía la frente amplia y despejada y una corbata debajo del batín. «Even y Signe Juul», se leía en el buzón que había a la puerta de la casa adosada de color rojo, situada en una tranquila zona residencial del norte de la ciudad.

—Pase, señor Hole.

Tenía la voz firme y sosegada y había algo en su porte que hacía que el profesor Even Juul pareciese más joven de lo que era en realidad. Harry había hecho sus indagaciones y, entre otros datos, había averiguado que el catedrático de historia había participado en la Resistencia. Y, aunque Even Juul estaba jubilado, se lo consideraba el máximo experto de Noruega en historia de la Ocupación y del partido Unión Nacional.

Harry se agachó para quitarse los zapatos. En la pared que tenía delante se veían viejas fotografías en blanco y negro que colgaban en marcos pequeños. Una de ellas mostraba a una joven vestida de enfermera y otra a un hombre también joven con una bata blanca.

Entraron en la casa, donde un canoso terrier airdale dejó de ladrar y, siguiendo su instinto, empezó a olisquearle a Harry la entrepierna, antes de ir a tumbarse de nuevo junto a la butaca de Juul.

—He leído alguno de tus artículos sobre el fascismo y el nacionalsocialismo en el diario *Dagsavisen*.

—¡Dios santo! ¿O sea que los publican? —dijo Juul sonriendo.

—Pareces empeñado en ponernos sobre aviso del neonazismo de hoy.

—No pretendo poner sobre aviso a nadie, simplemente intento señalar algunos paralelismos históricos. El historiador tiene la responsabilidad de desvelar, no de juzgar.

Juul encendió la pipa.

—Muchos creen que lo correcto y lo incorrecto son absolutos. Pero eso no es cierto, sino que van cambiando con el tiempo. El cometido de un historiador consiste, en primer lugar, en encontrar la verdad histórica, lo que dicen las fuentes, y exponerla de forma objetiva y sin pasión. Si los historiadores se aplicasen a juzgar la locura humana, nuestro trabajo terminaría siendo como encontrar fósiles: la huella de la gente biempensante de cada época.

Una nube de humo azulado ascendió hacia el techo.

—Pero me figuro que no has venido hasta aquí para preguntarme sobre estas cosas, ¿verdad?

—Nos preguntábamos si podrías ayudarnos a encontrar a un hombre.

—Sí, algo me dijiste por teléfono. ¿Quién es ese hombre?

—No lo sabemos. Pero suponemos que tiene los ojos azules, es noruego y tiene más de setenta años. Y habla alemán.

—¿Y?

—Eso es todo.

Juul se echó a reír.

—Pues sí, imagino que hay bastantes entre los que escoger.

—Sí. Hay ciento cincuenta y ocho mil hombres de más de setenta años en el país y calculo que unos cien mil tienen los ojos azules y hablan alemán.

Juul enarcó una ceja. Harry respondió con una sonrisa bobalicona:

—Anuario de estadística. Suelo ojearlo, por entretenimiento.

—Pero ¿por qué creéis que podría ayudaros?

—Parece que este sujeto le ha dicho a otra persona que lleva
más de cincuenta años sin tocar un arma. Y yo pensé, es decir, mi
colega pensó, que más de cincuenta es más de cincuenta pero menos de sesenta.

—Lógico.

—Sí, es muy… eh… muy lógico. Así que supongamos que
hace cincuenta y cinco años. Nos retrotraemos entonces a la Segunda Guerra Mundial. Nuestro hombre tiene veinte años y lleva
un arma. Todos los noruegos que tenían licencia privada de armas
tuvieron que entregárselas a los alemanes, de modo que ¿dónde
estaba él entonces?

Harry mostró tres dedos.

—Pues, o bien está en la Resistencia, o ha huido a Inglaterra o
se encuentra en el frente luchando con los alemanes. Y habla alemán mejor que inglés, de modo que…

—Que esa colega suya llegó a la conclusión de que debió de
servir en el frente —remató Juul.

—Exacto.

Juul chupó su pipa.

—Muchos de los miembros de la Resistencia se vieron obligados a aprender alemán —observó—. Para poder infiltrarse, para las
escuchas y demás. Y olvidas que los noruegos se incorporaron a
las fuerzas policiales suecas.

—¿De modo que la conclusión no se sostiene?

—Permíteme que piense un poco en voz alta —propuso Juul—.
En torno a unos quince mil noruegos se presentaron como voluntarios para servir en el frente, pero solo unos siete mil fueron
admitidos y pudieron, pues, usar armas. Son muchos más de los
que lograron llegar a Inglaterra para ofrecer sus servicios allí.
Y, aunque hubo más noruegos en la Resistencia hacia el final de
la guerra, tan solo unos pocos tuvieron oportunidad de empuñar

un arma. –Juul sonrió–. Supongamos de forma provisional que tenéis razón. Pero, como es natural, esos voluntarios no aparecen en la guía telefónica como antiguos soldados de las Waffen-SS. Sin embargo, sospecho que vosotros ya tenéis una idea de dónde buscar, ¿cierto?

Harry asintió.

–El archivo de traidores a la patria. Archivados por nombre con la información de los procesos judiciales. Los estuve revisando ayer; tenía la esperanza de que alguno de ellos hubiese muerto, de modo que tuviésemos que trabajar con una cantidad más o menos manejable. Pero me equivoqué.

–Sí, esos cabrones son bastante duros –rió Juul.

–Y por eso te llamamos a ti. Tú conoces el pasado de los soldados del frente alemán mejor que nadie. Quiero que me ayudes a averiguar cómo piensan esos hombres, qué es lo que los mueve.

–Gracias por confiar tanto en mí, Hole, pero yo soy historiador y no sé más que los demás sobre lo que mueve a los individuos. Como sabrás, estuve en la organización militar Milorg, lo que no me capacita precisamente para ponerme en el lugar de un voluntario del frente alemán.

–Pues yo creo que tú sabes bastante de todos modos, Juul.

–¿Sí?

–Y creo que sabes a qué me refiero. He realizado una meticulosa expedición arqueológica antes de acudir a ti.

Juul volvió a chupar la pipa sin dejar de observar a Harry. En el silencio que se produjo, Harry se percató de que había alguien en la puerta de la sala de estar. Se volvió y vio a una mujer mayor. Observaba a Harry con mirada afable y serena.

–Estamos hablando, Signe –dijo Even Juul.

Ella asintió risueña, sin dejar de mirar a Harry, abrió la boca como para decir algo pero se detuvo cuando se cruzó con la mirada de Juul. Volvió a asentir, cerró la puerta sin hacer ruido y se marchó.

–¿Así que lo sabes? –preguntó Juul.

–Sí. Ella era enfermera en el frente oriental, ¿verdad?

–En Leningrado. Desde 1942 hasta la retirada de las tropas en

1943 —confirmó dejando a un lado la pipa—. ¿Por qué persiguen a ese hombre?

—Si he de ser sincero, tampoco nosotros lo sabemos. Pero puede tratarse de un atentado.

—Ajá.

—Pero, dime: ¿qué debemos buscar? ¿A un hombre solitario? ¿A un hombre que sigue siendo un nazi convencido? ¿A un delincuente?

Juul negó con un gesto.

—La mayoría de los soldados que lucharon con los alemanes cumplieron sus sentencias y se reinsertaron después en la sociedad. Muchos de ellos se las arreglaron sorprendentemente bien, pese al sambenito de traidores a la patria. Lo que tal vez no sea tan extraño; suele suceder que son las personas con buenos recursos las que se posicionan en situaciones críticas, como la guerra.

—Es decir, que el hombre al que buscamos puede ser una de esas personas que ha triunfado en la vida.

—Por supuesto.

—Un miembro destacado de la sociedad.

—Bueno, creo que se les cerró la puerta a los puestos importantes de la economía y la política.

—Pero puede ser un empresario independiente, fundador de su propia empresa. En cualquier caso, alguien que haya ganado suficiente dinero como para comprar un arma por medio millón de coronas. ¿Quién podría ser su objetivo?

—¿Tiene que estar necesariamente relacionado con su pasado como soldado del frente alemán?

—Algo me dice que es así.

—¿Una venganza?

—¿Tan descabellado te parece?

—No, desde luego que no. Muchos de esos soldados se ven a sí mismos como los auténticos patriotas de los tiempos de la guerra y consideran que ellos, según estaba el mundo en 1940, actuaron movidos por el bien de la nación. El hecho de que los sentenciáramos como traidores fue, según ellos, un error judicial.

—¿Ah, sí?

Juul se rascó detrás de la oreja.

—A estas alturas, los jueces de aquellos procesos están en su mayoría muertos. Y otro tanto puede decirse de los políticos que posibilitaron los procesos. De modo que la hipótesis de la venganza no se sostiene.

Harry lanzó un suspiro.

—Tienes razón. En fin, lo único que intento es forjarme una idea a partir de las pocas piezas que tengo del rompecabezas.

Juul echó una rápida ojeada al reloj.

—Te prometo que pensaré sobre el asunto pero, sinceramente, no estoy seguro de poder ayudaros.

—Gracias de todos modos —dijo Harry levantándose. Pero entonces recordó un detalle y sacó un montón de folios que llevaba doblados en el bolsillo—. Por cierto, he traído una copia del informe del interrogatorio que le hice al testigo en Johannesburgo. ¿Podrías echarle un vistazo, por si hay algo que te parezca importante?

Juul dijo que sí, pero negó con la cabeza, como si quisiera decir que no.

Cuando Harry, ya en la entrada, hizo ademán de ponerse los zapatos, señaló la fotografía del joven de la bata blanca.

—¿Eres tú?

—A mediados del siglo pasado, sí —respondió Juul con una sonrisa—. Fue tomada en Alemania, antes de la guerra. Yo iba a seguir los pasos de mi padre y de mi abuelo y empecé a estudiar medicina allí. Al estallar la guerra, volví a Noruega y, cuando me escondía de los alemanes en el bosque, llegaron a mis manos los primeros libros de historia. Después, ya era demasiado tarde: me había hecho adicto.

—¿Así que abandonaste la medicina?

—Depende de cómo se mire. Yo quería hallar la explicación de cómo un ser humano, una ideología, era capaz de seducir a tanta gente. Y tal vez, por qué no, encontrar el remedio. —Con una sonrisa, añadió—: Era joven, muy, muy joven.

37

Restaurante Annen Etage, hotel Continental, 1 de marzo de 2000

—Es estupendo que hayamos podido vernos así —dijo Bernt Brandhaug alzando su copa. Los dos brindaron y Aud Hilde sonrió mirando al ministro de Asuntos Exteriores—. Y no solo en el traba-jo —añadió sosteniéndole la mirada hasta que ella bajó la vista.

No era guapa, exactamente, tenía los rasgos demasiado grandes y estaba un tanto rellenita. Pero tenía un modo de ser atractivo y coqueto y estaba rellenita como lo está una joven.

La mujer lo había llamado aquella mañana desde la oficina de personal con un asunto que, decía, no sabían bien cómo tratar, pero antes de que hubiese tenido tiempo de explicarle nada más, él la había invitado a subir a su despacho.

Y en cuanto ella se presentó, él decidió que no tenía tiempo y que mejor sería que lo hablasen durante una cena después del trabajo.

—Algún tipo de beneficio complementario teníamos que tener los funcionarios, ¿no? —le dijo Brandhaug.

Ella pensó que probablemente se refería a la cena.

Hasta ahí, todo había ido bien. El maître les había dado la mesa de siempre y, por lo que pudo ver, no había nadie conocido en el local.

—Pues verás, se trataba de ese asunto tan extraño que se nos presentó ayer —dijo la joven, dejando que el maître le pusiera la servilleta en el regazo—. Recibimos la visita de un hombre de edad avanzada que asegura que le debemos dinero. Bueno, que se lo debe el Ministerio de Asuntos Exteriores. Casi dos millones de coronas, dijo, aludiendo a una carta que había enviado en 1970. La joven alzó los ojos al cielo y Brandhaug pensó que debería ponerse menos maquillaje.

–¿Y no dijo en concepto de qué le debíamos ese dinero?

–Dijo que durante la guerra había sido marino. Tenía algo que ver con Nortraship, la marina mercante noruega, que le había retenido el sueldo.

–¡Ah, sí! Creo que ya sé de qué se trata. ¿Dijo algo más?

–Que ya no podía seguir esperando. Que lo habíamos traicionado a él y a todos los que fueron marinos durante la guerra. Y que Dios nos juzgaría por nuestros pecados. No sé si es que había bebido o si estaba enfermo pero, en cualquier caso, tenía mal aspecto. Traía una carta firmada por el cónsul general noruego en Bombay, fechada en 1944 y donde, en nombre del Estado noruego, le garantizaba el pago retroactivo de una compensación por riesgo de guerra durante los cuatro años que trabajó en la marina mercante noruega. De no ser por esa carta, lo habríamos echado a la calle y no te habríamos molestado a ti con semejante nimiedad.

–Puedes acudir a mí cuando quieras, Aud Hilde –dijo al tiempo que, un tanto horrorizado, se preguntaba: ¿de verdad que se llamaba Aud Hilde?–. Pobre hombre –dijo Brandhaug mientras le indicaba al camarero que les sirviese más vino–. Lo triste de este asunto es que, naturalmente, tiene razón. Nortraship se fundó para administrar la sección de la marina mercante noruega que no requisaron los alemanes. Fue una organización con intereses tanto políticos como comerciales. Los británicos, por ejemplo, pagaron a Nortraship grandes sumas en concepto de compensación por riesgo de guerra por utilizar buques noruegos. Pero, en lugar de abonárselo a la tripulación, el dinero fue a parar directamente a las arcas del Estado y de las navieras. Estamos hablando de varios cientos de millones de coronas. Los marinos de guerra intentaron ir a juicio para recuperar su dinero, pero perdieron en el Supremo en 1954. Hasta 1972, el Parlamento no reconoció su derecho a esa compensación.

—Pues este hombre no ha recibido nada. Porque, según dijo, estaba en el mar de China cuando lo torpedearon los japoneses, y no los alemanes.

—¿Te dijo su nombre?

—Konrad Åsnes. Espera, te enseñaré la carta. Ha elaborado un cuadro de cuentas con los intereses y los intereses de los intereses...

La joven se inclinó para buscar en el bolso. La carne de los brazos le tembló un poco. «Esta chica debería hacer más ejercicio —se dijo Brandhaug—. Cuatro kilos menos y Aud Hilde sería exuberante en lugar de... gorda.»

—Déjalo —dijo Brandhaug—. No necesito verla. Nortraship depende del Ministerio de Comercio.

Ella le dirigió una mirada inquisitiva.

—El sujeto insistió en que nosotros le debemos ese dinero. Nos dio un plazo de catorce días.

Brandhaug rió de buena gana.

—Conque sí, ¿eh? ¿Y por qué tiene ahora tanta prisa, después de sesenta años de espera?

—Eso no lo dijo. Solo que, si no pagábamos, nos atuviésemos a las consecuencias.

—¡Por Dios bendito! —Brandhaug esperó hasta que el camarero los hubo servido, antes de inclinarse hacia ella—. Detesto atenerme a las consecuencias, ¿tú no?

Ella rió algo insegura.

Brandhaug alzó su copa.

—Ya, bueno, pero yo me pregunto qué vamos a hacer con este asunto —dijo la joven.

—Olvídalo —le aconsejó él—. Pero yo también tengo una duda, Aud Hilde.

—¿Cuál?

—Me pregunto si has visto la habitación que tenemos a nuestra disposición en este hotel.

Aud Hilde volvió a reír y contestó que no, que no había estado allí nunca.

38

Gimnasio SATS, Ila,
2 de marzo de 2000

Harry pedaleaba y no paraba de sudar. El local disponía de dieciocho bicicletas ergonómicas hipermodernas, todas ellas ocupadas por urbanitas, por lo general guapas, con la vista clavada en los aparatos de televisión que, con el volumen al mínimo, colgaban del techo. Harry miraba a Elisa, del programa *Supervivientes*, que, haciendo mímica, le decía que no soportaba a Poppe, otro de los participantes. Harry lo sabía. Daban una reposición del programa. «That don't impress me much!», se oía a gritos por los altavoces.

«No, desde luego», pensó Harry, a quien no le gustaban ni la música chillona ni el sonido ahogado que le surgía de algún lugar de los pulmones. Podía entrenar gratis en el gimnasio de la Comisaría General, pero Ellen lo convenció de que empezase a ir al SATS. Él se había dejado convencer, pero cuando ella intentó que se apuntara a un curso de aeróbic, se negó. Moverse al ritmo del chinchinpún junto con un rebaño de personas que disfrutaban del chinchinpún, mientras un monitor de fingida sonrisa los animaba a esforzarse con eslóganes espirituales del tipo «no pain, no gain», constituía para él una forma incomprensible de humillación voluntaria. La mayor ventaja de entrenar en SATS, según lo veía él, consistía en que allí podía hacer gimnasia y ver *Supervivientes* al mismo tiempo, sin tener que ver además a Tom Waaler, que se pasaba la mayor parte de su tiempo libre en el gimnasio de la comisaría. Harry echó una rápida ojeada a su alrededor para constatar que, también aquella tarde, él era el usuario de más edad. La mayoría de los clientes del gimnasio eran jovencitas con auriculares en los oídos que, de vez en cuando, miraban hacia donde él se encontraba. No para verlo a él, sino porque el cómico más famoso de Noruega ocupaba la bicicleta contigua, enfundado en una sudadera gris con capucha y sin una sola gota de sudor bajo el juvenil flequillo. Un mensaje iluminó la pantalla de control de velocidad de Harry: «You are training well».

«Pero me visto mal», se dijo Harry para sus adentros al pensar en los desgastados pantalones de chándal que tenía que subirse constantemente porque el peso del móvil se los bajaba. Y las zapatillas Adidas no eran ni lo bastante nuevas como para ser modernas ni lo bastante viejas como para resultar fashion. La camiseta del grupo de rock Joy Division, que en su día podía otorgar cierta credibilidad, era hoy claro indicio de que no tenía ni idea de lo que sucedía en el frente musical desde hacía años. Pero Harry no se sintió totalmente fuera de lugar hasta que empezó a sonarle el móvil y diecisiete miradas displicentes, incluida la del cómico, se clavaron en él. Sacó la pequeña máquina diabólica de la cinturilla del pantalón y contestó:

–Aquí Hole.

«Okay, so you're a rocket scientist, that don't impress…»

–Hola, soy Juul. ¿Llamo en mal momento?

–No, no. Solo es música…

–Pues parece que respiras como una foca. Llámame cuando te venga bien.

–Ahora me viene bien. Es que estoy en el gimnasio.

–Ah, bueno. Tengo buenas noticias. He leído tu informe de Johannesburgo. ¿Por qué no me dijiste que el individuo había estado en Sennheim?

–¿Urías? ¡Ah! ¿Eso es importante? Ni siquiera estaba seguro de haber anotado bien el nombre. Además, miré en un atlas de Alemania y no encontré Sennheim por ninguna parte.

–Mi respuesta es sí, es importante. Si dudabas de si el hombre que estáis buscando fue o no soldado en el frente alemán, ya puedes dejar de dudar. Es seguro al cien por cien. Sennheim es un pueblecito y los únicos noruegos, que yo sepa, que han estado allí son los que se encontraban en Alemania durante la guerra. En un campamento de instrucción antes de partir al frente oriental. La razón de que no encontrases Sennheim en el atlas alemán es que no está en Alemania, sino en Alsacia, Francia.

–Pero…

–A lo largo de la historia, Alsacia ha pertenecido a Francia y a Alemania, por eso allí hablan alemán. Que nuestro hombre estuviera en Sennheim reduce drásticamente el número de posibilidades, pues solo se entrenaron allí soldados de la división Nordland y de la división Norge. Y, lo que es mejor aún, puedo darte el nombre de una persona que estuvo en Sennheim y que no tendrá inconveniente en colaborar.

–¿Ajá?

–Un soldado de la división Nordland. Se presentó voluntario en el movimiento de la Resistencia en 1944.

–¡Increíble!

–Creció en una granja bastante aislada, con sus padres y hermanos mayores, todos ellos miembros fanáticos de Unión Nacional, y lo presionaron para que se presentase voluntario para servir en el frente. Nunca fue un nazi convencido y, en 1943, desertó en Leningrado. Fue prisionero de los rusos un tiempo y también luchó en su bando, antes de lograr huir y volver a Noruega a través de Suecia.

–¿Y se fían de un antiguo soldado del frente alemán?

Juul se rió.

–Desde luego.

–¿De qué te ríes?

–Es una larga historia.

–Tengo tiempo.

–Le ordenamos que liquidara a un miembro de su propia familia. –Harry dejó de pedalear. Juul carraspeó–. Cuando lo encontramos en Nordmarka, al norte de Ullevålseter, al principio no creímos su historia; pensamos que era un infiltrado y estábamos decididos a fusilarlo. Pero en el archivo de la policía de Oslo teníamos contactos que nos permitieron comprobar la veracidad de su historia y resultó que, en efecto, constaba allí como desaparecido del frente y sospechoso de deserción. Los datos familiares eran correctos y, además, tenía documentación que acreditaba que era quien decía ser. Sin embargo, y pese a todo, aquello podía ser un montaje de los alemanes, de modo que decidimos ponerlo a prueba.

Juul hizo una pausa.

—¿Y qué pasó? —preguntó Harry.

—Lo escondimos en una cabaña donde estaría aislado tanto de nosotros como de los alemanes. Alguien propuso que le diésemos órdenes de liquidar a uno de sus hermanos, activista de Unión Nacional. Principalmente, para ver cómo reaccionaba. Cuando recibió la orden, no dijo una palabra; al día siguiente, cuando fuimos a la cabaña, había desaparecido. Estábamos convencidos de que se había echado atrás pero, dos días después, volvió a aparecer. Dijo que se había dado una vuelta por la granja familiar de Gudbrandsdalen. Y, pocos días más tarde, recibimos el informe de los nuestros. A uno de los hermanos lo encontraron en el establo. Al otro, en el granero. A los padres, en la casa.

—¡Por Dios! —exclamó Harry—. Debía de estar perturbado.

—Cierto. Todos lo estábamos. Era la guerra. Por lo demás, jamás hablamos de ello, ni entonces ni después. Y creo que tú tampoco deberías…

—Por supuesto que no. ¿Dónde vive?

—Aquí, en Oslo. En Holmenkollen, creo.

—¿Y se llama?

—Fauke. Sindre Fauke.

—Estupendo. Me pondré en contacto con él. Gracias, Juul.

En la pantalla del televisor, Poppe protagonizaba un saludo lacrimógeno para su familia, en un primer plano exagerado. Harry se colgó el móvil de la cintura del pantalón, volvió a subírselo y se encaminó a la sala de pesas.

«… whatever, that don't impress me much…»

39

House of Singles, calle Hegdehaugsveien, 2 de marzo de 2000

—Lana de calidad súper 110 —dijo la dependienta sosteniendo la chaqueta para que la viese el anciano—. La mejor. Ligera y resistente.

—Es para un solo uso —dijo el anciano con una sonrisa.

—¡Ah! —respondió la joven algo desconcertada—. En ese caso, tenemos algunas más baratas…

—Esta está bien —la interrumpió él mirándose en el espejo.

—Corte clásico —le aseguró la dependienta—. El más clásico que tenemos.

La chica miró asustada al anciano al verlo retorcerse de dolor.

—¿Se encuentra mal? ¿Quiere que vaya…?

—No, no. No ha sido más que una punzada de dolor. Ya se me pasa —dijo el hombre recobrando la compostura—. ¿Cuánto tardarán en subirle el bajo a los pantalones?

—El miércoles de la semana que viene. A menos que sea urgente. Quizá los necesite para una ocasión especial…

—Así es. Pero el miércoles me va bien.

Le pagó el traje con billetes de cien y, mientras los contaba, la joven le aseguró:

—Desde luego, se lleva usted un traje que le durará toda la vida.

La risa que provocó el comentario siguió resonándole a la joven en los oídos mucho después de que el anciano se hubiera marchado.

40

Holmenkollåsen,
3 de marzo de 2000

En la calle Holmenkollveien de Besserud, Harry encontró el número que buscaba y que correspondía a una gran casa pintada de marrón que se alzaba a la sombra de unos abetos gigantescos. Un camino de grava conducía hasta la casa y Harry lo siguió con el coche hasta llegar a la explanada, donde dio la vuelta completa. La idea era aparcar cuesta abajo para salir pero, cuando redujo a primera, el coche empezó a toser bruscamente y dejó de respirar. Harry soltó un taco e hizo girar la llave de encendido, pero el motor solo respondió con un lamento.

Salió del coche y se encaminó a la casa cuando una mujer salía por la puerta. Al parecer, no lo había oído llegar y, al verlo, se paró en la escalinata con una sonrisa inquisitiva.

—Buenos días —dijo Harry señalando el coche—. No está del todo sano. Necesita… medicación.

—¿Medicación? —preguntó la mujer con una voz cálida y profunda.

—Sí, me temo que ha pillado esa gripe que hay ahora.

La mujer sonrió aún más. Tendría unos treinta años y llevaba un abrigo negro sencillo y elegante de esos que, según Harry intuyó, eran muy caros.

—Iba a salir —dijo la mujer—. ¿Venías aquí?

—Eso creo. ¿Vive aquí Sindre Fauke?

—Casi —respondió ella—. Pero llegas con varios meses de retraso. Mi padre se ha trasladado a vivir a la ciudad.

Harry se había acercado ya lo suficiente como para comprobar que era guapa. Y había algo en su modo relajado de expresarse, en su forma de mirarlo a los ojos, que le indicaba que era, además, una persona segura de sí misma. Una mujer profesionalmente activa, adivinó. Algún trabajo que exija un cerebro frío y racional. En el mundo inmobiliario, como subdirectora de banco, en la política o algo por el estilo. En cualquier caso, con buena posición económica, de eso estaba bastante seguro. No solo por el abrigo y por las proporciones colosales de la casa de la que acababa de salir, sino por su porte y por sus pómulos salientes y aristocráticos. Bajó los peldaños colocando los pies uno tras otro, como si estuviese haciendo equilibrio sobre una cuerda, con ligereza. «Clases de ballet», pensó Harry.

—¿Qué puedo hacer por ti?

La pronunciación de las consonantes era definida, el tono de su voz, con énfasis en la primera persona, era tan marcado que parecía teatral.

—Soy de la policía —dijo él al tiempo que buscaba la identificación en los bolsillos.

Pero ella le hizo una seña, acompañada de una sonrisa, indicándole que no era necesario.

—Me gustaría hablar con tu padre.

Harry notó irritado que empezaba a hablar con más solemnidad de la que solía.

—¿Por qué?

—Estamos buscando a alguien y espero que tu padre pueda ayudarnos a encontrarlo.

—¿A quién buscáis?

—Me temo que ese es un dato que no puedo revelar.

—De acuerdo —asintió la joven, como si lo hubiese estado sometiendo a una prueba que Harry pareció superar.

—Pero, por lo que me has dicho, ya no vive aquí… —dijo Harry haciéndose sombra con la mano.

La mujer tenía unas manos delicadas. «Clases de piano», pensó Harry. Y arrugas alrededor de los ojos, así que tal vez tuviese más de treinta, después de todo.

–Pues no, ya no vive aquí –dijo la mujer–. Se ha mudado a Majorstuen; la dirección es calle Vibe 18. Si no lo encuentras allí, búscalo en la biblioteca de la universidad.

La biblioteca de la universidad. Pronunció aquellas palabras con total claridad, sin omitir una sola sílaba.

–Calle Vibe número 18. Entiendo.

–Muy bien.

–Sí.

Harry asintió y siguió asintiendo, como uno de esos perros que los conductores llevan en la bandeja del coche. Ella sonreía con los labios apretados y alzó las cejas como para indicar que eso era todo, que la reunión había terminado puesto que no había más preguntas.

–Entiendo –repitió Harry.

La mujer tenía las cejas oscuras y totalmente simétricas. «Depiladas, seguro –se dijo Harry–. Depiladas, aunque no se note.»

–Tengo que irme ya –dijo la mujer–. Voy a perder el tranvía…

–Entiendo –dijo Harry por tercera vez, sin hacer amago de marcharse.

–Espero que lo encuentren. A mi padre, quiero decir.

–Seguro que sí.

–Buenos días.

La mujer echó a andar. La gravilla crujía bajo los tacones.

–Verás, tengo un pequeño problema… –dijo Harry.

–Muchas gracias –dijo Harry.

–No hay de qué –contestó ella–. ¿Seguro que no es demasiado rodeo para ti?

–Desde luego que no. Como te dije, yo también iba en esa dirección –aseguró Harry mirando preocupado los finos guantes de piel, sin duda carísimos, que se habían ensuciado con el barro de la parte trasera del Escort.

—La cuestión es si este coche aguantará hasta allí —le advirtió Harry.

—Sí, parece haber pasado muchas penalidades —dijo ella, señalando el agujero que había debajo del salpicadero, donde un montón de cables de color rojo y amarillo sobresalía del lugar en que tendría que haber estado la radio.

—Me robaron —explicó Harry—. Por eso tampoco puedo cerrar la puerta, porque también dañaron la cerradura.

—¿Así que ahora puede entrar cualquiera?

—Pues sí, es lo que ocurre cuando ya se es lo bastante viejo.

Ella rió.

—¿Ah, sí?

Volvió a observarla fugazmente. Tal vez fuese una de esas mujeres cuyo aspecto no cambia con la edad, de las que aparentan treinta desde los veinte hasta los cincuenta. Le gustaba su perfil, la delicadeza de sus líneas. Su piel tenía un tono cálido y natural en lugar de ese moreno sin brillo que las mujeres de su edad solían adquirir en el solárium en el mes de febrero. Se había desabotonado el abrigo, de modo que ahora podía verle el cuello, largo y delgado. Les miró las manos, que tenía en el regazo.

—Está en rojo —le advirtió ella con calma.

Harry dio un frenazo.

—Lo siento —se disculpó.

¿Qué estaba haciendo? ¿Mirarle las manos para ver si llevaba alianza? ¡Por Dios santo!

Miró a su alrededor y, de repente, se dio cuenta de dónde estaban.

—¿Algún problema? —preguntó ella.

—No, qué va —respondió Harry. El semáforo cambió a verde y pisó el acelerador—. Es solo que no tengo muy buenos recuerdos de este lugar.

—Yo tampoco —aseguró la mujer—. Hace unos años pasé por aquí en tren justo después de que un coche de la policía, que atravesó las vías del ferrocarril, se estrellara contra aquel muro de allí —dijo señalando el lugar—. Fue horrible. Uno de los agentes seguía colgado del poste de la valla, como un crucificado. Después de aquello, pasé varias noches sin poder conciliar el sueño. Decían que el policía que iba al volante estaba borracho.

—¿Quién lo dijo?

—Un compañero de estudios. De la Escuela Superior de Policía.

Pasaron la estación de Frøen. La de Vindern ya había quedado atrás; muy atrás, pensó Harry.

—¿Así que estudiaste en la Escuela Superior de Policía? —le preguntó.

—¡No! ¿Estás loco? —volvió a reír la mujer. A Harry le gustaba su risa—. Estudié derecho en la universidad.

—Yo también —afirmó Harry—. ¿Cuándo?

«Qué astuto eres, Hole», se felicitó.

—Terminé en el noventa y dos.

Harry sumaba y restaba años… Es decir, por lo menos, treinta.

—¿Y tú?

—En el noventa —contestó Harry.

—Entonces recordarás el concierto de Raga Rockers en el festival Justivalen del ochenta y ocho, ¿no?

—Por supuesto. Estuve allí. En los jardines.

—¡Yo también! ¿No fue fantástico? —dijo ella con una mirada de entusiasmo.

«¿Dónde? —se preguntó Harry—. ¿Dónde estabas?»

—Sí, estuvo bien.

Harry no recordaba gran cosa del concierto, pero de repente se acordó de todas aquellas niñas bien tan simpáticas que solían aparecer cada vez que tocaba Raga.

—Pero si tú y yo estudiamos más o menos al mismo tiempo, seguro que tenemos amigos comunes, ¿no?

—Lo dudo. Yo era policía entonces y no solía andar mucho en el ambiente estudiantil.

Atravesaron en silencio la calle Industrigata.

—Puedes dejarme aquí —dijo ella.

—¿Es aquí a donde vas?

—Sí, aquí está bien.

Giró para acercarse a la acera y ella se volvió hacia él. Un fino mechón de pelo le caía sobre la cara. Tenía la mirada dulce y valiente a un tiempo. Ojos castaños. De repente, de la forma más inesperada, se le ocurrió una idea descabellada: quería besarla.

—Gracias —dijo ella con una sonrisa.

Tiró de la manivela para abrir la puerta. Pero no pasó nada.

—Lo siento —se disculpó Harry inclinándose hacia ella e inspirando su aroma—. La cerradura...

Le dio a la puerta un buen empujón hasta que se abrió. Se sintió como si hubiese bebido.

—Bueno, puede que nos veamos otra vez —dijo ella.

—Sí, puede.

Sintió deseos de preguntarle adónde iba, dónde trabajaba, si le gustaba su trabajo, qué otras cosas le gustaban, si tenía novio, si querría ir a un concierto aunque no fuese de Raga. Pero, por suerte, era demasiado tarde: ella ya dirigía sus pasos de bailarina por la acera de Sporveisgata.

Harry suspiró. Hacía media hora que la había conocido y ni siquiera sabía cómo se llamaba. Tal vez se hubiera adelantado a la crisis de los cincuenta.

Miró por el espejo retrovisor e hizo un giro totalmente contrario al reglamento. La calle Vibe estaba allí al lado.

41

Calle Vibe, Majorstua, 3 de marzo de 2000

Cuando Harry llegó jadeante a la cuarta planta, un hombre lo esperaba en el umbral de la puerta con una amplia sonrisa.

—Siento que haya tantos escalones —dijo al tiempo que le estrechaba la mano y se presentaba—. Sindre Fauke.

Sus ojos conservaban la juventud, pero la cara parecía haber sufrido dos guerras mundiales. Como mínimo. Tenía peinado hacia atrás el poco pelo cano que le quedaba y, debajo del jersey de montaña, llevaba una camisa roja de leñador. Le dio un apretón de manos firme y acogedor.

—Acabo de preparar café —le dijo—. Y ya sé lo que quieres.

Entraron en la sala de estar, que estaba decorada como un lugar de trabajo, con un escritorio en el que había un ordenador. Había papeles apilados por todas partes y los libros y periódicos se amontonaban cubriendo las mesas y el suelo, a lo largo de las paredes.

—Aún no he terminado de ordenar esto —le explicó a Harry, y le despejó un sitio en el sofá.

Harry miró a su alrededor. No había ningún cuadro, tan solo un almanaque de los supermercados RIMI con fotografías de Nordmarka.

—Estoy trabajando en un proyecto bastante importante del que, espero, saldrá un libro. Una historia de la guerra.

243

—¿No hay nadie que haya escrito ya ese libro?

Fauke rió de buena gana.

—Sí, puede decirse que sí. Aunque aún no lo han hecho como es debido. Y este, en concreto, trata de mi guerra.

—Ah, muy bien. ¿Por qué lo haces?

Fauke se encogió de hombros.

—Aun a riesgo de sonar pretencioso, te diré que quienes estuvimos allí tenemos la responsabilidad de transmitir nuestras experiencias a la posteridad antes de dejar este mundo. O, al menos, así lo veo yo.

Fauke se fue a la cocina y le gritó desde allí:

—Even Juul me llamó y me avisó de que recibiría una visita. Los servicios de inteligencia, si no recuerdo mal.

—Sí. Pero Juul me dijo que vivías en Holmenkollen.

—Even y yo no tenemos demasiado contacto y, como el traslado es solo temporal, hasta que termine el libro, he mantenido el número de teléfono.

—En fin. Fui a la otra casa y allí conocí a tu hija. Ella me dio esta dirección.

—¿De modo que estaba en casa? Bueno, tendrá algunos días libres.

«¿En qué trabajo los ha pedido?», estuvo a punto de preguntar Harry cuando cayó en la cuenta de que sonaría un tanto extraño.

Fauke volvió con una gran cafetera humeante y un par de tazas.

—¿Solo? —preguntó mientras colocaba las tazas en la mesa.

—Sí, gracias.

—Mejor, porque no hay otra posibilidad —dijo Fauke, y se rió de tal modo que estuvo a punto de derramar el café mientras lo servía.

A Harry le resultaba sorprendente lo poco que se parecía a su hija. No tenía ni sus modales exquisitos al hablar o al comportarse ni tampoco ninguno de sus rasgos y sus tonos oscuros. Solo se parecían en la frente. Amplia y despejada, con una gruesa vena roja que la atravesaba de un lado a otro.

—Tienes una casa muy grande —comentó.

—Bueno, un montón de mantenimiento y de trabajo para quitar la nieve —respondió Fauke antes de dar un sorbo a su café y chasquear la lengua satisfecho—. Oscura y triste, y lejos de todo. No soporto Holmenkollåsen. Además, allí solo vive gente esnob. No es para un campesino como yo.

—¿Y por qué no la vendes?

—Porque a mi hija le gusta. Ella se ha criado allí. Pero tú querías hablar de Sennheim, ¿no?

—¿Tu hija vive allí sola?

Harry tenía que haberse mordido la lengua. Fauke tomó otro sorbo de café, lo mantuvo en la boca un rato.

—Vive con un chico. Oleg.

Su mirada se volvió de pronto ausente, y había dejado de sonreír.

Harry sacó rápidamente un par de conclusiones. Demasiado rápido quizá, pero, o mucho se equivocaba, o el tal Oleg era una de las razones de que Sindre Fauke viviese ahora en Majorstua. En cualquier caso, ya se había enterado, aquella mujer tenía pareja y, por tanto, no debía pensar más en ella. En realidad, tanto mejor.

—Lo cierto es, Fauke, que no puedo darte muchos detalles. Como comprenderás, estamos trabajando…

—Lo comprendo.

—Bien. Me gustaría que me hablases de los noruegos que estuvieron en Sennheim.

—¡Uf! Éramos muchos, ¿sabes?

—Ya, bueno, de los que aún viven.

Fauke sonrió.

—No quisiera sonar macabro, pero eso facilita mucho las cosas. En el frente oriental, caíamos como moscas. Por término medio, al año moría un sesenta por ciento de mi pelotón.

—¡Caramba! El mismo porcentaje de mortalidad que el acentor común…

—¿Cómo?

—Lo siento. Continúa, por favor.

Algo abochornado, Harry clavó la mirada en el fondo de la taza.

–La cuestión es que la curva de aprendizaje en la guerra es muy pronunciada –explicó Fauke–. Si sobrevives los seis primeros meses, tus posibilidades de supervivencia se multiplican. No pisas las minas, mantienes la cabeza baja en la trinchera, te despiertas cuando oyes que alguien carga un rifle Mosin-Nagant. Y sabes que no hay lugar para héroes y que el miedo es tu mejor amigo. Después de seis meses, quedamos un pequeño grupo de noruegos supervivientes, y comprendimos que cabía la posibilidad de que sobreviviéramos a la guerra. Y la mayoría de nosotros estuvimos en Sennheim. A medida que avanzaba la guerra, iban trasladando el campo de prácticas hacia el interior de Alemania. O los voluntarios llegaban directamente de Noruega. Y aquellos que llegaban sin ningún tipo de entrenamiento…

Fauke meneó la cabeza.

–¿Morían? –preguntó Harry.

–Ni siquiera teníamos fuerzas para aprendernos sus nombres cuando llegaban. ¿Para qué? Resulta difícil de entender, pero hasta 1944, llegaron voluntarios en tropel al frente oriental, es decir, mucho después de que los que estábamos allí hubiéramos comprendido ya cómo iba a terminar aquello. Creían que iban a salvar Noruega, pobrecillos.

–Si no lo he malinterpretado, tú ya no estabas allí en 1944, ¿no es cierto?

–Exacto. Deserté. La noche de fin de año de 1943. Cometí traición dos veces –declaró Fauke con una sonrisa–. Y, en ambas ocasiones, fui a parar al bando equivocado.

–Creo que luchaste con los rusos, ¿no?

–Bueno, en cierto modo. Fui prisionero de guerra. Nos moríamos de hambre. Una mañana, vinieron a preguntarnos, en alemán, si alguno de nosotros sabía algo de comunicaciones. Yo tenía alguna noción, así que levanté la mano. Resultó que todos sus técnicos de comunicaciones habían caído. ¡Todos y cada uno! Al día siguiente estaba a cargo de las telecomunicaciones del campamento mientras que, a marchas forzadas, perseguíamos a mis antiguos compañeros en dirección a Estonia. Fue en Narva… –Fauke levantó la taza, que sujetaba con ambas manos–. Yo estaba en una colina y desde allí vi a los rusos atacar un puesto de ametralladoras alemanas. Los alemanes simplemente los arrasaron. Ciento veinte hombres y cuatro caballos yacían amontonados ante ellos cuando, al final, la ametralladora se recalentó. Los rusos los mataban con bayonetas para ahorrar munición. Desde que comenzó el ataque hasta que terminó, transcurrió media hora, como máximo. Ciento veinte muertos. Y así hasta el siguiente puesto, donde se seguía el mismo procedimiento.

Harry vio que movía un poco la taza.

–Pensé que iba a morir. Y por una causa en la que no creía. Yo no creía ni en Stalin ni en Hitler.

–¿Y por qué te marchaste al frente oriental si no creías en aquella causa?

–Tenía dieciocho años. Había crecido en una granja al norte del valle de Gudbrandsdalen, donde prácticamente no veíamos a nadie, salvo a los vecinos más próximos. No leíamos los periódicos ni teníamos libros: yo no sabía nada. Lo único que sabía de política era lo que me decía mi padre. Éramos los únicos que quedábamos en Noruega de nuestra familia; los demás habían emigrado a Estados Unidos en los años veinte. Mis padres y los vecinos de los alrededores eran fieles partidarios de Quisling y miembros del partido Unión Nacional. Yo tenía dos hermanos mayores a los que admiraba en todo. Ellos pertenecían a Hirden, el brazo militar del partido, y su misión era reclutar jóvenes para el partido aquí en Noruega, si no se habían presentado ellos mismos como voluntarios para el frente. Por lo menos, eso es lo que me contaron. Y yo no supe, hasta mucho después, que los jóvenes a los que reclutaban eran delatores. Pero entonces ya era demasiado tarde y yo ya iba camino del frente.

–¿De modo que cambiaste de opinión en el campo de batalla?

–Yo no diría que cambié. La mayoría de nosotros, los voluntarios, pensábamos más en Noruega que en la política. El momento crucial para mí fue cuando sentí que estaba combatiendo en la guerra de otro país. En realidad, fue así de sencillo. Y, visto así, no

247

era mucho mejor estar en el bando ruso. En junio de 1944, estaba en un servicio de descarga en el puerto de Tallin, y allí me las arreglé para subir a bordo de un barco de la Cruz Roja sueca. Me oculté en el depósito del carbón, donde permanecí tres días. Me intoxiqué con monóxido de carbono, pero llegué a Estocolmo. De allí seguí hasta la frontera con Noruega, que atravesé sin ayuda. Para entonces, estábamos ya en agosto.

—¿Por qué sin ayuda?

—Las pocas personas con las que tenía contacto en Suecia no confiaban en mí, mi historia era demasiado fabulosa. Pero estuvo bien, yo tampoco confiaba en nadie.

El hombre volvió a reír.

—Así que procuraba pasar desapercibido y me las arreglaba solo. El paso de la frontera en sí fue pan comido. Créeme, era mucho más peligroso ir a recoger las raciones de comida en Leningrado que pasar de Suecia a Noruega durante la guerra. ¿Más café?

—Sí, gracias. ¿Por qué no te quedaste en Suecia?

—Buena pregunta. Que yo mismo me he planteado muchas veces.

Se pasó la mano por el escaso cabello blanco.

—Pero estaba obsesionado con la idea de venganza, ¿comprendes? Era joven y, cuando eres joven, tiendes a vivir con una idea equivocada de la justicia, creemos que es algo a lo que los hombres debemos aspirar. Yo era un joven con grandes conflictos personales cuando estuve en el frente oriental, y me comporté como un hijo de puta con mis compañeros. Pese a todo, o quizá por eso precisamente, juré vengar a todos aquellos que habían sacrificado la vida por las mentiras que nos habían contado en nuestro país. Y vengar mi propia vida destrozada que no creía poder recuperar jamás. Lo único que deseaba era cancelar la cuenta con los que de verdad habían traicionado a la patria. Hoy en día los psicólogos lo llamarían psicosis de guerra y me habrían ingresado en el psiquiátrico enseguida. Pero entonces vine a Oslo sin tener un lugar en el que vivir ni a nadie que me esperase, y los únicos documentos que llevaba me habrían supuesto la ejecución inmediata por desertor. El mismo día que llegué a Oslo en un camión, fui a Nordmarka. Estuve durmiendo bajo unos abetos y solo comí bayas durante tres días, hasta que me encontraron.

—¿Los de la Resistencia?

—Según me dijo Even Juul, él te contó el resto.

—Sí —respondió Harry jugueteando con la taza.

La ejecución de su familia. Era algo que no hacía más comprensible el hecho de haber conocido al autor. Lo había tenido presente todo el tiempo, desde que vio a Fauke sonriendo junto a la puerta y le estrechó la mano. «Este hombre ejecutó a sus dos hermanos y a sus padres.»

—Sé lo que estás pensando —lo interrumpió Fauke—. Yo era un soldado que había recibido órdenes de liquidar a unas personas. Si no me hubiesen dado la orden, no lo habría hecho. Lo que sí sé es que se encontraban entre los que nos habían traicionado.

Fauke miró a Harry a los ojos. Su taza había dejado de moverse.

—Te preguntarás por qué los maté a todos, cuando la orden solo se refería a uno —continuó—. El problema era que no dijeron a quién. Me dejaron a mí la tarea de juzgar y elegir. Y no fui capaz de hacerlo. Así que los maté a todos. En el frente había un tipo al que llamábamos Petirrojo. Igual que el pájaro. Y él me enseñó que la manera más humana de matar era usando la bayoneta. La vena carótida va directamente del corazón al cerebro y, en el momento en que cortas la conexión, el cerebro se vacía de oxígeno y la muerte cerebral es inmediata. El corazón late tres, a lo sumo cuatro veces, antes de dejar de moverse por completo. El único problema es que es muy difícil. Gudbrand, al que llamábamos Petirrojo, era un maestro, pero yo estuve luchando con mi madre durante veinte minutos sin conseguir causarle más que algunas heridas. Al final, tuve que pegarle un tiro.

Harry tenía la boca seca.

—Lo comprendo —dijo.

Aquella intervención absurda quedó resonando en el aire. Harry dejó la taza en la mesa y sacó un bloc de notas de la cazadora de piel.

–Bien, tal vez podamos hablar de los compañeros de Sennheim.

Sindre Fauke se levantó de pronto.

–Lo siento, Hole. No era mi intención exponerlo de un modo tan frío y crudo. Permíteme que te explique algo más, antes de proseguir: yo no soy un hombre cruel, pero, simplemente, ese es mi modo de enfrentarme a este tipo de cosas. No tenía por qué hablarte de ello, pero lo hago de todos modos. Porque no puedo permitirme eludirlas. Esa es, también, la razón por la que estoy escribiendo el libro. Tengo que revivir lo sucedido cada vez que el tema sale a relucir, de forma explícita o implícita. Para estar totalmente seguro de que no voy a rehuirlo. El día que lo haga, la angustia habrá ganado su primera batalla contra mí. No sé por qué es así. Es probable que un psicólogo pueda explicarlo.

Fauke dejó escapar un suspiro.

–Bien, pero ya he dicho todo lo que tenía que decir sobre ese asunto. Lo que, seguramente, es demasiado. ¿Más café?

–No, gracias –dijo Harry.

Fauke volvió a sentarse apoyando la barbilla sobre los puños cerrados.

–Bueno. Sennheim. El núcleo duro noruego. Incluyéndome a mí, se trata tan solo de cinco personas. Y una de ellas, Daniel Gudeson, murió la misma noche que yo me marché. Es decir, cuatro. Edvard Mosken, Hallgrim Dale, Gudbrand Johansen y yo. El único al que he visto después de la guerra es a Edvard Mosken, nuestro jefe de pelotón. Fue en el verano de 1945. Le cayeron tres años por traición a la patria. De los otros dos, ni siquiera sé si sobrevivieron. Pero deja que te cuente lo que sé de ellos.

Harry abrió el bloc por una página en blanco.

42

Servicio de Inteligencia,
3 de marzo de 2000

G-u-d-b-r-a-n-d J-o-h-a-n-s-e-n. Harry pulsó las teclas con los índices. Un chico del campo. Según Fauke, un tipo amable, algo pusilánime, que tenía al tal Daniel Gudeson, aquel al que mataron cuando estaba de guardia, como modelo y sustituto del hermano mayor. Harry pulsó la tecla Intro y el programa empezó a trabajar.

Se quedó mirando la pared. Concentrado en una pequeña fotografía de Søs que tenía allí colgada. Estaba haciendo un mohín. Como siempre que le sacaban una foto. Era de unas vacaciones de verano de hacía un montón de años. La sombra del fotógrafo se reflejaba en su camiseta blanca. Su madre.

Una leve señal del ordenador le avisó de que la búsqueda había finalizado, así que volvió a dirigir la vista a la pantalla.

En el censo había inscritos dos Gudbrand Johansen, pero según sus fechas de nacimiento, ambos eran menores de sesenta años. Sindre Fauke le había deletreado los nombres, así que no podía tratarse de un error de ortografía. Lo que significaba que se habría cambiado el nombre. O que vivía en el extranjero. O que estaba muerto.

Harry probó con el siguiente. El jefe de pelotón de Mjøndalen. El padre de familia. E-d-v-a-r-d M-o-s-k-e-n. Rechazado por su familia por haberse ofrecido a prestar servicio en el frente. Doble clic en la palabra «Buscar».

De repente, se encendió la luz del techo. Harry se volvió.

—Tienes que encender la luz cuando te quedes trabajando hasta tan tarde.

Kurt Meirik estaba en el umbral con el dedo en el interruptor. Entró y se sentó en el borde de la mesa.

—¿Qué has encontrado?

—Que debemos buscar a un hombre de más de setenta años, probablemente excombatiente del frente oriental.

—No, me refería a los neonazis y lo del Diecisiete de Mayo.

—¡Ah! —se oyó la señal del ordenador—. No he tenido tiempo de mirarlo siquiera, Meirik.

Había dos Edvard Mosken en la pantalla. Uno nacido en 1942, el otro en 1921.

—Vamos a celebrar una fiesta en nuestra sección el sábado —anunció Meirik.

—Sí, ya vi la invitación en el buzón.

Harry hizo doble clic sobre la fecha de 1921 y enseguida apareció la dirección del mayor de los dos Mosken, que vivía en Drammen.

—El jefe de personal me dijo que aún no te habías apuntado. Solo quería asegurarme de que vendrás.

—¿Por qué?

Harry tecleó la fecha de nacimiento de Edvard Mosken en el registro de antecedentes penales.

—Queremos que la gente se conozca más allá de los límites de cada sección. Hasta ahora, ni siquiera te he visto en la cantina.

—Me encuentro bien en el despacho.

Ningún resultado. Pasó al registro central de antecedentes penales de la policía, que incluía a todos aquellos que, de un modo u otro, habían tenido que ver con las fuerzas del orden público no necesariamente como acusados, sino por ejemplo como detenidos y denunciados o como víctimas de un acto delictivo.

—Es estupendo que te entregues tanto al trabajo, pero no puedes encerrarte por completo entre estas cuatro paredes. Dime que irás el sábado, Harry.

Intro.

—Ya veré. Tengo otro compromiso desde hace ya tiempo —mintió Harry.

Ningún resultado, como en el intento anterior. Puesto que ya estaba en el registro central de la policía, tecleó el nombre del tercer combatiente del frente que le había proporcionado Fauke. H-a-l-l-g-r-i-m D-a-l-e. Un oportunista, según Fauke. Confiaba en que Hitler ganaría la guerra y premiaría a quienes habían elegido el bando adecuado. Para cuando llegaron a Sennheim, ya se había arrepentido, pero entonces era demasiado tarde para volverse atrás. Harry tuvo la sensación de que el nombre le sonaba familiar la primera vez que se lo oyó a Fauke; y ahora, esa sensación volvió a repetirse.

—Permíteme entonces que me exprese con más firmeza: te ordeno que vengas.

Harry levantó la vista. Meirik sonreía.

—Era broma —dijo enseguida—. Pero sería un placer verte por aquí. Buenas tardes.

—Buenas tardes —murmuró Harry volviendo la vista a la pantalla.

Un Hallgrim Dale, nacido en 1922. Intro.

La imagen de la pantalla se llenó con un largo texto. Otra página, y una más.

«Así que no a todos les fue tan bien a su regreso», se dijo Harry.

Hallgrim Dale, con domicilio en la calle Schweigaard, en Oslo, era lo que los diarios solían llamar un viejo conocido de la policía. Los ojos de Harry recorrieron la lista: vagabundo, borracho, discusiones con los vecinos, hurtos, una pelea. Muchos delitos, pero ninguno realmente grave. «Lo más asombroso es que siga vivo», pensó Harry, observando que había estado internado para recibir un tratamiento de desintoxicación por consumo de alcohol en agosto del año anterior. Echó mano de la guía telefónica de Oslo, buscó el número de Dale y lo marcó. Mientras esperaba respuesta, buscó de nuevo en el registro central en su ordenador y encontró al otro Edvard Mosken, nacido en 1942. También él vivía en Drammen. Anotó la fecha de nacimiento y pasó al registro de antecedentes penales.

—«El número de teléfono que ha marcado está fuera de servicio. Este es un mensaje de la compañía telefónica Telenor... El número de teléfono...»

Harry no se sorprendió y colgó el auricular.

Edvard Mosken hijo cumplía una condena. Y una condena larga que aún lo tenía en la cárcel. ¿Por qué motivo? Drogas, aventuró Harry antes de pulsar la tecla Intro. Un tercio de todos los que están en la cárcel en cualquier momento tienen condenas relacionadas con drogas. Ahí lo tenemos. Sí, señor. Tráfico de hachís. Cuatro kilos. Cuatro años, incondicional.

Harry se estiró bostezando. ¿Estaba haciendo algún progreso o simplemente estaba allí haciendo como que trabajaba porque el único lugar al que le apetecía ir era al restaurante Schrøder y no tenía fuerzas para tomarse un café en aquel momento? Vaya mierda de día. Sintetizó lo que tenía: Gudbrand Johansen no existe, al menos, no en Noruega. Edvard Mosken vive en Drammen y tiene un hijo condenado por tráfico de drogas. Y Hallgrim Dale es un borrachín y, desde luego, no alguien que dispone de medio millón de coronas para gastar.

Harry se frotó los ojos.

Dudaba si buscar en la guía el apellido de Fauke para ver si había un número de teléfono a su nombre en la calle Holmenkollveien. Se le escapó un lamento.

«Es una mujer que tiene pareja. Y tiene dinero. Y clase. En pocas palabras: todo lo que a ti te falta.»

Tecleó la fecha de nacimiento de Hallgrim Dale en el registro central. Intro. El aparato emitía su sordo runrún.

Una larga lista. Más de lo mismo. Pobre borrachín.

«Los dos habéis estudiado derecho. Y a ella también le gusta Raga Rockers.»

Un momento. En la última entrada de Dale, figuraba el código «víctima». ¿Le habrían dado una paliza? Intro.

«Olvídate de esa tía. Bien, ya estaba olvidada. ¿Debía llamar a

Ellen y preguntarle si tenía ganas de ir al cine y dejar que ella eligiese la película? No, mejor me doy una sesión de gimnasio en el SATS. A sudar un poco.»

La luz de la pantalla le dio en la cara:

HALLGRIM DALE, 15-11-99. ASESINATO.

Harry contuvo la respiración. Estaba sorprendido, pero ¿por qué no lo estaba tanto? Hizo doble clic en DETALLES. El aparato volvió a emitir un sonido sordo. Pero, por una vez, su cerebro fue más rápido que el ordenador y, cuando apareció la imagen en la pantalla, él ya le había puesto nombre.

43

SATS,
3 de marzo de 2000

—Hola.

—Hola, Ellen, soy yo.

—¿Quién?

—Yo, Harry. Y no me hagas creer que hay otros hombres que te llaman y te dicen «Hola, Ellen, soy yo».

—Vete a la mierda. ¿Dónde estás? ¿Qué porquería de música es esa?

—Estoy en el SATS.

—¿Cómo?

—Estoy haciendo bicicleta. Pronto habré recorrido ocho kilómetros.

—A ver si te he entendido bien, Harry: estás en el SATS, sentado en una bicicleta, mientras hablas por el móvil, ¿es eso? —preguntó incrédula, haciendo hincapié en las palabras «SATS» y «móvil».

—¿Qué hay de malo en eso?

—Harry, ¡por Dios!

—Llevo toda la tarde intentando hablar contigo. ¿Recuerdas el asesinato que Tom Waaler y tú tuvisteis en noviembre? El nombre era Hallgrim Dale.

—Claro que sí. KRIPOS se lo adjudicó casi de inmediato. ¿Qué pasa?

—No estoy seguro. Puede tener algo que ver con el excombatiente al que busco. ¿Qué puedes decirme de aquello?

—Eso es trabajo, Harry. Llámame mañana a la oficina.

—Venga, Ellen, solo un poco.

—Uno de los cocineros de la pizzería Herbert encontró a Dale en la puerta de entrada. Estaba tirado entre los contenedores de basura, degollado. El grupo de la policía científica no encontró nada. Aunque el médico que le hizo la autopsia aseguró que el corte era extraordinariamente limpio. Una intervención quirúrgica, fueron sus palabras.

—¿Tú quién crees que lo hizo?

—Ni idea. Claro que pudo ser algún neonazi, pero yo no lo creo.

—¿Por qué no?

—Si matas a un tipo justo a la puerta de tu bar habitual, o eres un temerario o simplemente eres idiota. Sin embargo, todo en aquel asesinato parecía muy limpio, muy pensado. No había indicios de forcejeo, ninguna huella, ningún testigo. Todo indica que el asesino sabía lo que hacía.

—¿El móvil?

—Difícil de determinar. Seguro que Dale tenía deudas, pero no tanto como para presionarlo hasta ese punto. Por lo que yo sé, no estaba metido en asuntos de drogas. Registramos su apartamento, pero no encontramos nada, salvo botellas vacías. Estuvimos hablando con algunos de sus compañeros de juerga. Por alguna extraña razón, tenía éxito con esas mujeres de borrachines.

—¿Mujeres de borrachines?

—Sí, esas que siempre van colgadas de los borrachos. Las has visto, sabes a qué me refiero.

—Sí, pero… ¿mujeres de borrachines?

—Siempre reparas en los detalles más tontos, Harry; llega a ser muy irritante, ¿lo sabías? Tal vez deberías…

—Lo siento, Ellen. Tienes toda la razón y prometo enmendarme radicalmente. ¿Por dónde ibas?

—Pues eso, que en los ambientes de alcohólicos hay mucho cambio de pareja, así que no podemos obviar la posibilidad de que se tratase de un crimen pasional. Por cierto, ¿sabes a quién estuvimos interrogando entonces? A tu viejo amigo Sverre Olsen. El cocinero lo había visto en el local de la pizzería Herbert en torno a la hora del asesinato.

—¿Y qué?

—Tenía coartada. Se había pasado el día entero allí sentado y solo salió un par de minutos para comprar algo. El dependiente de la tienda nos lo confirmó.

—Pudo haberle dado tiempo…

—Sí, ya sé. A ti te gustaría que hubiese sido él. Pero oye, Harry…

—Puede que Dale no tuviese dinero, pero sí otra cosa.

—Harry…

—Puede que tuviese información. Acerca de alguien, por ejemplo.

—Sí, ahí en la sexta planta os gusta barajar hipótesis de conspiración, ¿verdad? Pero, Harry, ¿no podríamos hablar de esto mañana?

—¿Desde cuándo eres tan estricta con el horario laboral?

—Es que ya me había acostado.

—¿A las diez y media?

—Es que no me he acostado sola.

Harry dejó de pedalear. No se le había ocurrido pensar que la gente que había en la sala pudiera escuchar la conversación. Miró a su alrededor. Por suerte, no eran muchos los que entrenaban tan tarde.

—¿Es el artista ese del Tørst? —preguntó en un susurro.

—Sí.

—¿Y desde cuándo compartís la cama?

—Desde hace un tiempo.

—¿Y por qué no me has dicho nada?

—Porque no me has preguntado.

—¿Lo tienes ahora a tu lado?

—Sí.

—¿Es bueno?

—Sí.

—¿Te ha dicho ya que te quiere?

—Sí.

Pausa.

—¿Piensas en Freddie Mercury cuando…?

—Harry, buenas noches.

44

Despacho de Harry,
6 de marzo de 2000

El reloj de la recepción indicaba las 08.30 cuando Harry llegó al trabajo. No era una recepción de verdad, sino más bien una entrada que funcionaba como una esclusa. Y el jefe de aquella esclusa era Linda, que apartó la vista de la pantalla para darle alegre los buenos días. Linda llevaba más tiempo en los servicios de inteligencia que ninguno de ellos, y era prácticamente la única persona con la que Harry necesitaba tener contacto para realizar su trabajo diario. De hecho, aparte de ser «jefe de la esclusa», aquella mujer de cincuenta años, respondona y diminuta, funcionaba además como una especie de secretaria común, recepcionista y chica para todo. Harry había pensado en ello un par de veces; se decía que si él fuese espía al servicio de un Estado extranjero y tuviese que sacarle información a alguien de Inteligencia, elegiría a Linda. Además, a excepción de Meirik, era la única persona que sabía con qué estaba trabajando Harry. No tenía idea de qué pensaban los demás. En las escasísimas visitas que había hecho a la cantina para comprarse un yogur o un paquete de tabaco, que, por cierto, no vendían, había observado las miradas que le dedicaban desde las mesas. Pero nunca se había molestado en interpretarlas, sino que se apresuraba a volver a su despacho.

—Te han llamado por teléfono —dijo Linda—. Alguien que hablaba en inglés. A ver...

Despegó una nota de color amarillo que tenía en el marco de la pantalla del ordenador.

—Se apellida Hochner.

—¡¿Hochner?! —exclamó Harry.

Linda miró la nota, algo insegura.

—Sí, eso me dijo la mujer.

—¿La mujer? Querrás decir el hombre.

—No, era una mujer. Me dijo que volvería a llamar… —Linda se volvió para mirar el reloj que tenía a su espalda, colgado de la pared—… ahora. Me dio la impresión de que le urgía ponerse en contacto contigo. Por cierto, ya que te tengo aquí, Harry, ¿te has dado ya una vuelta por los despachos para presentarte?

—No he tenido tiempo, Linda. La semana que viene.

—Ya llevas aquí un mes. Ayer mismo, Steffensen me preguntó quién era «ese tipo alto y rubio» con el que se había cruzado en los servicios.

—¿Ah, sí? ¿Y qué le dijiste?

—Le dije que no necesitaba saberlo —respondió Linda con una sonrisa—. Y tienes que venir a la fiesta de la sección este sábado.

—Sí, ya me he dado cuenta —murmuró Harry, y recogió dos folios del buzón.

Uno contenía un recordatorio de la fiesta, el otro, una circular sobre la nueva normativa de enlaces sindicales. Ambos fueron a parar a la papelera tan pronto como hubo cerrado tras de sí la puerta del despacho. Después, se sentó y pulsó los botones REC y PAUSA del contestador y esperó. Tras unos treinta segundos aproximadamente, sonó el teléfono.

—*Harry Hole speaking* —respondió Harry.

—¿Herri? ¿Spikin? —lo imitó Ellen.

—Perdón. Creía que era otra persona.

—Es un animal —lo cortó ella antes de que Harry tuviese tiempo de seguir hablando—. «Faquin anbilivibol», vamos.

—Si te refieres a lo que yo creo, prefiero que lo dejes ya, Ellen.

—Lerdo. Bueno, ¿quién esperas que te llame?

—Una mujer.

—¡Por fin!

—Olvídalo, al parecer es un familiar o la esposa de un tipo al que interrogué.

Ellen suspiró.

—¿Cuándo piensas conocer a alguien tú también, Harry?

—Estás enamorada, ¿verdad?

—¡Premio! ¿Tú no?

—¿Yo?

El grito entusiasta de Ellen le estalló en el oído.

—¡No me has contestado! ¡Te he pillado, Harry Hole! ¿Quién, quién?

—Venga ya, Ellen.

—¡Dime que tengo razón!

—Que no, Ellen, que no he conocido a nadie.

—A mamá no se le miente.

Harry no pudo por menos de reír.

—Mejor dime algo más acerca de Hallgrim Dale. ¿Cómo va la investigación?

—No lo sé. Tendrás que hablar con KRIPOS.

—Lo haré, pero ¿qué te dijo tu intuición sobre el asesino?

—Que es un profesional, no un homicida impulsivo. Y, pese a lo que te dije de que el asesinato parecía limpio, no creo que fuese premeditado.

—¿Cómo que no?

—El crimen se cometió de forma eficaz y no dejaron huellas, pero la elección del lugar no fue muy acertada: podían haberlo visto desde la calle o desde el patio trasero.

—Está sonando la otra línea. Luego te llamo.

Harry pulsó el botón REC del contestador y comprobó que el reproductor empezaba a girar antes de pasar la llamada de la otra línea.

—Aquí Harry.

—Hola, mi nombre es Constance Hochner —oyó decir en inglés.

—¿Cómo está, señora Hochner? —dijo Harry en el mismo idioma.

—Soy la hermana de Andreas Hochner.

—Ya veo.

Pese a la mala conexión, Harry notó que la mujer estaba nerviosa. Aun así, fue derecha al grano:

—Usted hizo un trato con mi hermano, mister Hole. Y no ha cumplido su parte.

La mujer tenía un acento extraño, el mismo que Andreas Hochner. Sin darse cuenta, Harry intentaba imaginársela, siguiendo un hábito que, como investigador, había adquirido hacía ya tiempo.

—Verá, señora Hochner, no puedo hacer nada por su hermano hasta que no haya verificado la información que nos proporcionó. Por el momento, no hemos encontrado nada que confirme lo que nos dijo.

—Pero, señor Hole, ¿por qué iba a mentir un hombre en la situación en que él se encuentra?

—Precisamente por eso, señora Hochner. Aunque no sepa nada, podría estar lo bastante desesperado para fingir que no es así.

Se hizo una pausa en la débil línea desde... ¿desde dónde? ¿Johannesburgo?

De nuevo se oyó la voz de Constance Hochner.

—Andreas ya me advirtió de que usted diría algo así. Por eso lo llamo, para decirle que tengo más información de mi hermano que tal vez sea de su interés.

—¿Ah, sí?

—Pero no se la daré si su gobierno no se implica antes en la causa de mi hermano.

—Haremos lo que podamos.

—Volveré a llamarlo cuando comprobemos que está ayudándonos.

—Como usted comprenderá, estas cosas no funcionan así, señora Hochner. Tenemos que ver los resultados de la información proporcionada antes de empezar a ayudarle.

—Pero mi hermano tiene que contar con alguna garantía. El juicio contra él empieza dentro de dos semanas y...

A la mujer se le quebró la voz en medio de la frase y Harry notó que estaba a punto de echarse a llorar.

—Solo puedo darle mi palabra de que haré cuanto esté en mi mano, señora Hochner.

—Yo no lo conozco a usted. Y usted no me entiende. Van a condenar a Andreas a la pena de muerte. Usted...

—Aun así, eso es todo lo que puedo ofrecerle.

La mujer se echó a llorar. Harry aguardó y, tras unos minutos, la señora Hochner recuperó la calma.

—¿Tiene usted hijos, señora Hochner?

—Sí —contestó entre sollozos.

—¿Y sabe usted cuál es el delito del que está acusado su hermano?

—Por supuesto.

—En ese caso, comprenderá también que necesita todo el perdón que pueda encontrar. Puesto que, a través de usted, podrá ayudarnos a detener a un hombre que pretende perpetrar un atentado, habrá hecho algo bueno. Y usted también, señora Hochner.

La mujer respiró hondo en el auricular. Por un instante, Harry creyó que iba a echarse a llorar de nuevo.

—¿Me promete que hará todo lo que pueda, señor Hole? Mi hermano no es culpable de todos los delitos de los que se lo acusa.

—Se lo prometo.

Harry oyó su propia voz. Tranquila y firme. Pero al mismo tiempo, apretó nervioso el auricular.

—De acuerdo —dijo al fin Constance Hochner en voz baja—. Andreas dice que la persona que se llevó el arma y le pagó aquella noche no es la misma persona que la encargó. Quien la encargó fue un cliente casi fijo, un hombre joven. Habla buen inglés con acento escandinavo. Y siempre insistía en que Andreas lo llamase el Príncipe. Andreas me dijo que usted debería buscar en entornos con fijación por las armas.

—¿Eso es todo?

—Andreas no lo ha visto nunca, pero dice que, si le envía una grabación, reconocerá su voz enseguida.

—Estupendo —dijo Harry con la esperanza de que no se le notase la decepción.

Se puso derecho en la silla, como preparándose antes de servirle la siguiente mentira:

—En cuanto encuentre algo, empezaré a mover los hilos.

Sus palabras le escocían en la boca como un trago de sosa cáustica.

—Se lo agradezco, señor Hole.

—No lo haga, señora Hochner.

Después de colgar, se repitió la última frase mentalmente, dos veces.

—¡Vaya mierda! —gritó Ellen después de oír toda la historia sobre la familia Hochner.

—A ver si ese cerebro tuyo es capaz de olvidar por un rato que está enamorado y puede hacer alguno de sus trucos —bromeó Harry—. Ya tienes los fragmentos.

—Importación ilegal de armas, cliente fijo, el Príncipe, ambiente con fijación por las armas. Son solo cuatro.

—Pues es lo que tengo.

—¿Por qué me presto a estas cosas?

—Porque me adoras. Ahora tengo que salir corriendo.

—Espera. Háblame de esa mujer…

—Espero que tu intuición funcione mejor con los delitos, Ellen. Que te vaya bien.

Harry marcó el número de la casa de la ciudad de Drammen que le habían dado en información.

—Mosken —respondió una voz firme.

—¿Edvard Mosken?

—Sí. ¿Con quién hablo?

—Comisario Hole, información. Tengo algunas preguntas que hacerle.

Harry cayó en la cuenta de que era la primera vez que se presentaba como comisario. Por alguna razón, también eso se le antojaba una mentira.

—¿Algún asunto relacionado con mi hijo?

—No. ¿Le viene bien que le haga una visita mañana a las doce, Mosken?

—Soy jubilado. Y vivo solo. No hay ninguna hora del día que no me venga bien, oficial.

Harry llamó a Even Juul y lo informó de lo sucedido.

Pensó en lo que Ellen le había dicho sobre el asesinato de Hallgrim Dale mientras iba a la cantina a comprar un yogur. Pensó en llamar a KRIPOS, para que le actualizasen la información, pero tenía la firme sensación de que Ellen ya le había contado todo lo que merecía la pena saber sobre el asunto. De todos modos, la probabilidad estadística de morir asesinado en Noruega era de en torno a un diez por mil. Cuando la persona a la que buscas aparece cadáver en una investigación de asesinato de cuatro meses de antigüedad, resulta difícil creer que se trate de una coincidencia. ¿Guardaría aquel crimen alguna relación con la compra del rifle Märklin? Apenas eran las nueve y a Harry ya le dolía la cabeza. Esperaba que a Ellen se le ocurriese algo relacionado con el Príncipe. Cualquier cosa. Por lo menos así, tendría por dónde empezar.

45

Sogn,
6 de marzo de 2000

Después del trabajo, Harry se dirigió a los apartamentos de los servicios sociales de Sogn. Cuando llegó, Søs ya estaba esperándolo en la puerta. Había engordado algo el último año, pero ella aseguraba que a Henrik, su novio, que vivía unas puertas más allá en el mismo pasillo, le gustaba así.

–Pero si Henrik es mongo.

Eso era lo que Søs solía decir cuando quería explicar a la gente las pequeñas rarezas de Henrik. Ella, en cambio, no era mongo. Al parecer, había una distinción invisible, pero muy definida, en algún sitio. Y a Søs le gustaba explicarle a Harry quiénes de los residentes eran mongo y quiénes eran casi mongo.

Solía hablarle a Harry de las cosas más corrientes, lo que Henrik le había dicho aquella semana (y que, de vez en cuando, podía resultar bastante sorprendente), lo que habían visto en la tele, lo que habían comido y lo que habían planeado hacer en vacaciones. Henrik y Søs siempre estaban haciendo planes para las vacaciones. En esta ocasión, su objetivo era Hawái, y Harry no pudo por menos de sonreír al imaginarlos a los dos con camisas hawaianas en el aeropuerto de Honolulu.

Le preguntó si había hablado con el padre de ambos y ella le contestó que la había visitado hacía dos días.

–Muy bien –comentó Harry.

—Creo que ya ha olvidado a mamá —dijo Søs—. Y eso es bueno.

Harry se quedó un instante reflexionando sobre lo que su hermana acababa de decir cuando apareció Henrik aporreando la puerta para avisarla de que la serie *Hotel Caesar* empezaba en TV2 dentro de tres minutos y Harry se puso el abrigo para marcharse, no sin antes prometerle que la llamaría pronto.

El tráfico discurría lento, como de costumbre, en el cruce de Ullevål Stadion y, demasiado tarde, descubrió que tenía que girar a la derecha por la calle Ringveien, por las obras. Pensaba en lo que le había revelado Constance Hochner. Que Urías había utilizado a un intermediario, al parecer noruego. Lo que significaba que en algún lugar del país había alguien que sabía quién era Urías. Ya le había pedido a Linda que buscase en los archivos secretos a alguien apodado el Príncipe, pero estaba bastante seguro de que no encontraría nada. Tenía la firme sensación de que ese sujeto era más listo que el delincuente medio. Si lo que le había dicho Andreas Hochner era cierto y el Príncipe era un cliente fijo, significaría que este había logrado crearse un grupo de clientes propio sin que Inteligencia ni nadie lo descubriese. Esas cosas llevan su tiempo y exigen cautela, sagacidad y disciplina, características por las que no destacaba ninguno de los delincuentes que conocía Harry. Desde luego que el sujeto podía haber tenido más suerte de la cuenta, puesto que no lo habían cogido. O tal vez ocupaba un puesto que lo protegía. Constance Hochner le había dicho que hablaba bien inglés. De modo que podía ser diplomático, por ejemplo. Alguien con posibilidad de entrar y salir del país sin que lo detuviesen en la aduana.

Harry tomó el desvío de Slemdalsveien en dirección a Holmenkollen.

¿Y si le pedía a Meirik que trasladase a Ellen a Inteligencia por un breve periodo de trabajo en colaboración? Rechazó la idea enseguida. Meirik parecía más interesado en que él contara neonazis o en que participara en acontecimientos sociales que en cazar fantasmas de los días de la guerra.

Antes de darse cuenta siquiera de adónde se dirigía, ya había llegado a la casa de la mujer. Paró el coche y miró entre los árboles.

Desde la carretera principal había unos cincuenta o sesenta metros hasta la casa. Había luz en las ventanas de la planta principal.

—¡Idiota! —dijo en voz alta, y dio un respingo al oír su propia voz.

Estaba a punto de volver a ponerse en marcha cuando vio que se abría la puerta y que la luz del vestíbulo iluminaba la escalinata de la entrada. La idea de que ella lo viese y reconociese su coche le produjo un pánico instantáneo. Metió la marcha atrás para retroceder discretamente y salir del campo de visión, pero pisó tan poco el acelerador que se le ahogó el motor. Se oían voces. Un hombre con un abrigo largo y de color oscuro salía a la escalinata. El hombre hablaba, pero la persona a la que se dirigía quedaba oculta por la puerta. Después, el hombre se acercó al umbral y Harry dejó de verlo.

«Están besándose —pensó—. He venido en coche hasta Holmenkollen para espiar cómo una mujer con la que he estado hablando durante quince minutos se besa con su pareja.»

La puerta se cerró y el hombre se sentó en un Audi, se puso en marcha en dirección a la carretera principal y pasó por delante de su coche.

De camino a casa, Harry se preguntaba cómo castigarse a sí mismo. Tenía que ser un castigo duro, algo que lo disuadiera de tentaciones futuras. Una sesión de aeróbic en el SATS.

46

Drammen,
7 de marzo de 2000

Harry nunca había comprendido por qué Drammen, precisamente, recibía tantas críticas. Desde luego que la ciudad no era una belleza, pero ¿qué tenía Drammen que no tuviesen la mayoría de los pueblos noruegos que habían crecido demasiado deprisa? Sopesó la idea de parar a tomar un café en Børsen, pero miró el reloj y comprendió que no le daba tiempo.

Edvard Mosken vivía en una casa de madera pintada de rojo con vistas al hipódromo. Delante del garaje había aparcada una vieja furgoneta Mercedes. Mosken lo esperaba con la puerta abierta. Estudió durante un buen rato la identificación de Harry antes de decir:

—¿Nacido en 1965? Aparentas más edad de la que tienes, Hole.

—Malos genes.

—Pues lo siento por ti.

—Bueno, cuando tenía catorce, entraba a las películas de mayores de dieciocho.

Fue imposible ver en la expresión de Mosken si había sabido valorar el chiste o no. El hombre invitó a pasar a Harry.

—¿Vives solo? —preguntó Harry mientras Mosken le indicaba el camino hasta la sala de estar.

El apartamento tenía un aspecto limpio y cuidado, pero apenas si había objetos personales decorativos y reinaba en él exactamente ese orden extremo del que desea disfrutar cualquier hombre capaz de decidir por sí mismo. A Harry le recordaba a su propio apartamento.

—Sí, mi mujer me dejó después de la guerra.

—¿Cómo que te dejó?

—Se marchó. Se largó. Partió para siempre.

—Entiendo. ¿Hijos?

—Tenía uno.

—¿Tenías?

Edvard Mosken se paró y se volvió.

—¿Es que no me explico con claridad, Hole?

Había formulado la pregunta con una de sus cejas blancas levantada formando un ángulo bien definido en una frente ancha.

—No, es culpa mía —explicó Harry—. Solo me entra la información en pequeñas dosis.

—De acuerdo. Tengo un hijo.

—Gracias. ¿A qué te dedicabas antes de jubilarte?

—Era propietario de varios camiones. Mosken Transport. Vendí la empresa hace siete años.

—¿Te iba bien?

—Lo suficiente. Los compradores conservaron el nombre.

Se sentaron cada uno a un lado de la mesa del salón. Harry presintió que no le pondría café. Edvard estaba sentado en el sofá, inclinado hacia delante, con los brazos cruzados, como diciendo: «Acabemos con esto cuanto antes».

—¿Dónde estabas la noche del 22 de diciembre?

Harry había decidido por el camino que empezaría con esa pregunta. Entre jugarse la única carta que tenía antes de que Mosken tuviera ocasión de estudiar el terreno y comprender que no tenía nada más, Harry eligió lo primero con la esperanza de provocar una reacción elocuente. Si es que Mosken tenía algo que ocultar.

—¿Soy sospechoso de algo? —preguntó Mosken con una expresión que solo denotaba cierta curiosidad.

—Estaría bien que te limitaras a responder a las preguntas, Mosken.

—Como quieras. Estuve aquí.

—Vaya, qué rapidez.

—¿Qué quieres decir?

—Pues que no has tenido que pensarlo mucho.

Mosken hizo un mohín de esos con los que la boca parodia el gesto de una sonrisa mientras que los ojos miran resignados.

—Cuando uno llega a mi edad, recuerda las noches que no pasa solo.

—Sindre Fauke me dio una lista de los noruegos que estuvieron en el campo de prácticas de Sennheim: Gudbrand Johansen, Hallgrim Dale, tú y el propio Fauke.

—Te olvidas de Daniel Gudeson.

—¿Cómo? Pero ¿él no murió antes de que terminase la guerra?

—Sí.

—Entonces ¿por qué lo nombras?

—Porque él también estaba con nosotros en Sennheim.

—Por lo que me dijo Fauke, había más noruegos en Sennheim, pero vosotros cuatro fuisteis los únicos supervivientes.

—Así es.

—Bien, en ese caso, ¿por qué mencionas precisamente a Gudeson?

Edvard Mosken miró a Harry fijamente y luego se quedó como abstraído.

—Porque él resistió tanto que creíamos que iba a sobrevivir. De hecho, creíamos que Daniel Gudeson era inmortal. No era una persona normal.

—¿Sabías que Hallgrim Dale está muerto?

Mosken negó con un gesto.

—Pues no pareces muy sorprendido.

—¿Por qué iba a estarlo? A estas alturas, me sorprende más oír que siguen vivos.

—¿Y si te digo que murió asesinado?

—Bueno, eso es otra cosa. ¿Por qué me cuentas eso?

—¿Qué sabes de Hallgrim Dale?

—Nada. La última vez que lo vi fue en Leningrado. Entonces estaba conmocionado por la explosión de una granada.

—¿No volvisteis juntos a Noruega?

—Ignoro cómo llegaron a casa Dale y los demás. A mí me hirieron el invierno de 1944 con una granada de mano que lanzó a la trinchera un caza ruso.

—¿Un caza? ¿Desde un avión?

Mosken asintió sonriendo con amargura.

—Cuando me desperté en la enfermería, estábamos en plena retirada. A finales del verano del cuarenta y cuatro, fui a parar a la enfermería del colegio de Sinsen, en Oslo. Después llegó la rendición.

—De modo que, después de que te hirieran, no volviste a ver a ninguno de los demás, ¿no es así?

—Solo a Sindre. Tres años después de la guerra.

—¿Cuando ya habías cumplido tu condena?

—Sí. Fue un encuentro fortuito, en un restaurante.

—¿Qué opinas tú de su deserción?

Mosken se encogió de hombros.

—Sus razones tendría. De todos modos, cambió de bando en un momento en el que aún no se sabía cuál sería el desenlace. Y eso es más de lo que puede decirse de la mayoría de los noruegos.

—¿A qué te refieres?

—Era un dicho que teníamos durante la guerra: aquel que esperaba demasiado para elegir bando, elegía siempre el bando correcto. La Navidad de 1943 ya comprendimos que estábamos de retirada, pero no sospechamos la gravedad real de la situación. Así que, de todos modos, nadie podría tachar a Sindre de veleta. Como los que se habían quedado en casa a mirar y, de repente, les entraron las prisas por alistarse en la Resistencia los últimos meses de la guerra. Los llamábamos «los santos de los últimos días». Algunos de ellos se cuentan hoy entre los que hablan en público sobre la heroica aportación de los noruegos en el bando correcto.

—¿Tienes en mente a alguno en particular?

—Siempre es fácil pensar en alguno que otro que ha sido tocado después con el resplandor de la gloria del héroe. Pero eso carece de importancia.

—¿Y qué me dices de Gudbrand Johansen? ¿Lo recuerdas?

—Por supuesto que sí. Él me salvó la vida al final. Él…

Mosken se mordió el labio. Como si hubiese hablado más de lo debido, pensó Harry.

—¿Qué pasó con él?

—¿Con Gudbrand? Que me aspen si lo sé. Aquella granada… En la trinchera estábamos Gudbrand, Hallgrim Dale y yo cuando apareció rodando por el hielo y fue a dar en el casco de Dale. Lo único que recuerdo es que, cuando estalló, Gudbrand era el que estaba más cerca. Cuando desperté del coma, nadie supo decirme qué les había ocurrido a Gudbrand ni a Dale.

—¿Qué quieres decir? ¿Habían desaparecido?

Mosken volvió la vista hacia la ventana.

—Aquello ocurrió el mismo día en que los rusos emprendieron en serio su ofensiva; la situación era, cuando menos, caótica. La trinchera en cuestión había caído ya hacía tiempo en manos rusas cuando yo desperté, y el regimiento se había desplazado a otro lugar. Si Gudbrand hubiera sobrevivido, lo más probable es que hubiera ido a parar al hospital del regimiento de Nordland, en la región norte. Y lo mismo habría sido de Dale, si lo hubieran herido. Yo creo que también debí de estar allí. Pero ya te digo, cuando desperté, me encontraba en otro lugar.

—Gudbrand Johansen no está en los registros del censo.

Mosken volvió a encogerse de hombros.

—Pues lo mataría aquella granada. Eso fue lo que supuse entonces.

—¿Y nunca has intentado localizarlo?

Mosken negó con la cabeza.

Harry miró a su alrededor en busca de algo que pudiese indicar que Mosken tenía café en casa, una cafetera, una taza. Sobre la chimenea se veía la foto de una mujer, enmarcada en un portarretratos dorado.

—¿Estás amargado por lo que te ocurrió a ti y a los demás combatientes del frente oriental después de la guerra?

—En lo que se refiere a las penas… no. Soy realista. El juicio fue como fue por necesidades políticas. Yo había perdido una guerra. No me quejo.

De repente, Edvard Mosken se echó a reír como una urraca, sin que Harry comprendiera el porqué. Pero volvió a ponerse serio enseguida.

—Lo que más me dolió fue que me tachasen de traidor a la patria. Pero me consuela pensar que los que estuvimos allí sabemos que defendimos nuestra patria con la vida.

—Tus ideas políticas de entonces...

—¿Quieres saber si son las mismas de hoy?

Harry asintió y Mosken respondió sonriendo con amargura, antes de añadir:

—La respuesta es bien sencilla, comisario. No. Entonces estaba equivocado. Así de simple.

—¿Y no has tenido después ningún contacto con entornos neonazis?

—¡Dios me libre! ¡No! En Hokksund hubo algunas reuniones hace un par de años. Uno de esos idiotas me llamó entonces para preguntarme si quería ir a hablarles de la guerra. Creo que se hacían llamar Blood and Honour. O algo así.

Mosken se inclinó sobre la mesa. En uno de los extremos había un montón de revistas cuidadosamente ordenadas y colocadas de forma que coincidían a la perfección con la esquina.

—¿Qué es lo que buscan los servicios de inteligencia exactamente? ¿Localizar a los neonazis? Porque, en ese caso, habéis venido al lugar equivocado.

Harry no estaba muy seguro de cuánto quería revelar por el momento. Pero su respuesta fue bastante sincera:

—La verdad es que no sé bien qué buscamos.

—Sí, esos son los servicios de inteligencia que yo conozco.

Volvió a reír con su risa de urraca, estentórea y desagradable.

Harry llegaría después a la conclusión de que debía de ser la combinación de aquella risa y el hecho de que no le hubiese puesto un café lo que determinó que formulase la siguiente pregunta en los términos en que lo hizo:

—¿Cómo crees que han llevado tus hijos el hecho de tener un padre con un pasado nazi? ¿Crees que ha sido determinante para que Edvard Mosken hijo esté ahora en la cárcel condenado por tráfico de drogas?

Harry se arrepintió enseguida, en cuanto vio la rabia y el dolor aflorar a los ojos del viejo. Sabía que habría podido averiguar lo que quería sin asestarle un golpe tan bajo.

—¡Ese juicio fue una farsa! —dijo Mosken—. El abogado defensor de mi hijo es nieto del juez que me juzgó a mí después de la guerra. Se empeñan en castigar a mis hijos para ocultar su propia vergüenza por lo que hicieron durante la guerra. Yo...

Mosken se interrumpió de improviso. Harry aguardó una continuación que no se produjo. De repente y sin previo aviso, sintió que el perro que tenía en el estómago empezaba a ladrar... No había emitido el menor ruido desde hacía un buen rato. Ahora necesitaba un trago.

—¿Uno de «los santos de los últimos días»? —preguntó Harry.

Mosken se encogió de hombros otra vez. Harry intuyó que no podría sacarle más sobre el tema en esta ocasión.

Mosken miró el reloj.

—¿Tienes alguna cita? —preguntó Harry.

—Pensaba darme una vuelta por la casa de campo.

—¿Ah, sí? ¿Está lejos?

—En Grenland. Necesito aprovechar las horas de luz antes del anochecer.

Harry se levantó. Ambos se detuvieron en el pasillo, como buscando alguna frase adecuada con la que despedirse, cuando a Harry se le ocurrió algo de pronto:

—Has dicho que te hirieron en Leningrado, el invierno de 1944, y que te llevaron a la enfermería del colegio de Sinsen a finales del verano. ¿Dónde estuviste entretanto?

—¿A qué te refieres?

—Acabo de terminar de leer uno de los libros de Even Juul. Es historiador especializado en la guerra.

—Sé perfectamente quién es Even Juul —dijo Mosken con una sonrisa indescifrable.

—Según él, el regimiento Norge quedó disuelto en Krásnoie Seló en marzo de 1944. ¿Dónde estuviste desde el mes de marzo hasta que llegaste a Sinsen?

Mosken se quedó mirando a Harry un buen rato. Después, abrió la puerta y miró fuera.

—Casi cero grados —declaró al fin—. Conduce con cuidado.

Harry asintió. Mosken se estiró un poco, se hizo sombra con la mano y oteó el hipódromo vacío, cuyas pistas cubiertas de grava describían un óvalo gris sobre la nieve sucia.

—Me encontraba en lugares que una vez tuvieron nombre —respondió Mosken—. Pero que habían cambiado tanto que ya nadie los reconocía. En nuestros mapas no habían señalado más que las carreteras, los ríos, los lagos y los campos de minas, pero ningún nombre. Si te digo que estuve en Estonia, en un lugar llamado Parnu, puede que sea verdad, pero ni yo ni nadie lo sabe con certeza. Pasé la primavera y el verano de 1944 postrado en una camilla escuchando las ametralladoras y pensando en la muerte. No en dónde me encontraba.

Harry conducía despacio junto al río y se detuvo al ver el semáforo en rojo antes del puente. El segundo puente, el E18, parecía una prótesis dental de proporciones gigantescas a través del paisaje e impedía ver el fiordo de Drammen. De acuerdo, no todo estaba bien hecho en Drammen. Harry había decidido parar a tomar café en Børsen en el camino de vuelta, pero cambió de idea al recordar que solo servían cerveza.

El semáforo se puso en verde y Harry aceleró.

Edvard Mosken había reaccionado con vehemencia a su pregunta acerca de su hijo. Harry resolvió que investigaría a fondo quién había sido el juez en el proceso contra Mosken. Mientras conducía, echó un último vistazo a Drammen por el retrovisor. Desde luego que había ciudades peores.

47

Despacho de Ellen,
7 de marzo de 2000

A Ellen no se le había ocurrido nada.

Harry se había pasado por su despacho y estaba sentado en su vieja silla, que no dejaba de crujir. Habían contratado a un nuevo agente, un joven oficial de Steinkjer, que se incorporaría en un mes.

—¿Qué te creías, que soy adivina? —dijo al ver la decepción en el rostro de Harry—. Además, les he preguntado a los chicos en la reunión de esta mañana, pero nadie había oído hablar de ningún Príncipe.

—¿Y qué tal con el Registro de Armas? Ellos deberían tener datos completos sobre los traficantes.

—¡Harry!

—¿Sí?

—Yo ya no trabajo para ti.

—¿Para mí?

—Bueno, pues contigo. Aunque yo tenía la sensación de que trabajaba para ti. Eres un bruto.

Harry se dio impulso con el pie e hizo girar la silla. Cuatro vueltas. Jamás había conseguido hacerla girar más de cuatro veces. Ellen levantó la vista al cielo con resignación.

—De acuerdo. También llamé al Registro de Armas —dijo al fin—. Pero ellos tampoco habían oído hablar del Príncipe. ¿Por qué no te asignan un ayudante en Inteligencia?

–No es un caso prioritario. Meirik me permite dedicarme a ello, pero lo que quiere en realidad es que me dedique a averiguar qué están tramando los neonazis antes del Eid musulmán.

–Una de las frases que me diste era «entorno con fijación por las armas». La verdad es que no se me ocurre un ambiente más obsesionado por las armas que los ambientes neonazis. ¿Por qué no empezar por ahí? Matarías dos pájaros de un tiro.

–Sí, ya lo había pensado.

48

Café Ryktet, Grensen,
7 de marzo

Even Juul estaba en la escalinata cuando Harry aparcó el coche delante de su casa.

Burre estaba a su lado, tironeando de la cadena.

—¡Qué rapidez! —comentó Juul.

—Me puse en marcha en cuanto colgué —dijo Harry—. ¿Burre viene con nosotros?

—No, solo lo he sacado un poco, mientras esperaba. Entra, Burre.

El perro miró a Juul con expresión suplicante.

—¡Venga! ¡Adentro!

Burre dio un paso atrás y entró como una flecha en la casa. También Harry se sobresaltó ante el inesperado grito de Juul.

—Bien, podemos irnos —declaró Juul.

Harry atisbó un rostro tras la cortina de la cocina cuando se marchaban.

—Hay más claridad —dijo Harry.

—¿Ah, sí?

—Me refiero a los días. Son más largos.

Juul asintió sin responder.

—He estado pensando en una cosa —confesó Harry—. La familia de Sindre Fauke, ¿cómo murieron?

—Ya te lo dije. Él los mató.

—Sí, pero ¿cómo?

—De un tiro. En la cabeza.

—¿Los cuatro?

—Sí.

Por fin encontraron un aparcamiento en Grensen, desde el que se encaminaron al lugar que Juul había insistido en mostrarle a Harry cuando hablaron por teléfono.

—Así que esto es Ryktet —dijo Harry cuando entraron en el café apenas iluminado y casi desierto.

Tan solo dos de las viejas mesas de formica estaban ocupadas. Harry y Juul pidieron café y se sentaron a una de las que había junto a la ventana. Dos hombres mayores que ocupaban una mesa en el interior del local interrumpieron su conversación y se los quedaron mirado.

—Me recuerda a un café al que voy de vez en cuando —dijo Harry señalando a los dos ancianos.

—Son fieles creyentes —explicó Juul—. Viejos nazis y excombatientes que siguen pensando que ellos tenían razón. Aquí se desahogan de su amargura por la gran traición y critican al gobierno de Nygaardsvold y el estado general de la situación. Eso hacen, claro, los que aún viven. Porque ya veo que van quedando menos.

—¿Siguen estando políticamente comprometidos?

—Desde luego que sí, siguen furiosos. Por la ayuda a los países en vías de desarrollo, por las reducciones del presupuesto de Defensa, por el acceso de las mujeres al sacerdocio, por las parejas de hecho de homosexuales, por nuestros nuevos compatriotas, de origen extranjero; todas esas cosas que seguro que te imaginas encienden a estos tipos. En el fondo, siguen siendo fascistas.

—¿Y tú crees que es posible que Urías sea asiduo de este local?

—Si lo que Urías pretende poner en práctica es algún tipo de acto de venganza contra la sociedad, aquí encontrará gente que piensa como él. Claro que hay otros lugares donde también se reúnen los excombatientes. Por ejemplo, todos los años celebran encuentros de camaradas aquí en Oslo, adonde acuden correligionarios de todo el país, soldados y otros que estuvieron en el frente oriental. Pero esos encuentros tienen un carácter muy distinto al ambiente de este agujero; son auténticos actos sociales en los que recuerdan a los caídos y está prohibido hablar de política. No, si yo estuviese buscando a un excombatiente con planes de venganza, empezaría por este lugar.

—¿Tu esposa ha asistido a alguno de esos… cómo los has llamado… encuentros de camaradas?

Juul clavó en Harry una mirada inquisitiva antes de negar despacio con un gesto.

—Se me ha ocurrido de pronto —explicó Harry—. Pensé que tal vez ella tuviese algo que contarme.

—Pues no, no tiene nada que contarte —dijo Juul con acritud.

—Estupendo. ¿Existe alguna relación entre los neonazis y los que tú llamas fieles creyentes?

—¿Por qué me lo preguntas?

—Me han dado un soplo. Parecer ser que Urías se sirvió de un intermediario para hacerse con el Märklin, alguien que se mueve en un ambiente obsesionado por las armas.

Juul volvió a negar con la cabeza.

—La mayoría de los excombatientes sentirían un gran disgusto si te oyesen llamarlos correligionarios de los neonazis. Aunque estos sienten un profundo respeto por los excombatientes, para ellos representan el sueño más deseado: defender la patria y la raza empuñando las armas.

—De modo que si un excombatiente quisiera agenciarse un arma, podría contar con el apoyo de los neonazis, ¿no?

—Seguro que sería bien acogido, sí. Pero tendría que saber a quién dirigirse. Cualquiera no podría conseguirle un arma tan potente y avanzada como la que buscas. Por ejemplo, no hace mucho que la policía de Hønefoss hizo un registro en el garaje de unos neonazis y encontró un viejo Datsun oxidado, cargado de mazos de fabricación casera, jabalinas de madera y un par de hachas romas. La mayor parte de los pertenecientes a este círculo se encuentra, literalmente, en la Edad de Piedra.

—Entonces ¿dónde debo empezar a buscar a una persona del entorno que tenga contactos con traficantes de armas internacionales?

—El círculo no es demasiado grande, ese no es el problema. Cierto que *Fritt Ord*, el diario nacionalista, asegura que en todo el país hay unos mil quinientos nacionalsocialistas y nacionaldemócratas; pero si llamas a Monitor, la organización no gubernamental que se encarga de mantener vigilados los entornos fascistas, te dirán que tan solo un máximo de cincuenta están activos. No, el problema es que las personas con recursos, las que realmente mueven los hilos, no se ven. No se pasean por ahí con las botas y las esvásticas tatuadas en el antebrazo, por así decirlo. Son personas con una posición social que pueden utilizar para servir a la causa pero, para ello, tienen que mantenerse en la sombra.

A su espalda, de repente, se oyó una voz grave:

—¡Even Juul! ¿Cómo te atreves a venir a este lugar?

49

Cine Gimle, Paseo de Bygdøy,
7 de marzo

—Bueno, ¿pues qué crees que hice? —le preguntó Harry a Ellen, que lo empujaba con suavidad para que avanzase en la cola—. Precisamente estaba allí sentado, diciéndome si no debería levantarme y preguntarle a alguno de los malhumorados viejos si por casualidad no conocían a alguien que estuviese planeando perpetrar un atentado y que, por esa razón, hubiese adquirido una escopeta mucho más cara que la media. Y, en ese preciso momento, uno de ellos se planta detrás de la mesa y grita con su vozarrón: «¡Even Juul! ¿Cómo te atreves a venir a este lugar?».

—Vale, ¿y qué hiciste? —quiso saber Ellen.

—Nada. Simplemente seguí sentado mientras a Even Juul se le desencajaba la cara. Como si hubiese visto un fantasma. Estaba claro que se conocían. Por cierto, que es la segunda persona que me encuentro hoy que resulta que conoce a Juul. Edvard Mosken también me dijo que lo conocía.

—No es de extrañar, ¿no? Juul suele escribir en los periódicos, sale en televisión, es un personaje público.

—Sí, claro, tienes razón. Pero, bueno, continúo: Juul se levanta y se va derecho a la calle. Lo único que yo puedo hacer es seguirlo. Cuando me reúno con él en la calle, está blanco como la cera. Sin embargo, cuando le pregunto por el hombre, asegura que no sabe quién es. Después lo llevo a casa y apenas si se despide de mí antes de bajarse del coche. Se lo veía muy afectado. ¿Te parece bien la fila diez?

Harry se agachó hacia la ventanilla y pidió dos entradas.

—Tengo mis dudas —confesó Harry.

—¿Por qué? —dijo Ellen—. ¿Porque soy yo quien ha elegido la película?

—Es que, en el autobús, oí a una chica que comía chicle decirle a una amiga que *Todo sobre mi madre* es bonita. O sea, bonita.

—¿Qué quieres decir?

—Que cuando las chicas dicen que una película es bonita, experimento una sensación del tipo *Tomates verdes fritos*. Cuando a las mujeres os sirven un pastel decorado con algo más de brillantez que los espectáculos de Oprah Winfrey, os parece que habéis visto una película cálida, inteligente. ¿Palomitas?

La fue guiando hasta la cola del quiosco.

—Eres un caso perdido, Harry. Un caso perdido. Por cierto, ¿sabes que Kim se ha puesto celoso cuando le he dicho que iba al cine con un colega?

—Enhorabuena.

—Antes de que se me olvide —añadió Ellen—. Tal y como me pediste que hiciera, encontré el nombre del abogado defensor de Edvard Mosken hijo. Y el de su abuelo, que presidió los juicios por traición.

—¿Y?

Ellen sonrió.

—Johan Krohn y Kristian Krohn.

—Sorpresa.

—Estuve hablando con el fiscal de la causa contra Mosken hijo. Al parecer, Mosken padre perdió los nervios al oír que el tribunal declaraba a su hijo culpable y llegó a agredir a Krohn. Además, dijo en voz alta que Krohn y su abuelo conspiraban contra la familia Mosken.

—Interesante.

—Me he ganado una grande de palomitas, ¿no crees?

Todo sobre mi madre era mucho mejor de lo que Harry se había temido. Aun así, en medio de la escena donde entierran a Rosa, no tuvo más remedio que molestar a una Ellen algo llorosa para preguntarle dónde estaba Grenland. Ellen le dijo que estaba por Porsgrunn y Skien. Después la dejó ver la película sin más interrupciones.

50

Oslo,
8 de marzo de 2000

Harry veía que el traje le quedaba pequeño. Lo veía, pero no comprendía por qué. No había engordado desde que tenía dieciocho años y el traje le quedaba perfecto cuando lo compró en Dressmann, para la fiesta de graduación en 1990. Comoquiera que fuese, ahora comprobaba claramente en el espejo del ascensor que, entre los pantalones y los zapatos negros Dr. Martens, asomaba la franja de los calcetines. Aquel era, sin duda, uno de esos misterios irresolubles de la vida.

Las puertas del ascensor se abrieron y Harry empezó a oír la música, la charla altanera de los hombres y el parloteo de las mujeres, que escapaban por las puertas abiertas de la cantina. Miró el reloj. Eran las ocho y cuarto. Hasta las once podía pasar. A esa hora se iría a casa.

Contuvo la respiración, entró en la cantina y echó un vistazo a su alrededor. Era como todas las cantinas noruegas, un local cuadrado con un mostrador de cristal en un extremo para pedir la comida, muebles de color claro de madera procedente de algún fiordo de Sunnmøre, y carteles de prohibido fumar.

Los organizadores habían hecho lo posible por camuflar la cotidianidad con globos y manteles rojos. Aunque había muchos hombres, el reparto de sexos era, pese a todo, más equitativo que en las fiestas de la policía judicial. Parecía que la mayoría ya había tenido tiempo de beber bastante alcohol. Linda había mencionado algo acerca de unas copas previas en casa de alguien, y Harry se alegró de que no lo hubiesen invitado.

—¡Qué elegante estás con traje, Harry!

Era Linda. Apenas pudo reconocerla con aquel vestido tan ajustado que realzaba los kilos de más, pero también su femenina lozanía.

Llevaba una bandeja con bebidas de color naranja que sostenía servicial delante de Harry.

—Eh... no, gracias, Linda.

—No seas soso, Harry. ¡Es una fiesta!

«Tonight we're gonna party like it's nineteen-ninety-nine...», cantaba Prince a gritos.

Ellen se inclinó en el asiento delantero y bajó el volumen.

Tom Waaler le lanzó una mirada fugaz.

—Es que estaba un poco alto —dijo, y pensó que solo faltaban tres semanas para que llegase el oficial de Steinkjer; a partir de entonces, no tendría que volver a trabajar con Waaler.

No era la música. Waaler tampoco le hacía la vida imposible. Y, desde luego, no era un mal policía.

Eran las llamadas telefónicas. Y no porque Ellen Gjelten no fuese comprensiva con la atención debida a la vida sexual, pero la mitad de las llamadas que recibía su colega eran de mujeres que, según ella deducía por la conversación, Waaler estaba abandonando, había abandonado o estaba a punto de abandonar. Las conversaciones con estas últimas eran las más desagradables. Eran las que mantenía con las mujeres a las que aún no había destrozado; con ellas utilizaba un tono de voz especialísimo que hacía que Ellen sintiera deseos de gritar: «¡No lo hagas! ¡No le importas lo más mínimo! ¡Huye!». Ellen Gjelten era una persona generosa capaz de excusar las debilidades humanas. En el caso de Tom Waaler no había detectado muchas debilidades, pero tampoco demasiada humanidad. Simplemente, no le gustaba lo más mínimo.

Pasaron ante el Tøyenparken. A Waaler le habían dado un soplo de que alguien había visto a Ayub, el jefe de la banda de palestinos tras cuya pista llevaban desde la agresión que protagonizó en diciembre, en el restaurante persa Aladdin, en la calle Hausmannsgate, cerca del Slottsparken. Ellen sabía que llegaban demasiado tarde y que no les quedaba más que preguntar por allí si alguien sabía dónde estaba Ayub. No obtendrían ninguna respuesta, pero al menos habrían dado a entender con su presencia que no pensaban dejarlo en paz.

–Espera en el coche, voy a mirar –dijo Waaler.

–De acuerdo.

Waaler se bajó la cremallera de la cazadora de piel.

«Para exhibir los músculos que ha conseguido a base de hacer pesas en el gimnasio de la comisaría –se dijo Ellen–. O quizá más bien para que se vea parte de la funda de la pistola y sepan que va armado.» Los oficiales de la sección de Delitos Violentos tenían permiso para llevar armas, pero ella sabía que Waaler no utilizaba el arma reglamentaria, sino un cacharro de gran calibre por el que ella no había tenido fuerzas para preguntarle. Después de los coches, el tema de conversación favorito de Waaler eran las armas y, ante eso, Ellen prefería los coches. Ella en cambio no llevaba ninguna arma, a menos que se lo exigieran, como ocurrió el otoño anterior, con motivo de la visita del presidente.

Un murmullo le resonaba en lo más recóndito del cerebro. Pero el murmullo se vio interrumpido por una versión digital de lo más machacona de «Napoleon med sin hær».* Era el móvil de Waaler. Ellen abrió la puerta para llamarlo, pero él ya estaba entrando en el restaurante Aladdin.

Había sido una semana muy aburrida. Ellen no podía recordar otra tan tediosa desde que empezó en la policía. Y temía que esa sensación se debiera a que ahora tenía una vida privada que atender. De repente tenía sentido volver a casa antes de que se hiciera

---

* «Napoleón con su ejército», conocida canción popular noruega típica de las excursiones, para animar la marcha de los participantes. *(N. de la T.)*

demasiado tarde, y las guardias de los sábados, como la de aquella noche, se le antojaban un sacrificio. El móvil dejó oír su «Napoleon...» por cuarta vez.

¿Sería una de las abandonadas o una que aún no lo había probado? Si Kim la dejase ahora... Pero no lo haría. Simplemente estaba convencida.

«Napoleon med sin hær», por quinta vez.

Dentro de dos horas terminaría la guardia y se marcharía a casa, se daría una ducha e iría luego a casa de Kim, en la calle Helgesen, a solo cinco minutos de marcha supercachonda a pie: los suficientes para ponerse cachonda. Ellen contuvo la risa.

¡La sexta vez! Agarró el móvil, que estaba debajo del freno de mano.

«Este es el servicio de contestador de Tom Waaler. Lamentamos comunicarle que el señor Waaler no se encuentra disponible. Pero puede dejar su mensaje después de oír la señal.»

Tenía pensado gastar una broma y decir su nombre después pero, por alguna razón, se quedó en silencio con el móvil en la mano, escuchando la pesada respiración del interlocutor. Tal vez porque le resultaba emocionante, o quizá por curiosidad. Comoquiera que fuese, entendió que la persona que había al otro lado creía que hablaba un contestador, ¡y estaba esperando el pip! De modo que Ellen pulsó una de las teclas numéricas. Pip, se oyó.

—Hola, soy Sverre Olsen.

—Hola, Harry, esta es...

Harry se volvió hacia Meirik, pero el resto de su frase se perdió en el estrépito, pues el autoelegido pinchadiscos de la fiesta subió el volumen de la música que bombeaba de los altavoces situados a la espalda de Harry:

«That don't impress me much...».

Harry no llevaba en la fiesta más de veinte minutos, ya había mirado el reloj dos veces y había tenido tiempo de preguntarse hasta cuatro veces: ¿guardaría el asesinato de aquel excombatiente alguna relación con la compra del rifle Märklin? ¿Quién era capaz de cometer un asesinato con un cuchillo, tan rápida y limpiamente, a plena luz del día en un portal del centro de Oslo? ¿Quién era el Príncipe? ¿Tenía algo que ver con todo aquello la sentencia contra el hijo de Mosken? ¿Qué había sido de Gudbrand Johansen, el quinto combatiente noruego? ¿Y por qué no se había tomado Mosken la molestia de buscarlo después de la guerra, si era cierto que Gudbrand Johansen le había salvado la vida?

Y allí estaba, en la esquina, al lado de uno de los altavoces, con una cerveza sin alcohol, en una copa, eso sí, para que nadie le preguntase por qué no bebía alcohol, mientras observaba a dos de los empleados más jóvenes de Inteligencia que bailaban en la pista.

−Lo siento, no te he oído −se disculpó Harry.

Kurt Meirik removía en su copa una bebida de color naranja. Pese a todo, parecía andar más derecho que de costumbre en el traje de rayas azul que le quedaba como un guante, por lo que Harry pudo ver. Se tiró de las mangas de la chaqueta, consciente de que los puños de la camisa se veían muy por encima de los gemelos. Meirik se le acercó un poco.

−Estaba intentando decirte que esta es la jefa de nuestra sección internacional, la comisaria…

Harry se percató entonces de la presencia de la mujer que Meirik tenía a su lado. Complexión delgada. Falda roja, sencilla. Tuvo un presentimiento.

«So you got the looks, but have you got the touch…», continuaba la música.

Ojos castaños. Pómulos salientes. Tono de piel tostado. El cabello corto y oscuro, enmarcando un rostro delgado. La mujer sonreía con los ojos. Harry la recordaba guapa, pero no tan… encantadora. Aquella era la única palabra que se le ocurría para calificar lo que tenía delante. Sabía que el hecho de que ella estuviese allí, delante de él, debía dejarlo mudo de sorpresa, pero de algún modo lo encontró lógico, lo que hizo que, para sus adentros, asintiera como reconociendo la situación.

−… Rakel Fauke −dijo Meirik.

—Sí, ya nos hemos visto antes —dijo Harry.

—¿Ah, sí? —preguntó Meirik sorprendido.

Ambos miraban a la mujer.

—Sí —dijo ella—. Pero creo que no llegamos a presentarnos.

Rakel Fauke le tendió la mano con la muñeca ligeramente flexionada que, una vez más, le hizo pensar a Harry en las clases de piano y de ballet.

—Harry Hole —dijo.

—¡Ajá! —dijo ella—. Claro, eres tú. De Delitos Violentos, ¿verdad?

—Exacto.

—Cuando nos vimos no sabía que tú eras el nuevo comisario de los servicios de inteligencia. Si lo hubieras dicho...

—¿Qué? —preguntó Harry.

Ella ladeó un poco la cabeza.

—Pues sí, ¿qué? —dijo riendo.

Su risa hizo que aquella palabra ridícula volviera a la mente de Harry: encantadora.

—Bueno, al menos te habría dicho que trabajamos en el mismo lugar —dijo Rakel Fauke—. En condiciones normales, no suelo contarle a la gente dónde trabajo. Te hacen unas preguntas tan raras... A ti seguro que te pasa lo mismo.

—Y que lo digas —dijo Harry.

La mujer volvió a reír y Harry se preguntó qué era lo que había que hacer para que riese de ese modo constantemente.

—¿Cómo es que no te he visto antes en Inteligencia? —le preguntó Rakel Fauke.

—El despacho de Harry está al fondo del pasillo —dijo Kurt Meirik.

—Ya veo —dijo ella en tono comprensivo, sin dejar de sonreír con la mirada—. Así que el despacho al fondo del pasillo, ¿eh?

Harry asintió sombrío.

—Bueno, bueno... —dijo Meirik—. Íbamos al bar, Harry.

Harry aguardó una invitación que no llegó.

—Ya hablaremos —se despidió Meirik.

«Comprensible», se dijo Harry. Seguro que eran muchos los que esperaban aquella noche la palmadita en la espalda del jefe de Inteligencia y de la comisaria. Se colocó de espaldas a los altavoces, pero les lanzó una mirada furtiva mientras se alejaban. Ella lo había reconocido. Y recordaba que no se habían presentado la primera vez que se vieron. Apuró la copa de un trago; pero no le supo a nada.

«There's something else: the afterworld...»
Waaler cerró la puerta del coche al entrar.

—Nadie ha hablado con Ayub, ni lo ha visto ni ha oído hablar siquiera de él —dijo—. Nos vamos.

—Muy bien —dijo Ellen antes de mirar por el retrovisor y girar para apartarse de la acera.

—Veo que Prince está empezando a gustarte a ti también.

—¿Tú crees?

—Por lo menos, has subido el volumen mientras yo estaba fuera.

—Ah.

Ellen recordó que tenía que llamar a Harry.

—¿Hay algún problema?

Ellen miraba al frente, escrutando el asfalto gris y húmedo que centelleaba a la luz de las farolas.

—¿Un problema? ¿Qué problema?

—No sé. Tienes una expresión... como si hubiese ocurrido algo...

—No, no ha pasado nada, Tom.

—¿Ha llamado alguien? ¡Oye! —gritó Tom dando un salto en su asiento y apoyando ambas manos en el salpicadero—. ¿Es que no has visto el coche o qué?

—Lo siento.

—¿Quieres que conduzca yo?

—¿Que conduzcas tú? ¿Por qué?

—Porque tú conduces como...

—¿Como qué?

—Olvídalo. Te preguntaba si ha llamado alguien.

—No, Tom, no ha llamado nadie. Si alguien hubiera llamado, te lo habría dicho, ¿no?

Tenía que llamar a Harry. Rápido.

—Y entonces ¿por qué has apagado mi móvil?

—¿Qué? —preguntó Ellen mirándolo aterrada.

—No apartes la vista de la carretera, Gjelten. Te preguntaba que por qué…

—Te estoy diciendo que no ha llamado nadie. ¡Lo habrás apagado tú mismo!

Ellen había alzado la voz sin darse cuenta, hasta el punto de que a ella misma le sonó chillona.

—De acuerdo, Gjelten —dijo su colega—. Relájate. Solo era una pregunta.

Ellen intentó seguir su consejo, respirar acompasadamente y pensar solo en el tráfico que discurría ante el vehículo. Giró a la izquierda en la rotonda después de la calle Vahl. Era sábado por la noche, pero las calles de aquella parte de la ciudad estaban casi desiertas. Luz verde. A la derecha por la calle Jens Bjelke. A la izquierda bajando por la calle Tøyengata. Al aparcamiento de la comisaría. Durante todo el trayecto, no dejó de sentir la mirada inquisitiva y curiosa de Tom.

Harry no había mirado el reloj una sola vez desde que le presentaron a Rakel Fauke. Incluso se había dado una vuelta con Linda para saludar a algunos colegas. La conversación no fluía. Le preguntaban cuál era su rango y, una vez que había contestado, moría el diálogo. Probablemente se debía a una regla tácita de Inteligencia: no preguntar demasiado. O simplemente les traía sin cuidado. Tanto mejor, porque él tampoco tenía ningún interés especial en ellos. Al cabo de un rato, estaba de vuelta junto al altavoz.

Había atisbado el rojo de la falda de Rakel Fauke un par de veces; por lo que pudo deducir, se dedicaba a circular por la sala sin detenerse a hablar demasiado con nadie. Y aún no había bailado, de eso estaba seguro.

«¡Dios santo!, me estoy comportando como un adolescente», se recriminó.

Así que miró el reloj. Las nueve y media. Podía acercarse a ella, intercambiar unas palabras, por ver qué pasaba. Y, si no pasaba nada, siempre podía seguir su camino y quitarse de encima el baile que le había prometido a Linda antes de marcharse a casa. ¿Si no pasaba nada? Pero ¿qué se había creído? ¡Con una comisaria que estaba prácticamente casada! Necesitaba un trago. No. Volvió a mirar el reloj. Sintió escalofríos ante la idea del baile al que se había comprometido. Debía irse a casa. Casi todos estaban ya bastante borrachos. Pero ni estando sobrios se darían cuenta de que el nuevo comisario del fondo del pasillo se había marchado. Podría simplemente salir por la puerta y tomar el ascensor. Incluso tenía el Escort que, fiel, lo aguardaba fuera. Y Linda parecía estar divirtiéndose en la pista de baile, donde se había aferrado a un joven oficial que la hacía dar vueltas con una sonrisa bobalicona.

—El concierto de Raga en el Justivalen fue más movido, ¿no crees? —preguntó Rakel Fauke.

Al oír tan cerca esa voz grave sintió que el corazón se le aceleraba en el pecho.

Tom estaba en el despacho de Ellen, junto a su silla.

—Siento haber sido un poco pesado antes, en el coche —se disculpó.

Ellen no lo había oído entrar y dio un respingo en la silla. Tenía el auricular en la mano, pero aún no había marcado el número.

—Bah, no te preocupes —dijo ella—. Soy yo que estoy un poco... ya sabes.

—¿Premenstrual?

Ellen levantó la vista como un rayo y supo enseguida que no era una broma: su colega pretendía realmente ser comprensivo.

—Es posible —mintió ella.

¿Por qué habría entrado Tom en su despacho así, sin más? Era algo que no solía hacer.

—Bueno, Gjelten, la guardia se ha terminado —dijo Tom al tiempo que señalaba el reloj de la pared, que indicaba las diez—. Tengo el coche abajo. Te llevo a casa.

—Gracias, pero antes tengo que hacer una llamada. Vete y no me esperes.

—¿Una llamada privada?

—¡Qué va! Es solo…

—Bueno, entonces te espero aquí.

Waaler se dejó caer en el viejo sillón de Harry, que emitió un crujido de protesta. Sus miradas se encontraron. ¡Mierda! ¿Por qué no le habría dicho que sí, que era una conversación privada? Ahora ya era demasiado tarde. ¿Sospecharía que ella había descubierto algo? Ellen intentó leer su mirada, pero era como si los nervios le hubieran neutralizado esa capacidad suya. ¿Los nervios? Sabía bien por qué nunca se había sentido cómoda con Tom Waaler. No era por su visión de las mujeres, las personas de otra raza, los jóvenes activistas y los homosexuales, ni por su tendencia a aprovechar cualquier razón plausible para recurrir a la violencia. De hecho, era capaz de nombrar en un momento a otros diez agentes de policía que superaban a Tom Waaler en ese tipo de actitudes. Pese a todo, había logrado detectar en ellos algún que otro rasgo positivo que le hacía posible relacionarse con ellos. Pero, en el caso de Tom Waaler, había algo más, y ya sabía lo que era: le tenía miedo.

—En realidad, puedo dejarlo para el lunes —se le ocurrió decir por fin.

—Estupendo —dijo el colega levantándose de nuevo—. Pues nos vamos.

Waaler tenía uno de esos deportivos japoneses que a Ellen se le antojaban imitaciones baratas de Ferrari. Tenía unos asientos como cubos que aprisionaban los hombros del ocupante, y los altavoces parecían abarcar la mitad del vehículo. El motor emitía un mimoso ronroneo y las luces de las farolas envolvían el interior mientras ellos avanzaban por la calle Trondheimsveien. Una voz en falsete que ella había aprendido a reconocer surgió de los altavoces:

«... I only wanted to be some kind of a friend, I only wanted to see you bathing...»

Prince. El Príncipe.

—Puedes dejarme aquí —dijo Ellen intentando adoptar un tono de voz natural.

—Nada de eso —dijo Waaler mirando por el retrovisor—. Servicio de puerta a puerta. ¿Adónde vamos?

Ellen reprimió el impulso de abrir la puerta y saltar a la calzada.

—Aquí a la izquierda —dijo señalando la calle.

«Ojalá estés en casa, Harry.»

—Calle Jens Bjelke —leyó Waaler en voz alta al tiempo que giraba.

La iluminación era más escasa allí que en las calles que habían dejado atrás, y las aceras estaban desiertas. Con el rabillo del ojo, Ellen veía pequeños haces de luz que se deslizaban por la cara de Tom. ¿Sabría él que ella lo sabía? ¿Habría visto que tenía la mano en el bolso, aferrada al aerosol de gas que había comprado en Alemania y que le había enseñado el otoño pasado, cuando Tom le dijo que se ponía en peligro a sí misma y a sus colegas al negarse a llevar armas? ¿Y no le había insinuado discretamente en alguna ocasión que él podía procurarle un arma corta de fácil manejo que podría ocultar en cualquier parte del cuerpo, que no estuviese registrada y que, por tanto, nadie relacionaría con ella en caso de que ocurriese una «desgracia»? Ellen no lo interpretó de forma tan directa en aquella ocasión, pues pensó que era una de esas macabras bromas machistas que solía dejar caer y le quitó importancia.

—Detente junto a ese coche rojo.

—¡Pero si el número 4 está en la próxima manzana! —exclamó Tom.

¿Le habría dicho ella misma que vivía en el número 4? Tal vez. Y seguramente lo había olvidado. Se sintió transparente, como una medusa de cristal, sintió que él podía ver cómo el corazón le latía desbocado.

El motor ronroneaba en ralentí. Tom había detenido el coche. Ella buscaba febrilmente la manivela de la puerta. ¡Jodidos ingenieros de pacotilla estos japoneses! ¿Por qué no podían colocar en la puerta simplemente una manilla normal, fácil de distinguir?

—Nos vemos el lunes —oyó decir a Waaler a su espalda al mismo tiempo que encontraba la manilla, salía de golpe e inhalaba el tóxico aire invernal de Oslo como si hubiese emergido a la superficie después de haber estado mucho tiempo bajo las frías aguas.

Lo último que oyó antes de cerrar la pesada puerta del portal fue el suave sonido del motor engrasado del coche de Waaler, que seguía en ralentí.

Subió atropelladamente las escaleras, pisando fuerte en cada peldaño, empuñando las llaves como si llevase una varita mágica. Y entró en el apartamento. Mientras marcaba el número de Harry, rememoró palabra por palabra el mensaje de Sverre Olsen: «Soy Sverre Olsen. Sigo esperando los diez mil de comisión por la pipa para el viejo. Llámame a casa».

Y después colgó.

A Ellen le llevó una fracción de segundo comprender la situación. La quinta frase de la adivinanza de quién era el intermediario en el negocio del Märklin. Un policía. Tom Waaler. Naturalmente. Diez mil coronas de comisión para un imbécil como Olsen: debía de ser algo grande. El viejo. Un entorno obsesionado por las armas. Simpatizantes de la extrema derecha. El Príncipe que no tardaría en convertirse en comisario. Estaba más claro que el agua, tanto que por un instante le chocó que, pese a su capacidad para detectar lo que se les ocultaba a los demás, no se hubiese dado cuenta antes. Era consciente de que la paranoia se había apoderado de ella pero, mientras esperaba a que saliera del restaurante, no pudo evitar pensar que Tom Waaler tenía todas las posibilidades de ascender, de mover los hilos desde puestos cada vez más importantes, al abrigo de las alas del poder, y solo los dioses sabían con quién se habría aliado ya en la comisaría. Pensándolo bien, había varios de los que jamás sospecharía que estuviesen implicados. Pero el único en el que estaba segura de que podía confiar al cien por cien, al cien por cien, era Harry.

Por fin daba la señal. No comunicaba. Jamás comunicaba. ¡Vamos, Harry!

Sabía además que solo era cuestión de tiempo, hasta que Waaler hablase con Olsen y descubriese lo sucedido; y no le cabía la menor duda de que, a partir de ese momento, su vida correría peligro. Tenía que actuar con rapidez, pero no podía permitirse un solo paso en falso. Una voz interrumpió sus pensamientos:

—«Este es el contestador automático de Hole. ¡Háblame!».

Pip.

—¡Púdrete, Harry! Soy Ellen. Ya lo tenemos. Te llamo al móvil.

Sujetó el auricular con la barbilla mientras marcaba la H en la agenda del teléfono, que se le cayó al suelo con estrépito. Ellen lanzó una maldición hasta que, por fin, encontró el número de móvil de Harry. «Por suerte, él nunca se separa del móvil», pensó mientras lo marcaba.

Ellen Gjelten vivía en la tercera planta de un bloque recién reformado, en compañía de un paro carbonero domesticado llamado Helge. Los muros del apartamento tenían un grosor de medio metro y doble acristalamiento. Pese a todo, Ellen habría jurado que podía oír el persistente ronroneo de un coche en ralentí.

Rakel Fauke dejó oír su risa.

—Si le has prometido un baile a Linda, no te librarás de sacarle brillo a la pista.

—Bueno. La alternativa es largarse.

Se hizo una pausa durante la cual Harry cayó en la cuenta de que lo que acababa de decir podría malinterpretarse. De modo que se apresuró a preguntar:

—¿Y cómo es que empezaste en Inteligencia?

—Fue por el ruso —explicó ella—. Me admitieron en un curso de ruso a cargo del Ministerio de Defensa y estuve en Moscú dos años, trabajando como intérprete. Kurt Meirik me reclutó entonces. Cuando terminé mis estudios de derecho, entré aquí, directamente en el nivel salarial treinta y cinco. Y creí que había dado el golpe de mi vida.

—¿Y no fue así?

—¿Estás loco? Mis compañeros de carrera ganan hoy tres veces más de lo que yo ganaré jamás.

—Podrías haberlo dejado y empezar a trabajar en lo mismo que ellos.

Rakel Fauke se encogió de hombros.

—Me gusta lo que hago. No se puede decir lo mismo de todos mis compañeros.

—Sí, hay algo de verdad en lo que dices.

Pausa.

«Hay algo de verdad en lo que dices.» ¿Acaso no era capaz de decir nada mejor?

—¿Y qué tal tú, Harry? ¿A ti te gusta lo que haces?

Seguían mirando la pista de baile, pero Harry se había percatado de su mirada, de cómo lo estudiaba. Por su cabeza se cruzaban ideas de muy diversa índole. Que Rakel Fauke tenía pequeñas arrugas en torno a los ojos y la boca; que la cabaña de Mosken estaba lejos del lugar en el que habían encontrado los casquillos vacíos del Märklin; que, según el diario *Dagbladet*, el cuarenta por ciento de las mujeres noruegas del entorno urbano eran infieles; que tenía que preguntarle a la esposa de Even Juul si ella recordaba a tres soldados noruegos del regimiento Norge que habían resultado heridos o muertos por una granada de mano lanzada desde un caza, y que debería haberse comprado un traje de Dressmann durante la oferta de Año Nuevo que anunciaban en la cadena de televisión TV3. Pero ¿si le gustaba lo que hacía?

—A veces —respondió al fin.

—¿Qué es lo que te gusta de tu trabajo?

—No lo sé. ¿Te parece una respuesta anodina?

—No lo sé.

—No es que no haya reflexionado sobre por qué soy policía. Claro que lo he hecho. Pero sigo sin saberlo. Tal vez simplemente porque me gusta atrapar a los malos.

–Ya. ¿Y qué haces cuando no te dedicas a atrapar a los malos?

–Ver *Supervivientes.*

Ella volvió a reír. Y Harry sabía que sería capaz de decir cualquier estupidez con tal de hacerla reír de aquel modo. Hizo un esfuerzo para hablar con cierta seriedad de cuál era su situación existencial en aquel momento pero, una vez excluidos los detalles desagradables, no le quedó mucho que decir. Sin embargo, puesto que ella parecía interesada en seguir escuchándolo, añadió algo acerca de su padre y de su hermana Søs. ¿Por qué, cuando alguien le pedía que hablase de sí mismo, terminaba siempre hablando de Søs?

–Parece una chica estupenda –opinó ella.

–La mejor –dijo Harry–. Y la más valiente. No le tiene miedo a nada. Un piloto de pruebas de la vida.

Harry le habló de una ocasión en que Søs presentó una oferta verbal para la compra de un apartamento en la calle Jacob Aall; había visto la fotografía en las páginas de anuncios inmobiliarios del diario *Aftenposten.* Solo porque el papel pintado de la fotografía le recordaba al de su habitación de la infancia en Oppsal. Y se lo adjudicaron por dos millones de coronas, un precio récord alcanzado aquel verano por el metro cuadrado en Oslo.

Rakel Fauke se echó a reír y salpicó de tequila la chaqueta de Harry.

–Lo mejor de Søs es que, cuando se estrella, simplemente se levanta, se sacude un poco el polvo y enseguida está lista para la siguiente misión suicida.

Rakel Fauke le limpió el cuello de la chaqueta con un pañuelo.

–¿Y tú, Harry, qué haces tú cuando te estrellas?

–¿Yo? Bueno. Pues me quedo tirado un tiempo. Hasta que me vuelvo a levantar. No hay otra alternativa, ¿no?

–Sí, hay algo de verdad en lo que dices –dijo Rakel.

Harry la miró a la cara para comprobar si estaba burlándose de él y, en efecto, la vio reír con la mirada. Aquella mujer irradiaba fuerza, pero Harry dudaba mucho de que fuese experta en el campo de los aterrizajes forzosos.

—Bien, ahora te toca a ti contarme algo —afirmó Harry.

Rakel no tenía ninguna hermana a la que recurrir, era hija única. Así que habló del trabajo.

—Pero nosotros no solemos atrapar a nadie —comentó—. La mayoría de los asuntos se resuelven amistosamente con llamadas telefónicas o en una recepción en alguna embajada.

Harry dejó ver una media sonrisa.

—¿Cómo se arregló la cosa con el agente del Servicio Secreto al que le pegué un tiro? —dijo Harry—. ¿Por teléfono o en una recepción?

Ella lo miró reflexiva mientras metía la mano en el vaso para sacar un cubito de hielo. Lo sujetó entre dos dedos hasta que una gota de agua le rodó despacio por la muñeca, por debajo de la fina pulsera de oro y hacia el codo.

—¿Bailas, Harry?

—Si no recuerdo mal, acabo de invertir como mínimo diez minutos en explicar cómo lo detesto.

Ella volvió a ladear la cabeza.

—Quiero decir, ¿bailas conmigo?

—¿Con esta música?

Una versión con flauta de Pan, superlenta, de «Let It Be» surgía de los altavoces como espeso almíbar.

—Sobrevivirás. Considéralo un calentamiento previo a la gran prueba del baile con Linda.

Rakel le puso la mano en el hombro.

—Dime, ¿estamos flirteando? —preguntó Harry.

—¿Cómo dices, comisario?

—Lo siento, pero no se me da muy bien interpretar ese tipo de señales ocultas, así que te pregunto si estamos flirteando.

—Jamás se me pasaría por la cabeza.

Harry le rodeó la cintura con el brazo y probó unos pasos de baile.

—Me siento como si estuviese perdiendo la virginidad —confesó Harry—. Pero supongo que es inevitable, algo por lo que todo hombre noruego debe pasar tarde o temprano.

—¿De qué me hablas? —preguntó ella riendo.

—Pues de bailar con una colega en una fiesta del trabajo.

—Pero yo no te he obligado.

Harry sonrió. Podría haber sido cualquier música, podrían haber estado escuchando «Los pajaritos» interpretada al revés con un ukelele: habría matado por aquel baile.

—A ver, ¿qué es eso que llevas ahí? —preguntó Rakel Fauke.

—Bueno, no es una pistola y estoy muy contento de estar contigo. Pero…

Harry sacó el móvil del cinturón y la soltó un instante para dejarlo sobre el altavoz. Cuando volvía, ella lo aguardaba con los brazos abiertos.

—Espero que aquí no haya ladrones —dijo Harry.

Se trataba de un chiste viejísimo al que solían recurrir en la comisaría; ella debía de haberlo oído cientos de veces y, aun así, le rió dulcemente al oído.

Ellen aguardó hasta que se agotaron las señales del móvil de Harry antes de colgar e intentarlo de nuevo. Estaba junto a la ventana, observando la calle. Ningún coche. Claro que no, estaba histérica. Y Tom estaría ahora camino de su casa y de su cama; o de otra cama.

Después del tercer intento, desistió de hablar con Harry y llamó a Kim, que respondió con voz somnolienta.

—Devolví el taxi a las siete esta tarde… Me he pasado veinte horas conduciendo.

—Voy a ducharme —dijo ella—. Solo quería saber que estabas ahí.

—Pareces nerviosa.

—No es nada. Llegaré dentro de tres cuartos de hora. Por cierto, tendré que hacer una llamada desde tu casa. Y me quedaré a dormir.

—Estupendo. ¿Te importaría pasarte por el 7-Eleven de Markveien y comprar tabaco?

—Vale. Tomaré un taxi.

—¿Por qué?

—Luego te lo explico.

—¿Sabes que es sábado por la noche? Olvídate de que te contesten siquiera en la centralita de radiotaxi. Y no te llevará más de cuatro minutos llegar aquí a pie.

Ellen vaciló un instante.

—¿Oye?

—Sí.

—¿Tú me quieres?

Ellen oyó aquella risa dulce a través del auricular y se imaginó los ojos adormilados y medio cerrados y el cuerpo delgado, casi escuálido, bajo el edredón, en el triste apartamento de la calle Helgesen. Tenía vistas a Akerselva. Kim lo tenía todo. Y, por un instante, Ellen casi se olvidó de Tom Waaler. Casi.

—¡Sverre!

La madre de Sverre Olsen estaba en el rellano de la escalera y gritaba con toda la fuerza de sus pulmones, tal y como había hecho siempre, desde que Sverre tenía uso de razón.

—¡Sverre! ¡Al teléfono!

Gritaba como si estuviera pidiendo ayuda, como si estuviera ahogándose o algo así.

—¡Lo cogeré aquí arriba, mamá!

Bajó los pies de la cama, descolgó el auricular y esperó hasta oír que su madre había colgado en la planta baja.

—¿Hola?

—Soy yo.

Prince de música de fondo. Siempre Prince.

—Sí, ya lo suponía —respondió Sverre.

—¿Y eso por qué?

Preguntó como un rayo. Tanto que Sverre se puso enseguida a la defensiva, exactamente igual que si fuese él quien le debiera dinero a Tom y no al contrario.

—Supongo que llamas porque recibiste mi mensaje, ¿no? —preguntó Sverre.

—Te llamo porque estoy mirando la lista de llamadas recibidas.

Y veo que esta noche has hablado con alguien a las veinte y treinta y dos. ¿De qué mensaje me estás hablando?

—Te dejé un mensaje sobre la pasta, claro. Empiezo a andar apurado y me prometiste…

—¿Con quién hablaste?

—¿Cómo? Pues con la tía que tienes en el contestador. Bastante pava. ¿Es la nueva?

Sin respuesta. Tan solo Prince, a un volumen muy bajo. «You sexy motherfucker…»

De repente, la música cesó.

—Repíteme exactamente lo que dijiste.

—Solo dije que…

—¡No! Repítelo exactamente. Palabra por palabra.

Sverre reprodujo su mensaje con tanta precisión como pudo.

—Ya me temía que sería algo así —dijo el Príncipe—. Acabas de descubrirle toda la operación a una persona ajena, Olsen. Si no tapamos esa fuga de inmediato, estamos acabados. ¿Lo entiendes?

Sverre Olsen no entendía nada.

El Príncipe parecía tranquilo mientras le explicaba que su móvil había estado por unos minutos en manos de la persona equivocada.

—Lo que oíste no fue un contestador, Olsen.

—Y entonces ¿quién era?

—Digamos que era el enemigo.

—¿La agencia Monitor? ¿Acaso hay alguien vigilando?

—La persona en cuestión va ahora camino de la policía. Y detenerla es cosa tuya.

—¿Cosa mía? Yo solo quiero mi dinero y…

—Cierra el pico, Olsen.

Y Olsen cerró el pico.

—Es por la causa. Tú eres un buen soldado, ¿no es cierto?

—Sí, pero…

—Y un buen soldado no deja rastro tras de sí, ¿verdad?

—Mi misión era simplemente hacer de mensajero entre el viejo y tú; eres tú el que…

—En especial cuando sobre ese soldado pesa una sentencia de tres años que, a causa de un error de forma, se convirtió en condicional.

Sverre oyó el ruido de su propia garganta al tragar saliva.

—¿Y tú cómo lo sabes? —comenzó a preguntar.

—No te preocupes por eso. Solo quiero que entiendas que tienes, como mínimo, tanto que perder como yo y el resto de la hermandad.

Sverre no respondió. No era necesario.

—Mira el lado positivo, Olsen. Así es la guerra. Y en la guerra no hay lugar para cobardes y traidores. Y piensa que la hermandad premia a sus soldados. Además de los diez mil, recibirás cuarenta mil más cuando hayas terminado el trabajo.

Sverre pensaba… en la ropa que iba a ponerse.

—¿Dónde? —preguntó.

—En la plaza Schou, dentro de veinte minutos. Tráete todo lo que necesitas.

—¿No bebes? —preguntó Rakel.

Harry miró a su alrededor. La última vez que habían bailado lo hicieron tan pegados que seguro que provocaron la extrañeza de más de uno. Ahora se habían retirado a una mesa en lo más recóndito de la cantina.

—Lo he dejado —explicó Harry.

Ella asintió.

—Es una larga historia —añadió.

—No ando mal de tiempo —lo animó ella.

—Esta noche solo me apetece oír historias divertidas —comentó él con una sonrisa evasiva—. Mejor hablemos de ti. ¿No tendrás una niñez de la que te apetezca hablar?

Harry confiaba en que le arrancaría unas risas, pero ella simplemente sonrió con desgana.

—Mi madre murió cuando yo tenía quince años pero, aparte de eso, me apetece hablar de casi todo.

—Vaya, lo siento.

—No hay nada que sentir. Era una mujer excepcional. Pero ¿no íbamos a hablar de cosas divertidas?

—¿Tienes hermanos?

—No, solo estamos mi padre y yo.

—¿Así que tienes que ocuparte de él tú sola?

Rakel lo miró perpleja.

—Sé cómo te sientes —añadió Harry—. Yo también perdí a mi madre. Mi padre se sentó en una silla a mirar la pared durante años. Literalmente, tenía que darle de comer.

—Mi padre era propietario de una gran cadena de material de construcción que él mismo había fundado de la nada y que yo creía que era lo más importante de su vida. Pero, cuando mi madre murió, perdió por completo el interés por su trabajo de un día para otro. Y vendió la empresa antes de que se fuera al traste por completo. Y apartó de su lado a todas las personas a las que conocía, yo incluida. Se convirtió en un hombre amargado y solitario.

Rakel Fauke hizo un gesto de resignación.

—Yo tenía mi propia vida que vivir. Había conocido a un hombre en Moscú y mi padre se sintió traicionado porque yo quería casarme con un ruso. Cuando me traje a Oleg a Noruega, las cosas se complicaron bastante entre nosotros.

Harry se levantó para volver enseguida con una margarita para ella y un refresco de cola.

—Es una pena que no nos conociéramos durante la carrera, Harry.

—Yo era un bobo entonces —confesó Harry—. Y estaba en contra de todos aquellos a los que no les gustaban los mismos discos y las mismas películas que a mí. Yo no le gustaba a nadie. Ni a mí mismo.

—Eso no me lo creo.

—Esa frase la he robado de una película. El tipo que la dijo se ligó a Mia Farrow. Quiero decir, en la película. Nunca he comprobado si funciona en la vida real.

—Bueno —comenzó Rakel mientras saboreaba su margarita—. Yo creo que es un buen principio. Pero ¿estás seguro de que no has robado también eso de que has robado la frase de una película?

Ambos rieron y empezaron a hablar de buenas y malas películas, de buenos y malos conciertos en los que habían estado, y, a medida que hablaban, Harry comprendió que tenía que modificar bastante su primera impresión de Rakel Fauke. Por ejemplo, era una mujer que había dado la vuelta al mundo sola a la edad de veinte años; a la misma edad, las únicas experiencias de la vida adulta de que Harry podía presumir eran un viaje fracasado en Interraíl y un incipiente problema con el alcohol.

Rakel miró el reloj.

—Ya son las once. Y me esperan en casa.

Harry sintió que se le rompía el corazón.

—A mí también —dijo mientras se levantaba.

—¿Ah, sí?

—Sí, un monstruo que tengo debajo de la cama. Deja que te lleve.

Ella sonrió.

—No es necesario.

—Está prácticamente de camino.

—¿Tú también vives en Holmenkollen?

—Muy cerca. O bastante cerca. En Bislett.

Rakel se echó a reír.

—O sea, en el otro extremo de la ciudad. Entonces ya sé qué es lo que quieres.

Harry respondió con una sonrisa bobalicona. Ella le puso la mano en el hombro.

—Quieres que te ayude a poner el coche en marcha, ¿verdad?

—Parece que no está, Helge —dijo Ellen.

Estaba junto a la ventana con el abrigo puesto, mirando entre las cortinas. Abajo, la calle aparecía desierta; el taxi había desaparecido con tres chicas muy animadas. Helge no respondió. El pájaro, que tenía una sola ala, parpadeó un par de veces y se rascó el abdomen con la pata.

Probó a llamar de nuevo al móvil de Harry, pero la misma voz femenina le repitió que el teléfono estaba apagado o fuera de cobertura.

Así que le puso la funda a la jaula, le dio a Helge las buenas noches, apagó la luz y cerró la puerta al salir. La calle Jens Bjelke estaba prácticamente desierta y se apresuró hacia la de Thorvald Meyer, pues sabía que, los sábados por la noche, aquello era un hervidero de gente. Ante la puerta del bar Fru Hagen, saludó a un par de personas a las que reconoció de haber intercambiado con ellas unas frases alguna noche lluviosa mientras hacían la ronda por los bares de Grünerløkka. Recordó que le había prometido a Kim que compraría cigarrillos y dio la vuelta para bajar al 7-Eleven de la calle Markveien. Vio otra cara que le resultaba vagamente familiar y le sonrió automáticamente al mirarla.

En el 7-Eleven se quedó un rato intentando recordar si Kim fumaba Camel o Camel Light y, de repente, cayó en la cuenta de lo poco que llevaban juntos. Y de cuánto les quedaba por aprender al uno del otro. Y de que, por primera vez en su vida, aquello no la asustaba, sino que más bien la llenaba de alegría. Simplemente, se sentía feliz. La idea de que Kim la esperaba desnudo en la cama a tan solo tres manzanas de donde ella se encontraba le hizo sentir un deseo intenso y dulzón. Se decidió por Camel, esperó paciente hasta que la atendieron y, ya en la calle, optó por tomar el atajo por Akerselva.

Le llamó la atención la escasa distancia que, en las grandes ciudades, podía haber entre un barrio abarrotado de gente y otro totalmente desierto. De repente, lo único que se oía era el río y el chapoteo de sus botas en la nieve. Y, cuando se dio cuenta de que no eran sus pasos los únicos que oía, ya era demasiado tarde para arrepentirse de haber tomado el atajo. Ahora, además, empezaba a oír también otra respiración, pesada y jadeante. «Tiene miedo y está enfadado», pensó, y, en ese mismo instante, supo que su vida corría peligro. No se volvió a mirar, sino que echó a correr. Los pasos que resonaban a su espalda la seguían al mismo ritmo. Intentó correr con calma y con movimientos eficaces, no caer presa del pánico y cansarse. «No corras como una mujer», se dijo al tiempo que echaba mano del aerosol de gas que llevaba en el bolsillo del abrigo, pero los pasos se acercaban inexorables a su espalda. Pensó que, solo con que llegase al triángulo de luz del camino peatonal, estaría a salvo. Pero ella sabía que no era cierto. En efecto, justo bajo el haz de luz de la farola, la alcanzó en el hombro el primer golpe, que la derribó de lado sobre la montaña de nieve. El segundo le paralizó el brazo y el aerosol cayó rodando de la mano lastimada. El tercero le trituró la rótula, pero el dolor le bloqueó el grito, que aún esperaba mudo en el fondo de la garganta bombeando la sangre en las venas hinchadas bajo la piel, pálida por el frío invernal. Lo vio levantar el bate a la luz amarillenta de la farola, ahora lo reconocía: era el mismo hombre al que había visto ante la puerta del Fru Hagen. Sin olvidar su condición de policía, tomó nota de que llevaba una chaqueta corta de color verde, botas negras y una gorra de soldado también de color negro. El primer golpe que recibió en la cabeza le paralizó el nervio óptico y la envolvió en negras tinieblas.

«El cuarenta por ciento de los acentores comunes sobreviven –alcanzó a pensar–. Yo también acabaré sana y salva este invierno.»

Tanteó con los dedos sobre la nieve para ver si hallaba algo a lo que agarrarse. El segundo golpe la alcanzó cerca de la nuca.

«Ya falta poco para que termine –se dijo–. Pienso sobrevivir a este invierno.»

Harry se detuvo ante la entrada de la casa de Rakel Fauke, en la calle Holmenkollveien. El claro resplandor de la luna le daba a su piel una apariencia irreal, cadavérica; incluso a la escasa luz del interior del coche se le veía el cansancio en los ojos.

—Bueno, pues ya está –dijo Rakel.

—Sí, ya está –repitió Harry.

—Me gustaría invitarte a entrar pero…

Harry se echó a reír.

—Supongo que Oleg no lo valoraría de forma positiva.

—Oleg lleva ya un buen rato durmiendo plácidamente, pensaba más bien en la canguro.

—¿La canguro?

–Sí, es la hija de un oficial de Inteligencia. No me malinterpretes, pero no soporto ese tipo de habladurías en el trabajo.

Harry clavó la mirada en el salpicadero. El cristal del indicador de velocidad se había resquebrajado, y tenía la firme sospecha de que el fusible de la bombilla del aceite se había fundido.

–¿Oleg es tu hijo?

–Sí, ¿quién creías que era?

–Pensé que era tu pareja.

–¿Qué pareja?

El encendedor lo habrían tirado por la ventana; o se lo habrían robado junto con la radio.

–Tuve a Oleg cuando vivía en Moscú –explicó–. Su padre y yo vivimos juntos diez años.

–¿Qué pasó?

Ella se encogió de hombros.

–No pasó nada. Dejamos de querernos. Y yo regresé a Oslo.

–Así que eres…

–Madre soltera. ¿Pasa algo?

–Así que soltera. Simplemente soltera.

–Antes de que empezaras a trabajar con nosotros, alguien mencionó algo sobre ti y tu compañera de despacho en la sección de Delitos Violentos.

–¿Ellen? No. Sencillamente nos llevábamos bien. Bueno, nos llevamos bien. Aún sigue ayudándome de vez en cuando.

–¿A qué?

–Con el caso en el que estoy trabajando.

–Ah, sí, el caso.

Rakel volvió a mirar el reloj.

–¿Te ayudo a abrir la puerta? –preguntó Harry.

Ella sonrió, negó con un gesto y le dio un empujón con el hombro. La puerta chirrió al abrirse.

Holmenkollåsen estaba silencioso, tan solo se oía un leve rumor que surcaba las copas de los viejos abetos. Rakel puso un pie en la capa de nieve.

–Buenas noches, Harry.

–Una cosa más.

–¿Sí?

–Cuando vine aquí por primera vez, ¿por qué no me preguntaste para qué buscaba a tu padre? Solo querías saber si había algo que tú pudieses hacer por ayudarme.

–Deformación profesional: procuro no preguntar cuando el asunto no va conmigo.

–¿Sigues sin sentir curiosidad?

–Yo siempre siento curiosidad. Es solo que no pregunto. ¿Para qué lo querías?

–Estoy buscando a un antiguo soldado del frente oriental al que puede que tu padre conociera en la guerra. Este soldado ha comprado un rifle Märklin. Por cierto que tu padre no parecía estar amargado cuando hablé con él.

–Sí, parece que ese proyecto de escribir un libro lo ha despertado a la vida. Yo misma no salgo de mi asombro.

–Puede que llegue el día en que retoméis vuestra relación, ¿no?

–Puede –dijo ella.

Sus miradas se encontraron, quedaron como ancladas la una en la otra, sin poder liberarse.

–Dime, ¿estamos flirteando? –preguntó Rakel.

–Jamás se me pasaría por la cabeza.

Mucho después de haber aparcado en Bislett, en zona prohibida, aún podía recordar la sonrisa de sus ojos. Y aún la tenía presente cuando espantó al monstruo para que se escondiera otra vez debajo de la cama, y se durmió sin percatarse de la lucecita roja del teléfono que parpadeaba indicándole que tenía un mensaje sin escuchar grabado en el contestador.

Sverre Olsen cerró la puerta, se quitó los zapatos e intentó deslizarse sin hacer ruido escaleras arriba. Se saltó el peldaño que crujía, pero sabía que era inútil.

–¿Sverre?

El grito venía de la puerta abierta del dormitorio.

—Sí, mamá.

—¿Dónde has estado?

—Por ahí, mamá, dando una vuelta. Pero ya me acuesto.

Hizo oídos sordos a sus palabras, pues ya sabía cuáles eran. Caían como sucia aguanieve que desaparecía tan pronto como alcanzaba el suelo. Después cerró la puerta de su habitación y se quedó solo. Se tumbó en la cama y, mirando fijamente al techo, repasó lo sucedido. Era como una película. Cerró los ojos intentando borrársela de la cabeza, pero la película seguía pasando.

No tenía ni idea de quién era la mujer. El Príncipe había ido a la plaza Schou, tal y como habían acordado, y lo había llevado en coche hasta la calle donde ella vivía. Habían aparcado de modo que la mujer no pudiese verlos desde la ventana de su apartamento y en cambio ellos sí pudieran verla salir. El Príncipe le había dicho que podía llevarles toda la noche y que se relajase, puso aquella maldita música de negro y bajó el respaldo de la silla. Pero después de solo media hora, se abrió la puerta del portal y el Príncipe le dijo: «Es ella».

Sverre la persiguió a buen paso, pero no le dio alcance hasta que no salieron de la calle a oscuras y se encontraron entre un montón de gente. En un momento dado, la mujer se volvió, lo vio y lo miró a la cara; por un instante, tuvo el convencimiento de que lo había descubierto, de que ella había visto el bate que llevaba en la manga sobresalir por el cuello de la chaqueta. Sintió tanto miedo que no fue capaz de controlar el temblor de la cara. Pero después, cuando ella se encaminó hacia el 7-Eleven, el miedo se convirtió en ira. Recordaba los detalles de la escena que transcurrió mientras estaban bajo la luz de la farola, en el camino peatonal, y, al mismo tiempo, no los recordaba. Sabía lo que había ocurrido, pero era como si una parte de la historia se hubiera borrado, como en uno de esos concursos de la tele, de ese Roald Øyen, en los que te dan un fragmento de una imagen y tú tienes que adivinar lo que representa.

Volvió a abrir los ojos. Concentró la mirada en las placas de escayola del techo, abombadas por encima de la puerta. Cuando le pagaran contrataría a un albañil para que les arreglase la fuga de agua de la que su madre llevaba quejándose tanto tiempo. Intentó pensar en la reparación del tejado, pero sabía que lo que pretendía era evitar pensar en otra cosa. Que algo no encajaba. Que esta vez había sido diferente. No como con el chino del Dennis Kebab. Aquella chica era una muchacha noruega normal y corriente. De cabello castaño y corto y ojos azules. Habría podido ser su hermana. Intentó repetirse las palabras que el Príncipe le había grabado en la conciencia: que él era un soldado, que lo hacía por la causa.

Contempló la imagen que había pegado a la pared, bajo la bandera con la esvástica. Era una fotografía del SS-Reichsführer und Chef der Deutschen Polizei, Heinrich Himmler, en la tribuna, cuando estuvo en Oslo en 1941. Se dirigía a los voluntarios noruegos que habían prestado juramento en las Waffen-SS. Uniforme de color verde. Las iniciales de las SS en el cuello. Vidkun Quisling al fondo. Himmler. Muerto con honor el 23 de mayo de 1945. Suicidio.

—¡Joder!

Sverre apoyó los pies en el suelo, se incorporó y se puso a caminar nervioso de un lado a otro de la habitación.

Se detuvo delante del espejo que había al lado de la puerta. Se echó la mano a la cabeza. Después rebuscó en los bolsillos de la chaqueta. Mierda, ¿adónde había ido a parar la gorra de soldado? Por un instante, lo aterró la idea de que se le hubiese quedado en la nieve, al lado del cuerpo de la mujer, pero entonces cayó en la cuenta de que la llevaba cuando regresó al coche del Príncipe. Y respiró hondo.

Del bate se había deshecho tal y como el Príncipe le había aconsejado que hiciera. Le había limpiado las huellas y lo había arrojado al río Akerselva. Lo único que tenía que hacer ahora era mantenerse apartado, esperar y ver qué pasaba. El Príncipe le había dicho que él se encargaría de todo, igual que había hecho siempre. Sverre ignoraba dónde trabajaba el Príncipe, aunque era seguro que tenía buenos contactos en la policía. Se desnudó ante el espejo. Los tatuajes se veían grises al resplandor de la luna que entraba por entre las cortinas. Se pasó la mano por la cruz de hierro que llevaba colgada del cuello.

—¡Puta! —masculló—. ¡Puta asquerosa, comunista de mierda!

Cuando por fin concilió el sueño, ya había empezado a amanecer por el este.

51

Hamburgo,
30 de junio de 1944

Mi querida, amada Helena:

Te quiero más que a mi vida, ahora ya lo sabes. Aunque lo nuestro no duró mucho tiempo y te espera una larga vida llena de felicidad (¡lo sé!), confío en que nunca me olvides del todo. Es de noche y estoy sentado en un dormitorio cerca del puerto de Hamburgo, mientras las bombas caen ahí fuera. Estoy solo, los demás han ido a refugiarse en los búnkeres y subterráneos, y no hay electricidad, pero los incendios que arrasan la ciudad me proporcionan la luz suficiente para escribir.

Tuvimos que bajarnos del tren antes de llegar a Hamburgo, puesto que habían bombardeado la vía la noche anterior. Nos trasladaron a la ciudad en camiones y, cuando llegamos, nos aguardaba un espectáculo horrendo. Una de cada dos casas parecía abandonada, los perros vagaban entre las ruinas humeantes y por todas partes se veían niños escuálidos y harapientos que miraban nuestros camiones con sus grandes ojos inexpresivos. Atravesé Hamburgo camino de Sennheim hace tan solo dos años, pero ahora la ciudad está irreconocible. En aquella ocasión, pensé que no había visto un río más hermoso que el Elba, pero ahora lleva restos de maderos y de embarcaciones flotando en sus aguas turbias, y he oído decir que están envenenadas de tantos cadáveres como las surcan. También he oído hablar de nuevos bombardeos previstos para esta noche y que la única posibilidad es intentar llegar al campo. Según los planes, debería seguir hacia Copenhague esta noche, pero también han bombardeado las líneas ferroviarias que llevan al norte.

Lamento mi mal alemán. Como ves, tampoco tengo el pulso del todo firme, pero eso es culpa de las bombas, que hacen temblar todo el edificio, y no porque tenga miedo. ¿De qué había de tenerlo? Desde el lugar en el que estoy sentado, puedo presenciar un fenómeno del que había oído hablar, pero del que nunca había sido testigo: un tornado de fuego. Las llamas que se alzan al otro lado del puerto parecen engullirlo todo. Veo trozos de maderas y tejados de hojalata despegar y volar enteros hacia el corazón de las llamas. Y el mar, ¡el mar está hirviendo! El vapor sube desde debajo de los muelles que hay enfrente: si un desgraciado pretendiera salvarse saltando al agua, se cocería vivo. Abrí la ventana y me dio la sensación de que el aire no tenía oxígeno. Y entonces oí el bramido, como si alguien estuviera dentro de las llamas gritando ¡más, más, más! Es escalofriante y horrendo, sí, pero, curiosamente, también resulta tentador.

Tengo el corazón tan colmado de amor que me siento invulnerable, gracias a ti, Helena. Si un día tienes hijos (cosa que espero y deseo), me gustaría que les contases mi historia. Háblales de ella como si fuera una aventura, pues eso es, ¡una aventura real! He decidido salir esta noche para ver qué encuentro, a quién me encuentro. Dejaré la carta en la cantimplora de metal, en la mesa. He grabado en ella tu nombre y tu dirección con la bayoneta para que quienes la encuentren sepan qué hacer.

Con amor,

URÍAS

PARTE V

SIETE DÍAS

52

Calle Jens Bjelke,
12 de marzo de 2000

«Hola, este es el contestador de Ellen y Helge. Deja tu mensaje.»
–Hola, Ellen, soy Harry. Como puedes comprobar, he bebido, y lo siento. De verdad. Pero si hubiera estado sobrio, probablemente no te habría llamado. Estoy seguro de que lo entiendes. Hoy estuve en la escena del crimen. Estabas tumbada boca arriba, en un camino junto al río Akerselva. Te encontró una pareja de jóvenes que se dirigían al bar Blå, justo después de medianoche. Causa de la muerte: graves lesiones en la parte frontal del cerebro causadas por varios golpes en la cabeza con un objeto contundente. También te habían golpeado en la nuca y tenías tres roturas de cráneo, además de fractura de la rótula izquierda, y marcas de golpes en el hombro derecho. Suponemos que todas las lesiones son fruto del mismo objeto. El doctor Blix estima la hora de la muerte entre las once y las doce de la noche. Parecías… yo… espera un poco.

»Perdón. Continúo. La policía científica encontró una veintena de huellas de botas en la nieve del camino y algunas más en la nieve que había a tu lado, pero estas últimas estaban pateadas, probablemente para borrarlas. De momento no se ha presentado ningún testigo, pero estamos haciendo la ronda habitual entre el vecindario. Varios de los vecinos tienen vistas al camino, así que la policía judicial piensa que existe la posibilidad de que alguien haya visto algo. Yo opino que las posibilidades son mínimas, ya que entre las once menos cuarto y las doce menos cuarto estaban retransmitiendo una repetición del programa *Supervivientes* en la televisión sueca. Es broma. Estoy intentando ser chistoso. Por cierto, encontramos una gorra azul a unos metros de donde tú estabas. Tenía manchas de sangre, y aunque tú también estabas sangrando, el doctor Blix cree que tu sangre no pudo haber salpicado hasta esa distancia. Si resulta que es tu sangre, puede que la gorra pertenezca al asesino. Hemos mandado analizar la sangre y la gorra está en el laboratorio de la científica, donde comprobarán si contiene algún cabello o restos de piel. Si al tipo no se le cae el pelo, esperemos que por lo menos tenga caspa. Ja, ja. Espero que no te hayas olvidado de Ekman y Friesen. De momento no tengo más información, pero avísame si se te ocurre algo. ¿Algo más? Bueno, sí, Helge vive ahora conmigo. Sé que el cambio es a peor, pero así es para todo el mundo, Ellen. Salvo para ti, tal vez. Ahora voy a tomarme otra copa y a meditar sobre todo esto.

53

Calle Jens Bjelke,
13 de marzo de 2000

«Hola, este es el contestador de Ellen y Helge. Deja tu mensaje.»
–Hola, soy Harry otra vez. Hoy no he ido a trabajar, pero por
lo menos he podido llamar al doctor Blix. Me alegra poder contarte que no abusaron de ti y, por lo que hemos podido constatar,
todas tus pertenencias terrenales estaban intactas. Lo que, a su vez,
significa que no tenemos ningún móvil, aunque, claro está, puede
que no tuviese tiempo de hacer lo que tenía planeado, por alguna
razón que desconocemos. Quizá no pudo llevar a cabo su plan.
Hoy se han presentado dos testigos que te vieron delante del Fru
Hagen. Además, hay registrado un pago con tu tarjeta en el 7-Ele-
ven de la calle Markveien a las 22.55. Llevan todo el día interrogando a tu amigo Kim. Dijo en su declaración que ibas camino de
su casa y que te había pedido que le compraras tabaco. Uno de los
chicos de KRIPOS le concedió gran importancia al hecho de que
hubieses comprado una marca distinta a la que Kim suele fumar.
Por otro lado, tu amigo no tiene coartada. Lo siento, Ellen, pero
en estos momentos él es el principal sospechoso.

»Por cierto, acabo de recibir una visita. Se llama Rakel y traba-
ja en Inteligencia. Dijo que venía para ver qué tal me encuentro.
Se quedó un rato, pero no hablamos mucho. Se fue casi enseguida.
Creo que no soy muy buena compañía.

»Recuerdos de Helge.

54

Calle Jens Bjelke,
14 de marzo de 2000

«Hola, este es el contestador de Ellen y Helge. Deja tu mensaje.»
—Este es el mes de marzo más frío desde hace muchísimo tiempo. El termómetro indica dieciocho grados bajo cero y las ventanas de este edificio son de principios de siglo. La creencia general de que no se siente frío cuando se está borracho es totalmente infundada. Mi vecino Ali llamó a la puerta esta mañana. Parece ser que me caí en la escalera cuando regresaba a casa ayer y él me ayudó a meterme en la cama.

»Sería la hora de almorzar cuando llegué a la oficina, porque la cantina estaba repleta de gente cuando fui a por mi café de la mañana. Me dio la impresión de que me miraban, pero puede ser que solo sean figuraciones mías. Te echo muchísimo de menos, Ellen.

»He comprobado los antecedentes de tu amigo Kim. Veo que tiene una condena menor por posesión de hachís. KRIPOS sigue opinando que ha sido él. No lo conozco y bien sabe Dios que no soy ningún buen conocedor de la naturaleza humana, pero por lo que tú me contabas de él, no me parece ese tipo de persona, ¿tú qué opinas? Llamé a la policía científica y me dijeron que no habían encontrado ni un solo pelo en la gorra, tan solo algo que parecen ser restos de piel. Lo enviarán para que se haga un análisis de ADN y creen que tendrán los resultados en cuatro semanas. ¿Sabes cuántos pelos pierde una persona adulta cada día? Lo he consultado. En torno a ciento cincuenta. Y no encontramos ni un solo pelo en la gorra. Después me fui a ver a Møller para pedirle que me diera una lista de todas las personas condenadas por agresiones graves durante los últimos cuatro años y que en la actualidad vayan rapadas.

»Rakel pasó por mi oficina y me dio un libro. *Nuestras aves.* Un libro curioso. ¿Le gustarán a Helge las mazorcas de mijo? Cuídate.

55

Calle Jens Bjelke,
15 de marzo de 2000

«Hola, este es el contestador de Ellen y Helge. Deja tu mensaje.»
—Te han enterrado hoy. Yo no he asistido. Tu gente se merecía
una ceremonia digna y yo no estaba muy presentable, así que te
mandé un saludo desde el restaurante Schrøder. A las ocho de la
tarde cogí el coche y me fui a la calle Holmenkollen. No fue buena idea. Rakel tenía visita, el mismo tipo que ya he visto en su casa
en alguna ocasión. Se presentó como no sé qué cargo del Ministerio de Asuntos Exteriores y me dio la impresión de que estaba allí
por un asunto de trabajo. Creo que se llamaba Brandhaug. A Rakel no pareció agradarle mucho su visita, pero, bueno, puede que
sean cosas mías. Me fui antes de que la situación resultase demasiado embarazosa. Rakel insistió en que tomara un taxi pero, cuando
miré por la ventana, vi que el Escort estaba aparcado en la calle, así
que no seguí su consejo.

»Como comprenderás, las cosas son algo caóticas en estos momentos, pero por lo menos hoy he ido a la tienda de animales a
comprar alpiste. La señora de la tienda me propuso la marca Trill,
y seguí su consejo.

56

Calle Jens Bjelke,
16 de marzo de 2000

«Hola, este es el contestador de Ellen y Helge. Deja tu mensaje.» —Hoy me di una vuelta por el restaurante Ryktet. Me recuerda un poco al Schrøder. Por lo menos, no te miran dos veces si pides una cerveza por la mañana. Me senté a la mesa de un viejo y, haciendo un esfuerzo, conseguí entablar una especie de conversación. Le pregunté qué era lo que tenía en contra de Even Juul. Se me quedó mirando un buen rato, era evidente que no me recordaba de la última vez que estuve allí. Pero después de invitarlo a una cerveza, me contó la historia. Resulta que el tío había sido combatiente en el frente, eso ya lo había intuido yo, y conocía a la esposa de Juul, Signe, de cuando ella trabajó de enfermera en el frente oriental. Se había presentado voluntaria porque estaba prometida a un soldado noruego del regimiento Norge. Cuando la acusaron de traición a la patria en 1945, Juul se fijó en ella. La condenaron a dos años de cárcel, pero el padre de Juul, que tenía un cargo importante en el Partido Laborista, procuró que la soltaran al cabo de un par de meses. Cuando le pregunté al viejo por qué aquello le producía tanta indignación, me contestó mascullando que Juul no era tan santo como quería aparentar. Esa fue precisamente la palabra que utilizó, «santo». Me dijo que Juul era ni más ni menos que como los demás historiadores, escribía sobre los mitos del periodo de la guerra en Noruega tal y como los vencedores querían que se hiciera. El hombre no recordaba el nombre del primer prometido, solo que había sido una especie de héroe para los del regimiento.

»Después me fui al trabajo. Kurt Meirik pasó por mi despacho y estuvo un rato mirándome sin decir nada. Llamé a Bjarne Møller y me contó que la lista de rapados que le había pedido contenía treinta y cuatro nombres. ¿Será que los hombres sin pelo tienen tendencia a ser violentos? Møller ha designado a un oficial para que los llame y compruebe sus coartadas, con el fin de reducir la lista. Veo en el informe preliminar que Tom Waaler te llevó a casa y que, cuando te dejó, a las 22.15, estabas tranquila. Pero cuando dejaste el mensaje en mi contestador, es decir, según la compañía telefónica, a las 22.16, o lo que es lo mismo, en cuanto entraste en casa, estabas muy nerviosa porque habías descubierto algo. Me parece muy raro. Bjarne Møller me dijo que a él no se lo parece. Tal vez sean figuraciones mías.

»Quiero saber de ti pronto, Ellen.

57

Calle Jens Bjelke,
17 de marzo de 2000

«Hola, este es el contestador de Ellen y Helge. Deja tu mensaje.»
–Hoy no he podido ir al trabajo. Estamos a doce grados bajo cero, algo menos que en mi apartamento. El teléfono lleva todo el día sonando y, cuando por fin he decidido cogerlo, era el doctor Aune. Es un hombre bueno para ser psicólogo, por lo menos no pretende estar menos confundido que los demás en cuanto a las cosas que nos pasan en la cabeza. La vieja afirmación de Aune de que cualquier recaída de un alcohólico empieza donde terminó la última borrachera es una buena advertencia, pero no necesariamente cierta. Teniendo en cuenta lo que sucedió en Bangkok, le sorprendió que esta vez esté tan normal. Todo es relativo. Aune me habló también de un psicólogo americano que ha llegado a la conclusión de que la trayectoria de la vida de las personas es, en cierto modo, hereditaria; que cuando asumimos el papel de nuestros padres, también las trayectorias se parecen. Mi padre se volvió un solitario cuando murió mi madre, y ahora Aune tiene miedo de que yo acabe igual debido a las diversas experiencias algo duras que he vivido: lo que me pasó en Vindern, ya sabes. Y luego en Sidney. Y ahora esto. Bueno. Le expliqué cómo paso los días, pero no pude por menos de reírme cuando el doctor Aune me dijo que era Helge quien había evitado que me desentendiera de todo por completo. ¡El paro carbonero!

327

Ya te digo, Aune es un buen hombre, pero debería dejar la psicología.

»Llamé a Rakel y le pregunté si quería salir conmigo. Me contestó que lo pensaría y que me llamaría. No comprendo por qué hago esto contra mí mismo.

58

Calle Jens Bjelke,
18 de marzo de 2000

«... saje de Telenor. El número que ha marcado no corresponde a
ningún abonado. Es un mensaje de Telenor. El número que ha...»

PARTE VI

BETSABÉ

59

Despacho de Møller,
24 de abril de 2000

La primera ofensiva de la primavera llegó tarde. No empezó a dejarse sentir hasta finales de marzo. En abril ya se había derretido toda la nieve hasta Songsvann. Pero después la primavera tuvo que batirse en retirada por segunda vez, pues nevó tan copiosamente que se formaron grandes montones de nieve hasta en el centro de la ciudad, y pasaron semanas hasta que el sol fue capaz de derretirla otra vez. Los excrementos de los perros y la basura del año anterior apestaban en las calles, el viento cobró velocidad en los espacios abiertos de Grønlandsleiret y de Galleri Oslo, levantaba la arena y obligaba a los viandantes a frotarse los ojos y a escupir mientras caminaban. La gente hablaba de la madre soltera que tal vez llegara a reinar un día, de la liga europea de fútbol y del tiempo tan inusual que sufrían. En la comisaría se hablaba de lo que cada uno había hecho en la Pascua, de la mísera subida de los salarios... como si todo siguiera igual.

Pero todo no seguía igual.

Harry estaba sentado en su despacho con los pies encima de la mesa mirando al cielo sin nubes, a las pensionistas tocadas con horrendos sombreros que llenaban las aceras por las mañanas, las furgonetas de reparto que pasaban con el semáforo en ámbar, todas esas pequeñas cosas que le otorgaban a la ciudad aquella falsa apariencia de normalidad. Hacía tiempo que lo venía pensando, que se preguntaba si él sería el único que no se dejarba engañar. Hacía seis semanas que habían enterrado a Ellen, pero cuando miraba fuera no notaba ningún cambio.

Llamaron a la puerta. Harry no contestó, pero la puerta se abrió de todos modos. Era el jefe de sección Bjarne Møller.

—He oído que has vuelto.

Harry vio cómo uno de los autobuses rojos se deslizaba hasta la parada. En el lateral del autobús se veía un anuncio publicitario de los seguros de vida de la compañía Storebrand.

—¿Puedes decirme por qué, jefe? —preguntó de pronto—. ¿Por qué los llaman seguros de vida cuando, en realidad, son seguros de muerte?

Møller suspiró y se sentó en el borde del escritorio.

—¿Por qué no hay más sillas aquí, Harry?

—La gente va más al grano si está de pie —explicó sin dejar de mirar por la ventana.

—Te echamos de menos en el entierro.

—Me había cambiado para asistir —explicó Harry, más para sí que para Møller—. Y te aseguro que incluso estaba en camino. Y cuando vi aquel grupo tan triste de gente a mi alrededor, creí por un momento que había llegado. Hasta que comprendí que tenía ante mí a Maja, con su delantal, esperando mi pedido.

—Sí, me imaginaba algo así —dijo Møller.

Un perro cruzó el césped reseco con el hocico pegado a la tierra y el rabo tieso. Por lo menos había alguien que apreciaba la primavera de Oslo.

—¿Qué pasó después? —preguntó Møller—. Has estado un tiempo perdido.

Harry se encogió de hombros.

—He estado ocupado. Tengo un nuevo inquilino, un paro carbonero con una sola ala. Y he aprovechado para repasar mensajes antiguos grabados en el contestador. Resulta que todos los mensajes que he recibido durante los dos últimos años han cabido en una cinta de media hora. Y todos eran de Ellen. Triste, ¿verdad? Bueno. Quizá no tanto. Lo único triste fue que yo no estaba en casa cuando me llamó por última vez. ¿Sabías que Ellen lo había descubierto?

Por primera vez desde que entró, Harry se volvió a mirar a Møller.

—Te acuerdas de Ellen, ¿verdad?

Møller suspiró.

—Todos nos acordamos de Ellen, Harry. Y me acuerdo del mensaje que había dejado en tu contestador y de que le dijiste a KRIPOS que, en tu opinión, se trataba del intermediario de la operación de compra del arma. El hecho de que no hayamos conseguido encontrar al autor del crimen no significa que hayamos olvidado a Ellen, Harry. KRIPOS y la sección de Delitos Violentos llevan semanas trabajando, apenas si hemos dormido. Si hubieras venido al trabajo, te habrías dado cuenta de lo mucho que hemos trabajado.

Møller se arrepintió de sus palabras en cuanto las pronunció.

—No quiero decir...

—Sí, es lo que querías decir. Y, por supuesto, tienes razón.

Harry se pasó una mano por la cara.

—Ayer por la noche escuché uno de sus mensajes. No tengo ni idea de qué quería. El mensaje contenía muchos consejos sobre cosas que debía comer y terminó diciendo que tenía que acordarme de la comida para los pajaritos, de estirarme después de entrenar y de Ekman y Friesen. ¿Sabes quiénes son Ekman y Friesen?

Møller negó con la cabeza.

—Dos psicólogos que descubrieron que, cuando sonríes, los músculos de la cara ponen en marcha unas reacciones químicas en el cerebro que te hacen adoptar una visión más positiva del mundo que tienes a tu alrededor y sentirte, en definitiva, más satisfecho con la vida. Sencillamente, confirmaron la vieja teoría de que si tú le sonríes al mundo, el mundo te sonríe a ti. Me hizo creerlo durante un tiempo.

Volvió a mirar a Møller.

—Triste, ¿verdad?

—Muy triste.

Ambos sonrieron y guardaron silencio unos instantes.

—Sé que has venido para decirme algo en concreto, jefe. ¿Qué es?

Møller se levantó de la mesa de un salto y empezó a andar de un lado para otro.

—La lista de los treinta y cuatro cabezas rapadas sospechosos quedó reducida a doce después de comprobar sus coartadas. ¿De acuerdo?

—De acuerdo.

—Podríamos identificar el grupo sanguíneo del propietario de la gorra una vez obtenido el ADN de los restos de piel que encontramos. Cuatro de los doce tenían el mismo grupo sanguíneo. Tomamos una muestra de sangre de esos cuatro y se las enviamos a la científica para que analizasen el ADN. Los resultados han llegado hoy.

—¿Y?

—Nada.

Se produjo un silencio en el que solo se oían las suelas de goma de Møller, que emitían un gritito cada vez que se giraba.

—¿Y la policía judicial ha descartado la idea de que el novio de Ellen fuese el culpable?

—También hemos comprobado su ADN.

—¿Así que estamos como al principio?

—Más o menos, sí.

Harry se volvió hacia la ventana otra vez. Una bandada de tordos levantó el vuelo desde el gran olmo y desapareció hacia el oeste en dirección al hotel Plaza.

—¿A lo mejor la gorra es una falsa pista? —aventuró Harry—. Nunca he podido comprender que un agresor que se preocupa de no dejar ninguna otra huella y que, además, se molesta en borrar las pisadas de las botas en la nieve, sea tan torpe como para perder la gorra a solo unos metros de la víctima.

—Es posible. Pero la sangre de la gorra era de Ellen, ese dato está confirmado.

Harry miró al perro, que volvía olfateando las mismas huellas que a la ida. El animal se detuvo en medio del césped, se quedó un rato con el hocico clavado en la tierra antes de tomar una decisión y esfumarse hacia la izquierda, fuera del campo de visión de Harry.

—Tenemos que seguir la pista de la gorra —insistió Harry—. Además de los que han sido condenados por agresión, tenemos que buscar a todos los que han sido detenidos o acusados del mismo delito. En los últimos diez años. Incluye también la provincia Akershus. Y procura que...

—Harry...

—¿Qué pasa?

—Ya no trabajas en Delitos Violentos. KRIPOS lleva la investigación. ¿Me estás pidiendo que me meta en sus asuntos?

Harry no dijo nada, solo asintió despacio con la cabeza, con la mirada fija en algún punto de la colina Ekeberg.

—¿Harry?

—¿Te has planteado alguna vez si no deberías estar en otro lugar totalmente diferente, jefe? Quiero decir, fíjate en esta porquería de primavera.

Møller cesó en su ir y venir y sonrió.

—Ya que lo preguntas, te diré que siempre he pensado que Bergen sería una ciudad muy agradable. Por los niños y esas cosas, ya sabes.

—Pero seguirías siendo oficial de policía, ¿verdad?

—Por supuesto.

—Porque la gente como nosotros no sirve para otra cosa, ¿verdad?

Møller se encogió de hombros.

—Puede que no.

—Pero Ellen sí servía para otras cosas. A menudo pensé que era un despilfarro de recursos humanos que ella trabajase en la policía. Que su trabajo consistiera en atrapar chicos malos. Y ese tipo de trabajo es para gente como nosotros, Møller, pero no para ella. ¿Comprendes lo que quiero decir?

Møller se acercó a la ventana y se quedó al lado de Harry.

—Será mejor en cuanto llegue mayo —dijo.

—Sí —dijo Harry.

El reloj de la iglesia de Grønland dio dos campanadas.

—Voy a decirle a Halvorsen que se ocupe del asunto —dijo Møller.

60

Ministerio de Asuntos Exteriores,
27 de abril de 2000

Su prolongada y amplia experiencia con las mujeres le había enseñado a Bernt Brandhaug que, en las contadas ocasiones en que había decidido que existía una mujer a la que no solo deseaba conseguir, sino que además necesitaba conseguir, siempre se debía a una de las cuatro razones siguientes: que era más bella que ninguna otra, que lo satisfacía sexualmente mejor que ninguna otra, que lo hacía sentirse más hombre que ninguna otra y, la más importante de todas, que ella quería a otro hombre.

Y Brandhaug se había percatado de que Rakel Fauke era una de esas mujeres.

La llamó un día de enero con el pretexto de obtener de ella una valoración del nuevo agregado militar de la embajada rusa en Oslo. Ella le contestó que le enviaría un informe, pero él insistió en que se lo diera de palabra y, puesto que era viernes por la tarde, sugirió que podían tomar una cerveza en el bar del hotel Continental. Así fue como se enteró de que era madre soltera, ya que ella declinó la invitación aduciendo que tenía que recoger a su hijo de la escuela, a lo que él, jocosamente, contestó con la pregunta:

—¿Es que las mujeres de tu generación no tienen un marido que se ocupe de esas cosas?

Aunque no lo dijo, él comprendió que no existía tal marido.

En cualquier caso, al colgar, se sintió satisfecho con el resultado, aunque con algo de disgusto por haber dicho «tu generación», subrayando así la diferencia de edad que había entre ellos.

A continuación llamó a Kurt Meirik con objeto de, con la mayor discreción posible, sonsacarle información sobre la señorita Fauke. No había sido tan discreto como para que Meirik no adivinara sus intenciones, pero esto no lo preocupaba lo más mínimo.

Como de costumbre, Meirik estaba bien informado. Rakel había servido como intérprete en el departamento del propio Meirik durante dos años, en la embajada noruega en Moscú. Se había casado con un ruso, un joven profesor de ingeniería genética, que la conquistó de forma fulminante y pasó sin más dilación a poner en práctica sus teorías, pues no tardó en dejarla embarazada. El hecho de que el propio profesor hubiese nacido con un gen que lo hacía propenso al alcoholismo, combinado con su tendencia a argumentaciones relacionadas con la fuerza física, acortó la duración de la felicidad. Rakel Fauke no repitió los errores de muchas de sus semejantes: esperar, perdonar e intentar comprender; antes al contrario, se marchó por la puerta con Oleg en brazos tan pronto como recibió el primer golpe. Su marido y la familia de este, que era bastante influyente, solicitaron la custodia de Oleg, y de no haber gozado de inmunidad diplomática, Rakel no habría podido salir de Rusia con su hijo.

Al revelarle Meirik que el marido la había demandado, Brandhaug recordó vagamente una citación del juzgado ruso que había pasado por su despacho. Pero entonces ella no era más que una intérprete, y él derivó el asunto a otra persona y ni siquiera se quedó con el nombre. Cuando Meirik mencionó que el asunto de la custodia todavía estaba en trámites y en manos de las autoridades rusas y noruegas, Brandhaug se apresuró a concluir la conversación para marcar enseguida el número de la Sección Jurídica.

La próxima vez que llamase a Rakel sería para invitarla a cenar, sin pretextos. Sin embargo, recibió una declinación amable aunque firme, por lo que dictó una carta dirigida a la señorita Fauke y firmada por el encargado de la Sección Jurídica. La misiva decía, en resumen, que, dado el tiempo transcurrido sin resultado, el Ministerio de Asuntos Exteriores intentaba llegar a un acuerdo con las autoridades rusas en relación con el asunto de la custodia de Oleg, «por razones humanitarias con respecto a la familia rusa del niño». Lo que era tanto como decir que Rakel Fauke y Oleg deberían personarse ante el juez ruso y acatar el contenido de su sentencia.

Cuatro días más tarde, Rakel lo llamó para preguntarle si podían verse con objeto de tratar un asunto personal. Él contestó que, en esos momentos, estaba muy ocupado, lo cual era cierto, y le preguntó si podían aplazarlo un par de semanas. Cuando ella, con cierto temblor de voz que dejó traslucir su tono, por lo general tan profesional y correcto, le rogó que hiciese lo posible por entrevistarse con ella a la mayor brevedad, él contestó, tras unos minutos de reflexión, que la única posibilidad era el viernes a las seis de la tarde, en el bar del hotel Continental. Allí se tomó un gin-tonic mientras ella le explicaba su problema sumida en algo que él supuso que no era sino la confusión biológicamente condicionada de una madre. Asintió con la cabeza adoptando un gesto grave, se esforzó en mostrar compasión con los ojos y finalmente se atrevió a posar sobre la suya una mano paternal y protectora. Ella se estremeció, pero él fingió no darse cuenta y le explicó que, por desgracia, él no podía revocar las decisiones de sus superiores, pero que por supuesto haría cuanto estuviese en su mano para evitar que tuviera que personarse ante el juez ruso. Subrayó asimismo que, teniendo en cuenta la influencia política de la familia de su ex marido, compartía plenamente su preocupación por que el juzgado ruso fallase en su contra. Miró como hechizado sus ojos castaños anegados en lágrimas y pensó que nunca había visto nada tan bello. Ella declinó la invitación de continuar la velada con una cena en el restaurante. El resto de la noche, con un vaso de whisky y la televisión de pago de la habitación del hotel, fue un anticlímax.

La mañana siguiente, Brandhaug llamó al embajador ruso para comunicarle que el Ministerio de Asuntos Exteriores había mantenido una discusión interna acerca del asunto de la custodia de Oleg Fauke Gosev. Le pidió que le enviase una carta en la que se explicase el estado actual del asunto y en la que se indicase la postura de las autoridades rusas al respecto. El embajador no estaba informado del caso, pero prometió que por supuesto atendería la petición del responsable de Asuntos Exteriores y que haría que se redactase la carta tal y como solicitaba. La notificación en la que las autoridades rusas pedían que Rakel y Oleg se personasen ante el juez ruso llegó una semana más tarde. Brandhaug envió enseguida una copia al encargado de la Sección Jurídica y otra a Rakel Fauke. En esta ocasión, ella lo llamó al día siguiente. Después de escucharla, Brandhaug dijo que no sería compatible con su posición diplomática intentar ejercer su influencia sobre aquel asunto y que, en cualquier caso, no era conveniente que hablasen de ello por teléfono.

—Como sabes, yo no tengo hijos —le dijo—. Pero según me describes a Oleg parece un chico maravilloso.

—Si lo conocieras, te… —comenzó ella.

—Eso no tiene por qué ser imposible. Casualmente, leí en la correspondencia que vives en la calle Holmenkollen, que está muy cerca de Nordberg.

Se percató de una vacilación en el silencio que se hizo al otro lado del hilo telefónico, pero sabía que las circunstancias estaban a su favor.

—¿Te parece bien a las nueve mañana por la noche?

Hubo una larga pausa antes de que ella contestase:

—Ningún niño de seis años está despierto a las nueve de la noche.

Acordaron que iría a las seis de la tarde. Oleg tenía los ojos castaños de su madre y era un niño muy bien educado. Sin embargo, a Brandhaug le molestó que la madre no quisiera dejar el tema de la citación, ni tampoco mandar a Oleg a la cama. Llegó incluso a sospechar que mantenía al chico como rehén en el sofá. A Brandhaug tampoco le gustaba que el chico lo mirase tan fijamente. Al final, Brandhaug comprendió que Roma no se construiría en un día, pero de todos modos lo intentó cuando se encontraba en la puerta, ya a punto de irse. La miró fijamente a los ojos y dijo:

—No solo eres una mujer bella, Rakel. También eres una persona muy valiente. Quiero que sepas que te aprecio muchísimo.

No estaba muy seguro de cómo interpretar su mirada pero, aun así, se atrevió a inclinarse y darle un beso en la mejilla. La reacción de ella fue algo ambigua. Su boca sonreía y le agradeció el cumplido, pero sus ojos parecían fríos cuando añadió:

—Siento haberte entretenido tanto rato, Brandhaug. Supongo que tu mujer te espera.

Su insinuación no había sido nada ambigua, así que decidió darle un par de días para pensar, pero no recibió ninguna llamada de Rakel Fauke. Sí, en cambio, una carta algo inesperada de la embajada rusa, en la que le reclamaban una respuesta. Brandhaug comprendió que, al dirigirse a ellos, había reavivado el caso de Oleg Fauke Gosev. Lamentable pero, ya que había sucedido, no vio razón alguna para no aprovecharse de ello. Llamó enseguida a Rakel a su oficina de Inteligencia y la puso al corriente de las últimas novedades del caso.

Algunas semanas más tarde, se encontraba otra vez en la calle Holmenkollen, en el chalé de vigas de madera, más grandes y más oscuras aún que las del suyo. Pero en esta ocasión, después de que el niño se hubiese ido a la cama. Rakel parecía ahora mucho más relajada en su compañía. Hasta consiguió llevar la conversación a un plano más personal, por lo que no resultó demasiado llamativo el hecho de que comentase lo platónica que se había vuelto la relación entre él y su mujer y lo importante que era de vez en cuando olvidarse del cerebro y escuchar al cuerpo y al corazón, cuando se vio interrumpido por el sonido del timbre, tan repentino como inconveniente. Rakel fue a abrir la puerta y volvió con aquel tipo alto que llevaba la cabeza casi rapada y tenía los ojos enrojecidos. Rakel lo presentó como un colega de los servicios de inteligencia y Brandhaug estaba seguro de haber oído su nombre con anterioridad, aunque no fue capaz de recordar cuándo o dónde. Inmediatamente, sintió que todo lo relacionado con aquel hombre le disgustaba. Le disgustó la interrupción en sí, el hecho de que el individuo estuviese ebrio, que se sentase en el sofá y, al igual que Oleg, lo mirase fijamente sin pronunciar una sola palabra. Pero lo que más lo irritó fue el cambio que advirtió en Rakel; en efecto, se le iluminó la cara, se apresuró a preparar café y se reía de buena gana ante las respuestas crípticas y monosilábicas de aquel sujeto, como si contuviesen sentencias geniales. Y cuando le prohibió que volviese a su casa en su propio coche, advirtió una preocupación sincera en su voz. El único rasgo positivo que Brandhaug observó en aquel tipo fue su abrupta retirada y el hecho de que, a continuación, oyeran que arrancaba su coche, lo cual podría significar, en consecuencia, que cabía la posibilidad de que fuese lo bastante decente como para matarse en la carretera. El daño causado en la atmósfera que reinaba entre ellos antes de su llegada era irreparable y, al cabo de un rato, Brandhaug también se despidió, se metió en su coche y se marchó a casa. Entonces se acordó de su vieja creencia. Existen cuatro razones por las que los hombres deciden que tienen que conseguir a una mujer. Y la más importante es haber comprendido que ella prefiere a otro.

Al principio se quedó muy sorprendido cuando al día siguiente llamó a Kurt Meirik para preguntarle quién era aquel tipo alto y rubio, pero luego casi se echó a reír, porque resultó que era la misma persona que él había ascendido y colocado en Inteligencia. Ironías del destino, por supuesto, pero hasta el destino depende, en ciertos casos, del principal responsable del Real Ministerio de Asuntos Exteriores de Noruega. Cuando Brandhaug colgó el teléfono, ya estaba de mejor humor, se fue silbando por los pasillos para acudir a su próxima reunión y, en menos de setenta segundos, ya estaba en la sala.

61

Comisaría General de Policía,
27 de abril de 2000

Harry estaba en la puerta de su viejo despacho observando a un
hombre joven y rubio que ocupaba la silla de Ellen. El joven estaba tan concentrado en el ordenador que no se dio cuenta de la
presencia de Harry hasta que no lo oyó carraspear.

—¿Así que tú eres Halvorsen? —dijo Harry.

—Sí —dijo el joven con mirada inquisitiva.

—¿De la comisaría de Steinkjer?

—Correcto.

—Harry Hole. Yo solía sentarme donde tú estás ahora, pero en
la silla de al lado.

—Está rota.

Harry sonrió.

—Siempre ha estado rota. Bjarne Møller te pidió que compro-
baras un par de detalles en relación con el caso de Ellen Gjelten.

—¿Un par de detalles? —dijo Halvorsen incrédulo—. Llevo tres
días trabajando en ese caso.

Harry se sentó en su vieja silla, que habían trasladado a la mesa
de Ellen. Era la primera vez que veía el despacho desde su sitio.

—¿Y qué has encontrado, Halvorsen?

Halvorsen frunció el entrecejo.

—No te preocupes —dijo Harry—. Fui yo quien pidió esa información, puedes preguntarle a Møller si quieres.

De pronto, Halvorsen cayó en la cuenta.

—¡Claro, tú eres Hole, de Inteligencia! Siento ser tan lento. —Se le dibujó en la cara una gran sonrisa de niño grande—. Recuerdo aquel caso de Australia. ¿Cuánto hace de eso?

—Bastante. Como te decía…

—¡Sí, la lista!

Dio con los nudillos en un montón de documentos sacados del ordenador.

—Aquí están todos aquellos a los que hemos detenido, acusado o condenado por agresiones graves durante los últimos diez años. Hay más de mil nombres. Esa parte era sencilla, el problema consiste en averiguar quién está rapado, esa información no figuraba en ningún sitio. Se pueden tardar semanas…

Harry se retrepó en la silla.

—Entiendo. Pero el registro central de la policía tiene claves para los tipos de armas que se han utilizado. Haz una búsqueda según el tipo de arma empleada en la agresión y a ver cuántos quedan.

—A decir verdad, había pensado sugerirle lo mismo a Møller cuando vi la cantidad de nombres que había. La mayoría de los que aparecen en la lista han utilizado navajas, armas de fuego o simplemente las manos. Podría tener una nueva lista dentro de unas horas.

Harry se levantó.

—Bueno —dijo—. No recuerdo mi número interno, pero lo encontrarás en el listín de teléfonos. Y la próxima vez que tengas una buena sugerencia, no dudes en decirlo. Aquí en la capital no somos tan listos.

Halvorsen soltó una risita insegura.

62

Servicio de Inteligencia,
2 de mayo de 2000

La lluvia había estado azotando las calles toda la mañana hasta que, de improviso, el sol rompió con violencia la capa de nubes y, en un momento, el cielo quedó limpio. Harry estaba sentado con los pies encima de la mesa y las manos apoyadas en la nuca, fingiendo que pensaba en el rifle Märklin. Pero sus pensamientos habían huido por la ventana, hacia las calles recién lavadas por la lluvia que ahora olían a asfalto caliente y mojado, a las vías del tren, hasta lo más alto de Holmenkollen, donde todavía se veían manchas grises de nieve en las sombras del bosque de abetos y donde Rakel, Oleg y él habían recorrido saltando los senderos primaverales embarrados, intentando evitar los charcos más profundos. Harry recordaba vagamente que él también había hecho ese tipo de excursiones domingueras cuando tenía la edad de Oleg. Cuando las excursiones eran muy largas y él y Søs se quedaban atrás, su padre iba dejando trozos de chocolate en las ramas más bajas. Søs aún creía que el chocolate Kvikklusj crecía en los árboles.

Oleg no habló mucho con Harry durante sus dos primeras visitas. Pero no importaba. Harry tampoco sabía de qué hablar con Oleg. En cualquier caso, la timidez de ambos empezó a disiparse cuando Harry descubrió que Oleg tenía el Tetris en la Gameboy. Sin piedad ni vergüenza, Harry jugó lo mejor que sabía y le ganó a aquel niño de seis años por más de cuarenta mil puntos. Después de aquello, Oleg empezó a preguntarle cosas, como por qué la nieve era blanca y otras cosas que ponen a cavilar a los adultos obligándolos a concentrarse tanto que olvidan la timidez. El domingo anterior, Oleg había descubierto una liebre ártica y echó a correr delante de ellos; entonces, Harry cogió a Rakel de la mano. Estaba fría por fuera y caliente por dentro. Ella ladeó la cabeza y le sonrió mientras balanceaba el brazo hacia delante y hacia atrás, como diciendo: «Estamos jugando a ir de la mano, esto no va en serio». Se dio cuenta de que, cuando alguien se acercaba, se ponía un poco tensa, de modo que la soltó. Después merendaron chocolate en el restaurante de Frognerseteren, y Oleg preguntó por qué había primavera.

Harry invitó a Rakel a cenar. Era la segunda vez. La primera vez que lo hizo, Rakel le dijo que se lo pensaría y, poco después, llamó para rechazar la invitación. También en esta ocasión dijo que se lo pensaría, pero no le había dicho que no, de momento.

Sonó el teléfono. Era Halvorsen. Parecía adormilado y le dijo que acababa de levantarse de la cama.

—He comprobado setenta de las ciento dos personas de la lista sospechosas de haber utilizado un arma contundente en relación con una agresión grave —le dijo—. Hasta ahora he encontrado a ocho rapados.

—¿Cómo los encontraste?

—Los llamé por teléfono. Es increíble la cantidad de gente que está en su casa a las cuatro de la madrugada.

Halvorsen soltó una risita insegura al ver que Harry no hacía el menor comentario.

—¿Los has llamado uno por uno? —preguntó Harry.

—Sí, eso es —dijo Halvorsen—. A casa o al móvil. Es increíble cuánta gente tiene…

Harry lo interrumpió:

—¿Les pediste a esos delincuentes violentos que fuesen tan amables de proporcionarle a la policía una descripción actualizada de sí mismos?

—No exactamente. Les dije que estábamos buscando a un sospechoso de cabello rojo y largo y les pregunté si se habían teñido el pelo últimamente –aclaró Halvorsen.

–No te sigo.

–A ver, si tú estuvieses rapado, ¿qué contestarías a esa pregunta?

–¡Ah! –dijo Harry–. Ya veo que en Steinkjer sois muy listos.

Una vez más, la misma risita insegura.

–Mándame la lista por fax –le pidió Harry.

–Te la mandaré en cuanto me la devuelvan.

–¿Cuando te la devuelvan?

–Sí, uno de los oficiales de este grupo. Estaba esperándome cuando llegué y parecía que la necesitaba con urgencia.

–Yo creía que ahora solo trabajaban en el caso Gjelten los de KRIPOS –dijo Harry.

–Parece que no.

–¿Quién era?

–Creo que se llama Vågen, o algo así –dijo Halvorsen.

–No hay ningún Vågen en la sección de Delitos Violentos. ¿No sería Waaler?

–¡Eso es! –dijo Halvorsen antes de añadir, algo avergonzado–: ¡Son tantos nombres nuevos…!

Harry tenía ganas de echarle un rapapolvo al joven oficial por entregar material de investigación a alguien cuyo nombre ni siquiera conocía, pero pensó que no era el momento más indicado para dejarse caer con una crítica. Después de tres noches seguidas trabajando en el caso, lo más probable era que el chico estuviese a punto de desmayarse.

–Buen trabajo –dijo Harry.

Y ya iba a colgar cuando el joven exclamó:

–¡Espera! ¡Tu número de fax!

Harry miró por la ventana. Las nubes habían empezado a arracimarse de nuevo sobre la colina de Ekeberg.

–Lo encontrarás en el listín de teléfonos –le dijo.

Apenas había colgado cuando volvió a sonar el teléfono. Era Meirik, que le pidió que fuera a su despacho enseguida.

–¿Cómo va el informe de los neonazis? –preguntó en cuanto Harry apareció en el umbral de la puerta.

–Mal –contestó Harry sentándose en la silla. La pareja real noruega lo miraba desde la foto que había colgada por encima de la cabeza de Meirik–. La E del teclado se ha atascado –dijo.

Meirik sonrió tan forzadamente como el hombre de la foto y le pidió a Harry que, de momento, se olvidara del informe.

–Te necesito para otra cosa. El jefe de información de la Organización Sindical Nacional acaba de llamarme. La mitad de la directiva ha recibido hoy amenazas de muerte por fax. Todas ellas con la firma «88», una representación críptica del saludo «Heil Hitler». No es la primera vez, pero ha llegado a oídos de la prensa. Y ya han empezado a llamarnos. Hemos podido seguir el rastro del remitente hasta un fax público de Klippan. De ahí que debamos tomar las amenazas en serio.

–¿Klippan?

–Un lugar a treinta kilómetros al este de Helsingborg. Dieciséis mil habitantes y el peor foco neonazi de Suecia. Allí hay familias que han sido nazis desde los años treinta. Muchos de los neonazis noruegos peregrinan hasta allí para ver y aprender. Quiero que hagas la maleta, Harry.

Harry tuvo un desagradable presentimiento.

–Te enviamos allí para observar, Harry. Debes ponerte en contacto con ellos. Te procuraremos otra ocupación, otra identidad y los demás detalles más adelante. Prepárate para permanecer allí una temporada. Nuestros colegas suecos ya te han buscado un lugar para vivir.

–¿Me enviáis allí para observar? –repitió Harry. No daba crédito a lo que oía–. No sé nada de observación y seguimiento, Meirik. Soy investigador. ¿O es que lo has olvidado?

La sonrisa de Meirik parecía ya cansina.

–Aprendes rápido, Harry, no es muy difícil. Tómalo como una experiencia interesante y útil.

–Ya. ¿Cuánto tiempo?

–Unos meses. Seis como máximo.

—¿Seis? —dijo Harry.

—Será mejor que veas el lado positivo, Harry. No tienes familia de la que preocuparte, ningún...

—¿Quiénes son el resto del equipo?

Meirik negó con la cabeza.

—No hay equipo. Vas tú solo, así será más verosímil. Y me informas directamente a mí.

Harry se frotó la barbilla.

—¿Por qué yo, Meirik? Dispones de todo un grupo de expertos en observación y en grupos de extrema derecha.

—Alguna vez tiene que ser la primera.

—¿Y qué pasa con el rifle Märklin? Le hemos seguido la pista hasta dar con un viejo nazi y ahora estas amenazas firmadas con el «Heil Hitler»... ¿No sería mejor que siguiese trabajando en...?

—Harás lo que yo diga, Harry. —Meirik ya no tenía ganas de seguir sonriendo.

Había algo en todo aquello que no encajaba. Se lo olía, pero no entendía qué era ni cuál sería su origen. Se levantó. Meirik también.

—Te irás después del fin de semana —dijo Meirik tendiéndole la mano.

A Harry le pareció un gesto muy extraño y en el semblante de Meirik afloró una expresión de rubor, como si él también acabara de darse cuenta de lo raro que resultaba. Sin embargo, ya era demasiado tarde, la mano estaba en el aire, como desvalida, con los dedos algo separados, y Harry se la estrechó rápidamente para así acabar con aquella situación tan embarazosa lo antes posible.

Cuando pasó junto a la recepción, Linda le gritó que había llegado un fax para él y que lo tenía en su buzón, así que Harry lo cogió al pasar. Era la lista de Halvorsen. Recorrió los nombres con la mirada mientras avanzaba por el pasillo y se esforzaba por comprender a qué parte de su ser le sería útil relacionarse con neonazis durante seis meses en un lugar insignificante del sur de Suecia. Desde luego, no a la parte que intentaba mantenerse sobria. Tampoco a la parte que estaba esperando la respuesta de Rakel a su invitación. Y decididamente, no era a la parte que quería encontrar al asesino de Ellen. En ese punto de su reflexión, y sin dejar de mirar la lista, se detuvo en seco.

Aquel último nombre…

No había razón para sorprenderse de que apareciesen viejos conocidos en la lista, pero esto era otra cosa. Aquel nombre hizo que en su interior resonara el mismo sonido que oía cuando limpiaba el Smith & Wesson 38 y volvía a juntar las piezas: ese suave clic que le decía que algo encajaba, claramente.

Unos segundos después estaba en el despacho llamando a Halvorsen. Este tomó nota de sus preguntas y le prometió que lo llamaría en cuanto supiera algo.

Harry se retrepó en la silla. Podía oír los latidos de su corazón. Normalmente, no era su fuerte combinar pequeños fragmentos de información que, a simple vista, no tenían nada que ver entre sí. Aquello se debía sin duda a un arrebato de inspiración. Cuando Halvorsen llamó quince minutos después, Harry tenía la sensación de llevar horas esperando.

—Concuerda —declaró Halvorsen—. Una de las pisadas del escenario del crimen pertenecía a unas botas Combat del número cuarenta y cinco. Lo pudieron determinar porque la bota era prácticamente nueva.

—¿Y sabes quién utiliza botas Combat?

—Por supuesto, están aprobadas por la OTAN, muchos de los oficiales de Steinkjer las encargaron expresamente. Y he visto que muchos hinchas ingleses también las usan.

—Correcto. Cabezas rapadas. *Bootboys.* Neonazis. ¿Has encontrado alguna foto?

—Cuatro. Dos del Taller de la Cultura de Aker y dos de una manifestación celebrada ante la casa Blitz, en el noventa y dos.

—¿Lleva gorro en alguna de ellas?

—Sí, en la del Taller de la Cultura de Aker.

—¿Una gorra Combat?

—Déjame ver.

Harry oyó el chisporroteo de la respiración de Halvorsen en el micrófono. Mientras esperaba, elevó una plegaria por que la respuesta fuera la que quería oír.

—Parece una Verte —dijo Halvorsen al fin.

—¿Estás seguro? —insistió Harry sin intentar ocultar su decepción.

Halvorsen creía estar seguro y Harry soltó un taco.

—Pero las botas nos servirán, ¿no? —le recordó Halvorsen tímidamente.

—El asesino se habrá deshecho de ellas, a menos que sea idiota. Y el hecho de que patease las huellas que dejó sobre la nieve indica que no lo es.

Harry dudaba. Reconocía esa sensación, esa convicción repentina de saber quién era el autor del crimen, y sabía que esa sensación era peligrosa, porque uno dejaba de hacerle caso a la duda, a esas pequeñas voces que sugieren contradicciones, que la perspectiva no es perfecta. La duda era como un jarro de agua fría y uno no quiere un jarro de agua fría cuando siente que está a punto de atrapar a un asesino. Sí. Harry había estado seguro otras veces. Y se había equivocado.

Halvorsen seguía hablando.

—Los mandos de Steinkjer compraron las botas Combat directamente a Estados Unidos, así que no puede haber muchas tiendas que las vendan. Y las botas del asesino son casi nuevas...

Harry siguió a la perfección su razonamiento.

—¡Muy bien, Halvorsen! Averigua quién las vende y empieza por las tiendas de accesorios militares. Después haces una ronda mostrando las fotos y preguntas si alguien recuerda haberle vendido un par de botas a ese tipo en los últimos meses.

—Harry, verás...

—Ya sé, antes necesito el visto bueno de Møller.

Harry sabía que las posibilidades de encontrar a un dependiente que recordase a todos los clientes a quienes les había vendido zapatos en los últimos meses eran mínimas. Claro está que las probabilidades mejoraban ligeramente si el cliente llevaba las palabras

«Sieg Heil» tatuadas en el cogote, pero aun así… Tarde o temprano, Halvorsen tenía que aprender que el noventa por ciento del trabajo de la investigación de un asesinato consistía en buscar en el lugar equivocado. Después de colgar, Harry llamó a Møller. El jefe de sección escuchó sus argumentos, y cuando Harry terminó se aclaró la garganta y le contestó:

—Me alegra oír que tú y Tom Waaler por fin estáis de acuerdo en algo.

—¿Ah, sí?

—Me llamó hace media hora para pedirme casi lo mismo que tú. Le di permiso para interrogar aquí a Sverre Olsen.

—¡Vaya, qué coincidencia!

—¿Verdad?

Harry no sabía exactamente qué decir. Así que cuando Møller le preguntó si quería alguna otra cosa, murmuró un adiós y colgó. Miró por la ventana. El tráfico de la hora punta acababa de iniciarse en la calle Schweigaard. Centró su atención en un hombre con abrigo gris y sombrero anticuado y siguió su lento caminar hasta perderlo de vista. Harry notó que el pulso le volvía a la normalidad. Klippan. Casi lo había olvidado, pero ahora volvió a su mente como una resaca paralizante. Pensó en llamar al número interno de Rakel, pero desechó la idea.

Entonces ocurrió algo extraño.

Un movimiento que advirtió en un lateral del campo de visión lo hizo dirigir la vista hacia algo que había al otro lado de la ventana. Al principio no pudo distinguir lo que era, solo que se acercaba a gran velocidad. Abrió la boca, pero la palabra, el grito, o lo que quiera que el cerebro intentara formular, no llegó nunca a traspasar los labios. Sonó un golpe suave, el cristal de la ventana vibró ligeramente y Harry se quedó mirando una mancha de humedad en cuyo centro aparecía adherida una pluma gris, meciéndose al viento primaveral. Se quedó sentado un momento. Luego cogió la chaqueta y se apresuró hacia el ascensor.

63

Calle Krokeliveien,
2 de mayo de 2000

Sverre Olsen subió el volumen de la radio. Hojeaba despacio las páginas del último número de la revista de moda *Kvinner & Klær* de su madre, mientras escuchaba al locutor dar la noticia de las cartas de amenazas recibidas por los líderes de la Organización Sindical. Las gotas caían sin cesar por el canalón que pasaba justo por encima de la ventana del salón. Soltó una carcajada. Sonaba a uno de los planes de Roy Kvinset. Aunque esperaba que esta vez las cartas tuviesen menos faltas de ortografía.

Miró el reloj. Aquella tarde se hablaría mucho del asunto en torno a las mesas de la pizzería Herbert. Estaba sin blanca, pero esa semana había arreglado la vieja aspiradora Wilfa y su madre tal vez estuviera dispuesta a prestarle cien coronas. ¡A la mierda con el Príncipe! ¡Podía irse al diablo! Ya habían pasado quince días desde la última vez que le prometió que le pagaría «dentro de un par de días». Entretanto, un par de personas a las que Sverre les debía dinero habían empezado a adoptar un tono desagradablemente amenazador. Y lo peor de todo: otros habían ido a ocupar su mesa en la pizzería. Ya había pasado bastante tiempo desde el ataque al Dennis Kebab.

Últimamente, cuando estaba en la pizzería, le entraban a veces unas ganas irresistibles de levantarse y de gritar que era él quien había matado a la policía en Grünerløkka. Que el chorro de sangre que brotó con el último golpe salió disparado hacia arriba como un géiser, que murió dando gritos. No había razón para confesar que no tenía ni idea de que fuera oficial de policía. Ni tampoco que por poco vomita al ver la sangre.

¡El Príncipe podía irse al diablo! ¡Él sí sabía que ella era madero! Sverre se merecía esos cuarenta mil, nadie podía negarlo. Pero ¿qué podía hacer? Después de lo que había pasado, el Príncipe le había prohibido llamarlo. Como precaución hasta que la cosa se hubiera calmado un poco, dijo.

Las bisagras de la puerta de la verja chirriaban. Sverre se levantó, apagó la radio y salió al pasillo. Mientras subía las escaleras, oyó los pasos de su madre en la gravilla del camino. Ya en su cuarto oyó también el tintineo de las llaves en la cerradura. Mientras ella trajinaba abajo, él se quedó de pie en medio de la habitación mirándose en el espejo. Se pasó una mano por la calva y sintió los pinchos milimétricos de pelo que le rozaban los dedos como un cepillo. Estaba decidido. Aunque le dieran los cuarenta mil, buscaría un trabajo. Estaba harto de pasarse los días en casa sin hacer nada y, la verdad, también estaba hasta el gorro de «los amigos» de la pizzería. Harto de seguir a gente que no iba a ninguna parte. Había sacado el curso de técnico electricista en la escuela de formación profesional y se le daba bien arreglar aparatos. Había muchos electricistas que buscaban aprendices y ayudantes. En un par de semanas, el pelo le habría crecido lo suficiente como para que no se viese el tatuaje de «Sieg Heil» en la nuca.

Exacto, el pelo. De repente se acordó de la llamada que había recibido la noche anterior, el policía con acento de Trøndelag que le había preguntado si llevaba el cabello teñido de rojo. Cuando se despertó esa mañana, pensó que había sido un sueño, hasta que su madre le preguntó en el desayuno qué clase de gente era la que llamaba a una casa a las cuatro de la madrugada.

Sverre apartó la vista del espejo y se centró en las paredes de su cuarto. La foto del Líder, los pósters del concierto de Burrum, la bandera con la esvástica, las cruces de hierro y el póster de Blood & Honour, una imitación de los viejos carteles de propaganda de

Joseph Goebbels. Por primera vez se dio cuenta de que le recordaba al cuarto de un niño. Si sustituyera el pendón de Resistencia Blanca por el del Manchester United y la foto de Heinrich Himmler por la de David Beckham, aquello parecería el dormitorio de un chico de catorce años.

—¡Sverre! —gritó su madre.

Cerró los ojos.

No terminaba de irse. Nunca terminaba de irse.

—¡Sí! —respondió tan alto que el grito le resonó en la cabeza.

—¡Hay alguien aquí que quiere hablar contigo!

¿Allí mismo? ¿Alguien que quería hablar con él? Sverre abrió los ojos y observó indeciso su propia imagen en el espejo. Nadie iba nunca a su casa. Según creía, ni siquiera sabían que vivía allí. Sintió que se le aceleraba el corazón. ¿Sería el policía de Trøndelag otra vez?

Ya iba camino de la puerta cuando esta se abrió.

—Buenos días, Olsen.

Por la ventana de la escalera entraba el sol primaveral, de modo que, a contraluz, solo vio en el umbral la silueta de un hombre. Pero, al oír su voz, supo perfectamente quién era.

—¿No te alegras de verme? —le preguntó el Príncipe cerrando la puerta tras de sí. Ya dentro, miró con curiosidad las paredes—. Vaya rincón que tienes aquí.

—¿Cómo te ha dejado…?

—¿Tu madre? Le he enseñado esto —explicó el Príncipe al tiempo que agitaba en su mano una tarjeta con el escudo nacional en dorado sobre fondo celeste. En el dorso se leía POLICÍA.

—Joder —dijo Sverre tragando saliva—. ¿Es de verdad?

—¿Quién sabe? Relájate, Olsen. Siéntate.

El Príncipe le señaló la cama y él se sentó a caballo en la silla del escritorio.

—¿Qué haces aquí? —dijo Sverre.

—¿Tú qué crees? —dijo el Príncipe a su vez, con una amplia sonrisa—. Ha llegado la hora de ajustar cuentas, Olsen.

—¿Ajustar cuentas?

Sverre no se había recobrado aún de la sorpresa. ¿Cómo sabía el Príncipe dónde vivía? Y aquella tarjeta de la policía… Al verlo ahora, Sverre se dio cuenta de que el Príncipe podría ser policía: el pelo pulcramente peinado, esos ojos tan fríos, el bronceado de solárium y los músculos bien definidos del torso, la chaqueta corta de piel negra y suave y los vaqueros azules. ¡Qué raro que no se hubiera fijado antes!

—Sí —dijo el Príncipe sin perder la sonrisa—. Ha llegado la hora de saldar cuentas.

Sacó un sobre del bolsillo interior y se lo tendió a Sverre.

—¡Por fin! —exclamó Sverre con una sonrisa fugaz y nerviosa a un tiempo, mientras metía la mano en el sobre—. Pero ¿qué es esto? —preguntó al ver que lo que sacaba era una hoja de papel.

—Es una lista con los nombres de las ocho personas a las que la sección de Delitos Violentos visitará en breve y de las que, con toda probabilidad, tomará una muestra de sangre para un análisis de ADN, y comprobará si coincide con los restos de piel que se encontraron en la gorra que te dejaste en el lugar del crimen.

—¿La gorra? ¡Me dijiste que la habías encontrado en tu coche y que la habías quemado!

Sverre miraba aterrado al Príncipe, que negaba con gesto compasivo.

—Pues parece que lo que pasó de verdad fue que, cuando volví al lugar del crimen, vi que había allí una pareja joven, muy asustada, que esperaba la llegada de la policía. La gorra debió de caérseme en la nieve a solo unos metros del cuerpo.

Sverre se pasó las manos por la cabeza varias veces.

—Pareces desconcertado, Olsen.

Sverre asintió con la cabeza e intentó sonreír, pero los labios no estaban dispuestos a obedecerle.

—¿Quieres que te lo explique?

Sverre asintió otra vez.

—Cuando un policía muere asesinado, se atribuye al caso la máxima prioridad hasta que se encuentra al asesino, sin importar lo que se tarde en conseguirlo. Esta norma no figura en ningún reglamento, pero el hecho es que nunca se cuestionan los recursos utilizados cuando la víctima es oficial de policía. Ese es el problema cuando se asesina a un policía: los investigadores nunca se rinden hasta haber encontrado…

Señaló a Sverre.

–… al culpable. Solo era una cuestión de tiempo, así que me he permitido ayudar un poco a los investigadores para que la espera no sea tan larga.

–Pero…

–Te preguntarás por qué he ayudado a la policía a encontrarte cuando es más que probable que me delates para que te reduzcan la pena, ¿no?

Sverre tragó saliva. Intentó pensar, pero aquello era demasiado y se le paralizó el cerebro.

–Comprendo, es complicado, ¿verdad? –dijo el Príncipe pasando un dedo por la réplica de la Cruz de Hierro que colgaba de un clavo en la pared–. Por supuesto, te podría haber pegado un tiro justo después del asesinato. Pero entonces la policía se habría dado cuenta de que el objetivo de ese crimen no era otro que el de eliminar pistas, y habrían seguido la búsqueda.

Descolgó la cadena del clavo y se la puso alrededor del cuello, por encima de la chaqueta.

–Otra alternativa habría sido «resolver» el caso rápidamente yo mismo, pegarte un tiro durante la detención y procurar que pareciese que habías ofrecido resistencia. El problema con esa solución era que habrían podido sospechar de la extraordinaria competencia de una persona capaz de resolver el caso por sí sola. Alguien podría empezar a darle vueltas, máxime cuando esa persona es la última que vio a Ellen Gjelten con vida.

Guardó silencio y soltó una carcajada.

–¡No pongas esa cara de miedo, Olsen! Te digo que esas son las alternativas que deseché. Lo que hice fue quedarme al margen, mantenerme informado sobre la investigación y ver cómo estrechaban el cerco a tu alrededor. Mi plan era meterme en el juego cuando se acercasen demasiado, tomar el relevo y encargarme yo mismo de la última etapa. Por cierto que fue un borracho que ahora trabaja en Inteligencia quien dio con tu pista.

—¿Eres… eres policía?

—¿Me sienta bien? —preguntó el Príncipe señalando la Cruz de Hierro—. Olvídalo. Yo soy un soldado como tú, Olsen. Un barco debe tener los maderos bien sellados, de lo contrario se hundiría a la menor fuga de agua. ¿Sabes lo que habría pasado si te hubiera revelado mi identidad?

Sverre tenía seca la boca y la garganta y apenas si podía tragar saliva. Tenía miedo. Mucho miedo.

—No habría podido permitir que salieras vivo de esta habitación. ¿Lo comprendes?

—Sí —dijo Sverre con voz ronca—. M… mi dinero…

El Príncipe metió la mano en el interior de la chaqueta de piel y sacó una pistola.

—¡No te muevas!

Se acercó a la cama, se sentó al lado de Sverre y apuntó a la puerta mientras agarraba el arma con las dos manos.

—Es una pistola Glick, el arma corta más segura del mundo. Me llegó ayer de Alemania. Le han borrado el número de serie. Su valor en la calle es de unas ocho mil coronas. Considéralo como el primer plazo del pago.

Sverre se sobresaltó al oír la detonación. Miró atónito el pequeño agujero que se había abierto en la pared, sobre la puerta. En el rayo de sol que se filtró como un láser por el orificio atravesando la habitación bailaban las partículas de polvo.

—¡Tócala! —lo animó el Príncipe, y le puso el arma en el regazo. Después se levantó y se encaminó hacia la puerta—. Sujétala con firmeza. Un equilibrio perfecto, ¿verdad?

Sverre sujetó la culata. Con apatía. Notó que el sudor le había empapado la camiseta. «Hay un agujero en el techo.» No podía pensar en otra cosa. Que la bala había hecho otro agujero y que todavía no habían conseguido llamar a un albañil para que lo arreglara. Entonces pasó lo que tanto temía. Y cerró los ojos.

—¡Sverre!

Su madre parecía estar a punto de ahogarse. Agarró la pistola con fuerza. Siempre parecía estar a punto de ahogarse. Volvió a abrir los ojos y, junto a la puerta, vio que el Príncipe se volvía como a cámara lenta; vio que alzaba los brazos y que sostenía un negro y reluciente Smith & Wesson en las manos.

—¡Sverre!

Una llamarada amarilla salió despedida del cañón. Se la imaginaba allí, al pie de la escalera. Pero en ese momento la bala lo alcanzó, entró por la frente y salió por la nuca, llevándose por delante el «Heil» del tatuaje. Entró luego por la pared, atravesó el aislante y se detuvo en la plancha de revestimiento del muro exterior.

Pero para entonces Sverre Olsen ya estaba muerto.

64

Calle Krokeliveien,
2 de mayo de 2000

Harry había mendigado una taza de café en un vaso de papel de uno de los termos del grupo de la policía científica. Estaba en la calle, delante de aquella casa pequeña, bastante fea, por cierto, de la calle Krokeliveien, en Bjerke, y observaba a un joven oficial que, subido a una escalera que había apoyada en la pared, se disponía a marcar el agujero por el que había pasado la bala. Ya habían empezado a congregarse algunos curiosos y, para evitar que se acercaran demasiado, habían acordonado la casa. El sol de la tarde caía directamente sobre el hombre que había subido a la escalera, pero la casa estaba en una hondonada del terreno y en el lugar donde se encontraba Harry empezaba a hacer frío.

—¿Así que llegaste justo después de que ocurriera? —oyó que preguntaba alguien a su espalda.

Se volvió y vio a Bjarne Møller. Cada día frecuentaba menos los escenarios de delitos, pero Harry había oído decir que Møller era un buen investigador. Había incluso quien insinuaba que debían haberlo dejado seguir con ello. Harry le ofreció el vaso de café, pero Møller le dijo que no con un gesto.

—Sí, parece ser que llegué solo cuatro o cinco minutos después —confirmó Harry—. ¿Quién te lo ha dicho?

—La central de alarmas. Me dijeron que habías llamado pidiendo refuerzos justo después de que Waaler llamara para informar del tiroteo.

Harry señaló con la cabeza hacia el coche deportivo rojo que estaba estacionado delante de la verja.

—Cuando llegué vi el coche pijo de Waaler. Sabía que su intención era venir aquí, así que no me sorprendió. Pero cuando salí del coche oí un aullido terrible. Al principio pensé que se trataba de un perro del vecindario, pero cuando eché a andar camino arriba comprendí que el sonido venía del interior de la casa y que no era un perro, sino una persona. No quería correr ningún riesgo, así que llamé pidiendo un coche a la comisaría de Økern.

—¿Era la madre?

Harry asintió.

—Estaba histérica. Tardaron casi media hora en tranquilizarla lo suficiente para que dijera algo inteligible. Weber está ahora en el salón hablando con ella.

—¿El viejo y sensible Weber?

—Weber es bueno. Es un cascarrabias en el trabajo, pero es realmente bueno con la gente en estas situaciones.

—Lo sé, estaba de broma. ¿Qué dice Waaler?

Harry se encogió de hombros.

—Comprendo —dijo Møller—. Es un tío muy frío. Eso es bueno. ¿Entramos a echar un vistazo?

—Yo ya lo he hecho.

—Entonces hazme una visita guiada.

Se abrieron camino hasta el segundo piso sin dejar de saludar en voz baja a colegas a los que llevaba mucho tiempo sin ver.

El dormitorio estaba abarrotado de especialistas de la policía científica vestidos de blanco, y los flashes de los fotógrafos relampagueaban sin cesar. Un gran plástico negro con una silueta dibujada en blanco cubría la cama.

Møller recorrió las paredes con la mirada.

—¡Dios mío! —murmuró.

—Sverre Olsen no era votante del Partido Laborista —comentó Harry.

—¡No toques nada, Bjarne! —gritó un inspector de la científica al que Harry reconoció—. ¿Recuerdas lo que pasó la última vez?

Møller lo recordaba, obviamente, pues se echó a reír.

—Sverre Olsen estaba sentado en la cama cuando Waaler entró —comenzó Harry—. Según Waaler, él estaba junto a la puerta preguntándole a Olsen dónde estuvo la noche en que mataron a Ellen. Olsen fingió no recordar la fecha, así que Waaler siguió preguntando hasta que quedó claro que Olsen no tenía coartada. Según Waaler, él le dijo a Olsen que tendría que acompañarlo a la comisaría para prestar declaración y fue entonces cuando, de repente, Olsen sacó el revólver que, al parecer, tenía escondido debajo de la almohada. Disparó y la bala pasó por encima del hombro de Waaler, atravesando la puerta, aquí tienes el agujero, y luego continuó su trayectoria atravesando también el techo del pasillo. Según Waaler, él sacó su arma reglamentaria antes de que Olsen pudiese disparar otra vez.

—Rápida actuación. Y buena puntería, según me han dicho.

—Sí, en mitad de la frente —dijo Harry.

—Bueno, quizá no sea tan extraño. Waaler obtuvo el mejor resultado en las pruebas de tiro de este otoño.

—Te olvidas de mis resultados —dijo Harry secamente.

—¿Cómo lo ves, Ronald? —dijo Møller dirigiéndose al inspector de blanco.

—Sin problemas, creo. —El inspector se levantó enderezando la espalda con un quejido—. Encontramos la bala que mató a Olsen detrás de la plancha de revestimiento. La que atravesó la puerta siguió a través del techo. Ya veremos si la encontramos también, para que los chicos de balística tengan algo con lo que entretenerse mañana. Por lo menos el ángulo de tiro coincide.

—Bien, gracias.

—No hay de qué, Bjarne. ¿Cómo sigue tu mujer?

Møller le dijo cómo se encontraba su mujer, no se molestó en preguntar por la mujer del inspector pero, por lo que sabía Harry, cabía la posibilidad de que el inspector no tuviese mujer. El año anterior, cuatro de los chicos de la científica se separaron en el mismo mes. En la cantina hicieron algún que otro chiste diciendo que sería por el olor a cadáver.

Fuera, delante de la casa, vieron a Weber. Estaba solo, con una taza de café en la mano y observaba al hombre de la escalera.

—¿Qué tal ha ido, Weber? —preguntó Møller.

Weber los miró con los ojos medio cerrados, como si intentara averiguar si tenía ganas de contestar.

—No planteará problemas —dijo, y miró de nuevo al hombre de la escalera—. Claro que la mujer ha dicho que no lo entendía, que su hijo no soportaba ver sangre y todo lo demás, pero no creo que tengamos problemas para determinar lo que de verdad ha pasado aquí.

—Ya. —Møller cogió a Harry del brazo—. Vamos a dar una vuelta.

Bajaron paseando por la calle. Era una zona residencial de casas pequeñas, jardines diminutos y algunos bloques de pisos al final. Unos niños con las caras coloradas por el esfuerzo pasaron a su lado en bicicleta, en dirección a los coches policiales que tenían las luces azules encendidas. Møller esperó hasta que se alejaron un poco, para que no pudieran oírlo.

—No pareces muy satisfecho de que hayamos atrapado a quien mató a Ellen —observó.

—No, no estoy satisfecho. En primer lugar, aún no sabemos si fue Sverre Olsen. El análisis de ADN…

—El análisis de ADN nos confirmará que fue él. ¿Qué pasa, Harry?

—Nada, jefe.

Møller se detuvo.

—¿De verdad?

—De verdad.

El jefe señaló hacia la casa.

—¿Es porque piensas que una bala rápida es un castigo demasiado leve para Olsen?

—¡Te digo que no es nada! —dijo Harry con vehemencia.

—¡Suéltalo! —gritó Møller entonces.

—¡Es solo que me parece de lo más extraño!

Møller frunció el entrecejo.

–¿Qué te resulta tan extraño?

–Un policía con tanta experiencia como Tom Waaler… –Harry bajó la voz y habló despacio, enfatizando cada palabra–. Es extraño que decidiera venir solo para hablar con un sospechoso de asesinato y, quizá, detenerlo. Esa conducta contraviene todas las normas escritas y tácitas.

–Entonces ¿qué insinúas? ¿Que Tom Waaler lo provocó? ¿Crees que hizo que Olsen sacara el arma para así poder vengar a Ellen, es eso? Y por esa razón, en la casa decías «según Waaler esto y según Waaler aquello», dando a entender que los policías no debemos fiarnos de la palabra de un colega. Y todo eso, mientras te oía la mitad del grupo de la policía científica.

Se miraron fijamente. Møller era casi tan alto como Harry.

–Solo digo que es muy raro –dijo Harry, y se dio la vuelta–. Eso es todo.

–¡Ya está bien, Harry! No sé si seguiste a Waaler hasta aquí porque sospechabas que pudiera ocurrir algo así, lo que sé es que no quiero oír nada más. La verdad es que no quiero oír ni una sola palabra tuya que insinúe nada. ¿Entendido?

Harry observó la casa amarilla de la familia Olsen. Era más pequeña que las demás y no tenía un seto tan alto como las otras casas de aquella calle residencial tan tranquila. Los setos de los otros hacían que esta, más fea, pareciese desprotegida, como si las casas vecinas quisieran excluirla. Olía intensamente a broza quemada y el viento traía y llevaba la voz lejana y metálica de los altavoces del hipódromo de Bjerke.

Harry se encogió de hombros.

–Lo siento. Yo… ya sabes.

Møller le puso una mano en el hombro.

–Era la mejor. Ya lo sé, Harry.

65

Restaurante Schrøder,
2 de mayo de 2000

El viejo estaba leyendo el diario *Aftenposten*. Ya había llegado a la hípica cuando se dio cuenta de que la camarera estaba a su lado.

—Hola —dijo la mujer, y le puso delante la cerveza.

Como de costumbre, él no contestó, sino que la miró mientras contaba el cambio. La camarera tenía una edad indefinible, pero él calculaba que estaría entre los treinta y cinco y los cuarenta. Por su aspecto se diría que había aprovechado esos años tanto o más que la clientela a la que servía. Pero tenía una sonrisa agradable. El viejo sospechaba que no era de las que se asustaban fácilmente, que aguantaría bien cualquier envite. La mujer se marchó y él tomó el primer trago mientras paseaba la mirada por el local.

Echó una ojeada al reloj. Se levantó y se dirigió al teléfono público que había al fondo, introdujo tres monedas de una corona, marcó el número y esperó. Después de tres tonos de llamada, contestaron y el viejo oyó su voz:

—Casa de los Juul.

—¿Signe?

—Sí.

Se le notaba en la voz que estaba asustada, que sabía quién llamaba. Aquella era la sexta vez, de modo que lo más probable era que estuviese esperando su llamada.

—Soy Daniel —dijo él.

—¿Quién eres? ¿Qué quieres? —se la oyó jadear al otro lado.

—Ya te he dicho que soy Daniel. Solo quiero que repitas lo que dijiste aquella vez. ¿Te acuerdas?

—Tienes que dejarlo. Daniel está muerto.

—Ten fe hasta en la muerte, Signe. No hasta la muerte, sino en la muerte.

—Voy a llamar a la policía.

Entonces el anciano colgó, cogió el sombrero y el abrigo y salió despacio a la calle, donde brillaba el sol. En la colina Sankt-hanshaugen habían empezado a brotar los primeros capullos. Ya faltaba poco.

66

Restaurante Dinner,
5 de mayo de 2000

La risa de Rakel penetró entre el ruido de voces, el tintineo de cubiertos y el trajinar de los camareros del restaurante, que estaba lleno de gente.

—... y casi sentí miedo cuando vi que había un mensaje en el contestador —dijo Harry—. Ya sabes, el parpadeo luminoso de esa especie de ojo diminuto, y luego, tu voz de ordeno y mando, que llenó la sala de estar.

Acto seguido, la imitó con voz grave:

—«Soy Rakel. El viernes a las ocho en Dinner. Acuérdate de ir bien vestido y de traer la cartera». Helge se asustó; tuve que dejarle comer mazorca de mijo dos veces para que se calmara.

—¡Yo no dije eso! —protestó ella entre risas.

—Bueno, algo parecido.

—¡Qué va! Y, además, es culpa tuya y del mensaje que tienes en el contestador.

Rakel intentó hablar con la misma voz profunda que Harry:

—«Hole. Háblame». Es tan... tan...

—¿Típico de mí?

—Eso es.

Había sido una cena perfecta, una noche perfecta, y ahora había llegado el momento de estropearlo, se decía Harry.

—Meirik me ha ordenado que me vaya a Suecia en misión de

observación –comenzó manoseando el vaso de agua–. Seis meses. Me voy después del fin de semana.

–¿Ah, sí?

A Harry le sorprendió que no se le notase en la cara ninguna reacción.

–Ya he llamado a Søs y a mi padre para contárselo –continuó–. Mi padre me contestó, y hasta me deseó suerte.

–Eso está bien –aprobó Rakel con una sonrisa pero atenta al menú de postres–. Oleg te va a echar de menos –añadió en voz baja.

Harry la miró, pero no logró captar su mirada.

–¿Y tú? –preguntó.

En la cara de Rakel se dibujó una sonrisa.

–Tienen Banana Split a la Szechuan –dijo.

–Pide dos.

–Yo también te voy a echar de menos –dijo al fin, y pasó a la página siguiente del menú.

–¿Cuánto?

Se encogió de hombros.

Él repitió la pregunta. Rakel tomó aire como para decir algo, lo soltó… y empezó de nuevo. Finalmente, le dijo:

–Lo siento, Harry, pero en estos momentos solo hay sitio para un hombre en mi vida. Un hombre pequeño de seis años.

Harry tuvo la sensación de que le echaban un jarro de agua helada en la cabeza.

–Venga –dijo Harry–. No puedo estar tan equivocado.

Ella dejó de estudiar el menú y lo miró extrañada.

–Tú y yo… –empezó Harry, y se inclinó hacia delante–. Estamos charlando esta noche. Lo estamos pasando bien juntos. Pero yo creo que queremos algo más. Tú quieres algo más.

–Puede ser.

–Puede ser, no. Seguro. Tú lo quieres todo.

–¿Y qué?

–¿Y qué? Eres tú quien ha de contestar a esa pregunta, Rakel. Dentro de unos días me iré a un pueblucho del sur de Suecia. No soy un hombre mimado por la suerte, solo quiero saber si, cuando vuelva este otoño, tendré algo a lo que volver.

Sus miradas se encontraron y, en esta ocasión, consiguió que ella no la apartara. Rakel dejó el menú.

—Lo siento. No es mi intención comportarme así. Sé que esto te sonará raro, pero… la alternativa no es viable.

—¿Qué alternativa?

—Hacer lo que tengo ganas de hacer. Llevarte a mi casa, quitarte toda la ropa y pasar toda la noche en la cama contigo.

Susurró lo último bajito y rápido. Como si se hubiera precipitado al decir algo que tenía pensado dejar para más adelante; pero ya estaba dicho. Y había que decirlo justo así, sin rodeos.

—¿Y por qué no alguna otra noche más? —preguntó Harry—. ¿O varias noches? ¿Qué me dices de mañana noche y la siguiente noche y la semana que viene y…?

—Ya basta, Harry. No puede ser.

—Bueno.

Harry sacó otro cigarro y lo encendió. Rakel le acarició la mejilla, la boca. La suavidad de aquel roce lo sacudió por dentro como un calambre, y dejó un dolor mudo al desaparecer.

—No es por ti, Harry. Por un instante, creí que podría hacerlo una sola vez. He repasado todos los argumentos. Dos personas adultas. Ningún tercero implicado. Una relación sin compromiso y todo muy sencillo. Y un hombre al que deseo más que a nadie desde… desde el padre de Oleg. Por eso sé que una sola vez no será suficiente. Y eso, simplemente, no puede ser.

Guardó silencio.

—¿Es porque el padre de Oleg es alcohólico? —dijo Harry.

—¿Por qué me preguntas eso?

—No lo sé. Eso podría explicar que no quieras nada más conmigo. No es que sea preciso haber estado con otro borracho para saber que soy un mal partido, pero…

Rakel le cogió la mano.

—No eres un mal partido, Harry. No es eso.

—Entonces ¿qué es?

—Esta es la última vez. Eso es. Es la última vez que salimos.

Él se quedó mirándola un buen rato. Y entonces se dio cuenta. No eran lágrimas de risa lo que le brillaba en los ojos.

—¿Y qué me dices del resto de la historia? —le preguntó intentando sonreír—. ¿No me dirás que es como en Inteligencia, «solo sabrás lo que necesitas saber»?

Ella dijo que sí con la cabeza.

El camarero se acercó a su mesa pero, al parecer, comprendió que no era el momento oportuno para interrumpir y volvió a marcharse.

Ella abrió la boca para decir algo. Harry vio que estaba a punto de echarse a llorar, que se mordía el labio. De repente, dejó la servilleta encima del mantel, empujó hacia atrás la silla, se levantó y, sin mediar palabra, se marchó del restaurante. Harry se quedó mirando la servilleta. Debía de haberse pasado un buen rato arrugándola con la mano, porque estaba hecha una bola. Harry la observó mientras se abría despacio, como una flor de papel blanco.

67

Apartamento de Halvorsen,
6 de mayo de 2000

Cuando el timbre del teléfono despertó al oficial Halvorsen, los dígitos luminosos de la pantalla del despertador señalaban la una y veinte de la madrugada.

—Soy Hole. ¿Estabas durmiendo?

—No —dijo Halvorsen sin saber por qué mentía.

—Quería hacerte unas preguntas sobre Sverre Olsen.

A juzgar por el sonido de su respiración y el bullicio del tráfico de fondo, parecía que Harry iba andando por la calle.

—Sé lo que quieres saber —aseguró Halvorsen—. Sverre Olsen compró unas botas Combat en Top Secret, en la calle Henrik Ibsen. Lo reconocieron por la foto y nos dijeron hasta la fecha. Resultó que los de KRIPOS habían estado allí comprobando su coartada para el caso de Hallgrim Dale, antes de Navidad. Pero toda esta información te la envié por fax a tu despacho esta mañana.

—Lo sé, vengo de allí.

—¿Ahora? ¿No salías a cenar esta noche?

—Bueno. La cena acabó bastante pronto.

—¿Y después te has ido al trabajo? —preguntó Halvorsen, incrédulo.

—Sí, eso parece. Y ha sido tu fax lo que me ha puesto a cavilar. ¿Podrías comprobar un par de cosas más mañana?

Halvorsen soltó un suspiro. En primer lugar, Møller le había advertido, en términos imposibles de malinterpretar, que Harry Hole estaba totalmente fuera del caso de Ellen Gjelten. En segundo lugar, al día siguiente era sábado y él libraba.

—¿Estás ahí, Halvorsen?

—Sí, aquí sigo.

—Ya me figuro lo que te habrá dicho Møller. No hagas caso. Te estoy dando la oportunidad de profundizar en tu aprendizaje sobre el trabajo de investigación.

—Harry, el problema es que…

—Calla y escucha, Halvorsen.

Halvorsen soltó un taco para sus adentros… y obedeció.

68

Calle Vibe,
8 de mayo de 2000

Harry colgó la chaqueta en un perchero sobrecargado que había en el pasillo. El olor a café recién hecho llegaba hasta la entrada.

−Gracias por recibirme con tanta rapidez, Fauke.

−No hay de qué −gruñó Fauke desde la cocina−. Para un hombre de edad como yo es un placer ser útil. Si es que puedo ayudar.

Sirvió café en dos grandes tazas y se sentaron a la mesa de la cocina. Harry pasó las yemas de los dedos por la superficie oscura y áspera de aquella robusta mesa de roble.

−Es de Provenza −explicó Fauke−. A mi esposa le gustaban los muebles rústicos franceses.

−Una mesa magnífica. Tu mujer tenía buen gusto.

Fauke sonrió.

−¿Estás casado, Hole? ¿No? ¿Ni lo has estado? No deberías esperar demasiado, ¿sabes? La gente que vive sola se vuelve maniática −dijo riéndose−. Sé lo que digo. Yo había cumplido los treinta cuando me casé. Y ya era tarde. Mayo de 1955.

Señaló una de las fotos que colgaban de la pared, encima de la mesa de la cocina.

−¿De verdad que esa es tu mujer? −preguntó Harry−. Creí que era Rakel.

−Sí, claro −dijo después de mirar a Harry sorprendido−. Se me olvidaba que vosotros os conocéis del trabajo.

Entraron en el salón, donde Harry observó que los montones de papeles habían crecido desde la última vez, de modo que ahora ocupaban todas las sillas, a excepción de la del escritorio. Fauke hizo algo de sitio en la mesa del salón, que estaba atestada de archivadores.

—¿Has averiguado algo acerca de los nombres que te di? —preguntó.

Harry le hizo un resumen de lo sucedido.

—De todos modos, ahora hay algún elemento nuevo —dijo—. Han matado a una oficial de policía.

—Sí, lo leí en el periódico.

—Es probable que el caso esté cerrado, solo esperamos los resultados de una prueba de ADN. ¿Tú crees en las casualidades, Fauke?

—No mucho.

—Yo tampoco. Por eso he empezado a hacerme ciertas preguntas, porque he observado que las mismas personas aparecen en asuntos que, a primera vista, no guardan relación entre sí. La misma noche que asesinaron a la oficial Ellen Gjelten, me dejó el siguiente mensaje en el contestador: «Ya lo tenemos».

—¿Citando a Johan Borgen?*

—¿Qué? Ah, ya… no lo creo. Ella colaboraba conmigo en la búsqueda del contacto que el vendedor del Märklin había tenido en Johannesburgo. Por supuesto, puede que no exista relación alguna entre esa persona y el asesino, pero es fácil pensar que sí. Sobre todo, si tenemos en cuenta que Ellen parecía tener mucha prisa por localizarme. Yo llevaba semanas trabajando en este caso y, aun así, ella hizo varios intentos de dar conmigo esa misma no-

---

* Johan Borgen (Oslo, 1902-1979), excelente novelista, dramaturgo y crítico literario noruego. La tercera y última novela de su principal trilogía se titula precisamente *Ya lo tenemos*. La asociación del personaje de Nesbø no es baladí. De hecho Lillelord (el pequeño lord), el protagonista de Borgen, cuya vida relata la trilogía, es un ser sin escrúpulos, incapaz de comprometerse con una causa. En *Ya lo tenemos* lo vemos, durante la Segunda Guerra Mundial, trabajando para los nazis al tiempo que, no sin beneficio personal, ayudaba a los judíos que querían huir a Suecia. *(N. de la T.)*

che, como si no pudiese esperar. Además, parecía muy nerviosa, como si se sintiera amenazada.

Harry apoyó el índice en la mesa.

—Una de las personas que figuraban en tu lista, Hallgrim Dale, murió asesinada este otoño. En el lugar donde lo encontraron había, entre otras cosas, restos de vómito. Al principio no lo relacionamos con el asesinato, ya que el grupo sanguíneo no coincidía con el de la víctima y el perfil de un asesino frío y profesional no concordaba con una persona que vomita en el lugar del crimen. Pero, por supuesto, KRIPOS no descartó por completo que se tratara del vómito del asesino y envió una muestra de saliva para que le hicieran un análisis de ADN. Esta mañana, un colega comparó el resultado de esas pruebas con las del ADN de la gorra que encontramos en el lugar del crimen de la oficial de policía. Son idénticas.

Harry guardó silencio y miró a su interlocutor.

—Entiendo —dijo Fauke—. Crees que se trata del mismo asesino.

—No, no lo creo. Pero sí que hay una conexión entre los asesinatos, que no es una casualidad que Sverre Olsen se encontrara cerca del lugar donde se perpetraron ambos.

—¿Por qué no puede ser él el autor de los dos?

—Por supuesto que cabe la posibilidad, pero hay una diferencia fundamental entre los actos de violencia cometidos por Sverre Olsen con anterioridad y el asesinato de Hallgrim Dale. ¿Alguna vez has visto las lesiones que un bate puede causarle a una persona? La madera no es cortante, fractura los huesos y revienta los órganos internos como el hígado y los riñones. La piel, en cambio, suele permanecer intacta y la víctima muere, por lo general, debido a las hemorragias internas. A Hallgrim Dale le cortaron la aorta por el cuello. Con ese método, la sangre brota a borbotones. ¿Comprendes?

—Sí, pero no entiendo adónde quieres llegar con tu explicación.

—Resulta que la madre de Sverre Olsen le dijo a uno de nuestros agentes que Sverre no soportaba ver sangre.

Fauke iba a llevarse la taza a la boca, pero volvió a dejarla en la mesa.

–Sí, pero…

–Sé lo que piensas, que aun así podría haberlo hecho y, como no soportaba la sangre, vomitó. Sin embargo, es importante recordar que no era la primera vez que el asesino utilizaba una navaja. De hecho, según el informe del forense, había practicado un corte quirúrgico perfecto, que solo puede efectuar alguien que sabe lo que hace.

Fauke asintió despacio con la cabeza.

–Ahora sí comprendo lo que quieres decir –dijo Fauke.

–Pareces pensativo –comentó Harry.

–Creo que sé por qué has venido. Quieres saber si es posible que alguno de los combatientes del frente de Sennheim cometiese un asesinato de esas características.

–Exacto. Bueno, ¿es posible?

–Sí, es posible. –Fauke rodeó la taza con ambas manos, con la mirada perdida–. El hombre al que no pudiste encontrar, Gudbrand Johansen. Ya te dije por qué lo llamábamos Petirrojo.

–¿Podrías contarme algo más sobre él?

–Sí. Pero vamos a necesitar más café.

69

Calle Irisveien,
8 de mayo de 2000

—¿Quién es? —gritó desde el interior una voz débil y temerosa.

Harry adivinó la silueta a través del cristal rugoso.

—Soy Hole. He llamado antes de venir…

La puerta se entreabrió.

—Lo siento, yo…

—No pasa nada, lo comprendo.

Signe Juul abrió la puerta del todo y Harry entró en el vestíbulo.

—Even ha salido —dijo con una sonrisa de disculpa.

—Sí, eso dijiste por teléfono —recordó Harry—. Pero es contigo con quien quiero hablar.

—¿Conmigo?

—Si no te parece mal, señora Juul.

La anciana lo guió por el pasillo. Llevaba el pelo, vigoroso y del color del acero, recogido en un moño trenzado y sujeto con una horquilla anticuada. Era fácil asociar aquel cuerpo orondo y bamboleante con un regazo acogedor y con buena comida casera.

Burre levantó el hocico cuando entraron en la sala de estar.

—¿Así que tu marido se ha ido a pasear solo? —preguntó Harry.

—Sí, no lo dejan entrar con Burre en el café —dijo la mujer—. Siéntate, por favor.

—¿El café?

—Ha empezado a ir hace poco. Para leer los periódicos. Dice que piensa mejor cuando no está todo el tiempo en casa.

—Seguro que tiene razón.

—Seguro. Y, además, puede soñar un poco, supongo.

—¿A qué te refieres?

—Bueno, yo qué sé. Uno puede soñar que es joven otra vez y está tomando café en una terraza de París o de Viena. —Una vez más aquella sonrisa fugaz y como de disculpa—. Bueno, a propósito de café…

—Sí, gracias.

Mientras Signe Juul iba a la cocina, Harry observó detenidamente las paredes. Sobre la chimenea había un retrato de un hombre con un abrigo negro. A Harry le había pasado inadvertido la última vez que estuvo allí. El hombre del abrigo negro tenía una pose dramática, parecía estar oteando horizontes lejanos, fuera del alcance de la vista del pintor. Harry se acercó al cuadro. En la plaquita de cobre que había en la parte inferior del marco se leía: «Médico jefe Kornelius Juul 1885-1959».

—Es el abuelo de Even —dijo Signe Juul, que volvía de la cocina con una bandeja.

—Ya veo. Tenéis muchos retratos.

—Sí —dijo, y dejó la bandeja en la mesa—. El que hay junto a ese es el retrato del abuelo materno de Even, el doctor Werner Schumann. Fue, en 1885, uno de los fundadores del hospital Ullevål.

—¿Y ese?

—Jonas Schumann. Director del Rikshospitalet.

—¿Y tu familia?

La mujer lo miró algo confusa.

—¿Qué quieres decir?

—¿Dónde están los retratos de tus familiares?

—Ah… están colgados en otro sitio. ¿Leche?

—No, gracias.

Harry volvió a sentarse.

—Quería hablarte de la guerra —comenzó.

−¡Ay, no! −exclamó.

−Te comprendo, pero es importante. ¿De acuerdo?

−Ya veremos −dijo Signe Juul mientras se servía una taza.

−Tú fuiste enfermera durante la guerra...

−Enfermera en el frente, sí. Traidora a la patria.

Harry observó su mirada serena.

−Éramos unas cuatrocientas. Nos condenaron a penas de prisión después de la guerra, pese a que la Cruz Roja Internacional envió una petición a las autoridades noruegas en la que solicitaban la suspensión de toda imposición de penas de prisión. La Cruz Roja noruega no nos pidió perdón hasta 1990. El padre de Even, el de ese cuadro de allí, tenía contactos y consiguió que me redujeran la condena, entre otras razones porque, en la primavera de 1945, atendí a dos heridos que eran miembros de la Resistencia. Y porque nunca fui miembro de la Unión Nacional. ¿Quieres saber algo más?

Harry miraba fijamente el fondo de la taza. Le parecía sorprendente lo silenciosos que eran algunos barrios residenciales de Oslo.

−No he venido a hablar de ti. ¿Recuerdas a un combatiente noruego que se llamaba Gudbrand Johansen?

Signe Juul se sobresaltó y Harry comprendió que había dado en el blanco.

−¿Qué es lo que quieres saber realmente? −preguntó ella muy seria.

−¿Tu marido no te lo ha contado?

−Even nunca me cuenta nada.

−Bueno. Estoy intentando recabar información sobre los combatientes noruegos que estuvieron en Sennheim antes de que los enviaran al frente.

−Sennheim −repitió ella como para sus adentros−. Daniel estuvo allí.

−Sí, sé que estuviste prometida a Daniel Gudeson. Sindre Fauke me lo contó.

−¿Quién es Sindre Fauke?

—Un viejo combatiente del frente y miembro de la Resistencia al que tu marido conoce. Fue Fauke quien me sugirió que hablara contigo sobre Gudbrand Johansen. Fauke desertó, así que no sabe qué fue de Gudbrand después. Pero otro combatiente, Edvard Mosken, me contó un episodio relacionado con una granada de mano que explosionó en la trinchera. Mosken no sabía exactamente lo que había pasado después, pero si Johansen sobrevivió, es normal suponer que terminase en el hospital de campaña.

Signe Juul chasqueó la lengua, Burre acudió y ella hundió la mano en el pelaje frondoso del animal.

—Sí, recuerdo a Gudbrand Johansen —reconoció al fin—. Daniel hablaba de él de vez en cuando en sus cartas, tanto en las que mandó desde Sennheim como en las notas que recibí en el hospital de campaña. Eran muy diferentes. Pero creo que, con el tiempo, Gudbrand Johansen llegó a ser para él como un hermano menor. —Calló un instante y sonrió—. ¡En compañía de Daniel, casi todos se convertían en hermanos menores!

—¿Sabes lo que le pasó a Gudbrand?

—Lo trajeron al hospital de campaña donde yo trabajaba, como dijiste, cuando el frente estaba a punto de caer en manos rusas, en plena retirada. No nos llegaban las medicinas porque todas las carreteras estaban bloqueadas a causa del ingente tráfico en sentido contrario. Johansen estaba malherido, entre otras cosas tenía restos de metralla de granada en el muslo, justo encima de la rodilla. Tenía el pie a punto de gangrenarse y corría el riesgo de que hubiera que amputar. Así que, en lugar de esperar a que llegasen las medicinas, que no llegaban nunca, lo enviamos al oeste, que era a donde iba todo el mundo. Lo último que vi de él fue su cara, que me despedía desde un camión, con barba de semanas, asomando desde una manta. La mitad de las ruedas se hundían en el lodo y el camión tardó una hora en pasar la primera curva antes de desaparecer de mi vista.

El perro apoyaba la cabeza en su regazo y la miraba con ojos tristones.

—¿Y eso es lo último que viste o que has sabido de él?

La mujer se llevó a los labios la taza de porcelana, dio un sorbo brevísimo y volvió a dejarla en la mesa. La mano le temblaba, poco, pero le temblaba.

—Unos meses más tarde, recibí una postal suya en la que decía que tenía algunas de las pertenencias de Daniel, entre otras cosas, una gorra de un uniforme ruso que, según entendí, era una especie de trofeo de guerra. La carta era algo confusa, pero es normal al principio, cuando estás recuperándote después de que te hayan herido en campaña...

—¿La postal, la has...?

Ella negó con la cabeza, no la conservaba.

—¿Recuerdas desde dónde la envió?

—No, solo que el nombre me hizo pensar que se trataba de algún lugar en el campo y me dije que seguro que estaría bien allí.

Harry se levantó.

—¿Cómo sabía ese Fauke de mí? —preguntó ella.

—Bueno... —Harry no sabía muy bien cómo responder, pero ella se le adelantó.

—Ya, todos los combatientes del frente han oído hablar de mí —dijo con una sonrisa—. La mujer que vendió su alma al diablo por una reducción de la condena. ¿Es eso lo que piensan?

—No lo sé —dijo Harry, que ya tenía ganas de marcharse.

Se encontraban a dos manzanas de la circunvalación pero, a juzgar por el silencio, podrían haber estado junto a un lago de montaña.

—¿Sabes?, yo nunca vi a Daniel después de que me dijeran que había muerto.

La mujer miraba al vacío.

—Recibí una felicitación suya de Año Nuevo por medio de uno de los oficiales sanitarios y, tres días más tarde, vi su nombre en la lista de los caídos. No me lo creí y me negué a creerlo hasta que no hubiese visto el cadáver, así que me llevaron a la fosa común del sector norte, donde quemaban a los muertos. Descendí a la fosa pisando cuerpos sin vida, buscando de cadáver en cadáver, entre ojos hueros y carbonizados. Pero ninguno era el de Daniel. Me dijeron que me sería imposible reconocerlo, pero yo les dije que se equivocaban, que sí podría. Entonces me sugirieron que quizá lo habrían enterrado en una de las otras fosas. No lo sé, pero nunca llegué a verlo.

Harry soltó una tosecilla y ella se sobresaltó.

—Gracias por el café, señora Juul.

La mujer lo acompañó hasta la entrada. Mientras se ponía el abrigo, Harry trató de encontrar la cara de la mujer entre los retratos que había en las paredes del pasillo, pero fue inútil.

—¿Es preciso que Even lo sepa? —le preguntó cuando le abrió la puerta.

Harry la miró, sorprendido.

—Quiero decir, ¿tiene que saber que hemos hablado de esto? —dijo—. ¿De la guerra y... de Daniel?

—Bueno, no, si tú no quieres. Naturalmente.

—Se dará cuenta de que has estado aquí. Pero ¿no podemos decir simplemente que estuviste esperándolo y que, como tardaba, tuviste que marcharte para llegar a tiempo a otra cita?

Tenía en la mirada una súplica. Y algo más.

Harry no cayó en la cuenta de qué era hasta que llegó a la circunvalación y bajó la ventanilla para oír el rugido liberador y ensordecedor de los coches, que le vació la cabeza de tanto silencio. Era miedo. Signe Juul tenía miedo de algo.

70

Casa de Brandhaug, Nordberg,
9 de mayo de 2000

Bernt Brandhaug golpeó ligeramente el borde del vaso con el cuchillo y se tapó la boca con la servilleta mientras soltaba una tosecilla. Una brevísima sonrisa se le dibujó en los labios, como si estuviera disfrutando de antemano de los elementos ingeniosos que contenía el discurso que iba a pronunciar ante sus invitados: la comisaria jefe Størksen y su marido y Kurt Meirik y su mujer.

—Queridos amigos y colegas —comenzó.

Con el rabillo del ojo vio cómo su mujer les sonreía a todos forzadamente, como diciendo: «Siento que tengamos que pasar por esto, pero es algo sobre lo que no tengo ningún control».

Aquella noche Brandhaug pensaba hablar de amistad y de corporativismo, de la importancia de la lealtad y de hacer acopio de buenos elementos como defensa frente al margen que la democracia suele dejar a la mediocridad, la fragmentación de responsabilidades y la incompetencia. Por supuesto, no podía esperarse que unas amas de casa y unos campesinos, democráticamente elegidos, comprendieran la complejidad de los asuntos de Estado de los que debían ocuparse.

—La democracia tiene en sí su propia recompensa —declaró Brandhaug con una expresión que había robado y hecho suya—. Pero eso no significa que la democracia no tenga un precio. Cuando convertimos en ministro de Economía a un metalistero...

De vez en cuando comprobaba si la comisaria jefe estaba escuchando, añadía un comentario jocoso sobre el proceso de democratización de algunas antiguas colonias africanas, donde él mismo había sido embajador… Pero el discurso, el mismo que había pronunciado ya en varias ocasiones para auditorios diversos, no era capaz de entusiasmarlo lo bastante aquella noche. En efecto, sus pensamientos estaban en otro lugar, el mismo en el que prácticamente se habían instalado durante las últimas semanas: con Rakel Fauke.

Aquella mujer se había convertido en una obsesión y últimamente había llegado a pensar que debía intentar olvidarla, que estaba a punto de ir demasiado lejos para conseguirla.

Pensó en las maniobras de los últimos días. Si no hubiese sido porque el jefe de los servicios de inteligencia era Kurt Meirik, jamás habría funcionado. Lo primero que tuvo que hacer fue librarse de ese Harry Hole, mandarlo fuera de su vista, fuera de la ciudad, a un lugar donde ni Rakel ni ninguna otra persona se iría con él.

Brandhaug llamó a Kurt y le dijo que su contacto en el diario *Dagbladet* lo había informado de que, en el entorno periodístico, corría el rumor de que había sucedido «algo» aquel otoño, durante la visita del presidente de Estados Unidos. Se imponía, pues, actuar antes de que fuera demasiado tarde, ocultar a Hole en algún lugar donde la prensa no pudiese encontrarlo. ¿No pensaba Kurt, como él, que eso sería lo mejor?

Kurt dejó escapar unos gruñidos y dijo que sí, más o menos… Por lo menos, hasta que se aplacaran los rumores, continuó Brandhaug. A decir verdad, Brandhaug dudaba de que Meirik se lo hubiese creído. Aunque, claro está, tampoco le preocupaba lo más mínimo. Kurt lo llamó unos días después para comunicarle que a Harry Hole lo habían destinado al frente, a un lugar de Suecia dejado de la mano de Dios. Brandhaug se frotó las manos de satisfacción, literalmente. Ahora nada podría interferir en los planes que tenía para sí mismo y para Rakel.

—Nuestra democracia es como una hija bella y sonriente, aunque algo ingenua. El hecho de que se unan las fuerzas positivas de la sociedad no significa elitismo o concentración del poder; es, simplemente, la única garantía de que nuestra hija, la democracia, no sea violada y de que unas fuerzas no deseadas usurpen el poder. Por esta razón, la lealtad, virtud ya casi olvidada, entre personas como nosotros no solo es deseable, sino totalmente imprescindible, es un deber que…

Se habían instalado en los hondos sillones de la sala de estar y Brandhaug pasó el estuche de puros habanos, regalo del cónsul general de La Habana.

—Liado entre los muslos de las mujeres cubanas —le susurró al marido de Anne Størksen con un guiño, aunque este no pareció captar el significado del chiste.

Tenía un aspecto algo estirado y seco, ese marido suyo, ¿cómo se llamaba? Por Dios, si era un nombre compuesto… ¿Lo había olvidado? ¡Tor Erik! Exacto, Tor Erik.

—¿Más coñac, Tor Erik?

Tor Erik sonrió apretando los labios pero negó con un gesto. Un tipo ascético, seguramente, que correría cincuenta kilómetros todas las mañanas, pensó Brandhaug. Todo en aquel hombre era delgado, el cuerpo, la cara, el pelo… No le había pasado inadvertida la mirada que intercambió con su mujer durante su discurso, como recordándole un chiste privado. Claro que no tenía por qué estar relacionado con el discurso.

—Sensato —lo elogió Brandhaug—. Luego llega el día siguiente y… ¿no es cierto?

De repente, Elsa apareció en la puerta de la sala de estar.

—Te llaman por teléfono, Bernt.

—Tenemos invitados, Elsa.

—Es del *Dagbladet*.

—Lo cogeré en el estudio.

Era de la sección de noticias, una mujer cuyo nombre no conocía. Sonaba joven e intentó imaginársela. Llamaba a propósito de la manifestación que, para esa noche, se había convocado ante la embajada austriaca, en la calle Thomas Heftye, en contra de Jörg Haider y el ultraderechista Partido de la Libertad de Austria, que después de las elecciones ya formaba parte del gobierno austriaco. La joven solo quería recabar unos comentarios para la edición del día siguiente.

—¿Opinas que se deberían reconsiderar las relaciones diplomáticas entre Noruega y Austria en estos momentos, Brandhaug?

Él cerró los ojos. Ya estaban intentando sonsacarle información, como siempre, pero tanto ellos como él sabían que no la iban a conseguir; él tenía demasiada experiencia. Notaba el efecto del alcohol, sentía la cabeza pesada y en la oscuridad, al cerrar los párpados, algo bullía… pero eso no constituía el menor problema.

—Eso es una valoración política y es una decisión que no depende del Ministerio de Asuntos Exteriores —declaró.

Se hizo una pausa. Le gustaba la voz de la joven. Intuía que era rubia.

—¿Pero si tú, con tu amplia experiencia en esa cartera, tuvieras que vaticinar cuál será la actuación del gobierno noruego?

Sabía lo que debía contestar, era muy sencillo:

«Yo no vaticino ese tipo de cosas».

Ni más, ni menos. Realmente, era extraño, uno no tenía que ocupar un puesto como el suyo mucho tiempo para tener la sensación de haber contestado ya a todas las preguntas. Los periodistas jóvenes solían creerse los primeros en formularle exactamente esa pregunta, puesto que ellos se habían pasado toda la noche pensándosela. Y todos se quedaban muy impresionados cuando él fingía reflexionar antes de responder algo que, con toda probabilidad, ya había dicho una docena de veces.

«Yo no vaticino ese tipo de cosas.»

Se sorprendió de no habérselo dicho aún, pero había algo en la voz de aquella joven periodista que lo impulsaba a ser un poco más complaciente. «Tu amplia experiencia», había dicho. Sentía deseos de preguntarle si la idea de llamarlo a él, a Bernt Brandhaug, había sido suya.

—Como el más alto funcionario del Ministerio de Asuntos Exteriores, me atengo al hecho de que por ahora mantenemos relaciones diplomáticas normales con Austria –respondió al fin–. Pero, por supuesto, nos hacemos cargo de que también otros países reaccionan ante lo que sucede allí actualmente. Por otro lado, que mantengamos relaciones diplomáticas con un país no significa que aceptemos cuanto allí ocurra.

–Cierto, Noruega mantiene relaciones diplomáticas con varios regímenes militares –dijo la voz al otro lado del hilo telefónico–. De modo que ¿por qué crees que la reacción del pueblo noruego ha sido tan dura en este caso, precisamente?

–La respuesta está, seguramente, en la historia reciente de Austria. –Debería dejarlo ya. Debería dejarlo, se dijo–. Los lazos con el nazismo son evidentes. La mayoría de los historiadores están de acuerdo en que, durante la guerra, Austria fue, de hecho, un aliado de la Alemania de Hitler.

–¿No sufrió la Ocupación, igual que Noruega?

Brandhaug se preguntó qué aprenderían hoy en día en las escuelas sobre la Segunda Guerra Mundial. Obviamente, muy poco.

–¿Cómo dijiste que te llamas? –preguntó.

Quizás hubiese bebido un poco de más, después de todo. Ella le repitió su nombre.

–Bien, Natasha, permíteme que te ayude un poco antes de que sigas con tu ronda de llamadas. ¿Has oído hablar del Anschluss? Eso quiere decir que Austria no fue ocupada en el sentido corriente de la palabra. Los alemanes entraron sin más en marzo de 1938, apenas hubo resistencia y así fue hasta el final de la guerra.

–Casi como en Noruega, ¿no?

Brandhaug se escandalizó. La joven preguntó con total aplomo, sin ningún viso de vergüenza de su propia ignorancia.

–No –objetó él despacio, como si le hablase a un niño torpón–. No como en Noruega. En Noruega nos defendimos y el gobierno noruego y el rey no escatimaron esfuerzos en… alentar al país, con sus emisiones radiofónicas, desde Londres.

Se percató de que no había formulado su respuesta de modo muy afortunado, y añadió:

—En Noruega, todo el pueblo estaba unido contra los ocupantes. Los pocos traidores noruegos que vistieron uniforme alemán y combatieron del lado de Alemania eran la escoria que se encuentra en cualquier país. Pero en Noruega, las fuerzas positivas estuvieron unidas, las personas de incuestionable capacidad que se pusieron al frente de la Resistencia funcionaron como un núcleo que mostró el camino de la democracia. Estas personas se mantuvieron leales entre sí y, al final, eso fue lo que salvó a Noruega. La democracia es la gratificación de sí misma. Tacha lo que dije del rey, Natasha.

—¿Así que opinas que todos los que lucharon al lado de los alemanes eran escoria?

¿Qué quería realmente de él aquella periodista? Brandhaug decidió terminar la conversación.

—Solo quiero decir que los que traicionaron a la patria durante la guerra deberían estar contentos de que solo se les imputasen penas de prisión. He sido embajador en países donde a la gente así se la fusila y, francamente, no estoy tan seguro de que no hubiera sido lo mejor también en Noruega. Pero volviendo al comentario que me pedías, Natasha. El Ministerio de Asuntos Exteriores no tiene ningún comentario en relación con la manifestación ni a propósito de los nuevos miembros del gobierno austriaco. Tengo invitados, así que tendrás que disculparme, Natasha…

Natasha lo disculpó y él colgó el auricular.

Cuando regresó a la sala de estar, los invitados ya se preparaban para marcharse.

—¿Tan pronto? —preguntó con una amplia sonrisa, pero sin insistir. Estaba cansado.

Acompañó a los invitados hasta la puerta, estrechó especialmente la mano de la comisaria jefe, diciéndole que nunca dudase en solicitar su ayuda, que la vía oficial estaba muy bien, pero…

Su último pensamiento antes de dormirse fue para Rakel Fauke. Y para su oficial de policía, al que ya se había quitado de en medio. Se durmió con una sonrisa en los labios, pero se despertó con un dolor de cabeza espantoso.

71

Fredrikstad-Halden,
10 de mayo de 2000

El tren iba solo medio lleno y Harry había conseguido un asiento de ventanilla. La chica que ocupaba el asiento de atrás se había quitado los auriculares del walkman y Harry oía a duras penas la voz del cantante, pero ninguno de los instrumentos. El experto en escuchas cuyos servicios habían utilizado en Sidney le había explicado a Harry que, con niveles de sonido bajos, el oído humano amplifica el área de frecuencias donde se localiza la voz humana.

Harry pensó que había en ello algo reconfortante: lo último que uno deja de oír antes del silencio total es la voz humana.

Las gotas de lluvia formaban líneas de agua que temblaban sobre el cristal de la ventana. Harry miró los campos llanos y empapados y el subir y bajar de los cables tendidos entre los postes que se alzaban a lo largo de las vías.

En la estación de Fredrikstad había estado tocando una banda de música. El revisor le explicó que solían ensayar allí para la fiesta nacional del Diecisiete de Mayo.

—Todos los años, todos los martes, por estas fechas —le dijo—. Según el director de la banda, los ensayos son más realistas cuando los hacen rodeados de gente.

Harry llevaba algo de ropa en una bolsa. Por lo que le dijeron, el apartamento de Klippan era sencillo, pero estaba bien equipado. Un televisor, un equipo de música, incluso algunos libros.

—*Mein Kampf* y cosas por el estilo —bromeó Meirik cuando le habló de él.

No había llamado a Rakel, aunque necesitaba oír su voz. Una última voz humana.

—¡Próxima estación, Halden! —anunció por el altavoz un timbre nasal antes de que lo interrumpiera el tono chillón y falso del tren al frenar.

Harry deslizó un dedo por la ventana mientras la daba vueltas en la cabeza a aquella frase. «Un tono chillón y falso. Un tono chillón y falso. Un tono chillón y…»

Un tono no puede ser falso, se dijo. Un tono no es falso hasta que no se une a otros tonos. Hasta Ellen, la persona más musical que había conocido, necesitaba varios factores, varias notas para oír música. Ni siquiera ella podía considerar un solo factor y asegurar al cien por cien que fuera falso, que no fuera correcto, que fuera mentira.

Y aun así, aquel tono le sonaba en los oídos, chillón y muy, muy falso: él iba a Klippan para buscar un posible remitente de un fax que hasta el momento no había provocado otra cosa que algunos titulares en los periódicos. Esa mañana había revisado muy bien la prensa y era evidente que el asunto de las cartas de amenazas que tanta cobertura había tenido no hacía ni cuatro días ya había caído en el olvido. El diario *Dagbladet* escribía sobre Lasse Kjus, que odiaba Noruega; y el ministro de Exteriores, Bernt Brandhaug, que había dicho que a los culpables de traición a la patria deberían haberlos sentenciado a muerte, si es que lo habían citado correctamente.

Había, además, otro tono falso. Aunque quizá porque él deseaba que lo fuese. La despedida de Rakel en Dinner, la expresión de sus ojos, la media declaración de amor antes de cortar tajantemente dejándolo con una sensación de caída libre y una cuenta de ochocientas coronas que ella había alardeado con querer pagar. Aquello no cuadraba. ¿O quizá sí? Rakel había estado en su apartamento, lo había visto beber, lo había oído lamentarse con voz llorosa de la muerte de una colega a la que conocía hacía apenas dos años, como si se tratara de la única persona con la que hubiera tenido una relación estrecha en su vida. Patético. Quedar ante los demás tan al desnudo era algo que había que evitar. Pero, en ese caso, ¿por qué no había dado fin a la relación antes, por qué no se había dicho a sí misma que aquel hombre era un problema sin el que podía vivir?

Como en todas las ocasiones en que la vida privada se le hacía demasiado insoportable, se refugió en el trabajo. Había leído que era normal en cierto tipo de hombres. Tal vez fuera esa la razón por la que se había pasado el fin de semana inventando teorías de conspiración y líneas de pensamiento que le permitiesen meter en el mismo saco todos los elementos: el rifle Märklin, el asesinato de Ellen, el asesinato de Hallgrim Dale; así podría mezclarlo todo para preparar un guiso apestoso. Tan patético como lo otro.

En el periódico abierto que había en la mesita vio la foto del ministro de Asuntos Exteriores. Le sonaba su cara.

Se pasó la mano por la frente. Sabía por experiencia que el cerebro empezaba a funcionar por su cuenta cuando no se avanzaba en una investigación. Y la investigación del rifle era un capítulo cerrado, algo que Meirik había dejado muy claro. Lo había llamado un no-hay-caso. Meirik prefería que Harry redactase informes sobre los neonazis y que observase a la juventud desarraigada de Suecia. ¡A la mierda!

«... salida al andén por la derecha.»

¿Y si se bajaba? ¿Qué era lo peor que podía pasar? Mientras Asuntos Exteriores y los servicios de inteligencia temieran que se filtrara información sobre el tiroteo del año anterior en la estación de peaje, Meirik no podía despedirlo. Y en cuanto a Rakel... En cuanto a Rakel, no tenía ni idea.

El tren se detuvo con una especie de suspiro. El silencio que reinaba en el vagón no podía ser mayor. Se oía el movimiento de puertas en el pasillo. Harry permaneció sentado. En ese momento oyó la canción del walkman con más claridad. La había oído antes muchas veces, pero no recordaba dónde.

72

Nordberg y hotel Continental,
10 de mayo de 2000

El anciano no estaba preparado y se quedó sin respiración cuando el dolor se presentó súbitamente. Tumbado como estaba, flexionó el cuerpo y se mordió los nudillos para no gritar. Permaneció así, intentando no perder el conocimiento mientras sentía en el cuerpo oleadas alternas de luz y de oscuridad. Parpadeó. El cielo se deslizaba sobre su cabeza, era como si el tiempo se acelerase, las nubes corrían allá arriba, las estrellas brillaban sobre el fondo azul, se hizo de noche, de día, de noche, de día, de noche otra vez. Y entonces se acabó, volvió a percibir el olor a tierra mojada y supo que estaba vivo.

Se quedó un rato tumbado para recuperar el ritmo normal de la respiración. Tenía la camisa pegada al cuerpo por el sudor. Después se puso boca abajo y miró de nuevo hacia la casa.

Era una casa grande de vigas negras. Llevaba allí tumbado desde aquella mañana y sabía que la mujer estaba sola en casa. Aun así, había luz en todas las ventanas, tanto en la planta baja como en la primera. La había visto encender las luces en cuanto empezó a anochecer y supuso que le tendría miedo a la oscuridad.

Él también tenía miedo. Aunque no de la oscuridad, nunca la había temido. Él sentía miedo del tiempo que se le escapaba. Y de los dolores. Eran conocidos recientes y todavía no había aprendido a controlarlos. Por otro lado, tampoco sabía si sería capaz. ¿Y el tiempo?

Intentó dejar de pensar en células que se dividían y se dividían y se dividían...

La luna apareció pálida en el cielo. Miró el reloj. Las siete y media. Pronto estaría demasiado oscuro y tendría que esperar hasta el día siguiente y, en ese caso, tendría que pasar la noche en aquella cabaña.

Contempló lo que había construido, dos ramas en forma de Y clavadas en la tierra a una altura de medio metro sobre la pendiente. En los ángulos de cada Y descansaba una rama de pino, sobre la que se apoyaban a su vez los extremos de otras tres ramas largas, también clavadas en la tierra. Sobre todo ello había extendido una gruesa capa de ramas de abeto. Obtuvo así una especie de tejadillo que lo protegía de la lluvia, le permitía conservar algo de calor y constituía cierto camuflaje frente a los senderistas por si, contra todo pronóstico, se desviasen del camino. Había tardado algo menos de media hora en preparar aquel escondite.

Consideró ínfimo el riesgo de que lo descubrieran desde la carretera o desde alguna de las casas vecinas. Quien avistara el escondite entre los troncos de los árboles a una distancia de casi trescientos metros debía poseer, sin duda, una agudeza visual extraordinaria. Para asegurarse aún más, cubrió casi toda la abertura con ramas de abeto y envolvió la escopeta con trapos para que el sol de la tarde no se reflejara en el acero.

Volvió a mirar el reloj. ¿Por qué demonios tardaba tanto ese hombre?

Bernt Brandhaug giró el vaso en la mano y volvió a mirar el reloj. ¿Por qué demonios tardaba tanto esa mujer?

Habían quedado a las siete y media y ya eran casi las ocho menos cuarto. Apuró la copa de un trago y se sirvió otro whisky de la botella que le habían subido a la habitación.

Jameson. Lo único bueno que alguna vez les vino de Irlanda.

Se sirvió una vez más. Había tenido un día espantoso. El titular del diario *Dagbladet* hizo que el teléfono no dejara de sonar. Recibió el apoyo de varias personas pero, al final, llamó al director de noticias de *Dagbladet*, un viejo compañero de estudios, para dejarle claro que lo habían citado erróneamente. Con prometerles información interna sobre el fallo garrafal cometido por el ministro de Asuntos Exteriores durante la última reunión de la CEE, fue más que suficiente. El director pidió tiempo para reflexionar. Una hora después, le devolvió la llamada. Le explicó que la tal Natasha era nueva y que había admitido que pudo haber malinterpretado las palabras de Brandhaug. No iban a desmentirlo, pero tampoco abundarían en ello. Habían salvado los restos del naufragio.

Brandhaug dio un trago largo, saboreó el whisky, apreciando su aroma crudo y al mismo tiempo suave en la parte superior de las fosas nasales. Miró a su alrededor. ¿Cuántas noches había pasado allí? ¿Cuántas veces se había despertado en la cama extragrande y demasiado blanda con un ligero dolor de cabeza después de algunas copas de más? ¿Cuántas veces se había despertado pidiéndole a la mujer que tenía a su lado, cuando aún seguía allí, que tomase el ascensor hasta la sala de desayunos del segundo piso y que bajase las escaleras hasta la recepción, para que pareciera que venía de una reunión matinal y no de una de las habitaciones de huéspedes? Solo por si acaso.

Se sirvió otra copa.

Con Rakel sería diferente. A ella no la mandaría a la sala de desayunos.

Llamaron suavemente a la puerta. Se levantó, echando un último vistazo a la exclusiva colcha amarilla y dorada, sintió un leve amago de angustia que se apresuró a desechar y recorrió los cuatro pasos que lo separaban de la puerta. Se miró en el espejo de la entrada, se pasó la lengua por los blancos incisivos, humedeció un dedo, se lo pasó por las cejas y, finalmente, abrió.

Ella estaba apoyada en la pared con el abrigo desabrochado. Debajo llevaba un vestido de lana. Le había pedido que se pusiera algo rojo. Observó sus párpados cargados y su sonrisa, un tanto irónica. Brandhaug estaba sorprendido, nunca la había visto así. Se diría que había bebido o que se había tomado alguna pastilla. Los ojos lo miraban con apatía, apenas reconoció la voz cuando la oyó murmurar que había estado a punto de equivocarse de puerta. La tomó del brazo, pero ella se soltó y entonces él la condujo al interior de la habitación empujándole suavemente la espalda. Ella se dejó caer pesadamente en el sofá.

—¿Una copa? —preguntó Brandhaug.

—Por supuesto —farfulló Rakel—. A menos que prefieras que me desnude enseguida.

Brandhaug le sirvió una copa sin contestar. Adivinó lo que intentaba hacer. Pero se equivocaba si creía que podía arruinarle el placer asumiendo el papel de mujer comprada y pagada. Cierto que él habría preferido que hubiera adoptado el papel que solían elegir sus conquistas en Exteriores, el de la joven inocente que se deja seducir por los irresistibles encantos de su jefe, por su sensualidad masculina y por su seguridad en sí mismo. Pero lo más importante era que se doblegase a sus deseos.

Era demasiado viejo para creer que a las personas las movían razones románticas. La diferencia solía estribar en qué era lo que deseaban conseguir: poder, carrera profesional o la custodia de un hijo.

Nunca le había preocupado que lo que las deslumbrase fuera su condición de jefe, puesto que, en efecto, era jefe. Era el ministro de Exteriores Bernt Brandhaug. ¡Joder, había invertido los esfuerzos de toda una vida para serlo! El hecho de que Rakel hubiese consumido drogas y se le ofreciese como una prostituta no cambiaba nada.

—Lo siento, pero necesito poseerte —dijo poniendo dos cubitos de hielo en su vaso—. Cuando me conozcas, comprenderás todo esto mucho mejor. Pero, de todas formas, te daré algo así como una primera lección, una idea preliminar de lo que me mueve.

Hizo una pausa y le ofreció la copa.

—Hay hombres que se pasan la vida arrastrándose por el suelo y se contentan con las migas. Otros nos levantamos y caminamos erguidos hasta la mesa y encontramos allí el sitio que nos corresponde. Somos minoría, porque nuestras elecciones en la vida nos hacen a veces ser brutales, y esa brutalidad nos exige un esfuerzo de negación de nuestra educación socialdemócrata e igualitaria. Ahora bien, si he de elegir entre eso y arrastrarme, prefiero romper con una moral miope que no es capaz de individualizar los actos y considerarlos con perspectiva. Y, en fin, creo que, en el fondo, me respetarás por ello.

Ella no contestó y se dedicó a su copa.

—Hole no suponía ningún problema para ti —observó ella—. Él y yo solo somos buenos amigos.

—Creo que mientes —declaró Brandhaug mientras le llenaba dudando un poco el vaso que ella le acercó—. Y te quiero sola. No me malinterpretes: cuando te impuse la condición de que cortases inmediatamente toda relación con Hole, no fue tanto por celos como por cierto principio de pureza. En cualquier caso, no le vendrá mal una corta estancia en Suecia, o dondequiera que Meirik lo haya enviado.

Brandhaug soltó una risita.

—¿Por qué me miras de esa forma, Rakel? Yo no soy el rey David y Hole... ¿cómo dijiste que se llamaba aquel a quien el rey David hizo enviar a primera fila en el frente?

—Urías —murmuró ella.

—Eso. Ese sí murió en el frente, ¿no?

—Claro, de lo contrario no sería una buena historia —explicó ella.

—Ya, pero aquí no va a morir nadie. Y, si no recuerdo mal, el rey David y Betsabé vivieron relativamente felices después.

Brandhaug se sentó a su lado en el sofá y le puso un dedo bajo la barbilla para que lo mirase.

—Dime, Rakel, ¿cómo es que sabes tanto de la Biblia?

—Buena formación —ironizó ella soltándose para quitarse el vestido.

Brandhaug tragó saliva y la miró perplejo. Era preciosa. Tenía la ropa interior blanca. Le había pedido específicamente que llevase ropa interior blanca. Resaltaría el matiz dorado de su piel. Era imposible advertir que hubiese pasado por un parto. El hecho de que fuera así, de saber que era fértil, que había amamantado a un niño con su pecho, la hacía más atractiva aún a los ojos de Bernt Brandhaug. Era perfecta.

–No tenemos prisa –dijo, y le puso la mano en la rodilla.

Pese a que la expresión de la cara no dejó traslucir ningún sentimiento, él notó que se ponía tensa.

–Haz lo que quieras –dijo Rakel encogiéndose de hombros.

–¿No quieres ver la carta primero?

Señaló con la cabeza el sobre marrón con el sello de la embajada rusa, que estaba encima de la mesa. En la breve misiva del embajador Vladímir Aleksandrov a Rakel Fauke, este le rogaba que ignorase la anterior citación de las autoridades rusas para tramitar el asunto de la custodia de Oleg Fauke Gosev. Se había aplazado la causa por tiempo indefinido, debido a las largas colas de los juzgados. No había sido tarea fácil. Brandhaug se vio obligado a recordarle a Aleksandrov un par de favores que la embajada rusa le debía. Además de prometerle un par de favores más, alguno totalmente al límite de lo que un ministro de Asuntos Exteriores noruego podía permitirse.

–Me fío de ti –replicó ella–. ¿Podríamos acabar con esto de una vez?

Apenas parpadeó cuando él le pasó la mano por la mejilla, pero Brandhaug notó que le bailaba la cabeza, como si fuera una muñeca de trapo.

Brandhaug se frotó la mano y la escrutó pensativo.

–Tú no eres tonta, Rakel –dijo–. De modo que me figuro que comprendes que esto es algo provisional, que deben pasar aún seis meses hasta que la reclamación prescriba. Puedes recibir una nueva citación en cualquier momento, bastaría con una llamada mía.

Ella lo miró y, por fin, creyó ver algo de vida en sus ojos.

–Así que creo que lo que procede en este momento –prosiguió el ministro– es una disculpa.

Vio que respiraba con dificultad y que los ojos, antes muertos, se le iban llenando de lágrimas.

—¿Qué me dices? —preguntó.

—Perdón —dijo ella con voz apenas audible.

—Tienes que hablar más alto, Rakel.

—Perdón.

—Bueno, bueno, Rakel —dijo él al tiempo que le secaba una lágrima de la mejilla—. Esto va a ir muy bien. En cuanto me conozcas. Ese es mi deseo, que seamos amigos. ¿Lo comprendes, Rakel?

Ella asintió con la cabeza.

—¿Seguro?

Rakel volvió a asentir sin dejar de sollozar.

—Estupendo.

Brandhaug se levantó y se quitó el cinturón.

Hacía una noche inusualmente fría y el viejo se había metido en el saco de dormir. Estaba tumbado sobre una gruesa capa de ramas de abeto, pero el frío la traspasaba, ascendía desde la tierra y le atravesaba el cuerpo. Se le habían entumecido las piernas y, a intervalos regulares, tenía que balancearse de un lado a otro para no perder la sensibilidad también en el torso.

Seguía habiendo luz en todas las ventanas de la casa; fuera, en cambio, era tal la oscuridad que apenas veía con los binoculares. No obstante, aún conservaba la esperanza. Si el hombre volvía a casa aquella noche, llegaría en coche, y la lámpara que había sobre el dintel de la puerta del garaje que daba al bosque estaba encendida. El anciano miró por los binoculares. Aquella lámpara no daba mucha luz; pese a todo, la puerta del garaje era lo suficientemente clara como para distinguir bien al sujeto cuando se colocase ante ella.

Se tumbó boca arriba. Todo estaba en silencio, oiría llegar el coche.

Esperaba no quedarse dormido. Aquel acceso de dolor tan repentino le había mermado las fuerzas. Pero no, no iba a quedarse dormido. Nunca se había dormido en una guardia. Nunca. Saboreó el odio, intentando hallar en él algún calor. Este era diferente, este no era como el otro odio que ardía con una pequeña llama constante, ese otro odio que tantos años llevaba allí, consumiendo y limpiando la periferia de pensamientos insignificantes, creando así una perspectiva que le permitía verlo todo mucho mejor. El nuevo odio ardía con tanta intensidad que no estaba seguro de quién, si él o el odio, tenía el control. Sabía que no debía dejarse llevar, tenía que mantenerse frío.

Contempló el cielo estrellado entre los abetos. Todo estaba en silencio. Silencioso y frío. Iba a morir. Todos iban a morir. Era un pensamiento bueno, intentó retenerlo. Cerró los ojos.

Brandhaug miraba fijamente la araña de cristal que colgaba del techo. Un rayo de luz azul del luminoso de Blaupunkt se reflejó en los prismas. Tan silencioso, tan frío.

—Ya puedes irte —dijo.

Lo dijo sin mirarla. Tan solo oyó el ruido del edredón al retirarlo y notó cuándo se levantaba de la cama. Luego, el sonido de la ropa mientras se vestía. Ella no había dicho una sola palabra. Ni cuando él la tocaba ni cuando él le ordenó que lo tocase. Tan solo le ofreció sus grandes ojos oscuros muy abiertos. Ensombrecidos por el miedo. O por el odio. Y por eso se había sentido tan mal que no…

Al principio intentó fingir que no pasaba nada, seguía esperando la sensación. Pensó en otras mujeres a las que había poseído, en todas las veces que había funcionado. Pero la sensación no se presentó y, al cabo de un rato, le pidió que dejase de tocarlo, no había razón para permitirle que siguiera humillándolo.

Ella obedeció como un robot. Procuraba cumplir con su parte del trato; nada más y nada menos. Aún faltaba medio año para que el caso de Oleg prescribiera. Tenía mucho tiempo. No valía la pena agobiarse, habría más días, más noches.

Volvió a empezar desde el principio; pero estaba claro que no debió haber tomado esas copas, lo entumecieron y lo dejaron insensible a las caricias, tanto a las de ella como a las suyas propias.

Luego le ordenó que se metiese en la bañera. Preparó dos copas.

Agua caliente, jabón. Mantuvo largos monólogos sobre lo hermosa que era, pero ella no dijo nada. Tanto silencio. Tanto frío. Al final, el agua también terminó por enfriarse, la secó y la llevó de nuevo a la cama. Después del baño, su piel quedó seca y áspera. Ella empezó a temblar y entonces él notó su propia reacción. Por fin. Fue descendiendo con las manos por su cuerpo, hacia abajo, más abajo. Hasta que se encontró una vez más con aquellos ojos. Grandes, oscuros, muertos. Clavados en el techo. Y la magia volvió a desaparecer. Sintió deseos de golpearla para hacer revivir aquellos ojos muertos, azotarla con la mano abierta, ver cómo se le enrojecía y se le inflamaba la piel.

La oyó guardar la carta en el bolso.

—La próxima vez beberemos menos —le dijo—. Y conste que también lo digo por ti.

Ella no contestó.

—La semana próxima, Rakel. En el mismo sitio, a la misma hora. No lo olvidarás, ¿verdad?

—¿Cómo podría? —preguntó ella.

Se oyó la puerta y ya no estaba.

Él se levantó, se sirvió otra copa. Agua y Jameson, lo único bueno que… Bebió despacio. Y volvió a acostarse.

Era cerca de medianoche. Cerró los ojos, pero el sueño se resistía. Oyó desde la habitación contigua que alguien había encendido el televisor. Aunque no estaba seguro. Los gemidos parecían bastante reales. Una sirena de policía rompió el silencio. ¡Mierda! Se dio la vuelta, aquella cama era tan blanda que tenía la espalda molida. Siempre le costaba dormir en esa cama, no solo por culpa de la cama, sino porque esa habitación amarilla era y seguía siendo un lugar extraño.

Una reunión en Larvik, le había dicho a su mujer. Y como siempre, cuando ella le preguntó, le dijo que no se acordaba del nombre del hotel en que iba a hospedarse, ¿sería el Rica? Ya la llamaría él si no se hacía demasiado tarde, le dijo. «Pero ya sabes cómo son esas cenas, querida.»

Bueno, su mujer no tenía de qué quejarse; le había dado una vida mucho mejor de la que ella podía esperar por su procedencia social. Con él había visto mundo, había vivido en lujosas residencias diplomáticas, con un servicio doméstico completo, en algunas de las ciudades más bellas del mundo, había aprendido idiomas, había conocido a gente interesante. Y nunca tuvo que dar golpe. ¿Qué iba a hacer si se quedaba sola cuando en su vida había trabajado? Él representaba su medio de subsistencia, su familia, en resumen, todo lo que ella poseía. No, no estaba preocupado por lo que Elsa creyera o dejara de creer.

Aun así, era en ella en quien pensaba ahora. Que le gustaría estar allí con ella. Un cuerpo caliente y familiar en la espalda, un brazo a su alrededor. Sí, un poco de calor después de todo ese frío.

Volvió a mirar el reloj. Podría decir que la cena había terminado pronto y que había decidido volver a casa. Ella se alegraría, pues odiaba estar sola por la noche en aquella casa tan grande.

Se quedó un rato escuchando los sonidos de la habitación contigua.

Luego se levantó resuelto y empezó a vestirse.

El anciano ha dejado de serlo. Y está bailando. Es un vals lento y ella tiene la cara apoyada en su cuello. Llevan bailando un buen rato, están sudorosos, la piel le arde tanto que siente que se está quemando. Siente que ella sonríe. Él tiene ganas de seguir bailando, de bailar así, solo abrazarla hasta que la casa haya sido pasto de las llamas, hasta que se haga de día, hasta que puedan abrir los ojos y ver que han llegado a otro lugar.

Ella murmura algo, pero la música está demasiado alta.

—¿Qué? —pregunta él acercando el oído a sus labios.

—Te tienes que despertar —le dice.

Entonces abre los ojos. Parpadea en la oscuridad y ve suspendido en el aire el vaho blanco y compacto de su respiración. No había oído el coche. Se dio la vuelta rápidamente, lanzó un suspiro mientras intentaba sacar el brazo de debajo del cuerpo. Lo despertó el sonido de la puerta del garaje. Oyó cómo aceleraba el coche y le dio tiempo a ver cómo la oscuridad del garaje engullía un Volvo azul. Se le había dormido el brazo derecho. En unos segundos, el hombre saldría, quedaría iluminado por la luz de la lámpara del garaje, cerraría la puerta y luego… sería demasiado tarde.

El anciano forcejeó desesperado con la cremallera del saco de dormir hasta que pudo sacar el brazo izquierdo. La adrenalina le bullía en la sangre que le corría por las venas, pero aún le remoloneaba el sueño en el cuerpo, como una capa de algodón que amortiguase todos los sonidos, impidiéndole ver con claridad. Oyó el ruido de la puerta del coche al cerrarse.

Ya había conseguido sacar los dos brazos del saco de dormir y, por suerte, las estrellas le proporcionaron la claridad suficiente para encontrar el fusil y colocarlo debidamente. ¡Rápido, rápido! Apoyó la mejilla en la fría culata del fusil. Apuntó con la mira. Parpadeó, no veía nada. Con la mano temblorosa, logró retirar el trapo con el que había envuelto la mira para que la lente no se cubriera de escarcha. ¡Así! Puso otra vez la mejilla en la culata. ¿Y ahora qué? El garaje se veía desenfocado, debía de haber tocado el regulador de distancia sin querer. Oyó el sonido de la puerta del garaje al cerrarse. Giró el regulador de distancia hasta que vio perfectamente al hombre. Era alto y fornido y llevaba un abrigo de lana de color negro. Estaba de espaldas. El viejo parpadeó dos veces. El sueño aún le velaba los ojos como una especie de neblina.

Quería esperar a que el hombre se diera la vuelta, hasta estar seguro al cien por cien de que era la persona que buscaba. Curvó los dedos alrededor del gatillo, lo presionó ligeramente. Habría sido más fácil con un arma como aquella con la que había practicado durante años, entonces habría tenido dominado el punto del gatillo y todos los movimientos habrían sido automáticos. Se concentraba en respirar. Matar a una persona no era difícil. No si te has entrenado para ello. Durante el comienzo de la batalla de Gettysburg en 1863, dos compañías novatas se enfrentaron a una distancia de cincuenta metros y se dispararon varias veces sin que alcanzaran a nadie, no porque fueran malos tiradores, sino porque apuntaban por encima de las cabezas de los contrarios. Simplemente, no fueron capaces de traspasar el umbral que representa matar a otro ser humano. Pero después de la primera vez...

El hombre que estaba delante del garaje se dio la vuelta. Al verlo con los binoculares, daba la impresión de estar mirando directamente al anciano. Era él, sin duda. La espalda abarcaba casi la totalidad de la cruz de la mira. Ya empezaba a disiparse la neblina de la cabeza del anciano. Contuvo la respiración y apretó el gatillo, despacio, con calma. Tenía que acertar al primer disparo, porque fuera del círculo de luz que bañaba la entrada del garaje, la oscuridad era total. El tiempo se detuvo. Bernt Brandhaug era hombre muerto. El anciano sintió que ya tenía la cabeza totalmente despejada.

Y la sensación de que algo no iba bien cruzó por su mente una milésima de segundo antes de comprender lo que pasaba. El gatillo se había detenido. El anciano apretó más fuerte, pero el gatillo se resistía. ¡El seguro! El viejo sabía que era demasiado tarde. Encontró el seguro con el dedo pulgar y lo empujó hacia arriba. Apuntó con la mira al lugar iluminado y ya vacío. Brandhaug había desaparecido, iba camino de la puerta de entrada, situada al otro lado de la casa, que daba a la carretera.

El anciano parpadeó. Le dolían las costillas con los latidos del corazón. Soltó el aire de los pulmones doloridos. Se había dormido. Volvió a parpadear. El entorno parecía envuelto en una fina niebla. Había fallado. Golpeó la tierra con los nudillos desnudos. No se dio cuenta de que estaba llorando hasta que la primera lágrima caliente le cayó en el dorso de la mano.

73

Klippan, Suecia,
11 de mayo de 2000

Harry se despertó.

Tardó un segundo en darse cuenta de dónde estaba. Cuando entró en el piso aquella tarde, lo primero que pensó fue que le sería imposible dormir allí. Tan solo una delgada pared y un cristal sencillo separaban el dormitorio del tráfico de la calle. Pero, tras la hora de cierre del supermercado ICA que había en la acera de enfrente, el lugar quedó muerto. Apenas pasaban ya coches y la gente había desaparecido por completo.

Se calentó en el horno una pizza Grandiosa que había comprado en el ICA. Se le ocurrió que resultaba extraño encontrarse en Suecia comiendo pizza noruega. Después encendió el televisor polvoriento que había en un rincón, sobre una caja de cervezas. Algo le pasaba al aparato, porque todas las personas aparecían con la cara verdosa.

Se quedó viendo el documental de una chica que elaboraba una historia personal a partir de las cartas que su hermano le había enviado durante su viaje alrededor del mundo mientras ella se hacía mayor, en los años setenta. El ambiente de los sintecho de París, un kibbutz en Israel, un viaje en tren por la India, al borde de la desesperación en Copenhague... El documental tenía un formato sencillo: fragmentos de película y muchas fotos, comentarios y un relato extrañamente melancólico. Pensó que habría soñado con todo ello, quizá porque se despertó con la imagen de los personajes y los lugares aún impresa en la retina.

El sonido que lo arrancó del sueño procedía del abrigo que había colgado en la silla de la cocina. Aquellos timbrazos penetrantes retumbaban entre las paredes de la habitación vacía. Había puesto la estufa al máximo y, aun así, tenía frío bajo el fino edredón. Puso los pies en el suelo helado y sacó el móvil del bolsillo interior del abrigo.

—¿Diga?

Nadie contestó.

—¿Diga?

Solo oía la respiración de alguien.

—¿Eres tú, Søs?

Era la única persona que, en ese momento, se le ocurrió que podría llamarlo a media noche.

—¿Pasa algo, se trata de Helge?

Tuvo sus dudas al dejar el pájaro al cuidado de Søs, pero ella se alegró tanto… y le prometió que lo cuidaría muy bien. Pero no era Søs. Ella no respiraba así. Y, además, ella le habría contestado.

—¿Quién es?

No hubo respuesta.

Iba a colgar cuando oyó un leve lamento. La respiración empezó a sonar trémula, como si la persona que había al otro lado del hilo telefónico estuviese a punto de romper a llorar. Harry se sentó en el sofá, que hacía las veces de cama. Por entre las finas cortinas azules se veía el luminoso del ICA.

Harry sacó un cigarrillo del paquete que había en la mesa del salón, junto al sofá, lo encendió y se tumbó. Dio una larga calada mientras oía cómo la respiración se convertía en suaves sollozos.

—Venga, calma —dijo.

Un coche pasó por la calle. Seguramente un Volvo, se dijo Harry. Se tapó las piernas con el edredón y empezó a contar la historia de la chica del documental y de su hermano mayor, más o menos como la recordaba. Cuando terminó, ella había dejado

406

de llorar. Al cabo de un rato, dijo adiós y se cortó la comunicación.

Cuando el móvil volvió a sonar, eran las ocho y ya era de día. Harry lo encontró debajo del edredón, entre las piernas. Era Meirik. Parecía nervioso.

–Vuelve a Oslo enseguida –dijo–. Parece ser que alguien ha utilizado ese Märklin tuyo.

PARTE VII

ABRIGO NEGRO

74

Rikshospitalet,
11 de mayo de 2000

Harry reconoció a Bernt Brandhaug en el acto. Miraba a Harry con los ojos muy abiertos y con una amplia sonrisa.

—¿Por qué sonríe? —preguntó Harry.

—A mí no me lo preguntes —dijo Klemetsen—. Los músculos de la cara se tensan y la gente suele tener todo tipo de expresiones faciales. A veces, hay padres que no reconocen a sus hijos, de tanto como les cambia la cara.

La mesa de intervenciones quirúrgicas donde yacía el cadáver estaba en medio de la sala blanca de las autopsias. Klemetsen retiró la sábana para que pudieran ver el resto del cuerpo. Halvorsen se volvió enseguida. Había rechazado la pomada antiolores que Harry le ofreció antes de entrar, aunque como la temperatura ambiente de la sala de autopsias número 4 del Instituto Forense del hospital era de doce grados, el hedor no era de los peores. Halvorsen no paraba de toser.

—Lo comprendo —convino Knut Klemetsen—. No es un espectáculo agradable.

Harry asintió con la cabeza. Klemetsen era un buen forense y un hombre compasivo.

Comprendía que Halvorsen era nuevo y no quería avergonzarlo. Brandhaug no tenía peor pinta que otros cadáveres. Por ejemplo, su aspecto no era más desagradable que el de los gemelos que habían permanecido bajo el agua una semana, ni que el del chico de dieciocho años que se había estrellado a doscientos por hora mientras intentaba escapar de la policía; o que el de la yonqui que hallaron sentada desnuda y solo cubierta por un plumón al que había prendido fuego. Harry había visto de todo y Bernt Brandhaug no tenía posibilidades de que lo incluyera en su lista de los diez peores. Ahora bien, para haber recibido un tiro por la espalda, Bernt Brandhaug tenía una pinta catastrófica. El agujero de salida del pecho era tan grande que a Harry le cabría en él la mano sin problemas.

—¿Así que la bala le dio en la espalda? —preguntó Harry.

—En medio de los omoplatos, con una leve inclinación. Seccionó la columna vertebral al entrar y el esternón al salir. Como ves, algunas partes del esternón han desaparecido, hallaron restos en el asiento del coche.

—¿En el asiento del coche?

—Sí, acababa de abrir la puerta del garaje, supongo que iba a trabajar y la bala lo atravesó a él, el parabrisas y la luna trasera, y se detuvo en el muro del garaje. Una barbaridad.

—¿Qué clase de bala habrá sido? —preguntó Halvorsen, que ya parecía haberse recuperado.

—Esa pregunta tendrán que contestarla los expertos de balística —observó Klemetsen—. Pero sí puedo decirte que su efecto ha sido como el de algo intermedio entre una bala dum-dum y una tuneladora. Solo cuando trabajé para la ONU en Croacia, en 1991, vi algo parecido.

—Una bala de Singapur —intervino Harry—. Encontraron los restos incrustados medio centímetro en la pared de hormigón. El casquillo que hallaron en el bosque era del mismo tipo que el que yo encontré en Siljan este invierno. Por eso me llamaron a mí enseguida. ¿Qué más nos puedes contar, Klemetsen?

No sabía mucho más. Les dijo que habían realizado la autopsia en presencia de oficiales de KRIPOS, como dictaba la normativa. La causa de la muerte era obvia y solo había dos aspectos dignos de mención. Había restos de alcohol en la sangre y se había encontrado secreción sexual debajo de la uña del dedo índice derecho.

—¿De la esposa? —preguntó Halvorsen.

—Eso lo averiguará la científica —dijo Klemetsen mirando al joven oficial por encima de las gafas—. Si quiere. A menos que opinéis que es relevante para la investigación, quizá no sea necesario pedir esos análisis, por ahora.

Harry asintió.

Tomaron la calle Sognsvann, luego la de Peder Anker, hasta llegar al domicilio de Brandhaug.

—¡Vaya una casa fea! —dijo Halvorsen.

Llamaron al timbre y tuvieron que aguardar un rato hasta que una mujer muy maquillada de unos cincuenta años les abrió la puerta.

—¿Elsa Brandhaug?

—Soy su hermana. ¿Quién la busca?

Harry le enseñó la identificación.

—¿Más preguntas? —preguntó la hermana con rabia contenida en la voz.

Harry afirmó con un gesto, aunque sospechaba cuál sería la reacción.

—Sinceramente, está agotada y no va a devolverle su marido el hecho de que vosotros…

—Perdón, pero no estamos pensando en su marido —la interrumpió Harry, educadamente—. Él está muerto. Pensamos en la próxima víctima, en evitar que alguien más tenga que pasar por lo que ella está pasando ahora.

La hermana se quedó boquiabierta, sin saber exactamente cómo continuar la frase. Harry la sacó del apuro preguntando si debían quitarse los zapatos antes de entrar.

La señora Brandhaug no parecía tan agotada como aseguraba su hermana.

Estaba sentada en el sofá con la mirada perdida, pero a Harry no le pasó inadvertida la labor de punto que asomaba por debajo de uno de los cojines del sofá. Y no es que hubiese nada de extra-

413

ño en dedicarse a tejer cuando acaban de asesinar a tu marido. Bien mirado, quizá fuera hasta normal. Algo familiar a lo que aferrarse cuando el resto del mundo se viene abajo a tu alrededor.

—Me marcho esta noche a casa de mi hermana —dijo la mujer.

—Tengo entendido que se te ha facilitado vigilancia policial —dijo Harry—. Por si acaso...

—Por si acaso vienen por mí también —dijo ella.

—¿Crees que existe la posibilidad de que vengan? —preguntó Halvorsen—. Y, de existir, ¿quiénes?

La mujer se encogió de hombros. Miró por la ventana, en dirección a la pálida luz del día que entraba en el salón.

—Sé que KRIPOS ha estado haciéndote las mismas preguntas —dijo Harry—. Pero, entonces, no sabes si tu marido recibió amenazas después de lo que publicó ayer el *Dagbladet*, ¿no es así?

—Aquí no ha llamado nadie —dijo la mujer—. Pero en la guía telefónica solo figura mi nombre, por deseo de Bernt. Será mejor que habléis con el ministerio, por si han llamado allí.

—Ya lo hemos hecho —comentó Halvorsen mirando fugazmente a Harry.

—Estamos rastreando todas las llamadas que recibió ayer en su despacho.

Halvorsen insistió en el tema de los posibles enemigos de su marido, pero ella no tenía gran cosa que aportar.

Harry estuvo un rato escuchando, hasta que, de pronto, recordó un detalle y preguntó:

—¿Quieres decir que aquí no recibisteis ayer ni una sola llamada?

—Bueno, alguna hubo —admitió ella—. Un par de llamadas.

—¿De quién?

—Mi hermana. Bernt. Y algún sondeo de opinión, si no recuerdo mal.

—¿Sobre qué preguntaban?

—No lo sé. Preguntaron por Bernt. Ya sabes, tienen esas listas de nombres por edad y sexo...

—¿Preguntaron por Bernt Brandhaug?

—Sí…

—Los de sondeos de opinión no usan nombres. ¿Oíste algún ruido de fondo?

—¿Qué quieres decir?

—Normalmente, esa gente trabaja desde cabinas que comparten con varias personas.

—Sí lo había. Pero…

—¿Pero?

—No era esa clase de ruidos a los que tú te refieres. Era… diferente.

—¿A qué hora recibiste esa llamada?

—Sobre las doce, creo. Contesté que volvería por la tarde. Se me había olvidado que iba a Larvik a esa cena con el Consejo de Exportación.

—Ya que Bernt no figura en la guía telefónica, ¿no se te ocurrió que alguien podría haber llamado a todos los Brandhaug de la guía para averiguar dónde vivía Bernt y cuándo iba a estar en casa?

—No entiendo…

—Las agencias de sondeos de opinión no suelen llamar en horas de trabajo preguntando por alguien en edad de trabajar.

Harry se dirigió a Halvorsen.

—Pregunta a Telenor si te pueden facilitar el número desde el que llamaron.

—Perdón, señora Brandhaug —dijo Halvorsen—. Me he fijado en que tienen un nuevo teléfono Ascom ISDN en la entrada. Yo tengo el mismo aparato. Los diez últimos números entrantes quedan grabados en la memoria, así como la hora de llamada. ¿Puedo…?

Harry aprobó con la mirada la eficacia de Halvorsen. Este se levantó y la hermana de la señora Brandhaug lo acompañó a la entrada.

—Bernt era un poco chapado a la antigua a veces —le explicó a Harry la señora Brandhaug con media sonrisa—. Pero le gustaba comprar trastos modernos. Teléfonos y cosas así.

—¿Cómo de chapado a la antigua era en cuanto a la fidelidad, señora Brandhaug?

Ella levantó la cabeza bruscamente.

—He pensado que podríamos hablar de esto a solas —continuó Harry—. KRIPOS ha investigado lo que les contaste antes. Tu marido no estuvo en Larvik con el Consejo de Exportación. ¿Sabías que Asuntos Exteriores dispone de una habitación permanente en el hotel Continental?

—No.

—Mi superior de los servicios de inteligencia me lo dijo esta mañana. Parece ser que tu marido se hospedó allí ayer por la tarde. No sabemos si estaba solo o acompañado, pero es fácil sospechar cuando un hombre le miente a su mujer y se va a un hotel...

Harry la observó mientras su semblante sufría una metamorfosis, de la ira a la desolación, la resignación y... la risa. Aunque sonó como un sollozo.

—En realidad, no debería sorprenderme —dijo ella—. Si quieres saberlo, te diré que en ese campo también era moderno. De todos modos, no entiendo qué tiene eso que ver con este asunto.

—Podría haberle dado motivos a un esposo celoso para asesinarlo —dijo Harry.

—Yo podría tener el mismo motivo, Hole. ¿Has pensado en eso? Vivimos en Nigeria y allí no costaba más de doscientas coronas contratar los servicios de un asesino —le reveló con la misma risa amarga—. Creía que atribuíais el móvil a las opiniones que el diario *Dagbladet* puso en su boca.

—Tenemos que comprobar todas las posibilidades.

—La mayoría eran mujeres que conocía a través del trabajo. Ni que decir tiene que yo no estoy al tanto de todas sus historias, pero una vez lo pillé in fraganti. Y entonces me di cuenta de que seguía unas pautas. Pero ¿un asesinato? No sé, hoy en día, nadie le pega un tiro a nadie por algo así, ¿no?

Dirigió a Harry una mirada inquisitiva, pero él no supo qué contestar. A través de las puertas de cristal que daban a la entrada, se oía a Halvorsen hablar en voz baja.

Harry carraspeó.

—¿Sabes si últimamente tenía un lío con alguna mujer?

Ella negó con la cabeza.

—Pregunta en el ministerio. Ya sabes, es un ambiente muy extraño. Seguro que allí hay alguien que está encantado de daros alguna pista.

Lo dijo sin amargura, como una información más.

—Es muy raro —dijo Halvorsen al volver de la entrada—. Recibiste una llamada a las 12.24, pero no fue ayer, sino anteayer.

—Ah, sí, puede que me haya confundido —respondió Elsa Brandhaug—. En fin, en ese caso, no tendrá nada que ver con esto.

—Puede que no —dijo Halvorsen—. Aun así, he solicitado la información. La llamada procedía de un teléfono público. El del restaurante Schrøder.

—¿Un restaurante? —preguntó ella—. Sí, claro, eso explicaría el sonido de fondo. ¿Crees que…?

—No tiene por qué estar relacionado con el asesinato de tu marido —se apresuró a intervenir Harry al tiempo que se ponía de pie—. Al Schrøder va mucha gente rara.

Elsa Brandhaug los acompañó hasta la escalera de la entrada. Hacía una tarde gris y las nubes se deslizaban despacio sobre la colina que tenían a su espalda.

La señora Brandhaug tenía los brazos cruzados, como si tuviera frío.

—Hay tanta oscuridad aquí —comentó—. ¿No os habéis fijado?

La policía científica seguía peinando el área en torno a la cabaña, donde habían encontrado el casquillo, cuando Harry y Halvorsen se acercaron cruzando por el brezo.

—¡Alto! —les gritó una voz cuando se agacharon para pasar bajo el cordón policial.

—¡Policía! —contestó Harry.

—¡No importa! —contestó la misma voz—. Tendréis que esperar a que terminemos.

Era Weber. Llevaba unas botas de goma altas y un ridículo

chubasquero amarillo. Harry y Halvorsen volvieron al otro lado de las cintas.

—¡Hola, Weber! —gritó Harry.

—No tengo tiempo —repuso haciéndoles gestos para que se apartaran.

—Solo un minuto.

Weber se acercó dando grandes zancadas y con una expresión de irritación manifiesta.

—¿Qué quieres? —le gritó desde una distancia de veinte metros.

—¿Cuánto tiempo estuvo esperando?

—¿El tío de ahí arriba? No tengo ni idea.

—Venga, Weber. Una pista.

—¿Es KRIPOS o vosotros quien investiga este caso?

—Los dos. Todavía no estamos del todo coordinados.

—¿Y quieres que me crea que lo vais a estar?

Harry sonrió y sacó un cigarrillo.

—Has acertado otras veces, Weber.

—Deja de dorarme la píldora. ¡Corta el rollo! ¿Quién es el muchacho?

—Halvorsen —dijo Harry antes de que el aludido pudiese presentarse.

—Escucha, Halvorsen —dijo Weber mientras observaba a Harry sin intentar ocultar su disgusto—. Fumar es una guarrería y la prueba definitiva de que el ser humano solo persigue una cosa: placer. El tipo que estuvo aquí dejó ocho colillas en una botella de refresco de naranja medio vacía. Fumaba Teddy sin filtro. Los tíos que fuman Teddy no fuman dos al día, así que si no se quedó sin tabaco, supongo que estuvo aquí, como mucho, veinticuatro horas. Cortó las ramas de abeto más bajas, a las que no llega la lluvia; pero había gotas de agua en el techo del escondite. La última vez que llovió fue ayer a las tres de la tarde.

—¿De modo que llegó aquí entre las ocho y las tres del día de ayer, aproximadamente? —preguntó Halvorsen.

—Creo que Halvorsen llegará lejos —observó Weber lacónico, sin dejar de mirar a Harry—. Sobre todo, teniendo en cuenta el nivel que hay en el cuerpo ¡Joder! Cada día está peor. ¿Has visto qué clase de gente admiten hoy en la academia de policía? Hasta la carrera de magisterio atrae a más genios.

De pronto, Weber dejó de tener prisa e inició una extensa disertación sobre el nefasto futuro del cuerpo.

—¿Alguno de los vecinos ha visto algo? —dijo Harry cuando Weber tuvo que hacer un alto para respirar.

—Hay cuatro tíos llamando a todas las puertas, pero la mayoría de la gente no vuelve del trabajo hasta más tarde. No sacarán nada de todos modos.

—¿Por qué no?

—No creo que se haya dejado ver en el vecindario. Trajimos un perro que le siguió el rastro durante un kilómetro bosque adentro, hasta uno de los senderos, pero allí lo perdió. Apuesto por que ha venido y ha vuelto por el mismo camino, por esa red de senderos que se extiende entre los lagos de Sognsvann y Maridalsvannet. Puede haber dejado el coche en cualquiera de los más de doce aparcamientos que los senderistas tienen a su disposición en esta zona. Y te aseguro que aquí vienen miles, a diario, casi todos con la mochila a la espalda. ¿Comprendes?

—Comprendo.

—Y ahora me vas a preguntar si encontraremos huellas dactilares.

—Pues...

—Venga.

—¿Qué pasa con la botella de naranjada?

Weber negó con la cabeza.

—Ninguna huella. Nada. Para haber permanecido aquí tanto tiempo ha dejado muy pocos indicios. Seguimos buscando, pero estoy bastante convencido de que lo único que vamos a encontrar serán huellas de zapatos y algunas fibras de tejido.

—Además del casquillo.

—Ese lo dejó aposta. Todo lo demás está demasiado bien recogido.

—Entiendo. Como una advertencia, quizá. ¿Tú qué opinas?

–¿Yo qué opino? Creía que la inteligencia solo la habían repartido entre vosotros los jóvenes, ya que esa es la creencia que intentan implantar hoy en el cuerpo.

–Bueno. Gracias, Weber.

–Y deja de fumar, Hole.

–Un tío estricto –opinó Halvorsen ya en el coche cuando iban camino del centro.

–Weber puede ser un tanto peculiar –admitió Harry–. Pero conoce bien su trabajo.

Halvorsen tamborileaba en el salpicadero el ritmo de una melodía muda.

–¿Y ahora qué? –preguntó.

–Al hotel Continental.

KRIPOS llamó al hotel Continental quince minutos después de que hubiesen limpiado y cambiado las sábanas de la habitación de Brandhaug. Nadie se había dado cuenta de que hubiese recibido visita; solo sabían que Brandhaug había dejado el hotel alrededor de medianoche.

Harry estaba en la recepción, fumándose su último cigarrillo, mientras el recepcionista que había estado de guardia la noche anterior se retorcía las manos claramente nervioso.

–Hasta bien entrada esta mañana no nos informaron de que habían asesinado a Brandhaug –dijo–. De lo contrario, habríamos tenido el sentido común de no tocar su habitación.

Harry hizo un gesto afirmativo antes de dar la última calada al cigarrillo. De todas formas, la habitación del hotel no era el escenario del crimen, aunque habría sido interesante encontrar algún cabello largo y rubio sobre la almohada y dar con la persona que, con toda probabilidad, fue la última en hablar con Brandhaug.

–Bueno, supongo que eso es todo –dijo el jefe de la recepción con una sonrisa, pero como si estuviese a punto de echarse a llorar.

Harry no contestó. Se percató de que el hombre se ponía

tanto más nervioso cuanto menos hablaban ellos. De modo que no contestó, sino que se quedó mirando fijamente el ascua de la colilla.

—Bueno… —repitió el jefe de la recepción al tiempo que se pasaba la mano por la solapa.

Harry seguía mudo. Halvorsen miraba al suelo. El jefe de la recepción aguantó quince segundos más, antes de estallar.

—Por supuesto, está claro que a veces recibía visitas en la habitación —dijo al fin.

—¿De quién? —preguntó Harry sin apartar la vista de la colilla.

—Mujeres y hombres…

—¿Quiénes?

—En realidad, no lo sé. No es asunto nuestro saber con quién elige pasar su tiempo el ministro de Exteriores.

—¿De verdad?

Pausa.

—Claro que, si entra una mujer que obviamente no es cliente del hotel, procuramos fijarnos en el piso en que se detiene el ascensor.

—¿La reconocerías?

—Sí —contestó el hombre enseguida y sin vacilar—. Era muy guapa. Y estaba muy borracha.

—¿Una prostituta?

—De lujo, en tal caso. Y esas no suelen venir borrachas. Bueno, no es que yo sepa mucho sobre ellas, este hotel no es…

—Gracias —lo interrumpió Harry.

Esa tarde el viento del sur arrastró consigo un calor repentino y cuando Harry salió de la Comisaría General, tras haber celebrado una reunión con Meirik y la comisaria jefe, supo instintivamente que algo había terminado y que empezaba una nueva estación.

Tanto la comisaria jefe como Meirik conocían a Brandhaug, pero ambos dejaron claro que solo en el terreno profesional. Era evidente que lo habían acordado. Meirik inició la reunión anulando tajantemente la misión de vigilancia en Klippan y Harry tuvo la impresión de que se alegraba de hacerlo. La comisaria jefe presentó su propuesta y Harry comprendió que sus hazañas en Sidney y Bangkok habían causado, pese a todo, cierta impresión en las altas esferas policiales.

—El comportamiento típico de los oficiales que van «por libre» —dijo la comisaria jefe.

Y añadió que, también en este caso, podría actuar así.

Una nueva estación. El cálido viento del sur le despejaba la cabeza y se permitió el lujo de tomar un taxi, ya que aún llevaba la pesada bolsa de viaje. Lo primero que hizo cuando entró en el apartamento de la calle Sofie fue echar un vistazo al contestador. La luz roja estaba encendida, pero no parpadeaba. No había mensajes.

Le había pedido a Linda que le hiciera copias de todos los documentos del caso e invirtió el resto de la tarde en repasar la información de que disponían sobre los asesinatos de Hallgrim Dale y Ellen Gjelten. No porque creyera que iba a encontrar nada nuevo, sino porque la lectura fomentaría su imaginación. De vez en cuando miraba al teléfono, pensando cuánto aguantaría sin llamarla. El asesinato de Brandhaug era la principal noticia del día en todos los informativos. Se acostó a medianoche. Se levantó a la una, desconectó el teléfono y lo metió en el frigorífico. A las tres, se durmió por fin.

75

Despacho de Møller,
12 de mayo de 2000

–¿Qué pensáis? –dijo Møller después de que Harry y Halvorsen hubieran probado su café y de que Harry les transmitiera con una mueca de repugnancia la opinión que le merecía su sabor.

–Creo que la conexión entre los titulares del periódico y el asesinato es una pista falsa –dijo Harry.

–¿Por qué? –preguntó Møller, y se retrepó en la silla.

–Según Weber, el asesino permaneció en el bosque desde por la mañana temprano, es decir, como mucho, un par de horas después de que saliera el *Dagbladet*. Pero este crimen no es fruto de un impulso, sino un acto premeditado y bien planeado. Hacía varios días que la persona en cuestión sabía que iba a matar a Brandhaug. Efectuó un reconocimiento del terreno, averiguó las horas de salida y de entrada de Brandhaug, localizó el mejor lugar desde el que disparar con el menor riesgo posible de ser descubierto, cómo llegar y luego irse… En fin, cientos de pequeños detalles.

–¿Así que, en tu opinión, el asesino adquirió el rifle Märklin para cometer este atentado?

–Puede que sí. Puede que no.

–Gracias, esa respuesta nos permite avanzar enormemente –dijo Meirik con acritud.

–Solo quiero decir que es plausible. Por otro lado, resulta desproporcionado, parece exagerado introducir en el país clandestinamente el rifle de atentados más caro del mundo para matar a un alto funcionario, aunque no muy significativo, que no tiene guardaespaldas ni vigilancia en su domicilio. El asesino también podría haber llamado a la puerta y haberlo matado a bocajarro con una pistola. Se me antoja un poco como...

Harry describía círculos en el aire con la mano.

–... como matar hormigas a cañonazos –dijo Halvorsen.

–Eso es –dijo Harry.

–Bueno –dijo Møller con los ojos cerrados–. ¿Y cómo ves tu papel en el seguimiento de esta investigación, Harry?

–Más o menos «por libre» –dijo Harry con una sonrisa–. Yo soy ese tío de los servicios de inteligencia que va por libre, pero puedo pedir ayuda a todas las demás secciones cuando sea necesario. Soy ese que solo informa a Meirik, pero que tiene acceso a todos los documentos del caso. El que hace preguntas, pero al que no se le pueden exigir respuestas, etcétera.

–¿Y qué tal si añadimos una licencia para matar? –dijo Møller–. Y un coche superveloz.

–En realidad no ha sido idea mía –dijo Harry–. Meirik acaba de hablar con la comisaria jefe.

–¿La comisaria jefe?

–Eso es. Supongo que te mandará un correo electrónico a lo largo del día. El asunto de Brandhaug tiene la más alta prioridad desde este momento y la comisaria jefe no quiere que quede ningún cabo suelto. Ya sabes, como eso que hacen en el FBI, que trabajan con varios pequeños grupos de investigación que se solapan mutuamente para evitar una línea de investigación uniforme. Seguro que lo has leído.

–No.

–Pues se trata de que, aunque puede que se dupliquen algunas funciones y los diferentes grupos tal vez realicen varias veces el mismo trabajo, todo queda compensado por los diferentes enfoques y formas de ejecución.

—Gracias —dijo Møller—. Pero ¿qué tiene eso que ver conmigo? ¿Por qué estás aquí ahora?

—Porque, como ya te he explicado, puedo solicitar el apoyo de otras…

—… secciones si es necesario. Ya lo he oído. Desembucha, Harry.

Harry hizo una señal con la cabeza hacia Halvorsen, que le dedicó a Møller una sonrisita.

Møller suspiró.

—¡Por favor, Harry! Sabes que andamos muy mal de personal en el grupo de delitos violentos.

—Te prometo que te lo devolveré en buen estado.

—¡He dicho que no!

Harry no dijo nada. Esperó con los dedos entrelazados y se dedicó a observar con atención la curiosa reproducción del castillo de Soria Moria que colgaba en la pared, sobre la librería.

—¿Cuándo me lo devolverás? —preguntó Møller al fin.

—En cuanto hayamos resuelto el caso.

—En cuanto… ¡Eso, Harry, es lo que un jefe de grupo le contesta a un inspector! No al revés.

Harry se encogió de hombros.

—Lo siento, jefe.

76

Calle Irisveien,
12 de mayo de 2000

El corazón le galopaba en el pecho como un caballo desbocado cuando cogió el auricular.

—Hola, Signe —dijo la voz—. Soy yo.

Sintió que le entraban ganas de llorar.

—Déjalo ya, por favor —susurró ella.

—Fiel en la muerte, Signe. Tú lo dijiste.

—Iré a buscar a mi marido.

La voz reía suavemente.

—Pero no está en casa, ¿verdad?

Ella agarraba el auricular con tal fuerza que le dolía la mano. ¿Cómo sabía que Even no estaba en casa? ¿Y cómo era posible que solo llamara cuando Even estaba fuera?

La idea que se le pasó por la cabeza le atenazó la garganta, no podía respirar, estuvo a punto de desmayarse. ¿Estaría llamando desde un sitio desde el que podía ver su casa y cuándo salía Even? No, no, no. Haciendo un gran esfuerzo, logró controlarse y concentrarse en respirar. No demasiado rápido, sino profundamente, despacio, se dijo. Lo mismo que les decía a todos aquellos soldados heridos cuando se los llevaban desde las trincheras llorando, presas del pánico y con la respiración acelerada. Consiguió controlar el miedo. Y, por el ruido de fondo, oyó que llamaba desde un lugar donde había mucha gente. En su vecindario solo había edificios de viviendas.

—Estabas tan guapa con tu uniforme de enfermera, Signe —dijo la voz—. Tan reluciente y blanco. Blanco como el capote de Olaf Lindvig. ¿Te acuerdas de él? Estabas tan limpia que yo creía que era imposible que nos traicionaras, que tu corazón era incapaz de albergar la traición. Creía que eras como Olaf Lindvig. Yo te vi tocarlo, Signe, tocarle el pelo. Una noche de luna. Tú y él, parecíais ángeles, como enviados del cielo. Pero me equivoqué. Hay ángeles que no son enviados del cielo, Signe. ¿Lo sabías?

Ella no contestó. Aquella voz había dicho algo que le activó en la cabeza un volcán de pensamientos. Aquella voz… Y entonces cayó en la cuenta, estaba distorsionada.

—No —se obligó a contestar.

—¿No? Pues deberías. Yo soy uno de esos ángeles.

—Daniel está muerto —dijo ella.

Se hizo el silencio, solo interrumpido por la respiración que siseaba en la membrana. Entonces la voz habló de nuevo:

—He venido para juzgar. A vivos y muertos.

Y colgó.

Signe cerró los ojos. Se levantó y fue al dormitorio. Se quedó mirándose al espejo tras las cortinas corridas. Temblaba como presa de fiebre.

77

Antiguo despacho de Harry,
12 de mayo de 2000

Harry tardó veinte minutos en mudarse a su antiguo despacho. Todo lo que necesitaba cabía en una bolsa del 7-Eleven. Lo primero que hizo fue recortar la foto de Bernt Brandhaug que aparecía en el *Dagbladet* y clavarla en el tablón, junto a las fotos de archivo de Ellen, Sverre Olsen y Hallgrim Dale. Cuatro momentos. Había enviado a Halvorsen al Ministerio de Asuntos Exteriores para que hiciera algunas preguntas e intentara averiguar quién era la mujer del hotel Continental. Cuatro personas. Cuatro vidas. Cuatro historias. Se sentó en la silla rota y estudió aquellas caras, pero las miradas estáticas no dejaban traslucir nada.

Llamó a Søs. Su hermana le dijo que le apetecía mucho quedarse con Helge, al menos por un tiempo. Se habían hecho buenos amigos, dijo. Harry le dijo que le parecía bien, siempre que no se olvidara de darle de comer.

—Es una hembra —dijo Søs.

—¿Ah, sí? ¿Cómo lo sabes?

—Henrik y yo lo hemos comprobado.

Pensó que le gustaría saber cómo se comprobaba algo así, pero se dio cuenta enseguida de que prefería no saberlo.

—¿Has hablado con papá?

Søs le dijo que sí y le preguntó si iba a ver a la chica.

—¿Qué chica?

—Con la que dijiste que habías dado un paseo. La que tiene un hijo.

—¡Ah, esa chica! No, no lo creo.

—¡Qué pena!

—¿Pena? Si no la has visto en tu vida, Søs.

—Pienso que es una pena porque estás enamorado de ella.

A veces Søs decía cosas a las que Harry no tenía ni idea de qué contestar. Acordaron que irían al cine un día de estos. Harry le preguntó si tenían que invitar a Henrik. Y Søs le dijo que sí, que así era cuando se tenía novio.

Después de colgar, Harry se quedó pensativo. Rakel y él no se habían cruzado aún por el pasillo, pero sabía dónde estaba su despacho. Se decidió y se levantó de la silla: tenía que hablar con ella ya, no soportaba aquella espera.

Linda le sonrió cuando lo vio entrar por la puerta de Inteligencia.

—¿Ya de vuelta, encanto?

—Solo voy a saludar a Rakel un momento.

—¿Cómo que «solo»? Harry, os vi en la fiesta del grupo.

Harry notó con disgusto que se sonrojaba hasta las orejas al ver su sonrisa burlona, y que fracasaba al tratar de reírse para despistar.

—Pero te puedes ahorrar el paseo. Rakel no ha venido hoy. Se ha quedado en casa. Enferma. Disculpa un momento, Harry. —Linda contestó al teléfono—. Inteligencia, ¿en qué puedo ayudarle?

Ya salía por la puerta cuando Linda le gritó:

—¡Harry, es para ti! ¿Contestas aquí? —dijo al tiempo que le tendía el auricular.

—¿Harry Hole? —preguntó una voz femenina jadeante, quizá asustada.

—Sí, soy yo.

—Soy Signe Juul. Tienes que ayudarme, Hole. Me van a matar.

Harry oyó ladridos de fondo.

—¿Quién quiere matarte, Signe Juul?

—Viene de camino a mi casa. Sé que es él. Él... Él...

429

—Intenta tranquilizarte, Signe. ¿De qué estás hablando?

—Distorsionaba la voz, pero esta vez la he reconocido. Sabía que le había acariciado el pelo a Olaf Lindvig en el hospital de campaña. Entonces lo comprendí. ¡Dios mío! ¿Qué voy a hacer?

—¿Estás sola?

—Sí —dijo ella—. Estoy sola. Estoy completamente sola. ¿Comprendes?

Los ladridos de fondo sonaban cada vez más frenéticos.

—¿Puedes salir corriendo hasta la casa de los vecinos y esperarnos allí? ¿Quién es...?

—¡Dará conmigo! ¡Siempre da conmigo!

Estaba histérica. Harry tapó el auricular y con la mano le pidió a Linda que llamara a la central de alarmas para decirles que enviaran el coche patrulla más cercano a la casa de Juul en la calle Irisveien, en Berg. Luego volvió a dirigirse a Signe Juul, con la esperanza de que ella no notara lo alterado que estaba:

—Si no quieres salir, por lo menos cierra la puerta con llave. Pero dime, ¿quién...?

—No lo comprendes —dijo ella—. Él... Él...

Se oyó un pip. La señal de ocupado. Se había cortado la conexión.

—¡Mierda! Perdona, Linda. Diles que lo del coche es urgente. Y que tengan cuidado, puede haber un intruso con un arma de fuego.

Harry llamó a información para pedir el número de Juul, lo marcó. Continuaba ocupado. Harry le lanzó el auricular a Linda.

—Si Meirik pregunta por mí, dile que he salido y que voy camino de la casa de Even Juul.

78

Calle Irisveien,
12 de mayo de 2000

Cuando Harry llegó a la calle Irisveien, enseguida vio el coche de policía estacionado enfrente de la casa de Juul. La calle tranquila flanqueada por casas de madera, los charcos de agua, la luz azul que giraba lentamente en el techo del coche, dos niños curiosos en bici: era como una repetición de la escena que había tenido lugar ante la casa de Sverre Olsen. Harry deseó que la similitud no fuera más allá.

Aparcó, se apeó del Escort y se encaminó despacio hacia la verja. Cuando la estaba cerrando, oyó que alguien salía de la casa.

—¡Weber! —dijo Harry—. Nuestros caminos se cruzan otra vez.

—Eso parece.

—No sabía que también condujeses un coche patrulla.

—Sabes muy bien que no, maldita sea. Pero Brandhaug vive aquí al lado y acabábamos de entrar en el coche cuando oímos el aviso por la radio.

—¿Qué pasa?

—Tú me preguntas a mí y yo te hago la misma pregunta. No hay nadie en la casa. Pero la puerta estaba abierta.

—¿Habéis escudriñado por todos los rincones?

—Desde el sótano hasta la buhardilla.

—Muy extraño. Parece que el perro tampoco está.

—Perro y dueños, todos han desaparecido. Pero hay indicios

de que alguien entró en el sótano, porque el cristal de la puerta está roto.

—Bueno —dijo Harry, y observó la calle Irisveien.

Entre los árboles divisó una pista de tenis.

—Puede que se haya ido a casa de los vecinos, fue lo que le aconsejé por teléfono —dijo Harry.

Weber acompañó a Harry hasta el pasillo, donde hallaron a un joven oficial que estaba mirándose al espejo que había sobre la mesita del teléfono.

—Dime, Moen, ¿ves indicios de vida inteligente? —dijo Weber con sarcasmo.

Moen se volvió y saludó a Harry.

—Pues... —dijo Moen—. No sé si es inteligente o simplemente curioso.

Señaló el espejo. Weber y Harry se acercaron.

—¡Anda! —dijo Weber.

En mayúsculas de color rojo que parecían escritas con lápiz de labios, se leía: «Dios es mi juez».

Harry sentía la boca áspera como una peladura de naranja.

El cristal de la puerta de entrada tintineó cuando alguien la abrió de golpe.

—¿Qué hacéis aquí? —preguntó la silueta que se perfilaba ante ellos, a contraluz—. ¿Y dónde está Burre?

Era Even Juul.

Harry se sentó a la mesa de la cocina en compañía de un Even Juul visiblemente preocupado. Moen fue a hacer una ronda por el vecindario en busca de Signe Juul y, de paso, para preguntar si alguien había visto algo sospechoso. Weber debía hacer algo urgente relacionado con el caso Brandhaug y tuvo que llevarse el coche de policía, pero Harry le prometió a Moen que él lo llevaría.

—Acostumbraba a avisar si pensaba salir de casa —aseguró Even Juul—. Quiero decir, «acostumbra».

—¿Es su letra la del espejo de la entrada?

—No —dijo—. O, al menos, eso creo.

—¿Es su barra de labios?

Juul miró a Harry sin contestar.

—Tenía miedo cuando hablé con ella por teléfono —dijo Harry—. Insistía en que alguien quería matarla. ¿Tienes alguna idea de quién podía ser?

—¿Matarla?

—Eso es lo que dijo.

—Pero si no puede haber nadie que quisiera matar a Signe.

—¿Ah, no?

—¿Estás loco?

—Bueno. En ese caso, estoy convencido de que comprenderás que debo preguntarte si tu mujer podría calificarse de inestable. Histérica.

Harry no estaba del todo seguro de que Juul hubiera oído la pregunta, hasta que lo vio negar moviendo la cabeza muy despacio.

—De acuerdo —dijo Harry poniéndose de pie—. A ver si se te ocurre algo que pueda ser de ayuda. Y debes llamar a todos vuestros amigos y familiares con los que creas que puede estar. De momento, no hay mucho más que podamos hacer.

Cuando Harry cerró la verja tras de sí vio que Moen venía a su encuentro meneando la cabeza.

—¿Nadie ha visto un coche siquiera? —preguntó Harry.

—A estas horas, los únicos que están en casa son los jubilados y las madres con niños pequeños.

—Los jubilados suelen ser buenos observadores.

—Al parecer, estos no lo son. Si es que es verdad que ha pasado algo fuera de lo normal.

«Fuera de lo normal.» Sin saber por qué, aquellas palabras siguieron resonando en algún lugar remoto del cerebro de Harry. Los niños con las bicis habían desaparecido. Harry suspiró.

—Vamos.

79

Comisaría General de Policía,
12 de mayo de 2000

Cuando Harry entró en el despacho, Halvorsen estaba hablando por teléfono. Con un gesto, le indicó que hablaba con un informante. Harry pensó que seguiría intentando dar con la mujer del hotel Continental, lo que significaba que no había tenido suerte en el Ministerio de Asuntos Exteriores. A excepción del montón de copias de archivo que atestaban su mesa, el despacho de Halvorsen estaba limpio de papeles, pues lo había retirado todo salvo lo relacionado con el caso del Märklin.

—No, claro —dijo Halvorsen—. Si te enteras de algo más, llámame, ¿de acuerdo?

Y colgó.

—¿Has podido hablar con Aune? —preguntó Harry, y se desplomó en su antigua silla.

Halvorsen le dijo que sí con la cabeza y le mostró dos dedos. A las dos. Harry miró el reloj y dedujo que Aune llegaría dentro de veinte minutos.

—Búscame una foto de Edvard Mosken —dijo Harry, y cogió el teléfono.

Marcó el número de Sindre Fauke, que accedió a reunirse con él a las tres. Después informó a Halvorsen de la desaparición de Signe Juul.

—¿Crees que tiene algo que ver con el caso Brandhaug? —preguntó Halvorsen.

—No lo sé, pero ahora es más importante aún hablar con Aune.

—¿Por qué?

—Porque esto se parece cada vez más a la obra de un loco. Y por eso necesitamos un guía.

Aune era un hombre grande por varias razones. Era obeso, medía casi dos metros y estaba considerado como el psicólogo más competente del país dentro de su campo, que no eran los trastornos de personalidad. Pese a todo, Aune era un hombre sabio y había ayudado a Harry en otros casos.

A juzgar por su cara, era un hombre abierto y amable, y Harry solía decirse que Aune era, en el fondo, demasiado humano, demasiado vulnerable, demasiado «normal» para resultar ileso después de combatir en el campo de batalla que es el alma humana. En una ocasión en que le preguntó, Aune contestó que por supuesto que no salía ileso. Pero ¿quién salía ileso?

Ahora estaba concentrado y escuchaba atento la exposición de Harry. Sobre la muerte por arma blanca de Hallgrim Dale, sobre el asesinato de Ellen Gjelten y sobre el atentado contra Bernt Brandhaug. Harry le habló además de Even Juul, según el cual debían buscar a un excombatiente del frente, una teoría que probablemente se presentaba como la más sólida, dado que a Brandhaug lo asesinaron al día siguiente de que sus declaraciones aparecieran en el *Dagbladet*. Y, para concluir, lo puso al corriente de la desaparición de Signe Juul.

Aune se quedó pensativo. Gruñía mientras movía la cabeza para afirmar o negar.

—Por desgracia, me temo que no podré ayudaros gran cosa —dijo—. Lo único que puede serme útil para averiguar algo es el mensaje del espejo. Me recuerda a una tarjeta de visita, gesto bastante común entre los asesinos en serie, sobre todo después de cometer varios asesinatos, cuando ya empiezan a sentirse seguros. Llegados a ese punto, desean elevar el nivel de tensión desafiando a la policía.

—¿Crees que nos enfrentamos a un hombre enfermo, Aune?

—El concepto de «enfermo» es relativo. Todos estamos enfermos, la cuestión radica simplemente en el nivel de funcionalidad de cada uno en relación con las normas que la sociedad establece para una conducta aceptable. Ningún acto es, en sí, síntoma de una enfermedad; hay que tener en cuenta el contexto en el cual se ejecuta ese acto. Por ejemplo, la mayoría de las personas están equipadas con un control de impulsos alojado en el cerebro medio, que intenta evitar que asesinemos a nuestro prójimo. Esa es solo una de las características evolutivas de que estamos dotados para proteger a nuestra especie. Pero, con el entrenamiento oportuno y suficiente, podemos aprender a vencer dicha inhibición, que terminará por debilitarse. Como entre los soldados, por ejemplo. Si tú y yo, de repente, empezamos a matar gente, es muy probable que estemos enfermos. Pero no tendría por qué ser así, si fuéramos asesinos a sueldo... u oficiales de policía, si me apuras.

—En otras palabras, si nos las estamos viendo con un soldado, y con uno que, por ejemplo, combatió en alguno de los bandos durante la guerra, su umbral de aceptación del asesinato será mucho más bajo que el de otra persona, suponiendo que ambas estén psíquicamente sanas, ¿es correcto?

—Sí y no. Un soldado está entrenado para matar en una situación bélica y para anular la inhibición tiene que sentir que el acto de matar se produce en el mismo contexto.

—¿Así que necesita sentir que sigue combatiendo en una contienda?

—Dicho de una forma sencilla, sí. Pero, de ser esa la situación, puede seguir matando sin estar enfermo en el sentido clínico de la palabra. O, al menos, no más que un soldado normal cualquiera. Es decir, no se trata más que de una percepción de la realidad divergente y, en ese caso, el diagnóstico puede aplicarse a todo el mundo.

—¿Cómo? —preguntó Halvorsen—. ¿Quién debe decidir lo que es cierto y real, moral o inmoral? ¿Los psicólogos? ¿Los jueces? ¿Los políticos?

—Bueno —dijo Harry—. De todas formas, ellos son los que lo hacen.

—Exacto —dijo Aune—. Pero si opinas que quienes tienen autoridad para juzgarte lo han hecho de forma injusta o arbitraria, perderán ante ti su autoridad moral. Por ejemplo, si encarcelan a alguien por pertenecer a un partido legal, buscará otro juez. O recurrirá a una instancia superior.

—«Dios es mi juez» —dijo Harry.

Aune asintió.

—¿Qué crees que significa, Aune?

—Significa que quiere explicar sus actos. Que, a pesar de todo, necesita que lo comprendan. Como sabes, es algo que le ocurre a la mayoría de la gente.

Harry se pasó por el restaurante Schrøder camino de la casa de Fauke. Reinaba el silencio habitual de las mañanas y Maja estaba sentada a la mesa que había debajo del televisor, leyendo el periódico y fumándose un cigarrillo. Harry le enseñó la foto de Edvard Mosken que Halvorsen había conseguido proporcionarle en un tiempo récord, según supo, a través de las autoridades de tráfico, que hacía dos años habían expedido un permiso de conducir internacional a nombre de Mosken.

—Sí, creo que he visto esa jeta arrugada. Pero ¿acordarme de dónde y cuándo? Pues no. Tiene que haber estado aquí unas cuantas veces para que me acuerde de su cara, pero un asiduo no es.

—¿Crees que alguien más de aquí puede haber hablado con él?

—Haces unas preguntas muy difíciles, Harry.

—Alguien llamó desde vuestro teléfono público a las doce y media de la mañana del miércoles. No cuento con que te acuerdes, pero ¿puede haber sido esta persona?

Maja se encogió de hombros.

—Por supuesto, pero también pudo haber sido el duende de la Navidad. Ya sabes cómo son las cosas, Harry.

Harry llamó a Halvorsen cuando iba camino de la calle Vibe para pedirle que localizara a Edvard Mosken.

—¿Lo detengo?

—No, no. Solo tienes que comprobar sus coartadas para el asesinato de Brandhaug y la desaparición de Signe Juul.

Sindre Fauke estaba pálido cuando le abrió la puerta a Harry.

—Un amigo se presentó ayer con una botella de whisky —explicó esbozando una sonrisa que degeneró en una mueca—. Ya no tengo cuerpo para esas cosas. ¡Quién pillara los sesenta…!

Se rió y fue a retirar del fuego la cafetera, que había empezado a silbar.

—Leí lo del asesinato de ese ministro de Asuntos Exteriores —gritó desde la cocina—. Decían que la policía no descarta que estuviese relacionado con sus declaraciones sobre los combatientes del frente. El diario *VG* dice que los neonazis están detrás de todo. ¿Vosotros lo creéis de verdad?

—Puede que *VG* lo crea. Nosotros no creemos nada y tampoco descartamos nada. ¿Qué tal va el libro?

—Algo lento, por ahora. Pero cuando lo termine, le abrirá los ojos a mucha gente. Por lo menos, eso es lo que me digo a mí mismo para sentirme capaz de poner la máquina en marcha en días como hoy.

Fauke dejó la cafetera en la mesa de la sala de estar y se derrumbó en el sillón. Había puesto un trapo frío alrededor de la cafetera, un viejo truco del frente, dijo con una sonrisa. Obviamente, esperaba que Harry le preguntara cómo funcionaba el truco, pero tenía prisa.

—La esposa de Even Juul ha desaparecido —dijo.

—Vaya. ¿Se ha largado?

—No lo creo. ¿Tú la conoces?

—Pues la verdad es que nunca la he visto, pero conozco bien las controversias relativas a la boda de Juul. Que ella había sido enfermera en el frente y todo lo demás. ¿Qué ha pasado?

Harry le contó lo de la llamada telefónica y lo de la desaparición.

—No sabemos nada más. Esperaba que tú la conocieras y que pudieras darme alguna pista.

—Lo siento, pero…

Fauke hizo una pausa para tomar un sorbo de café. Daba la impresión de estar reflexionando sobre algo.

–¿Qué era lo que habían escrito en el espejo?

–«Dios es mi juez» –dijo Harry.

–Ya.

–¿En qué estás pensando?

–Ni yo mismo lo sé –dijo Fauke frotándose la barbilla sin afeitar.

–Desembucha.

–Dijiste que puede ser que el asesino quiera dar una explicación, hacerse entender.

–¿Y qué?

Fauke se fue a la librería, sacó un grueso volumen y empezó a pasar las hojas.

–Exactamente –dijo–. Lo que yo pensaba.

Le dio el libro a Harry. Era una enciclopedia bíblica.

–Busca «Daniel».

Harry fue ojeando la página hasta que localizó el nombre. «Daniel. Hebreo. Dios (Él) es mi juez.»

Miró a Fauke, que estaba sirviendo más café.

–Yo diría que estás buscando a un fantasma, Hole.

80

Calle Parkveien, Uranienborg, 12 de mayo de 2000

Johan Krohn recibió a Harry en su despacho. La librería que tenía a su espalda estaba repleta de anuarios de boletines de jurisprudencia encuadernados en cuero marrón. Producían un peculiar contraste con la cara de niño del abogado.

–Ha pasado mucho tiempo desde la última vez –dijo Krohn, y lo invitó a sentarse.

–Tienes buena memoria –dijo Harry.

–Sí, mi memoria se encuentra en perfecto estado. Sverre Olsen. Teníais un caso seguro. Lástima que el juzgado municipal no supiera atenerse al reglamento.

–No he venido por eso –dijo Harry–. Quiero pedirte un favor.

–Pedir es gratis –dijo Krohn juntando las yemas de los dedos.

A Harry le recordaba a un actor infantil que estuviera representando un papel de adulto.

–Estoy buscando un arma que han introducido ilegalmente en el país, y tengo razones para creer que Sverre Olsen pudo estar implicado de algún modo. Teniendo en cuenta que tu cliente está muerto, no tienes por qué acatar el secreto profesional y, por lo tanto, nada te prohíbe facilitarnos información. Puede ayudarnos a esclarecer el asesinato de Bernt Brandhaug; creemos que se cometió con esa arma.

Krohn sonrió con malicia.

—Preferiría ser yo quien valorase hasta dónde debe extenderse mi sometimiento al secreto profesional, oficial. No prescribe automáticamente al fallecer el cliente. Por otro lado, ¿no se te ha ocurrido pensar que puede parecerme una osadía que vengáis a pedirme información después de haber matado a mi cliente?

—Intento olvidarme de los sentimientos y mantenerme en el plano profesional —dijo Harry.

—¡Pues esfuérzate un poco más, oficial! —La voz de Krohn sonó más alta y chillona que antes—. Esta visita no es muy profesional. Como tampoco lo es matar a un hombre en su propia casa.

—Fue en defensa propia —dijo Harry.

—Formalidades —dijo Krohn—. Era un oficial de policía con mucha experiencia, debía haber sabido que Olsen era inestable y no presentarse de improviso. Deberían procesar a ese oficial.

Harry no pudo contenerse:

—Estoy de acuerdo contigo, resulta muy triste que no se pueda condenar a un delincuente por una formalidad.

Krohn parpadeó dos veces antes de comprender lo que Harry quería decir.

—Las formalidades jurídicas son otra cosa, oficial —dijo—. Jurar ante el juez puede que sea un detalle, pero sin seguridad pública...

—Mi grado es el de comisario.

Harry se concentraba en hablar despacio y en voz baja:

—Y esa seguridad pública de la que hablas mató a mi colega, Ellen Gjelten. Cuéntaselo a esa memoria tuya de la que tan orgulloso estás. Ellen Gjelten, veintiocho años. La investigadora con más talento de todo el cuerpo de policía de Oslo. El cráneo machacado. Una muerte jodida.

Harry se levantó e inclinó su metro noventa sobre el escritorio de Krohn, cuya nuez subía y bajaba nerviosamente por el escuálido cuello de buitre del abogado. Durante dos segundos interminables, Harry se permitió el lujo de disfrutar al ver el pánico en los ojos del joven abogado defensor. A continuación dejó caer su tarjeta de visita, que planeó hasta aterrizar en la mesa.

–Llámame cuando hayas terminado de considerar cuánto tiempo debes permanecer sometido al secreto profesional –dijo.

Harry casi había cruzado el umbral cuando la voz de Krohn lo hizo detenerse:

–Me llamó justo antes de morir.

Harry se volvió. Krohn suspiró.

–Tenía miedo de alguien. Sverre Olsen siempre tenía miedo. Estaba solo y aterrado.

«¿Quién no lo está?», murmuró Harry, antes de preguntar:

–¿Te dijo de quién tenía miedo?

–Del Príncipe. Solo eso, el Príncipe.

–¿Y no te dijo por qué tenía miedo?

–No. Solo que el tal Príncipe era una especie de superior y que le había ordenado que cometiera un crimen. Quería saber cuál sería la pena cuando el crimen se comete cumpliendo órdenes. Pobre indeliz.

–¿Qué clase de orden, qué crimen?

–Eso no me lo dijo.

–¿Algo más?

Krohn negó en silencio.

–Llámame a cualquier hora del día o de la noche si recuerdas algo más –dijo Harry.

–Y una cosa más, comisario. Si crees que duermo tranquilo sabiendo que se declaró inocente al hombre que mató a tu colega, te equivocas.

Pero Harry ya se había ido.

81

Pizzería Herbert,
12 de mayo de 2000

Harry llamó a Halvorsen y le pidió que acudiese a la pizzería Herbert. Estaban prácticamente solos en el local y eligieron una mesa próxima a la ventana. En el rincón del fondo había un tipo con un capote militar largo, un bigote que había pasado de moda con Adolf Hitler y un par de pies enfundados en sendas botas que había colocado encima de una silla. Tenía pinta de intentar batir el récord mundial de aburrimiento.

Halvorsen había conseguido dar con Edvard Mosken, pero no lo encontró en Drammen.

—No contestó cuando llamé a su casa, así que conseguí que en el servicio de información telefónica me facilitasen el número de un móvil. Resulta que está en Oslo. Tiene un piso en la calle Tromsø, en Rodeløkka, donde se queda cuando va a Bjerke.

—¿Bjerke?

—El hipódromo. Parece ser que va todos los viernes y los sábados. Se entretiene y apuesta un poco, me dijo. Además, es propietario de la cuarta parte de un caballo. Me reuní con él en el establo, detrás de la pista.

—¿Qué más te dijo?

—Que algunas veces, cuando estaba en Oslo, se pasaba por el Schrøder por la mañana. Que no tiene ni idea de quién es Bernt Brandhaug y que, desde luego, nunca ha llamado a su casa. Sabía quién era Signe Juul y la recordaba del frente.

—¿Y de la coartada, qué?

Halvorsen pidió una Hawaii Tropic con pimientos, salami y piña.

—Mosken me contó que, salvo las salidas a Bjerke, había pasado la semana solo en el apartamento de la calle Tromsø. Y que estaba allí la mañana que asesinaron a Bernt Brandhaug. Y esta mañana también.

—Bien. ¿Qué impresión te causó su forma de contestar?

—¿Qué quieres decir?

—¿Lo creíste mientras te hablaba?

—Sí, bueno, creerlo, lo que se dice creerlo...

—Rebusca en la memoria, Halvorsen, no tengas miedo. Y luego dime exactamente lo que sientes: no lo utilizaré en tu contra.

Halvorsen clavó la vista en la mesa, jugueteó con el menú de pizzas.

—Si miente, es un tipo muy frío, eso te lo aseguro.

Harry suspiró.

—¿Te has encargado de que lo mantengan bajo vigilancia? Quiero a dos hombres enfrente de su casa, día y noche.

Halvorsen asintió y marcó un número en el móvil. Harry oyó la voz de Møller mientras observaba al neonazi del rincón. O como se llamaran. Nacionalsocialistas. Nacionaldemócratas. Acababa de hacerse con un trabajo de fin de carrera de sociología cuya conclusión era que en Noruega hay cincuenta y siete neonazis.

Les sirvieron la pizza y Halvorsen miró a Harry como preguntándole.

—Adelante —dijo Harry—. La pizza no es lo mío.

Al abrigo del rincón se le había sumado la compañía de una guerrera de combate, corta y de color verde. Conversaban entre susurros y miraban hacia los dos policías.

—Otra cosa más —recordó Harry—. Linda, de Inteligencia, me dijo que en Colonia existen unos archivos de las SS, una parte de los cuales se destruyeron en un incendio en los años setenta; pero se ve que en ellos han encontrado información sobre ciudadanos noruegos que lucharon en el bando alemán. Destinos, condecoraciones, rango, ese tipo de cosas. Quiero que llames y veas si puedes averiguar algo sobre Daniel Gudeson. Y sobre Gudbrand Johansen.

—Bueno, bueno, jefe —dijo Halvorsen con la boca llena de comida—. Cuando termine con el resto de la pizza, ¿no?

—Mientras tanto, iré a charlar con la juventud —dijo Harry levantándose.

Cuando se trataba de asuntos de trabajo, Harry nunca había tenido el menor reparo en utilizar su tamaño para conseguir alguna ventaja psicológica. Y, pese a que el del bigote a lo Hitler miraba a Harry como si estuviera haciendo un gran esfuerzo, Harry sabía que tras aquella fría mirada se ocultaba el mismo miedo que había visto en Krohn. Con la diferencia de que aquel tipo estaba más acostumbrado a ocultarlo. Harry cogió la silla en la que el del bigote a lo Hitler tenía apoyadas las botas, de modo que sus pies cayeron al suelo antes de que el sujeto pudiera reaccionar.

—Perdón —dijo Harry—. Creí que la silla estaba libre.

—Puto madero —dijo el del bigote.

La cabeza rapada que sobresalía del cuello de la guerrera verde se giró.

—Correcto —confirmó Harry—. O policía de mierda. O tío de la pasma. No, ese apelativo es, seguramente, demasiado suave. ¿Qué te parece The Man, es lo bastante internacional?

—¿Te estamos molestando o qué? —preguntó el del abrigo.

—Sí, me estáis molestando —dijo Harry—. Hace mucho que me molestáis. Dale recuerdos al Príncipe y díselo. Que Hole ha venido a devolveros el favor. Mensaje de Hole para el Príncipe. ¿Lo habéis entendido?

El de la guerrera parpadeó embobado. El del abrigo abrió una bocaza que dejó a la vista dos hileras de dientes totalmente dispares y se echó a reír hasta que empezó a babear.

—¿Estás hablando de Haakon Magnus o qué? —preguntó.

Al cabo de un rato, el de la guerrera pilló el chiste y se echó a reír también.

445

–Claro –comentó Harry–. Si no sois más que soldados de a pie, es lógico que no conozcáis al Príncipe, así que mejor será que le transmitáis el mensaje a vuestro superior inmediato. Espero que os guste la pizza, chicos.

Mientras volvía con Halvorsen, notó sus miradas clavadas en la nuca.

–Termina de comer –le dijo Harry a Halvorsen, que, en ese momento, se llevaba a la boca un enorme trozo de pizza–. Tenemos que salir de aquí, no quiero acumular más mierda en mi hoja de servicios.

82

Colina Holmenkollåsen,
12 de mayo de 2000

Aquella era la tarde más calurosa de la primavera. Harry conducía con la ventanilla bajada para que la brisa le acariciase la cara y el pelo. Desde la colina Holmenkollåsen se veía el fiordo de Oslo salpicado de islitas que se asemejaban a conchas de color marrón verdoso y los primeros barcos de vela de la temporada volvían a tierra. Unos estudiantes orinaban al borde de la carretera, junto a un autobús pintado de rojo desde cuyos altavoces, colocados en el techo, retumbaba la música de una canción:

«Won't - you - be my lover…».

Una señora mayor con pantalones bombachos y el anorak atado alrededor de la cintura bajaba la calle con una sonrisa cansada y satisfecha.

Harry aparcó el coche enfrente de la casa. Prefería no llegar hasta el jardín, no sabía muy bien por qué. Quizá porque tenía la sensación de que, si aparcaba más abajo, su visita sería menos invasiva. Un razonamiento ridículo, por supuesto, dado que, en cualquier caso, se presentaba sin avisar y sin invitación.

Estaba a mitad de camino cuando sonó el móvil. Era Halvorsen, que llamaba desde el Archivo de los Traidores a la Patria.

—Nada —anunció—. Si es verdad que Daniel Gudeson está vivo, jamás lo condenaron por traición.

—¿Y Signe Juul?

—Le cayó una condena de un año.

—Ya, pero se libró de la cárcel. ¿Alguna otra cosa interesante?

—Nada, que ya están preparándose para echarme de aquí y poder cerrar.

—Vete a casa a dormir, puede que mañana se nos ocurra algo.

Harry había llegado al pie de la escalera y estaba a punto de subirla de un salto cuando se abrió la puerta. Se quedó inmóvil. Rakel llevaba un jersey de lana y unos vaqueros azules, tenía el cabello despeinado y la cara más pálida que de costumbre. Buscó en sus ojos alguna señal de que se alegrara de volver a verlo, pero no encontró nada. Ni siquiera esa amabilidad neutra que tanto había temido. Apenas había expresión alguna en sus ojos; y a saber lo que eso significaba.

—He oído voces… —dijo Rakel—. Pasa.

Oleg estaba en pijama en la sala de estar, viendo la televisión.

—Hola, perdedor —dijo Harry—. ¿No deberías estar entrenándote con el Tetris?

Oleg resopló sin levantar la cabeza.

—Siempre olvido que los niños no entienden de ironías —le dijo a Rakel.

—¿Dónde has estado? —preguntó Oleg.

¿Que dónde había estado? Harry se quedó un tanto confuso al ver la expresión acusadora de Oleg.

—¿Qué quieres decir?

Oleg se encogió de hombros.

—¿Un café? —dijo Rakel.

Harry asintió. Oleg y Harry observaban en silencio la increíble migración de los ñus a través del desierto de Kalahari, mientras Rakel trajinaba en la cocina. Llevó bastante tiempo, tanto el café como la caminata.

—Cincuenta y seis mil —dijo Oleg al final.

—Mentira —dijo Harry.

—¡Soy el primero en la lista de los mejores-de-todos-los-tiempos!

—Vete a buscarlo.

Oleg se levantó y salió corriendo del salón cuando Rakel entraba con el café y se sentó enfrente de Harry, que cogió el mando a distancia y bajó el volumen de aquel retumbar de pezuñas. Fue Rakel quien, al final, rompió el silencio.

—¿Qué vas a hacer este año el Diecisiete de Mayo?

—Tengo guardia. Pero si estás insinuándome una invitación a lo que sea, moveré cielo y tierra...

Se rió y negó agitando las manos.

—Perdón, solo quería iniciar una conversación. Hablaremos de otra cosa.

—¿Así que estás enferma? —preguntó Harry.

—Es una larga historia.

—Pues parece que tienes bastantes.

—¿Por qué te han hecho volver? —preguntó Rakel.

—Brandhaug. Con quien, curiosamente, hablé en una ocasión sentado justo aquí.

—Sí, la vida está llena de casualidades absurdas —dijo Rakel.

—Tan absurdo que nunca habría colado en una historia inventada, por lo menos.

—Tú no sabes ni la mitad, Harry.

—¿Qué quieres decir?

Ella lanzó un suspiro y empezó a remover el café.

—¿Qué pasa? ¿Es que toda la familia ha decidido enviar mensajes cifrados esta noche?

Ella intentó reírse, pero su risa se tornó en un sollozo. «El típico resfriado de primavera», pensó Harry.

—Yo... Lo que...

Intentó empezar la frase un par de veces más, pero no le salió bien. La cucharilla daba vueltas y más vueltas en la taza. Por encima de su hombro, Harry vio cómo un cocodrilo, despacio pero sin piedad, arrastraba a un ñu hasta las aguas del río.

—Lo he pasado fatal —dijo Rakel—. Y te he echado de menos.

Se volvió hacia Harry, que, en ese momento, vio que Rakel estaba llorando. Las lágrimas le rodaban por las mejillas y se le acumulaban debajo de la barbilla. Pero ella no hizo el menor intento de contenerlas.

–Bueno… –dijo Harry.

Y eso fue cuanto tuvo tiempo de decir, antes de que ambos se fundiesen en un abrazo. Se abrazaron como si fueran salvavidas. Harry temblaba de emoción. «Solo esto –pensó–. Solo esto es suficiente. Tenerla así.»

–¡Mamá! –El grito venía del primer piso–. ¿Dónde está mi Gameboy?

–En uno de los cajones de la cómoda –gritó Rakel con voz trémula–. Empieza por arriba.

»Bésame –le dijo a Harry.

–Pero Oleg puede…

–La Gameboy no está en la cómoda…

Cuando Oleg bajó corriendo las escaleras con la Gameboy, que, finalmente, había encontrado en la caja de los juguetes, no se percató enseguida del ambiente que reinaba en la sala y se rió de la expresión de preocupación de Harry cuando le enseñó la nueva suma de puntos. Pero en cuanto Harry empezó a jugar para batir su nuevo récord, oyó la voz de Oleg:

–¿Por qué tenéis esas caras tan raras?

Harry vio que a Rakel le costaba mantenerse seria.

–Es porque nos gustamos mucho –explicó Harry, suprimiendo tres líneas con una pieza larga y delgada al fondo a la derecha–. Y ese récord tuyo peligra muchísimo, perdedor.

Oleg se rió y le dio a Harry un manotazo en el hombro.

–Ni lo sueñes. El perdedor eres tú.

83

Apartamento de Harry,
12 de mayo de 2000

Harry no se sentía como un perdedor cuando, poco después de medianoche, entró en su apartamento y vio parpadear la luz roja del contestador. Había llevado en brazos a Oleg a la cama y Rakel y él se tomaron un té. Rakel le dijo que un día le contaría una historia muy larga. Cuando no estuviera tan cansada. Harry le contestó que necesitaba unas vacaciones y ella se mostró de acuerdo.

—Podemos ir los tres juntos —dijo—. Cuando hayamos resuelto este caso.

Le acarició la cabeza.

—No te consiento que bromees con esas cosas, Hole.

—¿Quién está bromeando?

—De todos modos, no tengo ganas de hablar de eso ahora. Será mejor que te vayas a casa, Hole.

Se besaron una vez más en la entrada, así que Harry aún tenía en los labios su sabor.

Se acercó sigiloso al contestador, descalzo y sin encender la luz, y pulsó el botón de reproducción de mensajes. La voz de Sindre Fauke llenó la oscuridad.

—Soy Fauke. He estado pensando. Si Daniel Gudeson es algo más que un espectro, solo hay una persona en el mundo que pueda resolver el enigma, y es el soldado que estaba de guardia con él la Nochevieja en que se supone que le dispararon a Daniel.

451

Gudbrand Johansen. Tienes que encontrar a Gudbrand Johansen, Hole.

Se oyó el clic del auricular al colgar, un bip y, cuando Harry pensaba que se había terminado, oyó que había otro mensaje:

—Aquí Halvorsen. Son las doce y media. Acaba de llamarme uno de los policías de vigilancia. Llevan mucho rato esperando ante el apartamento de Mosken, pero no ha vuelto a casa, así que probaron el número de Drammen, por si contestaba al teléfono. Tampoco contestó. Uno de los chicos fue a Bjerke, pero allí todo estaba cerrado y las luces apagadas. Les pedí que tuvieran paciencia y envié una orden de búsqueda del coche de Mosken a través de la radio de la policía. Solo quería que lo supieras. Nos vemos mañana.

Nuevo bip. Nuevo mensaje. Un récord para el contestador de Harry.

—Soy Halvorsen otra vez. Empiezo a volverme senil. Se me olvidó por completo la otra tarea. Parece que al final hemos tenido un poco de suerte. En el archivo de las SS de Colonia no había datos personales ni de Gudeson ni de Johansen. Me dijeron que debería llamar al archivo central de la Wehrmacht, en Berlín. Allí encontré a un auténtico gruñón que me dijo que el número de noruegos participantes en las fuerzas regulares alemanas fue muy reducido. Pero cuando le expuse el asunto, me prometió que lo comprobaría. Me devolvió la llamada al cabo de un rato. No había encontrado nada sobre Daniel Gudeson, pero sí varias copias de unos documentos pertenecientes a un tal Gudbrand Johansen, también noruego. Según esos documentos, Johansen fue trasladado en 1944 a la Wehrmacht desde las Waffen-SS. Había una anotación conforme a la cual habían enviado a Oslo las copias de los documentos originales en el verano de 1944, lo que, según nuestro hombre de Berlín, solo puede significar que a Johansen lo destinaron allí. También encontró parte de la correspondencia mantenida con el médico que firmó la baja por enfermedad de Johansen. En Viena.

Harry se sentó en la única silla del salón.

—El nombre del médico era Christopher Brockhard, del hospital Rudolph II. He hablado con la policía de Viena y resulta que sigue funcionando. Hasta me proporcionaron el nombre y número de teléfono de una veintena de personas que aún viven y que trabajaron allí durante la guerra.

«Los teutones dominan lo de llevar archivos», se dijo Harry.

—Así que empecé a llamar. ¡Joder, qué malo es mi alemán!

La risa de Halvorsen estalló en el altavoz.

—Llamé a ocho de ellos hasta que di con una enfermera que recordaba a Gudbrand Johansen. Era una señora de setenta y cinco años. Me aseguró que lo recordaba muy bien. Mañana te daré su número y dirección. Su nombre es Mayer, Helena Mayer.

Un nuevo bip siguió al silencio, pero, en esta ocasión, el reproductor de mensajes se detuvo.

Harry soñó con Rakel, con su cara hundiéndose en su cuello, con sus manos, tan fuertes, con figuras del Tetris cayendo sin cesar. Hasta que la voz de Sindre Fauke lo despertó a media noche y lo obligó a buscar en la oscuridad el contorno de una persona: «Tienes que encontrar a Gudbrand Johansen».

84

Fuerte de Akershus,
13 de mayo de 2000

Eran las dos y media de la madrugada y el anciano había detenido el coche junto a una nave bastante baja, en la calle Akershusstranda. Aquella calle fue en otro tiempo una de las arterias de la ciudad de Oslo pero, tras la apertura del túnel Fjellinjen, cerraron uno de los extremos y ya solo la utilizaban los que trabajaban en el muelle durante el día. Y los clientes de las prostitutas, que buscaban un lugar recoleto para su «paseo», pues entre la calle y el mar no había más que un par de naves, y al otro lado estaba la fachada occidental del fuerte de Akershus. Ahora bien, alguien que mirara desde el muelle Aker Brygge con unos prismáticos potentes podría haber visto, con seguridad, lo mismo que el anciano: la espalda de un abrigo gris que daba un respingo cada vez que el hombre que lo llevaba empujaba las caderas hacia delante, y la cara de una mujer muy maquillada y drogada, que se dejaba embestir contra la pared occidental del fuerte, justo debajo de los cañones. A cada lado de los que así copulaban, había un foco que iluminaba la ladera de la montaña y el muro que se alzaba a su lado.

Kriegswehrmachtstgefängnis Akershus. La parte interior del fuerte permanecía cerrada por la noche y, aunque hubiera conseguido entrar, el riesgo de ser descubierto en el mismo lugar de la ejecución era demasiado grande. Nadie sabía exactamente cuántas personas habían muerto fusiladas allí durante la guerra, pero que-

daba una placa conmemorativa de los caídos de la Resistencia noruega. El anciano sabía que uno de ellos, como mínimo, era un
vulgar delincuente que se había hecho merecedor del castigo, con
independencia de en qué lado estuviera. Allí era donde habían
fusilado a Vidkun Quisling y a los otros que fueron sentenciados a
muerte en los juicios posteriores a la guerra. Quisling aguardó el
cumplimiento de la sentencia en la Torre de la Pólvora. El anciano
se había preguntado a menudo si sería aquella la torre que le había
dado título a un libro en el que el autor describe con todo detalle
los diferentes métodos de ejecución a lo largo de los siglos. La
descripción de la ejecución por fusilamiento frente a un pelotón,
¿no sería, en realidad, un relato sobre la ejecución de Vidkun Quisling aquel día de otoño de 1945, cuando llevaron al traidor hasta la
plaza para agujerearle el cuerpo con balas de fusil? ¿Era cierto,
como contaba el autor, que le habían puesto una capucha en la
cabeza y que le habían sujetado un trozo de papel blanco en el
lugar del corazón, para que hiciese de diana? ¿Gritaron la orden
cuatro veces antes de disparar? ¿Dispararían tan mal aquellos expertos tiradores que el médico tuvo que utilizar el estetoscopio
para determinar que debían ejecutar al condenado otra vez hasta
que, tras disparar cuatro o cinco veces más, fue la hemorragia de
tantas heridas superficiales la que le causó la muerte?

El anciano tenía la descripción recortada del libro.

El abrigo dejó de moverse, había terminado y su propietario
bajaba ya la ladera en dirección a su coche. La mujer seguía junto
al muro, se colocó bien la falda y encendió un cigarrillo que brillaba en la oscuridad con cada calada. El viejo esperaba. La mujer
aplastó el cigarrillo con el tacón y echó a andar por el camino em-
barrado que rodeaba el fuerte, para volver a «la oficina» situada en
las calles próximas al Banco de Noruega.

El anciano se volvió hacia el asiento trasero, desde el que la mujer, amordazada, lo miraba fijamente, con el pavor pintado en la cara
y los mismos ojos aterrados que le había visto cada vez que despertaba de los efectos del éter de dietilo. La vio mover la boca bajo la
mordaza.

455

—No tengas miedo, Signe —dijo inclinándose hacia ella y sujetando algo a su abrigo.

Signe intentó inclinar la cabeza para ver qué era, pero él la forzó a mantenerla derecha.

—Vamos a dar un paseo —dijo—. Como solíamos hacer.

Salió del coche, abrió la puerta trasera, la sacó de un tirón y la empujó para que caminase delante de él. Ella tropezó y cayó de rodillas sobre la grava que había entre la hierba, al borde de la calle, pero él tiró fuertemente de la cuerda con la que le había atado las manos a la espalda, obligándola a levantarse. La colocó justo delante de uno de los focos, con la luz directamente orientada a la cara.

—Quédate muy quieta; se me olvidó el vino. Ribeiro tinto, ¿te acuerdas, verdad? Muy quieta, de lo contrario...

La luz la cegaba y el anciano tuvo que acercarle el cuchillo a la cara para que lo viera. Y a pesar de la intensa luz, tenía las pupilas tan dilatadas que los ojos parecían negros. Él fue hasta el coche, siempre mirando a su alrededor. Pero no había nadie. Aguzó el oído, pero no oyó más que el zumbido uniforme de una ciudad. Abrió el maletero. Empujó la bolsa negra de basura a un lado y notó que el cadáver del perro había empezado a ponerse rígido. El acero del Märklin brillaba débilmente. Lo sacó del asiento del conductor. Bajó la ventanilla hasta la mitad y apoyó el rifle en el cristal. Al levantar la vista, divisó el baileteo de la sombra gigantesca que el cuerpo de la mujer proyectaba sobre el muro del siglo XVI, ocre y amarillo. La sombra debía de verse incluso desde Nesodden. Muy hermoso.

Arrancó el coche con la mano derecha y aceleró el motor. Echó una ojeada a su alrededor una última vez, antes de localizar el blanco en la mira. Había una distancia de unos cincuenta metros y el abrigo de la mujer llenó la totalidad de la circunferencia de la lente. Ajustó la mira un poco a la derecha hasta que la cruz negra encontró lo que buscaba, el trozo de papel blanco. Expulsó el aire de los pulmones y apretó los dedos en el gatillo.

—Bienvenida —susurró.

PARTE VIII

DE TI

85

Viena,
14 de mayo de 2000

Harry se concedió tres segundos solo para disfrutar de la sensación de frescor que le transmitía en la nuca y bajo los antebrazos la piel de los asientos del Tyrolean Air. Pero enseguida comenzó a reflexionar de nuevo.

A sus pies se extendía el paisaje, una manta compuesta de retazos en verde y amarillo y el Danubio reluciendo al sol, como una herida purulenta de color ocre. La azafata acababa de informar de que estaban a punto de aterrizar en Schwechat, de modo que Harry se preparó para el descenso.

Nunca le había entusiasmado volar, pero en los últimos años había empezado a sentir miedo de verdad. Ellen le preguntó en una ocasión de qué tenía miedo. «De morir estrellándome contra el suelo. ¿De qué otra cosa se puede tener miedo?», le contestó él entonces. Ella le explicó que la probabilidad de morir en el trayecto de un vuelo era de una entre treinta millones. Él le agradeció la información y le dijo que no volvería a tener miedo.

Harry respiraba acompasadamente mientras se esforzaba por no prestar atención a los sonidos cambiantes de los motores. ¿Por qué la edad acentuaba la angustia ante la muerte? ¿No debería ser al contrario? Signe Juul llegó a los setenta y nueve años: seguro que estaba muerta de pavor. Fue uno de los vigilantes del fuerte de Akershus quien la encontró. Un famoso millonario de Aker

Brygge que no podía dormir los había llamado durante la guardia para avisarles de que uno de los focos del muro sur se había apagado y el vigilante de guardia mandó a mirar a uno de los vigilantes más jóvenes. Harry estuvo interrogándolo dos horas después y el joven le dijo que, al acercarse, vio que el cuerpo sin vida de una mujer estaba tendido sobre uno de los focos, tapando la luz. En un primer momento, el vigilante creyó que se trataba de una yonqui, pero cuando se acercó y vio que tenía el cabello gris y llevaba ropas anticuadas, supo que se trataba de una mujer mayor. Su siguiente pensamiento fue que se habría mareado, hasta que descubrió que tenía las manos atadas a la espalda. Cuando por fin se encontró a su lado, vio el agujero abierto en el abrigo.

—Se veía que tenía la columna destrozada —le aseguró a Harry—. ¡Joder, es que se veía!

Después, le contó que se apoyó con una mano en la roca, porque tenía ganas de vomitar, y que luego, cuando llegó la policía y trasladó el cuerpo de la mujer, de modo que el muro volvió a quedar iluminado, vio lo que era la sustancia pegajosa que se le había adherido a la mano. Dijo aquello mostrándosela a Harry, como si fuera importante.

La policía científica ya había acudido al escenario del crimen y Weber se acercó a Harry mientras observaba los ojos somnolientos de Signe Juul y le dijo que en aquello no había sido Dios el juez, sino más bien el tipo «del piso de abajo».

El único testigo era un vigilante que había estado inspeccionando los almacenes. A las tres y cuarto se había cruzado con un coche que iba en dirección este, hacia Akershustranda. Pero, puesto que el vehículo lo deslumbró con las luces largas, no pudo ver ni el modelo ni el color.

Parecía que el piloto aceleraba. Harry se imaginó que intentaban ganar altura, porque seguramente el comandante acababa de descubrir los Alpes justo delante de la cabina. De pronto, sintió como si el Tyrolean Air se hubiese quedado sin aire bajo las alas y a él se le desplazara el estómago hasta quedar debajo de las orejas. Lanzó un lamento involuntario cuando, un segundo después, volvían a subir como una pelota de goma. Los altavoces trajeron la voz del comandante, que, en alemán y en inglés, les advertía sobre unas turbulencias.

Aune había observado en una ocasión que una persona incapaz de sentir el miedo no podría sobrevivir un solo día. Harry se aferró a los brazos del asiento e intentó hallar consuelo en ese pronóstico.

Por cierto que había sido Aune quien, de forma indirecta, hizo que Harry se sentase en el primer vuelo a Viena pues, cuando vio toda la información sobre la mesa, dijo enseguida que el factor tiempo era decisivo.

–Si nos encontramos ante un asesino en serie, está a punto de perder el control –aseguró Aune–. No es como el clásico asesino en serie con móvil sexual que busca satisfacer sus deseos, pero la decepción es siempre la misma y la frustración lo lleva a aumentar la frecuencia. Este asesino no parece tener un móvil sexual, sino que tiene un plan enfermizo que llevar a cabo y, hasta el momento, se ha conducido de un modo cauto y racional. El hecho de que los asesinatos se hayan sucedido de forma tan seguida y de que corra grandes riesgos para subrayar el aspecto simbólico de su acción, como en el asesinato del fuerte de Akershus, que parecía una ejecución, indica que se siente invencible o que está perdiendo el control o quizá cayendo en la psicosis.

–O tal vez sigue teniendo un control absoluto –dijo Halvorsen–. No ha cometido ningún error y nosotros seguimos sin tener la menor pista.

Y vaya si Halvorsen tenía razón. Ni una sola pista.

Mosken pudo justificar sus movimientos. Respondió al teléfono en Drammen cuando Halvorsen llamó aquella mañana para comprobar si estaba, puesto que los que debían vigilarlo no le habían visto el pelo en Oslo. Por supuesto que no tenían medio de saber si decía la verdad, si había conducido hasta Drammen después de que cerrasen Bjerke a las diez y media y llegó a las once y media. O si habría llegado allí a las tres y media de la madrugada y, por tanto, le habría dado tiempo de matar a Signe Juul.

461

Harry le había pedido a Halvorsen que llamara a los vecinos y les preguntara si habían visto u oído cuándo llegó Mosken, aunque no tenía grandes esperanzas en esas pesquisas. Y a Møller le había sugerido que hablara con el fiscal para conseguir una orden de registro de sus dos apartamentos. Harry sabía que sus argumentos no eran muy sólidos y, de hecho, el fiscal respondió que, antes de dar el visto bueno a dicha orden, quería ver algo que se pareciera al menos a un indicio.

Ninguna pista. Había llegado el momento de ponerse nervioso. Harry cerró los ojos. Aún tenía impresa en la retina la cara de Even Juul. Hermética y gris. Allí sentado, hundido en el sillón de Irisveien con la correa del perro en la mano.

Las ruedas tocaron por fin el asfalto y Harry constató que, una vez más, él se encontraba entre los treinta millones de afortunados.

El oficial que el jefe de la policía de Viena había puesto a su disposición para hacer las veces de chófer, guía e intérprete aguardaba en la sala de llegadas con su traje oscuro, sus gafas de sol y su cuello de toro mientras sostenía en la mano un folio con el nombre de MR. HOLE escrito con un rotulador grueso.

El cuello de toro se presentó como «Fritz» (alguien tenía que llamarse así, pensó Harry) y lo guió hasta un BMW de color azul oscuro que, un segundo más tarde, corría como un rayo en dirección noroeste por la autovía que conducía hasta el centro, dejando atrás las chimeneas de las fábricas que expulsaban un humo blanquecino y a los conductores civilizados que se cambiaban al carril de la derecha cuando Fritz aceleraba.

—Te alojarás en el hotel de los espías —le dijo Fritz.

—¿El hotel de los espías?

—El viejo y honorable Imperial. Donde los agentes rusos y occidentales se alojaban para cambiarse de bando durante la Guerra Fría. Tu jefe debe de ser millonario.

Bajaron hasta Kärntner Ring y Fritz empezó a señalarle los edificios que iban apareciendo en su trayecto.

—Eso que ves a la derecha, sobresaliendo entre los tejados de las casas, es la torre de la catedral de San Esteban —dijo—. Imponente, ¿verdad? Y este es el hotel. Te esperaré aquí mientras te registras.

El recepcionista del Imperial sonrió al ver la expresión de asombro de Harry ante una recepción tan fastuosa.

—Hemos invertido cuarenta millones de chelines para reconstruirlo con exactamente el mismo aspecto que tenía antes de la guerra. Quedó casi del todo destruido por los bombardeos de 1944 y, hace solo unos años, estaba bastante deteriorado.

Cuando Harry salió del ascensor en la tercera planta, sintió como si estuviese pisando un fondo cenagoso e inestable: tan frondosa y suave era la moqueta. La habitación no era particularmente amplia, pero tenía una gran cama con baldaquino que también parecía tener cien años de antigüedad, como mínimo. Abrió la ventana e inspiró el aroma a dulces procedente de la pastelería que había al otro lado de la calle.

—Helena Mayer vive en Lazarettegasse —le dijo Fritz cuando Harry bajó y volvió a sentarse en el coche. Le pitó a un vehículo que cambió de carril sin utilizar el intermitente—. Es viuda y tiene dos hijos mayores. Trabajó como maestra después de la guerra hasta su jubilación.

—¿Has hablado con ella?

—No, pero leí el archivo con sus datos personales.

La dirección de Lazarettegasse estaba en una zona residencial que seguramente habría conocido mejores tiempos. Ahora, en cambio, la pintura de los muros que flanqueaban la amplia escalinata estaba descascarillada y el eco de sus pasos se mezclaba con los ruidos de una gotera.

Helena Mayer los aguardaba sonriente en la puerta del cuarto piso. Tenía los ojos vivos de color castaño y lamentó que tuviesen que subir tantos peldaños.

El apartamento tenía demasiados muebles y estaba lleno de todos esos objetos decorativos que la gente suele reunir a lo largo de toda una vida.

—Siéntense —los invitó—. Yo hablaré alemán, pero tú puedes hablar en inglés, porque lo entiendo bastante bien —le dijo a Harry.

La mujer fue a buscar una bandeja con café.

—Es *Strudel* —dijo señalando el pastel.

–¡Ñam! –dijo Fritz, y se sirvió un trozo.

–Así que conocías a Gudbrand Johansen –comenzó Harry.

–Claro que sí. Bueno, aunque él insistía en que lo llamáramos Urías. Al principio creímos que se había vuelto un poco raro, por culpa de las heridas.

–¿Qué clase de heridas?

–En la cabeza. Y también en la pierna, claro. Faltó poco para que el doctor Brockhard tuviese que amputársela.

–Pero se recuperó y fue destinado a Oslo el verano de 1944, ¿no es así?

–Sí, claro, se suponía que tenía que ir a Oslo.

–¿Qué quiere decir con que se suponía?

–Pues que desapareció. Y, en cualquier caso, no se presentó en Oslo, ¿no?

–No, por lo que nosotros sabemos. ¿Conocías bien a Gudbrand Johansen?

–Muy bien. Era un tipo extrovertido y un excelente narrador de cuentos. Creo que todas las enfermeras estuvieron enamoradas de él.

–¿Tú también?

La mujer soltó una risa clara y sonora.

–Yo también. Pero él no me quería a mí.

–¿No?

–Oh, bueno, yo era muy guapa, ¿sabes? No era ese el motivo. Urías quería a otra mujer.

–¿Ah, sí?

–Sí, y ella también se llamaba Helena.

–¿Y qué Helena es esa?

La anciana frunció el entrecejo.

–Pues Helena Lang. Eso fue lo que originó la tragedia, que ellos dos se querían.

–¿Qué tragedia?

La mujer miró perpleja a Harry, después a Fritz y luego otra vez a Harry.

–¿No es por eso por lo que habéis venido? –preguntó la mujer–. ¿Por ese asesinato?

86

Slottsparken,
14 de mayo de 2000

Era domingo, la gente caminaba más despacio que otros días y el anciano recorría el Slottsparken a su paso. Se detuvo a la altura de la garita de la Guardia Real. Los árboles tenían ese claro color verde que tanto le gustaba. Todos, menos uno. El alto roble que se erguía en el centro del parque nunca alcanzaría un verde más intenso que el que ahora tenía. Ya empezaba a apreciarse la diferencia. A medida que el árbol se fue despertando del sopor invernal, el flujo vital del tronco empezó a circular y a difundir el veneno por la red de las venas. Y a aquellas alturas, había atacado ya a todas y cada una de las hojas, provocando una hipertrofia que, en el transcurso de una o dos semanas, haría que las hojas se ajaran, se tornaran de color ocre y cayeran al suelo hasta que, al final, el árbol muriese.

Pero ellos no lo habían comprendido aún. Al parecer, no comprendían nada. Bernt Brandhaug no figuraba en aquel plan y el anciano comprendía que el atentado hubiese desconcertado a la policía. Las declaraciones de Brandhaug en el diario *Dagbladet* no habían sido más que una de esas curiosas coincidencias y él había sufrido mucho leyéndolas. Por Dios santo, si él incluso estaba de acuerdo con Brandhaug, los perdedores deberían morir ahorcados, así lo mandaba la ley de la guerra.

Pero ¿qué se había hecho de todas las demás pistas que él les había suministrado? Ni siquiera habían sido capaces de relacionar la ejecución del fuerte de Akershus con la gran traición. Tal vez se les iluminase la mente la próxima vez que los cañones tronasen desde la muralla.

Miró a su alrededor en busca de un banco. Los dolores eran cada vez más frecuentes y no necesitaba acudir a la consulta de Buer para que le confirmara que la enfermedad se había extendido por todo el cuerpo, él lo sabía. Ya faltaba poco.

Se apoyó en un árbol. El abedul real. El gobierno y el rey huyen a Inglaterra. «Sobrevuelan bombarderos alemanes.» Aquel poema de Nordahl Grieg le producía náuseas. Aludía a la traición del rey como a una gloriosa retirada, a que abandonar a su pueblo en una situación tan grave fue un acto moral. Y a salvo en Londres, el rey no era más que otro de esos monarcas exiliados que daban discursos conmovedores ante las esposas de la clase alta que simpatizaban con su causa y sus ideas, en cenas de representación, mientras se aferraban a la esperanza de que su pequeño reino quisiera verlos regresar un día. Y luego todo pasó; llegó el momento de la acogida, cuando el barco en el que viajaba el príncipe heredero atracó en el muelle y la gente gritó hasta desgañitarse, para disimular la vergüenza, la propia y la de su rey. El anciano cerró los ojos al sol.

Gritos de órdenes, botas y fusiles AG3 restallaban en la gravilla. Novedad. Cambio de guardia.

87

Viena,
14 de mayo de 2000

−¿De modo que no lo sabíais? −preguntó Helena Mayer.

La mujer meneó la cabeza mientras Fritz se afanaba al teléfono para encontrar a alguien que se pusiera a buscar casos de asesinato prescritos o archivados.

−Seguro que lo encontramos −le susurró Fritz.

A Harry no le cabía la menor duda.

−¿De modo que la policía estaba totalmente segura de que Gudbrand Johansen asesinó a su propio médico? −le preguntó Harry a la señora.

−Desde luego que sí. Christopher Brockhard vivía solo en uno de los apartamentos de la zona hospitalaria. La policía llegó a la conclusión de que Johansen rompió el cristal de la puerta de su casa y lo mató mientras dormía en su propia cama.

−¿Cómo…?

La señora Mayer se pasó un dedo por el cuello, con un gesto dramático.

−Yo misma lo vi más tarde −explicó−. El corte era tan limpio que podría pensarse que era obra del propio doctor.

−Ya. ¿Y por qué estaba tan segura la policía de que había sido Johansen?

La mujer se rió.

−Pues, verás, te lo explicaré: porque Johansen le había preguntado al vigilante cuál era el apartamento de Brockhard, y lo vio aparcar el coche delante del edificio y entrar por el portal. Después, vio cómo salía de allí a la carrera, ponía el coche en marcha y, a toda velocidad, tomaba la carretera hacia Viena. Al día siguiente, Johansen había desaparecido, y nadie sabía dónde estaba. Según las órdenes que tenía, debía estar en Oslo tres días después. La policía noruega lo esperaba, pero él nunca llegó a su país.

—Aparte del testimonio del vigilante, ¿recuerdas si la policía encontró otras pruebas?

—¿Si lo recuerdo? ¡Estuvimos hablando de ese asesinato durante años! La sangre que hallaron en el cristal de la puerta de entrada coincidía con su grupo sanguíneo. Y las huellas que encontró la policía en el dormitorio de Brockhard eran las mismas que las que había en la mesilla de noche y la cama de Urías en el hospital. Además, tenían un móvil…

—¿Ah, sí?

—Sí, ellos querían estar juntos, Gudbrand y Helena. Pero Christopher había decidido que Helena sería suya.

—¿Estaban prometidos?

—No, no. Pero Christopher estaba loco por Helena, eso lo sabía todo el mundo. Helena procedía de una familia adinerada que se había arruinado cuando encarcelaron al padre y un matrimonio con la familia Brockhard les daría a ella y a su madre la posibilidad de recuperarse económicamente. Y ya sabes cómo son esas cosas, una joven tiene ciertos deberes para con su familia. O al menos ella los tenía, en aquel entonces.

—¿Sabes dónde se encuentra ahora Helena Lang?

—Pero, hombre de Dios, si no has probado el *Strudel* —exclamó la viuda.

Harry tomó un buen trozo y, mientras masticaba, asintió complaciente a la señora Mayer.

—No, no lo sé —admitió la señora—. Cuando se supo que Johansen y ella habían estado juntos la noche del asesinato, también se abrió una investigación sobre ella, pero no encontraron nada. Helena dejó su puesto en el hospital Rudolph II y se trasladó a Viena, donde abrió un taller de costura. Desde luego, hay que reconocer que era una mujer fuerte y emprendedora; yo solía cruzarme con ella por la calle de vez en cuando. Pero, a mediados de los cincuenta, vendió el taller y, a partir de entonces, dejé de saber de ella. Alguien me dijo que se había ido a vivir al extranjero. Pero sé a quién podéis preguntarle. Si sigue con vida, claro. Beatrice Hoffmann trabajaba como asistenta en la casa de la familia Lang. Después del asesinato, ya no podían pagar sus servicios y sé que estuvo trabajando un tiempo en el hospital Rudolph II.

Fritz estaba de nuevo al teléfono.

En el marco de la ventana, una mosca zumbaba desesperada. Volaba siguiendo el dictado de su microscópico cerebro y no cesaba de darse contra el cristal, sin entender gran cosa. Harry se puso de pie.

—Un poco más de *Strudel*...

—La próxima vez, señora Mayer. Ahora tenemos bastante prisa.

—¿Y eso por qué? —preguntó la mujer—. Eso sucedió hace más de medio siglo, así que no se os escapará de las manos.

—Bueno... —respondió Harry mientras estudiaba la negra mosca que revoloteaba al sol bajo las cortinas de encaje.

El teléfono de Fritz sonó mientras se dirigían a la comisaría, así que el oficial hizo un giro de ciento ochenta grados nada ortodoxo, y todos los conductores que iban detrás empezaron a tocar el claxon a la vez.

—Beatrice Hoffmann aún vive —declaró acelerando para pasar el semáforo—. Está en una residencia de ancianos en Mauerbachstrasse. Eso queda en Wienerwald.

El turbo del BMW lanzó un tenue silbido. Los edificios de la ciudad dieron paso a casas con entramado de vigas, cabañas y, finalmente, el verde y frondoso bosque donde la luz del atardecer jugueteaba entre las hojas creando una atmósfera mágica mientras ellos cruzaban a toda velocidad caminos flanqueados por hayas y castaños.

Una enfermera los guió hasta un gran jardín.

Beatrice Hoffmann estaba sentada en un banco, a la sombra de un roble nudoso y robusto. Se protegía la cara menuda y surcada de arrugas con un sombrero de paja. Fritz se dirigió a ella en alemán para explicarle el motivo de su visita. La anciana asintió con una sonrisa.

—Tengo noventa años —declaró con voz temblorosa—. Y aún se me llenan los ojos de lágrimas cuando pienso en Fräulein Helena.

—¿Aún vive? —preguntó Harry en lo que le quedaba del alemán del colegio—. ¿Sabes dónde está?

—¿Qué dice? —preguntó a su vez la mujer, con una mano detrás de la oreja.

Y Fritz se lo explicó.

—Sí —dijo entonces la anciana—. Claro que sé dónde está Helena. Está ahí arriba.

La mujer señalaba la copa del árbol.

«Ya está —se dijo Harry—. Está senil.» Pero la mujer no había terminado de hablar.

—Con san Pedro. Los Lang eran buenos católicos; pero Helena era el ángel de la familia. Ya le digo, aún se me llenan los ojos de lágrimas cuando lo pienso.

—¿Recuerdas a Gudbrand Johansen? —volvió a preguntar Harry.

—Urías —corrigió Beatrice—. Solo lo vi una vez. Un joven bien parecido y encantador aunque enfermo, por desgracia. ¿Quién podría creer que un muchacho tan educado y agradable sería capaz de matar a nadie? Sus sentimientos eran demasiado profundos, claro, también los de Helena; jamás logró olvidarlo, la pobre. La policía nunca lo encontró y, aunque a Helena jamás la acusaron de nada, André Brockhard convenció al consejo de administración del hospital para que la despidiese. Ella se fue a la ciudad y empezó a trabajar de voluntaria en las oficinas del arzobispado, hasta que la penuria económica de la familia la obligó a buscar un trabajo remunerado. Así que abrió un taller de costura. Al cabo de dos años, ya tenía catorce empleadas que cosían para ella a jornada completa. Su padre salió de la cárcel, pero no le dieron trabajo en ningún sitio, después del escándalo de los banqueros judíos. La señora Lang era la que peor llevaba la ruina de la familia. Murió, tras una larga enfermedad, en 1953, y el señor Lang murió ese mismo otoño, en un accidente de tráfico. Helena vendió el taller en 1953 y dejó el país sin avisar a nadie. Recuerdo el día, fue el 15 de mayo, el día de la liberación de Austria.

Fritz vio la expresión intrigada de Harry y le explicó:

—Austria es un tanto especial. Aquí no celebramos el día en que Hitler capituló, sino el día en que los Aliados abandonaron el país.

Beatrice les habló de cómo había recibido la noticia de su muerte.

—No habíamos sabido nada de ella en más de veinte años cuando, un día, me llegó una carta con matasellos de París. Me contaba que estaba allí de vacaciones con su marido y su hija. Me dio la impresión de que era una especie de último viaje. No me decía dónde vivía, con quién se había casado ni qué enfermedad tenía. Tan solo que ya no le quedaba mucho tiempo y que quería que encendiese una vela por ella en la catedral de San Esteban. Helena era una persona excepcional. No tenía más de siete años el día que entró en la cocina y, con una mirada profunda, me dijo que Dios había creado al hombre para amar.

Una lágrima le rodó a la anciana por la piel arrugada.

—Jamás lo olvidaré. Siete años tenía. Creo que aquel día decidió cómo pensaba vivir su vida. Y aunque, desde luego, no resultó como ella había imaginado y pasó por muchas situaciones difíciles, estoy convencida de que mantuvo esa creencia toda la vida: Dios creó al hombre para amar. Así era ella, ni más ni menos.

—¿Conservas esa carta? —preguntó Harry.

La mujer se secó las lágrimas y asintió.

—La tengo en mi cuarto. Si me permites que me quede aquí unos minutos con mis recuerdos… luego podemos subir. Por cierto que esta será la primera noche calurosa del año.

Permanecieron sentados en silencio, escuchando el rumor en las copas de los árboles y de las moscas que zumbaban al sol, que ya se ponía detrás de la colina de Sophienalpe, mientras cada uno de ellos pensaba en sus difuntos.

Los insectos revoloteaban y bailaban a la luz de los rayos que caían bajo los árboles. Harry pensó en Ellen. Vio un pájaro que, juraría, era el mismo cuyas imágenes aparecían en el libro de aves.

–Subamos –dijo al fin Beatrice.

Tenía una habitación pequeña y sencilla, pero luminosa y agradable. La cama estaba contra una de las paredes, que aparecía cubierta de fotografías grandes y pequeñas. Beatrice hojeó unos papeles que guardaba en un gran cajón de la cómoda.

–Tengo mi propio sistema, de modo que la encontraré –explicó.

«Por supuesto que sí», pensó Harry.

En ese momento, su mirada se posó sobre una de las fotografías con marco de plata.

–Aquí está la carta –dijo Beatrice.

Harry no respondió. Se quedó mirando la fotografía y no reaccionó hasta que no oyó la voz de la mujer justo a su espalda.

–Esa fotografía es de cuando Helena trabajaba en el hospital. Era muy guapa, ¿verdad?

–Sí –admitió Harry–. Hay algo en ella que me resulta muy familiar.

–No me extraña –comentó Beatrice–. Llevan casi dos mil años representándola en todo tipo de iconos.

La noche resultó en verdad calurosa. Calurosa y húmeda. Harry no paraba de dar vueltas en la cama, acabó tirando al suelo la manta y retiró las sábanas mientras intentaba no pensar en nada y conciliar el sueño. Por un instante, reparó en el minibar, pero enseguida recordó que había sacado la llave del llavero y la había dejado en la recepción. Oyó voces en el pasillo y que alguien tironeaba de la puerta, así que se sentó de un salto en la cama, pero no entró nadie. De pronto, las voces estaban dentro, la calidez de su aliento en la piel de Harry, y se oía un crepitar como de ropas al rasgarse, pero cuando abrió los ojos vio destellos y comprendió que eran relámpagos.

Volvió a tronar, como explosiones remotas procedentes de distintos lugares de la ciudad. Volvió a dormirse y la besó, le quitó el camisón blanco y descubrió que su piel era blanca y fresca y que estaba áspera por el sudor y el miedo, y la abrazó mucho, mucho rato, hasta que ella entró en calor y despertó a la vida en sus brazos, como una flor que hubieran filmado durante toda una primavera y cuyo desarrollo reprodujeran después a un ritmo aceleradísimo.

Siguió besándola en el cuello, en la parte interior de los brazos, en el vientre, sin exigencias, sin importunarla, solo consolándola, medio en sueños, como si fuese a desaparecer en cualquier momento. Y cuando ella lo siguió vacilante, pues creía que irían a un lugar seguro, continuó guiándola hasta que llegaron al interior de un paisaje que tampoco él conocía, y luego él se dio la vuelta, pero ya era demasiado tarde y ella se arrojó en sus brazos y lo maldecía suplicándole y arañándole con toda la fuerza de sus manos, hasta hacerle sangre.

Su propia respiración entrecortada lo despertó y se dio la vuelta en la cama para comprobar que seguía estando solo. Después, todo se mezcló en un torrente de truenos, sueño, ensoñaciones. Lo despertó en plena noche el repiqueteo de la lluvia en la ventana. Se acercó y contempló las calles, donde el agua discurría por los arroyos de las aceras y el aire arrastraba un sombrero sin dueño.

Cuando Harry despertó al oír el teléfono, lucía el sol y las calles estaban secas.

Miró el reloj de la mesilla. Faltaban dos horas para que saliera el vuelo a Oslo.

88

Calle Therese,
15 de mayo de 2000

Las paredes del despacho de Ståle Aune estaban pintadas de amarillo y las estanterías repletas de literatura científica y de dibujos de Aukrust.

—Siéntate, Harry —lo invitó el doctor Aune—. ¿Prefieres la silla o el diván?

Siempre lo recibía con las mismas palabras, y Harry respondió levantando la comisura del labio izquierdo con la misma sonrisa de siempre, una sonrisa de es-gracioso-pero-ya-lo-hemos-oído-antes. Cuando Harry lo llamó desde el aeropuerto de Gardermoen, Aune le respondió que podía recibirlo, aunque tenía poco tiempo, porque debía ir a pronunciar la conferencia inaugural de un seminario que se celebraba en Hamar.

—La he titulado «Problemas relacionados con el diagnóstico del alcoholismo» —dijo Aune—. Pero no mencionaré tu nombre.

—¿Por eso vas tan elegante? —preguntó Harry.

—La ropa es uno de los aspectos externos que más nos identifican —dijo el psicólogo pasándose la mano por la solapa de la chaqueta—. El tweed indica masculinidad y seguridad en uno mismo.

—¿Y la pajarita? —preguntó Harry mientras sacaba el bolígrafo y el bloc de notas.

—Saber intelectual y arrogancia. Seriedad mezclada con algo de ironía respecto a uno mismo, si quieres. Más que suficiente para impresionar a mis colegas de segunda categoría, según he visto.

Aune se repantigó satisfecho en la silla y se pasó las manos por el prominente abdomen.

—Bueno, háblame del desdoblamiento de personalidad. De la esquizofrenia, vamos.

Aune soltó un gruñido.

—¿En cinco minutos?

—A ver, hazme una síntesis.

—Para empezar, identificas desdoblamiento de personalidad con esquizofrenia, lo que constituye una de las confusiones más frecuentes arraigadas en la creencia popular. La esquizofrenia es la denominación de todo un grupo de patologías mentales distintas y no tiene nada que ver con la personalidad múltiple. Cierto que *schizo* es la raíz griega de «división», pero lo que el doctor Eugen Bleuler quería decir es que las funciones psicológicas del cerebro de un esquizofrénico están divididas. Y si…

Harry señaló el reloj.

—Sí, eso es —dijo Aune—. Bien, el desdoblamiento de personalidad del que hablas es lo que los americanos llaman MPD. Se trata de un trastorno de personalidad múltiple que se dictamina cuando se detectan dos o más personalidades en un individuo, las cuales se muestran dominantes de forma alternativa. Como ocurría con el doctor Jekyll y Mr. Hyde.

—Es decir, ¿existe?

—Claro que sí. Pero es rara; mucho más rara de lo que las películas de Hollywood quieren hacernos pensar. En mis veinticinco años de ejercicio como psicólogo, jamás he tenido la suerte de encontrarme con un solo caso de MPD. Aunque sé algo sobre ese trastorno.

—¿Como qué?

—Como, por ejemplo, que siempre va asociado a pérdidas de memoria. Es decir, en los pacientes aquejados de MPD, una de las personalidades puede despertarse con resaca sin saber que existe otra personalidad que es alcohólica. Vamos, que una de las personalidades puede ser alcohólica y la otra abstemia.

—Me figuro que eso no es así al pie de la letra, ¿verdad?

—Pues sí.

—Pero el alcoholismo también es una enfermedad física.

—Cierto. Y esos son los aspectos que hacen del trastorno de personalidad múltiple una enfermedad tan fascinante. Tengo un informe de un paciente, una de cuyas personalidades fumaba sin cesar, mientras que la otra jamás tocó un cigarrillo. Y si se tomaba la tensión cuando la personalidad activa era la del fumador, siempre estaba un veinte por ciento más alta. Por otro lado, las mujeres con trastorno de personalidad múltiple han declarado tener la menstruación varias veces al mes, porque cada personalidad tiene su propio ciclo.

—¿Quieres decir que estas personas pueden modificar su propio físico?

—Hasta cierto punto, sí. De hecho, la historia sobre el doctor Jekyll y Mr. Hyde no está tan alejada de la verdad como podría creerse. En un caso célebre, descrito por el doctor Osherson, una de las personalidades era heterosexual, mientras que la otra era homosexual.

—¿Pueden tener también distintas voces?

—Sí; de hecho, es uno de los modos en que mejor podemos observar los cambios entre las distintas personalidades.

—¿Tan distintas que una persona que conozca bien al individuo en cuestión no sea capaz de identificar sus otras voces al teléfono, por ejemplo?

—Si la persona en cuestión no conoce la existencia de la otra personalidad, sí, hasta ese punto. En el caso de personas que solo conocen al enfermo de trastorno de personalidad múltiple de forma superficial, los cambios de mímica y lenguaje corporal pueden ser suficientes como para que, aun estando sentados en la misma habitación, no la reconozcan.

—¿Puede una persona con ese tipo de trastorno ocultarlo a sus allegados?

—Sí, es posible. La frecuencia con que se muestra una u otra personalidad es algo individual, y hay quien puede controlar dichos cambios en cierta medida.

—Pero, en ese caso, cada personalidad debe de conocer la existencia de las otras, ¿no?

—Claro, eso tampoco es infrecuente. Y, al igual que en la novela sobre el doctor Jekyll y Mr. Hyde, pueden producirse duros enfrentamientos entre las diversas personalidades, si tienen distintos objetivos, diversas concepciones morales, personas a su alrededor que la una aprecia y la otra no, etcétera.

—¿Y qué me dices de la caligrafía? ¿Pueden hacer trampas con ella también?

—No se trata de hacer trampas, Harry. Tú tampoco eres exactamente la misma persona todo el tiempo. Cuando llegas a casa del trabajo, se producen en tu persona un sinfín de cambios imperceptibles en el tono de voz, en los movimientos del cuerpo y demás. Y es curioso que menciones la caligrafía, porque precisamente tengo por aquí, en algún sitio, un libro con fotografías de una carta escrita por un paciente con trastorno de personalidad múltiple con hasta diecisiete caligrafías totalmente distintas e identificables. A ver si lo encuentro un día que tenga tiempo de buscarlo.

Harry anotó alguna que otra palabra en su bloc.

—Distintos ciclos menstruales, distintas caligrafías… eso es una locura —murmuró para sí.

—Tú mismo lo has dicho, Harry. Espero haberte sido de ayuda, porque ahora tengo que marcharme.

Aune pidió un taxi y salieron juntos a la calle. Mientras aguardaban en la acera, Aune le preguntó a Harry si tenía planes para el Diecisiete de Mayo.

—Mi mujer y yo vamos a invitar a desayunar a unos amigos. Sería un placer que vinieras.

—Muy amable, pero los neonazis están planeando «incordiar» a los musulmanes que celebran el Eid el 17, y tengo que coordinar la vigilancia de la mezquita de Grønlandsleiret —explicó Harry, tan contento como turbado por la inesperada invitación—. A los solteros nos ponen a trabajar todos los festivos, ya sabes.

—¿Y no podrías pasarte un rato simplemente? La mayoría de los invitados también tienen otras cosas que hacer después.

—Gracias. Veré si puedo y te llamo. ¿Qué clase de amigos tienes tú, si puede saberse?

Aune comprobó que el lazo de la pajarita estaba en su sitio.

—Yo solo tengo amigos como tú —respondió—. Pero mi mujer conoce a gente más decente.

En ese momento, el taxi se detuvo junto al bordillo de la acera. Harry le abrió la puerta mientras Aune se metía en el coche pero, cuando estaba a punto de cerrarla, cayó en la cuenta de que tenía otra pregunta:

—¿A qué se debe el trastorno de personalidad múltiple?

Aune se inclinó hacia delante en el asiento y levantó la vista hacia Harry.

—¿A qué viene todo esto, Harry?

—No estoy completamente seguro, pero puede ser importante.

—Bien. La mayoría de las veces, los pacientes con ese tipo de trastorno han sido víctimas de abusos en su niñez. Pero también puede deberse a experiencias muy traumáticas sufridas a edad más avanzada. Crean otra persona para huir de los problemas.

—¿De qué tipo de experiencias traumáticas puede tratarse, en el caso de un hombre adulto?

—Cualquier cosa que puedas imaginar. Una catástrofe natural, la pérdida de un ser querido, haber sido víctima de actos violentos o haber vivido con miedo durante un largo periodo de tiempo.

—Como, por ejemplo, ¿un soldado en la guerra?

—Sí, claro, la guerra puede ser un factor desencadenante.

—O en una guerrilla.

Harry dijo las últimas palabras para sí mismo, pues el taxi en el que viajaba Aune ya bajaba por la calle Therese.

—Scotsman —declaró Halvorsen.

—¿Piensas pasarte el Diecisiete de Mayo en el pub Scotsman? —dijo Harry con una mueca, y dejó la bolsa detrás del perchero.

Halvorsen se encogió de hombros.

—¿Tienes una propuesta mejor?

–Si tiene que ser un pub, los hay con algo más de estilo que el Scotsman, precisamente. O, mejor aún, hazles un favor a los compañeros que son padres de familia y quédate con una de las guardias durante el desfile infantil. Un buen extra por trabajar en día de fiesta y cero resaca.

–Lo pensaré.

Harry se desplomó en la silla.

–¿No deberías arreglarla? Suena como si estuviera enferma.

–No tiene arreglo –dijo Harry en tono arisco.

–Vaya, perdona. ¿Has encontrado algo en Viena?

–Ya te lo contaré. Tú primero.

–Intenté comprobar la coartada de Even Juul en el momento de la desaparición de su esposa. Según él, anduvo paseando por el centro y fue a la cafetería de Ullevålsveien, pero no se encontró con ningún conocido que pueda confirmarlo. Los camareros de la cafetería dicen que tienen demasiados clientes como para poder asegurar lo uno o lo otro.

–La cafetería está enfrente del Schrøder –dijo Harry.

–¿Y qué?

–Es solo una constatación. ¿Qué dice Weber?

–Tampoco encuentran nada. Weber me dijo que si Signe Juul fue trasladada a la fortaleza en el coche que dijo el vigilante, deberían haber encontrado algún rastro en sus ropas, fibra del asiento trasero, tierra o aceite del maletero, algo.

–Bueno, habrían puesto bolsas de basura en el coche –comentó Harry.

–Sí, eso dijo Weber.

–¿Comprobaste las briznas secas de césped que encontraron en el abrigo?

–Sí. Podrían proceder de los establos de Mosken. Y de un millón de sitios más.

–Heno. No briznas.

–Esas briznas de césped no tienen nada de particular, Harry, son simplemente eso… briznas.

–¡Joder!

Harry miró a su alrededor, malhumorado.

—¿Y Viena?

—Más briznas. ¿Tú sabes algo de café, Halvorsen?

—¿Qué?

—Ellen solía hacer café de verdad. Lo compraba en alguna tienda de aquí, en Grønland. Tal vez tú…

—¡No! —gritó Halvorsen—. No pienso hacerte el café.

—Bueno, por si colaba —dijo Harry, y volvió a levantarse—. Estaré fuera un par de horas.

—¿Eso era todo lo que tenías que contar sobre Viena? ¿Briznas de césped? ¿Ni siquiera briznas de paja?

Harry negó con la cabeza.

—Mala suerte, esa también era una falsa pista. Terminarás acostumbrándote.

Algo había sucedido. Harry caminaba por Grønlandsleiret e intentaba descrubrir qué. Era algo relacionado con las personas que andaban por las calles, algo les había sucedido mientras él estaba en Viena. Estaba ya casi al final de la calle Karl Johan cuando cayó en la cuenta. Había llegado el verano. Por primera vez este año, sentía el olor del asfalto, de la gente que pasaba a su lado y de las floristerías de Prensen. Y mientras cruzaba Slottsparken, el aroma a césped recién cortado era tan intenso que no pudo por menos de sonreír. Un hombre y una chica con los monos de la Dirección de Parques Públicos observaban la copa de un árbol y, discutiendo, movían la cabeza de un lado a otro. La chica tenía enrollada a la cintura la parte superior del mono, y Harry se dio cuenta de que, mientras ella señalaba la copa del árbol, su colega estudiaba furtivamente su ajustada camiseta.

En la calle Hegdehaugsveien, las tiendas de moda fashion y las no tan fashion hacían sus últimos intentos de vestir a la gente para la fiesta del Diecisiete de Mayo. Los quioscos vendían lazos y banderitas y, a lo lejos, se oía el eco de una banda que se empleaba a fondo en el ensayo final de la marcha de Gammel Jæger. Habían anunciado lluvia, pero haría calor.

Harry estaba sudoroso cuando llamó a la puerta de Sindre Fauke.

A Fauke no le producía especial satisfacción la fiesta del Día Nacional.

–Jaleo. Y demasiadas banderas. No es extraño que Hitler se sintiese emparentado con el pueblo noruego, nuestro espíritu es extremadamente nacionalista. Solo que no nos atrevemos a reconocerlo.

Fauke sirvió el café.

–Gudbrand Johansen fue a parar a un hospital de Viena –dijo Harry–. La noche anterior a su partida a Noruega, mató a un médico. Desde entonces, nadie lo ha visto.

–Vaya, vaya –dijo Fauke, y empezó a tomarse a sorbos ruidosos el café hirviendo–. Ya sabía yo que ese muchacho tenía algo raro.

–¿Qué puedes decirme de Even Juul?

–Mucho. Si es que tengo que hablar.

–Tienes que hablar.

Fauke enarcó una de sus pobladas cejas.

–¿Estás seguro de que no andas tras una falsa pista, Hole?

–No estoy seguro de nada en absoluto.

Fauke sopló en la taza pensativo.

–De acuerdo. Si no hay otro remedio, lo haré. Juul y yo manteníamos una relación que, en muchos aspectos, se asemeja a la que existía entre Gudbrand Johansen y Daniel Gudeson. Yo era un padre sustituto para Even. Supongo que, entre otras cosas, porque él era huérfano.

La taza de Harry se detuvo bruscamente a medio camino cuando se la llevaba a la boca.

–No había mucha gente que lo supiera, porque a Even le encantaba inventar. Su supuesta infancia contenía más personas, detalles, ciudades y fechas que las que la mayoría de la gente recuerda de una infancia auténtica. La versión oficial era que había crecido en el seno de la familia Juul, en una granja cercana a Grini. Pero lo cierto es que creció en las casas de diversas familias de acogida y en varias instituciones de toda Noruega, hasta que, a la edad de doce años, fue a parar a la casa de la familia Juul, que no tenía hijos.

—¿Cómo sabes tú que mentía sobre ese asunto?

—Verás, es una historia un tanto curiosa pero, una noche en que a Even y a mí nos tocó hacer guardia juntos ante un campamento que habíamos establecido en el bosque del norte de Harestua, fue como si de pronto le ocurriese algo. Even y yo no éramos lo que se dice muy amigos por aquel entonces, y me sorprendió mucho que, de repente, empezase a contarme cómo lo habían maltratado de pequeño y que nadie lo había querido en su casa. Me reveló detalles muy personales de su vida, algunos de los cuales casi me dio vergüenza oír. A alguno de los adultos con los que había vivido habría que... —Fauke se contuvo—. ¿Por qué no damos un paseo? Dicen que hoy hace un buen día.

Subieron por la calle Vibe hasta el Stensparken, donde ya se veían los primeros biquinis del año y un esnifador que se había despistado de su lugar en la colina parecía estar descubriendo el planeta Tierra.

—No sé qué pasó, pero fue exactamente como si Even Juul se hubiese convertido en una persona distinta aquella noche —dijo Fauke—. Curioso. Pero lo más curioso fue que, al día siguiente, se comportó como si nada, como si hubiese olvidado la conversación de la noche anterior.

—Dices que no erais amigos íntimos, pero ¿tú también le hablaste acerca de tus experiencias en el frente oriental?

—Sí, por supuesto. Allá en el bosque no había mucho movimiento, y lo único que teníamos que hacer era trasladarnos y vigilar a los alemanes. De modo que, en la espera, nos contábamos más de una historia.

—¿Le contaste muchas cosas de Daniel Gudeson?

Fauke se quedó mirando a Harry un buen rato.

—Así que te has dado cuenta de que Even Juul está obsesionado con Daniel Gudeson, ¿verdad?

—Por ahora no es más que una sospecha —dijo Harry.

—Pues sí, le hablé mucho de Daniel —dijo Fauke—. Daniel Gudeson era algo así como una leyenda. No se encuentra a menudo un espíritu tan libre, fuerte y feliz como él. Y Even se quedaba fascinado por sus historias, tenía que contárselas una y otra vez, en especial la del ruso que Daniel llevó a rastras y enterró.

—¿Sabía que Daniel había estado en Sennheim durante la guerra?

—Naturalmente. Todos los detalles sobre Daniel que yo empecé a olvidar pasado un tiempo los recordaba Even, y él me los recordaba a mí. Por una u otra razón, parecía identificarse plenamente con Daniel, aunque no puedo imaginarme a dos personas más distintas. En una ocasión en que Even estaba borracho, me propuso que empezase a llamarlo Urías, exactamente igual que Daniel. Y si quieres saber lo que pienso, no fue casualidad que se fijase en la joven Signe Alsaker durante el juicio.

—Ya.

—Cuando se enteró de que iba a celebrarse la causa de la prometida de Daniel Gudeson, se presentó en la sala de vistas y se quedó allí sentado todo el día, mirándola. Era como si hubiese acudido allí con la decisión de que fuese suya.

—¿Solo porque había sido la mujer de Daniel?

—¿Estás seguro de que esto es importante? —preguntó Fauke, y echó a andar tan deprisa sendero arriba, hacia la colina, que Harry tuvo que redoblar el paso para seguirle el ritmo.

—Bastante.

—De todos modos, no sé si debería decirte esto, pero mi opinión personal es que Even Juul amaba el mito de Daniel Gudeson más de lo que nunca amó a Signe Juul. Estoy seguro de que su admiración por Gudeson era una causa determinante de que no retomase los estudios de medicina después de la guerra y empezase, en cambio, a estudiar historia. Y, naturalmente, se especializó en la época de la Ocupación y en el tema de los voluntarios del frente.

Habían llegado a la cima y Harry se secaba el sudor mientras que Fauke apenas resoplaba.

—Una de las razones de que Even Juul obtuviese una posición

importante como historiador con tanta rapidez fue que, como hombre de la Resistencia, él era un instrumento perfecto para la visión de la historia que, según las autoridades, mejor servía a la Noruega de la posguerra; una visión que silenciaba la prolongada colaboración con los alemanes y que hacía hincapié en el insignificante movimiento de la Resistencia. Por ejemplo, en la historia de Juul, se dedican cinco páginas al hundimiento del *Blücher* la noche del 9 de abril, mientras que se pasa por alto tranquilamente que se sopesó el procesamiento de cerca de cien mil noruegos en el juicio. Y funcionó: el mito de un pueblo unido contra el nazismo sigue hoy vivo a través de los años.

—¿Y ese es el tema de tu libro, Fauke?

—Simplemente intento dar a conocer la verdad. Even sabía que lo que él escribía eran, si no mentiras, sí una visión parcial de la verdad. En una ocasión, hablé con él del asunto. Se defendió aduciendo que, en el momento de la redacción de su libro, aquella postura servía a un fin: mantener unido a todo un pueblo. Lo único que no tuvo valor para abordar a la misma luz favorable y heroica fue la huida del rey. Él no fue el único combatiente de la Resistencia que se sintió traicionado en 1940, pero jamás conocí a ninguno tan parcial en sus condenas como Even, ni siquiera entre los voluntarios del frente. Piensa que, durante toda su vida, la gente a la que él quería y en la que confiaba lo había abandonado. Yo creo que odiaba a todos y cada uno de los que huyeron a Londres, que los odiaba con toda su alma. Profundamente.

Se sentaron en un banco para contemplar la iglesia de Fagerborg que se alzaba a sus pies, los tejados de Pilestredet que se alineaban en su descenso hacia la ciudad y el fiordo de Oslo, que relucía azul a lo lejos.

—Es hermoso —comentó Fauke—. Tanto que, en algún momento, puede parecer que merezca la pena morir por ello.

Harry intentaba componer la imagen y conseguir que todo encajara. Pero aún le faltaba un pequeño detalle.

—Even empezó a estudiar medicina en Alemania, antes de la guerra. ¿Sabes en qué ciudad?

—No —dijo Fauke.

—¿Sabes si pensaba en alguna especialidad en concreto?

—Sí, me confesó que soñaba con seguir los pasos de su célebre padre adoptivo y del padre de este.

—¿Que eran…?

—¿No conoces a los especialistas Juul? Eran cirujanos.

89

Grønlandsleiret,
16 de mayo de 2000

Bjarne Møller, Halvorsen y Harry caminaban juntos calle abajo, por Motzfeldtsgate. Estaban en la zona más abigarrada del barrio Lille Karachi y los aromas, la ropa y las personas que tenían a su alrededor hacían pensar en Noruega tan poco como los kebabs que estaban comiéndose recordaban a los perritos calientes de Gilde. Un chiquillo, ataviado con ropa festiva paquistaní, pero con la banderola del Diecisiete de Mayo en la solapa dorada, se les acercó bailoteando desde la acera opuesta. Tenía una nariz extrañamente respingona y sostenía en la mano una bandera noruega. Harry había leído la noticia de que los musulmanes organizaban ese día la fiesta del Día Nacional para poder concentrarse en el Eid al día siguiente.

—¡Viva!

El pequeño les dedicó una blanquísima sonrisa al pasar ante ellos.

—Even Juul no es cualquiera —dijo Møller—. Es, con toda probabilidad, nuestro más reconocido historiador de la guerra. Si todo eso es cierto, se armará un buen lío en la prensa. Por no hablar de si estamos equivocados. Si tú estás equivocado, Harry.

—Lo único que pido es que me permitan llamarlo a interrogatorio con un psicólogo. Y una orden de registro de su casa.

—Y lo único que pido yo es, como mínimo, una prueba de tipo

técnico o un testigo —dijo Møller gesticulando—. Juul es un personaje conocido y nadie lo ha visto cerca del lugar de los hechos. En ningún momento. ¿Qué hay, por ejemplo, de la llamada telefónica que recibió la mujer de Brandhaug desde ese lugar del que dices que eres habitual?

—Le enseñé la fotografía de Even Juul a la mujer que trabaja en el Schrøder —dijo Halvorsen.

—Se llama Maja —dijo Harry.

—Dijo que no lo recordaba —dijo Halvorsen.

—Eso es precisamente lo que yo digo —rugió Møller, y se limpió la salsa de la boca.

—Claro, pero entonces les enseñé la fotografía a un par de clientes que había allí sentados —dijo Halvorsen mirando de reojo a Harry—. Un viejo con un abrigo que me dijo que sí, que deberíamos detenerlo.

—Con abrigo —dijo Harry—. Ese es el Mohicano. Konrad Åsnes, marino de guerra. Un buen tipo, pero ha dejado de ser un testigo fiable, me temo. Bueno, Juul dijo que había estado en la cafetería de enfrente, la Kaffebrenneriet. Pero allí no hay ningún teléfono público. De modo que si quería hacer una llamada, lo normal sería que cruzase la calle y entrase en el Schrøder.

Møller hizo una mueca y lanzó una mirada suspicaz al kebab. Había accedido, a duras penas, a probar el kebab, que Harry le había presentado como «un encuentro de Turquía con Bosnia, de Bosnia con Pakistán, de Pakistán con Grønlandsleiret».

—¿De verdad que tú crees en esas historias de personalidad dividida, Harry?

—A mí me parece tan increíble como a ti, jefe, pero Aune dice que es una posibilidad. Y está dispuesto a ayudarnos.

—Entonces, crees que Aune es capaz de hipnotizar a Juul e invocar a ese tal Daniel Gudeson que él lleva en su interior y conseguir una confesión.

—No es seguro que Even Juul sepa siquiera lo que Daniel Gudeson hizo, de modo que es imprescindible hablar con él —aseguró Harry—. Según Aune, las personas que sufren trastorno de personalidad múltiple son, por suerte, relativamente fáciles de hipnotizar, puesto que eso es lo que ellas hacen consigo mismas constantemente: autohipnosis.

—Estupendo —dijo Møller levantando la vista al cielo—. ¿Y para qué quieres una orden de registro?

—Como tú has dicho, no tenemos ninguna prueba física, ningún testigo, y ya sabemos que ese tipo de dictámenes psicológicos no siempre se tienen en cuenta en el tribunal. Pero, si encontramos el rifle Märklin, lo habremos conseguido y no necesitaremos ninguna otra cosa.

—Ya. —Møller se detuvo en la acera—. El móvil.

Harry lo miró extrañado.

—La experiencia me dice que incluso las personas desquiciadas suelen tener un móvil, en medio de toda su locura. Y no veo el de Juul.

—El de Juul no, jefe —dijo Harry—. El de Daniel Gudeson. El que Signe Juul se pasase, por así decirlo, al enemigo puede haberle dado a Gudeson un motivo de venganza. Lo que había escrito en el espejo, «Dios es mi juez», puede indicar que ve los asesinatos como una cruzada de un solo hombre, que tiene una causa justa aunque otros lo recriminen.

—¿Qué hay de los otros asesinatos, de Bernt Brandhaug? ¿Y si tienes razón y se trata del mismo asesino de Hallgrim Dale?

—No tengo idea de cuál puede ser el móvil. Pero sabemos que a Brandhaug le dispararon con el Märklin y Dale conocía a Daniel Gudeson. Además, según el informe de la autopsia, a Dale le habían hecho un corte perfecto, como si hubiese intervenido un cirujano. Y, en fin, Juul inició estudios de medicina y soñaba con convertirse en cirujano. A lo mejor Dale tuvo que morir porque había descubierto que Juul se hacía pasar por Daniel Gudeson.

Halvorsen soltó una tosecilla.

—¿Qué pasa? —preguntó Harry desabrido.

Conocía a Halvorsen lo suficiente para saber que presentaría alguna objeción. Y, seguramente, una objeción con fundamento.

—Según lo que nos has contado sobre el trastorno de personalidad múltiple, tuvo que ser Even Juul en el instante en que mató a Hallgrim Dale. Daniel Gudeson no era cirujano.

Harry se tragó el último bocado del kebab, se limpió con la servilleta y miró a su alrededor en busca de una papelera.

—Bueno —dijo al fin—. Podría decir que pienso que deberíamos esperar y no hacer nada hasta no tener las respuestas a todas las preguntas. Y estoy convencido de que al fiscal le parecerá que a las pruebas les falta consistencia. Pero ni nosotros ni él podemos ignorar que tenemos a un sospechoso que anda suelto y que puede volver a matar. A ti te asusta el escándalo mediático que saltará si señalamos a Even Juul, jefe, pero imagínate el escándalo que desencadenaría el que matase a más gente. Y al final se sabría que sospechábamos de él pero no lo detuvimos…

—Vale, vale, eso ya lo sé —dijo Møller—. ¿O sea que tú crees que volverá a matar?

—Son muchos los aspectos de este caso sobre los que no estoy seguro —dijo Harry—. Pero si estoy convencido de algo es de que ese sujeto aún no ha terminado de ejecutar su plan.

—¿Y por qué estás tan seguro?

Harry se palmeó el estómago con media sonrisa irónica.

—Me lo dice un pajarito desde aquí dentro, jefe. Que esa es la razón de que se haya agenciado el mejor rifle del mundo y el más caro. Una de las razones por las que Daniel Gudeson se convirtió en una leyenda fue, precisamente, que era un tirador excelente. Y ahora sospecho que tiene pensado darle a esta cruzada su lógico final. Será la coronación de su obra, algo que hará inmortal la leyenda de Daniel Gudeson.

El calor estival desapareció por un instante cuando una última ráfaga de invierno recorrió Moztfeldtsgate levantando por los aires polvo y papeles. Møller cerró los ojos y se ajustó más el abrigo con un escalofrío. «Bergen —se dijo—. Bergen es la ciudad ideal.»

—De acuerdo, veré lo que puedo conseguir —dijo al fin—. Estad preparados.

90

Comisaría General de Policía,
16 de mayo de 2000

Harry y Halvorsen estaban preparados. Tanto que cuando sonó el teléfono de Harry, los dos dieron un salto. Harry cogió el auricular.

—Aquí Hole.

—No tienes que gritar —dijo Rakel—. Para eso, precisamente, se inventó el teléfono. ¿Qué decías el otro día sobre el Diecisiete de Mayo?

—¿Cómo? —Harry necesitó varios segundos para caer en la cuenta—. Que yo tendría guardia, ¿es eso?

—No, lo otro —dijo Rakel—. Que removerías cielo y tierra.

—Ah, te refieres a eso. —Harry sintió un agradable cosquilleo en el estómago—. ¿Queréis pasar el día conmigo si encuentro a alguien que me sustituya en la guardia?

Rakel sonrió.

—Qué encantador. Debo señalar que no eras mi primera opción, pero como mi padre me dijo que este año quería pasar ese día solo, la respuesta es sí, pasaremos el día contigo.

—¿Qué le parece a Oleg?

—Ha sido idea suya.

—No me digas… Mira que es raro este Oleg.

Harry estaba feliz. Tanto que le costaba hablar con su voz de siempre. Y le importaba un comino que Halvorsen se riera a sus anchas al otro lado del escritorio.

—¿Tenemos una cita? —dijo la dulce voz de Rakel.

—Si consigo arreglarlo, claro que sí. Te llamaré luego.

—Vale, pero también puedes venir a cenar esta noche. Si tienes tiempo, vaya. Y ganas.

Dijo aquellas palabras con una indiferencia tan exagerada que Harry sospechó que había estado practicándolas un rato antes de llamar. Le bullía la risa por dentro, sentía la cabeza ligera como si hubiese ingerido un narcótico y estaba a punto de decirle que sí cuando recordó algo que ella había dicho en el Dinner: «Sé que una sola vez no será suficiente». Rakel no estaba invitándolo a cenar.

«Si tienes tiempo, vaya. Y ganas.»

Aquel era un buen momento para que le entrara el pánico.

Una luz intermitente en el teléfono vino a interrumpir sus pensamientos.

—Tengo una llamada por la otra línea y debo contestar, Rakel, ¿puedes esperar un poco?

—Por supuesto.

Harry pulsó la tecla almohadilla y enseguida oyó la voz de Møller:

—Ya tienes la orden de detención. La de registro está en camino. Tom Waaler espera con dos coches y cuatro hombres armados. Espero, por lo más sagrado, que el pajarito de tu estómago cante bien, Harry.

—A veces desentona en alguna que otra nota, pero nunca en un trino completo —dijo Harry mientras le hacía señas a Halvorsen para que se pusiera la chaqueta—. Luego hablamos —dijo antes de colgar.

Bajaban en el ascensor cuando recordó que Rakel seguía esperando en la otra línea. No quiso ni pensar en lo que podía significar aquello.

91

Calle Irisveien,
16 de mayo de 2000

El primer día de calor estival había empezado a refrescar a la hora de la cena, cuando el coche de la policía entró en el silencioso barrio residencial. Harry se sentía inquieto. No solo por lo mucho que sudaba con el chaleco antibalas, sino porque aquello estaba demasiado tranquilo. Avanzaban con la vista clavada en las cortinas que se divisaban tras los setos perfectamente recortados, sin observar el menor movimiento. Tenía la sensación de hallarse en una película del Oeste, de estar cabalgando hacia una emboscada.

Harry se había negado en un primer momento a ponerse el chaleco antibalas, pero Tom Waaler, que era el responsable de la operación, le había dado un sencillo ultimátum: ponerse el chaleco o quedarse en casa. El argumento de que la bala de un rifle Märklin atravesaría el chaleco como el famoso cuchillo caliente atraviesa la mantequilla solo consiguió que Waaler se encogiese de hombros tranquilamente.

Conducían dos coches de policía. El segundo, en el que iba Waaler, subió por la calle Sognsveien y entró en Ullevål Hageby, de modo que llegó a Irisveien desde el lado opuesto, es decir, desde el oeste. Oyó el carraspeo de la voz de Waaler a través del transmisor. Todo tranquilo y sin novedad. Les pidió que le dijesen cuál era su posición, revisó el plan y el plan de emergencia y ordenó a todos los agentes de servicio que repasaran sus cometidos.

—Si es un profesional, puede haber conectado una alarma a la verja, así que pasaremos por encima, no a través de ella.

Waaler era bueno, incluso Harry tenía que reconocerlo, y estaba claro que contaba con el respeto de los compañeros que iban con él en el coche.

Harry señaló la casa de madera pintada de rojo.

—Es ahí.

—Alfa —dijo por el transmisor la oficial que iba sentada en el asiento del copiloto—. No te vemos.

—Estamos justo a la vuelta de la esquina. Manteneos fuera del campo de visión de la casa hasta que nos diviséis. Cierro —dijo Waaler.

—Demasiado tarde, ya estamos aquí. Cierro.

—Ok, quedaos en el coche hasta que lleguemos. Corto y cierro.

Enseguida vieron el morro del otro coche policía tomar la curva. Recorrieron los cincuenta metros que los separaban de la casa y aparcaron de modo que el vehículo bloqueara la salida del garaje. El otro coche se detuvo justo delante de la verja.

Cuando salieron de los coches, Harry oyó el sonido sordo y amortiguado de una raqueta floja al golpear una pelota de tenis. Ya se ponía el sol por la colina de Ullernåsen y, desde una ventana le llegó un aroma a chuletas de cerdo.

Y empezó el espectáculo. Dos de los agentes de policía saltaron la valla con las MP-5 reglamentarias preparadas y echaron a correr rodeando la casa, uno hacia la derecha, otro hacia la izquierda.

La agente que iba en el coche de Harry se quedó allí, su misión era mantener el contacto por radio con la central de alarmas y asegurarse de despachar a los posibles curiosos. Waaler y el último oficial esperaron hasta que los otros dos hubieron llegado al lugar previsto, se guardaron los transmisores en el bolsillo y saltaron por encima de la puerta con las pistolas en alto. Harry y Halvorsen observaban apostados detrás del coche de policía.

—¿Un cigarrillo? —le preguntó Harry a la agente.

—No, gracias —contestó ella con una sonrisa.

—Preguntaba por si tú tenías tabaco.

La mujer dejó de reír. «Típico de los no fumadores», se dijo Harry.

Waaler y el oficial estaban ya en la escalera y habían tomado posiciones cada uno a un lado de la puerta, cuando sonó el móvil de Harry.

Harry vio que la agente levantaba la vista al cielo. Seguro que estaba pensando que era un principiante.

Harry iba a apagar el teléfono, pero antes miró la pantalla por si era el número de Rakel. Y aunque le era conocido, aquella llamada no era de Rakel. Waaler había alzado la mano para dar la señal cuando, de pronto, Harry cayó en la cuenta de quién llamaba. Tomó el transmisor de la agente, que lo miraba boquiabierta.

—¡Alto, Alfa! El sospechoso está llamándome por teléfono en este mismo momento. ¿Me oyes?

Harry miró hacia la escalera y vio que Waaler asentía. Entonces pulsó el botón y atendió la llamada:

—Aquí Hole.

—Hola. —Harry oyó con asombro que no era la voz de Even Juul—. Soy Sindre Fauke. Siento molestarte, pero estoy en la casa de Even Juul y creo que debéis venir.

—¿Por qué? ¿Qué haces tú allí?

—Porque creo que ha cometido una tontería. Me llamó hace una hora y me dijo que tenía que venir enseguida, que su vida corría peligro. Así que vine aquí, y encontré la puerta abierta, pero no a Even. Y mucho me temo que se haya encerrado en su dormitorio.

—¿Qué te hace pensar eso?

—La puerta está cerrada con llave y, cuando intenté mirar por el ojo de la cerradura, vi que había dejado la llave puesta por dentro.

—Vale —dijo Harry antes de rodear el coche para entrar—. Escúchame. Quédate donde estás; si tienes algo en la mano, suéltalo y levanta los brazos para que podamos verlos. Tardamos dos segundos.

Harry cruzó la verja y subió la escalera y, mientras Waaler y el otro oficial lo seguían atónitos con la mirada, bajó el picaporte y entró.

Fauke estaba en el rellano con el teléfono, mirándolo perplejo.

—¡Por Dios santo! ¡Qué rapidez…!

—¿Dónde está el dormitorio? —preguntó Harry.

Fauke señaló la escalera sin decir nada.

—Llévanos hasta allí —dijo Harry.

Fauke comenzó a andar delante de los tres policías.

—Ahí.

Harry tanteó la puerta, que, en efecto, estaba cerrada con llave. En la cerradura había una llave que se resistía a girar.

—No lo había dicho, pero he intentado abrir con una de las llaves de los otros dormitorios —dijo Fauke—. A veces sirven.

Harry sacó la llave y miró por el ojo de la cerradura. En el interior se veía una cama y una mesilla de noche. Algo parecido a una lámpara de techo desmontada se distinguía encima de la cama. Waaler hablaba en voz baja a través del transmisor. Harry notó que el sudor volvía a chorrearle por dentro del chaleco. Aquella lámpara no le gustaba lo más mínimo.

—Me pareció que decías que la llave estaba puesta por dentro.

—Y así era —confirmó Fauke—. Hasta que la hice caer mientras trataba de abrir con la otra llave.

—Bueno, ¿y cómo entramos ahora? —preguntó Harry.

—La solución está en camino —dijo Waaler en el preciso momento en que se oían los pesados pasos de unas botas en la escalera.

Era uno de los agentes que había estado vigilando en la parte posterior de la casa. Llevaba una palanca de color rojo.

—Es esta —dijo Waaler señalando la puerta.

La puerta se astilló y se abrió enseguida.

Harry entró y oyó que Waaler le pedía a Fauke que aguardase fuera.

Lo primero en lo que Harry se fijó fue en la correa del perro. Even Juul se había colgado con ella. Llevaba una camisa blanca, con el botón del cuello desabrochado, pantalones negros y calcetines de cuadros. Cerca del armario que estaba a su espalda, había una silla volcada. Los zapatos estaban ordenadamente colocados debajo de la silla. Harry miró al techo. Y, en efecto, la correa del perro estaba atada al gancho de la lámpara. Harry intentó evitarlo, pero no pudo dejar de fijarse en la cara de Even Juul. Uno de los ojos miraba al vacío, el otro directamente a Harry. Sin coherencia. Como si se tratara de un troll de dos cabezas con un ojo en cada una, se dijo Harry. Se acercó a la ventana que daba al este y vio a unos niños que venían en bicicleta por Irisveien, atraídos por los rumores de la presencia de los coches de policía, los cuales siempre se difundían con una rapidez inexplicable en barrios como aquel.

Harry cerró los ojos para concentrarse. «La primera impresión es importante, lo primero que piensas en cuanto ves algo suele ser lo acertado.» Se lo había enseñado Ellen. Su alumna le había enseñado a concentrarse en lo primero que sintiera al llegar al escenario de un crimen. De ahí que Harry no tuviera que volverse para saber que la llave estaba en el suelo, justo detrás de él, y no encontrarían en la habitación las huellas de ninguna otra persona, y que nadie había asaltado la casa. Sencillamente, porque tanto el asesino como la víctima estaban colgados del techo. El troll bicéfalo había reventado.

—Llama a Weber —le dijo Harry a Halvorsen, que se les había sumado y miraba al ahorcado desde la puerta—. Tal vez él se imaginaba otro tipo de trabajo para mañana, pero dile que puede consolarse pensando que lo que tiene aquí es cosa fácil. Even Juul descubrió al asesino y tuvo que pagar por ello con su vida.

—¿Y quién es el asesino? —quiso saber Waaler.

—Era. Él también está muerto. Se hacía llamar Daniel Gudeson y se encontraba en la cabeza del propio Juul.

Cuando salía, Harry le pidió a Halvorsen que le dijese a Weber que lo llamara si encontraba el Märklin.

Harry se quedó de pie en la escalera y miró a su alrededor. De repente, una cantidad extraordinaria de vecinos tenía un montón de cosas que hacer en el jardín y se ponían de puntillas para mirar por encima de los setos. Waaler salió y fue al encuentro de Harry.

—No he entendido bien lo que has dicho ahí dentro —dijo Waaler—. ¿Quieres decir que ese hombre se ha suicidado porque se sentía culpable?

Harry negó con la cabeza.

–No, quería decir lo que he dicho. Se mataron el uno al otro. Even acabó con Daniel para detenerlo. Y Daniel también mató a Even para que no lo delatase. Por una vez en la vida, los dos tenían los mismos intereses.

Waaler asintió, aunque no parecía que lo hubiera entendido mucho mejor.

–Me resulta familiar el viejo –comentó entonces–. Me refiero al que está vivo.

–Sí, es el padre de Rakel Fauke, no sé si tú…

–Sí, claro, la tía buena del jaleo en Inteligencia. Eso es.

–¿Tienes un cigarro? –preguntó Harry.

–No –dijo Waaler–. El resto de lo que suceda es tu negociado, Hole. Yo pensaba irme, así que dime si necesitas ayuda con algo.

Harry dijo que no y Waaler se encaminó hacia la verja.

–Bueno, sí, espera –dijo Harry–. Si no tienes nada especial para mañana, necesitaría a un policía experto que me sustituyera.

Waaler sonrió y reanudó la marcha.

–Solo tienes que dirigir la vigilancia durante el oficio de mañana en la mezquita de Grønland –gritó Harry–. Me he dado cuenta de que tú tienes cierto talento para esas cosas. Lo único que tenemos que hacer es controlar que los cabezas rapadas no apaleen a los musulmanes por celebrar el Eid.

Waaler había llegado a la puerta principal cuando se detuvo de pronto.

–¿Y tú eres el responsable de esa guardia? –preguntó por encima del hombro.

–Es poca cosa –dijo Harry–. Dos coches, cuatro agentes.

–¿Cuántas horas?

–De ocho a tres.

Waaler se volvió con una amplia sonrisa.

–¿Sabes lo que te digo? –preguntó–. Bien mirado, es lo menos que puedo hacer por ti, te lo debo. Hecho, te hago guardia.

Waaler se rozó la gorra a modo de despedida, se sentó al volante, puso el coche en marcha y desapareció.

«¿Que me lo debe? ¿Por qué?», se preguntó Harry mientras escuchaba los chasquidos de la pista de tenis. Pero tuvo que dejar de pensar en ello al momento, porque el teléfono empezó a sonar otra vez y, en esta ocasión, el número que aparecía en la pantalla era el de Rakel.

92

Calle Holmenkollveien,
16 de mayo de 2000

–¿Es para mí?

Rakel dio una palmada y cogió el ramo de margaritas.

–No tuve tiempo de ir a la floristería, así que las he cortado de tu propio jardín –dijo Harry, y entró en la casa–. Mmm, huele a leche de coco. ¿Comida tailandesa?

–Sí. Oye, enhorabuena, traje nuevo, ¿no?

–¿Tanto se nota?

Rakel sonrió y pasó la mano por el cuello de la solapa.

–Es de lana de buena calidad.

–Súper 110.

Harry no tenía ni idea de lo que significaba «súper 110». En un arrebato de arrogancia, entró en una de las selectas boutiques de la calle Hegdehaugsveien justo cuando iban a cerrar y consiguió que el dependiente encontrase el único traje en el que cabían todos sus centímetros de estatura. Siete mil coronas era, desde luego, mucho más de lo que él tenía pensado gastarse, pero la alternativa era ir hecho un fantoche con su viejo traje, así que cerró los ojos, pasó la tarjeta por la máquina e intentó olvidarlo.

Entraron en el comedor y vio que la mesa estaba puesta para dos.

–Oleg está dormido –le dijo antes de que él pudiese preguntar.

Y se hizo un silencio.

–No es que tuviera pensado… –comenzó ella.

—¿Ah, no? —preguntó Harry con una sonrisa.

Nunca la había visto sonrojarse antes. Se abrazó a ella e inspiró el perfume del pelo recién lavado. Notó que temblaba ligeramente.

—La cena… —susurró Rakel.

Harry la dejó ir y ella se encaminó a la cocina. La ventana abierta daba al jardín, donde unas mariposas blancas que no estaban el día anterior se arracimaban revoloteando como confeti a la luz del ocaso. Allí dentro olía a detergente para el suelo y a tarima mojada. Harry cerró los ojos. Sabía que necesitaba muchos días como aquel para que la imagen de Even Juul colgado de la correa del perro se borrara por completo, pero notó que ya empezaba a palidecer. Weber y sus muchachos no habían encontrado el Märklin, pero sí al perro, Burre. Degollado y metido en una bolsa de basura que había en el congelador. Y en la caja de las herramientas hallaron tres cuchillos, todos ellos con restos de sangre. Harry sospechaba que alguno de ellos había sido el utilizado con Hallgrim Dale.

Rakel lo llamó desde la cocina para que le ayudase a llevar la comida a la mesa. Todo lo demás empezaba a desdibujarse.

93

Calle Holmenkollveien,
17 de mayo de 2000

Los acordes de la banda de música iban y venían con el viento. Harry abrió los ojos. Todo era blanco. La luz del sol que centelleaba y lo saludaba por entre las cortinas inmaculadas que se agitaban al ritmo de la brisa, las blancas paredes, el techo blanco y la ropa de cama, también blanca y tan refrescante sobre la piel ardiente. Se dio la vuelta. En el hueco de la almohada se veía aún la huella de la cabeza, pero la cama estaba vacía. Miró el reloj de pulsera. Las ocho y cinco. Rakel y Oleg iban camino de la plaza de Festningsplassen, desde donde partiría el desfile infantil. Habían acordado verse a las once, ante el edificio de la Guardia Real, junto al palacio.

Cerró los ojos y evocó una vez más la noche pasada. Luego se levantó y fue al cuarto de baño. Allí también dominaba el blanco, los azulejos, los sanitarios. Se dio una ducha de agua fría y, sin saber cómo, se oyó a sí mismo canturreando una vieja canción de los The The:

—«... a perfect day!».

Rakel le había dejado una toalla limpia, también blanca, gruesa y esponjosa, con la que se frotó para poner en marcha la circulación mientras se observaba en el espejo. Ahora era feliz, ¿no? En aquel preciso momento, era feliz. Le sonrió a la cara que tenía enfrente. Y la cara le devolvió la sonrisa. Ekman y Friesen. Sonríele al mundo...

Rió de buena gana, se anudó la toalla a la cintura y, con las plantas de los pies mojadas, se encaminó hacia el pasillo y entró en el dormitorio. Tardó unos segundos en comprender que se había equivocado de dormitorio, pues también allí todo era de color blanco: las paredes, el techo, una cómoda con fotografías de familia y una cama de matrimonio lujosamente decorada con una antigua colcha de ganchillo.

Se disponía a salir, y ya estaba junto a la puerta cuando se quedó de piedra. Permaneció inmóvil, como si una parte del cerebro estuviera ordenándole que continuara y olvidara el detalle mientras que la otra lo apremiaba a volver y comprobar si lo que acababa de ver era lo que él creía. O, más bien, lo que él temía. Ignoraba qué era lo que temía y por qué. Solo sabía que, cuando todo es perfecto, no puede ser mejor y no debes cambiar nada, ni lo más mínimo. Pero ya era demasiado tarde. Naturalmente, era demasiado tarde.

Respiró hondo, se dio la vuelta y entró de nuevo.

Un portarretratos dorado enmarcaba la instantánea en blanco y negro. La mujer de la fotografía tenía la cara fina, los pómulos altos y salientes y, risueña y confiada, dirigía la mirada más allá de la cámara, al fotógrafo. Parecía fuerte. Llevaba una blusa sencilla y, sobre la blusa, colgaba una cruz de plata.

«Llevan casi dos mil años representándola en todo tipo de iconos.»

Pero no era esa la razón por la que su cara le había resultado familiar la primera vez que vio una fotografía suya.

No cabía la menor duda. Se trataba de la misma mujer que había visto en la instantánea de la habitación de Beatrice Hoffmann.

PARTE IX
DÍA DEL JUICIO

94

Oslo,
17 de mayo de 2000

Escribo estas líneas para que quien las encuentre sepa someramente el porqué de mi elección. Las alternativas de mi vida han estado, por lo general, entre dos o más opciones negativas, y creo que
se me debe juzgar teniendo en cuenta este hecho. Pero también
debe juzgárseme teniendo presente que jamás eludí la responsabilidad de una elección, que no me desentendí de mis obligaciones
morales, sino que me arriesgué a elegir el camino equivocado
antes que vivir cobardemente como uno más de la mayoría silen-
ciosa, como el que busca la seguridad en la masa, permitiéndole
que elija por él. Esta última elección mía tiene por objeto prepa-
rarme para el momento en que me reencuentre con nuestro Señor
y con Helena.

—¡Mierda!
Harry pisó a fondo el freno mientras la muchedumbre elegantemente vestida y ataviada con el traje típico noruego avanzaba
por el paso de peatones del cruce de Majorstukrysset. Se diría que
toda la ciudad se hubiera echado ya a la calle. Y él tenía la sensación de que el semáforo no volvería a ponerse verde jamás. Por fin
pudo soltar el embrague y acelerar otra vez. En la calle Vibe aparcó en doble fila y llamó al portero automático de la casa de Fauke.
Un niño pasó corriendo como una tromba retumbando en el sue-

lo con las botas y Harry dio un respingo al oír el ruido estridente y chillón de la trompetilla.

Fauke no respondía. Harry volvió al coche, encontró la palanca que siempre llevaba en el suelo, a los pies del asiento del copiloto, para abrir la puerta del maletero, pues la cerradura estaba estropeada. Volvió al portal y puso las dos manos sobre las hileras de botones del portero automático. Tras unos segundos, oyó una mezcla cacofónica de voces irritadas, seguramente de gente con poco tiempo y con la plancha o el cepillo para lustrar los zapatos en la mano. Dijo que era policía y alguien debió de creerlo porque, de repente, oyó el chisporroteo de la puerta y pudo abrirla. Subió los peldaños de cuatro en cuatro y llegó enseguida a la cuarta planta, con el corazón más desbocado aún que cuando vio la fotografía en el dormitorio, hacía un cuarto de hora.

La misión que me he propuesto llevar a cabo ha costado ya varias vidas inocentes y, naturalmente, existe el riesgo de que sean más. Así es siempre en la guerra. De modo que júzgame como a un soldado que no tuvo muchas opciones. Ese es mi deseo. Pero si me juzgas con dureza, piensa que, como yo, no eres más que un ser humano susceptible de errar, y que tanto para ti como para mí no habrá al final más que un juez: Dios. Estas son mis memorias.

Harry golpeó con el puño la puerta de Fauke por dos veces y gritó su nombre. Como no respondía, metió la palanca justo debajo de la cerradura y empujó con todo su peso. Al tercer intento, la puerta cedió con estrépito. Cruzó el umbral. El apartamento estaba a oscuras y en silencio y, curiosamente, le recordó al dormitorio en el que había estado hacía pocos minutos, pues tenía un aire de vacío y de abandono. Supo por qué tan pronto como entró en el salón. Lo había abandonado. Todos los papeles que antes había en el suelo, los libros de las estanterías atestadas y las tazas de café medio vacías, todo había desaparecido. Los muebles estaban amontonados en un rincón y cubiertos con sábanas blancas. Un rayo de sol entró por la ventana y fue a caer sobre un montón de documentos sujetos con una goma que estaban en el suelo vacío del salón.

Espero que, cuando leas esto, yo ya esté muerto. Espero que todos estemos muertos.

Harry se acuclilló junto al montón. «*La gran traición* –se leía escrito a máquina en la primera página–. *Memorias de un soldado.*» Harry quitó la goma.

La página siguiente: «Escribo estas líneas para que quien las encuentre sepa someramente el porqué de mi elección». Harry hojeó el montón. Debían de ser varios cientos de páginas bien repletas. Miró el reloj. Eran las ocho y media. Encontró el número de Fritz en Viena en la agenda, sacó el móvil y lo localizó justo cuando volvía a casa después de un servicio nocturno. Después de un minuto de conversación con Fritz, llamó al servicio de información telefónica, donde encontraron el número que pedía y lo pasaron directamente.

–Aquí Weber.

–Hola, soy Hole. Felicidades en el día de hoy, ¿no es eso lo que se dice?

–¡A la mierda! ¿Qué es lo que quieres?

–Bueno, supongo que tendrás planes para hoy…

–Sí. Tenía planes de mantener la puerta y la ventana cerradas y de leer la prensa. Suéltalo ya.

–Necesito tomar unas huellas dactilares.

–Estupendo. ¿Cuándo?

–Ahora mismo. Tráete el maletín y así las enviamos desde aquí. Y, además, necesito un arma reglamentaria.

Harry le dio la dirección. Después tomó el montón de papeles y se dirigió a una de las sillas fantasmales, se sentó y empezó a leer.

95

Leningrado,
12 de diciembre de 1942

Los destellos iluminan el cielo nocturno, tan gris que parece una lona sucia tensada sobre el paisaje desolado que nos rodea. Puede que los rusos hayan iniciado una ofensiva, puede que solo quieran hacernos creer que es así, esas cosas nunca se saben hasta después. Daniel ha vuelto a mostrarse como un tirador excelente. De no ser porque ya era una leyenda, se habría ganado hoy la inmortalidad. Le disparó a un ruso y lo mató desde una distancia de casi medio kilómetro. Después lo arrastró él solo hasta tierra de nadie y le dio cristiana sepultura. Jamás había visto nada semejante. Se trajo la gorra del ruso como trofeo. Luego hizo gala de su humor habitual, cantando y animando el ambiente para regocijo de todos (salvo de algún que otro compañero que se portó como un envidioso aguafiestas). Estoy orgullosísimo de tener por amigo a un hombre tan íntegro y valiente. Por más que hay días en que se diría que esta guerra no tendrá fin y pese a ser muchas las víctimas en nuestra patria, los hombres como Daniel Gudeson nos infunden la esperanza de que lograremos nuestro objetivo de detener a los bolcheviques y regresaremos a una Noruega segura y libre.

Harry miró el reloj y siguió hojeando las páginas.

Leningrado,
madrugada del 1 de enero de 1943

… cuando vi que Sindre Fauke tenía el miedo pintado en los ojos, me vi obligado a decirle unas palabras tranquilizadoras, con el fin de que su actitud fuera menos desconfiada. Solo estábamos él y yo en el puesto de ametralladoras, los demás habían ido a acostarse otra vez y el cadáver de Daniel yacía rígido sobre las cajas de munición. Después hurgué un poco más en la sangre de Daniel que había en la cartuchera. La luna brillaba y estaba nevando; hacía una noche extraña y me dije que estaba reuniendo los fragmentos destrozados de Daniel y que estaba recomponiéndolo otra vez, uniendo los trozos para rehacer su cuerpo de modo que pudiese levantarse y dirigirnos como antes. Sindre Fauke no lo comprendió. Él era un chaquetero, un oportunista y un delator que solo seguía a aquellos que, según él, iban a vencer. Y el día que no presagiase nada bueno para mí, para nosotros, para Daniel… ese día nos traicionaría también a nosotros. Me adelanté de varias zancadas para quedar justo detrás de él, lo agarré por la frente y lo sajé con la bayoneta. Hay que hacerlo con cierta rapidez, para que el corte sea profundo y limpio. Lo solté en cuanto lo corté, pues sabía que el trabajo ya estaba hecho. Él se volvió despacio y me clavó la mirada con sus pequeños ojos de puerco; parecía querer gritar, pero la bayoneta le había sesgado la tráquea y no podía emitir más que leves silbidos provocados por el aire que surgía de la herida abierta.

Sangraba. Se sujetó la garganta con las dos manos para evitar que se le escapase la vida, pero solo consiguió que la sangre le discurriera en delgados hilillos por entre los dedos. Entonces me caí y tuve que arrastrarme hacia atrás por la nieve para evitar que me salpicara el uniforme. Las manchas de sangre fresca serían un inconveniente si se les ocurría investigar la «deserción» de Sindre Fauke. Cuando dejó de moverse, lo puse boca arriba y lo arrastré hasta las cajas de munición sobre las que yacía Daniel. Por suerte, los dos tenían más o menos la misma constitución. Encontré la documentación de Sindre Fauke. Siempre la llevamos encima, día y noche, pues, si nos encuentran sin la documentación que acredita quiénes somos y a qué regimiento pertenecemos (infantería, sección del frente norte, fecha, sello y demás), nos arriesgamos a que nos fusilen por desertores allí mismo. Enrollé los documentos de Fauke y los guardé en la cantimplora que había colgado de la bandolera. Retiré el saco de la cabeza de Daniel y lo enrollé a la de Sindre. Después me eché a la espalda el cuerpo de Daniel y lo llevé a tierra de nadie. Y allí lo enterré en la nieve, igual que Daniel había enterrado a Urías, el ruso. Me quedé con la gorra del uniforme ruso que Daniel le había quitado a Urías. Entoné un salmo: «Nuestro Dios es firme como una fortaleza», y «Entra en el círculo de la hoguera».

Leningrado,
3 de enero de 1943

Un invierno suave. Todo ha ido según el plan. Muy temprano, la mañana del día 1, día de Año Nuevo, llegaron los enterradores y se llevaron el cadáver que había encima de las cajas de munición, tal y como se les había ordenado a través de las líneas de comunicación y, naturalmente, creyeron que era a Daniel Gudeson a quien se llevaban hacia el norte en el trineo. Ni que decir tiene que me entran ganas de reír cuando lo pienso. Si le quitasen el saco que le cubre la cabeza antes de dejarlo caer en el hoyo, no sé lo que pasaría, pero de todos modos, no me preocupaba, porque ellos no conocían ni a Daniel ni a Sindre Fauke.

Lo único que me preocupa es que parece que Edvard Mosken abriga sospechas de que Fauke no ha desertado, sino de que yo lo he matado. Claro que no hay mucho que él pueda hacer, el cuerpo de Sindre Fauke está carbonizado (ojalá su alma se queme eternamente) e irreconocible junto con otros cien.

Pero esta noche, mientras hacía la guardia, tuve que emprender la operación más arriesgada hasta ahora. Me había dado cuenta de que no podía dejar a Daniel enterrado en la nieve. Puesto que el invierno se presentaba suave, me arriesgaba a que el cadáver surgiera de la nieve en cualquier momento, delatando así el cambio. Y cuando, por la noche, empecé a soñar con lo que los zorros y las comadrejas podían hacer con el cuerpo de Daniel cuando la primavera derritiese la nieve, decidí que debía desenterrar el cadáver y volver a enterrarlo en la fosa común, que, después de todo, es tierra bendecida por el sacerdote de campaña.

Por supuesto que temía más a nuestros puestos de guardia que a los rusos pero, por suerte, el que estaba de guardia en el puesto de ametralladoras era el torpe de Hallgrim Dale, el amigo de Fauke. Además, el cielo estaba encapotado aquella noche y, lo más importante de todo: yo sentía que Daniel estaba conmigo, sí, que estaba dentro de mí. Y cuando por fin logré sacar el cadáver y dejarlo sobre las cajas de munición, antes de ponerle el saco en la cabeza, me sonrió. Ya sé que la falta de sueño y el hambre pueden gastarle a uno malas pasadas, pero yo vi verdaderamente su rígida máscara de muerto cambiar de postura ante mis propios ojos. Y por extraño que pueda parecer, en lugar de asustarme, me hizo sentirme seguro y feliz. Después entré a hurtadillas en el búnker y me dormí como un niño.

Cuando, apenas una hora más tarde, Edvard Mosken vino a despertarme, sentí como si todo hubiese sido un sueño, y creo que conseguí que mi asombro pareciese auténtico cuando vi que el cadáver de Daniel había vuelto a aparecer. Pero aquello no fue suficiente para convencer a Mosken. Él estaba seguro de que era Fauke quien yacía con el saco en la cabeza, que yo lo había asesinado y lo había dejado allí con la esperanza de que los enterradores creyesen que habían olvidado llevarse su cadáver la primera vez y que lo retirasen sin hacer preguntas. Cuando Dale le quitó el saco y Mosken vio que, de hecho, era Daniel, ambos se quedaron atónitos y yo tuve que reprimir la nueva risotada que me nacía dentro para que no nos delatase a Daniel y a mí.

98

Hospital del sector norte, Leningrado, 17 de enero de 1944

La granada de mano que lanzaron desde el avión ruso chocó contra el casco de Dale, cayó al suelo y quedó sobre el hielo dando vueltas y chisporroteando mientras nosotros intentábamos escapar a su alcance. Yo era el que más cerca se encontraba y estaba convencido de que íbamos a morir los tres: Mosken, Dale y yo. Es extraño, pero mi último pensamiento fue que el que yo acabase de salvar a Edvard Mosken de morir por un disparo del desgraciado de Hallgrim Dale era una ironía del destino, y que lo único que había conseguido era prolongar en dos minutos exactamente la vida de nuestro jefe de pelotón. Pero, por suerte, las granadas de mano que fabrican los rusos son de pésima calidad y los tres salimos de aquella con vida. Aunque a mí me hirió en el pie y los restos de la granada atravesaron el casco y se me incrustaron en la frente.

Por una curiosa coincidencia, fui a parar a la sala de la enfermera Signe Alsaker, la prometida de Daniel. Al principio no me reconoció, pero por la tarde se me acercó y se puso a hablar conmigo en noruego. Es muy bonita y desde luego que me gustaría que fuese mi prometida.

Olaf Lindvig también está ingresado aquí y en la misma sala. Tenía la capota blanca colgada de un gancho junto a la cama.

No sé por qué. Tal vez para que pueda volver directamente a sus obligaciones en cuanto se haya recuperado de la herida. Necesitamos hombres como él, ya oigo acercarse el fuego de la artillería rusa. Creo que una noche tuvo una pesadilla, porque gritaba en sueños y entonces vino Signe. Le puso una inyección, tal vez de morfina. Cuando Olaf volvió a dormirse, vi que le acariciaba el pelo. Estaba tan hermosa que sentí deseos de gritarle que se acercase a mi cama y de explicarle quién era yo, pero no quise asustarla.

Hoy me han comunicado que tendrán que enviarme al oeste, porque no llegan las medicinas. Nadie me lo advirtió, pero me duele el pie, los rusos se acercan y sé que es la única salvación posible.

99

Wienerwald,
29 de mayo de 1944

En mi vida he conocido a una mujer más hermosa e inteligente. ¿Puede uno amar a dos mujeres a la vez? ¡Sí, claro que es posible!

Gudbrand ha cambiado. Por eso he adoptado el apodo de Daniel: Urías. A Helena le gusta más, dice que Gudbrand es un nombre raro.

Cuando los demás se han dormido, me dedico a escribir poemas, aunque no soy muy bueno. El corazón se me desboca tan pronto como ella asoma por la puerta, pero Daniel dice que, para conquistar el corazón de una mujer, hay que conservar una calma casi fría, porque es como cazar moscas. Hay que mantenerse completamente inmóvil y, preferentemente, mirar en otra dirección. Y cuando la mosca empieza a confiar en ti, cuando se atreve a aterrizar sobre la mesa, delante de ti, se acerca y, por fin, casi te incita a intentar atraparla, entonces es el momento de dar el golpe, como un relámpago. Con decisión y seguridad en la propia convicción. Lo último es lo más importante. Pues no es la velocidad, sino la convicción lo que atrapa a la mosca. Dispones de un único intento; y es importante tener el terreno preparado. Eso es lo que dice Daniel.

100

Viena,
29 de junio de 1944

Dormía como un niño cuando me vi arrancado del regazo de mi amada Helena. Fuera, los bombardeos habían finalizado hacía ya rato, pero era medianoche y las calles estaban completamente desiertas. Encontré el coche donde lo habíamos aparcado, junto al restaurante Drei Husaren. La ventana trasera estaba rota y una de las piedras del muro había causado una gran abolladura en el techo, pero, salvo este percance, el coche estaba, por suerte, intacto. Volví al hospital conduciendo tan rápido como pude.

Sabía que era demasiado tarde para hacer algo por Helena y por mí, solo éramos dos personas atrapadas en un torbellino de sucesos que no podíamos controlar. Su apego a la familia la sentenciaba a casarse con aquel médico, Christopher Brockhard, ese ser corrupto que, en su infinito egocentrismo (¡que él llamaba amor!), mancillaba la auténtica naturaleza del amor. ¿No veía que el amor que lo movía era exactamente lo contrario del amor que la movía a ella? Así que yo tenía que sacrificar mi sueño de compartir la vida con Helena, para así darle una existencia, si no feliz, al menos decente, libre de la humillación a la que quería obligarla Brockhard.

Las ideas me daban vueltas en la cabeza igual que yo atravesaba la noche por carreteras tan sinuosas como la vida misma. Pero Daniel me dirigía manos y pies.

… descubrió que yo estaba sentado en el borde de su cama, y me miraba con expresión incrédula.

—¿Qué haces aquí? —me preguntó.

—Christopher Brockhard, eres un traidor —le susurré—. Y por ello te condeno a muerte. ¿Estás preparado?

No creo que lo estuviese. La gente nunca está preparada para morir, creen que vivirán por siempre. Espero que alcanzase a ver el chorro de sangre que brotaba hacia el techo, espero que alcanzase a oírla estrellarse contra las sábanas al caer. Pero, ante todo, espero que alcanzase a comprender que estaba muriendo.

En el armario encontré un traje, un par de zapatos y una camisa que enrollé a toda prisa y me llevé bajo el brazo. Después eché a correr hacia el coche, lo puse en marcha.

… seguía durmiendo. Estaba empapado y helado por el chubasco repentino y me acurruqué a su lado, bajo las sábanas. Le ardía el cuerpo como un horno y, cuando me apreté contra ella, gimió un poco en sueños. Intentaba cubrir con mi piel cada centímetro de la suya, intentaba convencerme de que aquello sería para siempre, intentaba no mirar el reloj. Tan solo faltaban unas horas para que partiese mi tren. Tan solo unas horas para que me declarasen un asesino perseguido en toda Austria. No sabían cuándo pensaba marcharme ni qué ruta iba a seguir, pero sabían adónde iría; y estarían esperándome cuando llegase a Oslo. Intenté aferrarme a ella con la fuerza suficiente como para que durase toda una vida.

Harry oyó el timbre. ¿Sería la primera vez? Encontró el portero automático y le abrió a Weber.

—Después de las retransmisiones deportivas por televisión, esto es lo que más detesto —declaró Weber furioso mientras entraba ruidosamente antes de dejar caer en el suelo una caja de herramientas tan grande como una maleta—. El Diecisiete de Mayo, el día de la embriaguez nacionalista, las calles cortadas te obligan a rodear todo el centro para llegar a cualquier sitio. ¡Dios santo! ¿Por dónde quieres que empiece?

—Seguro que encuentras una huella aceptable en la cafetera que

517

hay en la cocina —sugirió Harry—. He estado hablando con un colega de Viena que se ha puesto manos a la obra y está buscando una huella dactilar de 1944. ¿Te has traído el ordenador y el escáner?

Weber dio una palmadita sobre la caja de herramientas.

—Perfecto. Cuando hayas terminado de escanear las huellas dactilares que encuentres, puedes conectar el ordenador a mi móvil y enviarlas a la dirección de correo electrónico de Fritz, en Viena. Está esperando poder compararlas con las suyas y nos contestará enseguida. Y eso es todo lo que hay que hacer. Yo tengo que leer unos documentos en la sala de estar.

—¿Qué es lo que…?

—Cosas de los servicios de inteligencia —dijo Harry—. Ese tipo de cosas que deben leer solo los que necesitan conocerlas.

—No me digas…

Weber se mordió el labio y miró extrañado a Harry, que le sostuvo la mirada, esperando que completase el comentario.

—¿Sabes lo que te digo, Hole? —dijo al fin—. Está bien que haya alguien que aún se comporte con profesionalidad en este organismo.

101

Hamburgo,
30 de junio de 1944

Después de escribirle la carta a Helena, abrí la cantimplora, saqué la documentación enrollada de Sindre Fauke y la sustituí por la carta. Luego, con ayuda de la bayoneta, grabé en la cantimplora el nombre y la dirección de Helena y volví a salir a la oscura noche. Tan pronto como crucé la puerta, sentí el calor. El viento parecía querer arrancarme el uniforme, el cielo que se cernía sobre mí era una bóveda de un sucio amarillo y lo único que se oía por encima del lejano rugir de las llamas era el ruido de cristales al estallar y los gritos de la gente que no tenía ya adónde huir para refugiarse. Así era exactamente como yo me imaginaba el infierno. Ya no caían bombas. Recorrí una calle que no era más que un sendero de asfalto en medio de un espacio abierto lleno de montones de ruinas. Lo único que se mantenía en pie en aquella «calle» era un árbol carbonizado que señalaba al cielo con dedos de bruja. Y una casa en llamas de la que procedían los gritos. Cuando ya estaba tan cerca que el calor me quemaba los pulmones al respirar, di la vuelta y empecé a caminar hacia el puerto. Y fue allí donde la encontré, una pequeña de aterrados ojos negros. Me tiró de la chaqueta del uniforme gritando sin cesar a mi espalda:

–*Meine Mutter! Meine Mutter!*

Seguí caminando, pues nada podía hacer. Había visto el esqueleto de un ser humano en llamas en la última planta, atrapado con una pierna dentro y la otra fuera de la ventana. Pero la pequeña me seguía, gritando desesperada su súplica de que ayudase a su madre. Intenté apretar el paso, pero entonces ella se aferró a mí con sus brazos infantiles, la pequeña no me soltaba y yo fui arrastrándola hacia el gran mar de llamas. Y así anduvimos caminando, una extraña procesión, dos personas enganchadas camino de la destrucción.

Y lloré, sí, lloré, pero mis lágrimas se evaporaban en cuanto brotaban de mis ojos. No sé quién de nosotros se detuvo y la llevó arriba, pero yo volví, la llevé al dormitorio y la cubrí con mi manta. Después, quité el colchón de la otra cama y me tumbé en el suelo, a su lado.

Nunca supe cómo se llamaba ni qué fue de ella, desapareció durante la noche. Pero me salvó la vida. Porque decidí conservar la esperanza.

Desperté a una ciudad moribunda. Algunos incendios continuaban con toda su fuerza, el puerto estaba totalmente destruido y los barcos que habían llegado con suministros o para evacuar a los heridos se quedaron varados en Asussenalster, sin tener dónde atracar.

Hasta la noche, los hombres no lograron despejar una zona donde los barcos pudiesen cargar y descargar, y hacia allí me dirigí. Fui de barco en barco, hasta encontrar lo que buscaba: uno que partiese hacia Noruega. La embarcación se llamaba *Anna* y llevaba cemento a Trondheim. Ese destino me convenía, puesto que contaba con que no llegaría allí la orden de búsqueda contra mí. El caos había venido a sustituir al habitual orden alemán y los cauces de transmisión de órdenes eran, cuando menos, poco claros. Por otro lado, las dos eses que llevaba en el cuello de mi guerrera eran bastante evidentes, lo que causaba cierta impresión en la gente y no tuve ningún problema para subir al barco y convencer al capitán de que la orden con el destino que le mostré significaba que debía llegar a Oslo por la vía más rápida posible y, en las circunstancias que reinaban, eso era tanto como decir que debía viajar en el *Anna* hasta Trondheim y, de allí, ir en tren a Oslo.

La travesía duró tres días; salí del barco, mostré los documentos y me indicaron que continuase. Hasta que me encontré en el tren con destino a Oslo. El viaje duró cuatro días en total. Antes de bajar del tren en Oslo, fui a los servicios y me puse el traje que tomé del armario de Christopher Brockhard. Y ya podía decirse que estaba listo para la primera prueba. Subí por la calle Karl Johan. Lloviznaba y hacía calor. Dos muchachas jóvenes venían caminando hacia mí, cogidas del brazo, y rieron en voz alta cuando pasaron a mi lado. El infierno de Hamburgo se me antojaba a años luz de distancia. Mi corazón se alegraba. Había vuelto a mi amado país y me sentía como si hubiese vuelto a nacer.

El recepcionista del hotel Continental examinó minuciosamente el documento de identidad que le presenté, antes de mirarme por encima de las gafas y declarar:

—Bienvenido al Continental, señor Sindre Fauke.

Y, ya tumbado en la cama de la habitación amarilla del hotel, con la mirada clavada en el techo mientras escuchaba los sonidos de la ciudad que bullía fuera, saboreé nuestro nuevo nombre. Sindre Fauke. Se me hacía raro, pero supe enseguida que podría funcionar, sí, sin duda, podría funcionar.

102

Nordmarka,
12 de julio de 1944

… un hombre llamado Even Juul. Como los demás tipos de la Resistencia, parece haberse tragado mi historia de cabo a rabo. Pero ¿por qué no iban a hacerlo? La verdad, que soy un soldado del frente buscado por asesinato, sería más difícil de digerir que el hecho de que yo sea un desertor del frente oriental llegado a Noruega a través de Suecia. Además, lo han comprobado con sus fuentes en la oficina de reclutamiento, donde les han confirmado que una persona llamada Sindre Fauke ha sido dada por desaparecida, que probablemente se haya unido a los rusos. Los alemanes tienen sus asuntos bajo control.

Hablo un noruego estándar, resultado de mis años de juventud en Norteamérica, supongo, pero nadie reacciona ante el hecho de que me haya deshecho tan pronto del dialecto de Gudbrandsdal, de donde era Sindre Fauke. Soy de un pequeño pueblo noruego pero, aunque me encontrara con alguien a quien haya conocido en mi juventud (¡mi juventud!, ¡Dios mío!, tan solo hace tres años y me parece toda una vida), estoy convencido de que no me reconocerían, ¡hasta tal punto me siento otra persona!

En cambio, sí temo que, de repente, aparezca alguien que haya conocido al verdadero Sindre Fauke. Por suerte, él procedía de un pueblo si cabe más apartado que el mío, pero, claro, tendrá parientes que se supone que pueden identificarlo.

Y estas eran las cuestiones sobre las que yo me dedicaba a reflexionar, de ahí el desconcierto que sentí cuando me ordenaron que liquidara a uno de mis propios hermanos de Unión Nacional (es decir, a uno de los hermanos de Fauke). Esa será la prueba de que en verdad he cambiado de bando y que no soy un infiltrado. Daniel y yo estuvimos a punto de romper a reír; es como si la idea se nos hubiese ocurrido a nosotros mismos pues, en efecto, ¡me estaban pidiendo que quitase de en medio a todos aquellos que podían descubrirme! Ya sé que los líderes de estos soldados de pacotilla piensan que el fratricidio es ir demasiado lejos, pues no están habituados a la crueldad de la guerra aquí, en la seguridad de estos bosques. Pero yo he pensado seguir sus órdenes al pie de la letra antes de que cambien de idea. En cuanto anochezca, bajaré al pueblo y cogeré mi arma reglamentaria que, junto con el uniforme, dejé en una caja fuerte de la estación del tren, y tomaré el mismo tren nocturno con el que llegué, pero hacia el norte. Conozco el nombre del pueblo más próximo a la granja de los Fauke, de modo que no tendré más que preguntar cómo llegar hasta allí.

103

Oslo,
13 de mayo de 1945

Otro día extraño. Todo el país está embriagado de libertad y hoy llegará a Oslo el príncipe heredero Olav, junto con una delegación del gobierno. No puedo ni pensar en bajar al puerto para ver su llegada, pero he oído que «media» Oslo se había congregado ya allí. Subí la calle Karl Johan vestido de civil, aunque mis «compañeros de campaña» no comprenden por qué no he optado, como ellos, por lucirme con el «uniforme» de la Resistencia para que me vitoreen como a un héroe. Por lo que dicen, ahora es un buen reclamo para las muchachas. Las jóvenes y los uniformes... si no recuerdo mal, en 1940 corrían con el mismo entusiasmo detrás de los uniformes verdes.

Caminé hasta el palacio para ver si el príncipe heredero salía al balcón para dirigir unas palabras a la multitud. Ya había allí congregadas algunas personas. Llegué justo a la hora del cambio de guardia. Un espectáculo bastante triste, en comparación con el estándar alemán, pero la gente gritaba de júbilo.

Tengo la esperanza de que el príncipe heredero eche un jarro de agua fría sobre todos los llamados buenos noruegos que han permanecido, durante cinco años, como espectadores pasivos, sin mover un dedo por ninguno de los dos bandos y que ahora piden a gritos venganza contra los traidores a la patria. De hecho, creo que el príncipe Olav nos comprende, pues, de ser ciertos los rumores, de los miembros de la realeza y el gobierno tan solo él mostró cierta entereza durante la capitulación, al ofrecerse a quedarse con su pueblo y compartir su destino. Pero el gobierno se lo desaconsejó, pues sabían que su imagen y la del rey quedarían en entredicho si lo dejaban aquí mientras ellos se marchaban.

Sí, tengo la esperanza de que el joven príncipe (que, al contrario que «los santos de los últimos días», sabe cómo llevar el uniforme) le explique a la nación cuál ha sido la prestación de los combatientes del frente, sobre todo, teniendo en cuenta que él vio con sus propios ojos hasta qué punto los bolcheviques del Este constituían (y aún constituyen) un grave peligro para nuestro país. Parece que, ya a principios de 1942, mientras nosotros nos preparábamos para marchar al frente oriental, el príncipe mantuvo conversaciones con Roosevelt y le expresó su preocupación por los planes rusos en Noruega.

La gente agitaba banderolas, cantaron alguna canción y los viejos árboles del Slottsparken jamás habían lucido tanto verdor. Pero el príncipe no salió al balcón. Así que no tendré más remedio que armarme de paciencia.

—Acaban de llamar de Viena. Las huellas son idénticas.

Weber estaba en la puerta de la sala de estar.

—Estupendo —respondió Harry asintiendo abstraído y sin dejar de leer.

—Alguien ha vomitado en el cubo de la basura —continuó Weber—. Y ese alguien está bastante enfermo, pues hay más sangre que otra cosa.

Harry se pasó el dedo por la lengua y pasó a la página siguiente.

—Bueno.

Silencio.

—Si necesitas ayuda con alguna otra cosa…

—Gracias, Weber, pero eso es todo.

Weber asintió, pero no se movió de la puerta.

—¿No vas a dar una orden de búsqueda? —preguntó al fin Weber.

Harry levantó la vista y miró ausente hacia Weber.

—¿Por qué?

—¿Sabes lo que te digo? Que no tengo ni idea —comentó Weber—. Y tampoco necesito saberlo.

Harry sonrió, quizá por el comentario del viejo policía.

—No, desde luego.

Weber aguardó una continuación que no se produjo.

—Como quieras, Hole. Me traje una Smith & Wesson. Está cargada y ahí tienes un cargador. ¡Cógela!

Harry levantó la vista justo a tiempo de atrapar la funda negra que Weber acababa de lanzarle. La abrió y sacó la pistola. Estaba engrasada y el acero recién lustrado relucía con destellos mate. De modo que era el arma de Weber.

—Gracias por todo, Weber —dijo Harry.

—Que te sea leve.

—Lo intentaré. Que tengas un buen... día.

Weber resopló ante el comentario. Cuando salió del apartamento, Harry ya llevaba un rato sumido nuevamente en la lectura.

104

Oslo,
27 de agosto de 1945

¡Traición, traición, traición! Estaba petrificado, bien oculto en la última fila, cuando hicieron entrar a mi amada, que se sentó en el banco de los testigos y le ofreció a él, a Even Juul, aquella sonrisa fugaz pero evidente. Y esa sonrisa fue suficiente para revelármelo todo, pero me quedé allí como amarrado a la silla, sin capacidad para hacer nada más que escuchar, ver. Y sufrir. ¡Qué falsa y qué mentirosa! Even Juul sabe bien quién es Signe Alsaker, fui yo quien le hablé de ella. Pero a él no se lo puede culpar, él cree que Daniel Gudeson está muerto, pero ella, ¡ella juró en falso fidelidad hasta en la muerte! Así que no puedo por menos de repetirlo: ¡traición! Y el príncipe heredero no ha dicho una sola palabra. Nadie ha dicho nada. Están ejecutando a hombres que arriesgaron sus vidas por Noruega en el fuerte de Akershus. Los ecos de los disparos resuenan en el aire sobrevolando la ciudad por un segundo para luego desaparecer y dar paso a un silencio aún mayor. Como si nada hubiese ocurrido.

La semana pasada me enteré de que mi caso se ha sobreseído, que mis actos heroicos compensan mis crímenes. Cuando leí la carta, empecé a reír hasta que mis ojos cedieron al llanto. ¡Lo que están diciendo es que haber liquidado a cuatro campesinos indefensos en Gudbrandsdalen es un acto heroico que compensa mi criminal defensa de la patria en Leningrado! Estrellé una silla contra la pared, la casera subió y tuve que disculparme. Es para volverse loco.

Por las noches, sueño con Helena. Solo con ella. Debo intentar olvidar. Y el príncipe no se ha pronunciado. Es insoportable.

Harry volvió a mirar el reloj. Pasó rápido varias hojas hasta que su mirada recayó sobre un nombre conocido.

105

Restaurante Schrøder,
23 de septiembre de 1948

… negocio con buenas perspectivas de futuro. Pero hoy ha sucedido algo que venía temiéndome desde hace tiempo.

Estaba sentado leyendo el periódico cuando me di cuenta de que había alguien que, de pie junto a mi mesa, me observaba. ¡Levanté la vista y se me heló la sangre en las venas! Estaba muy estropeado, con las ropas un tanto ajadas y sin el porte erguido y recto con que yo lo recordaba; era como si hubiese desaparecido una parte de él. Pero reconocí enseguida a nuestro antiguo jefe de pelotón, al hombre con el ojo de cíclope.

−¡Gudbrand Johansen! −exclamó Edvard Mosken−. Decían que habías muerto. En Hamburgo.

No sabía qué responder ni cómo actuar. Tan solo que el hombre que ahora se sentaba frente a mí podía hacer que me condenasen por traición a la patria y, en el peor de los casos, por asesinato.

Cuando por fin fui capaz de articular palabra, sentí que tenía la boca seca. Le dije que sí, que estaba vivo y, para ganar algo de tiempo, le conté que había ido a parar a un hospital de Viena con una herida en la cabeza y un pie lastimado y le pregunté qué había sido de él. Mosken me explicó que lo enviaron a casa y que lo ingresaron en la enfermería del colegio de Sinsen, curiosamente, la misma a la que me habían destinado a mí. Como a los demás, también a él le habían caído tres años por traición a la patria y lo habían soltado después de dos años y medio de cárcel.

Estuvimos hablando sobre esto y aquello hasta que, al cabo de un rato, me relajé un poco. Pedí una cerveza para él y le hablé de la empresa de material de construcción que dirigía. Le dije lo que pensaba: que lo mejor para la gente como nosotros era empezar de nuevo con un negocio propio, pues la mayoría de los empresarios se negaban a contratar a excombatientes del frente (en especial, los empresarios que habían colaborado con los alemanes durante la guerra).

—¿A ti también te pasó? —me preguntó Mosken.

Así que tuve que explicarle que no me sirvió de mucho haberme pasado después al bando «de los buenos»; de todos modos, había llevado un uniforme alemán.

Mosken no borraba del rostro aquella media sonrisa suya y, finalmente, no pudo contenerse más. Me dijo que había pasado muchos años buscando mi rastro, pero todas las pistas terminaban en Hamburgo. Y que estaba a punto de darse por vencido cuando, un día, vio el nombre de Sindre Fauke en un artículo de periódico sobre los hombres de la Resistencia. Recobró el interés, se enteró de dónde trabajaba Fauke y lo llamó. Alguien le había dicho que tal vez estuviese en el restaurante Schrøder.

Volví a quedarme helado y pensé que había llegado el momento. Pero lo que me dijo fue algo completamente distinto a lo que yo me imaginaba:

—Nunca tuve la oportunidad de darte las gracias por impedirle a Hallgrim Dale que me disparase aquel día. Tú me salvaste la vida, Johansen.

Me encogí de hombros, algo turbado, incapaz de hacer otra cosa.

Según Mosken, al salvarlo, yo me había comportado como un hombre con alto sentido moral, pues podía tener motivos para desear que muriese. Si aparecía el cadáver de Sindre Fauke, Mosken podría atestiguar que lo más probable es que yo fuese el asesino. Asentí, sin más. Entonces, me miró fijamente y me preguntó si le tenía miedo. Y pensé que no tenía nada que perder si le contaba toda la historia, tal y como había sucedido.

Mosken me escuchaba, posando sobre mí su ojo de cíclope de vez en cuando, para comprobar si le decía la verdad y meneando la cabeza de vez en cuando; pero yo creo que sabía que la mayoría de lo que le contaba era cierto.

Cuando hube terminado, pedí otras dos cervezas y, entonces, él me habló de sí mismo, que su esposa se había buscado otro hombre que pudiese mantenerla a ella y al niño mientras él estaba en la cárcel. Él la comprendía y, además, tal vez fuese lo mejor también para el pequeño Edvard, así no tendría que crecer con un traidor a la patria por padre. Mosken parecía resignado. Dijo que quería probar suerte en el sector del transporte, pero que no le habían dado ninguno de los puestos de chófer que había solicitado.

—Compra tu propio camión —le propuse—. Funda tu propia empresa, tú también.

—No tengo dinero suficiente —me confesó con una mirada fugaz. De pronto, empecé a comprender—. Y los bancos tampoco se fían de los excombatientes, creen que somos bandidos, todos iguales.

—Yo he ahorrado algún dinero —le dije—. Si quieres te hago un préstamo.

Mosken negó con un gesto, pero yo vi que ya lo tenía convencido.

—Te cobraré interés, por supuesto —dije.

Entonces empezó a prestarme atención. Pero volvió a adoptar una expresión grave y me dijo que podía salirle muy caro hasta que el negocio funcionase bien. Así que tuve que explicarle que no sería un interés muy grande, que sería algo simbólico. Luego pedí más cerveza y, cuando ya la habíamos apurado y nos disponíamos a volver a casa, nos estrechamos la mano en señal de que habíamos cerrado un trato.

106

Oslo,
3 de agosto de 1950

… una carta con matasellos de Viena en el buzón. La dejé ante mí, encima de la mesa de la cocina, sin hacer otra cosa que mirarla. Su nombre y su remite aparecían escritos en el reverso. Yo había enviado una carta al hospital Rudolph II en el mes de mayo con la esperanza de que alguien supiese dónde se encontraba Helena y se la hiciese llegar. Por si una persona no autorizada abría la carta, me aseguré de no escribir nada que nos comprometiese a ninguno de los dos y, por supuesto, no había utilizado mi verdadero nombre. En cualquier caso, no me atreví a esperar una respuesta. Y, en el fondo, tampoco sé si en realidad deseaba recibir una respuesta, sobre todo si esta era la que cabía esperar. Que se había casado y que tenía hijos. No, no quería saberlo. Aunque era eso precisamente lo que deseaba para ella, la posibilidad que le había brindado al irme.

Dios santo, éramos tan jóvenes, ¡ella solo tenía diecinueve años! Y ahora, con su carta en la mano, todo se me antojaba tan irreal, como si la esmerada caligrafía que se leía en el sobre no tuviese nada que ver con la Helena con la que yo llevaba seis años soñando. Abrí la carta con mano temblorosa, me convencí de que debía esperar lo peor. Era una carta larga y no hace más que una hora que terminé de leerla por primera vez, pero ya me la sé de memoria.

Querido Urías:

Te quiero. Es fácil adivinar que te querré el resto de mi vida, pero lo extraño es que me siento como si llevase queriéndote desde siempre. Cuando recibí tu carta, lloré de felicidad, lo

Harry fue a la mesa de la cocina con los folios en la mano, encontró el café en el armario que había sobre el fregadero y puso una cafetera, todo ello sin dejar de leer. Acerca de su reencuentro, feliz pero también difícil y casi doloroso, en un hotel de París. Se prometieron al día siguiente.

A partir de ahí, Gudbrand empezó a escribir cada vez menos sobre Daniel hasta que, al final, este parecía haber desaparecido por completo.

En cambio, sus páginas estaban llenas de la historia de una pareja de enamorados que, a causa del asesinato de Christopher Brockhard, seguía sintiendo el aliento de sus perseguidores en la nuca. Acordaban citas secretas en Copenhague, Amsterdam y Hamburgo. Helena conocía la nueva identidad de Gudbrand, pero ¿sabía toda la verdad sobre el asesinato en el frente, sobre las ejecuciones en la granja de los Fauke?

No parecía que así fuera.

Se prometieron tras la retirada de los Aliados y, en 1955, ella se va de Austria, de una Austria que, estaba segura, volvería a quedar bajo el control de «criminales de guerra, antisemitas y fanáticos que no habían aprendido de sus errores». Se fueron a vivir a Oslo, donde Gudbrand, siempre bajo el nombre de Sindre Fauke, dirigía su pequeño negocio. El mismo año se unieron en matrimonio ante un sacerdote católico, en una ceremonia privada celebrada en el jardín de la calle Holmenkollveien, donde acababan de comprarse una gran casa con el dinero que Helena había conseguido de la venta de su taller de costura en Viena. Son felices, escribe Gudbrand.

Harry oyó el burbujeo del agua y, sorprendido, comprobó que el café llevaba ya un rato hirviendo.

107

Rikshospitalet,
1956

Helena perdió tanta sangre que, por un instante, su vida corrió peligro pero, por fortuna, intervinieron a tiempo. Perdimos el bebé. Helena estaba inconsolable, naturalmente, aunque yo no dejaba de recordarle que es joven, que tendremos muchas oportunidades. Por desgracia, el médico no se mostró tan optimista. Decía que la matriz

108

Rikshospitalet,
12 de marzo de 1967

Una hija. La llamaremos Rakel. Yo no podía dejar de llorar y Helena me acarició la mejilla mientras me decía que los caminos del Señor son

Harry había vuelto a sentarse en la sala de estar y se frotaba los ojos. ¿Por qué no había caído en la cuenta en cuanto vio la fotografía en la habitación de Beatrice? Madre e hija. Debía de estar despistado. Desde luego, era evidente que esa era la palabra, despistado. De hecho, él veía a Rakel en todas partes: en los rostros de las mujeres que pasaban por la calle, en todos los canales de televisión, cuando se sentaba a hacer zapping, tras la barra de la cafetería... De modo que ¿por qué iba a prestar una atención especial al ver su rostro en la fotografía de una mujer hermosa?

¿Debía llamar a Mosken para que le confirmase lo que Gudbrand Johansen, alias Sindre Fauke, había escrito? ¿Acaso era necesario? De momento, no.

Volvió a mirar el reloj. ¿Por qué lo hacía? ¿Qué era lo que lo apremiaba, salvo que había acordado verse con Rakel a las once? Seguramente, Ellen le habría dado la respuesta, pero Ellen no estaba allí y él no tenía tiempo de ponerse a averiguarla en aquel momento. Precisamente eso, no tenía tiempo.

Siguió hojeando las páginas, hasta llegar al 7 de octubre de 1999.

Ya solo quedaban unas cuantas hojas del manuscrito. Harry notó que le sudaban las palmas de las manos. Sintió algo similar a lo que el padre de Rakel describía que le había sucedido cuando recibió la carta de Helena: la aversión a, finalmente, tener que enfrentarse a lo inevitable.

109

Oslo,
7 de octubre de 1999

Voy a morir. Después de todo lo que he tenido que pasar en la vida, me ha resultado extraño saber que, como a la mayoría de la gente, será una enfermedad la que me dé el golpe de gracia. ¿Cómo se lo voy a decir a Rakel y a Oleg? Mientras subía por la calle Karl Johan, pensé que esta vida que, desde que murió Helena, se me antojaba sin valor, se convertía de repente en algo muy valioso para mí. No porque no desee reencontrarme contigo, Helena, sino porque he descuidado mi misión aquí en la tierra durante muchos años y ya apenas si me queda tiempo. Subí por la misma pendiente de gravilla que el 13 de mayo de 1945. El príncipe heredero sigue sin salir al balcón para decirnos que él nos comprende. Él solo comprende las situaciones difíciles de los demás. No creo que venga, creo que nos ha fallado.

Después me dormí apoyado en un árbol y tuve un sueño largo y extraño, como una revelación. Y cuando desperté, vi que también mi compañero estaba despierto. Daniel ha vuelto. Y sé lo que quiere.

El Ford Escort lanzó un rugido cuando Harry cambió con brutalidad de marcha atrás a primera y a segunda, sucesivamente. Y chilló como un animal herido cuando Harry presionó y mantuvo el acelerador pisado a fondo. Un tipo ataviado con el traje típico de Østerdal cruzó apresurado el paso de cebra en el cruce de la calle Vibe con la de Bogstadveien, librándose así de que se le quedase el pie aplastado debajo de una rueda con el dibujo desgastado casi por completo. En la calle Hegdehaugsveien se había formado una cola para llegar al centro, y Harry se pasó al centro de los dos carriles sin dejar de tocar el claxon con la esperanza de que los conductores de los coches que venían en dirección contraria tuviesen suficiente sentido común como para apartarse. Acababa de hacer la maniobra de colocarse en la parte izquierda del seto que había ante el Lorry Kafé cuando, de repente, una pared de color azul claro cubrió todo su campo de visión. ¡El tranvía!

Era demasiado tarde para detenerse, de modo que giró por completo el volante, pisó ligeramente el pedal del freno para mover la parte trasera del coche y se deslizó sobre el puente hasta tocar el tranvía por el costado izquierdo. El espejo lateral desapareció con un breve chasquido; la manilla de la puerta al deslizarse contra el costado del tranvía resonó con un chirrido.

—¡Joder, joder!

Pasó el tranvía, quedó solo y las ruedas se liberaron de las vías, se aferraron al asfalto y lo llevaron hasta el siguiente semáforo.

Verde, verde, ámbar.

Pisó a fondo el acelerador, siguió tocando el claxon con la vana esperanza de que su débil pitido llamase la atención en medio de los festejos del Diecisiete de Mayo, a las diez y cuarto de la mañana y en el centro de Oslo. Así iba, gritando, pisando el freno, y mientras el Escort se deshacía en desesperados esfuerzos por mantenerse aferrado a la madre tierra, las fundas vacías de las casetes, los paquetes de cigarrillos y el propio Harry Hole se precipitaban hacia delante en el interior del coche. Cuando el vehículo volvió a detenerse, se dio un cabezazo contra la luna delantera. Un grupo de jóvenes apareció de pronto gritando y agitando banderas en medio del paso de peatones y justo delante de su coche. Harry se frotó la frente. Estaba enfrente del Slottsparken y la calle peatonal que conducía al palacio aparecía abarrotada de gente. Desde el cabriolé abierto que había en el carril contiguo oyó la radio y la célebre emisión en directo que era la misma de todos los años:

«La familia real saluda desde el balcón el desfile infantil y al pueblo congregado en la plaza del palacio. Los gritos de júbilo del pueblo se dirigen especialmente al príncipe heredero, recién llegado de Estados Unidos, puesto que él es...».

Harry pisó el embrague y aceleró en dirección al bordillo de la acera de la calle peatonal.

110

Oslo,
16 de octubre de 1999

He empezado a sonreír otra vez. En realidad, es Daniel quien sonríe, claro está. No le he dicho a nadie que, una de las primeras cosas que hizo cuando volvió a despertar, fue llamar a Signe. Lo hicimos desde el teléfono público del Schrøder. Y fue tan divertido que lloramos de risa.

Seguiré perfilando el plan esta noche. El problema sigue siendo cómo hacerme con el arma que necesito.

111

Oslo,
15 de noviembre de 1999

… parecía que el problema estaba por fin resuelto, se presentó él: Hallgrim Dale. Como era de esperar, estaba acabado. Hasta el último momento confié en que no me reconociera. Por lo visto, había oído rumores de que yo había sucumbido en los bombardeos de Hamburgo, porque creyó que era un fantasma. Después comprendió que había gato encerrado y me pidió que le pagara por tener la boca cerrada. Pero el Dale que yo conozco no habría podido mantener un secreto ni por todo el dinero del mundo. De modo que procuré ser la última persona con la que mantuviese una conversación. No es que me agradara, pero he de reconocer que sentí cierta satisfacción al comprobar que no he olvidado por completo mis habilidades de antaño.

112

Oslo,
8 de febrero de 2000

Durante más de cincuenta años y seis veces al año, Edvard Mosken y yo nos hemos estado viendo en el restaurante Schrøder. La mañana del primer martes de cada dos meses. Aún llamamos a estos encuentros «reuniones del Estado Mayor», como hacíamos cuando el restaurante estaba en la plaza Youngstorget. Me he preguntado a menudo qué es lo que nos une a Edvard y a mí, con lo distintos que somos. Quizá no es más que un destino común lo que nos une. El hecho de estar marcados por los mismos sucesos. Ambos estuvimos en el frente oriental, ambos hemos perdido a nuestras esposas y nuestros hijos son adultos. No lo sé, pero ¿por qué no? Lo más importante para mí es mi certeza de que cuento con su total lealtad. Por supuesto que no olvida que yo le ayudé al terminar la guerra, pero le he echado alguna mano después también. Como a finales de los años sesenta, cuando se descontroló con la bebida y con las apuestas de caballos y estuvo a punto de perder la compañía de transporte, si yo no hubiese pagado sus deudas de juego.

No, ya no queda gran cosa del aguerrido militar que yo recuerdo de Leningrado pero, en los últimos años, Edvard se ha reconciliado con la idea de que la vida no resultó ser como él se había imaginado, y ahora intenta sacarle el máximo partido. Se concentra en ese caballo suyo y ya no se dedica ni a la bebida ni al juego, sino que se contenta con darme información sobre las carreras de vez en cuando.

Y a propósito de información, fue él quien me informó de que Even Juul le había preguntado si no sería posible que Daniel Gudeson estuviese vivo, después de todo. Llamé a Even aquella misma noche y le pregunté si se había vuelto senil. Pero Even me contó que, hacía unos días, había cogido el auricular del supletorio del dormitorio y que oyó la voz de un hombre que aseguraba ser Daniel y que su mujer se había asustado muchísimo. El hombre que llamó por teléfono le había dicho a su mujer que volvería a llamarla otro martes. Even aseguraba que oyó ruidos como de un café, así que ahora se dedicaba a visitar los cafés de Oslo todos los martes, para dar con el acosador telefónico. Sabía que la policía no se iba a preocupar lo más mínimo por una nadería así, y no le había dicho nada a Signe por si ella intentaba disuadirlo de su empeño. Tuve que morderme la mano para no echarme a reír antes de desearle suerte a ese viejo imbécil.

Desde que me mudé al piso de Majorstuen, no he visto a Rakel, aunque hemos hablado por teléfono. Parece que ambos estamos hartos de pelearnos. Yo he desistido de explicarle lo que nos hizo a su madre y a mí cuando se casó con ese ruso procedente de una vieja familia de bolcheviques.

—Ya sé que para ti fue una traición —me dice Rakel—. Pero hace ya tanto tiempo… ¿por qué no dejamos ya ese tema?

Pero no hace tanto tiempo. En realidad, ya no hace tanto tiempo de nada.

Oleg pregunta por mí. Es un buen chico. Aunque espero que no se vuelva tan terco e independiente como su madre, que heredó esos rasgos de Helena. Se parecen tanto que, al hablar de ello, se me llenan los ojos de lágrimas.

Edvard me ha prestado su cabaña para la semana que viene. Allí probaré el rifle. Daniel se alegra.

El semáforo se puso en verde y Harry pisó el acelerador. El coche se bamboleó cuando las ruedas se toparon con el bordillo de la acera y luego dio un salto nada elegante para, de repente, verse en medio del césped. La calle peatonal estaba llena de gente, de modo que Harry siguió transitando por la hierba. Fue deslizándose en zigzag entre los estanques y entre cuatro jóvenes que habían tenido la idea de ponerse a desayunar en medio del parque sobre una manta. En el espejo retrovisor vio el juego de las luces azules de los coches de policía. Junto a la garita de la Guardia Real, la multitud se agolpaba ya hasta el punto de que Harry se detuvo, salió del coche de un salto y echó a correr hacia las barreras que rodeaban la plaza del palacio.

—¡Policía! —gritó Harry mientras se abría camino entre la muchedumbre.

Los que estaban en primera fila se habían levantado muy temprano para asegurarse un buen sitio y se desplazaron de mala gana. Cuando saltó las barreras, un guardia real intentó detenerlo, pero Harry le apartó el brazo blandiendo su placa y llegó a la plaza a trompicones. La gravilla crujía bajo sus pies. Se puso de espaldas al desfile infantil. En ese preciso momento, la escuela infantil de Slemdal y la banda de música juvenil de Vålerenga desfilaban bajo el balcón del palacio, desde el que la familia real saludaba al ritmo de los tonos desafinados de «I'm Just a Gigolo». Harry clavó la vista en una larga serie de rostros de reluciente sonrisa y de banderolas de colores rojo, blanco y azul. Sus ojos escrutaron de arriba abajo las filas de asistentes: jubilados, señores que hacían fotos, padres de familia con sus pequeños a hombros, pero ni rastro de Sindre Fauke. Gudbrand Johansen. Daniel Gudeson.

—¡Joder, joder!

Gritaba, más que nada, de desesperación.

Pero allí, ante las barreras, vio, pese a todo, una cara conocida. Alguien que trabajaba vestido de civil y con el transmisor y las gafas de sol oscuras. De modo que, después de todo, había seguido el consejo de Harry de apoyar a los padres de familia en lugar de ir al Scotsman.

—¡Halvorsen!

113

Oslo,
17 de mayo de 2000

Signe está muerta. Fue ejecutada por traidora hace tres días, con una bala que le atravesó ese pérfido corazón. Después de haberme mantenido firme tanto tiempo, vacilé cuando Daniel me dejó después del disparo. Me abandonó a un solitario desconcierto. Permití que la duda aflorase y pasé una noche terrible. La enfermedad no mejora las cosas. Tomé tres pastillas, cuando el doctor Buer me dijo que tomase solo una; aun así, el dolor era insoportable. Pero al final me dormí y al día siguiente me desperté y Daniel había vuelto a mi lado con renovadas fuerzas. Era la penúltima etapa, así que ahora seguimos navegando a toda vela.

Aquí en el campamento entra en el círculo de la hoguera; las llamas de oro y rojas mira. Fidelidad o muerte exige quien hacia la victoria nos transporta.

Ya se acerca el día en que la Gran Traición quedará vengada. No tengo miedo.

Lo más importante es, por supuesto, que la Traición se dé a conocer. Si quienes encuentren estas memorias no son las personas adecuadas, me expongo a que se destruyan o se mantengan en secreto, por las posibles reacciones de las masas. Ante tal eventualidad, le he dado las pistas necesarias a un joven oficial de los servicios de inteligencia. Ahora solo queda comprobar lo inteligente que es. Pero mi intuición me dice que es una persona íntegra.

Los últimos días han sido dramáticos.

Empezaron el día que decidí que zanjaría el asunto con Signe. Acababa de llamarla para decirle que iría a buscarla y salía del restaurante Schrøder cuando, a través del cristal que cubre toda la pared del café de enfrente, divisé la cara de Even Juul. Fingí no haberlo visto y seguí caminando, pero sabía que él comprendería en cuanto reflexionara un poco.

Ayer recibí la visita del policía. Creía que las pistas que le había dado eran tan claras que comprendería la relación antes de que yo hubiera cumplido mi misión. Pero resultó que dio con el rastro de Gudbrand Johansen en Viena. Comprendí entonces que tenía que ganar tiempo, cuarenta y ocho horas, como mínimo. Así que le conté una historia sobre Even Juul, que acababa de inventar, precisamente ante la eventualidad de que se produjese una situación como esa. Le dije que Even era una pobre alma herida y que Daniel se había instalado en su interior. Para empezar, la historia haría creer que Juul era el responsable de todo, incluso del asesinato de Signe. Y para continuar, el suicidio amañado que había planeado para Juul sería más verosímil.

Cuando el policía se marchó, me puse enseguida manos a la obra. Even Juul no parecía especialmente asombrado cuando abrió la puerta hoy y me vio en la escalera. No sé si fue porque había tenido oportunidad de pensar o si ya había perdido la capacidad de admirarse. De hecho, parecía estar muerto. Le puse un cuchillo en la garganta y le juré que lo rajaría con la misma facilidad con que había rajado a su perro si se movía. Para asegurarme de que me había entendido, abrí la bolsa de la basura que llevaba y le enseñé el animal. Subimos al dormitorio y se colocó dócilmente encima de la silla y ató la correa del perro al gancho de la lámpara.

—No quiero que la policía tenga más pistas hasta que todo haya pasado, así que tenemos que hacer que parezca un suicidio —le dije.

Pero él no reaccionó, parecía indiferente. Quién sabe, tal vez le hice un favor.

Después limpié las huellas dactilares, puse la bolsa con el perro en el congelador y dejé los cuchillos en el sótano. Todo estaba listo y solo fui a echar una última ojeada al dormitorio cuando de repente oí crujir la gravilla y vi un coche de policía en la calle. Se había detenido como si estuviese esperando algo, pero yo comprendí que estaba en peligro. Gudbrand se puso nervioso, claro está, pero por suerte Daniel tomó el mando y actuó con rapidez.

Fui a coger las llaves de los otros dos dormitorios y comprobé que una de ellas valía para la cerradura del dormitorio en el que estaba colgado Even. La puse en el suelo, en el interior de la habitación, y saqué la llave original y la utilicé para cerrar la puerta por fuera. Finalmente, dejé la llave de ese dormitorio en el otro. No me llevó más de unos segundos, y después me fui tranquilamente a la planta principal y marqué el número de Harry Hole.

Y, un segundo más tarde, entró por la puerta.

Aunque sentía ganas de reír, creo que logré adoptar una expresión de sorpresa. Posiblemente, porque estaba un tanto sorprendido. En efecto, yo había visto a otro de los policías, aquella noche en el Slottsparken. Pero creo que él no me reconoció. Tal vez porque hoy estaba viendo a Daniel. Y, por supuesto, caí en la cuenta de limpiar las huellas dactilares de las llaves.

—¡Harry! ¿Qué haces aquí? ¿Pasa algo?

—Escúchame, coge el transmisor e informa de que...

—¿Cómo?

La banda del colegio de Bolteløkka desfilaba por allí tronando con los tambores.

—Te digo que... —gritó Harry.

—¿Qué? —gritó Halvorsen.

Harry le arrebató el transmisor.

–Escuchadme todos. Mantened los ojos abiertos por si veis a un hombre de unos setenta y nueve años, uno setenta y cinco de altura, pelo cano. Es posible que esté armado, repito, puede estar armado y es sumamente peligroso. Sospechamos que tiene planes de cometer un atentado, de modo que comprobad las ventanas que estén abiertas y los tejados de la zona. Repito…

Harry repitió el mensaje, mientras Halvorsen lo miraba fijamente, boquiabierto. Cuando terminó, Harry le arrojó el transmisor.

–Tu trabajo es conseguir que se suspenda la fiesta del Diecisiete de Mayo, Halvorsen.

–¿Qué dices?

–Tú estás trabajando; yo, en cambio, parezco… parece que he estado de juerga, así que a mí no me escucharán.

Halvorsen observó la cara sin afeitar de Harry, la camisa arrugada y mal abrochada y los zapatos sin calcetines.

–¿Quiénes no te escucharán?

–¿De verdad que no me has entendido? –le gritó apuntándole con el dedo.

114

Oslo,
17 de mayo de 2000

Mañana. Cuatrocientos metros de distancia. Lo he hecho antes. La fronda del parque se llenará de nuevos brotes verdes, tan llena de vida, tan vacía de muerte. Pero yo he preparado el camino para la bala. Un árbol muerto, sin hojas. La bala vendrá del cielo, como el dedo de Dios, señalará a los hijos de los traidores, y todos verán lo que Él les hace a los de corazón impuro. El traidor dijo que amaba a su patria, pero la abandonó, nos pidió que lo salváramos de los invasores del Este, pero después nos tachó de traidores.

Halvorsen corrió hacia la entrada del palacio mientras Harry se quedaba en la plaza dando vueltas como un borracho. Tardarían unos minutos en desalojar el balcón del palacio. Antes, los hombres importantes tendrían que tomar decisiones de las que habrían de responder, pues no se suspendía el Diecisiete de Mayo así como así, simplemente porque un oficial de policía hubiese hablado con un colega. Paseó la mirada por la muchedumbre sin saber qué buscaba en realidad.

Vendrá del cielo.

Alzó la mirada. Los verdes árboles. Tan vacíos de muerte. Eran tan altos y de tan espeso follaje que ni con una buena mira sería posible disparar desde las casas aledañas.

Harry cerró los ojos. Sus labios se movían. «Ayúdame ahora, Ellen.» He preparado el camino. ¿Por qué se mostraron tan sorprendidos los dos operarios de la Dirección de Parques Públicos cuando él pasó ayer por allí? El árbol. No tenía hojas. Volvió a abrir los ojos, su mirada recorrió las copas de los árboles, y lo vio: un roble muerto. Harry notó que se le desbocaba el corazón. Se dio la vuelta y a punto estuvo de pisar al primer tambor en su carrera hacia el palacio. Cuando llegó al centro de la línea imaginaria que unía el árbol y el balcón del palacio, se detuvo, miró el árbol. Detrás de las ramas desnudas se alzaba un gigante de helado cristal. El hotel SAS. Por supuesto. Así de fácil. Una bala. Nadie reaccionaría ante el ruido de un estallido en la fiesta del Diecisiete de Mayo. Después bajará tranquilamente al ajetreo de la recepción y a las calles llenas de gente, donde desaparecerá. Y entonces ¿qué pasará después?

No podía pensar en eso ahora; ahora tenía que actuar. Tenía que actuar. Pero estaba agotado. En lugar de la excitación propia de la situación, Harry sentía ganas de marcharse a casa a dormir para luego despertar a un nuevo día en el que nada de aquello hubiese ocurrido, que todo hubiese sido un sueño. El ruido de las sirenas de una ambulancia que pasaba por la calle Drammensveien lo sacó de su ensimismamiento. El sonido cortó el fluir de la música de la banda.

—¡Joder, joder!

Y echó a correr.

115

Hotel Radisson SAS,
17 de mayo de 2000

El anciano se inclinó hacia la ventana con las piernas flexionadas, sosteniendo el rifle con ambas manos mientras escuchaba las sirenas de la ambulancia, que se alejaba despacio. «Llega tarde –se dijo–. Todo el mundo muere.»

Había vuelto a vomitar. Sobre todo sangre. Los dolores casi le hicieron perder el sentido, y después se quedó acurrucado en el suelo del baño, esperando el efecto de las pastillas. Cuatro pastillas. El dolor empezó a remitir, tan solo sintió una última punzada, como para recordarle que no tardaría en volver, y el baño recuperó sus formas. Uno de los dos baños, con jacuzzi. ¿O se trataba de una bañera con chorros de vapor? En cualquier caso, había un televisor, que él había encendido, y en ese momento cantaban himnos patrióticos y los periodistas elegantemente vestidos comentaban el desfile infantil en todos los canales.

Ahora estaba sentado en la sala de estar, el sol parecía suspendido en el cielo como una inmensa fuente de luz que lo iluminaba todo. Sabía que no debía mirar directamente al resplandor, pues te produce ceguera nocturna y no puedes ver a los francotiradores rusos que se deslizan por la nieve en tierra de nadie.

–Ya lo veo –susurró Daniel–. A la una, en el balcón, justo detrás del árbol muerto.

¿Árboles? No había árboles en aquel paisaje devastado por las bombas.

El príncipe heredero ha salido al balcón, pero no dice nada.

—¡Se escapa! —gritó una voz que parecía la de Sindre.

—¡Que no! —dijo Daniel—. Aquí no se va a escapar ningún bolchevique de mierda.

—Él sabe que lo hemos visto, se va a meter en la hondonada.

—Ni hablar —dijo Daniel.

El viejo apoyó el rifle en el borde de la ventana. Había utilizado un destornillador para poder abrirla. ¿Qué era lo que le había dicho la chica de recepción aquella vez? Que las tenían bloqueadas para que a ningún huésped se le ocurriese cometer «una tontería». Aplicó el ojo a la mira telescópica. La gente se veía muy pequeña allá abajo. Ajustó la distancia. Cuatrocientos metros. Cuando uno dispara de arriba abajo, ha de tener en cuenta que la fuerza de la gravedad afecta a la trayectoria de la bala, que es distinta a cuando se dispara en horizontal. Pero Daniel lo sabía, Daniel lo sabía todo.

El viejo miró el reloj. Las once menos cuarto. Había llegado el momento. Apoyó la mejilla en la culata fría y pesada del rifle y la aferró con la mano izquierda. Cerró el ojo izquierdo. La barandilla del balcón ocupó la lente de la mira. Vio abrigos negros y chisteras. Hasta que dio con la cara que buscaba. Sí que se parecía. La misma cara joven de 1945.

Daniel se concentraba más y más, esforzándose por apuntar bien. Ya apenas si exhalaba vaho por la boca.

Delante del balcón, fuera del campo de visión, el roble muerto señalaba hacia el cielo con sus negros dedos huesudos. Había un pájaro posado en una de las ramas. En medio del punto de mira. El viejo se movió inquieto. Hacía un rato el pajarillo no estaba allí. No tardaría en alzar el vuelo. Dejó caer el rifle y llenó los pulmones doloridos de aire fresco.

Brrrrum, brrrrum.

Harry dio un puñetazo en el volante y volvió a girar la llave de contacto.

Brrrrum, brrrrum.

—¡Arranca de una vez, coche de mierda! O te llevaré al desguace mañana mismo.

El Escort arrancó con un rugido y salió levantando una nube de hierba y tierra. Giró bruscamente a la derecha, junto al estanque. Los jóvenes que se habían tumbado en el césped alzaron sus botellas de cerveza y gritaron «¡Viva, viva!», mientras Harry ponía rumbo al hotel SAS. En primera y con el dedo en el claxon, se abrió camino sin problemas por la calle llena de gente pero, al llegar al jardín de infancia que había al final del parque, un cochecito de niño asomó de improviso desde detrás de un árbol.

De modo que hizo un brusco giro a la izquierda y luego otra vez a la derecha, se le fue el coche y estuvo a punto de estrellarse contra la verja de los invernaderos. El coche terminó ladeado en la calle Wergelandsveien, delante de un taxi adornado con banderas noruegas y ramitas de abedul, que tuvo que frenar en seco, pero Harry pisó el acelerador y pudo esquivar los coches que venían de frente, hasta que entró en la calle Holberg.

Se detuvo ante las puertas giratorias del hotel y salió de un salto del coche. Cuando se precipitó al interior de la recepción, repleta de gente, se produjo un segundo de silencio, en el que todo el mundo pareció pensar que iba a ser testigo de un suceso excepcional. Pero lo único que vieron fue a un hombre muy borracho, en la celebración del Diecisiete de Mayo; era una imagen tan familiar que volvieron a subir el tono de voz enseguida. Harry echó a correr hacia una de aquellas ridículas «islitas» de atención al cliente.

—Buenos días —dijo una voz.

Un par de cejas tensadas bajo el cabello rubio y rizado, que más parecía una peluca, lo miraron de arriba abajo. Harry leyó el nombre de la placa.

—Betty Andresen, lo que voy a decirte no es una broma pesada, de modo que escúchame con atención. Soy de la policía y tenéis un terrorista en el hotel.

Betty Andresen miró a aquel hombre alto, a medio vestir y con los ojos enrojecidos que, en efecto, le hizo pensar que estaba loco, borracho o ambas cosas. Escrutó la placa de policía que él le mostraba y se quedó observándolo un buen rato.

—¿El nombre? —preguntó la recepcionista.

—Se llama Sindre Fauke.

Sus dedos recorrieron el teclado.

—Lo siento, no tenemos ningún huésped con ese nombre.

—¡Mierda! Inténtalo con Gudbrand Johansen.

—Tampoco tenemos a ningún Gudbrand Johansen, señor Hole. ¿No te habrás equivocado de hotel?

—¡No! Está aquí, ahora mismo está en su habitación.

—De modo que has hablado con él, ¿no?

—No, no, yo… me llevará demasiado tiempo explicarlo.

Harry se tapó la cara con la mano.

—Vamos a ver, tengo que pensar. Debe de tener una habitación de los últimos pisos. ¿Cuántas plantas tiene el hotel?

—Veintidós.

—¿Y cuántos clientes hay, del décimo para arriba, que no hayan entregado la llave de la habitación?

—Bastantes, me temo.

Harry levantó las dos manos y se quedó mirándola fijamente.

—Por supuesto —susurró—. Esto es misión de Daniel.

—¿Perdón?

—Busca por Daniel Gudeson.

¿Qué pasaría después? El viejo no lo sabía. No existía ningún después. O, al menos, no había existido ningún después hasta aquel momento. Había preparado cuatro proyectiles en el alféizar de la ventana. El metal dorado y mate de los casquillos reflejaba los rayos del sol.

Volvió a aplicar el ojo en la mira telescópica. El pájaro seguía allí. Lo reconoció. Tenían el mismo nombre. Apuntó hacia la muchedumbre. Paseó la mirada por el río de gente que había junto a las barreras. Hasta que se detuvo sobre algo conocido. ¿Sería posible…? Enfocó bien la mira. Sí, no cabía duda, era Rakel. ¿Qué estaría ella haciendo allí, en la plaza del palacio? Y también estaba Oleg. Parecía haber salido de las filas de niños. Rakel lo levantó y lo pasó al otro lado de la barrera. Tenía una hija muy fuerte. Sus manos eran muy fuertes. Como las de su madre. Los vio subir hacia la garita de la Guardia Real. Rakel miró el reloj. Parecía estar esperando a alguien. Oleg llevaba puesta la chaqueta que él le había regalado por Navidad. La chaqueta del abuelo, como, según Rakel, solía llamarla Oleg. Parecía que ya le quedaba algo pequeña.

El anciano sonrió. Tendría que comprarle una nueva ese otoño.

Esta vez, los dolores se presentaron sin avisar y aspiró en busca de aire.

Caían destellos de luz y sus sombras avanzaban encorvadas hacia él a lo largo de la pared de la trinchera.

Todo quedó a oscuras pero, justo cuando notó que iba a entrar en la oscuridad, los dolores remitieron. El rifle se le había caído al suelo y tenía la camisa pegada al cuerpo, empapada en sudor.

Se puso de pie, dejó el rifle otra vez en el borde de la ventana. El pájaro había volado. La línea de tiro estaba despejada.

Aquella cara de niño volvía a estar en el punto de mira. El niño había estudiado. Oleg debía estudiar también. Era lo último que le había dicho a Rakel. Era lo último que se había dicho a sí mismo, antes de asesinar a Brandhaug.

Rakel no estaba en casa el día que él pasó por Holmenkollveien para recoger unos libros, de modo que entró y, por casualidad, vio el sobre que había en el escritorio, con el membrete de la embajada rusa. Leyó la carta, la dejó y se puso a contemplar, a través de la ventana, el jardín, las manchas de nieve fruto de la última nevada, el último estertor del invierno. Y después buscó en los cajones del escritorio y encontró las otras cartas, las que llevaban el membrete de la embajada noruega, y las cartas sin membrete, escritas en servilletas y en hojas de cuadernos, firmadas por Bernt Brandhaug. Y pensó en Christopher Brockhard. Ningún ruso de mierda iba a matar a nuestro soldado de guardia esta noche.

El viejo quitó el seguro. Sentía una extraña calma. Recordó lo fácil que había sido degollar a Brockhard y pegarle un tiro a Bernt Brandhaug. La chaqueta del abuelo, una chaqueta nueva. Vació los pulmones, puso el dedo en el gatillo.

Harry llevaba en la mano una tarjeta maestra, que servía para abrir todas las habitaciones del hotel, y cuando las puertas del ascensor estaban a punto de cerrarse logró meter el pie para que se abriesen otra vez. Un grupo de caras boquiabiertas lo miraron con asombro.

—¡Policía! —gritó Harry—. ¡Todo el mundo fuera!

Fue como si hubiese sonado el timbre del recreo del colegio, pero un hombre de unos cincuenta años con perilla negra, un traje de rayas azul, un enorme lazo del Diecisiete de Mayo en el pecho y una fina capa de caspa sobre los hombros, se quedó dentro.

—Buen hombre, somos ciudadanos noruegos y esto no es un estado policial.

Harry pasó junto al hombre, entró en el ascensor y pulsó el número 22. Pero la perilla no había terminado de hablar:

—Deme una razón para que yo, como contribuyente, entienda por qué he de tolerar…

Harry sacó de la funda el arma reglamentaria de Weber.

—Aquí tengo seis razones, señor contribuyente: ¡fuera!

El tiempo pasa volando, y pronto pasará también este nuevo día. A la luz del amanecer, lo veremos mejor, veremos si es amigo o enemigo.

Enemigo, enemigo. Tarde o temprano, al final lo atraparé.

Chaqueta del abuelo.

Cierra el pico, ¡no hay un después!

La cara que hay en la mira telescópica tiene un semblante muy serio. Sonríe, chico.

¡Traición, traición, traición!

Ha presionado tanto el gatillo que este ya no opone resistencia, una tierra de nadie donde el momento del disparo se encuentra en un lugar indefinido. No pienses en estallidos ni en recular, sigue apretando, deja que pase cuando tenga que pasar.

El estruendo lo dejó sorprendido. Durante una milésima de segundo, todo estuvo en silencio, en silencio absoluto. Y entonces se oyó el eco y las ondas sonoras se posaron sobre la ciudad y sobre el súbito silencio provocado por los miles de ruidos que enmudecieron en el mismo instante.

Harry recorría a la carrera los pasillos de la planta vigésima segunda cuando oyó el estruendo.

−¡Joder! −masculló.

Las paredes, que parecían precipitarse hacia él como si fueran corriendo a ambos lados de su cuerpo, le daban la sensación de estar atravesando una tubería enorme. Puertas. Cuadros, cubos azules. Sus pasos apenas si se oían en la mullida alfombra. Bien. Los buenos hoteles piensan en amortiguar el ruido. Y los buenos policías piensan en lo que van a hacer. Joder, joder, lactosa en el cerebro. Una máquina de hielo. Habitación 2254, habitación 2256, una nueva detonación. La suite Palace.

El corazón se le salía por la boca. Harry se colocó a un lado de la puerta e introdujo la tarjeta maestra en la cerradura. Se oyó un leve zumbido y, después, un claro clic antes de que la luz del indicador se pusiese verde. Harry bajó el picaporte con cuidado.

La policía tenía procedimientos establecidos para situaciones como aquella. Harry había asistido a un curso, y los había aprendido. Pero no pensaba seguir uno solo de ellos.

Abrió la puerta de un tirón, entró en tromba empuñando la pistola con las dos manos y se colocó de rodillas en la puerta de la sala. La luz inundó la habitación, cegándolo y escociéndole en los ojos. Una ventana abierta. El sol pendía como un halo detrás del cristal, por encima de la cabeza de una persona de blancos cabellos que se giró despacio.

—¡Policía! Suelta el arma —gritó Harry.

Las pupilas de Harry se cerraron y la silueta del rifle que estaba apuntándole se hizo visible.

—¡Suelta el arma! —repitió—. Ya has hecho lo que viniste a hacer, Fauke. Misión cumplida. Se acabó.

Fue curioso, pero las bandas de música seguían tocando fuera, como si nada hubiese ocurrido. El viejo levantó el rifle y apoyó la culata en la mejilla. Los ojos de Harry se habían habituado a la luz, y ahora miraba fijamente la boca de un arma que, hasta ese momento, solo había visto en fotografías.

Fauke murmuró unas palabras que quedaron ahogadas por un nuevo estruendo, más agudo y más claro en esta ocasión.

—¡Qué c…! —susurró Harry.

Fuera, detrás de Fauke, vio elevarse una nube de humo como una burbuja procedente de los cañones del fuerte de Akershus. Las salvas del Diecisiete de Mayo. ¡Eran las salvas del Diecisiete de Mayo! Y Harry las oyó, como oyó los gritos de júbilo. Inspiró profundamente. En la habitación no olía a pólvora quemada. Cayó en la cuenta de que Fauke no había disparado. Aún no. Apretó la culata del revólver y observó el rostro arrugado que lo miraba inexpresivo por encima de la mira. No se trataba solo de su vida y la del viejo. Las instrucciones eran claras.

—Vengo de la calle Vibe, y he leído tu diario —confesó Harry—. Gudbrand Johansen. ¿O quizás estoy hablando con Daniel?

Harry apretó los dientes y probó a doblar un poco el dedo en el gatillo.

El viejo volvió a murmurar.

—¿Qué dices?

—*Passwort* —dijo el viejo con una voz bronca y totalmente distinta a la que Harry le había oído antes.

—No lo hagas —dijo Harry—. No me obligues.

Una gota de sudor le rodó a Harry por la frente, discurrió por la nariz y quedó colgando en la punta, como si no terminara de decidirse a caer. Harry cambió la posición de las manos en torno a la culata del arma.

—*Passwort* —repitió el viejo.

Harry veía que el dedo se aferraba más y más al gatillo. Sintió en el corazón la angustia de la muerte.

—No —repitió Harry—. Aún no es demasiado tarde.

Pero sabía que no era cierto. Era demasiado tarde. El viejo estaba lejos de toda sensatez, lejos de este mundo, de esta vida.

—*Passwort*.

Pronto habría terminado todo para los dos, ya solo quedaba algo de tiempo lento, una vez más, el tiempo de la Nochebuena, antes…

—Oleg —dijo Harry.

Tenía el arma apuntándole directamente a la cabeza. Un claxon resonó a lo lejos. Un estremecimiento recorrió el rostro del viejo.

—La contraseña es «Oleg» —repitió Harry.

El dedo dejó de moverse alrededor del gatillo.

El viejo abrió la boca para decir algo.

Harry contenía la respiración.

—Oleg —repitió el viejo.

Sonó como una ráfaga de viento en sus labios resecos.

Harry no supo explicarse después cómo fue, pero lo vio: el viejo murió en ese mismo segundo y, al instante, desde detrás de las arrugas, era un rostro de niño el que lo miraba. Había dejado de apuntarle con el arma y Harry bajó el revólver. Después extendió la mano con cuidado y la posó en el hombro del viejo.

—¿Me prometes que no…? —comenzó el viejo con voz apenas perceptible.

—Te lo prometo —le aseguró Harry—. Me encargaré personalmente de que no salga a la luz ningún nombre. Oleg y Rakel no se verán perjudicados.

El viejo miró a Harry largo rato. El rifle cayó al suelo de golpe y el hombre se desplomó.

Harry sacó el cargador del rifle y lo dejó en el sofá, antes de marcar el número de la recepción y pedirle a Betty que solicitase una ambulancia. Después llamó al móvil de Halvorsen y le dijo que ya había pasado el peligro. Tumbó al anciano en el sofá y se sentó a esperar en una silla.

—Al final lo pillé —susurró el anciano—. Estuvo a punto de escaparse, ¿sabes? En la hondonada.

—¿A quién atrapaste? —preguntó Harry dando una calada al cigarro.

—A Daniel, claro. Al final, lo atrapé. Helena tenía razón. Yo siempre fui el más fuerte.

Harry apagó el cigarro y se acercó a la ventana.

—Me estoy muriendo —susurró el viejo.

—Lo sé —dijo Harry.

—Está en mi pecho. ¿Lo ves?

—¿El qué?

—El hurón.

Pero Harry no veía ningún hurón. Tan solo vio una nube que se deslizaba por el cielo como una duda pasajera, las banderas noruegas agitándose al sol en todos los mástiles de la ciudad y un pájaro gris que pasó aleteando ante la ventana. Pero ningún hurón.

PARTE X
RESURRECCIÓN

116

Hospital de Ulleval,
19 de mayo de 2000

Bjarne Møller encontró a Harry en la sala de espera de la sección de oncología.

El jefe se sentó a su lado y le guiñó un ojo a una niña pequeña que se volvió con el ceño fruncido.

—Me han dicho que se ha terminado —dijo Møller.

Harry asintió.

—Esta noche, a las cuatro. Rakel ha estado aquí todo el tiempo. Oleg está dentro ahora. ¿Qué haces aquí?

—Quería hablar contigo.

—Tengo que fumar —dijo Harry—. Salgamos fuera.

Encontraron un banco a la sombra de un árbol. Unas nubes atravesaron el cielo sobre sus cabezas. Parecía que hoy también haría calor.

—¿Así que Rakel no sabe nada? —preguntó Møller.

—No, nada.

—O sea, que los únicos que conocemos la verdad somos Meirik, la comisaria jefe, el ministro de Justicia, el primer ministro y yo. Y tú, claro.

—Tú sabes mejor que yo quién sabe qué, jefe.

—Sí, naturalmente. Solo estaba pensando en voz alta.

—Bueno, ¿de qué querías hablar conmigo?

—¿Sabes una cosa, Harry? Algunos días pienso que me gustaría trabajar en otro lugar. En un lugar donde haya menos política y más trabajo policial. En Bergen, por ejemplo. Pero luego, te levantas un día como hoy, te plantas delante de la ventana del dormitorio y contemplas el fiordo y la isla de Hovedøya y oyes el trino de los pájaros y… ¿me comprendes? Y, de repente, ya no quieres estar en ningún otro lugar.

Møller observó una mariquita que le subía por el muslo.

—Lo que quería decirte, Harry, es que queremos que las cosas sigan como están.

—¿De qué cosas estamos hablando?

—¿Sabías que ningún presidente americano de los últimos veinte años ha terminado su candidatura sin que se descubran diez intentos de atentado contra él, como mínimo? ¿Y que los autores, sin excepción, han sido atrapados sin que el asunto llegue a los medios de comunicación? Nadie sale ganando con que se sepa que se había planeado un atentado contra un jefe de Estado, Harry. En especial si, en teoría, tenía posibilidades de éxito.

—¿En teoría, jefe?

—No son mis palabras. Pero la conclusión es, en cualquier caso, que esto se silenciará. Para no sembrar la sensación de inseguridad. O desvelar puntos débiles en las medidas de seguridad. Tampoco estas son palabras mías. Los atentados producen un efecto de contagio, exactamente igual que…

—Sí, ya sé lo que quieres decir —le cortó Harry dejando escapar por la nariz el humo del cigarro—. Pero, ante todo, lo hacemos por consideración a aquellos que son responsables, ¿no es cierto? Aquellos que podían y debían haber dado la alarma antes.

—Ya te digo —dijo Møller—. Hay días en que Bergen parece una buena alternativa.

Guardaron silencio unos instantes. Un pájaro avanzó dando saltitos delante de ellos, movió la cola, picoteó la hierba y miró cauto a su alrededor.

—La lavandera blanca —dijo Harry—. *Motacilla alba*. Un ave cautelosa.

—¿Qué?

—*Manual para los amantes de las aves*. ¿Qué hacemos con los asesinatos cometidos por Gudbrand Johansen?

—Para esos asesinatos ya teníamos la solución antes, ¿no es cierto?

—¿A qué te refieres?

Møller se movió inquieto.

—Lo único que conseguiremos si removemos ese asunto será abrir las viejas heridas de los afectados y arriesgarnos a que alguno empiece a devanar el ovillo de toda la historia. Esos casos estaban resueltos.

—Exacto. Even Juul. Y Sverre Olsen. Pero ¿qué me dices del asesinato de Hallgrim Dale?

—Nadie tiene interés en averiguarlo. Después de todo, Dale era...

—Tan solo un viejo borracho del que nadie se preocupaba, ¿no?

—No seas así, Harry, no hagas esto más difícil de lo que ya es. Tú sabes que a mí me resulta tan desagradable como a ti.

Harry apagó el cigarro en el brazo del banco y guardó la colilla en el paquete.

—Tengo que volver dentro, jefe.

—Ya, bueno, ¿podemos contar con que te guardarás para ti lo que sabes?

Harry sonrió lacónico.

—¿Es cierto lo que he oído sobre la persona que va a quedarse con mi puesto en Inteligencia?

—Por supuesto —dijo Møller—. Tom Waaler ha dicho que va a solicitarlo. Meirik piensa incluir toda la sección de actividades neonazis bajo ese puesto, de modo que servirá de trampolín para los puestos de verdadera envergadura. Y pienso recomendarlo a él, por cierto. Supongo que te alegrarás de que desaparezca ahora que tú estás de vuelta en la sección de Delitos Violentos, ¿no? Ahora que el cargo de comisario queda libre en nuestra sección.

—¿De modo que esa es la compensación que recibo por mantener la boca cerrada?

—Pero, hombre, ¿qué es lo que te hace pensar algo semejante? Ese puesto será para ti porque tú eres el mejor. Has vuelto a demostrarlo. Tan solo me pregunto si podemos confiar en ti.

—¿Sabes en qué caso quiero trabajar?

Møller se encogió de hombros.

—El asesinato de Ellen ya está resuelto, Harry.

—No del todo —objetó—. Hay un par de cosas que aún no sabemos. Por ejemplo, qué se hizo de las doscientas mil coronas de la compra de armas. Tal vez hubiese más de un intermediario.

Møller asintió.

—De acuerdo. Halvorsen y tú disponéis de dos meses. Si no encontráis nada en ese tiempo, daremos el caso por cerrado.

—Me parece bien.

Møller se levantó dispuesto a marcharse.

—Hay una cosa más sobre la que me gustaría preguntarte, Harry. ¿Cómo adivinaste que la contraseña era «Oleg»?

—Bueno, Ellen siempre me decía que lo primero que se le ocurría solía ser lo acertado.

—Impresionante —dijo Møller asintiendo como para sus adentros—. De modo que lo primero que se te ocurrió fue el nombre de su nieto, ¿no?

—No.

—¿Ah, no?

—Yo no soy Ellen. Yo necesito pensar las cosas dos veces.

Møller lo miró receloso.

—¿Estás quedándote conmigo, Harry?

Harry sonrió. Y miró hacia la lavandera blanca.

—En el manual sobre las aves leí que nadie sabe por qué las lavanderas menean la cola cuando se paran. Es un misterio. Lo único que se sabe es que no pueden evitarlo…

117

Comisaría General de Policía,
19 de mayo de 2000

Harry acababa de poner los pies en el escritorio y de encontrar la postura perfecta cuando sonó el teléfono. Con el fin de evitar tener que encontrar esa postura una vez más, se estiró y puso a trabajar los músculos de los glúteos, intentando guardar el equilibrio en aquella silla, cuyas traicioneras ruedas siempre estaban bien engrasadas. Alcanzó el auricular con la punta de los dedos.

—Aquí Hole.

—*Harry? Esaias Burne speaking. How are you?*

—*Esaias! This is a surprise!*

—¿Seguro que es una sorpresa? Solo te llamaba para darte las gracias.

—Las gracias, ¿por qué?

—Porque no pusiste nada en marcha.

—¿Que no puse nada en marcha? ¿A qué te refieres?

—Ya sabes a qué me refiero, Harry. A que no se puso en marcha ninguna iniciativa diplomática sobre el indulto de la pena y cosas de esas.

Harry no respondió. En cierto modo, sí que se esperaba aquella llamada. La postura que tenía sobre la silla empezaba a no ser tan cómoda. Recordó de pronto los ojos suplicantes de Andreas Hochner y la voz suplicante de Constance Hochner: «¿Me promete que hará cuanto esté en su mano, señor Hole?».

—¿Harry?

—Sí, sigo aquí.

—Dictaron sentencia ayer.

Harry clavó la mirada en la fotografía de Søs, que colgaba de la pared de enfrente. Aquel año habían tenido un verano más caluroso de lo habitual, ¿no? Se bañaron incluso en los días de lluvia. Sintió que lo invadía una tristeza indescriptible.

—¿Pena de muerte? —se oyó preguntar a sí mismo.

—Sin posibilidad de apelación.

118

Restaurante Schrøder, 1 de junio de 2000

—¿Qué vas a hacer este verano, Harry?

Maja le dio el cambio.

—No lo sé. Hemos hablado de alquilar una cabaña en algún lugar de Noruega. Enseñarle a nadar al chico y esas cosas.

—No sabía que tuvieras hijos.

—No. Bueno, es una larga historia.

—¿Ah, sí? Espero que me la cuentes algún día.

—Ya veremos, Maja. Quédate con el cambio.

Maja hizo una profunda reverencia y se marchó con una sonrisa descarada. El local estaba algo vacío para ser viernes. Seguramente, el calor empujaba a la mayoría de la gente a buscar las terrazas de los restaurantes de St. Hanshaugen.

—¿Qué me dices? —preguntó Harry.

El viejo miraba al fondo de la pinta de cerveza y no contestó.

—Ya está muerto, Åsnes. ¿No estás contento?

El Mohicano levantó la cabeza y miró a Harry.

—¿Quién está muerto? —preguntó—. Nadie está muerto. Solo yo. Yo soy el último de los muertos.

Harry suspiró, se guardó el periódico bajo el brazo y salió al calor sofocante de la tarde.

Título original: *Rødstrupe*
Primera edición: septiembre de 2016

© 2000, Jo Nesbø. Publicado por acuerdo con Salomonsson Agency
© 2016, de la presente edición en castellano para todo el mundo:
Penguin Random House Grupo Editorial, S.A.U.
Travessera de Gràcia, 47-49. 08021 Barcelona
© 2008, Carmen Montes Cano, por la traducción

Printed in Spain – Impreso en España

ISBN: 978-84-16709-13-7
Depósito legal: B-11.796-2016

Compuesto en M. I. Maquetación, S. L.
Impreso en Liberdúplex
(Sant Llorenç d'Hortons, Barcelona)

RK 09137

Penguin
Random House
Grupo Editorial